袁先欣 著

地泉涌动

“到民间去”与1920年代中国的文化再造

Underground Springs

V Narod and the Cultural Remaking in the 1920s China

生活·讀書·新知 三联书店

图书在版编目（CIP）数据

地泉涌动："到民间去"与1920年代中国的文化再造 / 袁先欣著. -- 北京：生活·读书·新知三联书店，2024. 7. -- (三联·哈佛燕京学术丛书). -- ISBN 978-7-108-07901-5

Ⅰ. I207.709

中国国家版本馆CIP数据核字第20242TX785号

责任编辑 钟 韵
装帧设计 宁成春 鲁明静
责任校对 曹秋月
责任印制 李思佳
出版发行 生活·讀書·新知 三联书店
（北京市东城区美术馆东街22号 100010）
网 址 www.sdxjpc.com
经 销 新华书店
制 作 北京金舵手世纪图文设计有限公司
印 刷 北京中科印刷有限公司
版 次 2024年7月北京第1版
2024年7月北京第1次印刷
开 本 880毫米×1230毫米 1/32 印张14.375
字 数 315千字
印 数 0,001-5,000册
定 价 89.00元
（印装查询：01064002715；邮购查询：01084010542）

本丛书系人文与社会科学研究丛书，
面向海内外学界，
专诚征集中国中青年学人的
优秀学术专著（含海外留学生）。

·

本丛书意在推动中华人文科学与
社会科学的发展进步，
奖掖新进人才，鼓励刻苦治学，
倡导基础扎实而又适合国情的
学术创新精神，
以弘扬光大我民族知识传统，
迎接中华文明新的腾飞。

·

本丛书由哈佛大学哈佛－燕京学社
（Harvard-Yenching Institute）
和生活·读书·新知三联书店共同负担出版资金，
保障作者版权权益。

·

本丛书邀请国内资深教授和研究员
在北京组成丛书学术委员会，
并依照严格的专业标准
按年度评审遴选，
决出每辑书目，保证学术品质，
力求建立有益的学术规范与评奖制度。

目　录

Underground Springs

V NAROD AND THE CULTURAL REMAKING IN THE 1920s CHINA

Contents

导 言

“到民间去”

1920 年与 1921 年之交深冬，赴俄途中的瞿秋白在一封致共产国际远东书记处的信中，简略报告了中国工人的状况及新近发生的五四运动之后，热情洋溢地展望：“俄国已经家喻户晓的‘到民间去’运动，我相信在中国也将很快开始……”[1]

所谓“到民间去”，乃是 1870 年代中期俄国民粹派去往乡间，尝试发动民众反对沙皇的一场运动，“到民间去”即为他们当时所用的口号，俄文为 в народ（拉丁字母转写为 V Narod，为便于阅读，下文一律采用拉丁转写）。在历史讨论中，俄国民粹主义始终是一个含混又聚讼不已的话题[2]，其思想主题上承赫尔岑、巴枯宁、车尔尼雪夫斯基等人的影响，下启布尔什维克的革命，但在

---

[1] 瞿秋白：《中国工人的状况和他们对俄国的期望》，《瞿秋白文集 · 政治理论编》第一卷，北京：人民出版社，2013 年，第 170—171 页。

[2] 文图里（Franco Venturi）的著作《革命之根》（*Roots of Revolution*）是有关俄国民粹主义最详尽的历史研究和记录。莱泽克 · 科拉科夫斯基的《马克思主义的主要流派（三卷本）》第 2 卷第十三章“俄国马克思主义的开端”详细讨论了俄国民粹主义与马克思主义之间的关系。参莱泽克 · 科拉科夫斯基：《马克思主义的主要流派（三卷本）》第 2 卷，唐少杰等译，哈尔滨：黑龙江大学出版社，2015 年，第 289—311 页。

研究者以赛亚·伯林和文图里看来，与其说俄国民粹派团结于某一套严密的思想信条，不如说他们最大的特征，是作为行动的斗争与密谋[1]。随着“到民间去”运动的失败，俄国民粹派迅速激进化，成为一系列暗杀、爆炸的主角，其中最著名的案例，是1881年刺死沙皇亚历山大二世。有赖于19、20世纪之交迅速发展的现代交通和通信技术，俄国民粹派的传奇故事也成为大众传媒的宠儿，开始在全球传播旅行。

尽管俄国民粹派的事迹早在19世纪末、20世纪初已经被译介至日本和中国，但作为其实践之一的“到民间去”运动真正进入大众的视野，仍然有待“五四”。瞿秋白的话提示了一个激情涌动的“到民间去”时代在中国的展开。就在瞿秋白写作此信半年前，京津五个学生团体在李大钊的指导下，成立“改造联合”，“到民间去”成为激进的青年学生构想自由平等的乌托邦集体的必经之路。[2]几乎与瞿秋白的信刊出同时[3]，老牌综合刊物《东方杂志》以大篇幅纪念刚刚逝世的克鲁泡特金，胡愈之撰文介绍了克氏与俄国“到民间去”运动的关系[4]。这也正是胡愈之在《妇女杂志》上开始征求民间歌谣的时期。一个月后，具有文化保守主义倾向的《东方杂志》主笔钱智修撰写社论，提议效仿“到民间去”运动，谋求一种“植其基础于人民之上”的“民间政治”，以救正

---

[1] 以赛亚·伯林：《俄国民粹主义》，《俄国思想家》，彭淮栋译，南京：译林出版社，2001年，第251页；Franco Venturi, *Roots of Revolution: A History of the Populist and Socialist Movements in Nineteenth Century Russia*, Francis Haskell trans., New York: Alfred A. Knopf, 1960, p. xxxi。

[2] 《“改造联合宣言”》，《少年中国》第二卷第五期，1920年11月，第65页。

[3] 瞿秋白的信1921年2月27日于《共产国际远东书记处公报》第一期刊出。参《瞿秋白文集·政治理论编》第一卷，北京：人民出版社，2013年，第164页注。

[4] 化鲁：《克鲁泡特金与俄国文学家》，《东方杂志》第十八卷第四号，1921年2月。

晚清以来集中于政府的政治尝试之无效与消磨[1]。同年8月，茅盾也在《小说月报》上提出以“到民间去”作为新文学创作的原则，以免其“回到‘旧路’”[2]。“到民间去”口号在政治、青年运动、文学、学术研究、美术、电影等不同领域被广泛征用，显示出中国的“到民间去”风潮的规模和边界，远远超越了民粹主义和无政府主义的范围，从而也不可能收拢于一个“传播—影响”的框架之中来加以考察。

本书尝试处理和研究的，正是发生在1920年代中国的这一场“到民间去”风潮。关于这一主题，美国学者莫里斯·迈斯纳（Maurice Meisner）和洪长泰分别有过经典研究。迈斯纳讨论了“到民间去”的口号如何通过李大钊，影响到中国共产党的革命策略[3]。洪长泰则注目于这一口号如何催生了中国现代民间文学/民俗学[4]。由此产生的“民间”观照在中国现代文学中留下的影响，也受到学界关注[5]。但以上触及的还只是“到民间去”口号在中国流转传播故事的一个角落。以李大钊为代表的激进行动者，与更温和的，埋头于歌谣、民间故事、风俗搜集整理的学者之间，并

---

[1] 坚瓠：《民间政治》，《东方杂志》第十八卷第六号，1921年3月。

[2] 郎损：《评四五六月的创作》，《小说月报》第十二卷第八号，1921年8月。

[3] 莫里斯·迈斯纳：《李大钊与中国马克思主义的起源》，中共北京市委党史研究室编译组译，北京：中共党史资料出版社，1989年，第87—98，280—285页。

[4] 参洪长泰：《到民间去：中国知识分子与民间文学，1918—1937》（新译本），董晓萍译，北京：中国人民大学出版社，2015年，第14—18页。

[5] 参岳凯华：《五四激进主义的缘起与中国新文学的发生》第6章“民间的想像”，长沙：岳麓书社，2006年，第284—375页；王光东：《新文学的民间传统》，济南：山东教育出版社，2010年，第6—18页。此外，王光东的《民间：作为中国现当代文学研究的视野与方法》（上海：东方出版中心，2014年）、张永的《民俗学与中国现代乡土小说》（上海：上海三联书店，2010年）和王文参的《五四新文学的民族民间文学资源》（北京：民族出版社，2006年）三部著作，也都以整部著作的篇幅来讨论诞生于“五四”的“民间”观照在新文学中留下的痕迹和影响。

不只是在字面上分享了一个共同的口号，他们实际构成了一个内在互相关联、互相支撑的广大运动的不同侧面。包括平民教育、劳工夜校、新村、工读互助、农会和工会组织等在内，1920 年代大量的政治和社会实践都曾以“到民间去”口号相招，它们所尝试的方向及遭遇的困境，也引发了广泛的文化与知识领域内的自我调整乃至重构，民俗学和民间文学的诞生仅仅是这个庞大故事的一个篇章。社会调查的兴起[1]，新文学对底层题材、民众文学、“血与泪的文学”的提倡，田汉将自己的电影处女作命名为《到民间去》[2]，林风眠尝试用表现主义的手法来创造民间的、十字街头的艺术[3]……中国“到民间去”风潮最为核心的特征，恰恰是其强大的弥散、穿透和变形能力，它不仅介入了不同的领域、群体和脉络之中，而且在思想、文化和实际行动之间穿梭游弋，将看似互相隔离的问题和场域串联在了一起。

本书因此并不将中国的“到民间去”风潮简单视为一次话语流行热，而把它看作一场具有某种内在逻辑的运动，尝试从一个更为整全、综合的视角，来重审它的发生和历史意义。不过，相较于正面地罗列和穷尽该风潮涉及的所有内容，本书首先希望呈现的，正是使得上述具体事件和领域可能关联起来的此种内在逻辑。如果说，“到民间去”口号在 1920 年代被多样的群体以不同

---

[1] 阎明：《中国社会学史：一门学科与一个时代》，北京：清华大学出版社，2010 年，第 60—87 页。

[2] 田汉《到民间去》电影拷贝现已不存，其故事大纲参田汉：《到民间去（一名〈坟头之舞〉）》，《醒狮》第七十四一七十五号“南国特刊”第 23—24 号，1926 年 3 月 12、20 日。

[3] 参郎绍君：《林风眠早期的绘画》，龙瑞编：《重建美术学——中国艺术研究院美术研究所 2002 年度论文精粹》，长春：吉林美术出版社，2002 年，第 135 页；彭飞：《林风眠与“北京艺术大会”》，许江、杨桦林主编：《林风眠诞辰 110 周年纪念国际学术研讨会论文集》，杭州：中国美术学院出版社，2010 年，第 136—153 页。

方式和目的所调用，交织成为一幅既丰富又互相冲突的歧异图景，让我们难于在任何单一领域或思想脉络内部捕捉其基本问题，那么它也创造了一个共同的基底，即“民间”这个开放的、不同力量可能进入并展开其阐释和行动的话语与实践空间。不同群体和领域争相将“到民间去”口号纳入自己的言说和行动轨道，表明对“民间”的追问和把握构成了1920年代文化与政治讨论的核心议题。事实上，无论图景清晰与否，各色“到民间去”方案均无法绕过的一个前提，即它们都需要具备某种对“民间”的认知框架，并由此形成其自身与“民间”的关系——不管这一关系是思想上的还是实践性的。本书因此把“民间”作为一个分析性范畴，通过对若干个案的考察，透视这一时期所形成的“民间”认知的不同类型。换言之，本研究希望提取运动过程中逐步出现的、支撑“民间”这一话语和实践空间的诸要素，探讨它们是如何结构和运作起来的。

从表面结果来看，“到民间去”运动未能制造出某种持续性的制度、组织或内涵固定的思想概念，很难称得上成功。1938年，蒋百里曾批评说：“五四运动以后已经有‘到民间去’的一个口号，但是实际上能有几个？”[1]但蒋百里本人又仍要援引“到民间去”一词，以说明抗战全面爆发后知识分子和民众间形成的某种新空气[2]，毋宁从反面呈现出，这一运动实际遗留下某种隐伏的结构性要素，在之后的数十年间持续发挥着作用。尽管“到民间去”风潮最终未能汇集为某个具体的方向或立场，但“民间”这一话语和实践的空间场域形成，并深入介入不同类型的文化和政治活动，本身就意味着一个重大的转折。当如何处理“民间”成为一个必

[1] 蒋百里：《抗战一年之前因与后果》，《蒋百里全集》第一卷，北京：北京工业大学出版社，2015年，第426页。

[2] 同上书，第426—428页。

须被回答的问题，它不仅释放出对“民间”认知的多重可能，而且使得精英、知识群体、政党也必须依此调整和重新组织自身面对“民间”的方式。本书因此也尝试回答这样一系列问题：同时作为话语和实践空间的“民间”在1920年代浮现的可能性条件是什么？它如何参与塑造了这一时期文化运动和民众政治的形态？在什么意义上，这一运动形态及其包括的命题，决定性地中介了20世纪初的下层启蒙运动与后续的革命、动员、社会改造和人民政治？

作为话语与实践空间的“民间”

从V Narod到“到民间去”，“民间”的浮现首先是一个跨语际的翻译事件[1]。尽管李大钊的名文《青年与农村》（1919）常被指认为“五四”时期传播“到民间去”思潮最重要的推手，但一个少被注意的事实是，《青年与农村》一文中只简单描述了俄国青年去往农村的壮举，并未出现“到民间去”的字样。真正创造这一译语的，是周作人。1907年，淹留东京的青年周作人首次将V Narod口号译为“趣民间”[2]。11年后，接受了新文化运动洗礼的周作人以白话重译该口号，作“到民间去”[3]。周作人的两种译法在关键词“民间”上保持了一致，但如果对照原文，其语义实则有细微的滑动。

---

[1] 此处借用了刘禾的“跨语际实践”概念。参刘禾：《跨语际实践——文学，民族文化与被译介的现代性（中国，1900—1937）》，宋伟杰等译，北京：生活·读书·新知三联书店，2002年，第35—57页。

[2] 周作人：《论俄国革命与虚无主义之别》，钟叔河编：《周作人散文全集1（1898—1917）》，桂林：广西师范大学出版社，2009年，第80页。

[3] 参周作人：《读武者小路君所作〈一个青年的梦〉》，《新青年》第四卷第五号，1918年5月。

俄文 V Narod 中，前置词 V 指示的是空间方位，为“在……中”之义。李雪的研究指出，Narod 一词指的是俄国底层民众，以它为词根的概念 Narodnost 乃是俄国 19 世纪思想史中的核心问题之一，既可被解读为人民性，又具备民族性的指向[1]。这样来看，如要严格顺应原文，“民间”二字应拆解为“民之间”，以“民”对应 Narod，“间”对应 V。事实上，如果翻查 20 世纪头二十年中、日文材料中有关 V Narod 的介绍，绝大多数译法选择的是以“人民”或“平民”来对译 Narod[2]，仍然处在“民”的延长线上。然而，由于“民间”本为中国语言和思想传统中的固有词语，随着“到民间去”口号的风靡，读者往往将“民间”理解为“去……到”行为的整体对象，当读者们由此生发出“民间怎样，怎样到民间去”的追问和讨论[3]，“民间”就悄然成为一个独立的范畴和对象物，开始拥有了自身的语义结构和生长空间。

那么，这个独立的范畴“民间”包含着哪些意义要素，在 1920 年代中国的语境中，又应当作何理解？尽管大多数当代论者都将“民间”视作一个不言自明、其含义从古至今基本维持不变的词语，但如果我们真正进入其概念内部，就会发现，它所包含的具体内容其实经历了巨大的转变。“民间”的含义包括两个层次，其一围绕着对“民”的理解展开，在此基础之上，它又指向了不同类型的“民”所处的空间和地域[4]。“民间”范畴的现代演

---

[1] 参李雪:《19 世纪俄国“人民性”的概念史考察》,《俄罗斯文艺》2022 年第 4 期。

[2] 关于 V Narod 口号在中、日文里的翻译绍介情况，可参见本书第 1 章第一节相关讨论。

[3] 舒承彬:《民间怎样？怎样到民间去？》,《学生文艺丛刊》第 2 卷第 6 集，1925 年 6 月，第 20 页。

[4] 参毛巧晖、刘颖、陈勤建:《20 世纪民俗学视野下“民间”的流变》,《华东师范大学学报（哲学社会科学版）》2004 年第 6 期，第 71—72 页。

变虽然没有彻底颠覆这一意义层次结构，却在内部的组成要素上，发生了激烈的更新与再生。1920 年代的“到民间去”风潮是这一转变过程中最引人注目的章节，“民间”作为一个问题被提出，也意味着此前众多已在进行之中的线索被收拢，集中推到历史的台前。从这个角度来看，理解“民”的方式和对“民”所处空间位置的指认，这些观念所经历的现代演变历程，构成了 1920 年代“到民间去”风潮发生的背景。

在中国的传统理解中，“民”是一个指意极为丰富的概念，它既可解为普天之下之“生民”，所有臣服于皇权的“齐民”，亦可能是官绅军商民序列之中的一种具体的社会身份。伴随着 19 世纪中期以来中国日益深刻的内外危机，一个新的进程也逐渐浮出水面，这就是人民应当成为国家和社会生活的最高原则这样一种观念，越来越成为普遍共识。有别于君主统治需要人民认可的传统看法，这一新观念也深刻介入和推动了塑造现代国家及社会的历史。在这个意义上，19 世纪中后期以降，从清朝内部的种种革新，到民国终结帝制、肇建共和，再到 20 世纪前半叶风起云涌的社会运动与革命，直到中国共产党统一全国、底定政权，这个漫长的历史过程，可以被视为人民作为组织国家和社会生活最高原则的命题逐步生长、发展和最终完成的过程。近年来，许多论者用“人民政治”来概括和描述中国共产党和中华人民共和国的政治形态特征[1]，本书则在更宽泛的意义上，用这一概念来指称上述历史进程，以及在这个过程中，为了实现人民性的政体和社会组织形态而进行的一系列政治的、社会的、思想的、文化的活动。

---

[1] 参徐俊忠：《关于“人民政治”的概念》，《开放时代》2023 年第 1 期；王悦之：《人民政治的兴起与演化》，《开放时代》2021 年第 4 期。

有关“民”的定义和想象构成了理解“民间”的基础，“民间”范畴的现代转型因而也可被视为人民政治进程的一个连带反应。随着清王朝统治危机的加深，首先出现的是一种尝试与国家（尤其是现代国家形式）建立密切关系的“民”之构想，以推动国家制度自身的现代转型。“国民”概念在晚清舆论场中的压倒性影响，昭示着对现代国家的追求此时成为重新想象和界定“民”的核心驱力。沈松侨的分析指出，晚清的“国民”概念纠合了两个互相区分的层面：当作为一个整体时，它被视为国族（nation）的等价物；在个体层面，其内容又与“公民”（citizen/citizenship）庶几近之[1]。“国民”概念将民族国家设定为现代中国的基本范式，同时希望经由每个个体都达到一套意识上、伦理道德上、行为方式上的要求，来完成这一目标。这不仅是知识分子的纸面设想，而且贯穿和主导了晚清的诸种改革设计。落实到实际社会生活中，由此种新的“民”之理解出发，国与民、官与民、国家与社会的权责边界也需要被重新划分，由是又产生出新的社会空间和组织方式。尽管地方始终是承载民众日常生活和风俗习惯的自然单位，但在晚清制度性的地方自治、分权潮流推动下，“地方”开始被理解为现代公民自我管理、行使自身权利的空间，清末文化场域中对传统地方情感和文化要素的广泛调用，无疑也加强了地方作为一种现代之“民”的空间边界的感觉。

1911年的辛亥革命标志帝制在中国的终结，民国作为彻底建基于人民主权之上的国家，也意味着清末以“国民”概念为基础的诸种改革计划形诸现实。不过，民国初年长期的混乱局面，又

[1] 沈松侨：《国权与民权：晚清的“国民”论述，1895—1911》，《“中央研究院”历史语言研究所集刊》第七十三本，第四分，2002年12月，第686—687页。

暴露出民国内部的结构性难题。持续的边疆危机，挑战了作为国家及民族全等物的“人民”设想对边疆地区和少数民族群体的统合能力；窳败的议会与政党政治，则显示代议民主的操作未能真正实现代表性的承诺。在第一次世界大战引发的欧洲文明危机和1917年俄国革命的刺激之下，曾经被无限渴望的国家政治形式光芒黯淡了。这也推动有关“民”的设想从与国家制度的密切绑定中松脱出来。“五四”前后，“庶民”“平民”等提法盛行一时，毋宁说是想象和界定“民”的方式发生了转移的一种反映。“庶民”和“平民”的概念一方面指向了国内被堕落的代议政治所无视和倾轧的一般民众，同时亦厕身于世界主义的全球图景之中，“庶民”和“平民”延伸开去，即与全世界受苦的人联为一体。这样的思考方式从内外两个方向冲击着现存的国家和政治框架，要求经由一种对更真实的民众状况的把握，来重新构造国家、社会，乃至整个世界秩序。

理解“民”的方式从“国民”向“庶民”“平民”转移，是1920年代“到民间去”风潮发生的基本前提，“到民间去”也因此内在于这个经由新的民众想象来重造国家与世界的激进议程。但是，周作人的翻译和“到民间去”口号的广为流传，又在“庶民”和“平民”之外，使得“民间”这一范畴加入了话语和思想的场域。如果说“庶民”和“平民”仍主要是关于民众抽象的、群体的界定，那么“民间”则在语词的层面，将“民”所置身的空间环境这个新的面向提示出来。所谓空间，既包含了河流、山川、气候、物产等自然条件，也关涉到在这些自然条件基础之上长期积累形成的生产方式、生活习惯、人际关系网络等社会因素。对“民间”的探寻，从而首先意味着不再将民众视为个体的简单叠加，而要在具体和多重的历史社会条件当中，去把握人民真实的生活、思想和行为。周作人选择“民间”二字或许仅是无心之举[1]，但由此，一个极为特殊的话语和实践空间得以在中文世界打开来，正是经由“民间”的提醒，空间的关系和规定性成为关注和理解民众一个不可或缺的部分。

在“到民间去”风潮中，大多数人将“民间”直接等同于乡村或农村。此外，对民间歌谣、风俗的兴趣，使得许多人也将少数族群[2]和边疆地区纳入“民间”的框架之中。农村和边疆作为1920年代想象“民间”的两个主要空间架构，它们浮现于历史之中的具体过程，本书将在后续章节中进行详细追溯，在此首先需要交代的是，它们的出现并非偶然，而有其逻辑可循。诚然，“民间”的明确词语是在1920年代才成为话题的，但这并不等同于将民众与某一空间架构联系起来的思维方式在此前并不存在。如前文所述，在清末的诸种改革和文化实践中，地方已经很大程度上被塑造为从属于民众的空间，而将地方或地方性视为一种较真实、直截地把握民众取径的思路，也成为一个延续贯穿整个20世纪的

---

[1] 周作人究竟为何选用了“民间”二字，现在暂无直接证据或相关材料可做说明。很多研究者相信，“民间”二字可能受到日本影响，尤其是周作人极为欣赏的日本民俗学家柳田国男。不过，柳田国男提出著名的“民间传承”概念乃在1930年代，远晚于周作人进行翻译的时间。另一条值得注意的线索是，周作人在“五四”前后也颇为钟爱日语词语“人间”，曾用“人间主义”来替代人类主义，“民间”二字或受此启发而来。参伊藤德也、裴亮：《周作人“人间”用语的使用及其多义性——与日语词汇的关联性考论》，《现代中文学刊》2017年第2期。

[2] 本书使用“少数族群”一语，是因为这一时期关于民族、种群的认知普遍处于较为模糊和混杂的状态，在指称今日我们所理解的少数民族时，常常用“人”或“民”而非“族”，如“猺人”“獞人”“畬民”；与此同时，一些在我们今天理解中并不构成民族的特殊人群，如客家人、蛋民（蜑民），在当时的讨论中又被加以“族”的后缀，或被当作“特种民族”。“到民间去”运动不仅注意到今天我们所理解的少数民族，而且将同等的兴趣、目光、观察投向了客家人、蛋民等后来未被划为“民族”的人群。使用“少数族群”一语乃是为了在一个更广泛的层面上对这一倾向加以概括，避免与1949年之后形成的“民族”观念相混淆。

主题。但是，在晚清的语境中，“地方”的浮现同时又内在于地方自治的制度性框架，它的基本构造和内在困境，从而也与围绕国民、公民观念展开的制度安排密切地纠缠在一起。正如同民初的政治安排在整合能力和代表能力上展现的双重脆弱，地方自治的实践也存在着内地与边疆地区之间的不平衡。此外，被设想为地方“民”之代表的新旧士绅和地方精英，在经济结构变动、城乡分化、传统士绅阶层裂变等要素的作用下，也越来越与一般民众处在隔绝、紧张的关系之中。在这个意义上，农村、边疆作为“民间”浮现出来，其前提恰恰是以国民、公民为基础的政治和社会组织形式遭遇了危机。

一种要求在现有国家政治的框架之外重新想象和把握民众的观念出现了，在这种新的民众观念的基础之上，又有重新组织国家和社会形态的要求；更进一步的是，通过对具体的空间关系和规定性（农村与边疆）的锚定，来生成新的民众形象和类型，这些要素的集合，从内部构成了 1920 年代“民间”范畴的指意范围。不过，正如作为运动的“到民间去”风潮本身所提示的，“民间”范畴在 1920 年代所扮演的角色，绝不限于认知和知识领域内的一个话语装置。一定程度上甚至可以说，正是在平民演讲和教育、“五四”宣传等实践中，有效地接近并发动民众的需求反向地刺激了对“民间”的讨论与关注[1]，而知识和话语的深入，又重新塑造了社会运动和实践的具体方式，社会调查、民间歌谣习俗等知识在后续的五卅运动、大革命中被调用，显示出“民间”同时在知识和实践领域之间的贯通游走。因此，“民间”范畴所包含的

[1] 如罗家伦在“五四”一周年总结运动得失时，就痛感学生与群众的隔膜，提出著名的“养猴子的人，必须自己变成猴子”的说法。参罗家伦：《一年来我们学生运动底成功失败和将来应取的方针》，《晨报·五四纪念增刊》，1920 年。

诸种意义要素，并不是经由知识脉络内部的发展积累沉淀至一处，而是在“民间”这个开放的空间内，发生运动、碰撞、交汇，由此生出新的、多重的“民间”理解和与“民间”建立关系的方式。整个1920年代，“民间”范畴呈现出极为灵活和多变的样貌，本书也不是在单纯的概念意义上对“民间”加以理解，而是将其理解为一种同时介入话语和实践的独特空间形态。

这样一种特殊的空间形态之成为可能，得益于“五四”之后文化与社会运动互相影响、互相转化的特殊机制。如果说，“民间”范畴的现代转型构成了理解1920年代“到民间去”风潮发生的历时性背景，那么，以“五四”为发端，文化与社会运动形成的某种互相生成和转换的态势，则为其提供了共时性的基本前提。汪晖曾指出，“五四”文化运动乃是“与政治相隔绝但又能重造政治的文化”[1]，与旧的国家政治的断裂，也意味着将新政治置于更基础的社会或民众之上。在陈独秀的设想中，所谓“新文化”，并不等同于白话文或批判、取消旧戏，它真正指向的是以文化来“发挥公共心”“造成新集合力”，创造不受现实政治羁绊的“新的政治理想”[2]。瞿秋白也展望，从文化运动可进而至群众运动和社会运动，最终，“一小部分的变动渐渐波及全体”，“根本改革现社会一切组织”[3]。经由文化和社会运动的互动，如何在现实政治框架之外重塑社会、公共性和新政治成为时代的关键议题，重新认知民众、寻找接近民众的方法，无疑就处在了问题的核心地带。

---

[1] 汪晖：《世纪的诞生：中国革命与政治的逻辑》，北京：生活·读书·新知三联书店，2020年，第208页。

[2] 陈独秀：《新文化运动是什么？》，《新青年》第七卷第五号，1920年4月。

[3] 瞿秋白：《社会运动的牺牲者》，《瞿秋白文集·政治理论编》第一卷，北京：人民出版社，2013年，第51页。

1920年代，“民间”作为话语和实践空间的出现与存在，其所完成的不仅是一个传统范畴的现代转型，而且也生产出若干对后续人民政治的发展具有决定性意义的要素。在此，本书将这一过程称为“民间新生”。“民间新生”首先是在范畴和认知层面上的重组。伴随着“到民间去”的口号，经由“民间”这一新获得注目的范畴的提示，此前关于抽象的、集体的“民”的讨论，才被自觉地置于具体的空间边界和构造之中。“民间”作为一个被普遍接受的范畴进入思想和文化领域，从而也意味着，细致的社会内在肌理和相关物质条件如何决定了“民”的形态及其可能性的方向，将成为此后有关民众、人民、群众讨论时一个难以绕过的前提。无论是激进的革命者将“民间”锚定为农村并对其展开阶级结构和动力机制分析，还是通过文化手段去发现、摹写民众独特的精神与情感世界，抑或是边疆地区和少数族群在“民间”之中的“见”与“不见”，都包含着一个从特定空间架构出发来把握民众、人民等范畴的过程。

“民间新生”同样参与了一个行动的、演进的主体的生成。近年的许多研究都注意到新制学生身份和“五四”的青春话语、个人观念如何造就了“五四”新一代的主体感觉[1]，本书讨论的

---

[1] 罗志田：《近代中国社会权势的转移：知识分子的边缘化与边缘知识分子的兴起》，《权势转移：近代中国的思想与社会（修订版）》，北京：北京师范大学出版社，2014年，第131—153页；鲍夏兰：《李大钊叙述中的青春、时间与历史》，白露等编：《从外部世界看中国》，南京：南京大学出版社，2016年，第72—91页；Fabio Lanza, *Behind the Gate: Inventing Students in Beijing*, New York: Columbia University Press, 2010, pp. 12–15; Song Mingwei, *Young China: National Rejuvenation and the Bildungsroman, 1900–1959*, Cambridge and London: Harvard University Asia Center, 2016, Chapter 1, pp. 14–59; 王璞：《青春的旅程与时代的变奏——读宋明炜〈少年中国〉》，《读书》2017年第10期；王汎森：《从“新民”到“新人”》，《思想是生活的一种方式：中国近代思想史的再思考》，北京：北京大学出版社，2018年，第33—68页。

多个个案则尝试呈现“五四”的另一个重要侧面，即通过“到民间去”的思考和践行，青年和知识分子也在建立自身与更广阔的民间、社会的关系，对外在世界的认知同样反身性地参与了塑造知识和践行群体的自我认知与主体位置。当然，主体重塑的方向绝不是单一的。在李大钊的设想中，青年应该通过实践与广大的乡村世界有机结合起来，这一设想也埋下了后续青年一代激进化、运动化、政党化的种子。而对周作人而言，对“民间”的思考和探求更多地局限在学问和文学的世界中。如果说李大钊与周作人的思考和进路代表了两种不同的类型，那么即便在后者那里，思想和知识的工作也不能等同于自我意识的内部确证和循环，而仍然接续着更大的社会关怀。正是在青年和知识分子敞开自身，建立自身与民众、社会关联的基础之上，真正的“人民”才不仅仅是被精英摆弄和控制之物，而可能真正地在历史中浮现出来。

从“民间”到“人民”

历史地看，如果我们把现代中国人民政治的发生演进视为一个漫长的过程，那么1920年代，“民间”作为一个开放的话语和实践空间的出现及展开，就构成了其中承上启下的关键环节。当时围绕着“民间”的讨论和实践生成了新的政治性的主体、空间和活动方式，而这些要素最终形塑和底定了1940年代中国共产党发展出来的独特的“人民”构想，以及以此为基础的一系列社会生活和文化组织方式。“民间新生”构成了人民政治真正完成的前提条件。

在以往有关中国近现代历史的研究中，存在一种颇有影响力的叙述。日本学者沟口雄三曾经将明清之际围绕着宗族、行会、善堂等组织团体建立起来的乡村秩序命名为“乡里空间”或“民间空间”[1]，认为太平天国后地方军事力量的崛起亦在此逻辑之中，辛亥革命从而是“随着十六七世纪以降‘民间’势力的增强”而使得“中国的王朝‘制度’”渐行崩溃的结果[2]。美国学者孔飞力（Philip A. Kuhn）没有使用“民间”一词，但他的研究思路与沟口的观点有诸多可互相印证之处，孔飞力认为地方绅权的扩张不仅导致了清王朝的瓦解，还成为后续中国分裂、军阀混战的源头[3]。坐大的地方士绅也积极介入并争取清末逐步扩大下沉的政治经济权利，包括晚清至民国的地方自治运动在内的一系列政治与社会试验即由此而来[4]。如此看来，沟口和孔飞力的叙述勾勒出了某种从晚清延伸至民国的“民间空间”，其核心特征是以新旧士绅阶层为主导的社会自我治理空间的扩张与发展。他们将这一历史趋势及其表现形式（地方分权和自治）视作中国内部朝向现代转

---

[1] 从时间上来看，沟口首先是在《中国的冲击》中有“民间空间”的命名，后在与小岛毅等人合著的《中国思想史》中将之修改为“乡里空间”。但即便在修改后，关于“乡里空间”的表述中仍有：“明末清初相较此前，与官体制中的里甲制的弱化成反比的，是乡里空间中‘民间’意识开始强化，这一量的变化逐步成为质的变化而日益明显，成为这一时期的特质。”参沟口雄三：《中国的冲击》，王瑞根译，北京：生活·读书·新知三联书店，2011 年，第 243—244 页；溝口雄三、池田知久、小島毅、『中国思想史』、東京、東京大学出版会、2007 年、第 132—134、195—199 頁。

[2] 沟口雄三：《中国的冲击》，第 107、98 页。

[3] 孔飞力：《中华帝国晚期的叛乱及其敌人》，谢亮生等译，北京：中国社会科学出版社，1990 年，第 224—239 页。

[4] 参孔飞力：《中国现代国家的起源》，陈兼、陈之宏译，北京：生活·读书·新知三联书店，2013 年，第 93—102、119—122 页；Philip A. Kuhn, “Local Self-Government under the Republic: Problems of Control, Autonomy, and Mobilization”, in Frederic Wakeman, Jr. and Carolyn Grant eds., *Conflict and Control in Late Imperial China*, Berkeley, Los Angeles and London: University of California Press, 1975, pp. 258, 276–287。

型的主要动力，而民国以来建立统一、权力集中型国家的倾向，则意味着前者所开启的现代进程最终未能完成[1]。

沟口和孔飞力将此种“民间空间”视作中国内生现代性的产物；但需要注意的是，它的发展、壮大乃至萎缩，同样极大地与清中后期肇始的人民政治历史脉络所带来的一系列变化关联在一起。如果欠缺国家形态和权力安排的现代转型、集体性的“人民”观念逐步上升为国家和社会生活的最高原则，以及由此所开创出来的更广泛的政治参与和更多样的社会自主空间等一系列要素，“民间空间”本身的发展恐怕也将受到相当的限制。包括新崛起的军事、商业精英在内的新旧士绅，积极介入地方自治、学会、商会、行业和各界联合会的组织实践[2]，在新开辟的政治和公共空间内充当了“民”的代表，同时也尝试创造并普及一种现代的民众话语和民众文化。李孝悌研究所描述的清末下层社会启蒙运动，无疑是其表现和结果[3]。在这个意义上，清末出现的此种“民间空间”，可被视为人民政治演化过程中的第一个阶段。

---

[1] 孔飞力：《中国现代国家的起源》，第 91—102 页；Philip A. Kuhn, “Local Self-Government under the Republic: Problems of Control, Autonomy, and Mobilization”, in Frederic Wakeman, Jr. and Carolyn Grant eds., *Conflict and Control in Late Imperial China*, pp. 280–287；沟口雄三：《作为方法的中国》，孙军悦译，北京：生活·读书·新知三联书店，2011 年，第 108—113 页。

[2] 田中比吕志、『近代中国の政治統合と地域社会：立憲·地方自治·地域エリート』、東京、研文出版、2010 年；马敏：《官商之间：社会剧变中的近代绅商》，北京：社会科学文献出版社，2022 年；章清：《清季民国时期的“思想界”》，北京：社会科学文献出版社，2021 年；叶文心在她关于施存统的著作中，也提供了一个晚清民国时期浙江教育联合会的案例，参 Wen-Hsin Yeh, *Provincial Passages: Culture, Space and the Origins of Chinese Communism*, Berkeley, Los Angeles and London: University of California Press, 1996, Chapter 6。

[3] 李孝悌：《清末的下层社会启蒙运动：1901—1911》，石家庄：河北教育出版社，2001 年，第 239—240 页。

然而，如此的“民间”方案本身也包含着重大的缺陷。一个较易被看到的症候是清末十年愈演愈烈的绅民冲突[1]，它挑战了士绅阶层作为“民”之代表的合法性，呈现出这个被重新划定的“民”的群体内部，存在着互相冲突的诉求和权利分配的不平衡。另一个较为隐蔽的问题还在于其整合能力。如果说，作为实际政治和社会空间的“民间空间”是伴随着国家政治现代转型而出现的，那么，它也应当构成为现代中国提供合法性来源的“人民”理念在现实中的对应物。但事实上，“民间空间”高度依赖的社会组织和文化形式，如以宗族、士绅为核心的民间团体传统，及方言文学和地方戏曲等，主要繁荣于汉人聚居的十八行省内，未能妥善地应对整合边疆地区和人群的挑战。清朝覆灭之后，代表性和整合性两个方向上的困境，最终也成为以人民主权为合法性来源的民国所不得不面对和解决的难题。因此，与其说晚清成长起来的上述“民间空间”形态终结于不断膨胀的现代国家力量，不如说是上述两方面的缺陷，致使其不得不走向衰落。

从人民政治本身发展和演进的角度看，1920 年代的“到民间去”运动，就是在以士绅和地方精英来代表和覆盖“人民”的政治尝试的失败之处开始的。从精神上看，李大钊重构青年与农村关系的设想，周作人的新村试验，“五四”青年的工读合作团及其他形式多样的重造“社会”的尝试，乃至国民革命中的工会、农会组织，未始不可被视为晚清“民间空间”的继承者——在强调民众间应当形成现代的、有能力的自我组织，精英知识分子须主动促成这一目标并承担起知识文化传播的责任等问题上，它们确

[1] 王先明：《士绅阶层与晚清“民变”——绅民冲突的历史趋向与时代成因》，《近代史研究》2008 年第 1 期。

有一脉相承之处。但是，1920年代围绕着“民间”展开的话语和实践又出现了关键性的发展和区别。

一个显著的差异首先是晚清的士绅精英被“五四”的青年群体取而代之。如果说，士绅精英是经由相对固定的财产和社会身份来定位的，那么“青年”虽然在现实生活中很大程度上与学生群体相重合，但正如李大钊、陈独秀等人一再表明的，界定“青春”“青年”的尺度，更多是由精神、气质、思想、行为方式等要素而非生理年龄来提供的[1]。“青年”不是规定的既成之物，而是处于持续的形成和创造之中的群体，这一特点既使得对“民间”的注视和关怀可能成为塑造“青年”主体的重要力量，也使得青年与“民间”的关系，迥然有别于晚清士绅精英代表“民间”、单方面启蒙和唤醒“民间”的模式，而呈现为一种双向的塑造关系。诚然，1920年代的“到民间去”运动也包含了相当程度的居高临下启蒙民众的要素，但文化、学术、艺术等领域广泛的“向下”转型，表明“民间”同样反向地介入并改变了青年和知识分子既有的认知方式。

在意识和再现的领域之外，对“民间”和民众的理解与关注也刺激青年找寻和尝试新的自我组织方式，新的政党政治也由是产生。如果说，民初旧政党政治的破产，是由于其运作完全与其应代表的社会基础脱节，成为自我循环的利益集团，那么1920年代崛起的新型政党之“新”，不仅在于列宁主义式的严格组织和各自标榜的“主义”，而且在于，政党必须依靠宣传、运动、革命等方式重建自身与民众的真实关系。这既反映在1920年代新出现的政党在争夺领导权时，纷纷谋求将各自的革命方向和目标建立于各自

[1] 李大钊：《青春》，《新青年》第二卷第一号，1916年9月；陈独秀：《敬告青年》，《青年杂志》第一卷第一号，1915年9月。

的民众观论述之上，甚至 1927 年国民党获取了合法执政地位之后，仍然投入不少精力从事民众教育、乡村建设、青年与文化运动[1]。如果说，一定程度的社会动员和文化介入，成为后“五四”时代的政党赖以维系其与民众关系的必然路径，那么此种政党政治逻辑的形成，也与 1920 年代“到民间去”运动有着密不可分的关系。

另一个显著的差异，则是理解和把握“民间”方式的变化。当然，正如前文所指出的，作为明确固定词语的“民间”二字，是在“五四”时期才大行其道的，但这并不意味着此前关于民众的空间性设想不存在。晚清对“民”的重新界定伴随着国家权力和制度安排的转型，对此种现代之“民”所处空间的想象，因而也紧密地与建设现代国家、划分国 / 民界限的议程联系在一起。有别于晚清的状况，民初国家政治的全面溃败则无意中开启了另一个前景，使得游离在国家政治框架之外的文化和社会运动，有可能成为塑造“民间”想象和认知的核心方式。“到民间去”作为一场牵涉广泛的运动之所以可能发生，正是这一变化的表征。与规范性的、由上而下的制度性空间建构不同，运动具有自发、偶然、即兴的特征，它所带出的对“民间”的理解，也往往是多元、混杂甚至互相抵牾的。如果说 1920 年代关于“民间”的表述和实践呈现出纷繁多歧的面貌，未能形成某个统一的方向，那么这正

[1] 参周慧梅：《近代民众教育馆研究》，北京：北京师范大学出版社，2012 年；郑大华：《民国乡村建设运动》，北京：社会科学文献出版社，2000 年，第 426—455 页；Kate Merkel-Hess, *The Rural Modern: Reconstructing the Self and State in Republican China*, Chicago and London: The University of Chicago Press, 2016, pp. 110–138；Brain Tsui, *China's Conservative Revolution: The Quest for a New Order, 1927–1949*, Cambridge and London: Cambridge University Press, 2018, pp. 68–113; Maggie Clinton, *Revolutionary Nativism: Fascism and Culture in China, 1925–1937*, Durham: Duke University Press, 2017, pp. 128–190; 冯淼：《右翼革命及其文化政治：评〈革命的本土主义——1925—1937 年中国的法西斯主义与文化〉》，《开放时代》2018 年第 4 期。

是由于塑造这些表述和实践的文化运动与社会运动，本身就处在交叉、分化、合作、抗争的复杂关系之中。

但是，即便有关“民间”的理解是混杂不一的，“五四”前后仍然形成了新的把握“民间”的方式，这一事件已经具有了深刻意义。“五四”文化和社会运动的激荡，既是民初国家政治溃败的后果，又是对它的回应。从这个角度来看，不同力量、领域对“到民间去”口号的征用，以及伴随而来的对“民间”的重新界定和表述，毋宁是经由激进的运动方式，在国家政治的框架之外，重新规定了作为现代中国政治和公共生活之基础的“人民”范畴的边界和内在构造。舆论场的关键词由“国民”进而发展为“平民”“庶民”，昭示着一种以摆脱国家为前提、从根柢处开始重新想象和理解民众的冲动。这种想象既内在于一个全球联动的新视野，也经由农村、边疆等具体的空间构造得到赋形。尽管理解民众的诸多方式此时还杂糅于一片混沌中，它们的关联组合并未沉淀出更清晰稳固的形态，但对后续历史，尤其是1940年代人民政治产生结构性影响的种种要素，实际已于此时现身登场了。

关于1940年代由中国共产党人的革命实践所发展出来的人民政治，许多论者都注意到其与农民的密切关系[1]。迈斯纳认为，这是“对现代及资本主义以及它使人类和社会付出的代价，特别是由农民承受的那些代价所提出的抗议”[2]。就此来看，1940年代人民政治的一个关键要素，是经过阶级话语转译之后，农村和农民

[1] 作为中国革命直接目击者的埃德加·斯诺（Edgar Snow）当时就评论说：“如果称之为农村平均主义，较之马克思作为自己的模范产儿而认为合适的任何名称，也许更加确切一些。”埃德加·斯诺：《西行漫记》，董乐山译，北京：生活·读书·新知三联书店，1979年，第193页。

[2] 莫里斯·迈斯纳：《马克思主义、毛泽东主义与乌托邦主义》，张宁、陈铭康等译，北京：中国人民大学出版社，2005年，第96页。

成了革命的中心问题。如果说，迈斯纳将中国革命的这一特质经由李大钊而追溯至俄国民粹主义的影响[1]，或许过于夸大了单一思想因素的作用，那么不可否认的是，乡村或农村与阶级话语发生交叉，并进入中国革命的脉络，是与理解“民间”方式的历史演变，尤其是1920年代的“到民间去”运动分不开的。

但是，农民和农村成为一场共产党人发起的革命运动的核心，本身又构成了一个需要进一步解释的问题。美国学者查默斯·约翰逊（Chalmers Johnson）就曾提出，农民成为革命的主力，毋宁证明了中国革命的民族主义而非社会主义气质[2]。这也实际将我们引向了1940年代人民政治的另一个重要特质，即此时的“人民”范畴包含了阶级和民族的双重指向。事实上，从1930年代中后期开始，“人民”被置于中国共产党话语和实践的核心，正构成了对此前过度强调阶级方向的一种调整。在中国共产党人的论述中，“人民”既是“反对外来民族压迫”前提下整合了各族人民“平等的联合”的“中华民族”的对等物[3]，又保留了阶级解放和社会革命的目标，是“工人、农民、城市小资产阶级”和“一切其他阶级中愿意参加民族革命的分子”的联盟[4]。单一地强调“人民”的阶级属性或民族属性，都是有所偏颇的。

“人民”的这一独特构造同样与“民间新生”的历史过程有着直接关系。“民间新生”回应的，实际是伴随着政治和社会生活最

---

[1] 莫里斯·迈斯纳：《李大钊与中国马克思主义的起源》，第282—285页。

[2] Chalmers Johnson, *Peasant Nationalism and Communist Power: The Emergence of Revolutionary China, 1937–1945*, Stanford, California: Stanford University Press, 1962, p. 179.

[3] 毛泽东：《中国革命和中国共产党》，《毛泽东选集》第二卷，北京：人民出版社，1991年，第621—623页；洛甫：《中国共产党七十周年纪念》，《解放》第四十三—四十四期，1938年，第65—69页。

[4] 毛泽东：《论反对日本帝国主义的策略》，《毛泽东选集》第一卷，第156页。

高合法性原则的转移，具体的社会空间形态和关系如何重新组织安排的问题。在效法欧西的国民或公民范畴连同相关的社会组织安排方式无法实现其有关平等、民主的许诺，或难以吸纳覆盖旧政体统治下的区域和人群之时，关于“民间”的讨论就浮现了出来。乡村和边疆成为1920年代想象“民间”的主要空间构造，毋宁提示了生活于其中的具体社会群体及其存在样态，在新的政治设计和文化表现中，未得到充分重视和认真对待。作为上述政治和社会生活最高合法性原则转移的长程历史之一部分，“人民”的构想从而也不得不对此做出回应。阶级和民族的视野在“人民”范畴中发生交汇，正是通过一种激进、崭新的“人民”想象方式，将农民和边疆地区少数族群融入自身内部。广泛的阶级联盟和统一战线取代对阶级先进性的过度强调，使得农民可能成为“人民”的主要组成部分，同时没有放弃在人民内部追求最大程度的社会平等；而将各族群放置在同一个反抗外来压迫的图景之中，则将对帝国主义威胁的体认转化为了民族平等与团结的推动力。如果说这样的一种“人民”构想超越并弥补了晚清“民间空间”的不足，那么欠缺了“民间新生”的历史演进过程，尤其是缺少了1920年代广泛的文化和社会运动、经由对“民间”的讨论将农村与边疆问题提出这一历史前提，此种以阶级和民族视角互为前提的方式来重构“人民”的尝试，也将是不可想象的。

1940年代的人民政治同时也孕育和催生了属于自身的文化类型，1949年，周扬将之命名为“人民文艺”[1]。以延安文艺为代表的人民文艺广泛吸纳了具有地方、乡村、少数民族特色的风格、

[1] 周扬:《新的人民的文艺》,《周扬文集》第一卷，北京：人民文学出版社，1984年，第513页。

样式、情调，李孝悌也在这种向下直接学习和调用民间形式的姿态当中，发现了晚清下层启蒙运动与延安文艺的一致性[1]。但即便局限在文化形式的内部，二者的差别仍然是巨大的。晚清的知识精英将戏曲、地方音乐、曲艺等视为可以直接借用的启蒙工具，但对人民文艺而言，地方的、乡村的、少数民族的文艺样式，是包含着人民性又仍须经过加工和再造的原初形态。如果说对民众文艺形式的工具性理解，表明清末的精英阶层并未真正抛弃居高临下的态度，没有撼动精英与民众间的区隔，那么人民文艺对地方的、乡村的、少数民族的文艺要素的吸纳和转换，则不仅意味着创制真正属于“人民”的全新文艺形式，而且也由此召唤了一个吸纳又超越地方、农村、边疆、少数民族的“人民”进入现实。在对文化的理解上，考虑到 1940 年代文化与大规模社会改造之间的紧密关系、文化成为召唤和创制全新民众主体的方式，人民政治更多继承的实际是 1920 年代“到民间去”运动的遗产，而非晚清的下层启蒙运动。正是得益于肇端于“五四”的、文化与社会运动互相支撑转换的特殊机制，1920 年代的文化不再是从属于固定的“民间”空间之物，而成了可跨越不同群体、阶层、空间，将来源各异的要素融汇重铸的生成性力量。尽管个别地看，包裹在这场“到民间去”运动中的构想是多种多样的，但就整体而言，思想、文化、学术上对“民间”的追问探讨，包含了想象新的政治、社会和文化主体，并经由具体的社会实践使其在现实中现身的激情。如果我们承认 1940 年代“人民”的生成不仅是政治革命的结果，文化同样在这个过程中居功至伟，那么使得文化、社会运动、新主体塑造互相关联起来的这一特殊逻辑，正是最初在

---

[1] 李孝悌：《清末的下层社会启蒙运动：1901—1911》，第 250 页。

1920 年代的“到民间去”运动当中浮现，并延伸至 1940 年代的。

线索与内容

1930 年，阳翰笙以“华汉”的笔名，将自己三部中篇小说结集出版，题为《地泉》。在阳翰笙笔下，农村暴动风起云涌，犹疑、放浪形骸的城市知识分子在革命家指引下成长为红军干部，怀抱着“到民间去”理想的青年则进入工厂，和工人一起参与罢工、成立工会。“地泉”的命名接续着中国以“水”来譬喻民众的悠久传统。但仔细品味小说的内容和基本设置，我们也不难发现，小说作者对无产阶级、群众、人民的基本想象，以及他们的力量如何可能汇聚成形、冲出“地表”，都深刻地植根于 1920 年代“到民间去”运动所塑造的历史地形。尽管不久后，“地泉”三部曲就因“革命的浪漫谛克”和“脸谱主义”受到包括瞿秋白、茅盾在内的严格批评[1]，“地泉”或“水”的意象却萦绕徘徊在一代人的头脑之中。丁玲的左转以小说《水》为标志，汹涌的洪水也正隐喻着农村群众的愤怒与反抗。茅盾在回应幼稚的革命文学时，则提出作家应当以“能够观察分析的头脑”，去了解“群众的噪音，静聆地下泉的滴响”[2]……

本书亦借“地泉”的意象充作书名，但并不将其限于左翼文

[1] 易嘉（瞿秋白）、郑伯奇、茅盾、钱杏邨、华汉：《〈地泉〉五人序》，上海文艺出版社编：《中国新文学大系 1927—1937 · 文学理论集一》，上海：上海文艺出版社，1987 年，第 864—883 页。

[2] 茅盾：《读〈倪焕之〉》，《茅盾全集》第十九卷，北京：人民文学出版社，1991 年，第 211 页。

学的范围。1920年代“到民间去”运动的开展，恰如泉水在地下的涓滴，既千脉万源，蜿蜒岔涌，又水滴石穿，汇聚为流。它是一个弥散的过程，也是一个形成的过程。地泉的涌动预示了还未来但将要来到的许多东西。在此，知识和认识范畴的汇集，知识分子群体的探索，经由社会运动和革命涌现出的群体意识……都提示着新的空间和构造正在逐渐成形，而撼动中国与世界的力量也即将由此涌出。

本书标题中的另一个关键词“文化再造”，则涉及本书叙述“到民间去”运动所依托的一条核心线索。本书将对“到民间去”运动的考察，放置于文化运动在整个1920年代的演化与变迁过程之中。正如前文已揭，如果说，在现代的国家和政治转型中，重新划定“民间”的位置和边界，是一个逐步累积的漫长进程，那么“到民间去”的运动之所以能在“五四”前后发生、“民间”此时开始呈现为一个汇聚多种脉络与力量的空间，与文化运动作为一种特殊的机制在“五四”时刻的诞生是分不开的。汪晖曾多次论及“五四”文化运动的特殊逻辑，概言之，就是“通过文化与政治的区分而介入、激发政治的方式”[1]，因此“五四”时期的文化运动不是单纯思想和理念上的运作，而是本身包含着社会改造和重造国家政治的内容[2]，它的基本方式是“以‘文化’召唤‘运动’，它所召唤的是一个运动的主体”，也即“新政治主体”[3]。从而，尽管汪晖将“五四”认作“后19世纪新政治的重要开端之一”，他同时也认为，1920年代新型政党政治的形成一定意义上

---

[1] 汪晖：《世纪的诞生：中国革命与政治的逻辑》，第209页。

[2] 参汪晖：《文化与政治的变奏——一战和中国的“思想战”》，上海：上海人民出版社，2014年，第122—126页。

[3] 汪晖：《世纪的诞生：中国革命与政治的逻辑》，第272页。

表征了文化运动本身的收束[1]。

本书对文化运动的理解受到汪晖相关论述的启发，但与他的界定方式稍有区别。本书视文化运动为文化有意识地塑造政治、参与政治的一种“运动”性能。它的“运动”性不仅体现在经由“伦理”和“觉悟”打造运动的新主体，而且体现在塑造新的认知“社会”的方式，创造构成“社会”的新组织形态[2]。从这个角度看，文化运动就不仅仅是一个只局限于“五四”的临时事件，还是贯穿了整个20世纪前半叶中国思想文化以及政治和社会运动的实践。新型政党政治的目标和操作方式，固然与新文化运动初期“不谈政治”的宣称相背，但新型政党的成员与组织形态，政党与民众建立关联的方式，以及作为前提的对社会构成和状况的认知，又无不依赖于一种作为运动的文化。另一方面，尽管在“五四”之后，思想文化和社会运动呈现分流之势，但大量的思想讨论和学术研究仍然脱胎于“五四”前后“运动”时代的问题意识，相应地，具体的社会实践和政党政治所调用的知识范畴和框架，也与这些讨论和研究保持着互动关系。在这个意义上，“五四”之后，文化运动仍然在进行之中，只是思想和实践之间的关系变得复杂得多。因此，在具体的论述中，本书选取的个案，并不特别地区分思想学术讨论与社会政治运动，在一般被认为是学术研究和知识生产的事件中，本书所侧重的也是其运动性的一面，尝试从不同的脉络和具体的历史关联中，还原它们与真实的社会运动的关系、参与实践的方式，而不仅仅将其当作书斋内部的逻辑推演。

与文化运动的视角相关，本书也相应地更聚焦于“民间”空

[1] 汪晖：《世纪的诞生：中国革命与政治的逻辑》，第208—209页。

[2] 关于“社会”在文化运动当中扮演的位置和角色，本书在第1章第二节有更详细的阐述，在此不赘。

间由于“运动”而生成、展开的过程。从概念辨析或政治理论的角度，确定“民众”“民间”的边界，一个必然要遭遇的问题是与国家的关系。本书对“民间”的基本把握方式更偏向历史的维度，尝试勾勒的，因而是一个处在多重力量和脉络交织之中的历史空间，这个空间既包含认知的、思想的层面，也与具体的实践相关，而这两个层面都涉及知识精英、政党、民众等不同群体之间的互动。如果说“五四”时期文化运动的核心特征是在国家政治之外创造新的政治，那么1920年代的“民间”空间一方面由于政党政治的介入，不可能完全延续此前隔绝国家政治的方向，另一方面，此时的新型政党尚未获得国家权力，从而，政党政治的行动本身也很大程度上是在社会而非国家的层面展开的。“民间新生”并非指一个理念范畴或某个实体性的“民间”发生更新的过程，而是如何理解民众，如何根据这一理解来设想新的政治议程和运动方式，如何经由对民众的认知和与民众的关系，来打造新的能动的主体甚至政治组织形态等一系列问题重新被打开并找到新的解答的过程。1920年代“民间”空间所创出的内容，并不等同于宣称民众的主体已在这一时期完成建构并成为政治生活的主角，而是指向更微观层面，围绕着民众展开的文化政治、社会政治、政党政治、国家政治等具体内容形成和汇聚的过程。

本书除“导言”和“尾声”部分外，共由五章内容组成。第1章将分别从历时和共时的不同维度，交代1920年代“民间”空间可能出现、成立的两个前提条件，是为1920年代“民间”故事之“前史”。首先，“民间”这一中国传统内生的概念范畴，近代以来经历了虽不显豁却仍激烈深刻的演变，1920年代对“民间”的基本理解，建立在这场历史性转变的基础之上。其次，“民间”

在1920年代可能成为一个同时朝向话语与实践开放的流动空间，有赖于“五四”前后形成的文化与社会运动互相转换、互相激发的特殊机制。这一机制的形成与转变，不只推动了文化运动、社会运动朝向政党政治演进，也使得什么是民众、如何与民众建立关系成为贯穿1920年代的中心议题。“到民间去”的口号正是在这样的情境之中风行一时，而有关“民间”的探索和尝试也必然要在思想话语和实践的多个层面同时展开。

第2章题为“‘到民间去’在中国”，将通过两个个案，来探讨“到民间去”进入中国、传播和发生影响的不同脉络。李大钊的《青年与农村》（1919）是“五四”时期介绍俄国民粹派主张的经典文本。在李大钊那里，“到民间去”也即青年们到农村去，青年与农村的结合，不仅意味着青年们以劳动陶冶自身，也指向了青年们将现代文化输入封闭落后的乡村。李大钊将青年和农村结合的设想，极大地启发了激进的青年们，并在后续的政党政治实践中产生回响，但他高度启蒙主义的思路，同样制约了他对乡村自有文化形态的理解和发现。尽管一般都将引介“到民间去”之功归于李大钊，将V Narod译为“到民间去”的实则另有其人。1920和1921年，周作人先后两次发表了自己翻译的日本诗人石川啄木的名作《无结果的议论之后》。他振奋于“到民间去”的激情洋溢，又深感作为新文化知识分子，难以面对和处理现实“民间”的黑暗，最终，周作人选择以文学、民俗学、宗教学、神话学等思想批判，来调和自身的矛盾，克服“民间”的负面性。周作人的思路也深刻影响了中国现代民俗学和文学的后续发展。

第3章将在文化与社会运动的互动关系当中，透视1920年代民间文学与民俗学的发展演变。作为“五四”文化运动的内在部分，民间文学和民俗学执行的绝非单纯的“学术”功能。包括常惠在内的一整代“五四”青年，在民俗学的操作中窥见了文化与社会、民间、民众的有机关联。然而，随着时间推移，早期民间文学、民俗学从事者的此种设想遭遇了危机和挑战。无论是顾颉刚的妙峰山调查，还是《民众文艺周刊》的诸次转型，都显示文化和社会运动之间原先融洽的互相推动关系，在1920年代中期逐渐走向分途，也提示着新的历史条件下，文化和运动正在转入新的形态和关系模式。

第4章主要围绕着《中国青年》中的“到民间去”论述，讨论对“民间”的认知和处理，如何在1920年代新兴的政党政治地形中发生作用并演进。《中国青年》上大量相关的讨论，构成了1920年代中期“到民间去”风潮中重要的组成部分。青年不仅被设想为革命指令的执行者，而且被期待成为有能力进入民众、发动和带领民众的领袖，在这个过程中，社会科学对民众生活和困境的具体了解，也构成了重塑青年的重要因素。与关于青年自身讨论相并行的，还有对“民间”的再认知和重新界定。1925年之前，《中国青年》一面将“民间”逐步收缩锚定在农民上，另一面通过对平民教育运动的批评，将“平民”纳入革命的脉络。到1920年代中期，伴随着国民革命的逐步开展，国民党、青年党、共产党之间也就革命领导权问题展开了激烈的论战，争论的焦点则系于如何理解民众，以及在此基础之上，各自具体的革命议程为何是有效和必要的。农民经过在地化的阶级话语转换和实际的农村运动，被共产党人理解和打造为国民革命的核心力量。

第5章经由对1928年杨成志云南调查的前史、经过及后续影响的讨论，透视1920—1930年代对少数族群的理解与把握方式和“民间”的离合起落。在中国现代民俗学和民间文学的发轫期，汉族以外少数族群的语言、歌谣、风俗，已经进入了采集者和研究者的视野，少数族群和汉族人一同被置于一个广阔的“民间”“风俗”内部。杨成志本人的调查研究深受中山大学民俗学的影响，他视自己的行动是对顾颉刚所提出的“到民间去”主张的践行，但在田野操作中，他已经被西方民族学、人类学的眼光和范式深深浸染。1930 年，杨成志结束调查，自滇归粤，在此之前，中山大学民俗学已经因与国民政府施政方向的差异走向末途，而杨成志则一跃成为著名的民族探险家，并受到与国民党官方意识形态关系密切的新亚细亚学会的青睐。民俗学和民族学的相反命运，不仅昭示了“民族”与“民间”的分途，而且揭示出这一时期国民政府民族主义意识形态的核心内容。“民间”话语转而化为“民族”话语，也意味着 1920 年代“到民间去”风潮的衰歇。

“到民间去”风潮或许在 1920 年代末走向形式上的终结，它的影响却以其他形式持续留存。本书的“尾声”部分，将在更长的历史纵深中，追踪“民间”在整个 20 世纪的回声。1940 年代，中国共产党建立在独特的人民构想上的革命和社会、文化改造，意味着对 1920 年代“民间”设想中诸多命题的发展和完成。新的人民文艺积极吸收了地方、乡村、民族边疆等多重元素，创造出崭新的文化形式、类型、审美，以及文艺与社会、人民发生关联的方式。民间文艺作为此时人民文艺的重要组成部分，也成为一系列新构想的载体。民间文艺在 20 世纪后半叶的起落命运，因此也象征着此“人民”构想连同其背后的革命实践由顶峰走向低落的历史过程。少数民族文学与民间文学的分途，民俗学的崛起和民间文学的再度衰落，中国现当代文学中“民间”批评视野的提出，当代影视中对农村、边疆的人类学式“凝视”，文化史和社会史对“民间”的再度发现，实际都是这一过程的产物和结果。

第 1 章

“民间”前史

地泉自何处涌出，“民间”的故事又从哪里开始？历史从不在虚空中发生，但追究“起点”的工作往往容易陷入无限制的上溯。在正式进入有关1920年代“到民间去”风潮的叙述之前，本章将主要聚焦在两个方面，来讨论使得这场运动出现的关键性前提条件。首先，对“到民间去”运动而言，一个核心的问题，是如何理解和界定“民间”。从概念自身的演进来看，1920年代的“到民间去”运动虽然深刻参与了“民间”范畴的现代转型，但构成它的诸多意义要素，最早并不是在这场运动当中才浮现出来的。本章因此尝试在一个更长的历史脉络当中，来追踪这些意义要素如何发生积累和汇聚。理解“民间”的不同取径，也规定了“到民间去”运动的具体走向和开展方式。其次，在对“民间”的认知理解基础之上，作为一场“运动”，1920年代的“到民间去”风潮具体的运作机制也呈现出有别于前后的时代特征，而这些特点正植根于“五四”前后形成的文化运动。从而，如不对文化运动的发生及其内部机制做先行的考察，势必会制约对“到民间去”运动本身的深入理解。具体到本书的论题，本章将尤其注意文化运动与“社会”建立关联的方式。文化与社会之间搭建桥梁，正是“运动”的题中之义。一定意义上，“到民间去”也可被视为“五四”文化运动介入社会、塑造社会尝试的一个环节。如果说对

“民间”观念的回顾，是在历时的层面上，收集寻找涓滴泉水的源流，那么“五四”前后的文化运动，则为泉水的汇聚提供了空间和涌出地面的孔道。

第一节　一个范畴的现代演变及其历史条件

什么是“民间”？虽然“到民间去”口号存在一条清晰的外来传入路径，“民间”本身却并非舶来品，乃是中国传统中长期存在的范畴。在梁治平看来，“民间”作为一个固有词语，“源于古代，沿用于当代，其本义只有很小的改变”[1]。这代表了某种普遍看法。在当代的学术和思想讨论中，“民间”曾成为具有相当影响力的话题，如1990年代以来，历史学、政治学、社会学等学科有关“民间社会”或Civil Society的争论，以及文学领域对民间视角的发掘[2]。但这些当代讨论并未对“民间”概念本身的演变进行充分追溯，论者往往是从“民间”在当下的日常含义出发，自行展开对“民间社会”或“民间”的定义，因而这些界定本身也呈

---

[1] 梁治平：《“民间”、“民间社会”和Civil Society——Civil Society概念再检讨》，《云南大学学报（社会科学版）》2003年第1期，第58页。

[2] 梁治平本人有关“民间”概念的探讨，即内在于Civil Society和Public Sphere大讨论的脉络之中。有关这场论争所涉重要文献及各方观点总结，参成庆：《有关“市民社会”与“公共领域”的论争》，《二十一世纪》2005年4月号，总第八十八期，第33—39页；文学领域中，陈思和率先提出“民间”作为一个批评范畴以透视1980年代以来的某些文学现象，同时这一概念也被运用到对现代文学的阐释当中。参陈思和：《民间的还原——“文革”后文学史某种走向的解释》，《文艺争鸣》1994年第1期；陈思和：《民间的浮沉——从抗战到“文革”文学史的一个尝试性解释》，《上海文学》1994年第1期。

现出某种任意性和去历史性[1]。另一个对“民间”概念颇为关注的是民间文学和民俗学领域。他们则常聚焦于Folklore与“民间文学”或“民俗学”、Folk与“民间”建立起对等关系的时刻[2]，因此倾向于在译介和比较的语境中，而非从“民间”概念自身的历史变迁来展开讨论。

不过一定程度上，正如以梁治平为代表的一般观点所模糊感受到的，“民间”概念在考察上的复杂性在于，“民间”范畴的基本意义结构的确保持了较高的稳定性和延续性。相关的概念梳理认为，“民间”的传统释义包含两个层面，其一由“民”申发而来，指称与王权、官吏、贵胄、富户、军士等相对的庶民、下民、平民。不同的身份和社会地位也意味着有所区隔的空间，这就带来了“民间”第二个层面的意指，也即普通民众生活于其中的空间或地域，“民间”从而构成王畿、庙堂、都邑乃至皇天的对立面，具备一定的空间性指向[3]。当然，在实际运用中，这两个层面的含义往往是互相交织、难以清晰分开的。直到20世纪初，这样一种传统的理解“民间”范畴的框架仍基本被维持了下来。如周

---

[1] 如甘阳就指出，对“民间社会”的理解很大程度上滑入了“对抗官府的民间”这一长久沉淀下来的传统定式。陈思和对“民间”的阐述，也是从官方／士人／民间的三分出发，再回溯到文学史当中去，而非以历史演变本身为基础来进行归纳和提炼。参甘阳：《“民间社会”概念批判》，张静编：《国家与社会》，杭州：浙江人民出版社，1998年，第26—27页；陈思和：《民间的浮沉——从抗战到“文革”文学史的一个尝试性解释》，《上海文学》1994年第1期，第68—72页。近年来，民俗学界也开始注意到“民间”与公民、人民概念的历史关联，但精密的爬梳仍然有限。参高丙中：《民间、人民、公民：民俗学与现代中国的关键范畴》，《西北民族研究》2015年第2期，第148—153页。

[2] 参高丙中：《民俗文化与民俗生活》，北京：中国社会科学出版社，1994年，第10—45页；户晓辉：《现代性与民间文学》，北京：社会科学文献出版社，2004年，第118—171页；吕微：《现代性论争中的民间文学》，《文学评论》2000年第2期，第124—126页。

[3] 参毛巧晖、刘颖、陈勤建：《20世纪民俗学视野下“民间”的流变》，《华东师范大学学报（哲学社会科学版）》2004年第6期，第71—72页。

作人1919年在为刘半农的《江阴船歌》作序时，直言"'民间'这意义，本是指多数不文的民众"，而当他惋惜未曾在刘半农搜集的俗歌中看到"明瞭的地方色与水上生活的表现"时，又已经隐然预设了应当存在与这一民众群体相关的空间特征[1]。但值得注意的是，尽管基本的意义层次延续了下来，"民间"内部所包含的具体内容却在20世纪经历了巨大的变化，传统的庶民、下民逐渐被现代的公民、民众、人民等概念所替代，与其紧密相关的空间指涉也从山林、江湖、乡野转变为地方、农村、边疆乃至整个民族的生存空间。"民间"范畴的变迁因而不是彻底地打碎重构，而是在内部和微观层面上的更新与再生——但其程度仍然是剧烈的。在这个过程中，"民间"将原本内在于雅/俗、尊/卑、上/下、贵/贱、中央/地方、中心/边缘等关系中的诸多要素，都汇聚于自身内部并加以重新整合。从这个角度我们也可以理解，何以1920年代介入"民间"讨论的领域和群体如此多样和广泛，举凡文学、历史、美术、电影、社会学、民俗学，以至政治运动和社会改造的践行者，都以自身的方式，在这场宏大剧目中扮演了或轻或重的角色。

历史地看，1920年代"到民间去"风潮涌动一时，并不意味着只是到了这个时刻，"民间"范畴的变化才真正启动。更早之前，与这一过程相关的许多要素已经基于不同的契机和缘由，开始了或快或慢的转变。毋宁说，作为集大成者，1920年代的"到民间去"运动将此前分散、隐伏但已然在进行中的诸多进程收拢归并为一个整体，它不仅将有关"民间"的话题推到时代的风口浪尖，而且也最终决定性地完成了这一范畴的内涵更新。这也同时意味着，要真正理解"民间"范畴的含义转换，只就1920年代

[1] 周作人：《〈江阴船歌〉序》，《谈龙集》，北京：十月文艺出版社，2011年，第54页。

展开讨论是不足够的，更长远、看似并不与“民间”范畴发生直接关系的历史变迁，同样需要被纳入考察视野。在下文中，我将对这一过程进行一个简略的回顾。需要说明的是，由于所涉线索庞杂，本书无意也无法完全按照时间先后顺序来展开叙述，而是尝试按照上文所总结的“民间”范畴所包含的两个意义层面——“民”的群体和与这一群体相关的空间意涵——来组织讨论。当然，在历史现实中，两个层面之间无可争议地存在高度复杂的交叉互动，主题式的处理因此或对细节有任意砍削组合之嫌。但相较于细腻完整的过程呈现，回顾该过程更主要的目的在于通过提炼和审视其中所包含的理论命题，更进一步把握“民间”范畴现代转型的历史意义。

1. “积民”

与“民间”范畴的现代转型相关的第一条脉络，是想象和指称“民”这一群体的方式的转变，具体言之，即中国传统之“民”如何逐步被现代的公民、国民、人民等概念替代的过程[1]。在欧美语境中，具备主权决断能力、赋予国家合法性的人民乃是一种现代产物[2]。尽管当代的研究者们倾向于在中国古典传统中挖掘“天

[1] 需要说明的是，公民、国民、人民等范畴形成、稳固下来的历史过程是极为复杂和漫长的，在这个过程中，出现过许多阶段性的表述或译介方式，其内涵和使用方式可能与当代理解有相当距离。如“国民”一词在梁启超那里，同时被用来指称公民和民族之义；又如清末民初，“人民”一词往往也被用作 nation 的翻译。本书在此考察的不是词语本身的字面变迁，而是这些概念的内涵要素在何种历史条件下出现、汇聚、成形。

[2] Edmund S. Morgan, *Inventing the People: The Rise of Popular Sovereignty in England and America*, New York and London: W.W. Norton & Company, 1989; Richard Bourke, “Introduction”, in Richard Bourke and Quentin Skinner eds., *Popular Sovereignty in Historical Perspective*, Cambridge and London: Cambridge University Press, 2016; Richard Tuck, *The Sleeping Sovereign: The Invention of Modern Democracy*, Cambridge and London: Cambridge University Press, 2016；聂露：《人民主权理论述评》，《开放时代》2002 年第 6 期，第 99—100 页。

生民”等思想资源，以说明人民、国民等概念在现代中国的确立有其独特的内生逻辑[1]，但无可置疑的，一种与现代国家制度相适配，既作为国家合法性来源，同时又构成被统治对象的人民或国民观念，是中国19世纪以来在与欧西交往和互动的漫长过程中逐步形成的。这一转变启动的关键，不在于“民”的群集构成政治统治合法性的来源这一意识此前是否存在，而在于中国此时的政教秩序与国家形态遭遇的重大现实危机。1876年，初次使英的郭嵩焘、刘锡鸿已经观察到，“西洋所以享国长久，君民兼主国政故也”[2]。如果说这一意识对当时的中国士大夫来说仍属离经叛道之言，那么越二十年，身处甲午、庚子交迭而来的创剧痛深之中，对如何开启民智，使官民上下相交，就逐渐超越了铁路、轮船、通商等“器物”之辨，成为士人议论的中心话题。

清末对广开民智、涵养民力、昭明民德的讨论，包含着对某种具备现代知识、伦理和世界眼光的民众群体的想象[3]。这一想象不再完全内在于儒家的政教理想，而首先与新的国家组织方式以及民众在其中的形态和位置紧密相连。梁启超的“新民”构想提供了一个表达最彻底也最清晰的例子。在《新民说》中，梁启超建构起了一种“国”与“民”互相支撑、互相界定的关系[4]。一方面，“民”不再是处于官、军、绅、商等具体身份序列当中的一

---

[1] 沟口雄三：《中国的民权思想》，《中国的公与私·公私》，郑静译，北京：生活·读书·新知三联书店，2011年，第174—180页。

[2] 参郭嵩焘：《伦敦与巴黎日记》，《郭嵩焘等使西日记六种》，北京：生活·读书·新知三联书店，1998年，第90页。

[3] 严复：《原强》，王栻主编：《严复集》第一册，北京：中华书局，1986年，第27—32页。

[4] 狭间直树：《〈新民说〉略论》，狭间直树编：《梁启超·明治日本·西方——日本京都大学人文科学研究所共同研究报告》，北京：社会科学文献出版社，2001年，第77—78、83—84页。

个名称，而是成为构成国家实体与基础的一个整体性范畴。另一方面，梁启超花费了大量篇幅来描述中国所处的民族竞存、优胜劣汰的紧张局势，一国之存否，端赖民之优劣，具备公德、懂得自强的国民，必将造就强大的国家，反过来，一个民权不张的国家也一定是积贫积弱、任人宰割的。在这个意义上，讲求"新民"同样指向了"新国"以求存。作为站在中西交叉口上的一代，梁启超的"新民"设想既纳入了中国传统的民本论、宋明理学修身及人之说[1]，又融汇了法国大革命为之奠基的人民主权原则，以及纠合了集体性与个体权利的人民—公民概念复合体。他的设计因此也同时包含着两个不同层面的逻辑：其一，在群体的层面上，它召唤着一个群体性的民众形象，这个群体性的人民最终将成为未来中国的等价物；其二，在个体层面上，作为这个新的群体形象的单位，每个个人需要习得一套新的知识、伦理道德和行为方式以完成"合群"的任务，个体在这一转变过程中的表现，也将决定"合群"或"保国"的成败。

梁启超的思考是具有代表性的。从严复的"合群进化"、梁启超的"国民合群"，到章太炎、蔡元培等革命派的种族革命，可以看到的趋势是，一个以集体面目出现的人民形象在国家政治生活中所占的位置逐步升高。与这样一种进程相伴随的，则是清中后期国家力量的衰落以及王朝统治的动摇和终结。如果说，普遍王权在中国衰落的外在原因，是 17、18 世纪以来西方殖民主义的全球扩张，逐步将中国卷入主权国家体系和资本主义世界市场[2]，

[1] 丁耘：《儒家与启蒙：哲学会通视野下的当前中国思想》，北京：生活·读书·新知三联书店，2020 年，第 111—112 页。

[2] C. A. Bayly, *The Birth of the Modern World, 1780–1914: Global Connections and Comparisons*, Oxford: Blackwell Publishing, 2004, p. 151.

其内在缘由则系于18世纪中期以来中国国内的人口翻倍、物价暴涨、农业竞争等因素的叠加，以及由此引发的多次王朝内部叛乱[1]，那么它的合法性到庚子之变后，已经基本瓦解殆尽。清末有关政治改革方向的讨论固然存在君主立宪和共和革命之争，但争论双方都将立宪民主放入了自身的框架中。清廷于1906年下诏预备立宪，则昭示着在革命者和改良者的“异见者”群体之外，甚至清廷自身也不得不朝人民主权的原则靠近。在这个意义上，虽然民国尚未成立，但可以说，民众的意志将成为评判国家和社会生活的最高标尺这样一种基本方向的转换，已经于此时完成了。

集体性的“人民”逐渐上升为新的国家构造的基础也就意味着，不同立场革新者自身的方案将不同程度地依赖于某个“人民”的整体形象；而在现代民族—国家的形式下，这一任务往往落于“民族”（nation）的肩头。在民族主义风起云涌的清末，互相竞逐的民族话语所尝试完成的，其实就是以“民族”的外形召唤出与国家同质的“人民”。按照沈松侨等学者的总结，清末民族主义的潮流可大致分为文化的和种族的两种类型，前者强调中国既有的道德与文化秩序，后者倾向于调用种群和血缘要素。[2]沙培德（Peter Zarrow）则注意到，尽管双方所着意绘制的“人民”形象有别，但他们也都把对自己政治权利和义务具有明确认知的个体，视作使得“人民”积聚成形的必要条件[3]。从而，一个逐渐上升的、同现代国家制度绑定的集体性“人民”范畴，同时也生出对

---

[1] 孔飞力：《中华帝国晚期的叛乱及其敌人》，第6—7页。

[2] 沈松侨：《我以我血荐轩辕——黄帝神话与晚清的国族建构》，《台湾社会研究季刊》第二十八期，1997年12月，第25—50页。

[3] Peter Zarrow, “Introduction: Citizenship in China and the West”, in Joshua Fogel and Peter Zarrow eds., *Imagining the People: Chinese Intellectuals and the Concept of Citizenship, 1890–1920*, London and New York: Routledge, 2015, pp. 16–22.

作为其一分子的诸种规定和想象，沙培德将这一现象界定为公民身份（citizenship）在现代中国的出现——尽管在当时的著述中，这一概念并不一定是经由“公民”二字本身来加以表达的。但他同时也指出，与欧洲情况不同，公民身份包含的个人与国家、社会与国家之间的张力，似乎并未成为清末民初中国知识分子的关心所在，时人更多注目的，是平等、有现代知识和伦理的个体如何可能集合成为与现代国家相匹配的人民。[1]

国家制度的转型、国家与民众建立强有力关系的愿望，构成了传统指称和想象“民”的方式发生变化的一个主要推力。现代民族国家既需要一个与自身等价的民众集合，又询唤出作为其组成单位的、有公民资格的个体。在国家的框架内部，大写的人民和具体的公民紧密地互相支撑。由这样的逻辑我们不难理解，何以对集体性的、与国家全等的“人民”，在清末民初士人口中，往往与对公民身份的呼唤一起，都被“国民”这一说法所包摄覆盖。[2]按梁启超的说法：“国民者，以国为人民公产之称也。国者，积民而成，舍民之外，则无有国。以一国之民，治一国之事，定一国之法，谋一国之利，捍一国之患。其民不可得而侮，其国不可得而亡，是之谓国民。”[3]一方面，“国民”之声喧腾于众口，另一方面，达尔文主义的引入，也使得不同类型的“民”可以按照某种进化的关系来加以排列，“国民”在这一叙述中常常被置于

---

[1] Peter Zarrow, “Introduction: Citizenship in China and the West”, in Joshua Fogel and Peter Zarrow eds., *Imagining the People: Chinese Intellectuals and the Concept of Citizenship, 1890–1920*, pp.16–18.

[2] 沈松侨：《国权与民权：晚清的“国民”论述，1895—1911》，《“中央研究院”历史语言研究所集刊》第七十三本，第四分，2002 年 12 月，第 686—687 页。

[3] 梁启超：《论近世国民竞争之大势及中国之前途》，《梁启超全集》第二集，北京：中国人民大学出版社，2018 年，第 206 页。

进化方向的终端。梁启超就说，“群族而居，自成风俗者，谓之部民；有国家思想，能自布政治者，谓之国民”，而中国之弊恰在“有部民而无国民”❶。林獬也建构了一个从畜生到人再到人民和国民的历史发展叙述。在他的定义中，“人民”是摆脱了畜牲状态之后“人”的简单群集，但还欠缺国土和国家意识，“‘人’比畜生是高一层的，‘人民’比‘人’又高一层，直到‘人民’再进做‘国民’，那真是太上老君，没有再高的了”。❷因此，对“国民”的追求也意味着对此前理解“民”的传统方式的抛弃和拒绝。1903年，《国民日日报》社说以反讽的调子如此论道：“民者，出粟米通货财以事其上之名词也。自数千年之历史观之，以言名义，则蚁民可已，小民可已，贱民可已，顽民可已，与国家果有若何之关系？以言范围，则乡民可已，鄙民可已，市井之民可已，何以涉及国家？”❸在代表着现代、进步、平等的“国民”映照下，小民、贱民、乡民等语词也成了落后、专制、残酷的旧制度的表征，亟待被取消。

也是在这样的氛围中，救国需要广泛的民众参与逐渐成了知识分子的共识。李孝悌注意到，辛亥革命前十年间，白话报刊、戏曲、阅报社、宣讲、演说、汉字改革方案、识字学堂等以知识分子群体为主导、面向下层民众的启蒙形式大量出现，他将这场清末的下层社会启蒙运动视作20世纪中国“走向民众”历史大潮的起点❹。的确，这一时期，许多知识分子开始致力于联络和提携

---

❶ 梁启超：《新民说》，《梁启超全集》第二集，第533、543页。

❷ 白话道人（林獬）：《国民意见书》，张枬、王忍之编：《辛亥革命前十年间时论选集》第一卷下册，北京：生活·读书·新知三联书店，1960年，第893—894页。

❸《呜呼国民之前途》，《国民日日报汇编》第三集，上海：东大陆译印所编辑，1904年，第46页。

❹ 李孝悌：《清末的下层社会启蒙运动：1901—1911》，第6—7、242页。

下层社会群体并试图将其纳入自身的救国议程，由此也引发了有关社会群体中上下层级之间关系的热烈讨论[1]。所谓上中下等社会或上下流之间的结合，指向的无非是打破士农工商的传统区隔，在社会生活中构造一个均质、连续的民众实体——尽管在当时的历史条件下，这还是一个十分艰难、完成程度极其有限的课题。在李孝悌看来，这场知识分子与民众接近的运动所达成的主要成果，是“国民”观念和爱国思想的传播[2]，从而，知识分子的向下启蒙和联络，一定程度上承担了塑造“国民”的功能。

如果说，长期广泛流行的“国民”概念，成为国家自清末以降重新构造对“民”之理解的一个主要要素[3]，那么需要注意的是，“国”也并未彻底垄断对“民”的想象方式，在清末众声喧哗的舆论场中，对于“国民”论的批判同样存在。一种批判的视角来自无政府主义。对无政府主义者刘师培而言，现代的国家形态同样也制造出“国民”内部的不平等和国与国之间的倾轧。他由是主张“颠复政府，破除国界，土地财产均为公有”[4]，而要达到这一目的，第一步须开通人民、运动人民，宣播无政府主义[5]。在刘师培的视野中，“人民”并不应该被限于一国一族的框架之中，

---

[1] 参桑兵：《据俄运动与中等社会的自觉》，《近代史研究》2004年第4期，第169—174页。

[2] 李孝悌：《清末的下层社会启蒙运动：1901—1911》，第240页。

[3] 除沈松侨的经典研究外，大陆学者如郑大华、郭忠华也都有类似观点。参沈松侨：《国权与民权：晚清的“国民”论述，1895—1911》，《“中央研究院”历史语言研究所集刊》第七十三本，第四分，2002年12月；郑大华、朱蕾：《国民观：从臣民观到国民观的桥梁——论中国近代的国民观》，《晋阳学刊》2011年第5期；郭忠华：《清季民初的国民语义与国家想象——以citizen、citizenship汉译为中心的论述》，《南京大学学报（哲学·人文科学·社会科学版）》2012年第6期。

[4] 申叔（刘师培）：《废兵废财论》，张枬、王忍之编：《辛亥革命前十年间时论选集》第二卷下册，北京：生活·读书·新知三联书店，1963年，第904页。

[5] 申叔（刘师培）：《无政府主义之平等观》，张枬、王忍之编：《辛亥革命前十年间时论选集》第二卷下册，第931页。

它还包含着走向人类平等、世界大同的潜能。青年鲁迅则从另一个个体性的视角，指出“汝其为国民”如何构成了20世纪初的扰攘“恶声”。[1]鲁迅认为，讲求“破迷信也，崇侵略也，尽义务也”的“国民”论不过是“灭人之自我，使之混然不敢自别异，泯于大群”，反而是“朴素之民，厥心纯白”和“古国胜民”中，包含着“内曜”和走向“群之大觉”的要素[2]。在这个意义上，鲁迅所寄予希望的，恰恰是某种先于现代国家制度的“民”的形态。

辛亥革命爆发和民国肇建，如果不是在实质上，那么也至少是在形式上，为晚清有关国家和“民”之关系的种种尝试及讨论做了一个阶段性收束。中华民国抛弃了虚君共和的过渡性方案，直接将“人民”确立为“国家之本”[3]，但与此同时，民国的政治状况也持续地困于危机。民初危机的多重性和复杂性，折射出作为其合法性根源的“人民”无论是在理念上还是在实际政治和社会生活实践中，都还存在诸多支绌和不足敷用之处。按照孙中山的设想，“合汉、满、蒙、回、藏诸地为一国，即合汉、满、蒙、回、藏诸族为一人”[4]，中华民国的人民全体因而继承了清朝的多元族群构造，但辛亥革命后接踵而来的边疆分离活动，显示出这样一种合五族而成的“人民”想象在当时还难以提供充分的凝聚效果。沈艾娣（Henrietta Harrison）等研究者对民国时期公民生成的微观机制的考察也指出，尽管仪式、庆典、日常习俗、基础教育等方式形成了一种制造公民身份的政治文化，但中华民国公

---

[1] 汪晖：《声之善恶》，北京：生活·读书·新知三联书店，2013年，第53—57页。

[2] 鲁迅：《破恶声论》，《鲁迅全集》第八卷，北京：人民文学出版社，2005年，第25—28、32页。

[3] 孙中山：《临时大总统宣言书》，《孙中山全集》第二卷，北京：中华书局，1982年，第2页。

[4] 孙中山：《临时大总统宣言书》，《孙中山全集》第二卷，第2页。

民本身所指向的内容仍然是多元甚至充满张力的[1]。

另一方面，民初乱局的一个重要面向是国家政治自身的失效。议会和政党政治从中央到地方的溃败，也意味着围绕着“人民”理念和代表制展开的国家政治安排遭遇重大挫折。与这一过程相重叠的，则是第一次世界大战在欧洲的爆发和俄国革命的胜利。作为19世纪欧洲快速工业化进程的伴生物，对机器大工业生产、资本主义以及代议制政治提出反思和批判的社会主义、无政府主义等思潮，已经随19世纪后半期欧美日益深化的社会冲突而传播开来。第一次世界大战的爆发戏剧性地将欧洲内部的危机推到台前，直接冲击了西方以外地区对欧洲文明的信仰，按严复的说法，“西国文明，自今番欧战，扫地遂尽”[2]。从而，西欧的制度和生活方式不再是中国知识分子亦步亦趋的模仿对象。新生的俄国也展示了另一种可能的图景：一个以消灭资本主义不公和保护劳农权益为目的的政权是可以成为现实的。不同原因的叠加，使得辛亥之后的新一代知识分子对“国家”（或者说，以西欧和美国为蓝本的国家制度）不再抱有至高无上的期待，而倾向于将人民或民众从与国家的密切关系当中分离出来[3]。

作为上述现象的表征，“五四”时期，“国民”一词不再独占鳌头，报刊舆论和知识分子纷纷转而代之以“民众”“平民”“庶民”等说法。这些词当然并非新生之物，其已在言论场域中流通

---

[1] Henrietta Harrison, *The Making of the Republican Citizen: Political Ceremonies and Symbols in China, 1911–1929*, New York: Oxford University Press, 2000, pp. 125; Robert Culp, *Articulating Citizenship: Civic Education and Student Politics in Southeastern China, 1912–1940*, Cambridge and London: Harvard University Asia Center, 2007, pp. 280–281.

[2] 严复：《与熊纯如书（七十三）》，《严复集》第三册，第690页。

[3] 许纪霖：《国本、个人与公意——五四时期关于政治正当性的讨论》，《史林》2008年第1期，第54页。

了数十年。不过，如果说此前这些词通常是在与贵族、官僚等上位者的关系当中来定位，那么到了1920年代，这些用语也沾染上了某种新的时代色彩，它们既指向一国之内、被国家机器排除在外的普通民众，要求将政治和社会关注的重心再度挪回真实的民众状况之上，又与世界其他国家的民众同声相应、同气相求，从而，民族主义和世界主义的要素双重叠加在这些词语之上。陆宝璜提出，平民主义应有广狭二义，狭义针对国家政治而言，广义则“是博大无涯的，是泛滥不限的，是尊重世界上各个人底人格，使各个行他完全的人格，做有益人类的动作，以增进世界的文化，他的主张”[1]。青年毛泽东所倡导的“民众的大联合”虽然最终落脚于“吾国”自身，但将这一设想鼓荡起来的，无疑是“世界战争结果，各国的民众，为着生活痛苦问题，突然起了许多活动”：

> 俄罗斯打倒贵族，驱逐富人，劳农两届合立了委办政府，红旗军东驰西突，扫荡了多少敌人，协约国为之改容，全世界为之震动。匈牙利崛起，布达佩斯又出现了崭新的劳农政府。德人奥人捷克人和之，出死力以与其国内的敌党搏战。怒涛西迈，转而东行，英法意美既演了多少的大罢工，印度朝鲜又起了若干的大革命……[2]

“民众”“平民”等词语的流行，也意味着一个重新构想“民”的历史时刻的到来。“民众”“平民”等说法不像“国民”一样指

---

[1] 陆宝璜：《什么叫做平民主义？》，《民国日报·平民》第五号，1920年5月29日，第二版。

[2] 毛泽东：《民众的大联合》，中共中央文献研究室、中共湖南省委《毛泽东早期文稿》编辑组编：《毛泽东早期文稿》，长沙：湖南出版社，1990年，第390页。

向与国家紧密而确定的关联，它们的世界主义倾向，使得对一个广阔的、全球性的民众群体的想象，成了新的政治和社会改造的思想基础。与此同时，对“民众”“平民”的强调，其实也包含着以真实的民众为基础来重新构造国家政治，进而重塑世界秩序的内容。但是，无论是朝向世界展开的更庞大的民的群体，还是作为新的国家政治之基础的民众，在“五四”前后，其具体的内容、构成，其所尝试重新构建的国家和世界形态，与精英群体和知识分子之间的关系，都是不清晰的。

当一个内涵和边界如此开放和弹性的范畴需要落实到具体实践中时，某种内容的填充就成为必要。阿里夫·德里克（Arif Dirlik）注意到，“平民”“庶民”等词由于其原本具有的层级性指涉，可能与此时席卷全球的阶级话语接榫，从而，无政府主义、马克思列宁主义、合作主义等思潮都以此为中介进入中国[1]。有关“群众”一词的概念史研究也指出，情绪性的、易受控制和愚弄的乌合式“群众”观念，也经由20世纪初译介到中国的群众心理学，参与塑造了“五四”前后对于民众、人民、平民的观感[2]。阶级论和盲目群众论的确构成了这一时期“民众”“平民”等概念的重要内容，但并非全部。如果说，工业无产阶级和盲目的群众集合作为欧美19世纪以来资本主义和机器大工业的产物，更多地指向了某种工业社会的结构性后果，如被有机社群抛出、漂浮无根的个体所形成的群聚，那么在现代工业尚不发达的20世纪

[1] Arif Dirlik, *The Origins of Chinese Communism*, Oxford: Oxford University Press, 1989, pp. 66–73.

[2] 参李里峰：《“群众”的面孔——基于近代中国情境的概念史考察》，王奇生主编：《新史学（第七卷）：20世纪中国革命的再阐释》，北京：中华书局，2013年，第39—47页；Tie Xiao, *Revolutionary Waves: The Crowd in Modern China*, Cambridge and London: Harvard University Asia Center, 2017, pp. 25–58。

初中国，这些范畴和理解方式所能指涉和说明的现实是非常有限的——如不经过适当的在地转换，它们无法真正生根发芽。

值得注意的是，与“民众”“平民”“庶民”等词语同时风行起来的，还有“民间”。正如前文所述，在“五四”对外来思潮的热情拥抱中，是周作人最早将 V Narod 译为“到民间去”，引发了关于“民间”的热潮。然而，仅从 V Narod 的翻译史来看，周作人的译法其实非常特殊。1902 年，马君武译英人克喀伯（Thomas Kirkup）著作《俄罗斯大风潮》，根据英文 To go among the people，将这一口号译为“去而与人民为伍”或“去与人民为伍”[1]。同样在周作人文章发表的 1907 年，廖仲恺在《民报》上刊登介绍俄国民粹派的文章，沿用了马氏译法“去与人民为伍”[2]。就翻译的精确性而言，народ 或 Narod 为“人民”或“民族”之义[3]，马君武和廖仲恺更忠实于本义。俄国民粹派的相关报道在 19 世纪末至 20 世纪初风靡全球，许多中文介绍往往是经过日文书刊中介，才为中国读者所知晓。查诸中日两国这一时期关于俄国民粹派的相关介绍，绝大多数在涉及这一口号时采用的也是“人民”或“平民”的译法[4]。周作人为何要使用“民间”二字，现在

---

[1] 参英国克喀伯著、独立之个人译《俄罗斯大风潮》，少年中国学会，1902 年。本文引自北京大学《马藏》编纂与研究中心：《马藏》第一部第一卷，北京：科学出版社，2019 年，第 497—498 页。

[2] 渊实：《虚无党小史》，《民报》第 17 号，1907 年 10 月 25 日，第 27 页。

[3] 参李雪：《19 世纪俄国“人民性”的概念史考察》，《俄罗斯文艺》2022 年第 4 期。

[4] 如日本无政府主义者大杉荣 1910 年译克鲁泡特金原著《告少年》中，译为“平民の中に行け”（到平民中去），参クロポトキン著、大杉栄訳、「青年に訴ふ」、『平民新聞』第五十五號、1907 年 3 月 22 日；1921 年东京大学新人会的机关刊物《ナロオド》所刊文章作“人民の中へ”（到人民中去），参小岩井淨、「人民の中へ」、『ナロオド』第一號、1921 年 7 月 1 日、第 2 頁。1919 年《民国日报・觉悟》副刊刊登文章，作“行动在人民间”，参民友社：《俄国的社会思想历史》，《民国日报・觉悟》，1919 年 11 月 12 日。

已难考证，或许对文字颇为敏感的周作人只是讲求语言精练，而将“人民之中”略为了“民间”。但此语后来成为约定俗成的译法，在“五四”后的氛围中传播日广，除开印证了文字的确简洁上口外，也于不经意间制造了一个语义的转移：如果说人民、平民、民众更多地侧重于“民”的群集这一层含义，那么“民间”则将“民”与其所处的空间之“间”的关系提示了出来，“民”不仅是由抽象的个体所组成的逻辑单一的集合，而且可能置身于具体的空间和多重的历史条件限定之中。在这个意义上，“民间”这一译语在中文世界中打开了一个有别于俄国和日本的思想场域，当“到民间去”成为一个时代共同认可的口号，追问“民间”位于何处、“民间”内含着哪些需要处理的问题，当然也就构成了重要的讨论议题。对民众、平民的关注，因此不可避免地要包含对他们所处环境的理解与处理。由此，我们也不得不回顾与“民间”范畴现代转型相关的第二条脉络，即“民”所内在的空间构造在近代以来发生的转变。

2. “民之间”

已有的概念史考察已经指出，在传统社会中，由于日常生活和活动空间的区隔，“民间”也指向某种空间和文化地域，如宫廷、官府之外的平民之所，或与朝廷、庙堂相对的江湖，或与都城、繁华之所相对的乡村或偏远之地[1]。“民”本身指向的群体含混多重，可能用“民间”来指涉的空间自然也是交叉歧异的。但就本书的论述对象而言，明清以来的几个变化也值得我们

[1] 参毛巧晖、刘颖、陈勤建：《20世纪民俗学视野下“民间”的流变》，《华东师范大学学报（哲学社会科学版）》2004年第6期，第71—72页。

注意。

赵世瑜曾言，中国民间文化的繁荣发展有三次高峰，分别是两宋、晚明和清中叶之后[1]。近年来兴起的对大众文化、大众宗教、民间信仰、民间结社和秘密会社的研究，则多将晚明至清视作一个关键的时期。罗友枝（Evelyn S. Rawski）描述了这一时期大众文化（popular culture）兴盛的经济和社会基础：国家从对经济事务的直接控制中撤退，社会流动性增强，农业的商品化和市场化推动了市镇化，城乡间的交流日渐紧密[2]。从而，繁荣的民间出版、小说和戏剧文学、多样的民间崇拜、民众自发的公益与行业组织等现象所依托的，是一个被市场整合在一起、市场和商业影响力逐步扩大的乡村—市镇—城市体系。与罗友枝对商业、市场、城乡体系的关注相比，沟口雄三则更注目于宗族、行会、善会善堂、秘密结社等民间组织或公共社会活动团体的出现和扩展，沟口称之为“民间空间”或“乡里空间”[3]。上述两种论述都勾勒出了明清以来某种在国家直接控制之外的社会组织形态的出现和发展。以此为基础，新的文化以及娱乐活动、审美趣味乃至身份感觉正在涌现。事实上，诞生于1920年代的中国现代民间文学和民俗学，往往将冯梦龙、招子庸等看重民间歌谣的明清文人视为自己的先驱。但需要注意的是，此种社会空间的出现并不意味着相应的自我认知也随之产生。赵世瑜指出，明代民间宗教和民间信仰都体现出“正统性”的特征，宗教教义与官方意识形态高度接近，民间信仰热衷于求得

---

[1] 赵世瑜：《眼光向下的革命——中国现代民俗学思想史论：1918—1937》，北京：北京师范大学出版社，1999年，第40页。

[2] 罗友枝：《帝制晚期文化的社会经济基础》，罗友枝等编：《中华帝国晚期的大众文化》，北京：北京师范大学出版社，2022年，第4—11页。

[3] 沟口雄三：《中国的冲击》，第96—98、243—244页；沟口雄三：《中国的历史脉动》，乔志航等译，北京：生活·读书·新知三联书店，2014年，第211—216页。

政府的承认[1]。姜士彬（David G. Johnson）更断言："明清文化的主要特点之一，是有利于统治阶级利益的准则和信仰格外深入民间意识之中。"[2]近年来关于地方宗族的研究也倾向于认为，明清时代宗族与国家的关系实际是合作而非疏离或对抗[3]。

在这个意义上，集体性的"民"逐步成为政治生活和讨论的核心是一个现代现象，清晰地将民众的空间与国家或政府区隔开，而认为此二者具有完全不同的性质和逻辑的意识，也是伴随着"民"的上升这一现代进程而出现的。正是在晚清大兴民权、提振民力的潮流中，16世纪以来所形成的民间团体和组织方式被重新认识和放大了。康有为就认为，省府州县已经普遍存在的公局、明伦堂公议，表明"是议会中国固行之矣"[4]。激进的无政府主义刊物《新世纪》也提出，秘密会党盛行是中国平民"富于团结力"的表征，"会党互相协助之力，虽无欧美工党之名，而诚有工党之实"[5]。但是，有别于这些组织的传统功能及社会位置，对议会、欧美工党的援引，恰恰表明了一种新的、划分官民并确认各自权责边界意识的觉醒。康有为批评满清政府"以此一二瞽聋喑跛心疾之人，而负荷万里之广土众民"，不知"分责一大

[1] 赵世瑜：《狂欢与日常：明清以来的庙会与民间社会》，北京：北京大学出版社，2017年，第24—29页。

[2] 姜士彬：《中华帝国晚期的传播、阶级和意识》，罗友枝等编：《中华帝国晚期的大众文化》，第68页。

[3] 郑振满：《乡族与国家：多元视野中的闽台传统社会》，北京：生活·读书·新知三联书店，2009年，第9—12页；万明主编：《晚明社会变迁：问题与研究》，北京：商务印书馆，2005年，第285—286页。

[4] 康有为：《公民自治篇》，张枬、王忍之编：《辛亥革命前十年间时论选集》第一卷上册，第181页。

[5] 反：《去矣，与会党为伍！》，《新世纪》第四十二期，1908年4月11日，张枬、王忍之编：《辛亥革命前十年间时论选集》第三卷，北京：生活·读书·新知三联书店，1977年，第189—191页。

任于数千万人”[1]。在他看来，公局、明伦堂即便包含了中国传统“乡治”的遗绪，其应导向的仍是一种现代的、与英美日可相提并论的现代“公民”之制。

从这个角度来看，晚清以来对“民”所处空间的探索和想象，是以某种现代的“人民”或“公民”观念为前提的。由此也不难理解，在重塑“民”与“国”、“民”与“官”关系（或建立现代公民政治）的历史过程中，何以“地方”首先呈现为从属于现代之“民”的空间范畴——在清末对民权的倡议和追求中，地方自治往往被设想为起始的一步[2]。按时人说法，“立宪政体之要素，在人民之有参政权。……吾中国国民，果何日始得此权利，何日始尽此义务，在今日不能预言，然其准备则今日其时矣。……地方自治其首端也”[3]。庚子之后，清廷的统治合法性遭遇重大冲击，激进的革命者直接设想，“爱所生省份之亲”或某种地方“根性”，将成为经由各省自立而至中国自立的基础[4]。态度温和的改良派则期待从地方自治进于宪政，可以谋保大清[5]。章永乐注意到，清末上升的地方自治话语中同时伴随着门罗主义式的语法，例如“广东者，广东人之广东”“湖南者，湖南人之湖南”一类的口号非常

---

[1] 康有为:《公民自治篇》，张枬、王忍之编:《辛亥革命前十年间时论选集》第一卷上册，第 173 页。

[2] 黄东兰在其著作中，详细考察了清末有关民权的讨论由“自治”论发展到“地方自治”论过程。参黄東蘭、『近代中国の地方自治と明治日本』、汲古書院、2005 年、第 103—112 頁。

[3] 攻法子:《敬告我乡人》，《浙江潮》第二期，1903 年 3 月，张枬、王忍之编:《辛亥革命前十年间时论选集》第一卷下册，第 499—500 页。

[4] 参太平洋客（欧榘甲）:《新广东》，张枬、王忍之编:《辛亥革命前十年间时论选集》第一卷上册，第 270 页；湖南之湖南人（杨笃生）:《新湖南》，张枬、王忍之编:《辛亥革命前十年间时论选集》第一卷下册，第 617—620 页。

[5] 叶恩:《上振贝子书》，张枬、王忍之编:《辛亥革命前十年间时论选集》第一卷上册，第 209—210 页。

盛行[1]。抛开门罗主义复杂的全球传播历史不谈，这一口号所提示的，正是以省界或地方为单位，人民对自身权利主张的合法化。

与理念性的集体“人民”相较，作为空间单位的“地方”提供了一个更为切实可感的边界，它不仅是民众行使自身权利的空间，而且是承载乃至生成民众认同、经济与社会组织、语言及文化形态的场所，甚或要实现真实的民众权利，往往需要具体的认同、语言、文化、组织形态来作为基础。1905 年，内外压力之下的清政府下令于奉天、直隶两省试行地方自治，1907 年于各省设谘议局，1908 年开始筹办城镇乡下级自治，是为清末地方自治在制度上的起点。但在此之前，清政府已经尝试通过教育改革，在基础教育中纳入乡土教育，作为朝向地方自治的导引[2]。程美宝和佐藤仁史的研究都观察到，在预备和推行地方自治的背景下，大量乡土志、乡土教科书涌现出来，其中关于地方、乡土的叙述既承接了方志的传统，同时又以现代的国家观念改造之[3]。作为制度的地方自治从而也催生了有关地方和乡土的现代知识生产。

戊戌之后的下层启蒙运动同样运用并张大了地方性要素。这一时期，创办白话报成为潮流，其中有许多是以地方名来命名的，如《京话日报》《直隶白话报》《安徽俗话报》《福建白话报》《苏州白话报》等[4]，题名中的地方名一般提示的是办刊地点和阅读对

---

[1] 章永乐：《此疆尔界：“门罗主义”与近代空间政治》，北京：生活·读书·新知三联书店，2021 年，第 225—228 页。

[2] 程美宝：《地域文化与国家认同：晚清以来“广东文化”观的形成》，北京：生活·读书·新知三联书店，2006 年，第 97 页。

[3] 程美宝：《地域文化与国家认同：晚清以来“广东文化”观的形成》，第 99—109 页；佐藤仁史：《近代中国的乡土意识：清末民初江南的地方精英与地域社会》，北京：北京师范大学出版社，2017 年，第 189、206—213、382—383 页。

[4] 参蔡乐苏：《清末民初的一百七十余种白话报刊》，丁守和编：《辛亥革命时期期刊介绍》第五集，北京：人民出版社，1987 年，第 493—546 页。

象的范围。这些白话报旨在宣传和讨论维新、启蒙等全国性命题，在具体操作上则往往倚赖地方因素以引起读者的亲切感和参与感。阿英指出这批白话报编辑体例大多类似，有论说、学术、史地、科学、教育、传记、时事、小说、戏曲、歌谣等栏目，史地传记栏就往往被用来强调和张扬本乡本土[1]。由于晚清尚未形成统一固定的白话书写方式，它们所采用的白话也不同程度地被纳入了当地的方言俗语，尤以方言与官话差距较大的南方为甚。[2]根据李孝悌的研究，晚清白话报纸并不仅用于视觉性的阅读，其内容也往往经由讲报、演说、表演等形式获得更大范围的传播[3]，这实际也创造了使得方言超越日常生活界限，进入更复杂的思想与公共议题的场合。从而，无论是在书面还是口头上，地方方言自身的使用范围和表现力都得到了扩充，并变得成熟。与白话报刊、演说等并行的，还有这一时期知识阶层对地方戏曲、民间音乐、曲艺等形式的调用和改造[4]。尽管绝大多数知识分子主要注目于改造旧戏曲和民间音乐的内容，并不特别着意于其音乐和表演形式，但这无疑提升了地方和民间戏曲、音乐、曲艺的地位，并赋予其一种“民众艺术”的合法性。

关于晚清至民国初年“地方”的崛起，沟口雄三和孔飞力分别有过经典的论述。沟口将其视为明清以来“民间空间”或“乡

---

[1] 阿英：《风行一时的白话报——辛亥革命文谈之三》，《阿英全集》第六卷，合肥：安徽教育出版社，2003年，第682页。

[2] 如1902年在上海创刊的《苏州白话报》就纯用吴语。1904年创刊的《南浔通俗报》、1906年创刊的潮州刊物《潮声》、1907年创刊的《广东白话报》都大量使用方言。参蔡乐苏：《清末民初的一百七十余种白话报刊》，丁守和编：《辛亥革命时期期刊介绍》第五集，第504、513、519、525页。

[3] 李孝悌：《清末的下层社会启蒙运动：1901—1911》，第73—77、106—114页。

[4] 参李孝悌：《清末的下层社会启蒙运动：1901—1911》，第163—233页；傅谨：《20世纪中国戏剧史》上册，北京：中国社会科学出版社，2016年，第58—88页。

里空间”的逻辑延展，孔飞力则认为这是太平天国导致的地方军事化的结果，但他们都将清王朝的覆灭、辛亥革命的发生，与此种“地方”之力联系在一起[1]。如果说，这两种论述对辛亥革命的发生机制做出了独到且有力的解释，那么它们同时也因囿于地方—中央国家的二元视野，而过于将此种“地方”趋势放置于统一集中型国家的对立面。正如前文所揭，清末“地方”在制度和话语层面的凸显，一个重要原因在于，“地方”为构想新的现代之“民”提供了具体的空间边界及构造依托，从这个角度来看，“地方”兴起也意味着理念式的现代之“民”的具象化和实体化，因此它并不一定导向分权和分离，也有可能成为朝向统一现代国家的过渡。“地方”主题在20世纪前半叶中国的思想和文化图景中反复出现，而“地方”作为一个真实把握民众方式的脉络，也持续内在于其中。1920年，在联省自治的潮流中，青年毛泽东惊世骇俗地提出“湖南共和国”的设想，其诉求并非谋求湖南脱离中国，而是希望以地方为单位，来建设一种真正由“民”发起的“湖南自治”[2]。李松睿考察了1940年代新文学创作中突出的地方性倾向之后也指出，描摹地域风光、地方风俗，书写方言土语，构成了这一时期新文学创作者们反思“五四”新文学脱离民众、重构理想文学形式的重要手段[3]。

沟口和孔飞力“地方”论述的另一要点，是认为晚清地方自治代表的中国现代进程的特殊可能性，惜乎被民国之后集权和统

[1] 沟口雄三：《中国的冲击》，第98—107页；沟口雄三：《中国的历史脉动》，第296—323页；孔飞力：《中华帝国晚期的叛乱及其敌人》，第224—228页。

[2] 毛泽东：《“湖南自治运动”应该发起了》，《毛泽东早期文稿》，第517—518页。

[3] 李松睿：《书写“我乡我土”——地方性与20世纪40年代中国小说》，上海：上海人民出版社，2016年，第1—16、298—299页。

一国家的历史趋势所中断[1]。不过，如果从“地方”构成对“民”的具象化和实体化这一逻辑来看，分解的危机恐怕也早已隐伏于兹。作为一个空间范畴，“地方”所覆盖和包裹的“民”仍是多种多样的；清末地方自治的设计和实践，实际是选择了士绅阶层来承担“民”之代表。然而，在不久之后浮出的批评中，一种重要的声音就指向了“绅治”对“民治”的把持乃至替代：

> 试问保甲之法、团练之制，非为富民之护符，绅士之所凭借乎？有侵蚀款项之弊否乎？有诬害良善之弊否乎？有缘是以交欢官长、张大门面者谁乎？有缘是以勒索佃民、冒邀爵赏者谁乎？幸地方之有事，肥一己之身家，此非富民绅士万不克以达其欲望。相持以争利，相夺以为功，相排挤以逞势力，则富民绅士，足以蹂躏一乡一邑，而其他莫可如何。[2]

王先明对清末民变的研究也指出，清末十年此起彼伏的民变中，一个明显的趋势是绅民冲突的日趋频繁和激烈。地方绅士为推行“新政”而摊派之捐税，往往成为民变的导火索[3]。

从康有为和沟口雄三的视角来看，地方自治之法承接了明清地方和民间组织的传统，理应具备高度的合理性和可行性。但

---

[1] 孔飞力：《中国现代国家的起源》，第 91—102 页；Philip A. Kuhn, “Local Self-Government under the Republic: Problems of Control, Autonomy, and Mobilization”, in Frederic Wakeman, Jr. and Carolyn Grant eds., *Conflict and Control in Late Imperial China*, pp. 280–287；沟口雄三：《作为方法的中国》，第 108—113 页。

[2] 茗荪：《地方自治博议》，《江西》第二、三期合刊，1908 年十二月，张枬、王忍之编：《辛亥革命前十年间时论选集》第三卷，第 415 页。

[3] 王先明：《变动时代的乡绅——乡绅与乡村社会结构变迁（1901—1945）》，北京：人民出版社，2009 年，第 2—24 页。

是，如何理解其进入实践后，却加速了绅民之间的分化和冲突？按照罗友枝的观点，明代中期之后繁荣的大众文化和民间社会组织所依托的，是若干经济核心区被商品交换和市场化联系在一起的城—镇—乡体系。大量的地主和士绅阶层在这一时期移居市镇或城市，同时仍然通过租佃和借贷等关系与乡村保持着密切联系，主导着乡村和基层社会秩序[1]。从而，明清的文化也呈现出城镇向乡村辐射的一体态势，士绅在其中占据着核心位置[2]。费孝通观察到，随着近代以来通商开埠、帝国主义力量进入，出现了有别于传统市镇的“都会”，传统的城乡相成关系转化为相克关系，居住在市镇的地主用从乡村吸收来的农产品换取都会中的现代工业和进口产品，但此种模式并未惠及乡村，反而挤压了乡村手工业，使得乡村日益陷入破产的境地[3]。因此，尽管从明清时代开始，就已经存在地主城居化的现象，到 20 世纪前半叶，“不在地主”、地主阶层与乡村的脱离才成了理解农村困局的关键与锁钥[4]。科大卫（David Faure）也指出，所谓的城乡对立和分裂，是 20 世纪初才出现的现象，除开前述经济因素外，他更关注清末政治改革倚重城镇所造成的后果[5]。与此相关的另一个重大变化是 1905 年废除科

---

[1] 罗友枝：《帝制晚期文化的社会经济基础》，罗友枝等编：《中华帝国晚期的大众文化》，第 5—10、38—39 页。

[2] David Faure, “Introduction”, in David Faure and Tao Tao Liu eds., *Town and Country in China: Identity and Perception*, New York: Palgrave, 2002, pp. 3–6.

[3] 费孝通：《乡土中国 · 乡村重建》，北京：生活 · 读书 · 新知三联书店，2021 年，第 134—138 页；费孝通：《中国士绅》，北京：生活 · 读书 · 新知三联书店，2021 年，第 82—99 页。

[4] 参黄志辉：《重温先声：费孝通的政治经济学与类型学》，北京：九州出版社，2018 年，第 235—240 页。

[5] David Faure, “Introduction”, in David Faure and Tao Tao Liu eds., *Town and Country in China: Identity and Perception*, p. 1.

举，罗志田认为，这导致了“士农工商”四民社会的解体，士失其生路，难以为乡村其他阶层充当表率，取代传统士人的新型知识分子则大量涌向城市[1]。城乡的分离从而不仅是经济上的，同时也是文化上的。郑振满提出，与清末民初的地方自治运动相关的其实并非传统的乡族组织与乡绅阶层，而是新崛起的团练以及绅商合一的地方精英[2]。王奇生、杜赞奇（Prasenjit Duara）的研究也都论及了20世纪前半叶“绅”阶层的裂变和劣化[3]。如此看来，19世纪中叶之后经济结构的变动、城乡关系的分化，与传统士绅阶层自身的演变，构成了一个互相关联、互相影响的进程。城市在经济生产中比重的抬升，与政治、文化生活的变化互相配合，城市的发展和现代化在其反面生产出贫弱凋敝的农村（以及将蒙昧、封闭、落后与农村联系起来的观感），士绅朝向新式地方和知识精英的转型，又进一步加剧了这一局面。

士绅不足以承担“民”的代表，也指向了作为“民”之空间的“地方”的危机，新的、更具体的群体和空间由是呼之欲出。正是在这样的背景中，农民和农村的问题浮现了出来。1907年，在频发的民变风潮中，刘师培注意到了农民问题。1907年10月出版的《天义》第八、九、十卷合刊上，刊登了多则民变记事[4]，同期刘师培所撰社说深入论述了新政给普通民众造成的负担（《论

---

[1] 罗志田：《权势转移：近代中国的思想与社会（修订版）》，第68—71、94—108页。

[2] 郑振满：《乡族与国家：多元视野中的闽台传统社会》，第12页。

[3] 参王奇生：《革命与反革命：社会文化视野下的民国政治》，北京：社会科学文献出版社，2010年，第十一章；杜赞奇：《文化、权力与国家：1900—1942年的华北农村》，王福明译，南京：江苏人民出版社，2003年，第114—115、172—173页。

[4] 包括《芜湖万顷湖农民抗租记》《中国各省罢市汇志》《中国毁学案汇记》。参万仕国、刘禾校注：《天义·衡报》（上）天义册，北京：中国人民大学出版社，2016年，第314—318页。

新政为病民之根》)，同时在《中国民生问题》一文中，对农民和农业状况展开分析。他发现，“市业日增，野业日减；作工之人日益，而力农之人日损”[1]。尽管此时的刘师培受欧美和日本先例影响，将“农民舍农作工”认作一种发展的表现，但他也敏锐地观察到，在现代工业打击农村小手工业、渔林副业私有化和资本化、新政加派捐税负担、官员警察敲诈勒索等因素作用下，农民大量弃农流向城市[2]。同期也刊载了刘师培辑录各省同志投递的《穷民俗谚录》，该栏目一直延续到1908年1月出版的《天义》第十五卷，或可称为“五四”歌谣采集的先声。这一期上还有《农民疾苦调查会章程》《穷民俗谚录征材启》两则启事。另一篇评论如此说：“傥各省志士有持平民主义者，于现今农民疾苦，确实调查，以申官吏、富豪之罪，亦今之急务也。”[3]

许多研究者都注意到刘师培1908年在《衡报》上鼓吹农民革命，并将之与后来中国的土地革命相勾连[4]。不过，如何理解刘师培所使用的农民范畴，仍是一个须稍作停留的问题。日本学者小林一美曾指出，中国传统的政治和法律制度中并不存在对“农民”身份的规定，作为农民的阶级意识在现实中没有充分发展起来[5]。从这个角度来看，刘师培的“农民”概念的确浸透着全球性的阶

[1] 申叔：《中国民生问题论一》，万仕国、刘禾校注：《天义·衡报》(上)天义册，第150页。

[2] 申叔：《中国民生问题论一》，万仕国、刘禾校注：《天义·衡报》(上)天义册，第155页。

[3] 《哀我农人》，万仕国、刘禾校注：《天义·衡报》(上)天义册，第293页。

[4] 王元化：《刘师培与〈衡报〉》，《王元化集》第七卷，武汉：湖北教育出版社，2007年，第180—181页。

[5] 小林一美：《中国农民战争史论的再思考》，森正夫编：《明清时代史的基本问题》，周绍泉等译，北京：商务印书馆，2013年，第323—325页。

级论述和翻译行为的痕迹[1],《衡报》的《农民号》及其中关于农民的文章标题就常常附有英文[2],提示着“农民”与 peasant 的对等关系。一个值得注意的现象是,尽管“农民”经刘师培提倡,已经进入清末的舆论场,但即便在刘师培那里,将“乡村”或“农村”作为一个有意识的讨论对象的言说却仍是稀少的。这或许印证了沈艾娣的分析:此时,主导空间认知的仍是省—县—乡—村式的连续行政框架,强烈的城乡对立还未出现[3]。但另一方面,它同样表明,作为外来话语之转译物的“农民”,多少与其理应内在于的空间构造处在脱节的状况之中。《天义》《衡报》上持续对各地佃民、农民疾苦的报道,则预示着一种更具体的、对农民和农村的认知正在形成。

事实上,要待到“五四”前后,农村或乡村作为一个空间结构的认知才逐步清晰起来,其前提是前述城乡经济脱节乃至对立、新旧知识分子交替等原因的进一步深化。作为其症候,1920 年代的新文学重新启动了对于“乡土”的书写,但是此时的乡土不再是张扬对地方或本乡本土的亲切热爱,而是漂泊在城市中的新青年们对已经远离的故乡的回望。“乡土”已经悄然转化为“乡村”,相对于光明、进步、现代的城市,它处在阴暗、蒙昧、落后的一端。乡土文学的叙事模式,无疑揭示了现代性的介入如何扭转了城乡在文化等级上的位置,但作为空间结构的乡村或农村的浮现,

---

[1] 梁展:《世界主义、种族革命与〈共产党宣言〉中译文的诞生——以〈天义〉〈衡报〉的社会主义宣传为中心》,《外国文学评论》2016 年第 4 期。

[2] 如《农民号》附注:An Appeal to the Peasants;《无政府革命与农民革命》题下注:The Anarchist Revolution and Peasant Revolution。

[3] Henrietta Harrison, “Village Identity in Rural North China: a Sense of Place in the Diary of Liu Dapeng”, in David Faure and Tao Tao Liu eds., *Town and Country in China: Identity and Perception*, pp. 104–105.

意义并不仅止于提示一个封闭、破败的乡村形象。颇有意味的是，恰恰是在这个时期，两位将“到民间去”口号介绍至中国的重要人物——李大钊和周作人——都在其论述中，有意无意地将“民间”等同于乡村或农村。关于二人对“到民间去”的具体处理方式，本书将在后续章节详细展开，在此我想首先提示的是，有别于刘师培单纯的阶级视角，对李大钊而言，农村构成了一个容纳了有土农夫、地主、佃户、雇佣工人等不同阶层的空间，农村的弊病从而被作为中国整体性问题的缩影来把握：“立宪的青年呵！你们若想得个立宪的政治，你们先要有个立宪的民间；你们若想有个立宪的民间，你们先要把黑暗的农村变成光明的农村，把那专制的农村变成立宪的农村。”[1] 周作人对民间或乡村的整体文化诊断分享了与李大钊类似的逻辑，“乡人的思想”也就代表了国民的思想，在这个意义上，乡村或民间既可能藏匿着“群鬼”，同时也存储了国民情感的普遍与美善。

乡村或农村成为理解“民间”的主要空间构造，由是包含着如下几方面的意义：首先，在尖锐的城乡对立前提下，贫穷破败的乡村也分享了某种阶层性的下位感，乡村或农村与“民间”可能发生勾连，无疑与“五四”前后流行的“平民”“庶民”“民众”等概念有深刻的内在关系。在这个意义上，也可将乡村或农村视为在当时的经济和文化条件下，使得“平民”“庶民”“民众”等范畴落地和具体化的空间构造。其次，作为绝大多数中国人居住和生长之地，乡村或农村很大程度上也成了整个中国的隐喻。正如 1920 年代的“中国”自身一样，在现代 / 传统、进步 / 落后、

[1] 李大钊：《青年与农村》，《李大钊全集》第二卷，北京：人民出版社，2006 年，第 306 页。

西方 / 东方的关系序列中，乡村与农村往往与后一含义联系在一起，“乡村中国”因而提示了某种文化论式的进路。不论是李大钊判断农村缺乏现代知识和组织力，还是周作人在乡村中看到国民精神的美恶交织，都意味着某种新的对乡村自身文化形态的定义和描述。如果说，将某一文化论断从乡村推衍到中国，制造出了形形色色有关民族性或国民性的宏观叙述，那么聚焦乡村本身并将其作为理解中国的关键，无疑也进一步刺激了细致和深入的认知生成。后续历史中，无论是关于乡村社会内部构造及其文化样式的更具体的知识生产，还是在此基础上的社会改造乃至革命实践，皆由此而来。再次，“乡村”或“农村”与“中国”的重叠，也意味着将中国置于某个特殊的世界性图景之中。按照李大钊的看法，近代以来中国遭受的外来压迫，源于“中国的农业经济挡不住国外的工业经济”，从而“全国民渐渐变成世界的无产阶级”[1]。在这里，农业的中国与工业的国外之间的对立，实际是一种世界规模的阶级剥削关系之表现，因此整个农业的中国，可在这个意义上被转换为“世界的无产阶级”。这一视野既为中国开辟了汇入世界性的社会主义革命洪流的可能，同时仍然保持了对中国自身经济和文化形态的准确体察，后续中国革命独特的展开路径即深深根源于此。从 1940 年代一直到社会主义时期，文学和艺术作品中频繁采用“村庄改造”的叙事模式来摹写“人民中国”的实现[2]，显示了诞生于中国革命之中的特殊“人民”范畴与乡村

---

[1] 李大钊:《由经济上解释中国近代思想变动的原因》,《李大钊全集》第三卷，第 147 页。

[2] 贺桂梅在对《三里湾》的分析中，提出赵树理笔下的三里湾包含了对整个中国的普遍性理解。但此种将某一村庄变迁作为中国革命之缩影的模式，同样广泛存在于如《太阳照在桑干河上》《暴风骤雨》《山乡巨变》《创业史》等小说中。参贺桂梅:《书写“中国气派”——当代文学与民族形式建构》，北京：北京大学出版社，2020 年，第 118—119 页。

或农村这一空间框架之间的亲密关联。

在“地方”和“乡村”之外，20 世纪历史中另一个与“民间”关系密切的空间构造是边疆。一个值得注意的事实是，不同于此前王朝的统治方式，清代建立起了一套复合的统治方案，这也创造出极为特殊的“民间”理解。按照柯娇燕（Pamela K. Crossley）的说法，清代皇权具有“共主性”（simultaneities）[1]，皇帝身兼多重人格面貌，对应着他统治的不同区域及人群[2]。在这一统治框架之下，不隶于八旗、蒙古、回部、土司土官等制度，直接受省府州县管辖之人，往往被称为“民人”[3]。从而，清代官方文献中，“民间”也常特指“民人”所处之所。如雍正朝《大清会典》中有关军器的规定中说：

> 直属地方，旗民杂处，行文八旗都统副都统等，传谕各旗并内务府佐领，将各屯庄鸟枪，尽行查收，各交官库。又题准：民间现存鸟枪，限令各送该管地方官入库，仍取该管官并无私藏鸟枪印结送部。……四十八年题准：湖南所属，大半苗猺杂处，即无苗州县，多系深山大泽，鸟枪实为民间防苗卫身之具。应将现在所缴鸟枪，准令该地方官，于木杆上刊刻州县姓名，烙印编号，给发收存，以防急患。……[4]

---

[1] 柯娇燕：《中国皇权的多维性》，刘凤云、刘文鹏编：《清朝的国家认同：“新清史”研究与争鸣》，北京：中国人民大学出版社，2010 年，第 69 页。

[2] Pamela K. Crossley, *A Translucent Mirror: History and Identity in Qing Imperial Ideology*, Berkeley, Los Angeles and London: University of California Press, 1999, pp. 38–44、281–336.

[3] 刘小萌：《清代北京旗人社会》，北京：中国社会科学出版社，2008 年，第 1 页。

[4] 雍正朝《大清会典》卷一百四十六，兵部三十六，第十。

又如乾隆朝《实录》记：

> 谕：口外多伦诺尔等处，因尔来粮价稍昂，商贩稀少。恐民间食米，未能源源相继。著该督严谕四旗八沟等处，不许违例遏籴，俾商贩流通，用资接济。其八沟、塔子沟、地方，蒙古王公台吉等属下殷实之户，所收粟谷，不无待价观望，未肯乘时出售。并著理藩院行文该王公台吉等，晓谕属下，各出所藏，照时价售卖。[1]

依据多元性的统治制度将“民人”或“民间”与八旗、苗瑶、蒙古区分开来，也一定程度上使得“民间”在空间上与省府州县之地重合。在当代讨论中，清代的多元治理模式有时也被视为体现了对不同族群“因地制宜、因俗而治”的更大包容性，但正如柯娇燕本人所指出的，这一统治结构同样在清末民初的语境中滋生出民族主义和分离主义的浪潮[2]：在西来的民族主义话语影响下，此前经由律法和管理方式制度化了的群体和区域差异迅速被转译为不同的族性话语（清末民初流行的“汉满蒙回藏五族”之说就是一个鲜明的例子），其中某些部分与统一的现代国家建设目标之间形成了张力。按照杨念群的观点，民国初年的政治安排“没有考虑如何解决清帝作为多民族共主形象的作用被消解后所遗留的疆域与民族问题”[3]，正是在这个意义上，民国初年被设想为

---

[1] 《清实录》第一六册，《高宗纯皇帝实录（八）》卷五八九，北京：中华书局，1986年，第546页。

[2] Pamela K. Crossley, *A Translucent Mirror: History and Identity in Qing Imperial Ideology*, pp. 336–338.

[3] 杨念群：《清帝逊位与民国初年统治合法性的阙失——兼谈清末民初改制言论中传统因素的作用》，《近代史研究》2012年第5期，第32—35页。

政权合法性来源的集体“人民”形象是存在自身缺陷的，它所包摄的差异巨大的地域和群体，无法简单通过“合汉满蒙回藏诸族为一人”的设想来完成统合。

由此来看，1920年代的“民间”话语恰恰展现出了一种并非由上而下强制统合，而尝试从广阔、互相关联的“民众”和“民间”视角，来将边疆和少数民族地区纳入覆盖的路径。北京大学的歌谣征集当中，已经有作者运用民间文学的方法和视角，来整理研究壮人的语言与歌谣[1]。1923年5月，北京大学发起风俗调查会，其“旨趣说明”中特别注明，除汉人地区外，还特别欢迎有关满蒙回藏等地区的材料和来稿[2]。尽管囿于知识储备、人才、资源等诸多因素，这一时期有关少数民族边疆的讨论和关注还处于非常初步的阶段，但整个1920年代，一个可以辨认的脉络是，少数民族边疆在被视为广义的“民间”和民众生活内在部分的前提下，得到越来越多的关注和重视。这一现象的出现并非无足轻重。它毋宁说是通过构想一种更加基础性的“民众”和“民间”认知方式，来超越和包容被民族主义话语和知识所固化的族性边界，语言、歌谣、风俗等则成为向下具体把握此种民众生活世界的手段。

在以往的学术讨论中，上述趋势和现象往往被解读为民国成立后公民观念和现代国家建设逐步扩展的结果[3]。此说当然解释了

---

[1] 参刘策奇：《獞话的我见》《獞人情歌二则》，《歌谣周刊》第五十四号，1924年5月11日；刘策奇：《獞人情歌》，《歌谣周刊》第六十号，1924年6月22日。

[2] 《风俗调查表底旨趣》，《民国日报·觉悟》，1923年8月10日。

[3] Tong Lam, *A Passion for Facts: Social Surveys and the Construction of the Chinese Nation-State, 1900–1949*, Berkeley & Los Angeles: University of California Press, 2011, pp. 14–15, 103–116; 程美宝：《地域文化与国家认同：晚清以来“广东文化”观的形成》，第213—260页。

其动力机制的重要一面，但它难以说明的是，为何这一趋势和现象所出现的时间，是在民国的国家政治深度失效，甚至知识分子普遍对其失去信仰的1920年代。1928年之后，随着统一的国民政府的建立和现代国家建设的全面铺开，反而出现了另一种趋势，即将边疆和少数民族地区从“民间”当中独立出来，“到民间去”的口号在此时演变为“到边疆去”[1]。从1930年代后期到1940年代，抗战的大背景又创造了另一个国家力量被极大削弱、民众运动风起云涌的时刻，在延安如火如荼的群众文艺、人民文艺创制中，少数民族和边疆地区再一次被纳入“人民”之中。延安文艺工作者的“采风”和对民间文艺形式的吸收再造，不只是针对汉人的民歌、音乐、民间故事，而且向少数民族敞开[2]。上述事实说明，要理解1920年代“民间”可能包括边疆和少数民族地区的逻辑，需要一个更长的历史视野和对这一“民众”范畴更多元的把握。

在此可以再度回到沟口雄三和孔飞力的“地方”论。今天关于辛亥革命发生和清朝灭亡的一个经典解释，正是由沟口和孔飞力的“地方”崛起论提供的，即认为以士绅阶层为核心、逐步坐大的“地方”势力最终从内部瓦解和终结了清代国家。但少为人讨论的一个问题在于，此种“地方”之力基本发生于汉人聚居的内地十八省范围之内；而与晚清南方各省的离心或分权趋势形成对比的，恰恰是东北和西北边疆地区在这一时期快速的郡县化、行省化和一体化，甚至主导这一“边疆一体化”进程的，往往也正是因镇压太平天国起义而得到清廷重用、被沟口和孔飞力视为

---

[1] 宋玉：《重识内地：1930年代中前期知识界的内地考察与文化实践》，清华大学博士论文，2019年，第13—14页。

[2] 毛巧晖：《延安文艺与少数民族文学的兴起》，《民族文学研究》2022年第4期。

地方分权代表的南方汉人官僚[1]。如果从前述清代特殊的、与省府州县之地关联的"民间"理解来看，这一进程也可被视为此种"民间"空间在晚清经历了一次大规模的、朝向边疆少数民族地区的扩张——这里的一体化与其说是一个族群对其他族群的同化，不如说是在统一的统治和行政制度基础上，形成统一的"民"之身份。

一般认为，边疆地区的郡县化和行省化是对清中后期日益深重的外患、帝国主义环峙进逼的反应，但清代社会和统治秩序内部的逻辑也同样不可忽视。许多研究都注意到，清代在族群和文化交错地区往往设有同知官职，负责不同族群的交涉事务[2]。胡恒则进一步发现，与同知通判的任命相关，清代在府州县与藩部的过渡地带还不断大量地设置"厅"，清代的厅制既具备在府州县与藩部的过渡地带"因俗而治"、从二元体制朝向一体郡县化过渡的功能，又是在地方财政和官缺"定额"的前提下，应对清代人口的剧增和地区开发日益成熟的一种治理策略[3]。由此看来，郡县化和一体化不仅是由上而下的制度安排，同时也受到清代持续的人口增长、移民迁徙和边疆开发的内在推动。胡恒就认为，即便没有外敌觊觎，边疆地区郡县化仍是大趋势[4]。李文良有关湖南苗疆"均田屯勇"的研究也指出，与其将乾嘉苗乱后推行的屯田制度视

---

[1] 参苏德毕力格：《晚清政府对新疆蒙古和西藏政策研究》，呼和浩特：内蒙古人民出版社，2005 年，第 134—136 页；李细珠：《地方督抚与清末新政——晚清权力格局再研究》，北京：社会科学文献出版社，2012 年，第 22—37 页。

[2] 定宜庄：《清代理事同知考略》，《庆祝王锺翰先生八十寿辰学术论文集》，沈阳：辽宁大学出版社，1993 年，第 263—274 页；宋思妮：《清代理瑶同知略考》，马建钊主编：《民族宗教研究》第三辑，广州：广东人民出版社，2013 年，第 53—61 页。

[3] 胡恒：《边缘地带的行政管理——清代厅制再研究》，北京：社会科学文献出版社，2022 年，第 51—52、78—83、287—295 页。

[4] 胡恒：《边缘地带的行政管理——清代厅制再研究》，第 184 页。

作一种民族控制手段，不如说它是地方官员“面对十八世纪下半叶帝国边区因移民开发而引发的普遍性资源竞争、族群冲突以及社会动乱”时的一种创造性应对[1]。谢晓辉则进一步指出湘西的“均田屯勇”构成了“一套包括地方防卫、财政税收、教化、慈善等功能的地方管理体系”，这套制度之后又成为以曾国藩等人为代表的清末地方军事化之肇始[2]。考虑到太平天国之后崛起的南方汉人官员在清末边疆一体化过程当中发挥的作用，或许也可以说，晚清地方性“民间”力量崛起和边疆一体化实际分享了同一个逻辑。

清末最后十年，迫于内外压力的清政府推行了大量消除族群隔离、推动民族融合的政策。建省后的东北和新疆一如内地之制，设立谘议局、试行地方自治，蒙古、西康建省亦在筹划之中。根据蔡乐苏的统计，清末至民初，新疆、东北、西藏、蒙古等地都发行了地方性白话报纸，并常常与民族文字对照印刷[3]。被李孝悌视为下层启蒙运动重要手段的宣讲所、阅报所，也在东北、蒙古等地有所开设[4]。这也显示出，边疆和少数民族地区在一定程度上同样内在于晚清以来“民间”空间兴起的潮流之中。

如果说，晚清的一体化措施具备了内生性的动力，但由于种种原因掣肘，未能妥善回应边疆地区的社会现实情况和需求，而显示

[1] 李文良：《清嘉庆年间湖南苗疆的“均田屯勇”》，《“中央研究院”近代史研究所集刊》第102期，2018年12月，第33页。

[2] 谢晓辉：《傅鼐练兵成法与镇筸兵勇的兴起：清代地方军事制度变革之肇始》，《近代史研究》2020年第1期，第4—6、16—17页。

[3] 包括：《西藏白话报》（1907年）、《伊犁白话报》（1911年）、《回文白话报》（1912）、《藏文白话报》（1913）、《蒙文白话报》（1913）。参蔡乐苏：《清末民初的一百七十余种白话报刊》，丁守和编：《辛亥革命时期期刊介绍》第五集，第527、538—539、540—541页。

[4] 参赵云田：《清末新政研究》，哈尔滨：黑龙江教育出版社，2012年，第128、174—175页。

出强制性甚至在当地遭到反弹，那么民国肇建、同质的公民身份成为国家制度的前提，则创造出了更强烈的统合边疆地区的欲望。有关民初对边疆地区的统合措施，现有研究已多有注目，在此不赘[1]。本书想要提请注意的，是民国以来走向边疆的热情实际包含着方向不同的驱动力，其一被现代国家建设的进程所主导，而1920年代以“民间”来包蕴和覆盖少数民族边疆地区、将其置于一个共同的民众世界当中的尝试，在接续了清代边疆地区一体化和“民间”空间扩展脉络的同时，其更关键的推动力与其说是现代国家建设和控制的欲望，不如说是在此时文化运动和民众运动的风潮之下，对从基底来重构有关“民”以及“民间”的想象和叙述的激情。正是在这个意义之上，以激进的民众范畴和由此开展的民众运动乃至革命为前提，1920年代的“民间”或1940年代的“人民”才有可能成为一个超越族性的更宽广的基本范畴，将边疆地区和少数族群平等地纳入其中；而“边疆”在1930年代凸显为一个有别于内地和汉人民众的异域空间，也正伴随着这一激进视野的低落与式微。从这个角度来看，边疆或少数民族地区也构成了理解1920年代“民间”范畴的一个虽不甚显明却至关重要的面向。

第二节　文化如何运动社会

如果说，“民间”范畴的历史演进，为1920年代“民间”空间的开展，在纵向的时间轴上做了基本准备，那么横向地来看，

[1] 参王川等著：《中华民国专题史（第十三卷）：边疆与少数民族》，南京：南京大学出版社，2015年，第12—40页；王柯：《从“天下”国家到民族国家》，上海：上海人民出版社，2020年，第261—289页。

这一时期特殊的时代氛围，对文化、运动、社会等范畴的理解和设想，同样是“民间”空间成立必不可少的要素。有别于一般对于“运动”的理解，亦不同于“到民间去”运动在俄国的先例，中国的“到民间去”运动的核心特征，是一种在认知和实践的往复来回中，重造主体、社会、民间的过程。出现于“五四”前后的文化运动的机制，塑造了 1920 年代中国“到民间去”运动的基本样貌，后者赖以进行的基本范畴、参与群体和展开方式，都不能脱离这一时期文化运动的框架。本节因此对“五四”前后文化运动介入社会的尝试及其产生的后续影响稍作回顾，中国的“到民间去”运动发生在这样的历史图景之中，“到民间去”成为 1920 年代引人注目的潮流，正是其产生的历史结果。

1. 文化运动与社会运动

“文化运动”一词的流行，以及以此来指称以《新青年》为滥觞的新思潮，实际是“五四”之后才出现的现象[1]。在当代的历史回顾中，以“文化运动与社会运动的分途”来理解后“五四”时期的历史走向，已经成为一种普遍被接受的叙事。这或许可以追溯到“五四”研究的经典研究者周策纵。在论及“五四”之后新文化运动同人的分裂时，周策纵曾用“社会政治活动论与文化活动论的对立”[2]来描述自由主义者和左派分子在态度上的差异。在

---

[1] 如瞿秋白 1920 年时曾评论说，“‘文化运动’现在已经成了一个新名词——最时髦的名词”；袁一丹在追踪“新文化运动”这一名称出现的历史过程时，也发现“新文化运动”一词乃是“后起”和“反套”历史的结果。参瞿秋白：《文化运动—新社会》，《新社会》第十五号，1920 年 3 月 21 日；袁一丹：《“另起”的“新文化运动”》，《中国现代文学研究丛刊》2009 年第 3 期。

[2] 周策纵：《五四运动：现代中国的思想革命》，周子平等译，南京：江苏人民出版社，1999 年，第 227 页。

这一概括中，文化、教育上的改革与直接参与式的社会、政治运动构成了对立的关系。周策纵的这一二分多少源自陈独秀本人1921年的短评《文化运动与社会运动》。不过值得注意的是，周策纵在概括陈独秀观点时虽同时引用了其1920年的《新文化运动是什么？》和1921年的《文化运动与社会运动》，却并未注意这两篇文章在前后观点上的巨大差异。在《新文化运动是什么？》中，陈独秀一方面将文化与军事、实际政治、产业加以区分，将新文化运动定义为扩充旧文化边界和内容的运动，另一方面又热烈地期待文化运动能够对前述几项事业施以良性影响[1]。而在一年之后的《文化运动与社会运动》中，他则反对将文化运动扩展至政治、产业、交通、军事，同时暗示了社会运动可能在这些领域中发挥的作用[2]。那么，这一前后差异是否仅仅反映了陈独秀本人在观点和态度上的游移？同时需要注意的是，陈独秀在创办《新青年》之初，其宗旨在于以一种全新的文化"觉悟"，与旧有的现实政治模式进行决裂和区分[3]。如此一来就在两个层面上提出了问题：第一，在从新文化运动发端到1920年代初的这短短几年间，文化、政治、社会这几个范畴到底意味着什么？它们之间如何关联？其分野又在何处？第二，文化、政治、社会这几个范畴与运动的关系又是什么？

很明显，在周策纵所提出的文化与政治相对立的"五四"理解范式中，上述问题难以得到真正的展开和深化。但这样一种

[1] 陈独秀：《新文化运动是什么？》，《新青年》第七卷第五号，1920年4月。

[2] 独秀：《文化运动与社会运动》，《新青年》第九卷第一号，1921年5月。

[3] 在1915年第一卷第一号的《青年杂志》中，读者王庸工来信表示，杂志应当介入关于国体问题的政治讨论，主编陈独秀如此回答："盖改造青年之思想，辅导青年之修养，为本志之天职。批评时政，非其旨也。国人思想倘未有根本之觉悟，直无非难执政之理由。"参见《通信》，《青年杂志》第一卷第一号，1915年9月15日。

理解方式又很大程度上主导了近四十年来对于“五四”的讨论。1980年代以来，学界对于“五四”的再解释，往往着意于反拨此前的泛政治化和过度政治化倾向，“文化”正是在这个意义上，伴随着思想氛围的整体转换，成为重新理解“五四”的重要视野。大力标举“五四”同人此前所从事的文化运动和思想启蒙的重要性，或探讨文化启蒙的被“打断”，背后的批评对象都是自“五四”开始的街头运动和投身现实政治的潮流。应当说，无论是区分作为文化启蒙的新文化运动和作为政治事件的“五四”[1]，还是李泽厚所谓“启蒙”与“救亡”的辩证法[2]，均未脱离这样一种理解模式。尽管学界进行了大量“重返历史现场”的努力，也挖掘出了“五四”历史细节中极其丰富多元的面相，但在总体认识框架上，对“文化与政治相对立”模式进行突破尝试的研究却并不多见。其中，杨念群和汪晖可算两位难得的代表。二人都将重新解释“五四”的问题意识，延伸到了1910年代中华民国的整体性危机以及世界范围内资本主义文明因第一次世界大战而破产的历史背景之上。

在汪晖看来，文化与政治之间区分又相互激发转化的逻辑贯穿了“五四”前后的文化运动[3]。在此，文化并不仅仅指分科意义上的新旧文学之争或现代教育，它指向更为庞大的文明论、文化论。产生这一关于文明和文化讨论的直接刺激，则是以国内的袁世凯复辟和国际上的第一次世界大战爆发为基本背景的19世纪政治形态的整体性危机。保守派和激进派双方都意识到，诞生于19

[1] 参见《胡适口述自传》第九章《“五四运动”（一场不幸的政治干扰）》，载欧阳哲生编：《胡适文集》第一卷，北京：北京大学出版社，1998年，第352—370页。

[2] 李泽厚：《启蒙与救亡的双重变奏》，载《中国现代思想史论》，北京：东方出版社，1987年，第33—34页。

[3] 或者用汪晖的话来说，是“五四文化运动”，而非狭义上的、与五四运动有所区分的新文化运动。参见汪晖：《文化与政治的变奏——一战和中国的“思想战”》，第13—14页。

世纪的此种以国家为基础领导力量和行为框架的政治形式，无论在中国还是欧洲，都遭遇了全面的困境。立宪政府、政党选举不仅在中国内部陷入了军阀和“私党”的派系争斗局面，而且在世界范围内也未能解决整体性的经济和社会不平等，并引发了世界性战争。在这个意义上，文化或文明作为问题被提出，其针对的正是这一以国家统治手段的建设和争夺为基本取向的具体政治形态，其意在通过一种断裂式的思想觉悟，为新政治创造伦理基础。与此同时，对汪晖而言，“五四”前后的文化运动的复杂性又在于，虽然其一方面以与现实的政治相隔绝为前提，另一方面又为全新的政党政治的出现创造了条件。出现在20世纪的新的政党政治最终并非在完全抛离国家的层面上展开和发展，相反，它激发并促成了新的国家政治形式的产生[1]。

杨念群对“五四”的再解读，同样从民国政治的全面危机，以及“一战”后中国知识分子对欧洲以资本主义和民族国家为基本特征的文明式样的破灭感出发，但其关注取向有所不同。杨念群注意到，1910年代末，知识分子对国家“政治”的普遍破灭感引发了朝向“社会”的兴趣转移，“‘社会’已经替代‘政治’成为民初知识精英讨论的关键词”，甚至“梁启超这样的‘制度主义’爱好者和政治党魁”，也于此时开始将政治衰败的原因归结至“社会”的坏朽，试图以治理社会的方式谋求政治重振[2]。因而杨念群大力重提的是“五四”作为“一场影响深远的‘社会改造’运动”的一面，不仅“如何有说服力地描绘出‘社会改造’的具体图式”“变成了考验‘后五四’时期知识人表现能力的试金石”，

[1] 参见汪晖：《文化与政治的变奏——一战和中国的“思想战”》，第13页。

[2] 杨念群：《五四的另一面：“社会”观念的形成与新型组织的诞生》，上海：上海人民出版社，2019年，第18—19页。

而且这场由精英发起的社会改造运动最“终弥散渗透到了社会的各个角落，进而形成了各个阶层共同参与的广泛社会动员”[1]。

杨念群和汪晖的论述为我们思考“五四”前后文化、政治、社会几个范畴之间的分野和联系提供了一定的基础，但同样也存在不足之处。举例而言，汪晖在此使用的“文化”与“政治”概念具有高度包摄性。因此，不仅“文化”范畴涵盖了狭义的文学、艺术、教育，指向更为广泛的文明论和文化觉悟，“政治”范畴也同时包含了文化决裂所针对的19世纪国家政治，以及其新创出的政党政治模式。在此意义上，陈独秀在1920年的《新文化运动是什么？》一文中论及的以文化运动影响军事、产业和实际政治，呈现的正是此种文化运动的逻辑。但与此同时，一个高度涵盖性的“政治”范畴又似乎难以从更为细微的层面进行解释，仅仅一年之后，陈独秀又将文化运动与社会运动进行了区分，这一行为到底意味着什么？社会运动当然从属于广义上的“政治”，某种程度上甚至可以说，它正是“五四”文化运动所催生出来的新政治形态。但在什么意义上，社会运动构成了一种区别于旧的政治实践形态，其“新”在何处？

与汪晖相较，杨念群对“五四”时期“社会”议题的频发更为敏感，他将无政府主义者在“五四”前后的尝试概括为以“文化”重塑“社会”[2]，这一案例正从细部提供了我们观察文化—政治—社会之间互相勾连转换的机会。但杨念群对“五四”时期“社会”范畴的考察，又深受近三十年来流行于国内外的社会史研究范式影响，他的讨论因此很快进入了以社会史方式探讨区域、

[1] 杨念群：《“五四”九十周年祭：一个“问题史”的回溯与反思》，北京：世界图书出版公司，2009年，第14、19页。

[2] 杨念群：《“五四”九十周年祭：一个“问题史”的回溯与反思》，第73—74页。

人际、地方等因素如何形塑了“五四”的知识脉络系谱[1]。杨论中因而出现了两种理解“社会”的方式，其一是在“五四”前后的具体语境中，在文化、政治、运动的动态语义网络之中不断生成的“社会”观念；其二是脱胎于西方国家—社会关系理论的社会史研究方法背后所蕴含的一套“社会”理解，其强调的地方、边缘、人际交往等视角，正对应于高度制度化的西方国家政治形态。这两种“社会”理解有互相交叉之处，但它们同样也不可能完全重合。杨论将大部分篇幅贡献给了后者，对前者的探讨则显得不尽充分。

在这个意义上，对前述问题的讨论，首先需要我们回到“五四”前后的语境中，考察“社会”一词的具体使用情况。一个广为人知的事实是，西文 society 被翻译至中文时，首先被严复译为“群”，但此后，由日文和制汉语而来的“社会”一词逐渐占据了压倒性地位，并最终成为定名[2]。根据金观涛、刘青峰的统计，“社会”一语对“群”的决定性取代，发生在 1902—1904 年间[3]。现有对从“群”到“社会”演变过程的学术考察，均注意到“群”和“社会”实际在意义和指向上构成了区别颇大的两个不同范畴，论者往往试图从这一差别入手，勾勒不同时期“时代精神”

[1] 参杨念群《“五四”九十周年祭：一个“问题史”的回溯与反思》第三、四章，第 67—127 页；《五四的另一面：“社会”观念的形成与新型组织的诞生》第五章，第 205—256 页。

[2] 对这一历史过程的追溯，参见金观涛、刘青峰：《从“群”到“社会”、到“社会主义”——中国近代公共领域变迁的思想史研究》，《“中央研究院”近代史研究所集刊》第三十五期，2001 年 6 月；冯凯（Kai Vogelsang）：《中国“社会”：一个扰人概念的历史》，孙江、陈力卫编《亚洲概念史研究》（第二辑），北京：生活・读书・新知三联书店，2014 年，第 99—137 页；陈力卫：《词源（二则）》第一部分“社会”，孙江、刘建辉编《亚洲概念史研究》（第一辑），北京：生活・读书・新知三联书店，2013 年，第 194—199 页。

[3] 金观涛、刘青峰：《从“群”到“社会”、到“社会主义”——中国近代公共领域变迁的思想史研究》，《“中央研究院”近代史研究所集刊》第三十五期，2001 年 6 月，第 22 页。

的流衍变迁。按照冯凯的说法，“群”是一个依照平等、友谊、自愿等原则组合而成的理想群体，而“社会不是互有好感的人的社群，而是冷酷乃至凉薄的个人集合”，“跟‘群’相反，该词有一层明确的贬义”，“从一开始，社会这个术语就意味着麻烦和‘动荡’”[1]。由此，冯凯发现了始终伴随着20世纪中国历史的进化、改良乃至革命冲动，与此种负面性的社会观念之间的隐秘关联[2]。

不过，“社会”一词本身倒实际蕴含着更为多重的意义空间。根据金观涛、刘青峰的总结，无论是日文和中文语源中的“社会”，还是西方历史脉络中的society，均至少具有两重含义：其一，指一部分志趣相同者自发结合而成的组织；其二，泛指一切人类居住于其中的组织形式[3]。换言之，“社会”既可能是依靠共同的理想、原则而自发结合的人群形态，亦可能是一个客观存在的、独立于个人意志之外的“人间世”。同时金观涛、刘青峰以及王汎森也观察到，以第一层含义来使用“社会”的方式首先大规模出现在晚清士绅结社集会时的自我指称之中，第二次对该层含义的集中使用则出现在“五四”时期[4]。

---

[1] 冯凯：《中国“社会”：一个扰人概念的历史》，孙江、陈力卫编：《亚洲概念史研究》（第二辑），第112—116、124、130页。

[2] 冯凯：《中国“社会”：一个扰人概念的历史》，孙江、陈力卫编：《亚洲概念史研究》（第二辑），第136页。

[3] 参见金观涛、刘青峰：《从“群”到“社会”、到“社会主义”——中国近代公共领域变迁的思想史研究》，《“中央研究院”近代史研究所集刊》第三十五期，2001年6月。

[4] 参见金观涛、刘青峰：《从“群”到“社会”、到“社会主义”——中国近代公共领域变迁的思想史研究》，《“中央研究院”近代史研究所集刊》第三十五期，2001年6月；王汎森：《清末民初的社会观与傅斯年》，《清华学报》新二十五卷第四期，1995年12月；Wang Fan-shen, “Evolving Prescriptions for Social Life in the Late Qing and Early Republic: From Qunxue to Society”, in Joshua Fogel and Peter Zarrow eds., *Imagining the People: Chinese Intellectuals and the Concept of Citizenship, 1890–1920*, London and New York: M. E. Sharpe, Inc., 1997, pp. 266–270。

通过王汎森的总结可以看出，“五四”前后对于“社会”一词的使用至少具有以下三个显著特征：首先，它意指一种人群的有机结合，“活动力”“组织”是确认这一结合是否存在的关键，按照傅斯年的说法，“凡名称其实的社会，——有能力的社会，有机体的社会——总要有个密细的组织，健全的活动力”[1]。其次，“社会”在“五四”时期构成了一个应然而非实然的范畴。对“五四”一代人而言，中国还不存在真正意义上的“社会”，因此需要“造社会”。最后，正如王汎森所注意到的，“五四”一代人主动宣告了其所欲的“社会”与传统的或晚清以来形成的建立在地域、血缘或同业基础上的民间组织形式之间的决裂：无论是“由宗族或乡绅组成的育婴堂、恤嫠会、旌节堂等”，还是“工商行会、公所”，“都是他们所不能满意的”[2]。事实上，作为理想的“社会”的提出，同样也意味着对于现存的国家和地方政治组织的否定[3]。这也显示出，“五四”一代所要造就的“社会”，是一个全新的、从未在中国历史上出现过的人群组织形态。

“五四”时期“社会”范畴的特殊性是显而易见的。然而，应当如何理解和把握这一特殊性？值得指出的是，当代学界关于“五四”时期“社会”范畴的概念史或思想史研究往往意在探讨中国近现代历史中的国家—社会关系，或更清楚地说，探讨国家与

---

[1] 傅斯年：《社会——群众》，《新潮》第一卷第二号，1919 年 2 月，第 347 页。

[2] 王汎森：《清末民初的社会观与傅斯年》，《清华学报》新二十五卷第四期，1995 年 12 月，第 331—332 页。

[3] “一个官署，全是‘乌合之众’。所做的事，不过是‘照例’的办法，纸篇上的文章，何尝有活动力？何尝有组织？不过是无机体罢咧！”傅斯年：《社会——群众》，《新潮》第一卷第二号，1919 年 2 月，第 347—348 页；“五四”之后，《新青年》也在《本志宣言》中宣布：“我们主张的是民众运动社会改造，和过去及现在各派政党，绝对断绝关系。”《本志宣言》，《新青年》第七卷第一号，1919 年 12 月。

民间社会 / 公共空间（civil society/public sphere）的关系，其目的是要回答为何一个介于国家与家庭之间、以保障私人权利为基本诉求的“公义”空间没有在中国出现[1]，因而这不仅在方法上将现代西方的国家—社会关系当成了参照的应然模式，而且其论述方向也快速地走向了对国家及其所代表的公共性的批判，认为持续的公共性追求压抑了个人权益的空间，最终造成了社会的“萎缩”。在这种论述框架下，晚清士绅建立在传统的地域、血缘或职业基础上的自我组织型“社会”，以及与此相对应的范畴“群”，要么被认为保存了传统的、自然的组织框架，要么被认为是对个人权益的保护，得到了更多的同情。正如钱曾瑗（Michael Tsin）所言，此种论述方式的问题首先是将现代西方的国家—社会关系形态预设为标杆，以此为对照来寻找中国历史道路的失败[2]；但更关键的问题还在于，其内部隐含的逻辑一方面将激进的公共性诉求与集体主义等同，从而将其与对个人权利的保护对立起来，另一方面还将这一对立关系演绎为“国家权力”与“社会自主”之间的

---

[1] 1990 年代以来，关于民间社会（civil society）和公共领域（public sphere）的问题一度成为中国学界的热点话题，这一理论兴趣某种程度上正是由中国近现代历史研究领域对这两个范畴的援引和使用引发的。由于 civil society 本身在西方语境中的相关讨论高度丰富和复杂，甚至其中文译法也存在许多争议，围绕这一话题的讨论因而常常在不同的理论出发点和立场下展开。概括言之，中国近现代历史研究领域对于 civil society 和 public sphere 范畴的使用，大体上遵循哈贝马斯、罗尔斯等自由主义的理论框架；王绍光、张汝伦、汪晖等人对于这一理论方向则有所批判。关于 civil society 范畴本身的多重意涵和历史脉络，参见王绍光：《关于“市民社会”的几点思考》，《二十一世纪》1991 年 12 月号，总第八期，第 102—114 页；关于 1990 年代以来围绕着民间社会和公共领域的理论交锋和所涉文献，可参见成庆《有关“市民社会”与“公共领域”的论争》一文的总结。成庆：《有关“市民社会”与“公共领域”的论争》，《二十一世纪》2005 年 4 月号，总第八十八期，第 33—39 页。

[2] Michael Tsin, “Imagining ‘Society’ in Early Twentieth-Century China”, in Joshua Fogel and Peter Zarrow eds., *Imagining the People: Chinese Intellectuals and the Concept of Citizenship, 1890–1920*, pp. 212–213.

对立，以及前者对后者的压抑。

这一框架因而事实上无法解释，“五四”时期的“造社会”观念如何可能同时包含了个人权利的伸张和公共性追求两个维度。毋庸置疑，“五四”一代对传统的或晚清士绅主持的各种自发性组织的不满，与新文化运动对于中国传统家庭、宗族和经济制度对个人的压抑和束缚的批判紧密相关。在这个意义上，“五四”所要造就的“社会”，在对个人权利的追求上实较晚清更为彻底。与此同时，这一个人权利的诉求恰恰并不处在与公共性的单纯对抗关系之中。正是由于意识到其所追求的个人权利并不存在于任何一种已有的社会组织形态结构内部，“五四”一代才提出了构造一个全新的公共性的问题。将已存在的国家、政党、商会、宗族等组织形态的根本目的归结为“私”，实际上意味着，这些组织的结构因不能容纳妇女、劳工、青年等群体的权利诉求，而丧失了“公”的真正含义。被重塑的公共性在这个意义上，本就是以保障更为激进的个人权利为基本取向的。

“五四”的“造社会”论中因而可以观察到多重的“公”与“私”的指向，二者之间复杂的辩证关系也构成了其重要的特征。但与此同时，“五四”的“造社会”论提出的另一个重大问题还在于，一个全新公共性的打造在何种条件下是必要的？又在何种意义下是可能的？在以卢梭为代表的经典现代民主政治理论中，理性的国家应当建立在个人与个人之间签订的“社会契约”上，个人通过将自身的权利让渡给主权者，来形成和执行“公意”。法律是“公意”的体现，民主政府则是“公意”的执行者。也就是说，人民是主权的来源，但国家构成了最高层次的公共性呈现和行动的场所。而根据沟口雄三对于中国公 / 私观念的研究，“公”在中国思想传统中一直具有“生生之仁，天理的自然”[1]的天下普遍性含义，明清之际，“人欲”观念的发展使“公”进一步从“君主一己的政治德性”推广至“使得民……的私人所有各自得到满足的、整体充足的状态”，“‘公’已不再与‘私’为二律背反关系”，而成为涵括了对民之私的保护的“高一层次的‘公’”[2]，具有公义、公正、公平的含义。“公”一方面构成“社会性关联的共概念”[3]，另一方面是“原理性、道义性的概念世界”[4]。这种“原理性的和道义性的天下之公”[5]后来在经济和政治两个层面发展，成为晚清到民国时期革命论证和民权推进的重要资源。在这个意义上，无论是西来的民主、民权思想，还是中国思想脉络中的公私之辩，两种传统均赋予了国家对公共性的责任，但判断公共性正当与否的伦理基础却始终被设想成取决于“民”。

在从晚清到民国的一系列政治变动中，对于国家承担公共性的持续要求成为这些历史变化的重要推力。辛亥革命结束了清王朝“一家一姓”的“私”统治，在法理上建立了“五族共和”的民国，但整个1910年代，北洋政府在内政上陷于派系和地方势力之间的斗争，立宪共和的原则被袁世凯称帝和张勋复辟反复挑战，外交上则以被迫接受“二十一条”以及巴黎和会的失败为标志，显示了其国际地位的软弱。国家统一、政治形式和国际外交上的多重失败，引发了对北洋政府合法性的质疑；而在第一次世界大战的背景下，中国人在巴黎和会和山东问题上的屈辱经验，与对

[1] 沟口雄三，《中国的公与私·公私》，第13页。
[2] 同上书，第23页。
[3] 同上。
[4] 同上书，第50页。
[5] 同上书，第51页。

广泛西方政治经济文明整体性危机的感受结合在一起，最终使得对北洋政府统治的具体质疑，转化为对局限在国家框架内的议会和政党政治能否真正体现公共性的原则性质疑：北洋政府的宪法和议会被视作党派争权夺利的工具，派系倾轧、与外国势力的勾结以及在国际事务上的妥协，损毁了公共的、人民的利益。在国家政治框架之外重建公共性的吁求，正是在这样的历史基础上出现的。所谓“造社会”，即是要将真正的公共性，寄托于全新的人群组织形式之上；这一组织形式一方面试图在19世纪国家政治所规定的公民权利之外，更真实地保护更广泛群体的利益，另一方面也意味着重新塑造民国的根基。

新文化运动为在社会基础上再造公共性提供了至少两方面的准备。其一是思想方面。当然，正如许多论者已经注意到的，新文化运动中涌现的种种观念和取向具有高度的歧异性，并未真正出现过一个内在逻辑圆融自洽、自我统一的整体式思想基础。但通过对现有政治形式的彻底拒斥，对家庭、宗族制度展开的整体性文化批判，新文化运动形成了一种与既有的政治制度、伦理道德框架进行彻底决裂的“态度的同一性”[1]，一个全新的“造社会”设想正是以此种彻底的断裂意识为思想前提的。与此同时，对家庭、婚姻、宗法制度的批判引出了青年问题、妇女问题，对文学、文字贵族性的批判引出了平民价值的问题，对资本主义经济制度的批判引出了劳工问题，这些问题当然并不都处在同一逻辑延长线上，却都构成了嗣后“造社会”的出发点。1921年，陈独秀在区分文化运动和社会运动时，将后者定义为“妇女问题、劳动问

[1] 汪晖：《中国现代历史中的“五四”启蒙运动》，《汪晖自选集》，桂林：广西师范大学出版社，1997年，第307—319页。

题、人口问题一类的事”[1]，这一社会运动的视野明显与新文化运动讨论的话题有承继关系。其二，新文化运动虽然未能为自然、历史、社会提供一个内部一致的整体论思想框架或方法论，但它却通过一种新与旧断裂的时间哲学论证，将青年们打造为思想革命与社会改造的主体。在嗣后的“造社会”过程中，青年及青年活动的作用是关键性的。

然而，如果仅从新文化运动自身的规定性出发，一个整体性的、具有替代国家政治框架意义的公共性“社会”仍不可能成立。新文化运动中流行一时的基尔特社会主义、无政府主义，以及种种不同的志趣和取向，在青年中催生了许多自我组织的小团体，但以“联合”的方式将小团体汇聚成社会公共性的设想，却是由五四运动的实际需求触发的。如前所述，第一次世界大战带来的19世纪欧美政治经济制度的全面危机，以及中国在巴黎和会上的外交失败，构成了“五四”一代在国家政治框架之外重建公共性的直接原因。五四运动的实际经验，则第一次使中国知识分子和青年学生体会到了一个动员广泛、由不同群体共同参与的社会运动可能具有的巨大能量。“五四”虽然肇始于北京学生的示威游行，但若没有全国范围内其他地区学生的响应，工商业罢市、罢工的支援，其影响力大约也终将局限于一种仅限于学生的运动。一位见证了五四运动的西方观察家如此写道：“可以毫不夸张地说，数百万农民、商人和工匠有史以来第一次谈论起国家和国际大事，甚至当他们被最近几次革命鼓动起来时，也还没有想到他们能够对此发表意见。不论你走到哪家茶馆，你都能听到他们在谈论这些事情。茶馆里‘莫谈国事’的招牌已经过时了。……也

---

[1] 独秀：《文化运动与社会运动》，《新青年》第九卷第一号，1921年5月。

许中国终于真正的苏醒了。”[1] 如果缺乏组织力和凝聚力的“一盘散沙”是晚清以来中国民众最为出名的形象譬喻，那么五四运动中则首次呈现了一个可以观察、感受到的人民整体。当然，就整个中国国民的基数而言，这个“整体”还远非“总体”，但它已经开始呈现自身的态度、意见和动能。这个人民的整体因而既不是由知识分子想象出来的，也不是由一整套强有力的现代国家制度生产出来的，而是在“五四”这一特殊时刻，由具体的历史条件激发塑造的。

2. 两种“联合”

“联合”开始成为此后社会改造设想中的一个重要方式，与人民群体在五四运动中的真实浮现有着密不可分的关系：正是不同社会群体的联合，将一个“学生”的运动，扩大为“社会”的运动。1919 年 12 月，陈独秀提出，“人民的自治与联合”是“民治的基础”[2]，同时也指出，联合必须建立在形成普遍参与性的、成员拥有直接决议权的小组织的前提之下[3]。1920 年 8 月，京津地区的少年中国学会、觉悟社、人道社、曙光社和青年互助团这五个学生团体组成“改造联合”，“联合”不仅成为他们组织的名称，对“联合”的目的、作用、必要性的阐释，也构成了其组织宣言的重点[4]。而最为清晰地论述了联合手段与社会运动之间关系的，

[1] 见厄普顿·克洛斯（Upton Close）1919 年 8 月 2 日在《远东评论周刊》（*Weekly Review of the Far East*）上所发表的文章。转引自周策纵：《五四运动：现代中国的思想革命》，第 233 页。

[2] 陈独秀：《实行民治的基础》，《新青年》第七卷第一号，1919 年 12 月，第 15 页。

[3] 同上书，第 18 页。

[4] “我们集合在‘改造’赤帜下的青年同志，认今日的人类必须基于相爱互助的精神，组织一个打破一切界限的联合；在这个联合里，各分子的生活，必须是自由的，（转下页）

则是毛泽东的《民众的大联合》。在这篇长文中，毛泽东将“联合”认作一切历史上的运动发生的根本原因：“历史上的运动不论是哪一种，无不是出于一些人的联合。较大的运动，必有较大的联合。最大的运动，必有最大的联合。凡这种联合，于有一种改革或一种反抗的时候，最为显著。……胜负所分，则看他们联合的坚脆，和为这种联合基础主义的新旧或真妄为断。然都要取联合的手段，则相同。”[1]历史上的联合常常呈现为“强权者的联合，贵族的联合，资本家的联合”，而为了反抗其不公，“于是乎有［民］众的大联合”[2]。在毛泽东的叙述里，法国大革命是以民众的大联合“收了‘政治改革’的胜利”，俄、德、奥、捷则依此“收了‘社会改革’的胜利”[3]。至于中国，毛泽东认为从辛亥革命到推翻洪宪帝制的历史均是“少数所干”，“与我们民众的大多数，毫没关系”[4]，但这些事件做了民主的“觉悟”的准备。而近年的内外战争，一方面使得民众得到了“官僚，武人，政客”是“害我们，毒我们，朘削我们”的“铁证”[5]，另一方面，世界各

（接上页）平等的，勤劳而娱快的。……我们青年同志间组织成的小团体，算来也不甚少；可惜都是各不相谋的！有些目的同，企望同，只是因为没有通过声气不能共同活动；或者因为势力孤单，只成个空组织；并未曾有些实在的活动。这样做去，种种改造的运动，终于空谈梦想罢了！……我们这次联合，实在不是需要这样一个空组织，是要组织起来去切切实实的做点事。换句话说，就是我们不是为有这样一个组织而组织，是为有此可以做许多实在的事而组织。我们的联合，不止是这几个团体的联合；凡是我们的同志团体，我们希望都联在一气。……联合的团体愈多，我们的共同目的愈加简单；我们向此目的的实行力愈加集中；我们共同努力的效果，可以愈加实在，我们达到最高理想的距路，也就近了一程。这就是我们组织‘改造联合’的理由。”参见《改造联合宣言》，《少年中国》第二卷第五期，1920 年 11 月，第 65—66 页。

[1] 毛泽东：《民众的大联合（一）》，《毛泽东早期文稿》，第 338 页。

[2] 同上书，第 338—339 页。

[3] 同上书，第 339 页。

[4] 毛泽东：《民众的大联合（三）》，《毛泽东早期文稿》，第 389 页。

[5] 同上书，第 390 页。

国的民众因为经济问题而掀起了革命、罢工、运动的浪潮[1]。在五四运动之下，“我们”才真正“醒觉了”：“天下者我们的天下，国家者我们的国家，社会者我们的社会。……刻不容缓的民众大联合，我们应该积极进行！”[2]

很明显，在“五四”之后的联合论中，存在着种种偏重和方向上的差异。仅以上文提及的人物和团体论，陈独秀和“改造联合”就更注重小团体的自我组织，而对广泛的群众组织抱有疑虑。陈独秀明确表示，“万万不可急于组织那笼统空洞的什么‘工会’，广大无边的什么‘上海商界联合会’，什么‘全国工人联合会’”[3]，实际包含的，是对过于广泛的组织内部可能产生出“少数人利用、把持、腐败”的警惕[4]，也与其此前对政客、武人、官僚借政党、议会之名行牟取私利之实的批判一脉相承。与之相对应，毛泽东则对各种大小联合形式均持乐观态度。在《民众的大联合》中，毛泽东一方面花大量篇幅探讨了农夫、工人、教师、女子、警察等各色群体基于自身利害建立小联合的必要性，并将这种民众的小联合视作大联合的基础[5]，同时又盛赞“五四”期间全国教育会联合会、全国商会联合会、商学工报联合会等大联合形式的出现[6]。毛泽东的这种乐观态度当然很大程度上受其此时接受的无政府主义影响，对联合形式的整体性肯定因而压过了对大团体内部如何实践代表性的考虑；但同时值得注意的是，毛泽东对这些大型联合的肯定也并不是在一个抽象笼统的语境中做出的，相反，

---

[1] 毛泽东：《民众的大联合（三）》，《毛泽东早期文稿》，第 390 页。
[2] 同上。
[3] 陈独秀：《实行民治的基础》，《新青年》第七卷第一号，1919 年 12 月，第 18 页。
[4] 同上。
[5] 毛泽东：《民众的大联合（二）》，《毛泽东早期文稿》，第 373—378 页。
[6] 毛泽东：《民众的大联合（三）》，《毛泽东早期文稿》，第 392 页。

他明确地意识到，“各种的会，社，部，协会，联合会，固然不免有许多非民众的‘绅士’‘政客’在里面”，但“最近产出的学生联合会，各界联合会等”，则是“纯然为对付国内外强权者而起的一种民众的联合”[1]。也即是说，毛泽东捕捉到了“最近产出的学生联合会，各界联合会等”组织与“对付国内外强权者”的五四运动之间的历史关联，这些组织之所以构成“民众的联合”，正是因为此种有机联系的存在。

正是在这里，陈独秀与毛泽东对于“联合”问题的分歧触及了“五四”及“五四”之后文化运动和社会运动的一些根本性问题。概言之，就是到底应当如何来看待和理解五四运动中形成的民众运动形势？如果说，“五四”提供了一个民众真实浮现的时间坐标，那么“运动”则提供了一个使其出现的生产装置。运动始终指向大规模人群针对某一目标的发动、鼓舞和参与，在这个意义上，运动是在已有的国家政治框架之外形塑公共性的最重要方式。文化的运动、社会的运动、政治的运动，最终指向的都是这一重塑公共性的努力。也是在这个意义上，政治“运动”与政治“活动”区别开来。而作为整体的民众在五四运动中的登场，则使其自身同时构成了诞生中的新公共性的象征与实体。“五四”之后，不依托于这种或那种民众的公共性是不可想象的，任何政治的、社会的、文化的活动，只要其诉诸公共性，就必然涉及如何处理一个整体的民众问题。但“五四”造成的困境还在于，这一在五四运动中凸显出来的人民整体并非坚固的、有肉身的物质性存在；相反，在“五四”之后，这一整体迅速消散。因此，其后政治的、社会的、文化的运动需要不断地唤起、再造这一民众整

[1] 毛泽东：《民众的大联合（三）》，《毛泽东早期文稿》，第392页。

体，这既成了运动的目的，也构成其合法性的证明。这也相当于提出如下问题：首先，“五四”的民众运动形势到底是在什么条件下造成的？其次，什么样的运动手段可能再度创造出民众的整体？

对于一直身处文化和政治中心的北京，并充当着新文化运动和五四运动引领者的陈独秀而言，这一民众运动的形势毫无疑问是由接受了“新文化”的“新青年”们发起的。这一看法也普遍存在于北京的青年学生当中。然而，从陈独秀的角度来看，“五四”中出现的民众运动形势仍有至少两方面的不足：其一，是运动呈现出学生“乘着一时的热情，向一团散沙底群众，摇旗呐喊”的态势，缺乏将运动推向深入的真正有力的“组织”[1]；其二，是青年们从事的活动与民众脱节，“仍旧是阶级的”运动[2]，这一方面体现在新文化出版物不考虑“工商界及农民”的针对性问题[3]，另一方面是文化运动和社会运动停留在“纸上、口头的文章，没有切实的做去的”[4]。但陈独秀仍然设想新文化运动的进一步推进可能会解决这些弊病。正是在这个意义上，他将“发挥公共心”“组织团体的活动”“造成新集合力”的任务托付于新文化运动[5]，也即托付于“新青年”们身上，并寄望“新文化运动要影响到别的运动上面”：“新文化运动影响到军事上，最好能令战争

[1] 陈独秀：《对于国民大会底感想》，《陈独秀文集》第一卷，北京：人民出版社，2013年，第523页。

[2] 参见郑振铎：《我们今后的社会改造运动（续）》，《民国日报·觉悟》，1919年11月26日。1919年11月，创办《新社会》的郑振铎、耿匡往北京箭杆胡同访陈独秀，请教刊物的方向和社会改革运动。郑振铎后参考陈独秀的意见写成《我们今后的社会改造运动》一文刊出。

[3] 郑振铎：《我们今后的社会改造运动（续）》，《民国日报·觉悟》，1919年11月26日；陈独秀：《告新文化运动的诸同志》，《陈独秀文集》第一卷，第557—558页。

[4] 郑振铎：《我们今后的社会改造运动（续）》，《民国日报·觉悟》，1919年11月26日。

[5] 陈独秀：《新文化运动是什么？》，《新青年》第七卷第五号，1920年4月。

止住……新文化运动影响到产业上，应该令劳动者觉悟他们自己的地位，令资本家要把劳动者当做同类的‘人’看待，不要当做机器、牛马、奴隶看待。新文化运动影响到政治上，是要创造新的政治理想，不要受现实政治底羁绊。”[1]在这一视野中，文化运动通过青年的实际组织工作以及提供思想觉悟两方面与社会运动发生了关联，甚至很大程度上，文化运动应当承担塑造社会运动的责任。

当然，随着陈独秀1920年2月南下上海，他本人的思想倾向迅速激进化。1920年5月，陈独秀在上海发起成立马克思主义研究会，开始组织共产党[2]。但陈独秀的转向某种意义上也并未脱离这一文化运动到社会运动的逻辑，只不过他将广义的“新青年”替换为组织更加严密的共产党，将纷繁各异的“新思潮”锚定为具体的马克思主义和社会主义。而对于留在北京、思想更为平和的其他新文化运动同人和青年学生们而言，以青年学生为组织行动力量、以“新文化”为思想启蒙力量来改造社会的方式仍是主导性的。在“五四”之后的数年中，北京频发学生游行、请愿、罢课，各大院校积极组织了各种平民演讲团、平民夜校，学生自发开展工读互助运动，新文学中则有对“血与泪的文学”“为人生的文学”的讨论。如果没有因“五四”和新文化运动而来的对青年学生以及“新思潮”改变社会的能力的信任，这些活动的发生和开展是难以想象的。但若从结果论，学生介入社会的种种实践基本都以失败告终。这些活动的失败当然各有其具体原因，但有趣的是，对于活动的批评、失败原因的总结却常常归结于两

---

[1] 陈独秀：《新文化运动是什么？》，《新青年》第七卷第五号，1920年4月。

[2] 唐宝林、林茂生编：《陈独秀年谱》，上海：上海人民出版社，1988年，第113—120页。

个方面，其一是学生自身组织能力、执行能力或意志力不足，其二是学生对民众缺乏了解，或对真正的社会问题欠缺研究[1]。换言之，批评是针对作为参与运动之主体的“青年”学生，以及他们倚赖的“新思潮”的有效性两个面向展开的。此种批评的思路恰恰与前述陈独秀对“五四”的批评暗合，说明了这一时期以文化运动为社会运动取径的强大力量。也正是在这样一种文化运动的逻辑内部，论者提出的解决方案往往是加强青年自身修养，以及用更切实的调查研究来为思想启蒙做准备。“到民间去”的口号在 1920 年代前期流行一时，与青年参与社会实践的挫败有很深关联，但同时值得注意的是，这一时期的“到民间去”往往体现为从事与社会实际相关的学术工作（如社会学和民俗学）、实地调查、编办平民读物、组织通俗演讲等形式，显示出“到民间去”很大程度上是文化运动的自我修正的一部分。

不过，文化运动虽然内涵了社会改造的指向，因而与社会运动有自然接榫之处，但新文化运动本身的庞杂性和歧异性同时又包含了其他多种发展路径的可能。在这个意义上，文化运动与社会运动之间的连接并不总是有效的。在发表于 1919 年底的《新思潮的意义》中，胡适将“新思潮”的根本意义总结为一种“评判的态度”，“重新估定一切价值”的原则不仅驱动了对礼教、文学、女子问题的再思考，而且也引发了对“政府与无政府”“财产私有与公有”的讨论[2]。胡适因而骄傲地宣称，“这两三年来新思

---

[1] 参见胡适、蒋梦麟：《我们对于学生的希望》，《新教育》第二卷第五号，1920 年，第 592—597 页；陶孟和：《评学生运动》，《新教育》第二卷第五号，1920 年，第 597—599 页；罗家伦：《一年来我们学生运动底成功失败和将来应取的方针》，《晨报·五四纪念增刊》，1920 年。

[2] 胡适：《新思潮的意义》，《新青年》第七卷第一号，1919 年 12 月，第 6 页。

潮运动的最大成绩差不多全是研究问题的结果”[1]。在胡适的视野中，文化运动与社会运动本来就是由同一个逻辑推动的，无所谓区分彼此，“整理国故”遵循的也是“评判的态度”，因而也是新思潮“再造文明”的整体性工作的一部分[2]。胡适的这一看法本与“五四”中形成的文化运动与社会运动间的有机互动有内在关联，但“整理国故”流风所及，渐成研究者专门之学，到1925年，被鲁迅讥为“踱进研究室”，“直到现在都还不大出来”[3]。此外，同时被鲁迅指为“搬入艺术之宫”[4]的创造社，也是新文学内部发展的产物之一。沈雁冰于1922年的演讲《五四运动与青年们底思想》，则描述了投身于新文化运动与五四运动，却最终陷于苦闷的新青年们如何转向了个人的“享乐主义”乃至“反动”的道路[5]。沈雁冰此时已经加入了中国共产党，因而他于演讲末尾明确提出，“确信一种主义”才是解决青年苦闷的正当办法，他自己的选择就是“马克思底社会主义”[6]。沈雁冰该篇演讲与陈独秀一年前的短文《文化运动与社会运动》实际上分享了类似的判断：文化运动内部的分歧最终将取消其对社会运动的包裹态势，二者的分流将迫使青年们选取一个新的出发点。沈雁冰和陈独秀的看法当然并不仅仅是他们新投身的政党意识形态的产物，也是“五四”落潮期许多青年的共识。但值得注意的是，区分文化运动与社会运动的逻辑实际上规避了对两个问题的继续追究：其一，“确信一种主义”的新路径如何不构成另一种“文化”选择？其二，为何在

---

[1] 胡适：《新思潮的意义》，《新青年》第七卷第一号，1919年12月，第8页。
[2] 同上文，第10—11页。
[3] 鲁迅：《通讯》，《鲁迅全集》第三卷，第26页。
[4] 同上。
[5] 沈雁冰：《五四运动与青年们底思想》，《民国日报·觉悟》，1922年5月11日。
[6] 同上。

“五四”时期，文化运动和社会运动的结合是可能的和有效的？

在此，有必要对提供了“五四”后联合论另一进路的毛泽东此时期内的思想和实践做一简单回顾。与陈独秀或其他北京的知识分子、新青年们不同，毛泽东在新文化运动和五四运动中所处的位置一直相对边缘。直到五四运动爆发，邓中夏代表北京学生联合会至湖南联络学生，毛泽东开始投入组织湖南的学生罢课、反日运动，他才真正活跃起来。1919年7月，《湘江评论》创刊，这本刊物常被视作新文化运动在湖南的阵地[1]，但从《〈湘江评论〉创刊宣言》却可看出，该刊所鼓吹的并不仅限于“五四”之前的文学革命、反对孔教等“文化”议题，而且将之与“五四”中出现的民众运动形势紧密结合了起来：“自文艺复兴，思想解放，‘人类应如何生活’？成了一个绝大的问题。从这个问题，加以研究，就得了‘应该那样生活’，‘不应该这样生活’的结论。一些学者倡之，大多民众和之，就成功或将要成功许多方面的改革。……我们的见解，在学术方面，主张彻底研究，不受一切传说和迷信的束缚，要寻着什么是真理？在对人的方面，主张群众联合，向强权者为持续的‘忠告运动’，实行‘呼声革命’……”[2]毛泽东在此同样强调了思想解放、学术研究等文化活动的重要性，但值得注意的是，文化活动的结果又必须由“大多民众和之”、与“群众联合”结合起来。也就是说，毛泽东并不认为文化运动可以自然引发民众的觉醒，相反，在其视野中，新文化运动的取向还

[1] 如张国焘曾如此回忆说：“毛泽东确是五四时代的一个活跃青年，他首先组织了一个叫做‘新民学会’的小团体，又主编了一个《湘江评论》周刊；这个周刊本来是以鼓吹新文化运动为主，在各省的小型刊物中，其声望仅次于施存统、俞秀松等在杭州所创办的《浙江新潮》。”参见张国焘：《我的回忆》第一册，北京：东方出版社，1998年，第124页。

[2] 毛泽东：《〈湘江评论〉创刊宣言》，《毛泽东早期文稿》，第292—294页。

应该放在整体性的“由强权得自由”原则[1]中来理解。正是在这个意义上，他在开篇即宣称：“世界什么问题最大？吃饭问题最大。什么力量最强？民众联合的力量最强。”[2]民众的大联合不仅构成了介入实际政治的手段，而且也是促进思想和学术的方式[3]。这一观点在嗣后的《民众的大联合》中得到了更全面的阐发。

毛泽东在《〈湘江评论〉创刊宣言》以及《民众的大联合》中流露出的对“联合”的极高热情，当然与其写作时“五四”正处在运动高潮期有关。此时他设想中民众大联合的具体方式，也停留在“向强权者为持续的‘忠告运动’，实行‘呼声革命’”[4]，相信游行、示威、请愿、通电、宣言等“五四”发展起来的社会运动形式能够起效。1919年下半年，毛泽东开始从事驱张运动，其运动形式基本延续了“五四”的一套方法，召集学生罢课，组织学生请愿团联络各地湘籍学生去总统府请愿，在北京、广州等地联络湘籍议员、名流士绅，召开同乡大会，发动媒体舆论等[5]。在《民众的大联合》中，毛泽东曾盛赞各种大联合团体在五四运动中代表了民众意志的出现。驱张运动中，学生也曾广泛联络湖南各界联合会、各地学生联合会、湘籍学生联合会、上海湖南善后协会等团体[6]，以期造成类似“五四”一般的民意效果，但驱张最

[1] 毛泽东：《〈湘江评论〉创刊宣言》，《毛泽东早期文稿》，第293页。

[2] 同上书，第292页。

[3] “宗教的强权，文学的强权，政治的强权，教育的强权，经济的强权，思想的强权，国际的强权，丝毫没有存在的余地。都要借平民主义的高呼，将他打倒。”同上书，第293页。

[4] 毛泽东：《〈湘江评论〉创刊宣言》，《毛泽东早期文稿》，第292—294页。

[5] 参见《旅京湘学生之“主张”办法》，中国革命博物馆、湖南省博物馆编：《新民学会资料》，北京：人民出版社，1980年，第177页。

[6] 参见莫邪：《最近之去张运动》，中国革命博物馆、湖南省博物馆编：《新民学会资料》，第266页。

后依靠的并非民众联合，而是军阀介入[1]。1920 年 7 月，湖南学生联合会在长沙《大公报》发表《全体学生终止罢学宣言》，文中承认："我们此次的牺牲太大，所得的代价，殊不满足。并且此次驱张，纯系军事上的色彩，转足以重民众的苦痛。自今以往，我们更应有彻底的觉悟……要救湖南，事事须靠着自己，没再做无谓的周旋，向老虎嘴里去请愿。"[2]其观点应该说也部分地反映了毛泽东此时对于驱张解决的看法。

请愿、通电、罢课等"联合"手段的失效，当然并非湖南驱张运动的个例，实际上也是"五四"之后各地学生运动经历的普遍结果。罗家伦 1920 年指出学生在"五四"中养成了一种"万能"观念、不顾及社会的实际困难[3]，正是由此而来。罗家伦据此得出结论，学生首先应当更加接近、了解民众，其次要继续推进思想革命[4]。如果说罗家伦的这一思路典型地体现了以文化运动为基本出发点来理解和把握"五四"民众运动的发生，那么毛泽东在驱张运动之后的转变，则更清楚地显示了他与这一思路之间的差异。1920 年 6 月 11 日，直皖战争爆发前夕，张敬尧出走，"驱张"宣告成功。同日，毛泽东发表文章，认为"消极方面的驱张运动"完结后，应求"积极"的"建设民治"[5]，由此转向了对湖

---

[1] 参见蒋竹如：《湖南学生的反日驱张斗争》，中国革命博物馆、湖南省博物馆编：《新民学会资料》，第 589—590 页。

[2]《全体学生终止罢学宣言》，长沙《大公报》，1920 年 7 月 20 日。转引自中共中央文献研究室编：《毛泽东年谱（1893—1949）》（修订本）上册，北京：中央文献出版社，2013 年，第 60 页。

[3] 罗家伦：《一年来我们学生运动底成功失败和将来应取的方针》，《晨报・五四纪念增刊》，1920 年。

[4] 同上。

[5] 中共中央文献研究室编：《毛泽东年谱（1893—1949）》（修订本）上册，第 58 页；毛泽东：《湖南人再进一步》，《毛泽东早期文稿》，第 483 页。

南自治运动的呼吁。湖南自治的设想，在对抗“官僚、政客、武人”之“有私欲、无公利”[1]方面，与此前所倡导的民众大联合乃至新文化运动的整体政治意识本一脉相承，但其特殊之处在于，明确提出了以地方省域为基本单位，谋求社会组织基础的建设。当然，以省为单位实行地方自治，本是晚清以来中央与地方关系处理、集权与分权之争中长期存在的一个设想，袁世凯死后，北洋军阀群龙无首、派系恶斗的实际状况，使得这一设想再度登上了历史舞台。1917 年，段祺瑞罢免谭延闿湖南督军职务时，在京湘人熊希龄、范源濂就提出过以联省自治的方式应对时局，其“湘人治湘”理想背后，也有助老友谭延闿重回湖南夺取政权的现实考量。驱张运动中，毛泽东曾联络过的旅沪湖南善后协会，也提倡过湖南自治，意在保全湖南免遭军阀继续蹂躏[2]。毛泽东的湖南自治论的形成与这一背景有着密切关系。但与军阀和士绅制定省宪、保全地方的基本诉求不同，毛泽东设想的湖南自治不仅应当是“湘人治湘”，而且应该是“湘人自治”[3]，也即是说，重点不是“湖南”，而是“自治”，湖南的重要性在于为自治提供了一个可能的框架：“我们主张‘湖南国’的人，并不是一定要从字面上将湖南省的‘省’字改成一个‘国’字，只是要得到一种‘全自治’，而不仅仅得到‘半自治’为满足。”[4]正是在这个意义上，毛泽东提出的湖南自治设想，不仅追求最为激进的湖南独立（“湖南共和国”[5]），而且

---

[1] 毛泽东:《湖南人民的自决》,《毛泽东早期文稿》，第 486 页。

[2] 参见胡春惠:《民初的地方主义与联省自治》，北京：中国社会科学出版社，2011 年，第 95、127—131 页。

[3] 毛泽东:《“湘人治湘”与“湘人自治”》,《毛泽东早期文稿》，第 523—524 页。

[4] 毛泽东:《“全自治”与“半自治”》,《毛泽东早期文稿》，第 526 页。

[5] 毛泽东:《湖南建设的根本问题——湖南共和国》,《毛泽东早期文稿》，第 503—505 页。

也要求最为彻底的民众联合自治（“我们主张组织完全的乡自治，完全的县自治，和完全的省自治。乡长民选，县长民选，省长民选……”[1]），前者构成了保障后者实现的必要条件。

如果说，《民众的大联合》显示了“五四”高潮期毛泽东对于民众的一种乐观态度，相信简单的联合手段即可使之实现，那么到湖南自治运动时期，则可观察到明显的回落：无边际的大联合被缩小至湘人全体，依靠民众选举、民众自决的方式来建立社会组织的重要性也得到强调。当然，毛泽东对湖南自治的鼓吹本来含有时势性、策略性的考量[2]，但值得注意的是，“五四”时期，毛泽东曾将俄国革命的胜利解读为民众联合的“一片唤声”使得“枪弹”“化成软泥”[3]，中国可以也应当效仿；到鼓吹湖南自治时，他便承认俄国革命具有“相当环境相当条件”，“有主义（布尔失委克斯姆），有时机（俄国战败），有预备，有真正可靠的党众”，中国则欠缺相应的条件，因而“只能由分处下手”[4]。这一转变体现的不仅是毛泽东本人对于俄国革命认识的加深，也是他对民众运动发起条件的进一步体察。他因此寄望于“全中国无政府，全中国大乱而特乱”的现实时机，可能造成“各省人民，因受武人、官僚专制垄断之毒，奋起而争自由”的“新现象”出现[5]，湖南的自决、自治能够从地方、区域出发，造成一个真正的人民自我组织。

---

[1] 毛泽东：《“湘人治湘”与“湘人自治”》，《毛泽东早期文稿》，第524页。

[2] “这样支支节节的向老虎口里讨碎肉，就使坐定一个‘可以办到’，论益处，是始终没有多大的数量的。——不过，这一会我们已经骑在老虎背上，连这一着‘次货’——在中国现状内实在是‘上货’——都不做，便觉太不好意思了。”参见毛泽东《致黎锦熙信》，《毛泽东早期文稿》，第470页。

[3] 毛泽东：《民众的大联合（一）》，《毛泽东早期文稿》，第340页。

[4] 毛泽东：《打破没有基础的大中国建设许多的中国从湖南做起》，《毛泽东早期文稿》，第507—508页。

[5] 毛泽东：《湖南受中国之累以历史及现状证明之》，《毛泽东早期文稿》，第515页。

毛泽东设想中的湖南自治方案面临的障碍是多重的。一方面，当然有军阀、士绅对自治运动的把持，从而使其最终成了军阀地方割据的依据；另一方面，则是毛泽东呼吁中的民众“自觉”未起[1]。1920年11月25日，毛泽东在致向警予的信中说：“多数之湘人，犹在睡梦。号称有知识之人，又绝无理想计划。……自治问题发生，空气至为黯淡。……几个月来，已看透了，政治界暮气已深，腐败已甚，政治改良一涂，可谓绝无希望。吾人惟有不理一切，另辟道路，另造环境一法。”[2]表达了他对湖南自治运动的彻底失望。同日致罗章龙的信则说：“中国坏空气太深太厚，吾们诚哉要造成一种有势力的新空气，才可以将他斢换过来。我想这种空气，固然要有一班刻苦励志的‘人’，尤其要有一种为大家共同信守的‘主义’，没有主义，是造不成空气的。”[3]毛泽东因而最终转向了具有共同志向的小团体联合，在这一联合形式中，“主义”成为至关重要的因素。1920年，新民学会成员间频繁通信，讨论学会今后的组织形式和奋斗目标，其中，“主义”的选择尤其成为争论焦点；而根据毛泽东1937年对斯诺的口述，这一时期也是他正式转变为马克思主义者的时段[4]。1921年夏，毛泽东参加了中国共产党的第一次代表大会，成为中共的创立者之一。

---

[1] 在鼓吹湖南自治的过程中，毛泽东曾数次谈及从旁促进运动的重要性大于入于其中的具体建设，指的就是要营造民众关心、批评、讨论省宪修订等自治问题的空气；甚至在认为觉悟的人太少的情况下，他还一度转将促进自治的主要责任寄托于长沙市民。参见毛泽东：《“湖南自治运动”应该发起了》《再说“促进的运动”》《为湖南自治敬告长沙三十万市民》，《毛泽东早期文稿》，第517、522、528页。

[2] 毛泽东：《致向警予信》，《毛泽东早期文稿》，第548页。

[3] 毛泽东：《致罗璈阶信》，《毛泽东早期文稿》，第554页。

[4] 埃德加·斯诺笔录：《毛泽东自传》，汪衡译，丁晓平编校，北京：中国青年出版社，2009年，第61页。

仅从结果来看，毛泽东的转变经历与陈独秀殊途同归，不仅走向了志同道合者的小型联合和自我组织，而且通过对“主义”的吸收和辨析，最终将这一“联合”转化为“政党”。但这一共同结果的达成经由的却是完全不同的出发点和过程。对陈独秀而言，“五四”是新文化运动逻辑的内生产物，民众参与五四运动，得益于青年学生的发起和宣传。陈独秀虽然不满于青年们在“五四”中与民众的隔膜，却在一段时间内仍然认为思想革命、文化运动有可能在自身内部解决这一问题，具体的解决方案则一方面是在知识和感情上增加对民众的了解，另一方面是在此基础上青年们走向更为切实的实践。最终，对文化运动内部方向歧异性的认识，使得陈独秀放弃了文化运动可能包囊社会运动并持续主导后者的看法，在 1921 年的《文化运动与社会运动》中，陈独秀对二者所做的区分，最为清晰地呈现了这一转变。但陈独秀选择共产主义、组建中国共产党，从中似乎仍能看到这种文化运动与社会运动的有机关联留下的取径痕迹：如果说新文化运动不再能够为社会运动的进一步发展提供有效的支撑，那么马克思主义不仅以阶级论述的方式具体阐明了社会组织的构成及其动力机制，而且为行动的主体（政党）提供了实践的方向和依据。在这个意义上，文化运动与社会运动间的关联是发生主义的选择的前提，但又因为这一关联的逐步衰歇，而推动了青年们进一步走向主义。与陈独秀相比，毛泽东在 1919—1921 年的轨迹则似乎是从反方向展开的，其在 1919 年的出发点，与其说是文化运动的固有逻辑，不如说是在“五四”中捕捉到的“民众大联合”。对毛泽东而言，民众的联合既是目的，也是手段；不仅是社会运动的核心，也应当构成文化运动的逻辑。然而，毛泽东在“五四”之后所经历的，却是诞生于“五四”的广泛联合手段再度唤起一个民众整体时的不断失效，即便这一“联合”经历了湖南自治运动中的收缩、调整和深化。正是在这一基础上，毛泽东走向了“主义”——“主义”首先指向的是一套具有分析现实、指导实践之可能性的知识，最终明确具体化为马克思主义。在1920年12月致萧三的信中，毛泽东说：“我意你在法宜研究一门学问，择你性质所宜者至少一门，这一门便要将他研究透彻。我近觉得仅仅常识是靠不住的，深慨自己学问无专精，两年来为事所扰，学问未能用功，实深抱恨，望你有以教我。”[1]社会运动遭遇的挫折因而需要思想上的进一步深入来作为推进。毛泽东和陈独秀最终都走向政党和主义，恰恰说明，在塑造作为一个新的公共性之基础的民众整体的过程中，单纯的文化运动之唤醒或启蒙模式，抑或是纯粹的社会运动自发产生的联合手段，都无法完成这一目标。这一过程必须经由文化运动与社会运动的双重规定和互相推进，它既需要文化运动持续地为其生产一个能动的主体及其意识，也需要这一主体及其意识不断地投身社会运动，在此过程中吸收和捕捉现实的肌理，以调整意识与现实的差距，从而影响实践。

毛泽东和陈独秀选择的当然都是马克思主义及共产党；但“五四”后新青年们纷纷转向政党政治，却是一个无可争辩的事实[2]。政党政治的介入使文化运动、政治运动与社会运动交错的图景进一步复杂化了。如果说，在“五四”的时刻，文化运动、社会运动构成了一种“反政治的政治”，即一种在国家政治框架之外

[1] 转引自中共中央文献研究室编：《毛泽东年谱（1893—1949）》（修订本）上册，第72页。

[2] 如作为“五四”代表性青年团体之一的少年中国学会，到1920年代中期，其成员就分化到了共产党、国民党、中国青年党、新中国党中去，当然也有部分走上学术研究之路，超然于党派之外。参见《“中青”之诞生与少年中国学会》，方庆秋主编：《中国青年党》，北京：档案出版社，1988年，第6—7页。

开辟出的新的政治形态和政治领域，那么新起的政党政治与国家政治的界限就不可能再如此分明，前者的出现始终以介入后者、重新塑造后者为目的；在这一过程中，文化运动与社会运动的形态也要相应地发生变化。王奇生在分析1920年代的政党形态时曾指出，“革命为中国多数党派所认同”构成了区分这一时期与清末及民初时期的一大特征，“革命”不再是国民党一党独举，新起的共产党、青年党也都以革命为诉求，造成“多党竞革”的局面[1]。1920年代的政党政治皆以革命为指归，这当然是一个重要的观察，但还可以进一步追问的是，与清末的排满、暴力推翻朝廷的革命指向相比，1920年代的“革命”内涵发生了什么样的变化？共产党以无产阶级专政为最高纲领，现实目标则是“国民革命”，其目的在于“建设一个革命民众合作统治的国家”，所谓“革命民众”，指的是小资产阶级、半无产阶级和无产阶级的联合[2]。国民党一向以三民主义相号召，但在“联俄容共”的背景下，强调民权主义与“为资产阶级所专有”的民权制度之差异：“若国民党之民权主义，则为一般平民所共有，非少数人所得而私也。”[3]青年党倡“全民革命”，其所指则是“推倒祸国殃民之军阀，实现全民政治”，“全国国民”对立于军阀、“齐受宰割于军阀”[4]。三党的革命纲领因而都以某种民众范畴为基础，将革命定义为谋求超越旧有议会政治框架之外的社会平等。这不仅构成了

[1] 参见王奇生：《“革命”与“反革命”：三大政党的党际互动》，《革命与反革命：社会文化视野下的民国政治》，第72页。

[2] 毛泽东：《国民党右派分离的原因及其对于革命前途的影响》，竹内实编：《毛泽东集补卷》第2卷，东京：苍苍社，1984年，第143—144页。

[3]《中国国民党第一次全国代表大会宣言》，中国第二历史档案馆编：《中国国民党第一、二次全国代表大会会议史料》（上），江苏：江苏古籍出版社，1986年，第86页。

[4]《中国青年党建党宣言》，方庆秋主编：《中国青年党》，第4页。

1920 年代政党的共同点，也是将其与“五四”前的政党政治区分开来的特征。这一民众视野某种程度上正是“五四”的一项重要遗产。与此同时，政党所从事的为民众的革命，又必然涉及政党与民众关系的问题，这一方面需要其介入文化运动，辨析、阐释、宣传革命针对的民众之范围、民众在革命中的位置，也要求其参与不同社会运动的具体组织及操作，将被视为体现了民众诉求的工运、农运、学运纳入自身的革命脉络中来。

1920 年代中国的“到民间去”风潮不仅跨越了认为“文化”可能直接撼动现实政治的“五四”时期，而且一直延续到大革命乃至 1930 年代初。“到民间去”因此本身就体现了肇生于“五四”的文化运动当中最核心的动力：在文化、社会、政治之间，建立起有机的关联。从这个角度看，“到民间去”运动也构成了一种强韧的作为“运动”的“文化”，在此，对新政治的追寻，始终紧紧围绕着对“民众”的探索和理解而展开，它尝试的不仅是通过认知范畴的自我更新来生成新的政治概念和范式，而且始终将自身与真实的实践联系在一起。“五四”的文化运动为“到民间去”提供了基本的行动框架。在关于“民间”的知识要素逐步汇聚，文化运动于焉成形之时，“到民间去”的运动也呼之欲出。地泉的涌动由此而始。

第 2 章

“到民间去”在中国

巴金晚年曾这样回忆自己“五四”前后的精神和思想状态：

> 在五四运动后我开始接受新思想的时候，面对着一个崭新的世界，我有点张惶失措，但是我也敞开胸膛尽量吸收，只要是伸手抓得到的新的东西，我都一下子吞进肚里。只要是新的、进步的东西我都爱；旧的、落后的东西我都恨。……当时象我们那样的年轻人都有这种想法：推翻现在的社会秩序，为上辈赎罪。我们自以为看清了自己周围的真实情形，我们也在学习十九世纪七十年代俄国青年“到民间去”的榜样。我当时的朋友中就有人离开学校到裁缝店去当学徒。我也时常打算离开家庭。我的初衷是：离开家庭，到社会中去，到人民中去，做一个为人民“谋幸福”的革命者。[1]

1920 年代，随着五四运动引发的学生参与社会运动的热潮，“到民间去”一时间成为青年知识分子间广为流行的口号。某种程度上，“民间”开始成为文化、社会和政治运动中的一个重要因

[1] 据巴金文中自述，这部分后记内容最初是 1959 年为人民文学出版社初版《巴金选集》所写，当时因个人原因未经收入。参见巴金：《后记》，《巴金选集》，北京：人民文学出版社，1980 年，第 737—739 页。

素，正是由于“到民间去”的热潮。巴金的回忆描述的正是这一历史场景。然而值得注意的是，巴金的这一描述中同样隐含了另一条重要脉络，即他本人在“五四”之后通过吸收俄国民粹主义的影响进而接受了无政府主义。

民粹派，即俄文 Народник，意为“为人民利益奋斗的人”。1860—1870 年代，一批对沙皇俄国政治和社会制度不满的大学生，在接受了赫尔岑、车尔尼雪夫斯基等人思想和革命理想的基础上，开始组织最早的民粹主义小组。这构成了俄国民粹主义运动的开端[1]。俄国民粹主义思想的基本内容是认为“俄国可以利用合作社和农村公社跨越资本主义发展阶段和过程，直接走向社会主义”，其纲领则“来自于拉甫洛夫、巴枯宁和特卡乔夫”[2]。根据李雪的总结，俄国民粹派有过两次运动高潮，第一次为 1870 年代在巴枯宁、拉甫洛夫等人号召下的“到民间去”运动。在此号召下，数以千计的青年知识分子穿上农民服装、进入农村，向农民宣传推翻沙皇、暴力革命、建立社会主义的主张。但这一运动并未得到农民的理解和同情，很快遭到镇压。“到民间去”运动失败后，民粹派转向了恐怖主义的暗杀活动，其中，由“土地与自由社”分裂而来的民意党最为突出，他们于 1881 年炸死了沙皇亚历山大二世，多名民意党领袖也被捕就义。刺杀沙皇亚历山大二世之后，俄国政府对民粹派进行大行搜捕镇压，民粹派的活动因而陷于消沉[3]。

由于与无政府主义在行动和思想上的深刻关联，俄国民粹主义于 19 世纪末、20 世纪初伴随无政府主义一起传播至东亚的日

---

[1] 参见曹维安：《俄国史新论：影响俄国历史发展的基本问题》，北京：中国社会科学出版社，2002 年，第 334、346 页。

[2] 参见夏银平：《俄国民粹主义再认识》，广州：中山大学出版社，2005 年，第 14 页。

[3] 参见李雪：《俄国平民知识分子对人民性问题的探索：以十九世纪俄国文艺创作中的“知识分子与人民”问题为例》第二章，复旦大学博士学位论文，2020 年，第 34—55 页。

本和中国[1]。五四运动后，“到民间去”成为潮流所趋，并在1920、1930年代持续激励了大批向往进步和革命的中国青年。巴金自叙的学习“到民间去”，一方面处在这一背景之下，另一方面，又因巴金本人与无政府主义者的关系，显得十分特殊[2]：如果说在巴金接受和理解的民粹主义中，“到民间去”始终与民意党的恐怖暗杀活动保有逻辑和历史上的紧密关联，那么“五四”时期流行的“到民间去”运动则有意无意地将这两者进行了切割和区分——无论是街头演讲、社会调查，还是平民教育、组织工农，都不曾将恐怖暗杀活动作为可能选项。如此就提出了一个问题：到底应当如何来理解1920年代中国语境当中的“到民间去”口号？

毋庸置疑，“到民间去”虽然在1920、1930年代风行一时，但这并不意味着在中国语境内对俄国民粹主义理论和实践的复制。相反，20世纪前三十年，流传于中国的“到民间去”更大程度上呈现为一个含义多重、指向宽泛的口号，为不同的政治和文化力量所征用。在这个意义上，重新回溯“到民间去”这一词语如何在中国得到传播、转译和接受，就显得十分必要。这一词语的“旅行”不仅勾勒出了多种文化和政治实践的景观，而且将“民

---

[1] 关于虚无主义、无政府主义、民粹主义在早期传播过程中的混同和互相关联现象，参见阿里夫·德里克：《中国革命中的无政府主义》，孙宜学译，桂林：广西师范大学出版社，2006年，第59—60、67—68页；马龙闪、刘建国：《俄国民粹主义及其跨世纪影响》，桂林：广西师范大学出版社，2013年，第377页。

[2] 巴金1919年即开始与上海的无政府主义者郑培刚通信。1920年12月，巴金收到一个朋友寄来的克鲁泡特金所著小册子《告少年》（真民［即李石曾］节译），同月又阅读了波兰作家廖·抗夫（Leopold Kampf）写作的剧本《夜未央》（李石曾译）。克鲁泡特金在《告少年》中明确提出知识分子应该“到民间去”参与社会革命，《夜未央》则描写了一个俄国女民意党人刺杀沙皇政府官员的故事。这两个文本都对巴金产生了极大影响。参见唐金海、张晓云：《巴金年谱》，成都：四川文艺出版社，1989年，第42—49页；徐开垒：《巴金传》，上海：上海文艺出版社，1996年，第45—49页。

间”这一本来长期存在于中国思想文化传统中的固有词语，打造为多重立场和态度构成的立体语义场。本章将从两个具体的个案，也即李大钊和周作人的介绍翻译，来透视“到民间去”口号进入中国的过程。作为1920年代“到民间去”运动最重要的两个发起者，李大钊和周作人实际也面对着同样的历史条件和社会氛围。第一次世界大战、俄国革命、对新的“人”的向往，促迫着他们从俄国民粹派那里发现和调用“到民间去”的思想资源，但二人尝试经由对“到民间去”的介绍和解释来回应的具体问题又有着相当差别。从结果来看，李大钊对“到民间去”的看重，开辟出激进的社会变革道路，周作人则在思想的动荡后退回学术和文艺的世界，成为中国现代民间文学/民俗学的开创性人物，但驱动二人的，毋宁是高度相似的设问和思考方式：什么是“民间”？如何把握“民间”？如何构设知识分子/青年与“民间”的关系？潜藏在这些问题之后的，还有一个基本信念，也就是文化可能彻底重造社会和人群，这也正是“五四”时期使得文化可能具有“运动性”的核心命题。在这个意义上，李大钊和周作人的构想可被看成“到民间去”运动的两条脉流，二者一脉同源，类似的思想资源、范畴和思考框架回荡在李周二人的探索之中，两条脉络所包含的主题，也将在后续的历史中继续交错和互相影响。

第一节　李大钊与作为问题的农村

1. 李大钊与俄国民粹主义问题

在现有的研究文献中，李大钊被绝大多数研究者视作最早在中国模仿俄国民粹派、倡导“到民间去”口号的人物；这一论断的依据则是其1919年2月发表在《晨报》上的文章《青年与农村》[1]。不过，稍加追溯就可以看出，这一观点实际上最早来自美国历史学家莫里斯·迈斯纳。在《李大钊与中国马克思主义的起源》中，迈斯纳将李大钊对于农村的关注、对于农民中存在革命潜能的信仰确认为一种与俄国民粹主义类似的倾向。他认为，《青年与农村》中对民粹派“到民间去”运动的直接礼赞不仅证实了李大钊与俄国民粹主义的关联，其观点也构成了李大钊身上民粹主义倾向的最初表达。在迈斯纳的论述框架里，此种重视农村、把农民当作革命主要力量的思想倾向是中国共产主义革命的一个重要特征，它不仅与经济决定论的经典马克思主义有所区别，也不同于列宁主义关于政党作为先锋队应该将无产阶级革命意识灌输到群众中去的论述。作为中国共产党成立初期的重要人物，李大钊的思想倾向影响了包括毛泽东在内的一批中国共产党人，民粹主义由是也成为中国马克思主义的一个重要面向[2]。

迈斯纳关于李大钊与民粹主义关系的论断在后世影响极大，然而令人惋惜的是，无论是对其观点的赞同还是反驳，很大程度上都简化了他的具体论述。围绕李大钊的观点是否可被视作民粹主义而展开的争论[3]正是此种简化的重要表征：争论中，核心问

[1] 参见洪长泰：《到民间去：中国知识分子与民间文学，1918—1937》（新译本），第19—20页；岳凯华：《李大钊与“到民间去”》，《光明日报》2006年7月17日第11版；张帅：《二十世纪初“到民间去”口号研究》，辽宁大学硕士论文，2013年，第3页。其中，张帅的硕士论文明确指认李大钊为最早在中国提出“到民间去”口号的人物。

[2] 参见莫里斯·迈斯纳：《李大钊与中国马克思主义的起源》，第四章“民粹主义倾向”、第九章“列宁主义与民粹主义”、第十一章“农民革命”。

[3] 关于参与这一争论的文献情况，可参考党史研究者陈桂香的总结。陈桂香认为，以往的争论都存在着“搬用民粹主义解读”的倾向，因而“有意无意地夸大了俄国早期民粹派对李大钊的影响”，但陈本人对《青年与农村》的解读同样是在与俄国（转下页）

题变成民粹主义这一标签是否适用于李大钊，而非追究迈斯纳在将二者勾连时背后真正试图阐释和说明的内容，并对其做出评估。同时，对民粹主义这一语词本身内涵的含混性和不确定性以及其在不同历史传统当中指向和色彩的差异[1]缺乏认识，也很大程度上限制了对迈斯纳观点的把握，以及在此基础上争论的推进。

当然，持平而言，迈斯纳的论证方式确有比附之嫌。从李大钊本人的写作来看，《青年与农村》之前，李大钊并未展现出对俄国民粹派的行动及理念的深入了解，或受其吸引的思想轨迹[2]；即便在《青年与农村》中，关于俄国民粹派行动的介绍也是相当简略的，作为俄国民粹主义理念的核心、依靠农村自有组织跳过资本主义进入社会主义的观念，也不曾在该文中出现。除文本上的牵强外，更大的问题在于迈斯纳本人对于民粹主义一词的定义和使用。尽管迈斯纳非常明确地指出了他对比的对象是俄国民粹主义，但他同时又不得不承认，俄国民粹主义思想的几个关键要素——相信农民身上存在走向社会主义的能力、相信农村中业已存在进入社会主义的社会基础和经济基础——在李大钊身上均告阙如[3]。在这个意义上，他指认李大钊与俄国民粹主义之间存在着类似性，凭借的是李大钊流露出的对城市的厌恶、对乡村田园生活的留恋及其对知

（接上页）民粹主义理论进行比对的前提下展开的，因而某种程度上仍然没有摆脱“民粹主义”这一先行的标签设定。参见陈桂香：《关于李大钊与民粹主义关系的辨析——重读〈青年与农村〉》，《中共党史研究》2012年第1期，第108页。

[1] 参见林红：《民粹主义：概念、理论与实证》，北京：中央编译出版社，2007年；Ernesto Laclau, *On Populist Reason*, London and New York: Verso, 2005。

[2] 就我所见，在《青年与农村》之前，李大钊论述中与俄国民粹派关联最紧密的一次，是1917年3月19—21日发表于《甲寅》日刊的论文《俄国革命之远因近因》。该文将“虚无主义之盛行”作为俄国革命的“远因二”加以论述，其中论及了虚无党的暗杀活动和沙皇亚历山大二世的被刺。但文中并未涉及“到民间去”运动，同时对被刺杀的俄皇亚历山大二世报以同情。参见《李大钊全集》第二卷，第3页。

[3] 莫里斯·迈斯纳：《李大钊与中国马克思主义的起源》，第94页。

识分子能动作用的强调等证据[1]；而在后一点上，迈斯纳又特别对民粹主义和列宁主义两种倾向做出了区分。

根据迈斯纳的论述，列宁主义更注重作为先锋队的政党的领导作用，认为群众的"自发性"倾向并非真正的阶级意识，会与真正具有社会主义革命意识的知识分子"自觉性"发生冲突；政党的约束和训练因而是必要的，其一方面制约了知识分子"自觉性"中的冲动因素，另一方面将革命意识由上而下地灌输到群众中去。以李大钊为代表的民粹主义则不同，它认为民众中的自发性应当不受束缚地发挥出来，从上而下的组织是没有必要的；知识分子的工作应该是唤醒此种自发性，而非用组织对其加以束缚[2]。在这个意义上，迈斯纳似乎又在暗示，知识分子的能动作用是第二位的，民众本身存在的潜能才是第一位的。对知识分子能动作用的强调因而转换成了对群众潜能的发掘。

然而，如果将俄国民粹派倚赖农村自治组织来跨越资本主义阶段进入社会主义这一关键元素排除，仅仅依靠某种乡愁式的乡村感情和对民众不加约束的信任来定位民粹主义，那么这实际上已经与一种宽泛的甚至是被滥用的民粹主义概念没有区别[3]。这种概念一方面是在混淆俄国民粹主义和由美国人民党而来的欧美民粹

[1] 莫里斯·迈斯纳：《李大钊与中国马克思主义的起源》，第 90—95 页。

[2] 同上书，第 214—226 页。

[3] 事实上，1980 年代之后，学术界已经认识到被指认为"民粹主义"的不同政治行动和理论之间实际上存在巨大差异，甚至自相矛盾。在这个意义上，研究者们已经承认民粹主义作为一个范畴本身是空心化的，缺乏一致的内部逻辑。当代对民粹主义的研究普遍拒绝对民粹主义进行正面定义，转而以列举方式描述其特征。参见保罗·塔格特：《民粹主义》，袁明旭译，长春：吉林人民出版社，2005 年；Ernesto Laclau, *On Populist Reason*, London and New York: Verso, 2005。然而，在大众传播中，民粹主义仍然作为一个有明确指向的词语得到广泛使用，其中反智、无理性、反代议制民主仍被当成其重要特征。

主义认知两种传统[1]的基础上形成的，另一方面又极容易与某种对民粹主义的简单批判联系起来。某种程度上，迈斯纳之后关于民粹主义是否适用于描述李大钊思想的争论，正由此而来；而学界关于民粹主义定义的众说纷纭，实际上又消解了这一争论的可能意义。

考虑到迈斯纳写作此书之时早在1960年代，当时对民粹主义的学术探讨还远未达到今天的深度和广度，我们无须对他的术语使用做过多苛求。但这也并不意味着迈斯纳提出的问题在今天已经丧失了意义——毋宁说，在无休止的定义纠缠之外，我们需要用另一种方式来重新接近和阐释迈斯纳的问题意识。如果说迈斯纳使用“民粹主义”这一概念是为了在阐释李大钊思想时拉开与经典马克思主义和列宁主义之间的差异空间，那么位于其关注核心的，则是李大钊从《青年与农村》开始的一系列文章中体现出来的、对知识分子与民众之关系的论述：此种与经典马克思主义和列宁主义皆有所不同的关系，才是迈斯纳试图定位的中国革命的特殊性所在；在此，俄国民粹主义更大程度上应当被视作一个参照系，而非对李大钊思想进行覆盖的标签[2]。而在这个意义上，

---

[1] 林红在其著作《民粹主义：概念、理论与实证》中分析了俄国民粹派和以美国人民党为滥觞的欧美民粹主义这两种不同传统的差异。她同时也指出，欧美许多学者对于民粹主义的认知、定义乃至批判，实际很大程度上指向的是由美国人民党发展而来的populism潮流。

[2] 阿里夫·德里克指出，迈斯纳将李大钊对农村问题的关注解读为民粹主义，原因在于他要将以李大钊为代表的早期中国共产主义与毛泽东领导下的以农村为核心的中国革命道路勾连起来。德里克则认为这一倾向与李大钊早年接受的无政府主义观念有关。更进一步，他将李大钊、“五四”时期的工读互助团、新村运动，乃至沈玄庐和彭湃领导的农民运动都视作无政府主义影响下的活动。德里克指出这些人物和活动与无政府主义之间的历史关联，这一观察是重要的，但此种笼统概括方式，与迈斯纳一样，又容易沦为某种覆盖式的“标签”。参见阿里夫·德里克：《中国革命中的无政府主义》，第98、166、176、179—184页；Arif Dirlik, *The Origins of Chinese Communism*, pp. 25-26。

迈斯纳作为支持李大钊具有民粹主义倾向论据而提出的两点——其对农村的关注以及对知识分子能动作用的强调——仍能构成其进一步探讨的出发点，它以“农村”与“青年”的方式，正好涉及了以李大钊为开端的中国“到民间去”运动最为关注的两极。

在本小节中，我试图以“青年”与“农村”之间的关系为核心展开重新审查，考察其论述方式对中国1920年代的“到民间去”运动产生了何种影响。尽管迈斯纳对李大钊与民粹主义所做的理论上的比附不一定恰当，但他的确敏锐地指出了李大钊援引俄国民粹派行动来论述其理想中的青年运动这一事实。因而对《青年与农村》的重新探讨需要超越将俄国民粹主义理论与李大钊思想进行平行比较这一做法。在本小节中，我试图将俄国民粹主义在中国的影响视作一种活生生的历史进程，通过还原李大钊接触与接受俄国民粹主义影响的历史过程，来观察他对民粹派元素的接受和选择面向，及如何在此基础上形成了自身关于知识分子与民众关系的独特论述。这一方式又要求在正式进入对《青年与农村》的文本分析之前，首先处理两个文献上的问题：其一，在李大钊之前，是否还有人在中国介绍和宣传“到民间去”运动？其与李大钊之间存在何种关系和差异？其二，李大钊到底何时、通过何种方式接受了俄国民粹派，尤其是“到民间去”运动的影响？

从时间上来看，李大钊当然并非在中国介绍“到民间去”运动的第一人。现有研究表明，早在19世纪下半叶，俄国民粹党人因手段激进的恐怖主义活动而广受世界侧目，由此也通过英日媒体之中介，以“虚无党”之名，进入了中国人的视野[1]。根据蒋

---

[1] Don C. Price, *Russia and the Roots of the Chinese Revolution, 1896–1911*, Cambridge: Harvard University Press, 1974, p. 93.

俊、李兴芝的总结，从1870年代开始，《万国公报》《西国近事汇编》等书刊上已登载、转译了对部分俄国虚无党活动的报道[1]。戊戌之后，受到现实挫折的维新派曾一度倾心革命，由于政治环境高压、君主政体专制与人民普遍教育程度低下等条件与中国类似，俄国的革命活动，尤其是俄国特殊土壤所生出的虚无党就吸引了中国维新派和革命派的目光。1902年，马君武翻译了英人克喀伯所作《俄罗斯大风潮》，列入“少年中国丛书”第二种，书中除介绍克鲁泡特金、巴枯宁的个人经历和思想外，还介绍了包括“到民间去”运动在内的虚无党人革命的各阶段。梁启超这一时期也对虚无党颇有兴趣，除写作了《论俄罗斯虚无党》（1903年，《新民丛报》第40、41号），从历史和理论层面讨论虚无党活动发生的原因外，1904年，他还在《新民丛报》上发表了《俄国虚无党大活动》（《新民丛报》第51号）、《俄国芬兰总督之遇害》（《新民丛报》第49号）等文，报道虚无党的暗杀活动。

1902年，日本记者、学者烟山专太郎出版了《近世无政府主义》，该书虽然对无政府主义、民粹主义、虚无党等概念多有混淆，但就当时而言，是对无政府主义和民粹派理论背景和历史实践介绍最为详尽的一本著作，不仅在日本影响颇广，而且通过在日中国留学生，很快进入中文世界。据学者考证，这一时期，对于《近世无政府主义》内容的各种翻译、节译，或基于其内容来介绍俄国虚无党的中文文本至少有八种[2]。其时恰逢《苏报》案事发，国内

---

[1] 蒋俊、李兴芝：《中国近代的无政府主义思潮》，济南：山东人民出版社，1991年，第17—19页。

[2]《近世无政府主义》最为完整的中译本是由金松岑翻译的《自由血》，1904年4月由东大陆图书译印局刊行。该书成书时也采用了部分其他资料，因而在章节编排上与原书有异。渊实（廖仲恺）1907年发表于《民报》11、17号的《虚无党小史》为《近世无政府主义》第三章的翻译。1904年3、4月间连载于《警钟日报》28—65号（转下页）

对虚无党的介绍因而达到一个高潮。在这样的风潮中，“到民间去”运动作为民粹派 / 虚无党历史上的一个重要阶段开始为人知晓。如梁启超的《论俄罗斯虚无党》中，记述其于“游说煽动时期”，“绩学青年，轻盈闺秀，变职业，易服装，以入于农工社会，欲以行其志者，所在而有”❶。渊实（廖仲恺）所撰《虚无党小史》甚至详尽列出了“到民间去”运动时期虚无党人在全俄各地设立的各种宣传和组织机关二十三处❷，并指“其口谚不过去与人民为伍一语耳”❸，已经点出了“到民间去”这一关键口号，只是译法与现通行版有所差异。不过，这一风潮的影响也并未延续很长时间。辛亥之后，随着革命成功，俄国虚无党也逐渐淡出了人们的视野。尽管辛亥后俄国民粹主义的理念还在继续通过无政府主义者在中国传播，但影响力已大不如前。

需要指出的是，辛亥前对俄国虚无党的宣传与1920年代相比在偏重上存在极大的差异。辛亥前，更受人关注和追捧的是民粹派的暗杀行动，以及在暗杀行动中涌现出来的诸多孤胆英雄形象。不仅对虚无党的介绍大部分以新闻报道、人物传记的形式出现，从事暗杀的浪漫革命者形象甚至渗透到了这一时期的通俗小

（接上页）的《俄国虚无党源流考》，初开始连载时为日本『電報新聞』所登「露国虚無党の由来」一文之翻译，从4月5日开始，转为《近世无政府主义》的内容节译。此外，基于《近世无政府主义》内容写作的文章还有《俄国虚无党三杰传》(《大陆》第7期，1903年6月)、《俄罗斯的革命党》(《童子世界》第33号)、《俄国革命党女杰沙勃罗克传》(《浙江潮》第7期，1903年7月)、《俄皇亚历山大第二之死状》(《国民日日报》)等。1903年7月出版的《汉声》杂志第6号曾刊登广告，谓将出一种《俄罗斯虚无党》，为《近世无政府主义》之翻译，但该书未见。参见蒋俊、李兴芝：《中国近代的无政府主义思潮》，第25页；Don C. Price, *Russia and the Roots of the Chinese Revolution, 1896–1911*, Cambridge: Harvard University Press, 1974, p. 122, note 18。

❶ 梁启超：《论俄罗斯虚无党》，《饮冰室文集》第二册之十五，第25页。

❷ 渊实（廖仲恺）：《虚无党小史》，《民报》第17号，1907年10月25日，第13—16页。

❸ 同上文，第27页。

说写作中[1]，并被搬演上“洋装京剧”的舞台[2]。辛亥前，革命党内还出现了大量模仿俄国虚无党的暗杀组织和行动。与此相比，这一时期对“到民间去”运动的介绍则要少得多，即便提到，它也常常只被处理为导致民粹派/虚无党最终走向暗杀行动的一个历史背景和逻辑原因：“到民间去”运动的失败结果，不仅论证了暗杀手段的合理性和必要性[3]，同时也取消了“到民间去”本身作为一个独立的、值得效仿的革命行动的合法性。这一偏重在辛亥之后的无政府主义者身上也一直延续。而从李大钊开始的1920年代的“到民间去”风潮，在宣传上一方面切割了“到民间去”运动与虚无党暗杀之间的历史逻辑关系，另一方面则在很大程度上隐去了该运动本身走向了失败这一事实。“到民间去”正是在这个前提下成为1920、1930年代中国文化运动和政治运动中一个重要的理想坐标的。此种“颠倒”不仅是不同时代革命策略的问题，而且是革命背后的政治逻辑和文化逻辑在1920年代前后发生极为深刻的转换的表征。作为这一转换的关键人物，

---

[1] 其中最有名的例子当属《孽海花》中的俄国虚无党人夏雅丽的形象。将《近世无政府主义》译为《自由血》的金松岑是这部小说最初的构思者。关于清末虚无党题材小说的翻译和写作情况，可参见陈建华《“虚无党小说”：清末特殊的译介现象》，《华东师范大学学报（哲学社会科学版）》1996年第4期。

[2] 参见孟悦：《闹市中的激进：寻找一个宜居的世界》，陈曦译，汪晖、王中忱主编：《区域：亚洲研究论丛（第1辑，跨体系社会）》，北京：清华大学出版社，2010年，第181页。

[3] 如渊实于《虚无党小史》文末发表如下议论：“第二期之主动者在于苏黎庶大学学生，其口谚不过去与人民为伍一语耳。然以司徒氏才能，不免以失败终。则岂蚩蚩者，诚难与图始耶。抑俄国之农民，有特质欤？语曰：前事不忘，后事之师。读者当考究虚无党所以必取暗杀手段之所以然。”又说：“夫舌力只可以煽动人，腕力可以击杀人。舌力只可以骂其无理，腕力更可以制其死命。适者生存，愈演愈奇，读者当寻其进步之所以然。”他用进化论角度来解释从“到民间去”到暗杀活动的必然性。参见渊实：《虚无党小史》，《民报》第17号，1907年10月25日，第27页。

李大钊本人对于俄国民粹主义的接受脉络正好可以构成把握此种转变的一个切入点。

如前所述，在《青年与农村》之前，展现在李大钊写作当中的民粹主义影响痕迹是非常微弱的。他早期关于暗杀的论文显示，他应该在比较早的时期即对俄国民粹派的暗杀行动有所知晓，但并不赞同在民国建立后继续效仿源于“不良政治”的暗杀行动[1]。1917年俄国“二月革命”后，为解释革命爆发原因而写作的《俄国革命之远因近因》中关于虚无党与俄国革命关系的论述，应该说是《青年与农村》之前李大钊针对俄国虚无党/民粹派观点最为集中的一次表达，但该文与《青年与农村》之间的距离也是明显的。首先，《俄国革命之远因近因》仍以恐怖暗杀活动为虚无党的最大特征，没有提及“到民间去”运动；其次，他将俄皇亚历山大二世推行的农奴改革认作“崇重人道回复自由之善政”，认为虚无党出现的根本原因是农奴解放使得“不解稼穑”的地主和贵族们陷入了经济困顿，其子弟因而对沙皇心怀怨恨[2]。这不仅呈现出李大钊理解民粹派历史源流时存在的偏差，而且也显示，至少到此时，他对虚无党的行动并无多少同情。那么，从《俄国革命之远因近因》到《青年与农村》之间的两年里，李大钊基于什么样的原因和影响发生了观点上的变化呢？

关于李大钊在《青年与农村》中反映出的俄国民粹主义影响的具体来源，一直是个学界语焉不详的话题。通过文本考证，我在此提出一个观点：李大钊在写作《青年与农村》时，应该受到了俄国

[1] 参见李大钊：《原杀》，《李大钊全集》第一卷，第45页。

[2] 参见李大钊：《俄国革命之远因近因》，《李大钊全集》第二卷，第3页。

民粹主义者司特普尼亚克（Stepniack）[1]原著、日人宫崎龙介[2]翻译的《地底的俄罗斯》一书的影响，其对于“到民间去”运动的叙述，可能得益于该书内容。《地底的俄罗斯》初写成于1880年代，是一部俄国民粹党人的行状录，描绘了俄国民粹派从1860年代开始思想和活动的历史。《地底的俄罗斯》甫一出版，即在东亚引发反响。1884年，日本政治小说家宫崎梦柳以《虚无党实传记：鬼啾啾》为题，发表了该作的首个日译本[3]，在言论极受管制的日本明治二十年代，宫崎梦柳因该作大获文名，亦因之获罪，《虚无党实传记：鬼啾啾》旋即被查禁。1918年，宫崎龙介将之

---

[1] 根据巴金1936年《地底的俄罗斯》译本后所附略传，司特普尼亚克，原名塞尔该·克拉夫秦斯基（Serge Kravchinsky），生于乌克兰贵族家庭，1875年参加“到民间去”的宣传活动时被捕，押解途中，司特普尼亚克逃脱，流亡欧洲多年。1878年他回到俄国，刺杀了圣彼得堡宪兵司令麦孙采夫将军。此后他再度流亡，开始使用“司特普尼亚克”这一笔名。1880年代，他在《牛鞭》（*Pungols*）杂志上发表攻击俄罗斯暴政、描写虚无党人行迹的文章，后集结成书，即《地底的俄罗斯》。1895年，司特普尼亚克因车祸在伦敦逝世，年仅43岁。参见《巴金译文全集》第八卷，《地下的俄罗斯》附录（二）《司特普尼亚克略传》，北京：人民文学出版社，1997年，第233—235页。

[2] 宫崎龙介（1892—1971），宫崎滔天之子。1916年入东京帝国大学法学部，与吉野作造、贺川丰彦、大杉荣等结识。翻译《地底的俄罗斯》时，宫崎龙介仅是大学三年级学生。1918年，他与赤松克麿、石渡春雄等人组织成立了新人会。1920年，宫崎龙介参加了吉野作造组织的黎明会，担任其机关刊物《解放》的主笔。宫崎龙介也是1919年开始的日本“到民间去”运动的代表人物之一。这一运动是吉野作造等人倡导的“大正民主”运动的一个组成部分，主要核心是当时的学生团体，如劳学会、新人会、民人同盟会、《大学评论》社等，标举“V Narod！到民众中去！”的口号，号召学生们深入普通民众中去宣传介绍民主的理念和道理。现有研究表明，宫崎龙介曾于1919年10月间到访北京，与李大钊有交往，在此之前两人是否有往来，则尚无证据可资证明。参见太田雅夫、「大正デモクラシー運動と大学評論社グルプ」、『同志社法学』、第19卷第1号、1967年、第31—34頁；李继华：《〈致宫崎龙介〉的两封信疏证》，《新版〈李大钊全集〉疏证》，北京：社会科学文献出版社，2011年，第540—543页。

[3] 参见伯纳尔：《一九〇七年以前中国的社会主义思潮》，丘权政、符致兴译，福州：福建人民出版社，1985年，第182页。

再度译为日文，以连载形式刊登于日本的《东方时论》杂志第3卷上。李大钊应该是通过宫崎龙介日译这一渠道了解到关于俄国民粹派“到民间去”运动的细节的。这一观点基于以下几点证据。

第一，李大钊1918年7月1日发表于《言治》杂志上的文章《东西文明根本之异点》最后一小节中，用大段篇幅翻译引用了早稻田大学教授北聆吉的论文《论东西文化之融合》[1]，而北聆吉原文发表的《东方时论》第3卷第6号上，正好在连载宫崎龙介翻译的《地底的俄罗斯》(日文标题为「地底の露西亜」)。再考虑到李大钊在发表《东西文明根本之异点》的同期还发表了《法俄革命之比较观》《俄国革命与文学家》两篇论文，说明他这一时期对俄国革命的特点和原因有较为集中的兴趣和思考。在这种情况下，他不太可能放过已在手边的材料[2]，至少应对其有所寓目。

第二，1919年初，李大钊接手改版《晨报》第七版[3]，新设“自由论坛”“译丛”两栏，开始介绍俄国革命的相关情况。《青年与农村》是在这样的条件下登场的。而就在《青年与农村》连载结束两天后，由可叔译述的《地底的俄罗斯》即开始在《晨报》上连载，篇首译者附言中说明是基于宫崎龙介译本[4]。值得注意的是，宫崎龙介的日文译本1918年在《东方时论》上连载结束后，1920年才集合成书，由大铠阁出版。《晨报》上中文译本的出现(1919年3—4月间)早于其正式成书的时期。这意味着译者所依据的日译版本只有可能是《东方时论》上的连载。一个可能是，

---

[1] 李大钊：《东西文明根本之异点》，《李大钊全集》第二卷，第220—223页。

[2] 另根据1920年6月18日《北京大学日刊》消息，李大钊向北京大学图书馆捐赠了大批日文杂志，其中就包括《东方时论》。参见《本校新闻·捐赠杂志》，《北京大学日刊》，1920年6月18日。

[3] 朱文通编：《李大钊年谱长编》，北京：中国社会科学出版社，2009年，第267、269页。

[4] 可叔译述：《地底的俄罗斯》，《晨报》，1919年2月27日。

能够接触到《东方时论》，同时又担任着《晨报》第七版编辑的李大钊，授意他人翻译了这一文本，并刊登在《晨报》上。当然，现有的证据并不能排他性地证明这一可能性。但连载刊登的决定毫无疑问是李大钊做出的，这已经足以表明该文本对他的影响。

第三，从文本的层面而言，《青年与农村》与《地底的俄罗斯》的译者附言间也存在不少观点的相似之处，而这在同时期《晨报》上刊登的大量观点各异的关于俄国革命的议论和翻译中是相当突出的。首先，两个文本都强调“青年”在革命当中的重大作用；其次，两个文本都将 1880 年代之前的民粹派运动与 1917 年的俄国十月革命进行了直接勾连，认为前者构成了后者的革命基础和准备阶段[1]。虽然俄国民粹主义确实与布尔什维克革命存在思想和历史上的渊源，但 1890 年以前的“到民间去”运动和暗杀行为毕竟与后期的社会革命党存在极大区别，更遑论通过批判社会革命党和民粹主义来确立自身组织理念、革命思想和策略的布尔什维克党。在这个意义上，尽管可以在广义上承认俄国民粹派的行动为十月革命的最后发生做了准备，但跳过 1890 年代民粹派内部发生的变化，以及在此之上与布尔什维克党的辩论竞争关系，将 1880 年代之前的民粹派运动与十月革命进行直接对接，就只能说是某种有意无意的“误读”[2]。就我所见，在《晨报》同时期介绍俄国革命的文本中，这种直接关联早期民粹主义与十月革命的方式，仅见于《青年与农村》和《地底的俄罗斯》译者附言。这

---

[1] 参见李大钊：《青年与农村》，《李大钊全集》第二卷，第 304 页；可叔译述：《地底的俄罗斯》，《晨报》，1919 年 2 月 27 日。

[2] 实际上，两年之后，李大钊本人在另一篇讨论俄国革命的文章中也承认，虚无主义在 1880 年代前后“是一很大的势力，可是在一九一七年前早已不成为革命的重要元素了”。参见李大钊：《俄罗斯革命的过去及现在》，《李大钊全集》第三卷，第 309 页。

也从侧面说明了其与《青年与农村》之间存在的关联。

在这个意义上，《青年与农村》或可被视作李大钊为《地底的俄罗斯》而撰写的“导读”。作为俄国虚无党人的行状录，《地底的俄罗斯》原书本来就有长于描写人物事迹、不重理论辨析的特点。此外，宫崎龙介的日译本在翻译时对原文的某些节译和改写，也改变了原文的部分观点和叙述基调[1]。这可能都影响到了李大钊，使其将“到民间去”运动作为一种笼统的革命模式来加以接受。不过，需要指出的是，俄国民粹派的“到民间去”运动在《青年与农村》中始终是作为一个参照而出现的，李大钊不仅充分意识到了“我们中国今日的情况……与当年的俄罗斯大不相同”[2]，而且他着意的，仍是中国知识青年们的生活如何展开的问题。

2. 青年还是农村

如果我们确认《地底的俄罗斯》与《青年与农村》之间的影

[1] 如原书中论及“到民间去”运动时，有一句关键的话：“然而这种高贵的运动一旦与残酷的实际情形相遇，就好像精美的瓷器碰着沉重的石块那样，自然就会破碎了。”（英译本作：“But this noble movement, in contact with harsh reality, was shattered like a precious Sevres vase, struck by a heavy and dirty stone.”）表示运动的失败。宫崎龙介的译文为：“然し神聖にして実行的な此活動の勢力は張り詰めた水の嚢を破つた如く、凄しい勢を以て噴出し横溢した。”意为：然而此神圣的、实行着的活动的势力，如同装满水的袋子被胀破一样，以喷涌之势横溢而出。这一译法转而变成描述“到民间去”运动之势不可挡，完全与原意相反。实际上，司特普尼亚克的观点与传统的民粹派以及辛亥前在中国的民粹主义宣传者一致，认为“到民间去”运动过于理想化，俄国农民当时并没有直接动员起来参与革命的可能，并在此基础上认同此后民粹派转向的恐怖主义行动。宫崎龙介的译文对这一观点进行了弱化处理。本书参考使用的原文则是巴金 1930 年代根据日、西、英、法几种译本校译过的中文译本，以及 1883 年在纽约出版、由拉甫洛夫作序的英译本。参见《巴金译文全集》第八卷，第 28 页；Stepniak, *Underground Russia*, New York: Charles Scribner's Sons, 1883, pp. 23-24；宫崎龍介、「地底の露西亜」、『東方時論』、第 3 巻第 2 号、1918 年 2 月、第 39 頁。

[2] 李大钊：《青年与农村》，《李大钊全集》第二卷，第 304 页。

响关系，那么，1918年7月前后（也即可以确定的李大钊接触日译《地底的俄罗斯》的最早时间）李大钊写作的一系列关于俄国革命的文章，就应该作为“前史”来与《青年与农村》展开对比阅读。而这中间的差异是耐人寻味的。不过，在进入对比之前，还需要对《青年与农村》的文本进行一些分析。

长期以来，对《青年与农村》的讨论集中于其乡村叙述的部分。这一焦点的生成很大程度上与迈斯纳的解读有关。在这个意义上，如果我们把《青年与农村》认作中国“到民间去”运动的开创性文献，那么在这一论述中，“民间”就等同于“乡村”。然而，迈斯纳是将李大钊及其乡村论述放置在与经典马克思主义相抗衡的关系中来展开观察的。在经典马克思主义的论述框架中，城市作为成熟的机器大工业和日益被剥削的工业无产阶级高度集中的空间，是最有可能发生革命的地点。乡村与城市的对立因而包含两个方面的内容：农业与工业的对立（或生产方式间的对立），以及农民与工人的对立（或不同生产者的对立）。由此而来，为了仍然在马克思主义的框架中论述农村革命的可能，就必须回答两个问题：其一，农业的生产方式是否能够生产出无产阶级并引致革命？其二，农民在何种意义上能够成为无产阶级？正是在这一基础上，生产方式的问题和地权的问题构成了中国的马克思主义者思考革命之可能性的核心问题，并延伸到历史学、经济学、社会学等诸多领域。1930年代的社会史论战可视作这一思考在学术领域内的集中爆发。因此，在中国共产革命的进程中，“农村包围城市”的革命策略与以土地问题为核心的观点具有密不可分的关系。如果中国的共产革命如迈斯纳所说，体现了一种非正统的马克思主义，那么此种非正统性就应该从土地问题与乡村问题的紧密结合来理解。

但是，在《青年与农村》中，李大钊的乡村叙述却并不是在这一逻辑上展开的。李大钊在《青年与农村》中描述了大量乡村困境，归结起来，可以概括为两个问题：一，缺乏现代知识；二，缺乏组织。其中，缺乏现代知识既是缺乏组织的一个原因，又构成对其的解决方案。乡村问题的根本症结因而呈现为“现代的新文明”尚未“从根底输入到社会里面”[1]，文化的逻辑而非经济的或政治的逻辑，构成了李大钊看待乡村问题的主轴。在《青年与农村》中，乡村社会经济和政治的不平等本身就是文化落后的产物：

> 那些老百姓，都是愚暗的人，不知道谋自卫的方法，结互助的团体。他们里边，有的是刚能自给的有土农夫，有的是厚拥田畴的地主，有的是专作农工的佃户，有的是专待雇佣的工人。他们不但不知道结合起来，抗那些官绅，拒那些役棍，他们自己中间也是按着等级互相凌虐，去结那些官绅棍役的欢心。地主总是苛待佃户与工人，佃户与工人不但不知互助、没有同情，有时也作自己同行的奸细，去结那地主的欢心。[2]

而这一问题的解决，则有赖于拥有了“现代的新文明”的青年们/知识阶级回到乡村。在这个意义上，乡村的问题又转化成了青年的问题，乡村之所以陷入困境，正是由于青年们与之分离：

> 推究这个缘故，都是因为一般知识阶级的青年，跑在都市

[1] 李大钊：《青年与农村》，《李大钊全集》第二卷，第304页。

[2] 同上书，第305页。

上，求得一知半解，就专想在都市上活动，却不愿回到田园；专想在官僚中讨生活，却不愿再去工作。久而久之，青年常在都市中混的，都成了鬼蜮；农村中绝不见知识阶级的足迹，也就成了地狱。把那清新雅洁的田园生活，都埋没在黑暗的地狱里面，这不是我们这些怠惰青年的责任，那个的责任？

……

到底是都市误了青年，还是青年自误？到底是青年辜负了农村，还是农村辜负了青年？只［这］要我们青年自己去想！❶

《青年与农村》中的乡村叙述不是在与城市及其生产方式的差异关系中展开的，而是呈现在与青年互补却分离的关系之中，“现代的新文明”之有无则成为这一图式成立的关键。这实际上也意味着乡村与“现代的新文明”的隔离。李大钊将这一隔离的原因归结为青年们的自身意愿和认知偏差，他毫不怀疑只要此种意愿和认知得到改变，青年们就能成为乡村中“现代文明的导线”❷，并在此基础上解决农村的危机：“只要知识阶级加入了劳工团体，那劳工团体就有了光明；只要青年多多的还了农村，那农村的生活就有了改进的希望；只要农村生活有了改进的效果，那社会组织就有进步了，那些掠夺农工、欺骗农民的强盗，就该销声匿迹了。”❸

李大钊以文化逻辑来观照乡村危机，这一视角若放置在新文化运动的背景下，有其自然之处。然而，如果放置在晚清以来农村问题的叙述中，则又显得非常特殊。事实上，地权问题的提出，并不是1920、1930年代的中国共产党人在马克思主义经典理论与

---

❶ 李大钊：《青年与农村》，《李大钊全集》第二卷，第304—307页。

❷ 同上书，第306页。

❸ 同上书，第307页。

中国革命实际搏斗中的独创。以孙中山1904年提出的“平均地权”口号为中心，围绕着地权和赋税问题的系列讨论在辛亥前关于农村问题的论述脉络中已经是一个关键[1]。即便对同为新青年同人的陶履恭而言，他于1918年在《新青年》上发表首个农村社会调查时，调研的核心也是建立在地权关系基础上的农村租佃和债务问题[2]。

李大钊否弃了这一以土地问题为中心的经济/政治式进路，然而，这一进路也同样与其试图模仿的对象——俄国民粹派的“到民间去”运动——存在着不小的差异。俄国民粹派相信俄国农民身上本来就具有社会主义天性，不认为有输入西方文化的必要；因此，俄国的“到民间去”运动虽然呈现出以文化宣传发动革命的态势，但革命的主动性仍然被设想为已经存在于农村和农民之中，知识分子对农民的发动只构成一个即将到来的、以农民为主体的大革命发生前的临时准备阶段。而在李大钊的“到民间去”设想中，乡村问题则始终与青年自身的问题紧密相连。在他看来，青年与乡村的结合是一个终极理想，青年回归乡村，不仅能够为乡村带来现代知识和文化，从而解决乡村面临的问题，同时也是青年们摆脱漂泊于都市、难以实现自我价值的困境的不二选择[3]。在这个意义上，如果说李大钊在《青年与农村》中提出了中国首个“到民间去”的方案，那么这一方案的特殊性不仅在于文化逻

---

[1] 参见沈渭滨：《“平均地权”本义的由来与演变——孙中山“民生主义”再研究之二》，《安徽史学》2007年第5期，第70—71页。

[2] 参见陶履恭：《社会调查》，《新青年》第四卷第三号，1918年3月。

[3] 李大钊这样表述青年职业危机与乡村的关系：“现在有许多青年，天天在都市上漂泊，总是希望那位大人先生替他觅一个劳少报多的地位。那晓得官僚的地位有限，预备作官僚的源源而来，皇皇数年，弄不到一个饭碗。这时把他的青年气质，早已消磨净尽，穷愁嗟叹，都成了失路的人。都市上塞满了青年，却没有青年活动的道路。农村中很有青年活动的余地，并且有青年活动的需要，却不见有青年的踪影。”参见李大钊：《青年与农村》，《李大钊全集》第二卷，第307页。

辑的贯穿，而且在于，对李大钊而言，乡村问题实际上是伴随着青年问题而出现的。纵观《青年与农村》，我们可以发现，除了号召青年回到农村之外，李大钊并没有为乡村自身的问题提出一个具体的系统解决方案；相对地，他却设想了青年们回乡之后的完整生活模式："劳心也好，劳力也好，种菜也好，耕田也好，当小学教师也好，一日把八小时作些与人有益、于己有益的工作，那其余的功夫，都去作开发农村、改善农民生活的事业，一面劳作，一面和劳作的伴侣在笑语间商量人生向上的道理。"[1] 这一区别是意味深长的。

在此，需要追问的是：如果在李大钊的视野中，乡村的问题是伴随着对青年问题的思考而出现的，那么，以此种方式提出的乡村问题到底具有何种意义？是否可以据此得出结论——李大钊提出的"到民间去"仅仅是一种知识分子自我意识的投射？实际上，如果我们对李大钊的写作稍作追索，可以发现，对青年出路的思考在李大钊的写作中是有脉络可循的；同时，在这一思考的"系谱"中，作为问题的乡村并非一开始就与其产生了勾连。而对这一过程进行回顾、对比，不仅能够厘清乡村作为一个问题在李大钊思想中出现的背景，也有助于我们理解李大钊提出的"到民间去"方案的真正意义。

3. 民初青年危机

对青年学生出路危机的描述和思考，最早见于李大钊 1917 年 4 月发表的《学生问题》和《学生问题（二）》。李大钊这样写道：

> 吾国今日之学生问题，乃为社会最近所自造之阶级身份，

[1] 李大钊：《青年与农村》，《李大钊全集》第二卷，第 307 页。

而被造就之人人，一入此阶级、一得此身份之后……社会反与为冰炭之质，枘凿之势，所学无论其为何科，社会皆不能消纳之应用之。一般耆旧老宿，一闻“学生”二字，即摇首蹙额，似一为学生，即与中国社会为无用。而学生者，又不能不谋自存之道，不能不服事畜之劳。于是无问其所学为工、为农、为商、为理、为文、为法政，乃如万派奔流以向政治一途，仰面求人讨无聊之生活。……京、津之学生卒业而未就职者以万千计。[1]

表面上看起来，此处描述的是一场新制学生的职业危机，然而，这一问题也内在于新文化运动的整体性结构之中。如果说新文化运动的理想在于通过一个担负着全新的伦理和知识的青年群体与旧的文化、习惯、人群进行搏斗，来赢得新的社会组织的诞生，那么在1910年的语境中，现实中的“新青年”很大程度上是与接受了现代西方教育的学生群体相重合的。这也同时意味着，对学生出路问题的讨论，本身就构成了对新文化运动内部困境的回应。

从1917年初提学生问题到1919年号召青年回归农村，李大钊对青年职业危机给出的解决方案经历过几次变化。不过，我在此无意对这一过程进行详细的追索，而是试图集中于一个文本——李大钊1918年7月发表的《雪地冰天两少年》。在这篇小说中，不仅“集中都市，日向恶浊之政治潮流中求生活”[2]的少年生计痛苦构成了推进叙事的一大动力，更为重要的是，它也是李大钊在首次接触《地底的俄罗斯》日译前后写作的一个文本，其对待俄国革命的方式，也与《青年与农村》形成了互文关系。

---

[1] 李大钊：《学生问题》，《李大钊全集》第二卷，第86—87页。

[2] 李大钊：《雪地冰天两少年》，《李大钊全集》第二卷，第231页。

作为李大钊仅有的两篇小说创作之一[1],《雪地冰天两少年》在其写作中的特殊性是显而易见的。但若单从小说技术的层面而言,它只能算是一篇较为笨拙的作品,可称道之处不多。这篇作品的故事情节非常简单,讲述的是两个少年孤身行走西北塞外,途中遇到野兽,在共同击退野兽的过程中相识。通过交谈发现,两人都有开发西北的志趣,遂决定携手同行。值得注意和探究的部分应该是作者借主人公之口叙述的生活理想及其产生的原因。通过其中一位主人公的心理活动,我们可以知道,"生计之困"成了促使他远走边疆的重要动机:

> 迩来生计之困,使一般少年多集中都市,日向恶浊之政治潮流中求生活。无论求之而得者,百不得其二、三,就令求即得之,而政局之翻云覆雨,朝得之而夕旋失者,亦复比比皆是。且即其所得者,而细揣其滋味,酸辛痛苦,始已备尝。此种生涯,亦复为稍有志气之男儿所不屑。[2]

这一段叙述与《学生问题》及《青年与农村》中青年学生职业危机表述之间的类似性是很明显的。但少年为应对这一危机最终决定以开发经营西北为志向,则与1917年在《学生问题(二)》以及1919年在《青年与农村》中李大钊提出的解决方案均有不同。实际上,李大钊1917年在讨论学生失业问题时,就已经倡导青年们自谋生路、"自创一种社会以自用"[3],开发边疆正是其当时

---

[1] 就我查阅看来,李大钊除1918年7月1日发表在《言治》杂志上的这篇《雪地冰天两少年》外,仅有的另一篇小说也就是1916年9月发表在《晨钟报》上的《别泪》。

[2] 李大钊:《雪地冰天两少年》,《李大钊全集》第二卷,第230—231页。

[3] 李大钊:《学生问题(二)》,《李大钊全集》第二卷,第89页。

提出的具体解决方案之一[1]。然而，如果说对彼时的李大钊而言，东三省、内外蒙古、甘、新、青海、前后藏均是大有可为之地[2]，那么在《雪地冰天两少年》中，少年们出征的目的地已经非常明确。在帐篷中，少年们展开地图，其意欲去往的正是中蒙俄边境上的重镇科布多[3]。作者借主人公之口如此说：

> 方今世界多故，欧洲全境罹于兵火，俄以摧败之余，人民复欲睹平和之曙光，以改革内政为急务，单独议和之说，已现诸事实。此后西北一带，将生重要之形势。且吾国今日，南北构衅，日寻干戈，内争不休，其结果并内部而不能保，何论边疆？狡焉思逞之邻邦，终必负之以去。[4]

---

[1] 李大钊：《学生问题（二）》，《李大钊全集》第二卷，第 90—91 页。

[2] 同上。

[3] 科布多，清代政区名，亦为城名。1761 年（乾隆二十六年）设参赞大臣一员，驻科布多城（1730 年［雍正八年］建，位置在今蒙古国西部科布多省会科布多），统辖阿尔泰山南北两麓厄鲁特蒙古诸部和阿尔泰、阿尔泰诺尔两乌梁海部落，归驻扎乌里雅苏台的定边左副将军节制。1864 年（同治三年），沙俄强迫清政府签订《中俄勘分西北界约记》，割占阿尔泰诺尔乌梁海，其地相当于今俄罗斯戈尔诺－阿尔泰斯克及阿尔泰共和国。1881 年（光绪七年），沙俄又通过《中俄伊犁条约》和以后的《中俄科塔界约》割去阿尔泰乌梁海的西部地区，即今新疆维吾尔自治区哈巴河县国界以外斋桑湖以东一带地区。1905 年（光绪三十一年）清廷将剩余部分从科布多划出，另设阿尔泰办事大臣，驻承化寺（今新疆阿尔泰），统辖阿尔泰乌梁海东部与新土尔扈特、新和硕特两部地，相当于今新疆维吾尔自治区阿尔泰地区，1919 年划属新疆。1912 年科布多厄鲁特诸部被在沙俄策动下宣布"独立"的喀尔喀封建主占领，其地即今蒙古国科布多、巴彦乌列勒两省和乌布苏省的大部，以及俄罗斯图瓦自治州唐努山以南部分。时任新疆都督的杨增新曾积极出兵援助，意图收回为"全国西北门户"之科布多城，因俄国干涉、中国自身实力不济等原因最终未能成功。但杨增新确保了阿尔泰地区的安全。科布多因而与中俄之间的领土纷争历史深刻纠缠在一起。参见《中国古今地名大词典·下》"科布多"条；杨永福、段金生：《杨增新与科布多事件及阿尔泰并新》，《中国边疆史地研究》2007 年第 2 期。

[4] 李大钊：《雪地冰天两少年》，《李大钊全集》第二卷，第 232 页。

这一剖白显示，西北边疆作为解决青年职业问题的方案凸显出来，首先在于随俄国革命而来的国际政治局势发生大变化的背景；对于中俄领土争端进一步加剧的忧虑，则是这场革命在“少年们”或此时的李大钊心中引发的一个重要反应。

这一反应的特别之处，可以通过与《雪地冰天两少年》同期发表和写作的几篇文章的横向比较显示出来。1918年7月1日，李大钊在《言治》杂志上同时发表了《东西文明根本之异点》《法俄革命之比较观》《俄国革命与文学家》，加上同期写作的《俄罗斯文学与革命》[1]，都涉及俄国革命的话题。这几篇文章的共同特点，是对俄国革命的盛赞和期待。在《法俄革命之比较观》中，李大钊将俄国革命认作“新世界的曙光”“二十世纪全世界人类普遍心理变动之显兆”[2]。在比较过法国革命和俄国革命后，他如此说：“法人当日之精神，为爱国的精神，俄人之今日精神，为爱人的精神。前者根于国家主义，后者倾于世界主义；前者恒为战争之泉源，后者足为和平之曙光，此其所以异者耳。”[3]《俄罗斯文学与革命》和《俄国革命与文学家》则讨论了俄国革命与文学所培养的“人道主义之精神”间的关系。

这一系列文章及其观点，长期以来被当作李大钊开始倾心于俄国革命模式的证据，与其后来接受马克思主义有着逻辑上的因

---

[1] 《俄罗斯文学与革命》为1965年在胡适藏书中发现的李大钊佚文手稿。关于其写作时间问题，李大钊之女李星华和女婿贾芝认为应在1918年。朱文通编写的《李大钊年谱长编》将此文列在1918年12月下，但未注明理由。2006年版《李大钊全集》的编者通过比较该文和1918年7月1日《言治》上发表的《俄国革命与文学家》，认为两文应该都成于俄国十月革命后、1918年7月之前。此处从《李大钊全集》编者说。参见李星华、贾芝：《〈俄罗斯文学与革命〉附记》，《人民文学》1979年第5期；朱文通编：《李大钊年谱长编》，第264页；《李大钊全集》第二卷，第239、241页编者识。

[2] 李大钊：《法俄革命之比较观》，《李大钊全集》第二卷，第228页。

[3] 同上书，第226页。

果关系。然而,《雪地冰天两少年》却从反面对俄国革命展现出的"人道主义""爱人的精神""足为和平之曙光"提出了疑问。在小说中，李大钊并不完全信任俄国革命的成功意味着中国会和平，相反，他担忧俄国"改革内政"成功后，会益发加剧中国西北边疆的不安定局势:"狡焉思逞之邻邦，终必负之以去。"[1] 此种担忧一方面是晚清以来中俄双方长期领土争端历史下的自然反应，另一方面又呈现了李大钊此时思想情绪中复杂矛盾的一个侧面：尽管他把俄国革命当作预告了20世纪历史潮流的重大事件，也认可革命对俄国人民来说包含着人道主义和爱人精神，却仍不能确信这一革命能够彻底告别和克服19世纪式的帝国主义和领土侵略。在这个时刻，对李大钊而言，俄国革命多大程度上能够真正跨越民族的边界，成为世界和平的先声，仍是存疑的[2]。他为自己寄予希望的青年们选择了开发西北、保卫边疆的这一道路，正是这一疑虑的体现。而采取小说这一李大钊极少使用的体裁，某种程度上，也可视作其试图将内心深处的矛盾以一种形象化的方式曲折表达出来。

《雪地冰天两少年》另一个值得分析的部分，是小说中"少年"形象的呈现方式及其与边疆的关系。李大钊本人一向偏爱具有英雄气概的人物形象，因而研究者们普遍认为，民粹派对李大钊的吸引力应当从这一方面来进行阐释[3]。在《雪地冰天两少年》

---

[1] 李大钊:《雪地冰天两少年》,《李大钊全集》第二卷，第232页。

[2] 一个耐人寻味的细节是,《雪地冰天两少年》中，少年在小说的开头搏斗并击毙的第一头野兽，是一只熊。而熊作为俄国的形象象征，从晚清流行一时的《时局图》开始即已经深入中国人的心中。参见《雪地冰天两少年》,《李大钊全集》第二卷，第230页。

[3] 参见莫里斯·迈斯纳:《李大钊与中国马克思主义的起源》，第92页；陈桂香:《关于李大钊与民粹主义关系的辨析——重读〈青年与农村〉》,《中共党史研究》2012年第1期，第115页。

中，两位主人公也是以孤胆少年英雄的形象出现的，但有趣的是，李大钊试图用主人公来比附的，并非抛弃一切、献身理想的革命英雄，而是发现美洲的哥仑布（哥伦布）和笛福笔下的罗滨孙（鲁滨逊）[1]。这一比附本身是意味深长的，它已经揭示了李大钊在《雪地冰天两少年》中设想的“少年”与“边疆”的关系：正如哥伦布对美洲的开发、鲁滨逊对孤岛的征服一样。小说中，少年们身处的是一个由自然环境和野兽组成的边疆，等待着少年们的开发和征服。虽然在少年的理想中，他们准备从事的工作是“先由联络蒙、回入手，以诚笃之精神感之，然后徐谋教育之推行，实业之发达”[2]，但耐人寻味的是，“蒙、回”等边疆的真正居民并不曾出现在小说中。与此相对应，少年几次与野兽展开搏斗的过程反倒构成了小说的主体。少年与边疆的这一关系，实际上与前述对俄国的民族对抗情绪构成了少年们/李大钊所设想的“新民族主义”的两面：

> 新民族主义云者，即和汉、满、蒙、回、藏镕成一个民族的精神而成新中华民族。达此之程叙，不外以汉人之文化，开发其他之民族，而后同立于民主宪法之下，自由以展其特能，以行其自治，而与异民族相抵抗。[3]

而在《雪地冰天两少年》的结构中，这一新民族主义责任的担负者，最终只能为既是汉人又代表中国的“少年们”。

---

[1] 参见李大钊：《雪地冰天两少年》，《李大钊全集》第二卷，第230—231页。

[2] 李大钊：《雪地冰天两少年》，《李大钊全集》第二卷，第232页。

[3] 同上。

4. 从边疆到农村

也是在这个意义上，《雪地冰天两少年》与《青年与农村》构成了颇有意味的对比：同处在俄国革命刺激的大背景下，面对一以贯之的学生职业危机问题，前者给出的方案是“边疆”，后者则是“乡村”。这一前后差异的产生，当然与1918—1919年极为复杂同时又变动剧烈的国际国内局势，以及李大钊本人对于俄国革命认知的进一步加深和变化有关。但另一方面，这一对比蕴含的内容仍然是深刻的。首先，这两个方案构成了对待俄国革命的不同反应方式，因而揭示出李大钊在接受俄国革命过程中多重的复杂面向。其次，它也展现了少年/青年的自我形象在李大钊的思想脉络当中的变化过程。最后，它提出了这样一个问题：如何看待民族主义与李大钊号召青年们回到乡村之间的关系？迈斯纳在确认《青年与农村》为一个民粹主义文本的同时，也将李大钊对农村的重视与一种传统主义的、民族主义的情绪联系起来[1]。然而，如果我们把《雪地冰天两少年》作为《青年与农村》的“前史”之一来看待，那么从“边疆”到“乡村”的转变，就必须以“边疆”方案所内含的民族主义诉求被克服、淡出为逻辑前提。

这一逻辑过程表面上看起来可归结为阶级范畴对民族范畴的取代，或民族范畴向阶级范畴的演化；实际上，李大钊从1918年到1919年初，也确实在进一步了解俄国革命的基础上接受了某种初步的阶级观念，并在此基础上形成了他在《青年与农村》中提出的一整套青年生活方案。然而，如果我们对李大钊这一时期的阶级观念稍做分析，就可以发现，其与经典意义上的、经济决定

---

[1] 莫里斯·迈斯纳：《李大钊与中国马克思主义的起源》，第92页。

论下的阶级概念仍有很大距离。

从1918年底的《庶民的胜利》和《Bolshevism的胜利》开始的一系列写作中，李大钊通过“庶民”这一概念表达了他对“无产阶级”的理解。李大钊将庶民定义为“工人”，但此处的工人并非机器大工业下的产业工人，而是笼统地指涉一切作工的人[1]。这一概念因此包含两个层面的意义：首先，李大钊认为，“今后的世界”将“变成劳工的世界”，因此，“应该用此潮流为使人人变成工人”[2]，智识阶级和青年学生也不能自外。正是在这个基础之上，青年们回到农村，并不意味着单向的启蒙农民，而且包含了参与劳动进行自我改造的内容。李大钊在《青年与农村》中提出“一面劳作，一面和劳作的伴侣在笑语间商量人生向上的道理”[3]，其意在此。与此同时，“劳工神圣”也同样意味着要满足劳工自身对“精神上修养的功夫”和“知识的要求”[4]。“庶民的胜利”在李大钊的视野里因而不能单纯理解为一个实在的社会阶层的崛起和对其他阶层的压抑，它追求的是整个社会在“物质和精神两面改造”“灵肉一致”[5]基础上的和谐状态。

其次，李大钊把“庶民的胜利”看作对政治上的“大……主义”的战胜。虽然在李大钊的定义里，“大……主义”意味着一种普遍的专制和强力关系，并不局限于“国家与国家间”[6]，但他明确批判了作为战争起因的大日耳曼主义、大斯拉夫主义、大塞尔

---

[1] 李大钊：《庶民的胜利》，《李大钊全集》第二卷，第255—256页。
[2] 同上。
[3] 李大钊：《青年与农村》，《李大钊全集》第二卷，第307页。
[4] 李大钊：《劳动教育问题》，《李大钊全集》第二卷，第291—292页。
[5] 李大钊：《“少年中国”的“少年运动”》，《李大钊全集》第三卷，第11页。
[6] 李大钊：《Pan……ism之失败与Democracy之胜利》，《李大钊全集》第二卷，第244页。

维亚主义、大日本主义[1]，“庶民”这一概念的提出，因而本身就意在超越和批判建基于民族主义和资本主义之上的帝国主义侵略扩张。与之前以民族之间对抗形式出现的帝国主义批判不同，李大钊设想庶民/劳工阶级“要联合他们全世界的同胞，作一个合理的生产者的结合，去打破国界，打倒全世界资本的阶级”[2]。其于1919年初提出在民族解放、民族自决基础上建立联合弱小民族的“新亚细亚主义”[3]，一方面接受了列宁关于帝国主义和民族自决论述的影响，另一方面也是这一逻辑的延续。

正是“庶民”这一概念的形成，给李大钊提供了重构青年问题和民族问题的契机。首先，在这一概念的穿透下，青年们不可能再继续呈现为征服式、拯救式的孤胆英雄，相反，青年们的现状变成了“漂泊在都市上”和“工作社会以外”的“一种文化的游民”，这一情况需要通过“投身到山林里村落里”进行“手足劳动”来克服。与此同时，由于“交通阻塞的缘故”，乡村对文化的需要并未得到满足，在乡村间参与劳动的青年于是自然而然地构成了“文化的交通机关”[4]。在这个意义上，都市与乡村的对立并不是建立在生产方式差异的基础上，它一方面是“劳动”与“游惰”的对立，另一方面则是文化与欠缺文化的对立。乡村因而在这一基础上开始进入了李大钊的思想视野，它处于一种与青年互相依赖、互相补充的关系之中。作为问题的乡村一方面是随着对青年问题的思考而浮现的，但另一方面，乡村并不完全呈现为问题的载体，同时也构成问题的解决方式：乡村出现的前提，必须

---

[1] 李大钊：《庶民的胜利》，《李大钊全集》第二卷，第254页。
[2] 李大钊：《新纪元》，《李大钊全集》第二卷，第267—268页。
[3] 李大钊：《大亚细亚主义与新亚细亚主义》，《李大钊全集》第二卷，第270页。
[4] 李大钊：《“少年中国”的“少年运动”》，《李大钊全集》第三卷，第13页。

包含青年对自身问题的反思，以及对此进行克服的尝试。

其次，打破国界的庶民 / 劳工阶级的联合，是对此前李大钊思想中建基于国家和族群边界之上的民族主义模式的否弃。在与《青年与农村》同月发表的《联治主义与世界组织》中，李大钊明确否认了此前用汉族文化开发其他民族的“新民族主义”设想：“今后中国的汉、满、蒙、回、藏五大族，不能把其他四族作那一族的隶属。”他提出以联治主义的方式，“结成一种平等的组织，达成他们互助的目的。这个性的自由与共性的互助的界限，都是以适应他们生活的必要为标准的”[1]。与此同时，正是在全世界的庶民 / 劳工阶级应当联合起来的基础上，俄国革命不仅仅呈现为“俄国”的革命，而且构成了世界范围内社会革命的范式。李大钊因而能够在对大斯拉夫主义展开批判的同时，盼望迎接“由俄国冲出”的“社会革命的潮流”[2]。在这个意义上，青年们到农村中去并不是自外于民族问题的，相反，它所包含的内容已经构成了一种新的民族论述形成和发展的基础，这种新的民族论述不仅试图超越国家和族群已经划分好的边界，而且与在世界范围内开展社会革命的视野紧密相连。

实际上，李大钊对俄国民粹派的运动模式的接受，也应该在这一背景下来理解。不论是宫崎龙介翻译的《地底的俄罗斯》，还是晚清以来俄国民粹主义在中国的传播，其宣传的重点最终还是落在民粹党人的暗杀活动之上。李大钊则将“到民间去”运动作为一个可供模仿的对象提了出来。因此，他对《地底的俄罗斯》的接受并非一个被动的过程，而是与这一时期俄国革命对他产生

---

[1] 李大钊：《联治主义与世界组织》，《李大钊全集》第二卷，第 284 页。

[2] 李大钊：《战后之世界潮流——有血的社会革命与无血的社会革命》，《李大钊全集》第二卷，第 287 页。

的思想冲击和震荡紧密地结合在一起。“到民间去”运动所指向的农村可能为李大钊构想新的青年理想提供了灵感，但它也必须在李大钊对青年问题展开新的认知和思考的前提下，才能构成青年问题的解决方案。

阿里夫·德里克曾指出，通过富人与穷人、劳动者与非劳动者的两分来理解阶级问题的方式，是经由无政府主义者介绍到新文化运动的意识当中的。李大钊号召青年们回到农村，也受到这一思考劳动和阶级问题的方式的影响[1]。德里克指出的这一历史联系是重要的，然而，相较思考方式的来源和命名，本书更想要把握的，是在这一思考方式的基础上，李大钊如何将青年与农村关联起来，形成自己关于青年的一套新的行动模式设想。《青年与农村》写于“五四”之前、新文化运动和新文学运动正酣之时，但青年与农村结合的设想已经包含了对新文化运动的超越意图。“五四”之后，投入行动的热情进一步为李大钊的设想付诸实践打开了可能。北京大学的平民演讲团、少年中国学会主导下的工团运动，以及更晚些时候，恽代英、邓中夏等人在中国共产党的政党活动框架下开展的“到民间去”运动，都与李大钊的这一设想有着历史关联。在这个意义上，李大钊构想中青年与农村发生关联的方式一方面为后续的实践活动打开了空间，另一方面，其局限性也必然规定了后续活动遭遇问题的方向。

李大钊将青年与农村放置在一个互为补充、互相依赖的结构中。青年与农村的结合追求的是双方在物质和精神两个层面上的完满，也即是说，作为“文化的游民”[2]的青年，和“牛马一般”

---

[1] Arif Dirlik, *The Origins of Chinese Communism*, pp. 64–65.

[2] 李大钊：《“少年中国”的“少年运动”》，《李大钊全集》第三卷，第13页。

工作、“靡有功夫去浚发”知识和性灵[1]的农民，最终要在这一结合中互相消泯差异、融为一体。在李大钊的视野里，乡村所缺乏的“现代的文明”是一种普遍形态，他相信，只要青年们到农村去承担起文化机关的责任，现代文明就能够自然地传播和影响到乡村。李大钊的设想无疑是乌托邦式的。他没有考虑到的是，“文化”也可能指向不同的层次，乡村或许并不是缺乏文化，而只是缺乏“五四”知识分子意中那种以西方、都市取向为主导的“现代”文化；乡村具有内生的、顽强的文化形态，在不凑巧的时刻，这些文化形态可能会与青年们试图传播的“文化”发生碰撞和冲突。在下一节中，我将通过周作人的案例，分析对“民间”或乡村固有文化形态的认知觉醒，如何促发周作人的思想转向，而中国现代民间文学和民俗学的诞生，正在这样的背景当中。

第二节　“到民间去”与周作人的文学再造

一个值得注意的事实是，尽管李大钊因其在《青年与农村》中的号召而被学界公认为最早在中国提出学习俄国民粹派“到民间去”运动的人，但将 V Narod 这一俄文口号翻译为中文的“到民间去”，却并非李大钊的创造。在《青年与农村》中，李大钊甚至完全没有涉及这一运动的口号或命名方式。这一译名的确立实际上应该归功于周作人。1918 年 5 月，周作人在《读武者小路君所作〈一个青年的梦〉》中首次将 V Narod 译为“到民间去”。尽管周作人本人对于俄国民粹派的历史和实践早有了解，该文中却

[1] 李大钊：《劳动教育问题》，《李大钊全集》第二卷，第 291 页。

并未涉及这一部分内容，他使用这一口号式的译语，实为描述托尔斯泰对田园生活的回归[1]。1919年初，与李大钊在《青年与农村》中提出效仿俄国民粹派“到民间去”运动同时，以《晨报》为首，一些媒体在中国开始有规模地介绍俄国革命的相关情况，民粹派的历史和实践也作为俄国革命的前景逐渐为中国读者熟悉。但在这一时期的译介中，民粹派或被译为“为民团体”[2]，“到民间去”或被译为“行动在人民间”[3]，显示出此时还未形成对相关术语约定俗成的译法。1920年7月2日，周作人在《晨报》上发表了自己翻译的日本诗人石川啄木的作品《无结果的议论之后》，这首原作于1911年的日文诗歌中有如下诗句：

> 我们的且读书且议论
> 我们的眼睛的辉耀
> 不亚于五十年前的俄国的青年
> 我们议论应该做的什么事
> 但是没有一个人用拳击桌
> 叫道“到民间去！”（V Narod!）[4]

周作人这首译诗的意义是多重的。从大的文化氛围层面而言，它呼应了“五四”之后进一步深化的学生运动和文化运动中的高涨情绪，同时也点出了这些运动内部蕴含的问题。事实上，就在

---

[1] 参见周作人：《读武者小路君所作〈一个青年的梦〉》，钟叔河编：《周作人散文全集2（1918—1922）》，第27页。

[2] 塞克：《俄国革命史》，志希译，《晨报》，1919年5月28日。

[3] 民友社：《俄国的社会思想历史》，《民国日报·觉悟》，1919年11月12日。

[4] 日本石川啄木：《无结果的议论之后》，仲密（周作人）译，《晨报》，1920年7月2日。

这首译诗发表一个半月之后，少年中国学会、觉悟社、人道社、曙光社和青年互助团这五个京津地区的青年团体决议联合起来组成“改造联合”，李大钊成为其指导者，“到民间去”也成为写入《改造联合宣言》的共同口号[1]。这一事件表明，“到民间去”已经从一个思想介绍的对象，转而成为介入中国社会现实和政治实践的重要动力。与此同时，“到民间去”被明确写入《改造联合宣言》，也显示出对这一时期投身社会运动的青年而言，知识群体欠缺参与性实践已经成了一个被普遍认识到的问题。

对周作人自身而言，这首译诗的选择也同样别具深意。1917年4月，周作人应大哥鲁迅之嘱，从故乡绍兴来到北京，进入陈独秀和蔡元培主持下的北大文科任教，从而也进入了新文化运动的中心地带。他很快崭露头角，1918年底便凭借《人的文学》成为新文学运动初期最为重要的理论家。1919年，周作人以文化为手段参与社会运动的热情在日本大正民主运动的空气和国内五四运动爆发的双重刺激下进一步高涨。3月15日，他在《日本的新村》一文中首次介绍了日本作家武者小路实笃的新村实践，同年夏，在亲自访问了日本日向地方的新村后，周作人成为新村运动在中国最为热心的鼓吹者。新村运动为周作人带来了更大更广泛的声望，同时也为其招致不少批评。其中，来自同为新文学运动重要参与者胡适的声音尤为尖锐。周作人翻译的《无结果的议论之后》某种程度上正是对这些批评做出的回应，在诗后附言中，周作人如此说：“我们现在嘴里说得天花乱坠，却曾经做什么事？读啄木的诗，不能不感到惭愧。借别人的皮鞭，来打自己的背脊，

[1] 关于“改造联合”的相关历史情况，参见李永春：《少年中国学会与1920年“改造联合”》，《北京社会科学》2007年第6期，第97—103页；《改造联合宣言》，《少年中国》第二卷第五期，1920年11月，第65—66页。

这是我译这一首诗的意思。”[1]

历来的研究者都注意到，周作人翻译的这首《无结果的议论之后》是石川啄木首篇被翻译介绍到中国的作品[2]。不过，鲜少引起关注的是，周作人的这首译诗发表过两次，第二次发表为约一年后的 1921 年 8 月，同时发表的还有石川啄木另外四首诗，以及与谢野晶子、千家元麿等其他日本作家的诗作[3]。而从 1920 年底到 1921 年 9 月中，正是周作人因罹患肋膜炎减少工作，思想发生重大动荡变化的时刻。1921 年病愈后，周作人不仅再未提过一度热情向往的新村，而且对于民众、民间的看法，也与此前有了很大改变。在这个意义上，追索周作人两次发表石川啄木《无结果的议论之后》背后的历史脉络与周边情境，不仅有可能为我们提供一个理解周作人这一时期思想变化过程的切入点，更为重要的是，正是在经历了此一思想变动之后，周作人才通过《歌谣周刊》[4]开始在中国现代民俗学 / 民间文学研究中发挥影响力。理解中国现代民俗学 / 民间文学在形成之初的品格塑造，不可能脱离周作人的这一段个人经历。

1. 一首诗与俄国民粹主义的跨国旅行

石川啄木的《无结果的议论之后》写于 1911 年，为其晚年之作，不仅在形式上与其最为出名的短歌创作有相当大的距离，而且该诗是在 1910 年日本“大逆事件”的刺激下写成，也是石川本

---

[1] 日本石川啄木:《无结果的议论之后》，仲密译，《晨报》，1920 年 7 月 2 日。

[2] 参见于耀明、『周作人と日本文学』、東京、翰林書房、2001 年；崔琦:《感伤抒情与社会批判的变奏——石川啄木诗歌的再解读》，清华大学硕士论文，2006 年。

[3] 周作人:《杂译日本诗三十首》，《新青年》第九卷第四号，1921 年 8 月。

[4] 此刊早期作《歌谣周刊》，后改为《歌谣》，为行文方便，本书统一使用《歌谣周刊》。其期 / 号则随原刊标注。

人在政治上走向激进的重要标志。这首诗因而在石川啄木的创作系谱中占有非常特殊的位置。理解《无结果的议论之后》的内容、创作背景及其在石川啄木生涯中的位置，也就把握住了周作人在翻译这首诗时思想变动的一条重要线索。

石川啄木是日本近代著名的天才诗人，1886年2月生于日本岩手县南岩手郡日户村，其父为寺院住持，母亲出身书香门第，但家境并不宽裕。石川啄木在盛冈就读中学时，对文学产生了兴趣，1902年从中学退学，只身前往东京，试图以文学立身。1903年，他开始以“啄木”为笔名在《明星》杂志上发表作品，引起诗坛注目，1905年靠亲友的赞助出版了处女诗集《憧憬》，虽然赢得了文名，但始终未能在经济上凭借文学创作独立。1907年，为谋生计，石川啄木远走北海道寻求新生活，但经济和生活状况仍未好转。1908年，石川啄木再度来到东京，一边靠朝日新闻社的校对工作度日，一边从事文学创作。1912年，年仅27岁的石川啄木因肺结核在贫病交加中死去[1]。

正如周作人1922年观察到的，石川啄木的文学创作中，得到最广泛认可的是其对短歌形式的创新[2]。至于《无结果的议论之后》，则长期颇具争议。这一方面是由于该诗虽写作于石川啄木凭借短歌获取文名[3]之后，却又回到了其早年采用的新体诗歌形式；另一方面也是因为该诗本身内容的晦涩与写作过程的复杂。《无结果的议论之后》创作于1911年6月。1910年5月，日本发生了

---

[1] 参见国際啄木学会編、「年譜」、『石川啄木事典』、東京、おうふう、2001年、第612—637頁。

[2] 周作人：《啄木的短歌》，钟叔河编《周作人散文全集2（1918—1922）》，第639—640页。

[3] 参见岩城之徳、「新しき詩歌の時代の石川啄木——天才詩人十年の軌跡」、国際啄木学会編、『論集石川啄木』、東京、おうふう、1997年、第12—13頁。

“大逆事件”，此事构成了石川啄木写作《无结果的议论之后》的直接背景。所谓“大逆事件”，又称“幸德事件”，其缘起是宫下太吉、管野须贺（管野すが）、新村忠雄、古河力作四位受俄国无政府主义和民粹派暗杀行动影响的日本青年，为了破除当时日本国内对明治天皇的狂热崇拜而计划的暗杀天皇行动。1909年6月，宫下太吉带着自己调查出的炸药制作方法来到东京，试图实施暗杀计划。参与此事的管野须贺此时另有一重身份，即日本著名的社会主义者和无政府主义者幸德秋水的女友，因而在计划早期，幸德也一度参与其中，但随着行动逐步深入，幸德的态度逐渐消极，到行动后期，幸德虽然知情，已非真正参与者。1910年5月2日，宫下太吉被警察发现非法藏有爆炸物，暗杀计划曝光，行动失败。由于案情牵涉到幸德秋水及其周边友人，日本警方和政府试图利用此事，镇压日本的社会主义活动，在全国范围内大规模逮捕和审讯了超过百余名社会主义者和无政府主义者，最终起诉26人，其中绝大部分实际上与此事并无关联。1910年12月，在非公开审判、一审即终审、未召唤任何证人的情况下，幸德秋水等24人被判处死刑，后明治天皇为表“仁慈”，将判处死刑人数减少至12人。1911年1月，幸德等人被执行死刑。日本的社会主义运动因此事受到严重打击，从此进入低潮[1]。

据学者考证，石川啄木实际上在事件之前就已经显示出对无政府主义和社会主义的兴趣[2]，但获知“大逆事件”的发生和进

[1] 参见见国際啄木学会編、『石川啄木事典』、第207—208頁。

[2] 根据近藤典彦的研究，石川啄木于1909年10月至1910年2月间，首次阅读了克鲁泡特金原著、幸德秋水翻译的克氏著作《面包略取》（中文版标题译为《面包与自由》）。参见近藤典彦、『国家を撃つもの——石川啄木』、東京、同時代社、1989年、第137頁。

行，仍构成石川本人“思想上的一大变革”[1]的契机。在此刺激下，他开始进一步大规模阅读社会主义和无政府主义的相关书籍，并写作了《所谓今次之事》(「所謂今度の事」) 和《时代闭塞的现状》(「時代閉塞の現状」) 两篇著名的文艺评论。通过与幸德秋水的辩护律师、社会主义者平出修的交往，石川啄木知晓了许多“大逆事件”审判中的细节，甚至还从平出修处借阅并抄写了幸德秋水在狱中撰写的自辩词[2]，后来又借阅了法庭审判的详细记录[3]。石川啄木因而也成为当时日本文学家中唯一一位直接接触到“大逆事件”原始资料的人物。1911 年 1 月 9 日，在致友人的书信中，石川啄木明确表示，从此以后将以社会主义者自称[4]。

1911 年 6 月间，石川啄木创作了《无结果的议论之后》。在最初的构想中，《无结果的议论之后》应为一首长诗，6 月 15 至 17 日，石川啄木写作了共九小节诗稿。此后，石川将初稿中的第一及第八、九小节删去，将第二到七小节的内容以《无结果的议论之后》的标题发表在 1911 年 7 月号的《创作》杂志上。嗣后，他又将发表的整首长诗拆分，除初稿中的第二小节仍保留“无结果的议论之后”的标题外，其他各小节单独另取标题，并加上新创作的《家》和《飞机》，构成了诗稿笔记《叫子与口哨》(「呼子と口笛」)[5]。周作人所译的《无结果的议论之后》实际上是石川

[1] 参见石川啄木：《明治四十四年当用日记补遗・前年（四十三年）中重要记事》“六月”项下。转引自近藤典彦、『国家を撃つもの——石川啄木』、第 197 頁。

[2] 参见国際啄木学会編、「年譜」、『石川啄木事典』、第 634 頁。

[3] 参见近藤典彦、「長詩『はてしなき議論の後』に潜むモチーフ」、国際啄木学会編、『論集石川啄木』、第 65—66 頁。

[4] 参见中野重治：《关于啄木的片断》，申非译，《译文》1958 年第 5 期，第 83 页。

[5] 参见近藤典彦、「長詩『はてしなき議論の後』に潜むモチーフ」、国際啄木学会編、『論集石川啄木』、第 58 頁。

啄木长诗初稿的第二小节；周氏于1921年8月发表的其他四首石川啄木诗也均来自《叫子与口哨》诗集，其中《科科的一瓢》[1]、《激论》、《旧的提包》[2]三首，是长诗初稿的第三、五、七小节。

关于《无结果的议论之后》所表达的内容，长期以来众说纷纭。近藤典彦通过对1911年发表的六小节版《无结果的议论之后》的详细解读，认为整首长诗是石川啄木“献给幸德秋水等‘逆徒’的镇魂歌”，“大逆事件”是其潜藏的主题[3]。近藤的分析也许在细部上有可商榷之处，但他的确观察到了重要的一点：整首长诗中频繁出现的与俄国民粹党人有关的意象，实际上与“大逆事件”的关联者们相重叠。在石川啄木借阅的庭审记录中，管野须贺、新村忠雄不止一次承认过，行刺天皇的计划是对俄国民粹派1881年刺杀沙皇亚历山大二世的效仿。管野须贺在刺杀计划中承担的发送信号的任务，就是直接模仿女民意党人索菲亚·佩罗夫斯卡娅[4]1881年

---

[1] 即1962年周作人、卞立强所译《石川啄木诗歌集》中的《一勺可可》。参见止庵编订:《周作人译文全集》第八卷，上海：上海人民出版社，2012年。

[2] 即1962年周作人、卞立强所译《石川啄木诗歌集》中的《打开了旧的提包》。参见同上书。

[3] 参见近藤典彦、「長詩『はてしなき議論の後』に潜むモチーフ」、国際啄木学会编、『論集石川啄木』、第79—80頁。

[4] 索菲亚·佩罗夫斯卡娅（Sofia Perovskaya），1853年出生于圣彼得堡的俄国贵族家庭，其祖父曾出任内政部长。佩罗夫斯卡娅中学时代即接受了激进思想，16岁时离家出走。1871年，她与友人一起加入了民粹派的秘密组织柴可夫斯基小组。1870年代她积极投身“到民间去”的运动，在萨马拉和特维尔两省从事过多种工作，取得了护士和教师的资格。1874年她因参与“到民间去”活动被捕并监禁六个月，1878年再度被捕，在流放途中逃跑。1880年，她加入民意党，1881年因暗杀沙皇亚历山大二世的行为而被捕，并被判处绞刑。佩罗夫斯卡娅是俄国首位由于参与政治运动而被判处极刑的女性。暗杀沙皇行动成功后，佩罗夫斯卡娅的传奇经历成为俄国民粹派在世界范围内广泛传播的重要因素，司特普尼亚克的《地底的俄罗斯》和克鲁泡特金的自传中均有对她的记述。她也是辛亥前到“五四”时期俄国民粹派在中国最为人熟知的人物之一。1905年《民报》第2号卷首上刊登了《虚无党女杰苏菲亚肖像》。1903年任克在《浙江潮》第7号上发表的《俄国虚无党女杰沙勃罗克传》、1907年无首（转下页）

刺杀沙皇行动中的所为[1]。幸德秋水也是首个将俄国民粹派“到民间去”（V Narod）运动介绍到日本，并号召在日本开展同样运动的人[2]。

“大逆事件”发生后，石川啄木阅读了幸德秋水1906—1907年的时论合集《平民主义》，由此了解了“到民间去”（V Narod）这一口号。而在1911年1月借阅幸德秋水的自辩词和庭审记录之后，石川啄木更开始集中搜集和阅读克鲁泡特金的作品[3]，这一方面是为了进一步了解俄国民粹派的运动和历史，另一方面也是试图通过克鲁泡特金来理解幸德秋水及管野等人的思想和心态。从《无结果的议论之后》创作前一个月写作的笔记“‘V NAROD’SERIES A LETTER FROM PRISON”中，我们可以大概窥见石川啄木关联俄国民粹党人与日本“大逆事件”相关者的意图所在。石川啄木在该篇笔记的篇首全文抄录了幸德秋水的自辩词，幸德

(接上页)(廖仲恺)在《民报》第15号上发表的《苏菲亚传》，都是佩罗夫斯卡娅的传记。鲁迅1932年回忆俄国民粹派对清末中国革命党人的影响时曾说：“那时较为革命的青年，谁不知道俄国青年是革命的，暗杀的好手？尤其忘不掉的是苏菲亚，虽然大半也因为她是一位漂亮的姑娘。现在的国货的作品中，还常有‘苏菲’一类的名字，那渊源就在此。”参见《祝中俄文字之交》，《鲁迅全集》第三卷，第472页。

[1] 参见近藤典彦、「長詩『はてしなき議論の後』に潜むモチーフ」、国際啄木学会編、『論集石川啄木』、第66—67頁。

[2] 同上书，第61页。

[3] 根据近藤典彦搜集的石川啄木1910年6月至12月间阅读的社会主义和无政府主义书籍存目，这一时期石川阅读的主要还是日人的著作。而在1911年1月借阅幸德自辩词和庭审记录后，他对克鲁泡特金作品的兴趣明显增加。1月10日，石川从友人处得到了秘密出版的克鲁泡特金的《告少年》；2月23日，在已因病入院的情况下，他仍从土岐哀果处借阅了克鲁泡特金自传《一个革命家的回忆》。在5月间写作的笔记「“V NAROD” SERIES A LETTER FROM PRISON」中更直接以英文大段抄写了克氏自传的内容。参见近藤典彦、『国家を撃つもの——石川啄木』、第196—198頁；国際啄木学会編、「年譜」、『石川啄木事典』、第634頁；石川啄木、「“V NAROD” SERIES A LETTER FROM PRISON」、『石川啄木全集　第四巻　評論・感想』、東京、筑摩書房、1979年，第338—367頁。

此文的要点在于辨析无政府主义的理想是爱好自由和平、憎恶压迫与束缚，恐怖主义手段并不必然是无政府主义的伴随物，而是由特殊的、不完善的社会环境造成的。然而，从石川的编辑手记（Editor's Notes）可以看出，彼时的日本，即便是开明的、对西方知识和社会有较深了解的人，对幸德等人的境遇也并不表示同情。石川在笔记末尾摘抄克鲁泡特金自传内容，正是为了说明，虚无党并不等同于恐怖主义，所谓俄国的虚无党，实际上是一群真诚的、追求自由与平等的年轻人，试图通过自己的行动摆脱俄国社会中的各种不公和束缚。他们所从事的工作也绝不仅仅是暗杀和暴力，相反，他们为了摆脱贵族家庭奴役他人得来的奢侈生活，组成了互助小组，谋求经济独立，共渡清贫；他们积极投身"到民间去"的运动，在农村中开展医疗和教育工作，认为知识最终能够帮助农民改善被奴役的状况。而"到民间去"运动被压制，证明了对这些"不能满足于单纯的语言""必然要将言语翻译成行为"的"热诚、勇敢的人们"而言，"连言语都被禁止"的时刻到来了。在这种情况下，就不可能阻止"要以行为替代语言的人们出现"[1]。

在这个意义上，石川啄木在生前发表的六小节版《无结果的议论之后》中，选择了反复提及"到民间去"这一口号的初稿第二小节作为开篇，而直接删去了初稿第一小节，其含义就容易理解了。石川啄木虽然同情于"恐怖主义者的 / 悲哀的心"[2]，但他毫无疑问地认为，"到民间去"的运动更能体现无政府主义者 / 虚

---

[1] 参见石川啄木、「"V NAROD" SERIES A LETTER FROM PRISON」，文中引文原文为日文，中文为本书作者翻译。下同。『石川啄木全集　第四卷　評論・感想』、第359頁。

[2] 石川啄木：《一勺可可》，周作人译，止庵编：《周作人译文全集》第八卷，第183页。

无党人的理想。而日本青年们耽于“无结果的议论”“没有一个人握拳击桌 / 叫道：‘到民间去！’”[1]的情况，也造成了一般民众在面对“大逆事件”时“缺乏智识上的准备”：民众虽然绝不同情被起诉的 26 人，但对他们也没有憎恶之感；他们能感受到“大逆事件”的重要性，却欠缺把握其真实意义的能力[2]。因此，幸德秋水等人的悲剧是双重性的，日本的无政府主义者一方面并没有真正投身过“到民间去”的运动，使得民众普遍难以理解他们的行为和理想；另一方面，明治政府对无政府主义和社会主义运动的高压政策又扼杀了“到民间去”践行的空间，并最终导致了暗杀的不可避免。“到民间去”这一口号在诗中的反复出现由是构成了一个立体的意义空间，其存在一方面指向国家和知识分子（“我们”）的双重批判，另一方面，它实际又提示了在日本 1910 年前后的社会和政治现状下，“我们”的出路的渺茫——此种渺茫正是由明治政府和“我们”共同造成的[3]。

---

[1] 石川啄木：《无结果的议论之后》，周作人译，止庵编：《周作人译文全集》第八卷，第 181 页。

[2] 石川啄木、「“V NAROD” SERIES A LETTER FROM PRISON」、『石川啄木全集　第四巻　評論・感想』、第 351—359 頁。

[3] 在日本的石川啄木研究史中，晚期石川啄木的思想是否存在从社会主义朝向个人的“转回”、是否有对革命的破灭情绪，一直是一个长期争讼的问题。这一争论的核心正在于如何理解石川啄木《无结果的议论之后》初稿的第八、九小节，以及石川将长诗拆分改组为《叫子与口哨》诗集这一举动。事实上，几乎所有的研究者和评论者都承认，在《无结果的议论之后》第八、九小节，以及《叫子与口哨》诗集中新增的《家》与《飞机》两首短诗中，此前诗歌中高扬的革命情绪减弱了。为这一变化提供解释当然并非我能力所及，在此，我只想提供一个可能的视角，即如果从“到民间去”口号的反复这一结构本身指向层次的丰富性来观之，此种情绪的回落可以视作石川对现实状况清醒指认的逻辑产物，并且从一开始就与革命性的呼吁共同存在于诗歌结构中，因而不能理解为石川对革命的破灭或“思想的转回”；《无结果的议论之后》初稿的第二小节本身也不能理解为单纯的革命呼喊，应当说，此种多重的意义空间正是这首诗本身的丰富性所在。

2. “到民间去”与理想的“人”

1920年6月底，在讨论新村运动的巨大声浪中，周作人首次翻译了石川啄木的这首《无结果的议论之后》。在迄今为止的解读中，这次翻译行为普遍被理解为正倾倒于新村运动的周作人在阅读到这首诗后，深受诗中投身社会的革命热情所激励，因而对其加以翻译[1]。大体而言这一概括是符合事实的，不过仍有部分细节存在进一步探讨的空间。实际上，作为一个舆论话题的新村运动，自1919年3月由周作人首次提出以来，其引发的观感和态度也经历了很大的变化。如果说在周作人引介新村运动的初期，舆论的普遍反应还是支持和赞誉，那么当胡适于1920年1月对新村设想提出正面批评后，风向就发生了变化，对于新村的各种批评也开始逐渐增加[2]。

针对胡适的批评，周作人除第一时间做出回应之外，5个月之后的6月19日，在北京青年会对社会实进会发表的演讲《新村的理想与实际》中，他再度对胡适的质疑进行了解释。同月底，周作人翻译了《无结果的议论之后》。如果注意到这一背景，那么周作人在译后附记中所说的“十九世纪中俄国青年的‘到民间去’的运动，的确是值得佩服，不是明治时代发无结果的议论的青年所能及的。但这也只有他们自己以及俄国人才能攻击他们，我们便没有这资格。我们现在嘴里说得天花乱坠，却曾经做过什么事？”[3]

---

[1] 参见于耀明、『周作人と日本文学』、第46頁；崔琦：《感伤抒情与社会批判的变奏——石川啄木诗歌的再解读》，清华大学硕士论文，2006年。

[2] 关于新村运动在中国引发的各种反应，参见尾崎文昭在「周作人新村提唱とその波紋（下）——五四退潮期の文学状況（一）」一文中所做的总结。『明治大学教養論集』、第237号、1991年、第67—85頁。

[3] 日本石川啄木：《无结果的议论之后》，仲密译，《晨报》，1920年7月2日。

便显得别有深意：它一方面当然是周作人对自己不曾“做过什么事”的反思，另一方面，也是对关于新村的种种“无结果的议论”的含蓄反击。不过，仍须追问的是，周作人此处作为理想提出的“到民间去”，到底具体指什么？或者说，周作人自认不曾做过，却又应当做的，究竟是“什么事”？

表面上看来，周作人似乎是在反思自己空言过多而参与切身实践不足；但值得注意的是，1919年到1920年恰恰是周作人一生当中最为热情地直接参与社会活动的时期。五四运动时，周作人正在日本，听到消息后迅速归国，6月3日作为北京大学代表与刘半农、王星拱等人共往第三院法科慰问被捕学生，14日又以北大代表的名义前往警察厅探访被捕的陈独秀。同年底，周作人参与发起组织工读互助团，与陈独秀、李大钊、胡适、蔡元培等联名发表《工读互助团募款启事》，并为工读互助团捐款10元，后来又多次参加工读互助团的会议并在会上发表演讲。1920年3月1日，周作人宣布成立新村北京支部，自己主持支部一切活动，接洽关于新村的各种事务，包括介绍前往日本考察、代办旅行手续。1920年6月初，应蔡元培之邀，周作人为自进学校作校歌一首[1]。这些活动固然带有浓厚的书斋气味，或可在知识分子私人交往的层面来进行理解，但周作人在1920年6月底用“到民间去”这一“别人的皮鞭”“来打自己的背脊”[2]后，也并无增加参与社会活动密度或深度的痕迹。那么在这个意义上，到底应当如何理解周作人所谓的“到民间去”？

一个自然的理解进路当然是周作人对无政府主义和民粹主义

[1] 以上参见张菊香、张铁荣编：《周作人年谱（1885—1967）》，天津：天津人民出版社，2000年，第144—160页。

[2] 日本石川啄木：《无结果的议论之后》，仲密译，《晨报》，1920年7月2日。

的接受脉络。实际上，无论是在关注时间上还是理解深度上，周作人对无政府主义和俄国民粹派的了解于其同辈人中都可谓突出。1906年9月，周作人东渡日本，彼时正值在日中国革命党人对俄国无政府主义和民粹主义兴趣高涨之际，《民报》上登载了大量相关文章[1]，国内的“虚无党小说”也流行一时。与革命党人过从甚密、关心文学的周氏兄弟对这些情况无疑是非常了解的。事实上，周作人在赴日前夕翻译的俄国小说《一文钱》，其作者斯谛勃鄂克[2]，正是《地底的俄罗斯》的作者、著名民粹党人司特普尼亚克。在1907年的《读书杂拾》、1909年的《〈域外小说集〉著者事略》中，都有周作人为司特普尼亚克写作的小传[3]。1907年，周作人在刘师培主办的无政府主义刊物《天义报》上发表了《论俄国革命与虚无主义之别》，其主要内容实际上是在摘译克鲁泡特金自传[4]的基础上再加以发挥而成。该文不仅对此时流俗所谓的“虚无党人”一语的真实来源和含义进行了澄清，将其与恐怖主义、革命者区分开来，而且简明地勾勒了俄国从19世纪中叶到1905年革命的历史[5]，民粹派“到民间去”（V Narod）的运动也包括在内，此时被周作人

---

[1] 据笔者不完全统计，《民报》1906—1907年与俄国无政府主义及民粹主义相关的文章就有如下8篇：劈斋《一千九百〇五年露国之革命》（第3、7号，1906年）、悬解《论社会革命当与政治革命并行》（第5号，1906年）、渊实《无政府主义之二派》（第5号，1906年）、渊实《无政府主义与社会主义》（第9号，1906年）、渊实《虚无党小史》（第11、17号，1907年）、无首《苏菲亚传》（第15号，1907年）、无首《巴枯宁传》（第16号，1907年）、吴樾《吴樾遗书》（《天讨·民报临时增刊》，1907年）。

[2] 《一文钱》后收入《域外小说集》第二集时，原作者名字译成“斯蒂普虐支部”；1917年重刊于《叒社丛刊》时，又译为“斯谛普虐克”。

[3] 小传中已经涉及了司特普尼亚克早年参与“到民间去”运动的情况。参见周作人：《读书杂拾（四）斯谛勃咢克》《〈域外小说集〉著者事略》，钟叔河编：《周作人散文全集1（1898—1917）》，第68—69、152页。

[4] 有趣的是，这篇文章摘译的克鲁泡特金自传部分，实际上与石川啄木1911年的笔记「“V NAROD” SERIES A LETTER FROM PRISON」中摘抄的克氏自传内容重合。

[5] 尽管并未直接出现无政府主义、民粹主义或相近词语。

译为“趣民间”[1]。克鲁泡特金自传也是对俄国民粹派“到民间去”活动所作最为清楚的一手记录之一。1908年的《民报》第24号上，周作人又从克鲁泡特金的《在英法狱中》一书中翻译了《西伯利亚纪行》。从这些事实来看，周作人对民粹派运动的了解，无论是从时间长度还是从内容深广度来看，都远超李大钊。此外，1910—1911年“大逆事件”发生时，周作人也身在日本。据其晚年回忆录记载，他是1911年1月24日从报纸号外上得知这一事件的，此事的发生对他是“一个很大的刺激”[2]。

在现有的学术讨论中，关于周作人早年接受无政府主义和民粹主义影响的主流观点，是将这一倾向与周作人“五四”时期的思想特征进行勾连，认为其构成了周作人“五四”时期接受新村理想的思想基础[3]。不过，在日时期的周作人对无政府主义和民粹主义思想的接受多大程度上是他自己的选择，又在多大程度上可与其之后的思想动向视作一个连贯的发展过程，是值得进一步辨析的。根据周作人晚年的回忆，《论俄国革命与虚无主义之别》实际上是鲁迅嘱其节译改写的[4]；从周作人后来对克鲁泡特金的引

---

[1] 周作人：《论俄国革命与虚无主义之别》，钟叔河编：《周作人散文全集1（1898—1917）》，第80页。

[2] 周作人：《知堂回忆录》（上），北京：北京十月文艺出版社，2011年，第312—314页。

[3] 参见钱理群：《周作人传》，北京：华文出版社，2013年，第110—111页；孟庆澍：《从女子革命到克鲁泡特金——〈天义〉时期的周作人与无政府主义》，《汕头大学学报（人文社会科学版）》2005年第1期，第37—38页。

[4] 参见周作人：《鲁迅与日本社会主义者》，钟叔河编：《周作人散文全集12（1952—1957）》，第678页。1926年鲁迅也曾提到：“中国人先前听到俄国的‘虚无党’三个字，便吓得屁滚尿流，不下于现在之所谓‘赤化’。其实是何尝有这么一个‘党’；只是‘虚无主义者’或‘虚无思想者’却是有的，是都介涅夫（I. Turgeniev）给创立出来的名目，指不信神，不信宗教，否定一切传统和权威，要复归那出于自由意志的生活的人物而言。”可见鲁迅对克鲁泡特金的这一段叙述和澄清的印象是深刻的。参见鲁迅：《马上支日记》，《鲁迅全集》第三卷，第345—346页。

用来看，他无疑也更重视后者在文学上的见解[1]。虽然周作人在日本亲身经历了“大逆事件”带来的冲击，不过此事对周作人产生的影响也并不像在石川啄木身上一般直接。周作人首次在文章中提及“大逆事件”，已是十二年后的1923年[2]；查考其1911年5月归国后的日记，亦难找到可能与此事直接相关的阅读动向或他种证据。

事实上，与俄国无政府主义相关的思想元素再度在周作人的阅读写作中集中出现，已是周作人到北京之后的事。1917年4月初，周作人从故乡绍兴来到北京，进入北京大学工作，随后立即在处于政治旋涡中心的北京经历了张勋复辟。此事让周作人“深深感觉中国改革之尚未成功，有思想革命之必要”[3]。而次月钱玄同的来访，除开促成了鲁迅写出《狂人日记》外[4]，也使得几年来一直“卧治”绍兴、耽于搜集阅读“神话传说、童话儿歌”等“民间故事”[5]的周作人再度开始了绍介西方文学的工作[6]。“文章或革，思想得舒，国民精神进于美大”[7]，这既是周作人留日时期的

---

[1] 如在1921年的《圣书与中国文学》、1922年的《诗的效用》中，都提及了克鲁泡特金对于托尔斯泰文学观念的修正。参见周作人：《圣书与中国文学》《诗的效用》，钟叔河编：《周作人散文全集2（1918—1922）》，第300、522—523页。

[2] 参见周作人：《有岛五郎》，钟叔河编：《周作人散文全集3（1923—1924）》，第181页。

[3] 周作人：《知堂回忆录》（下），第406页。

[4] 鲁迅：《〈呐喊〉自序》，《鲁迅全集》第一卷，第440—441页。

[5] 周作人：《知堂回忆录》（上），第358页。

[6] 查周作人日记，钱玄同于1917年8月9、17、27日三次来访。9日，“钱玄同君来访”“谈至晚十一时去”。11日，周作人“译显克微支小说一章，全书凡十章”。15日，“译显克微支第二章了”。17日，“晚玄同来谈，至十一点半去”。20日，周作人开始写作《小说丛话》，其篇首如此自陈：“丁巳暑假，旅居无事，客来辄坐槐荫下谈小说，退而记之。”《小说丛话》第一篇即为《显克微支》。参见鲁迅博物馆藏：《周作人日记》（影印本）上册，郑州：大象出版社，1996年，第686—688页；钟叔河编：《周作人散文全集1（1898—1917）》，第503页。

[7] 周作人：《论文章之意义暨其使命及中国近时论文之失》，钟叔河编：《周作人散文全集1（1898—1917）》，第115页。

文学理想，也是其“五四”时期以文学方式开展“思想革命”的逻辑起点。周作人1918年被武者小路实笃的《一个青年的梦》打动，正是因为这一文本试图以文学“感得痛切不过”的力量，来促使“人民自求积极的平和”[1]；同时，也是在《读武者小路君所作〈一个青年的梦〉》中，周作人再次提到了“到民间去”——并且不是在讨论俄国民粹派行动的意义上，而是用这一词语来描述托尔斯泰及其弟子们的态度：

> 至于解决的方法，他们也不一致：Tolstoj提倡无抵抗主义，实行当时口号“V Narod”（到民间去）这一句话；亲自种田斫木，做皮鞋去了。Garshin想拔去“红花”（一切罪恶的象征），拔不掉，自己从楼上跳下来死了。Andrejev随后做了一部小说《七个绞罪犯》，看了又是要出冷汗的书。Kuprin作了半部小说，名叫一个“坑”字，现在不晓得下卷出了没有，其中是讲娼妓生活的。这两个人的意见，大约都是抱定一个“人”字，彼此都是个“人”，此外分别，都是虚伪，如此便没有什么事不可解决，这是最乐观的思想。但是“人类互相理解”，怎样能够做到呢？答语大约也是说“V Narod！”他们两个人本来也是Tolstoj派的人！[2]

这一段文字中有几个地方值得注意。首先，在欧洲发生的第一次世界大战形势，构成了整篇文章写作的大背景，尤其是1917年底俄国发生革命并随之退出战争、与德国单独媾和，是包括周

[1] 周作人：《读武者小路君所作〈一个青年的梦〉》，钟叔河编：《周作人散文全集2（1918—1922）》，第29页。

[2] 同上书，第27—28页。

作人在内的《新青年》同人们均深切关心的[1]。周作人尤为赞赏俄国退出战争的举动，这也是他在讨论日本文学作品《一个青年的梦》之前，特别要提到俄国和俄国文学的原因。但与于1918年底接受了布尔什维克革命观念的李大钊不同，周作人并不从帝国主义争斗的角度来理解“一战”的不义性，相反，他将“一战”与国内的军阀混战，乃至克里米亚战争、日俄战争等同观之，都认作是国家主义思想作祟，应当从思想上加以破除[2]。托尔斯泰及其弟子们的文学和思想因而构成了可能完成这一思想反战任务的手段。其次，严格说来，尽管托尔斯泰与俄国民粹派都认为农村是俄国政治和经济变革的关键，但托尔斯泰本人与民粹派的主张和行动实际上并无干涉。考虑到周作人对于俄国民粹派的了解程度，此处周作人将“到民间去”嫁接到托尔斯泰派身上，就不能简单被当作“误读”，而是反映了周作人在全新的历史条件下对“到民间去”口号本身的理解和把握方向。在周作人看来，“到民间去”是托尔斯泰派的文学家们意图“达成人类互相理解”，进而消除人与人之间的“分别”“虚伪”，并最终消灭战争的方式；而在托尔

---

[1] 周作人1918年1月在《新青年》上发表的第一篇译作《陀思妥耶夫斯奇之小说》，开篇即言：“近来时常说起俄祸。倘使世间真有俄祸，可就是俄国思想。如俄国舞蹈、俄国文学皆是。我想此种思想，却正是现在世界上，最美丽最要紧的思想。”同月的日记也有周作人从日本的书店购买《托尔斯泰人道主义》（『トルストイ人道主義』）与《虚无思想的研究》（『虚無思想ノ研究』）两书的记录。周作人可能希望通过自己较为熟悉的文学以及与此前革命深有联系的虚无党运动，来理解俄国发生革命以及退出战争的动机。1918年4月26日周作人日记中载：“上午往校，访蔡先生，说明年往俄事。”访俄之事当然未成，不过这也显示出此时周作人对革命后的俄国状况有极大兴趣，甚至考虑过亲自探访。参见周作人译：《陀思妥耶夫斯奇之小说》，《新青年》第四卷第一号，1918年1月，第45页；鲁迅博物馆藏：《周作人日记》（影印本）上册，第728—729、746页。

[2] 参见周作人：《读武者小路君所作〈一个青年的梦〉》，钟叔河编：《周作人散文全集2（1918—1922）》，第26—28页。

斯泰那里，它又直接体现为去到乡村“种田斫木”“做皮鞋”等体力劳动。

很明显，周作人虽然推重托尔斯泰派的“彼此都是个‘人’，此外分别，都是虚伪”的观念，但对于他们“到民间去”式的直接践行却并不完全满意。这不仅体现在嗣后周作人直接表示托尔斯泰“专重‘手的工作’，排斥‘脑的工作’，又提倡极端的利他，没杀了对于自己的责任”❶，而且他深深触动于武者小路实笃著书以感人这一行为，此时的周作人也更看重用文学或思想来促人觉醒的方式。

同年底，以写作《人的文学》为开端，周作人试图更进一步从理论上将托尔斯泰派论述中的“人”之概念的各方面逻辑推到极致，来解决“人类如何互相理解”的问题。关于此一理想的“人”之概念，现有研究已多有阐发，我在此不做详述；概括言之，这一设想包含以下几个要素：第一，人类的正当生活应当是“灵肉一致的生活”❷；所谓灵肉一致，指的是“人类以动物的生活为生存的基础，而其内面生活，却渐与动物相远，终能达到高上和平的境地”❸。第二，因为“彼此都是人类，却又各是人类的一个”，“所以须营一种利己而又利他，利他即是利己的生活”。此种生活在物质上应“各尽人类所及，取人事所需”，在道德上则须“革除一切人道以下或人力以上的因袭的礼法”❹。第三，周作人将“个人”作为其“人道主义”的出发点。因为“人类中有了我，与我相关的缘故”，个人必然会爱人类。而要做到这一点，“个人”

---

❶ 周作人:《日本的新村》，钟叔河编:《周作人散文全集 2（1918—1922）》，第 134 页。

❷ 周作人:《人的文学》，钟叔河编:《周作人散文全集 2（1918—1922）》，第 87 页。

❸ 同上书，第 86—87 页。

❹ 同上书，第 87—88 页。

首先又需要“使自己有人的资格，占得人的位置”[1]。

尽管在灵肉一致、互助生活等层面上，周作人的理想人类生活与李大钊的“庶民”观念多有相似之处[2]，但正如木山英雄所言，周作人相信“‘个人’与‘人类’之间具有一种无媒介的一贯性”[3]，谋求个人的完满即可以直接导向人类间相互关系的圆融。这一特征将周作人的设想与李大钊彻底区分开来。周作人因而否弃了“宗族、乡党乃至民族、国家”[4]等一切现有的群体形态，只认可在完满实现的理想个人生活基础上的群体联合。这也构成了他超克国家主义和战争的独特的“思想革命”。但与此同时，在此意义上，不仅“到民间去”式的实践失去了必要性，连其设想中文学的意义和形态也发生了变化。

如果说周作人从晚清以来始终坚持文学具有“移人情”“救精神之衰”[5]的能力，也即是说，群体联合的可能和对现世的超越被寄托于文学的创造性之上；那么在理想的“人”之理念映照下，文学则被转化为“用这人道主义为本，对于人生诸问题，加以记录研究的文字”[6]，其作用或者在于正面摹写“理想生活”，或者在于丈量理想和现实间的差异[7]。在《平民的文学》中，周作人将“真挚”“普遍”定为平民文学的两大美学要素[8]，但这二者的达

---

[1] 周作人：《人的文学》，钟叔河编：《周作人散文全集 2（1918—1922）》，第 88 页。

[2] 这些相似之处可能也使得李大钊成为《新青年》同人中对新村运动最为热心的支持者。参见钱理群：《周作人传》，第 187—188 页。

[3] 木山英雄：《周作人——思想与文章》，《文学复古与文学革命》，赵京华编译，北京：北京大学出版社，2004 年，第 92 页。

[4] 同上书，第 93 页。

[5] 周作人：《论文章之意义暨其使命及中国近时论文之失》，钟叔河编：《周作人散文全集 1（1898—1917）》，第 113、115 页。

[6] 周作人：《人的文学》，钟叔河编：《周作人散文全集 2（1918—1922）》，第 88 页。

[7] 同上书，第 88 页。

[8] 周作人：《平民的文学》，钟叔河编：《周作人散文全集 2（1918—1922）》，第 102 页。

成，实际上也是实现理想的人类生活和伦理后的自然产物[1]。文学的创造性及其连接人类能力的规模和限度，已经被“人”之理想预先规定了。如此一来，周作人转向从现实层面上谋求人的理想生活和群体联合的新村运动，也就是自然而然的了。

3. 群鬼再来与“到民间去”的转向

从1918年10月周作人首次致信日本的新村总部，到1920年底为《民国日报》之《批评》副刊《新村号》撰文，这一时间段大致构成了周作人早期重要的“新村”时期。关于周作人介入并在中国宣传新村运动的前后细节，学界已多有研究，我在此不做赘述[2]。根据日本学者尾崎文昭的整理，1919年11月，伴随着《访日本新村记》《游日本杂感》《答袁濬昌君》等与新村运动相关的文章陆续在《新青年》上发表，周作人开始收到全国各地的读者来信。而作为上海进步媒体中心的《民国日报·觉悟》刊载周作人在天津的演讲《新村的精神》，则进一步将其社会名声推向高峰[3]。这一时期，作为少年中国学会中心人物的王光祈在《时事新报》副刊《学灯》和《少年中国》杂志上主动开始了新村讨论。由于新村运动与陈独秀、李大钊主导下的工读互助团运动在构想上有类似和重合之处，同时又因为少年中国学会及其周边学生组

---

[1] “既不坐在上面，自命为才子佳人，又不立在下风，颂扬英雄豪杰，只自认是人类中的一个单体，浑在人类中间，人类的事，便也是我的事。我们说及切己的事，那时心急口忙，只想表出我的真意实感，自然不暇顾及那些雕章琢句了。”同上书，第104页。

[2] 参见董炳月：《周作人与〈新村〉杂志》，《中国现代文学研究丛刊》1998年第2期；尾崎文昭、「周作人新村提唱とその波紋（上）——五四退潮期の文学状況（一）」、『明治大学教養論集』、第207号、1988年；尾崎文昭、「周作人新村提唱とその波紋（下）——五四退潮期の文学状况（一）」、『明治大学教養論集』、第237号、1991年。

[3] 参见尾崎文昭、「周作人新村提唱とその波紋（上）——五四退潮期の文学状況（一）」、『明治大学教養論集』、第207号、1988年、第132頁。

织在思想和行动上与李大钊的密切关联，这些讨论基本都对新村抱持肯定态度❶。

对周作人的新村设想展开正面批判的则是同为《新青年》同人的胡适。1920 年 1 月 15 日，胡适在《时事新报》上发表了题为《非个人主义的新生活》的演讲记录，直指周作人的设想是"'独善的个人主义'的一种"，认为其本质是"不满意于现社会，却又无可奈何，只想跳出这个社会去寻一种超出现社会的理想生活"❷。持平而论，胡适对周作人的思考有误解之处，正如嗣后周作人自己澄清的一样，周氏设想中的改革个人与改造社会并不"分为两段"，新村生活的目标当然也不止于"独善其身"❸。至于胡适作为其"非个人主义的新生活"之范本提出的"贫民区域居留地"运动（Social Settlements），似乎也不免有周作人此前批判过的"慈善主义"之认可富贵人与贫贱人分别之弊❹，新村生活欲贯彻的平等的人类观本来就含有对其进行克服的意图❺。但胡适仍然在不经意间提出了一个周作人难以回答的问题：

---

❶ 参见尾崎文昭、「周作人新村提唱とその波紋（下）——五四退潮期の文学状況（一）」、『明治大学教養論集』、第 237 号、1991 年、、第 68—72 頁。

❷ 胡适：《非个人主义的新生活》，欧阳哲生编：《胡适文集》第二卷，北京：北京大学出版社，1998 年，第 565 页。

❸ 参见周作人：《新村运动的解说》，钟叔河编：《周作人散文全集 2（1918—1922）》，第 211—212 页。

❹ "慈善这句话，乃是富贵人对贫贱人所说，正同皇帝的行仁政一样，是一种极侮辱人类的话。"参见周作人：《平民的文学》，钟叔河编：《周作人散文全集 2（1918—1922）》，第 105 页。

❺ "贫民救济的视野，本也可以说是很好的事，在英美固然已经行了数十年，便是日本的政府与富翁近来也有类似的计画发起，但社会上对于这些恩惠终于还不能满足，到处有不安的现象，新村运动的人便想将人的生活从根本上改革，使富翁与贫民都变成一样的'人类'，这主义似乎迂远，但也是解决现在不合理的生活的问题的一个法子。"参见周作人：《新村运动的解说》，钟叔河编：《周作人散文全集 2（1918—1922）》，第 213 页。

> 可爱的男女少年！我们的旧村里我们可做的事业多得很咧！村上的鸦片烟灯还有多少？村上的吗啡针害死了多少人？村上缠脚的女子还有多少？村上的学堂什么样子？村上的绅士今年卖选票得了多少钱？村上的神庙香火还是怎样兴旺？村上的医生断送了几百条人命？村上的煤矿工人每日只拿到五个铜子，你知道吗？村上多少女工被贫穷逼去卖淫，你知道吗？村上的工厂没有避火的铁梯，昨天火起，烧死了一百多人，你知道吗？村上的童养媳妇被婆婆打断了一条腿，村上的绅士逼他的女儿饿死做烈女，你知道吗？❶

胡适以极富感染力的语言描述的，是这一时期中国乡村严峻的社会实景。此一现实的存在，不仅衬托出了新村计划的过度高蹈，更展现了乡村在文化、教育、风俗上的保守性乃至残酷性，也正是包括周作人在内的新青年同人们几年来致力于攻击和改造的对象。在这个意义上，周作人也不得不承认其设想的“迂远”，并为自己“不能实行”“单是坐在这里随喜赞叹那实行的别人”而表示“惭愧”❷。与此同时，由胡适点明的中国乡村现实状况又使得周作人对自身设想的一个关键环节产生了怀疑：新村运动要谋求最终的成功，而不仅仅止于一种隐逸的行为，其所依赖的是“无论贵贱贫富，一样都是同类的人”的观念，相信“同类相待的和平的方法”能够“唤醒他们来，共同造起地上的乐园”❸。此种信念当然本就与周作人相信个人到人类可以实现无媒介的贯通这一观点一脉相承，

---

❶ 胡适：《非个人主义的新生活》，欧阳哲生编：《胡适文集》第二卷，第572页。

❷ 周作人：《新村运动的解说》，钟叔河编：《周作人散文全集2（1918—1922）》，第213—214页。

❸ 同上书，第213页。

但“同类相待的和平的方法”在多大程度上适用、能否唤醒所有的人，却是一个未经讨论的问题。6个月之后，在对社会实进会所做的演讲中，周作人首次承认了这一逻辑当中可能存在的问题：

> 总之新村的人不满足于现今的社会组织，想从根本上改革他……第一，他们不赞成暴力，希望平和的造成新秩序来。第二，他们相信人类，信托人间的理性，等他醒觉，回到正路上来。譬如一所破屋，大家商量改造，有的主张顺从了几个老辈的意思，略略粉饰便好，有的主张违反了老辈的意思，硬将屋拆去了，再建造起来。新村的人主张先建一间新屋，给他们看，将来住在破屋里的人见了新屋的好处，自然都会明白，情愿照样改造了。要是老辈发了疯，把旧屋放火烧起来，那时新屋怕也要烧在里面，要是大家极端迷信老辈，没有人肯听劝告自己改造，那时新村也真成了隐逸的生活，不过是独善其身罢了。但他不相信人类会如此迷顽的，只要努力下去，必然可以成功。这理想的、平和的方法，实在是新村的特殊的长处，但同时也或可以说是他的短处，因为他信托人类，把人的有几种恶的倾向轻轻看过了。可是对于这个所谓短处，也只有两派主义的人才可以来非难他，这就是善种学（Eugenics）家与激烈的社会主义者。我相信往自由去原有许多条的路，只要同以达到目的为目的，便不妨走不同的路。方才所说的两派与新村，表面很有不同，但是他们的目的是一样的，都是想造起一种人的生活，所以我想有可以补足的地方，不过我是喜欢平和的，因此赞成新村的办法罢了。[1]

---

[1] 周作人:《新村的理想与实际》，钟叔河编:《周作人散文全集2（1918—1922）》，第243页。

尽管周作人并不承认广义的人类和个人之间的一切群体形式，但经由胡适的提醒，现实存在的“老辈”及其追随者们却不得不在周作人的思想视野中浮现出来。“老辈”们所代表的现有群体形式的指向性是模糊的，其指向可能从宗族、乡党一直延伸至民族、国家；但“老辈”们所抱有的“迷顽”和“恶的倾向”成了阻碍“人间的理性”发生作用的关键，这一点却是明晰的。在此，周作人设想的“思想革命”遭遇了“思想”的限度。然而，周作人此时既不能放弃理想之“人”的设想，又不能满足于胡适所提出的慈善主义式的解决方案，因而他只能暂时寄希望于善种学（今译优生学）和社会主义来解决这一问题。根据坂元弘子的研究，“五四”前后在中国传播的优生学话语一方面与恋爱、夫妇关系、家庭模式等女性解放议题相关，另一方面，则关系到社会卫生和生殖医学领域的人口、生育控制等问题[1]。周作人所谓的以善种学对抗“老辈”们，其意当然在后者。“激烈的社会主义”则更明确地指向了以暴力革命重建社会的方式。

周作人对社会实进会的演讲《新村的理想与实际》作于1920年6月19日。约十天后，周作人即在《晨报》上首次发表了其所翻译的石川啄木诗《无结果的议论之后》。在这个意义上，《新村的理想与实际》构成了周作人翻译该诗的重要背景。这两个文本之间的关联至少可以从两个方面来观察：首先，《无结果的议论之后》原诗一个重要的批判指向，是知识分子耽于空谈，没有“到民间去”；而对于承认了“老辈”们作为新村理想实现之障碍的周作人而言，“老辈”所代表的“迷顽”“恶”正构成了被其所忽

[1] 参见坂元弘子：《近代中国的优生话语》，阎小妹译，王笛主编：《时间·空间·书写》，杭州：浙江人民出版社，2006年，第190页。

视的“民间”现实。事实上，就在《新村的理想与实际》发表次日，周作人还写作了一首新诗《愚人的心算》，这首诗中暗讽的民众的因袭、帝王思想、自以为是[1]，均可在后来周作人对于民间的批判文字中找到。在这个意义上，周作人自陈翻译石川啄木该诗“以借别人的皮鞭，来打自己的背脊”[2]，在敦促知识分子投入实际行动的意义之外，还包括了自己对民间现状重要性认知不足的知识和思想上的反省。其次，如前所述，《无结果的议论之后》作为石川啄木走向激进的转折点，其与社会主义运动之间的关联性是清晰的。这一点尽管在周作人 1920 年翻译的这一小节中体现得并不明显，但作为译者的周作人毫无疑问对此心知肚明。根据周作人诗后所附译记，该诗译自生田春月选编的《日本近代名诗集》[3]；而该本诗集中同样也选入了《叫子与口哨》诗集的其他作品[4]，《一勺可可》中甚至直接出现了“恐怖主义者 / 的悲哀的心”

[1] 仲密：《愚人的心算》，《晨报》，1920 年 6 月 27 日。

[2] 日本石川啄木：《无结果的议论之后》，仲密译，《晨报》，1920 年 7 月 2 日。

[3] 同上。

[4] 生田春月所编《日本近代名诗集》原书笔者暂时未能看到，不过根据间接证据，基本可以证明书中确有收入《叫子与口哨》诗集中的其他作品。据周作人日记，周作人首次购入的石川啄木诗集，是收有石川全部诗作的《啄木全集》第三卷，时间在 1921 年 11 月。而在此之前，他已经在《新青年》第九卷第四号上发表了《无结果的议论之后》以外的四首石川啄木诗，全部来自《叫子与口哨》诗集。经查周作人日记，在此之前，在日本现代诗集方面，除《日本近代名诗集》，周作人只购入过一本诗话会编《日本诗集》，其中并未收录石川啄木的作品。这些情况可以间接证明，1921 年 8 月周作人在《新青年》第九卷第四号《杂译日本诗三十首》中发表的其他四首石川啄木诗，都来自生田春月编辑的《日本近代名诗集》。生田春月本人实际上也是一个无政府主义者，著有《虚无思想的研究》(『虚無思想ノ研究』)，周作人 1918 年 1 月曾购入此书。在生田春月编辑的日本现代诗集中，大篇幅收入了与“大逆事件”有关的石川啄木诗集《叫子与口哨》中的作品，因而是不难理解的。参见鲁迅博物馆藏：《周作人日记》(影印本)上册，第 797 页；《周作人日记》(影印本)中册，第 81—82、217 页。

这样的诗句。对于直接在日本经历过“大逆事件”的周作人而言，这些诗作当中的指涉当然不难明白。在这个基础上，周作人翻译《无结果的议论之后》这一行为，本身就蕴含了以走向激进的社会主义道路来扫除“老辈”们的意图。

4. 民间、学术与文艺

如何处理“民间”的存在因而成为嗣后周作人思考中一个非常重要的话题。然而，对这一时期的周作人而言，所谓处理本身就可能包含两个面向：其一是从思想和认知上加以清理，其二是从实践层面上进行对抗。

第一个方向的脉络在此后周作人的写作和思想中的痕迹是清晰的。《无结果的议论之后》刊登后不到一个月，周作人即发表了《乡村与道教思想》，在这篇文章中，周作人运用其从东京时期即开始涉足和关注的英国人类学和民俗学方法，展开了对弥漫于乡村中的道教思想的批判。根据赵京华的总结，周作人在日期间曾经接受过两种不同的处理“民间”的民俗学思想脉络，西洋一脉主要以弗雷泽（James George Frazer）、安德鲁·朗（Andrew Lang）等英国文化人类学为代表，其着意之处在于“考察民俗习惯以及原始部落的野蛮习俗，解释文明社会的历史进程”，周作人则将其作为考察社会进化和改造国民性的手段[1]。在《乡村与道教思想》中，周作人要挖掘和鞭挞的，正是道教思想的原始性、野蛮性对“改造社会的人”[2]所起到的反作用。

需要澄清的是，周作人使用英国文化人类学方法来批判国民

---

[1] 赵京华：《周作人与柳田国男》，《鲁迅研究月刊》2002年第9期，第33—36页。

[2] 周作人：《乡村与道教思想》，钟叔河编：《周作人散文全集2（1918—1922）》，第246页。

性，并不自《乡村与道教思想》始，在1918年底到1919年初发表于《新青年》上的几篇《随感录》[1]中，这一方式已经有所显露。但《乡村与道教思想》与前作的微妙差异在于，如果说《随感录》几篇的批判都有明确的论战性和具体的指向对象，使得抽象的文化批判依旧能够落实到具体而微的事件和语境中去，那么《乡村与道教思想》所做出的诊断和批判则都是宏观性的，“乡村”和“道教”构成了被判定和估量的整体，“拜物教”、“精灵崇拜”、相信“命”与“气运”的迷信[2]，都成为“乡人的思想”的结构性问题，需要得到全盘清理。“乡村”或“民间”因而作为一个不依附于事件与行动的独立空间被凸显出来，而在周作人看来，其存在的结构本身，就已经构成了社会改造的障碍。

不过，仍须注意的是，周作人虽然将民间的旧思想与“改造社会的人”放置在对立的关系之中，却并没有最终导向知识分子/民众两分的阶层化理解模式；相反，他很快将这一负面性的民间存在与国民性问题连接起来。这不仅体现在他要将在“民众文学”中所发现的“妥协、顺从，对于生活没有热烈的爱着，也

---

[1] 《随感录》三十七、三十八、四十二、四十三等若干篇章究竟出自鲁迅还是周作人之手，长期以来一直是一个争讼不休的话题。近年的学界研究普遍承认《热风》集中确有杂入周作人作品，至于具体哪些篇目可被认定，则仍无定论。大体上，三十七、三十八、四十二、四十三这四篇为周作人所作，较被广泛接受。钟叔河所编《周作人散文全集》（2009）和王世家、止庵所编《鲁迅著译编年全集》（2009）均将这四篇认作周作人作品，并做了相应的收录和说明。相关讨论参见余斌：《妄测》，孙郁、黄乔生主编：《回望周作人2·周氏兄弟》；张菊香：《鲁迅周作人早期作品署名互用问题考订》，孙郁、黄乔生主编：《回望周作人2·周氏兄弟》；汪卫东：《周氏兄弟〈随感录〉考证》，《〈中国现代文学研究丛刊〉30年精编：文学史研究·史料研究卷》，上海：复旦大学出版社，2009年；汪成法：《论〈鲁迅全集〉中的周作人文章》，《现代中文学刊》2012年第3期。

[2] 周作人：《乡村与道教思想》，钟叔河编：《周作人散文全集2（1918—1922）》，第245—246页。

便没有真挚的抗辩”推至“中国极大多数的人”[1]，而且他也通过中俄两国文学的比较，再度确证了中国平民中普遍存在的官僚思想、排外、对于苦痛的赏玩和怨恨态度等缺陷[2]。国民性批判当然有其粗陋直断之处，但周作人将“民间”的问题与国民性连接起来，至少产生了两个层面的结果：其一，由于这些问题属于包括知识分子在内的全体国民，周作人因而在面对民众时，并不抱有一种简单、自信的启蒙姿态，相反，他还要时时在知识分子们主导的行动中，发见国民性鬼魂之再来。其二，对周作人、鲁迅等“五四”一代而言，国民性批判本是不能与国民性改造离析而言的；与此同时，文学又始终被设想在国民性改造中处于极其重要的地位。因此，如果说在醉心于新村和“人”之理想的时期，周作人一度用理想的“人”的理念规定了文学的边界和能力，那么当“民间”的问题作为理想的对立面以及负面的国民性特征凸显出来之时，这里又留下了让文学重新回到超越性、连接性力量的空间。

另一方面，在思想和认知上对“民间”理解的进一步深入，尤其是对“民间”负面性的指认，逻辑上似乎应该引导周作人走向第二个方向，即实践意义上的对抗。然而事实上，周作人却陷入了更深一层的思想上的混乱。1920年底，周作人罹患肋膜炎，直至次年9月方康复。身体上的病痛似乎成了周作人精神危机的导火索，在这一时期写作的诗歌、文章中，周作人不止一次表达了他的惶惑：

> 荒野上许多足迹，

---

[1] 周作人：《民众的诗歌》，钟叔河编：《周作人散文全集2（1918—1922）》，第271页。

[2] 周作人：《文学上的俄国与中国》，钟叔河编：《周作人散文全集2（1918—1922）》，第263—265页。

指示着前人走过的道路，

……

这许多道路究竟到一同的去处么?

我相信是这样的。

而我不能决定向那一条路去，

只是睁了眼望着，站在歧路的中间。❶

在给孙伏园的信中则说得更清楚：

我近来的思想动摇与混乱，可谓已至其极了，托尔斯泰的无我爱与尼采的超人，共产主义与善种学，耶佛孔老的教训与科学的例证，我都一样的喜欢尊重，却又不能调和统一起来，造成一条可以行的大路。❷

精神危机的核心实际上在于周作人不能决定以什么样的方式来处理“民间”。在此，“民间”所内含的负面性不仅构成了理想实现的障碍，更关键是，周作人自己在面对“民间”时，也感到无法再坚持平等、理想相待的逻辑，他“不能爱”：

师只教我爱，不教我憎，

但我虽然不全憎，也不能尽爱。

爱了可憎的，岂不薄待了可爱的?

农夫田里的害虫，应当怎么处?

---

❶ 周作人:《歧路》,《周作人自编集 · 泽泻集 过去的生命》，北京：北京十月文艺出版社，2011 年，第 23 页。

❷ 周作人:《山中杂信一》，钟叔河编:《周作人散文全集 2（1918—1922)》，第 339 页。

……

为了稻苗，我们却将怎么处？[1]

我们说爱，

爱一切众生，

但是我——却觉得不能全爱。

……

我不能爱那苍蝇。

我憎恶他们，我诅咒他们。

大小一切的苍蝇们，

美和生命的破坏者，

中国人的好朋友的苍蝇们啊！

我诅咒你的全灭，用了人力以外的，

最黑最黑的魔术的力。[2]

由托尔斯泰而来的“人”的理想因而发生了动摇。但与此同时，周作人也无法真正走上善种学或社会主义的道路：

荆棘丛里有许多小花，

长着憔悴嫩黄的叶片。

将他移在盆里端去培植么？

拿锄头来将荆棘掘去了么？

阿，阿，

---

1. 周作人：《爱与憎》，《周作人自编集·泽泻集 过去的生命》，第12页。
2. 周作人：《苍蝇》，《周作人自编集·泽泻集 过去的生命》，第25—26页。

倘使我有花盆呵！

倘使我有锄头呵！[1]

我爱耶稣，

但我也爱摩西。

耶稣说，“有人打你右脸，连左脸也转过来由他打！”

摩西说，“以眼还眼，以牙还牙！”

吾师乎，吾师乎！

你们的言语怎样的确实啊！

我如果有力量，我必然跟耶稣背十字架去了。

我如果有较小的力量，我也跟摩西做士师去了。

但是懦弱的人，你能做什么事呢？[2]

1921年8月，周作人在《新青年》第九卷第四号上发表了《杂译日本诗三十首》，除将《无结果的议论之后》置于篇首再次发表外，还收有四首新译出的石川啄木诗，均为《叫子与口哨》诗集中的作品。单就这五首石川啄木诗的翻译行为来看，周作人似乎显示出了更加强烈的要将石川啄木与社会主义行动之间的关联呈现出来的欲望；某种程度上，这也契合了《新青年》正在迅速激进化的走向。然而值得注意的是，周作人在此使用了“杂译”的方式，将石川啄木的作品和与谢野晶子、千家元麿、北原白秋等人的作品并列发表。事实上，“杂译”这一形式周作人在1920年11月已经采用过一次，当时收于“杂译”之下的是二十三首世

[1] 周作人：《小孩之二》，《周作人自编集·泽泻集 过去的生命》，第29页。

[2] 周作人：《歧路》，《周作人自编集·泽泻集 过去的生命》，第23—24页。

界语诗歌，周作人在篇首表示，“杂译”的挑选标准，首先是“思想美妙，趣味普遍，而且也还比较的可以翻译”，其“种类及思想”则“很不一律”[1]。

也即是说，文学标准的一致而非思想倾向的统一，构成了周作人“杂译”的动力。《杂译日本诗三十首》因而也应当从这一角度来理解。在入选的三十首作品中，既有《无结果的议论之后》等具有强烈现实事件指向和社会批判的诗作，又有以同情笔触描绘的民众形象速写（千家元麿《苍蝇》《军队》等），亦有轻盈曼妙、深具文字之美的即景抒情（北原白秋《凤仙花》、木下杢太郎《札青》《石竹花》），还有对中产阶级社会身份位置之不彻底性的自我反省（西村阳吉《中产阶级》）。这些诗作纷杂的取向一方面构成了此时周作人精神危机和思想混乱的表征，另一方面，其能够在“杂译”的穹顶下得到统一，也表明文学已经成为周作人处理个人思想危机的一种特殊方式：如果思考的核心并不在于选择一条逻辑彻底的思想模式，而是新文学发展的推进，那么各不相同乃至互相冲突的思想当然可能经由文学的中介，实现“决意放任”“并不硬去统一”[2]。

事实上，仔细观察也可以发现，即便在严重的精神动荡中，周作人的文学工作也仍在逐步开展，甚至更为切实。在《文学上的俄国与中国》中，周作人已经构想在“容纳新思想”“表达及解释特别国情”的基础上生发一种新文学，“可由艺术界而影响于实生活”[3]。1921年病中，他开始踏实地设想美文、小诗等新的文学形式的发展方向，也希图通过引入基督教这样外来宗教中的平等、

[1] 周作人：《杂译诗二十三首》，《新青年》第八卷第三号，1920年11月。
[2] 周作人：《山中杂信六》，钟叔河编：《周作人散文全集2（1918—1922）》，第353页。
[3] 周作人：《文学上的俄国与中国》，钟叔河编：《周作人散文全集2（1918—1922）》，第266页。

爱的精神，以更新中国新文学的内核[1]。病愈后，1922年初，周作人正式宣称要回到“文艺”这块“自己的园地”[2]。

应该说，周作人的回归文学，其意义至少可以从两个方向来把握：首先，这一“回归”的前提，无疑是在现实性“民间”存在的观照下，其新村及人学理想的破灭，以及周作人对自身无力真正参与社会行动的体认。在这个意义上，文学工作对周作人而言包含了特殊的“个人性”——它一方面指向过度高蹈的“人类”理想，意图以个人作为更加坚实的出发点；另一方面又包含了以正当、真实的个人生活欲求为普遍基础，批判现实之“群”和“民间”的压抑性和腐败性的意涵。其次，正是在这个基础上，周作人虽然宣称要退回作为“自己的园地”的文学，却并不意味着周作人放弃了对社会问题的兴趣和介入努力；毋宁说，文学作为个人与群体之中介的意义反而再度在此时凸显出来。

1921年5月，在给少年中国学会的演讲中，周作人通过比较文学与宗教，认为文学“不必假借神的力量”而能够“将大家的共同感情发表出来”，达到“无形中彼此就互相联络”[3]的效果。不过，与“文章或革，思想得舒，国民精神进于美大”[4]时期不同，对经历了新村理想及其破灭、确认了“民间”之负面性的周作人而言，“国民精神”不再可能如其在晚清时期设想的一般，是一个存在于时间序列顶端的完满存在，只是随着时间推移丧失了本来面目，但可以通过文学重新激发和“光复”；“国民性”自身的内部结构在此

[1] 参见周作人：《宗教问题》，《圣书与中国文学》，钟叔河编：《周作人散文全集2（1918—1922）》，第303—308、331—335页。

[2] 周作人：《自己的园地》，钟叔河编：《周作人散文全集2（1918—1922）》，第510页。

[3] 周作人：《宗教问题》，钟叔河编：《周作人散文全集2（1918—1922）》，第334页。

[4] 周作人：《论文章之意义暨其使命及中国近时论文之失》，钟叔河编：《周作人散文全集1（1898—1917）》，第115页。

时也需要得到分析，并在此基础上克服其负面性因素。这也就意味着，在文学发挥其连接性、超越性功能之前，仍然需要民俗学（尤其是英国文化人类学式样的民俗学方法）来对国民性展开解剖和批判。但与此同时，民俗学除开提供透视国民性野蛮、落后因素的工具之外，因其对“民间”的贴近和注视，它还需要承担另一项任务：发见在这些野蛮风俗、原始遗存中蕴含的普遍的国民心情。在1921年9月所译的《在希腊诸岛》的附记中，周作人强调了希腊民俗研究在了解希腊文学上的作用，并提出：“若在中国想建设国民文学，表现大多数民众的性情生活，本国的民俗研究也是必要，这虽然是人类学范围内的学问，却于文学有极重要的关系。”[1]

也即是说，通过重新设想文学的功能和边界，周作人找到了自己处理“民间”的方式。在1922年开始的“自己的园地”专栏中，歌谣、异物、神话与传说、谜语、童话，成了周作人讨论文艺问题的重要组成部分。当然，周作人对这些体裁的兴趣可谓由来已久，并不始自彼时；但若与其此前的相关讨论如《童话研究》（1913年）、《〈江阴船歌〉序》（1919年）等做比较，则还是能够看出前后方向上的微妙变化。如果说此前周作人对这些体裁的兴趣多在其为文学之原始[2]，显示出章太炎讲求溯源复古的影响

[1] 周作人：《在希腊诸岛》，钟叔河编：《周作人散文全集2（1918—1922）》，第444页。

[2] “盖童话者（兼世说）原人之文学，茫昧初觉，与自然接，忽有感婴，是非畏懔即为赞叹，本是印象，发为言词，无间雅乱，或当祭典，用以宣诵先德，或会闲暇，因以道说异闻，以及妇孺相娱，乐师所唱，虽庄愉不同，而为心声所寄，乃无有异。外景所临，中怀自应，力求表见，有不能自已者，此固人类之同然，而艺文真谛亦即在是，故探文章之源者，当于童话民歌求解说也。”周作人：《童话研究》，钟叔河编：《周作人散文全集1（1898—1917）》，第262—263页。“民歌在一方面原是民族的文学的初基，倘使技巧与思想上有精彩的所在，原是极好的事；但若生成是拙笨的措词，粗俗的意思，也就无可奈何。”周作人：《〈江阴船歌〉序》，钟叔河编：《周作人散文全集2（1918—1922）》，第172页。

痕迹，那么在经历了理想和精神的危机之后，周作人则更多地试图以一种两分的方式来对其加以处理：一方面用民俗学、科学的方法，排除其“于文化发展”上“颇有障害”[1]的因素，另一方面从文艺上重视其表现感情的普遍与真挚。

1922年底，北京大学《歌谣周刊》创刊，这份被视作中国现代民俗学肇始刊物的发刊词自陈其搜集歌谣有两种目的，“一是学术的，一是文艺的”[2]。尽管关于《歌谣周刊》发刊词的作者是否是周作人，学界近年颇有质疑之声[3]，但无可置疑的是，在《歌谣周刊》发刊词之前，周作人已经形成了类似的观点，这也构成了《歌谣周刊》发刊词的一个重要理论源头。在1922年4月发表的《歌谣》一文中，周作人已经提出，研究民歌“有两个方面，一是文艺的，一是历史的”，历史的研究即指“民俗学的”，“从民歌里去考见国民的思想，风俗与迷信等”[4]。在同年6月对神话和传说的讨论中，周作人也希望用“历史批评或艺术赏鉴”[5]的方法对之加以双重处理。在这个意义上，要理解作为中国现代民俗学开端的“两个目的”[6]，周作人在此之前经历的重要思想变动的过程和背景是不能忽略的。

对周作人译石川啄木诗《无结果的议论之后》两次刊登前后思想背景的演变反映出，周作人对“民间”范畴的理解方式在

---

[1] 周作人：《文艺上的异物》，钟叔河编：《周作人散文全集2（1918—1922）》，第551页。
[2] 《刊词》，《歌谣周刊》第一号，1922年12月17日。
[3] 参见施爱东：《〈歌谣〉周刊发刊词作者辨》，《民间文化论坛》2005年第2期。
[4] 周作人：《歌谣》，钟叔河编：《周作人散文全集2（1918—1922）》，第546—547页。
[5] 周作人：《神话与传说》，钟叔河编：《周作人散文全集2（1918—1922）》，第565页。
[6] “两个目的”语出吕微，参见吕微：《民间文学—民俗学研究中的“性质世界”、“意义世界”与“生活世界”——重新解读〈歌谣〉周刊的“两个目的”》，《民间文化论坛》2006年第3期。

1920年前后发生了重要的变化。“五四”期间，由于第一次世界大战结束、俄国革命发生和国内高涨的社会改造情绪，周作人早年接受的无政府主义影响一度被激发，并与其此时醉心的托尔斯泰主义、日本新村理想一起，构成了周作人对于新的人类结合设想的关键要素。然而，胡适的批判却让周作人迅速意识到，这一设想中存在一个重大缺失，即没有考虑到现实的“民间”状况。在这个意义上，周作人翻译《无结果的议论之后》，不仅是对关于新村的种种“无结果的议论”的含蓄反击，也是对于自己不曾真正思考“民间”的提醒。

“民间”问题进入周作人的视野后，他一方面运用在日时期开始接触的英国文化人类学方法对“民间”的负面性展开解剖和批判，另一方面也曾寄希望于以社会主义的方式对这些负面因素进行彻底根除。然而，随着思想的发展，周作人很快陷入了精神危机，民间的负面性动摇了他此前接受的托尔斯泰无我爱的理想，与此同时，他又不能真正选择投身社会主义的实践。周作人因而最终回到了文学，以文学为中介，他一方面试图达成自我诉求与社会关注之间的和解，另一方面，则谋求在用民俗学的方法克服“民间”负面性的基础上，以文学表现出“民间”蕴含的普遍情感。周作人这种以“学术”与“文艺”两分来处理“民间”的方式，后来衍变为中国现代民俗学诞生时的“两个目的”，深刻地影响了其后来的发展方向。

周作人对于“民间”、民俗学的把握方式和设想与其自身的思想脉络有紧密的关系，在这个意义上，也带有鲜明的个人特征。举例而言，周作人虽然强调民俗学和文学需要发掘和表现民众的普遍心情，但他却并不认为“民间”构成了普遍情感的唯一或最高来源，外国文学、基督教等同样可能提供此种普遍性的线索；

与此同时，“民间”所包含的许多情感本身就是负面的，“民间”要在负面性被扬弃的基础上，才能进入文学。周作人的此种观点不仅某种程度上影响了他在非基督教运动中的表现，促使了他与以陈独秀为代表的左翼力量的分裂，而且也与此后投身歌谣运动和中国民俗学创制的绝大部分知识分子有异。周作人虽然赋予了民俗学方法批判（负面性）和发现（普遍性）的双重任务，但由于对中国国民性负面因素的深刻体察，他并不特别寄望从中国本土的歌谣、故事当中发现普遍性，而只试图利用其中的方言、地方色彩等技术性因素，来丰富和充实成长中的新文学。

而对于其他参与者而言，“民间”则构成了了解社会真相、发掘民族统一和国家建制依据的重要宝库。彭春凌曾指出，周作人1924年后在《歌谣周刊》活跃程度的显著降低，与其在民俗学初创时的重要地位不符。彭春凌将这一现象解读为周作人与沈兼士、林语堂等人在语言问题上的思路不合[1]，但可能更重要的因素是周作人本来就未对中国本土的民间文学作品抱有太多信心。在“自己的园地”时期，周作人对民间文学式样的介绍，也侧重于外国的童话、传说、俗曲，他虽然谈及中国民间文学搜集整理的重要性，但前提是这些文学作品已经符合普遍、真实的标准。1924年《语丝》创刊后，他与江绍原则进一步利用宗教学方法，就中国习俗中的原始性、野蛮性展开批判，期待建立一种真正的符合人性生活的“礼”。这一取向当然是周作人自身一贯思想发展的延续，但却与《歌谣周刊》泥沙俱下地搜集各地歌谣、讨论孟姜女故事的传播流转等有极大的距离。

---

[1] 彭春凌：《分道扬镳的方言调查——周作人与〈歌谣〉上的一场论争》，《中国现代文学研究丛刊》2008年第1期，第132页。

另一方面，对于并不了解周作人思想背景的《歌谣周刊》同人们而言，寻求国民的“心声”构成了搜集歌谣、研究民俗的根本目的，“学术”和“文艺”两条路径则从科学和情感两个方面，保证了“心声”探寻的可能。如果说周作人设想中的“心声”是仍须通过民俗学和文学的双重中介来再造的，那么大部分歌谣运动的参与者则愿意相信，在那些为知识分子所不曾关注的歌谣、故事、习俗之中，蕴含着民众的真实样貌，或中国疆域维持统一的奥秘。在这个意义上，对于周作人而言仅仅是技术性因素的形式问题，对于《歌谣周刊》同人们而言，则构成了把握“心声”的关键手段：无论是语言的形式、谣曲的形式、故事传播的形式，还是习俗的形式，都是窥见“心声”的可能通道。形式的问题因而转化为一个政治的问题，如果歌谣、故事能够提供一种关于“民间”和民众的有效知识，那么从民间文学 / 民俗学的角度，李大钊所面临的困境就可能被克服。在这个意义上，在对“民间”的形式进行探求的过程中，中国第一代现代民间文学 / 民俗学的参与者也在试验着从“民间”的形式到民众政治这一路径的有效性：多大程度上，“民间”的语言、歌谣、故事，能够使人把握到真实的群众？它所提供的知识和视野，能否顺畅地转化为改造“民间”的实际效果？当一场真实的运动再次来临，民间文学 / 民俗学能否兑现其关于“民间”的承诺？中国现代民间文学 / 民俗学在诞生之初的自我期待、设想，及其在文化运动和社会运动的双重挑战中逐渐暴露出的限度，将是下一章的主题。

第 3 章

“民间”的形式

1918 年 2 月 1 日，《北京大学日刊》首次刊登《北京大学征集全国近世歌谣简章》，拉开了征集歌谣的序幕。1922 年底《歌谣周刊》创刊，吸引了愈加广泛的读者和参与者，并将关注探讨的话题推向深广。以北大为中心、歌谣征集为起点的民间文学采集和民俗学讨论，一般被认为是中国现代民俗学 / 民间文学的起始，其基本状况和历史脉络，以往的研究论述已比较充分[1]，本书在此不赘。不过，在已然丰沛的讨论之中，仍留有进一步展开的空间。应当说，以往关于北大歌谣运动的讨论往往从学术史的角度出发，因而，一方面在材料上偏重学理性强的系统论述，对于一般性参与者的言论则常常忽略，另一方面，在论述上偏向追究学科生成的内部逻辑，一定程度上放过了这些活动发生的具体历史情境与学科间的互动。一个最为显明的事实是，尽管几乎所有涉及这一议题的论者都承认，北京大学歌谣运动的发生和兴起与“五四”引发的眼光向下、关注民众的社会潮流有关，然而，两者之间究竟以何种方式互动影响，却是一个长期以来语焉不详的问

[1] 参洪长泰：《到民间去：中国知识分子与民间文学，1918—1937》（新译本）；陈泳超：《中国民间文学研究的现代轨辙》，北京：北京大学出版社，2005 年；王文宝：《中国民俗学史》第六章第一节，成都：巴蜀书社，1995 年，第 184—219 页；刘锡诚：《20 世纪中国民间文学学术史》第二章，开封：河南大学出版社，2006 年，第 76—279 页。

题。在这些论述中，所谓的“歌谣运动”究竟在什么意义上构成了一场“运动”，而非单纯的学院内部知识生产，几乎没有得到过认真的解答。

因而本章试图把1920年代前期的民间文学/民俗学活动放回一个更广阔的话语空间中，来考察其发生发展的动力。此一时期，文化运动与社会运动的交错和消长是最为重大的历史现象之一；歌谣运动或早期的民间文学/民俗学活动一方面脱胎自文化运动，另一方面，其所关注的民众、民间，也成了此时社会运动的中心议题。在这个意义上，它不可能脱离这两个运动的交叉和互相影响。在此基础之上，将1920年代前期的民间文学/民俗学活动放置于文化运动与社会运动的关系之中来加以考察，又意味着对历史材料的重新挖掘和取舍。本章尝试摆脱既有学术史论中以人物观点或刊物活动为中心的论述方式，而将关注的焦点转移至这些活动与整体的社会氛围的关联性之上。在《歌谣周刊》及其同人的传统考察中心之外，本章也准备考察置身于这一中心之外的人物如何、以何种方式对民间文学/民俗学展开理解和接受，以及这一社会性的氛围变迁又在什么意义上影响了民间文学/民俗学的内部变化。如果说李大钊和周作人开创了“到民间去”运动两条有别的流向，那么在本章讲述的民间文学/民俗学故事当中，两股力量不同水流就冲激到了一处，产生出活泼的翻滚、涌流，也冲刷着新的地形。

第一节 早期歌谣征集的性质问题

1. 双重起点

在谈及中国现代民间文学/民俗学的发端时，刘半农的一段回忆反复被征引：

> 这已是九年以前的事了。那天，正是大雪之后，我与尹默在北河沿闲走着，我忽然说："歌谣中也有很好的文章，我们何妨征集一下呢？"尹默说："你这个意思很好。你去拟个办法，我们请蔡先生用北大的名义征集就是了。"第二天我将章程拟好，蔡先生看了一看，随即批交文牍处印刷五千份，分寄各省官厅学校。中国征集歌谣的事业，就从此开场了。[1]

所谓的"九年以前"，指的是1918年。在这段叙述中，刘半农自陈了北大开始征集歌谣的初始动机："歌谣中也有很好的文章。"在新文学运动正蓬勃展开的大背景下，这一动机当然是极为自然的。继胡适的《文学改良刍议》和陈独秀的《文学革命论》之后，刘半农于1917年5月和7月相继发表了《我之文学改良观》及《诗与小说精神上之革新》，被钱玄同誉为与胡适的《文学改良刍议》成"车之两轮，鸟之双翼，相辅而行，废一不可"[2]。两篇文章中，刘半农都提到了旧式诗歌音韵一味仿古，已经脱离了现代音声的问题，认为"音声本为天籁"，泥于古韵，等于"但许古人自然，而不许今人自然，必欲以人籁代天籁"[3]。刘半农因而提出了改造新韵、以今语作曲的要求[4]，而从流行于民间的歌谣俗曲中，找寻以方言口语创制诗歌新韵的依据、流露天籁的真诗，本为理所应当。

---

[1] 刘半农：《自序》，刘半农译：《国外民歌译》（第一集），北京：北新书局，1927年，第1页。

[2] 钱玄同、刘半农：《新文学与今韵问题》，《新青年》第四卷第一号，1918年1月，第80页。

[3] 刘半农：《我之文学改良观》，《新青年》第三卷第三号，1917年5月。

[4] 同上。

1918年2月1日，刘半农拟定的《北京大学征集全国近世歌谣简章》在《北京大学日刊》正式发表，该简章也得到其他不少公共媒体的转载，加上北大校长蔡元培亲为此事作“校长启事”，在社会上掀起不小的波澜。根据王文宝的总结，简章发表三个月后，即收到校内外来稿80余件，歌谣1100多首，刘半农择“其最佳者，略加诠定”[1]，从1918年5月开始在《北京大学日刊》上每日刊行一首，历时一年有余，共发表歌谣148首[2]。这一时期的活动中，刘半农、沈兼士、周作人等人充当了主要角色。刘半农为征集歌谣的发起者，周作人、沈兼士则在刘半农、沈尹默出国留学之后成为北大歌谣活动的主事者[3]。周作人从民初开始即对歌谣、童话等民间文艺形式有兴趣，在故乡绍兴时，就从事过征集歌谣、辑录歌谣的工作。1918年北大征集歌谣的活动开始之后，周作人还以先行者的身份，多次借给刘半农相关的参考书籍，以及自己搜集歌谣的成果[4]。

在经典的民俗学历史叙述中，1918年北大征集歌谣，是中国民俗学/民间文学的起点，1922年北大《歌谣周刊》的创办则是它的发展和延续。不过，最近的民俗学史研究似乎出现了将二者进行区分的迹象，施爱东就认为1918年的征集歌谣运动“不过是

---

[1] 《歌谣选由日刊发表》,《北京大学日刊》第141号，1918年5月20日。转引自王文宝:《中国民俗学史》，第187页。

[2] 王文宝:《中国民俗学史》，第187页。

[3] 容肇祖:《北大歌谣研究会及风俗调查会的经过》，苑利主编:《二十世纪中国民俗学经典·学术史卷》，北京：社会科学文献出版社，2002年，第277页。

[4] 周作人1918年日记中载:“(2月6日)上午以越中儿歌假半农。”“(5月13日)从半农收回童谣，当令录付印。”“(7月16日)半农书，内《越谚》一部，《英国民歌》一册。”“(8月30日)寄……半农《美国儿歌集》一册。”“(9月12日)下午往校，以《天籁》借半农，谈至十时散。”“(9月25日)得廿一日家信，又《古谣谚》一部，系半农托买。”“(9月27日)下午往校，以《古谣谚》交予半农。”参见鲁迅博物馆藏:《周作人日记》(影印本)上册，第732、749、762、769、772、774、775页。

想为文艺界的新诗运动之类提供点新鲜货色作为参考，期望于短时期内编几本歌谣‘汇编’及歌谣‘选粹’而已”，而“真正进入学术史视野的‘歌谣研究’，肇始于1922年12月17日《歌谣周刊》的创立”[1]。这一区分的依据当然是是否出现了真正的“研究”。在《歌谣周刊》的《刊词》中，民俗学研究的重要性被着重提出：

> 我们相信民俗学的研究在现今的中国确是很重要的一件事业，虽然还没有学者注意及此，只靠几个有志未逮的人是做不出什么来的，但是也不能不各尽一分的力，至少去供给多少材料或一点兴味。歌谣是民俗学上的一种重要的资料，我们把它辑录起来，以备专门的研究。[2]

也是在这个意义上，施爱东着重论述了在以往的民俗学史叙述中较为人忽视的常惠。在施爱东看来，常惠不仅在歌谣研究会、风俗调查会成立的过程中起到了关键性作用，而且作为《歌谣周刊》的主要负责编辑，其在发扬民俗学概念上的重要成绩，足以被视作与周作人并举的民俗学概念吹鼓手[3]。根据施爱东的考证，《歌谣周刊》的《刊词》很可能并不像现今普遍认定的那样出自周作人之手，而是由常惠在综合了周作人和胡适的观点基础上执笔写作，再经周作人、胡适等《歌谣周刊》同人修改而成[4]。在编辑

---

[1] 施爱东：《倡立一门新学科：中国现代民俗学的鼓吹、经营与中落》，北京：中国社会科学出版社，2011年，第19页。

[2] 《刊词》，《歌谣周刊》第一号，1922年12月17日，第1页。

[3] 参见施爱东：《倡立一门新学科：中国现代民俗学的鼓吹、经营与中落》，第19页。

[4] 参见施爱东：《〈歌谣〉周刊发刊词作者辨》，《民间文化论坛》2005年第2期；施爱东：《中国现代民俗学检讨》第五章，北京：社会科学文献出版社，2010年，第118—131页。

《歌谣周刊》的过程中，常惠也多次在自己的文章中提出民俗学的重要性。

施爱东敏锐地捕捉到了 1922 年创刊的《歌谣周刊》与 1918 年的歌谣征集活动存在着方向上的差异，但出于学术史叙述的意图，他将这一差异归结为某种学科研究意识的出现。这一概括当然有其合理之处，不过可以进一步追问的是：常惠提出的民俗学概念，是否可以等同于今日我们理解中的学科范式意义上的民俗学？施爱东也指出，常惠并没有为民俗学提出“太多具体的东西”，只是强调了采集之后应当用“科学的方法”加以整理，至于科学的方法到底如何，则无具体阐发❶。这固然可被视作学科草创期难免的粗糙与混沌，但同时值得注意的是，常惠虽然没有从正面对民俗学的功能、作用、范围进行过定义，不过从其文章的具体脉络中，仍能看出他的某些理解方向。

在与卫蔚文的讨论中，常惠区别了“民俗文学”（Littérataire Populaire）和“民俗学”（Folk-lore）两个概念，认为前者指“通行于民间的文学读物”，如《三国》《水浒》《封神》等一类，后者则是“取材于民间，不一定要给民间看的”，如“歌谣，谚语，小曲，传说，之类”❷。很显然，常惠所谓的“民俗学”首先区分于文人的作品，但是仍限于语言创作的范围内，某种程度上反倒接近胡愈之 1922 年所定义的民间文学❸。不过在此，相较于具体语词的选用，更重要的问题还在于常惠的这一概念到底指向何处？

---

❶ 施爱东：《倡立一门新学科：中国现代民俗学的鼓吹、经营与中落》，第 29—30 页。

❷ 常惠：《答复》，《歌谣周刊》第四号，1923 年 1 月 7 日，第 4 页。

❸ “民间文学的意义，与英文的‘Folklore’德文的‘Volkskunde’大略相同，是指流行于民族中间的文学；像那些神话、故事、传说、山歌、船歌、儿歌等等都是。”参见愈之：《论民间文学》，苑利主编：《二十世纪中国民俗学经典·民俗理论卷》，第 3 页。

在常惠为《歌谣周刊》所作的第一篇总括性论述《我们为什么要研究歌谣》中，常惠首先谈到了古往今来真歌谣的罕见，常见的“谣”“乐府”题材实为文人之拟作。正是针对于此，常惠提出，“依民俗学的条件，非得亲自到民间去搜集不可，书本上的一点也靠不住，又是在民俗学中最忌讳的”[1]。作为方法的民俗学提供的实际上是一个规避文人造作、发见民间真相的途径，不仅可以为注重“俗不可耐的事情和一切平日的人生问题”的“平民文学”提供材料，使得“贵族的文学”“不攻自破”，而且也构成了“历史，地理和方言”“一切的风土人情”的真实表现[2]。在《歌谣中的家庭问题》中，歌谣则是理解、研究现实社会问题的材料来源[3]。

可以看出，常惠对于“民俗学”的理解，首先是在新文学运动的贵族/平民文学两分的视野下展开的，但其意图并不仅限于为新文学创作增加技术手段，而且希望从中发见一个真实的民间形象。正是在常惠这里，“到民间去”开始成为歌谣搜集和民俗学研究的一个重要方法[4]。“到民间去”的紧迫性源于文人的造作、知识分子与民众的区隔所造成的对民间真相的遮蔽。需要指出的是，这种以歌谣或民俗考察为途径来获知民间真相的焦虑，普遍存在于《歌谣周刊》同人的年轻一代之中。

舒衡哲曾描述过新文化运动和五四运动中分属不同世代的

---

[1] 常惠：《我们为什么要研究歌谣》，《歌谣周刊》第二号，1922 年 12 月 24 日，第 1 页。

[2] 常惠：《我们为什么要研究歌谣》，《歌谣周刊》第三号，1923 年 1 月 7 日，第 1 页。

[3] “……现在有许多学者研究家庭问题都到处搜罗世界的名著来翻译或介绍。至于这种著作整个的拿到中国来，是否对症下药实在是个问题。然而研究中国的家庭问题，还得由实行调查民间的家庭状况入手，我们研究歌谣的人，从歌谣中也略略看出一点民间的家庭问题来。”常惠：《歌谣中的家庭问题》，《歌谣周刊》第八号，1923 年 3 月 4 日，第 1 页。

[4] 刘锡诚：《20 世纪中国民间文学学术史》，第 155 页。

“导师”和“青年们”合作与论争的动态图景[1]，这种代际差异实际上也存在于《歌谣周刊》同人当中。如果做一个粗疏的划分，周作人、刘半农、沈兼士无疑属于年长的“导师”一代，他们对于歌谣的兴趣、研究进路的设计，多发端于自身的知识脉络和经历，因而也呈现出较大的歧异性。刘半农希望歌谣提供新诗创作的轨范，沈兼士注重其中的文字音韵问题，周作人在歌谣中找寻原始风俗、上古遗痕，尽管他们也都认同歌谣的文学意义，但基本上如施爱东所言，歌谣构成的，是他们各自关注问题的新鲜参考，而非第一位的目的。周作人、刘半农虽然也谈及歌谣的“真”，但这种“真”毋宁是作为一种美学风格的真挚、真诚，并不能等同于实证意义上对社会现实的注目，甚至常常因某种浪漫主义式的想象与现实背离。与此相对应，年轻一代虽然也有各自不同的倾向，但几乎都共享了一种对于歌谣、民俗可能是了解现实民间真相的途径的信念。无论是常惠、刘经菴从歌谣中发见中国家庭制度的问题症状，还是孙少仙、杨德瑞分析清季民初以来政治社会变迁对于歌谣形态的影响，或是张四维对歌谣中“时代的民众的精神”[2]的指认，其背后都存在这种将歌谣/民俗与社会现实连接起来的观察方式。

年轻一代对于歌谣作为理解社会现状之途径的重视，某种程度上与他们对“五四”的共同经验有关。实际上，《歌谣周刊》的创刊，就是在“五四”之后，由彼时尚为北京大学三年级学生的常惠主动促成。根据现有的研究，常惠在《北京大学日刊》刊布

---

[1] 参见舒衡哲：《中国启蒙运动：知识分子与五四遗产》第二章，刘京建译，北京：新星出版社，2007年，第69—107页。

[2] 张四维：《云南山歌与倮㑩歌谣》，《歌谣纪念增刊》，1923年12月17日，第28页。

歌谣时期就对歌谣征集颇有兴趣，与刘半农有通信往来[1]。但同时值得注意的是，常惠在入学北大的初年（1919 年）即加入了北大的平民教育演讲团。1919 年，他以平民教育演讲团团员的身份参加过两次街头讲演，一次是“五四”前夕的 4 月 11 日，演讲题为“家庭与社会”，第二次是“五四”之后的 5 月 14 日，演讲题为“报告学生团的义举究竟为什么？”。1920 年，北大平民教育演讲团为了扩大影响，组织团员前往北京周边通州、长辛店等地的农村进行讲演，常惠为农村讲演筹备会成员之一。在 1921 年朱务善所做的总结中，乡村讲演被视作演讲团的一大成绩，据称演讲现场“居民皆前拥后随，得以听讲以为快”[2]。常惠后来在《歌谣周刊》中提出“到民间去”的重要性，指出与民众交流时要注意对方的思维方式和习惯[3]，或许与这一经历有关。《歌谣周刊》另一个活跃的青年作者张四维，“五四”爆发时则以云南第一中学学生的身份参与组织了云南学联[4]。

在舒衡哲看来，北大平民教育演讲团的成立，证明“五四”之前青年学生中已经出现了“启蒙”与“救国”两种倾向的融合，“说明了知识和行动之间的统一，或者更确切地说，说明了理论家和实干家之间有着共同的基础”[5]。这一判断或许也可适用于一个更广泛的层面，即“五四”时代产生的文化政治一个最为重要的

---

[1] 施爱东：《倡立一门新学科：中国现代民俗学的鼓吹、经营与中落》，第 27 页。

[2] 参见张允侯、殷叙彝、洪清祥等编：《五四时期的社团（二）》，北京：生活·读书·新知三联书店，1979 年，第 143、147、162、198 页。

[3] “歌谣多半是属于主观的，除去他们的社会以外就不知道有旁的了。他们要信有鬼，你就得说从阴间来。他们要说皇帝，你就得说是顺民。这是大人如此。要说小孩儿，他就认为猫狗会说话并且是他的朋友，和看见一切物件都有生命。你也得承认。”常惠：《我们为什么要研究歌谣》，《歌谣周刊》第二号，1922 年 12 月 24 日，第 2 页。

[4] 刘锡诚：《20 世纪中国民间文学学术史》，第 163—164 页。

[5] 舒衡哲：《中国启蒙运动：知识分子与五四遗产》，第 103 页。

特征，就在于此种知识和行动的统一，文化的讨论虽然区隔于实际政治，但同时构成了一种在现实政治之外介入社会、影响社会的手段。而作为一个实际社会运动的“五四”的爆发，则使青年一代在现实中窥见了文化运动与社会运动之间的有机关联，这很快转化为他们对新文化运动之“文化”手段的进一步信仰。《歌谣周刊》对于民间文学/民俗学的研究可能成为了解民间现实途径的方式，正是这一文化政治形态的具体体现。

需要说明的是，指出《歌谣周刊》同人年轻一代对于歌谣的社会指向性的重视，并不等于在他们与“导师”一辈之间，简单划出“智性追求”与“介入现实”的区分。实际上，常惠、刘经菴等人都非常重视从文学、艺术、形式的角度对歌谣展开分析；同时，由于在中国传统中，歌谣长期与谶纬联系在一起，成为政治兴亡的隐喻，“五四”时期的歌谣研究普遍将其认作文人对于民间心声的摆弄，失去了歌谣的本貌，因而在研究时，还常常要刻意排除对歌谣的政治性解读[1]。《歌谣周刊》同人的世代区分，可能更大程度上体现为一个态度问题，即是否以歌谣为载体，将民众的文学、语言、风俗、地理等内容作为一个整体来透视和考察。这种“整体”的态度，正构成了促使《歌谣周刊》编辑者不断扩充边界，逐渐将方言、风俗以及其他民间文学种类收编到《歌谣周刊》当中来的动力。

在 1924 年 3 月 2 日的《歌谣周刊》第四十五号上，编者刊登了一份《本会启事》，申明“歌谣本是民俗学中的一部分”，“但是我们现在只管歌谣，旁的一切属于民俗学范围以内的全都抛弃了，不但可惜而且颇感困难”。因此从此时开始，也欢迎其他韵文、散

[1] 参见黄朴：《歌谣与政治》，《歌谣纪念增刊》，1923 年 12 月 17 日，第 37—39 页。

文形式的民俗文艺内容，以及其他关于民俗学的论文[1]。同期所刊载的王肇鼎的论文《怎样去研究和整理歌谣》则以总结的方式，在"歌谣是真民间的自然文学"的观点之外，同时提出"歌谣是一处民族思想的结晶"，可以代表"一民族的特性"、"一地方的风俗"，以及"一时代的政教"[2]。王肇鼎认为，歌谣研究的成果，在大的方面而言：

> 可以归本确定这一地方民族的情性是如何；过去精神上的成绩是如何；现在精神上的景象是如何，我们应当用什么方法去改造，启发，指引和扶助他们。再从政治上的，和教育上的，就可以明白他们所恶何在，所喜何在；他们的长处和在，短处何在，给治理这地方的人，和教育这地方的人，一个极好的借鉴。[3]

在小的方面，则应当：

> 把全国各地的歌谣征集起来，用极精确的智虑去考察它，把它根本不同的地方申述明白，更确定各个的真真价值；再由这一点顺流把历代文学家作品的根源分理清楚，先使中国文学的根本坚固，然后审势度理，确定现代的文学应该怎样的着手进行。[4]

---

[1] 《本会启事》，《歌谣周刊》第四十五号，1924 年 3 月 2 日，第 1 页。

[2] 王肇鼎：《怎样去研究和整理歌谣》，《歌谣周刊》第四十五号，1924 年 3 月 2 日，第 1 页。

[3] 同上书，第 3 页。

[4] 同上。

以文学的角度来处理歌谣的方式反而成了整体性的民族思想描摹的一个部分。王肇鼎的这一观点在《歌谣周刊》上当然并非孤例，《歌谣周刊》早期另一个较为活跃的女投稿者许竹贞，甚至用连串的排比来说明，歌谣研究对于“人情风俗”“社会学”“文学”“家庭问题—妇女问题”“创造社会—改良教育”这些话题均具有重要性[1]。

在这个意义上，《歌谣周刊》的整体倾向实际构成了“五四”文化政治的一个典型表达，而单纯从学科角度来理解《歌谣周刊》所提倡的民俗学研究或歌谣研究，反而可能遮蔽掉这一文化政治的关键内容：对歌谣或民俗的征集、研究等“文化”切入方式并不与对社会、民间、民众的现实关切相对立或割裂，而是紧密连接在一起的。具体到歌谣和民俗学研究的案例，这一连接则体现为以文化的手段对民众或民间的面相进行种种描摹，《歌谣周刊》同人不仅相信“民众”或“民间”可能经由文化的手段得到呈现，而且相信这必然影响到现实的变革。因而切入民众的“文化形式”本身就构成了“政治”。在“五四”文化运动中，文化的具体指向是“新文化”，即一种在与传统的儒家伦理、文学体式、文字语言等的对立中形成的文化形态，新文化的边界是通过与“旧”的对立来规定的，故而其内部包藏了各种分歧多异的方向。在对歌谣/民俗的“新”的文化讨论中，旧的谶纬式理解，以及将歌谣视作粗陋无文、淫词亵曲的理解是要被排除的。在此之外，对于歌谣/民俗的多种理解方式则可能并存：对来自民间的真诗的热望，与对民间之“迷信”“蛮”[2]的确认并行不悖；对民族心声、

---

[1] 参见许竹贞：《看歌谣后的一点感想》，《歌谣周刊》第四十二号，1924年1月12日，第4页。

[2] 参见许竹贞：《我采集迷信歌后的一点感想》，《歌谣周刊》第四十三号，1924年1月27日，第2—3页。

民族的诗的追求，也可以与一种世界主义式的民俗学观照协调起来。这也意味着，《歌谣周刊》时期的民俗学 / 民间文学研究虽然关注整体性的“民间”形象，但并不预设这一形象呈现的具体方向和形式。

2. 呈现“民间”

实际上，1925 年前《歌谣周刊》上影响最大的两项研究成果——董作宾对歌谣《看见她》的整理研究，以及顾颉刚的孟姜女故事研究——某种程度上就可视作在两个不同方向上展开的捕捉“民间”的尝试。在本小节中，我试着对这两个文本做一点简单的分析。

在民俗学史叙述中，董作宾的《一首歌谣整理研究的尝试》往往被视作中国民俗学引进母题（motif）研究的先声[1]，但董作宾对“母题”的理解和操作，却并非今天文艺学界或民俗学界所公认的结构主义式的“母题”概念。根据汤普森对“母题”的定义，它指的是“一个故事中最小的、能够持续在传统中的成分”[2]，一般适用于民间故事、传说、神话等领域，而非歌谣。董作宾用“母题”来研究歌谣《看见她》的灵感，实际来源于胡适和常惠。

1922 年 12 月 3 日，胡适在《努力周报》上发表了《歌谣的比较的研究法的一个例》，文中提到对于“大同小异”的歌谣，“大同的地方是他们的本旨，在文学的术语上叫做‘母题’（motif）”，“母题”随地方变异，但比较的方法可以“剥去枝叶”，

---

[1] 刘锡诚：《20 世纪中国民间文学学术史》，第 130 页。

[2] 汤普森：《世界民间故事分类学》，郑海等译，上海：上海文艺出版社，1991 年，第 499 页。转引自刘锡诚：《20 世纪中国民间文学学术史》，第 132 页。

还“母题”以本来面目。胡适在该文中举的第一个比较“母题”的例子，就是两首来源于不同地区的《看见她》[1]。数日后，《歌谣周刊》创刊，常惠发表在创刊号上的《对于投稿诸君进一解》中搜集了十首不同的《看见她》，并说：“不是说中国的语言不能统一吗？看看歌谣的势力如何？我以为这很可以供给研究国语的人一点材料。从一首歌谣中脱出十几首来，地方到占了八九省，几乎传遍了国中。但是各有各的说法，即便相隔很近的地方，说法也都不同；很有研究的价值。”[2]

董作宾的整理研究毫无疑问是对胡适和常惠提出的方法和问题的延续，但在具体操作上，则与二者的方向并不尽相同。胡适虽然把“某地特殊的风俗，服饰，语言等等”作为母题研究的三大研究方向之一[3]，但从行文中很容易看出，其更着意的仍是比较作者文学技术的高低。常惠则将各地都出现相同母题的歌谣视作中国语言统一的一个可能途径。相较而言，董作宾的整理研究是更为综合性的。他首先在歌谣研究会当时征集到的一万多首歌谣中找出四十五首“看见她”主题的作品，按来源地区进行编排，在此基础上推测出这首歌谣在南北流传的大概路线，由此发现了“两大语系”“四大政区”：

原来歌谣的行踪，是紧跟着水陆交通的孔道，尤其是水便

---

[1] 胡适：《歌谣的比较的研究法的一个例》，欧阳哲生编：《胡适文集》第三卷，北京：北京大学出版社，1998 年，第 630—631 页。

[2] 常惠：《对于投稿诸君进一解》，《歌谣周刊》第一号，1922 年 12 月 17 日，第 4 页。

[3] 胡适划定的三个方向是：“（1）某地的作者对于母题的见解之高低。（2）某地的特殊的风俗，服饰，语言等等——所谓‘本地风光’。（3）作者的文学天才与技术。”参见胡适：《歌谣的比较的研究法的一个例》，欧阳哲生编：《胡适文集》第三卷，第 630—631 页。

于陆。在北可以说黄河流域为一系，也就是北方官话的领土，在南可以说长江流域为一系，也就是南方官话的领土。并且我们看了歌谣的传布，也可以得到政治区划和语言交通的关系。北方如秦晋，直鲁豫，南方如湘鄂（两湖），苏皖赣，各因语言交通的关系而成自然的形势。这都是歌谣告诉我们的。[1]

在这一“地理图绘”的基础上，他又比较考察了各首歌谣当中的方言方音、谋篇布局、风土人情等内容。董作宾在研究中记录了歌谣中涉及的大量地方风俗，如女子装束、婚姻制度、待客情形、器物使用等，也根据歌谣中的方言方音材料，对这一时期国语统一运动中引起广泛争议的四声、入声问题做出了一些推进。董作宾因而凭借一首歌谣，在空间的维度上描画出了“民间”的纵深：通过这一主题歌谣的因地变化，不同地区之间在地理、语言、风俗上的关联和差异得以呈现出来。因而刘锡诚说，董作宾形式主义式的比较研究法“得出了文艺的研究和历史的研究都无法或很难得出的结论”，某种程度上表达了与“传播学派相当接近的观点”[2]。

值得注意的是，董作宾得出这一结论的关键，正在于他并不把多种不同的《看见她》版本视作彼此孤立的现象，而是认为这些差异是某个原初版本流传到不同区域的过程中形成的；在这个

[1] 董作宾：《一首歌谣整理研究的尝试》，《歌谣周刊》第六十三号，1924 年 10 月 12 日，第 2 页。

[2] 刘锡诚：《20 世纪中国民间文学学术史》，第 133、135 页。传播学派，又称“文化历史学派”，文化人类学理论派别之一，主要观点是认为每一种文化现象是在某一地方一次产生的，一旦产生出来，便开始向外传播，各种文化现象传到某个民族中间以后，便在那里结合起来，形成一定的文化圈。参见陈国强、石奕龙主编：《简明文化人类学词典》，杭州：浙江人民出版社，1990 年。

意义上，纷繁错杂的“地方性”得到统一呈现的基础，是对“看见她”这一母题线性流转的预设。董作宾实际上也并没有论证，“三原和陕西东南部两首大同小异的歌谣，实可以为南北各分系一切歌谣之母”[1]这一关键性推论是如何得出的。或者可以说，这一预设的背后正反映出董作宾某种不曾言明的心理倾向：各地出现的大同小异的歌谣，说明的不是中国各地方的歧异性、差异性，而是歌谣得以持续流传的交流性、统一性。歌谣因此并不像常惠设想的那样是语言统一的手段，它本身就是中国疆域统一的证明。

顾颉刚的孟姜女研究在思路上同样受到胡适的启发，并与胡适的“母题”说有互相影响之处。在1925年写作的《〈三侠五义〉序》中，胡适说：

> 传说的生长，就同滚雪球一样，越滚越大，最初只有一个简单的故事作个中心的“母题”(motif)，你添一枝，他添一叶，便像个样子了。后来经过众口的传说，经过平话家的敷演，经过戏曲家的剪裁结构，经过小说家的修饰，这个故事便一天一天的改变面目：内容更丰富了，情节更精细圆满了，曲折更多了，人物更有生气了。[2]

这一论述已经与他1922年关于母题是歌谣之“大同”“本旨”，“随时随地添上的枝叶细节”是“小异”[3]的说法有了较大区别，反倒更接近于顾颉刚“层累地造成的古史”说，以及孟姜

---

[1] 董作宾：《一首歌谣整理研究的尝试》，《歌谣周刊》第六十三号，1924年10月12日，第3页。

[2] 胡适：《〈七侠五义〉序》，《胡适文集》第四卷，第382页。

[3] 胡适：《歌谣的比较的研究法的一个例》，欧阳哲生编：《胡适文集》第三卷，第630页。

女故事随时间逐渐丰满的过程。而据顾颉刚自陈，他最初产生考察故事和古史随时间发生变化的想法，则是源自胡适1920年的《〈水浒传〉考证》、关于井田的讨论等一系列论文[1]。

众所周知，顾颉刚的孟姜女故事研究与他这一时期介入的古史辩论、“层累地造成的古史”说有密切关联。关于二者之间的关系，学界已有较为充分的讨论，在此不做赘述[2]。概括而言，“层累地造成的古史”说和孟姜女故事研究的方法，都是以时间为基本轴线，追索古史面貌或故事形态随时间推移所发生的变化[3]。这一方法实际上针对的是一种找寻源流的“别黑白而定一尊”的态度：“或者定最早的一个为真，斥种种后起的为伪；或者定最通行的一个为真，斥种种偶见的为伪；或者定人性最充足的一个为真，斥含有神话意味的为伪。”[4]顾颉刚因而将自己的方法归纳为“不立一真、惟穷其变”[5]，无论是古史还是孟姜女故事，追究的重点

---

[1] 顾颉刚：《〈古史辨〉第一册自序》，顾颉刚编著：《古史辨》第一册，北京：朴社，1926年，第40—41页。

[2] 参见陈泳超：《“历史演进法”——顾颉刚围绕古史的民间文学研究》，《中国民间文学研究的现代轨辙》；刘宗迪：《用故事的眼光解释古史：论顾颉刚的古史观与民俗学之间的关系》，《合肥联合大学学报》2000年第2期；施爱东《顾颉刚故事学范式回顾与探讨——以“孟姜女故事研究”为中心》，《清华大学学报（哲学社会科学版）》2008年第2期；以及拙文《故事与古史：顾颉刚的古史与民俗学研究关系再探讨》，《清华大学学报（哲学社会科学版）》2016年第1期。

[3] 顾颉刚在《歌谣周刊》上发表的《孟姜女故事的转变》并未涉及孟姜女故事的空间变化维度，但顾颉刚本人后来很快意识到了这一问题。在1925年1月11日《歌谣周刊》第七十六号上所登的《顾颉刚启事》中，顾颉刚向即将因寒假回乡的同学征求各地关于孟姜女的画纸、唱本、古迹照片等，表示“颇想画出一帧‘孟姜女故事传播地域图’”来。这一从空间—地域的维度展开的孟姜女研究实际上到其1926年所作《孟姜女故事研究》才真正完成。参见顾颉刚：《孟姜女故事研究》《顾颉刚启事》，《顾颉刚全集·顾颉刚民俗论文集》卷二，北京：中华书局，2011年，第37—62、256页。

[4] 顾颉刚：《答李玄伯先生》，顾颉刚编著：《古史辨》第一册，第273页。

[5] 同上。

都在于“变化的情状”[1]。顾颉刚坦承，对于“实在的孟姜女的事情是怎样的？”的疑问，“我只得老实回答道：‘实在的孟姜女的事情，我是一无所知，但我也不想知道。……现在我们所要研究的，乃是这件故事的如何变化。’”[2]

追寻“变化”的方法，在技术上体现为“把所有的材料依着时代的次序分了先后，按步就班地看它在第一时期如何，在第二时期如何……”[3]但更重要的问题还在于如何阐释“变化”。正是在这里，顾颉刚将“民众”引入进来。如果说，对于学者、儒生而言，上古史的奇特引发了“信”“驳”“用自己的理性去作解释”三种态度，那么在顾颉刚看来，这三种态度皆是不可取的，因为这三种态度都没有意识到，这些故事“在民众的想像里原是这么一回事，原不能勉强与我们的理性相合”[4]。通过这样的阐释方式，顾颉刚将古史还原为了神话。在孟姜女故事流变的阐释中，顾颉刚则更为清晰地展示了民众在从杞梁妻拒郊吊一步步转变为孟姜女哭倒长城的过程中发挥的作用：战国时期齐国风行的哭吊风俗，成了孟姜女故事中“哭”元素的源头[5]；唐代人民苦于征役的时势，则使得杞梁妻故事“从哭夫崩城一变而为‘旷妇怀征夫’”[6]；“孟姜”作为秦汉以后民众社会中行用的“好妇和美女的通名”，“周以后潜匿在民众社会中者若干年”，到宋代才终于得到

[1] 顾颉刚：《答李玄伯先生》，顾颉刚编著：《古史辨》第一册，第 273 页。

[2] 顾颉刚：《孟姜女故事的第二次开头》，《顾颉刚全集·顾颉刚民俗论文集》卷二，第 89 页。

[3] 顾颉刚：《答李玄伯先生》，顾颉刚编著：《古史辨》第一册，第 273 页。

[4] 顾颉刚：《我的研究古史的计划》，顾颉刚编著：《古史辨》第一册，第 214—215 页。

[5] 顾颉刚：《孟姜女故事的转变》，《顾颉刚全集·顾颉刚民俗论文集》卷二，第 7—9 页。

[6] 同上书，第 21 页。

“知识分子承认而重见于经典”，遂有孟姜女之定名[1]。这一方法实际上意味着，“真”不再是由单一起源或理性赋予的最高价值，“真”同样可能蕴含在民众对历史和故事的接受、解读、改头换面之中，而在追寻这流变之真的过程中，作为历史和故事之接受主体的民众就被凸显了出来。

如果说董作宾的《看见她》研究从空间上提供了描摹民间的可能，那么顾颉刚的孟姜女故事研究则是从时间维度上贡献了一套呈现民间的方法。仅就方法论的内部逻辑而言，这二者并非全然一致，比如董作宾的比较研究就预设了一个源起性的文本在地域空间内传播流转的过程，并通过这一过程将地方性、差异性统一起来；而顾颉刚的“不立一真、惟穷其变”则在根本上反对源初性叙事的主导，把承受流变过程的主体作为考察的重点。这两种方法都得到了《歌谣周刊》同人的广泛赞誉，不仅是因为中国民间文学/民俗学在草创阶段本身的粗糙，而且证明了这一时期民间文学/民俗学并没有设定出特定的“民间”“民众”形象和研究方向。另一方面，董作宾和顾颉刚的方法虽然提供了呈现民间的不同可能途径，但归根结底，他们的研究方式都与具体的“文化”目的紧密相关。董作宾要为歌谣研究寻出研究进路，顾颉刚要为古史研究开辟方向，他们在尝试注视民间、描述民间的同时，对民间的批评和改造也更多地从思想的层面展开，而非设想和实践一种直接介入的行动。这一方面本是歌谣运动所隶属的“五四”文化运动的固有特征，但另一方面，也构成了文化运动自身的限度所在。这一限度将在后续的历史进程中很快呈现出来。

---

[1] 顾颉刚：《孟姜女故事的转变》，《顾颉刚全集·顾颉刚民俗论文集》卷二，第23—25页。

第二节　社会运动中的民间文学 / 民俗学

1. 妙峰山的尴尬

1925 年 4 月 30 日至 5 月 2 日，顾颉刚与容庚、容肇祖、庄严、孙伏园五人以北京大学研究所国学门风俗调查会的名义，前往妙峰山调查进香风俗。5 月 13 日，《京报副刊》特辟的《妙峰山进香专号》开始刊行，顾颉刚前后共为《京报副刊》编辑了六期《妙峰山进香专号》以及若干通信[1]，这些文章和通信后来集为《妙峰山》，由中山大学民俗学会出版。

此次妙峰山调查被后世誉为“中国现代民俗学史上第一次有组织、有目的、有计划的专项田野调查”[2]。就顾颉刚本人而言，他对这次调查也颇寄厚望，这一点从他为《妙峰山进香专号》所写的引言很容易看出。在这篇文章中，针对为什么要进行妙峰山进香调查的提问，顾颉刚从两方面给出了回答：

> 第一，在社会运动上着想，我们应当知道民众的生活状况。本来我们一班读书人和民众离得太远了，自以为雅人而鄙薄他们为俗物，自居于贵族而呼斥他们为贱民。……到了现在，政治的责任竟不由得不给全国人民共同担负，智识阶级已再不能包办了，于是我们不但不应拒绝他们，并且要好好的和他们联络起来。近几年中，“到民间去”的呼声很高，即是为了这个缘故。然而因为智识阶级的自尊自贵的恶习总不容易除掉，所以

[1] 顾潮编：《顾颉刚年谱》（增订本），北京：中华书局，2011 年，第 117、119 页。

[2] 施爱东：《中国现代民俗学检讨》，第 62 页。

只听得“到民间去”的呼声，看不见“到民间去”的事实。

我们若是真的要和民众接近，这不是说做就做得到的，一定要先有相互的了解。我们要了解他们，可用种种的方法去调查，去懂得他们的生活法。等到我们把他们的生活法知道得清楚了，能够顺了这个方向而与他们接近，他们才能了解我们得诚意，甘心领受我们的教化，他们才可以不至危疑我们所给予的智识……

妙峰山进香，是他们的生活中的一个重要部分，决不是可用迷信二字一笔没杀的。我们在这上，可以看出他们的意欲的要求，互助的同情，严密的组织，神奇的想像；可以知道这是他们实现理想生活的一条大路。……所以我们觉得这是不能忽视的一件事，有志“到民间去”的人们尤不可不格外留意。

第二，在研究学问上着想，我们应当知道民众的生活状况。从前的学问的领土何等窄狭，它的对象只限于书本，书本又只以经书为主题，经书又只要三年通一经便为专门之学。现在可不然了，学问的对象便为全世界的事物了！……学问的材料，只要是一件事物，没有不可用的，绝对没有雅俗、贵贱、贤愚、善恶、美丑、净染等等的界限。……因此，我们决不能推崇《史记》中的《封禅书》为高雅而排斥《京报》中的《妙峰山进香专号》为下俗，因为它们的性质相同，很可以作为系统的研究的材料。我们也决不能尊重耶稣圣诞节的圣诞树是文明而讥笑从妙峰山下来的人戴的红花为野蛮，因为它们的性质也相同，很可以作为比较的研究材料。[1]

---

[1] 顾颉刚：《〈妙峰山进香专号〉引言》，《顾颉刚全集·顾颉刚民俗论文集》卷二，第325—327页。

值得注意的是，顾颉刚在此把“在社会运动上着想”的考虑排在了“研究学问”之前。顾颉刚一向给人的印象是严谨的学者，在其写于1926年初的《〈古史辨〉第一册自序》中，他总结自己是一个没有从事文学和政治活动“才力”的人，从“个性”和“环境”而言，“考证的学问”方为己身正途❶。但从1925年的这篇《〈妙峰山进香专号〉引言》来看，社会运动上的抱负仍是此时顾颉刚从事妙峰山调查的一个重要面向。当然，《〈妙峰山进香专号〉引言》观点形成的背景原因可能是多重的。与顾颉刚一起参与了妙峰山调查的孙伏园，不仅是此时《京报副刊》的负责编辑，而且一年之前，孙伏园在自己当时负责的《晨报副刊》上刊载了周作人整理的徐文长主题的民间故事，被主事者叫停，此事成为孙伏园去职《晨报》的导火索❷。此番孙伏园亲身参与“套了黄布袋去拜菩萨”❸之事，非议自可想象。顾颉刚从民众运动角度切入妙峰山调查的必要性，大概也有为自己及同人正名，表明调查并非提倡迷信，与同善社、悟善社等同流合污之意。

然而，后续的历史发展却并不如顾颉刚所预料。《妙峰山进香专号》嗣后遭遇的，与其说是反对者的非难，不如说是顾颉刚曾刻意与妙峰山调查相连接的“社会运动”：1925年5月13、23、29日，《妙峰山进香专号》连载三次，5月30日，五卅事件发生，

---

❶ 参见顾颉刚：《〈古史辨〉第一册自序》，顾颉刚编著：《古史辨》第一册，第17—18、79、83页。

❷ 周作人关于此事的回忆是：“当初你在编辑《晨报副刊》，登载我的徐文长故事，不知怎地触犯了《晨报》主人的忌讳，命令禁止续载，其后不久你的瓷饭碗也敲破了事。”参见岂明：《答伏园论〈语丝的文体〉》，《语丝》第五十四期，1925年11月23日，第38页。

❸ 顾颉刚：《〈妙峰山进香专号〉引言》，《顾颉刚全集·顾颉刚民俗论文集》卷二，第325页。

学生运动、群众运动的风潮迅速从上海蔓延到了北京。6月2日，北大学生决议罢课；3日，北京学生联合会各校代表开会，到会学校九十余所，决议即日起北京各校一律罢课。同日，北京学联还组织了游行示威，参加学校百余所，学生五万余人[1]。6月6日，北京各界成立“对英日帝国主义惨杀同胞雪耻大会”，雪耻会于6月10日发起北京国民大会，报载参加人数达二十万，会后数万人冒雨游行，行至外交部和执政府递交大会决议案，外交总长沈瑞麟和段祺瑞均与游行群众相见[2]。其后直至9月底、10月初上海反帝大罢工结束，北京持续处于抗议和援助的浪潮激荡之中。

《京报副刊》上首次出现与五卅相关的内容，是北京学生开始集体罢课的6月3日，孙伏园于卷末写了一篇短评。次日又刊登了一篇自上海投递的文章《上海的空前大残杀》。从《京报副刊》的报道情况和言论态度来看，至少在初期，孙伏园及其周边的新文化同人群体对于五卅事件引发的社会运动形势是抱有一定的疏离和疑虑的。孙伏园在6月5日的评论《游行示威以后》中，一方面语带讥讽地指出“打倒帝国主义”这样的口号对于民众水平来说还太过抽象，因而在游行中出现口号愈喊愈走样的状况，另一方面也认为智识阶级在“对于民众的帮助”“对于表率群伦”上都还有欠缺[3]。这种对于民众和智识阶级的双重怀疑，本来就与鲁迅、周作人提倡的“思想革命”以及总体性的国民性批判思路紧密相连。同时值得注意的是，五卅爆发前，也正是鲁迅、周作人、孙伏园等“语丝派”与“现代评论派”关于女师大风潮问题开始

---

[1] 参见上海社会科学院历史研究所编：《五卅运动史料》第三卷，上海：上海人民出版社，2005年，第3—6页。

[2] 参见上海社会科学院历史研究所编：《五卅运动史料》第三卷，第9—11、25—32页。

[3] 伏园：《游行示威以后》，《京报副刊》第一七〇号，1925年6月5日，第7—8页。

争论之时。这一事件不仅在某种程度上牵扯了争论中人如鲁迅、周作人的关心焦点，而且使北京知识言论界在面对五卅时的态度进一步复杂化了。

五卅前后，顾颉刚在这一变动中的新文化阵营内部的位置，是较为中立和模糊的。他一方面是胡适的得意弟子，主张从实际和具体问题着手，强调学术研究对解决社会问题有益，可看出现代评论派主张的影子。但另一方面，他也是早期的《语丝》同人，身兼创办人和十六个“长期撰稿人”之一[1]。具体而言，顾颉刚的民俗学研究和妙峰山调查也可反映出其能同时跟两边接榫的关联点：《语丝》一直把民俗学/民间文学看作思想革命的重要组成部分，周作人、江绍原尤为寄望从民俗学研究中发展出一套合乎人性的新“礼”学。在致江绍原的信中，顾颉刚就将妙峰山调查解释为从研究“今礼”到“古礼”的“一个发端”[2]。而顾颉刚在《〈妙峰山进香专号〉引言》中论及的调查、研究工作对于民众运动的重要性，也与现代评论派的“专业”姿态同调。在这个意义上，尽管在五卅发生之前，北京的新文化同人群体的分裂已呈公开态势，顾颉刚的妙峰山调查，至少在诉求上，多少还保留着一种“五四”以来文化运动与社会运动相融无间的遗风；同时，也是在这个意义上，《妙峰山进香专号》遭遇的作为一个现实的社会运动的五卅挑战，以及顾颉刚本人对此做出的反应，就颇耐人寻味。

尽管孙伏园在五卅初期对于事件的反应并不十分热烈，但惨

---

[1] 邱焕星：《鲁迅与顾颉刚关系重探》，《文学评论》2012年第3期，第93页。

[2] “顾先生在给我的一信中也曾论及：‘礼’的方面，弟极想着手，但无比较的东西，则一切意义均不易明了。故弟欲先为今礼，然后研究古礼，妙峰山专号，实是想做一个发端。’”参见江绍原：《北大风俗调查会妙峰山进香专号书后》，《京报副刊·妙峰山进香专号（六）》，《京报副刊》第二五一号，第2页。

案对北京的青年造成了巨大冲击是毋庸置疑的。从1925年6月8日开始，《京报副刊》的日常刊载基本中断，完全为《上海惨剧特刊》《沪汉后援专刊》《救国特刊》等五卅特刊取代，基本到7月才开始恢复正常刊载。在这些五卅特刊中，《上海惨剧特刊》由清华学生会主撰，《沪汉后援特刊》由北大学生会主撰，《救国特刊》由北大学生组成的救国会主办，其他还有女师大附中学生会主办的《反抗英日强权特刊》、北大学生会主办的《北大学生军号》等零星特刊。虽然鲁迅曾怀疑《京报副刊》的此种特殊安排是孙伏园故意为之，不愿就女师大风潮与《现代评论》继续争论[1]，但清华、北大等高校的学生组织能够在一段时间内，以每天一期的密集速度持续推出篇幅长达八页的特刊[2]，至少也从一个侧面表现了北京学生对于五卅事件的极高关注和投入。

1925年6月6日，也即是在《京报副刊》开始完全被五卅特刊占据的前两天，孙伏园编发了第四期《妙峰山进香专号》。尽管半个多月前顾颉刚还曾自信地表示，妙峰山进香专号的一大意义在于襄助社会运动，但在突如其来的、真实的社会运动大潮前，妙峰山的尴尬是显而易见的。主编孙伏园不得不特意在刊首加了一篇《请读者在百忙中再读我们的妙峰山专号》，申明在如此局势下继续刊发《妙峰山进香专号》的理由。该文开篇如此说：

> 国家如果是一个健全的，那么，即使是在战争的状态之下，科学家依旧不离开他的实验室，艺术家依旧讴歌，依旧绘

---

[1] 参见鲁迅1925年6月13日致许广平信，鲁迅：《鲁迅全集》第十一卷，第497页。

[2] 根据顾颉刚的统计，《京报副刊》每期的篇幅在600至816行之间，每行20字，也即每天所刊登的文章字数在12000—16000字之间。参见《顾颉刚全集·顾颉刚日记》卷一，第696页。

画，依旧雕刻，哲学家也依旧忍住了眼前的痛苦，探讨精微奥妙的学理，寻求宇宙人生百年乃至亿万年的大计。❶

这一对比实际上显示出，至少对孙伏园而言，在实际的民众运动形势前，妙峰山的调查研究已经成了“与国家大事无关而为学术家所不可也不忍忽略的”❷象牙塔式的工作，而非如顾颉刚所说，为“有志‘到民间去’的人们尤不可不格外留意”❸之事。

有趣的是，顾颉刚本人倒是很快投入到了五卅的宣传活动之中。6月7日，顾颉刚为上海事作传单二通，经潘家洵（介泉）修改后，由北大同人集资付印二万份，6月12日顾颉刚还亲与潘家洵等人至安定门一带散发。这两份传单同日也由孙伏园刊登在《京报副刊》的《上海惨剧特刊》第五号上。此外，6月9日，顾颉刚还应邀加入了北大学生组成的救国团，此后至10月间一直担任救国团文书股的工作，为《救国特刊》的编辑出版做了大量工作。顾颉刚也撰写了不少与五卅相关的时政文章，大多以“无悔”的笔名发表在《救国特刊》上❹。

当然，顾颉刚对五卅宣传的热心，除开本人对于政治的兴趣外，也有友人影响的因素存在。顾颉刚友人潘家洵从五卅事件甫始即极为热心，6月3日北京学生大游行，顾颉刚仅在学校观看学生列队出发，潘家洵则随队参加；顾颉刚加入救国团，也是潘

---

❶ 伏园：《请读者在百忙中再读我们的妙峰山专号》，《京报副刊·妙峰山进香专号（四）》，第一七一号，第1页。

❷ 同上。

❸ 顾颉刚：《〈妙峰山进香专号〉引言》，《顾颉刚全集·顾颉刚民俗论文集》卷二，第326页。

❹ 参见《顾颉刚全集·顾颉刚日记》卷一，第624—660页；顾潮编：《顾颉刚年谱》（增订本），第120—122页。

家洵代为应允的[1]。此外，顾颉刚此时的女性友人谭慕愚（惕吾），亦是五卅运动中的活跃分子，6 月 3 日北京学生大游行中，谭慕愚在游行队伍中发表演讲，并在北大游行队伍行至东交民巷前迟滞不进时，夺旗率而前行[2]。谭慕愚也是北大救国团文书股的成员，参与了《救国特刊》的编辑和撰稿工作。五卅期间，顾颉刚为《救国特刊》写作的稿件在观点上带有一些国家主义色彩，可能就与谭慕愚有关，据顾颉刚日记，1925 年 6 月间，谭慕愚曾几次赠送《醒狮日报》给顾颉刚阅读[3]。

但顾颉刚在五卅中的表现却并不意味着他彻底转变为一个从事政治运动的活动家。纵观他这一时期的活动，可以发现学术工作和政治宣传这两条线索仍是并行地在发展：在编辑《救国特刊》、撰写慷慨激昂的政治宣传文章的同时，顾颉刚也写作了《〈虞初小说〉回目考释》《金縢篇今译》等古史讨论文字，以及歌谣、孟姜女等民俗学研究篇什。顾颉刚似乎并没有遭遇到需要在政治活动

---

[1] 参见《顾颉刚全集·顾颉刚日记》卷一，第 624、626 页。

[2] 同上。

[3] 参见同上书，第 628、631 页。谭慕愚在 1925 年已成为一个国家主义者，她加入中国青年党应该也在此前后。据余英时考证，谭慕愚至迟应在 1925 年加入了中国青年党。但余英时并未指明谭加入中国青年党的具体时间。根据陈正茂的研究，谭慕愚是 1924 年底、1925 年初在北京成立的国家主义学生组织“国魂社”的发起人之一。但“国魂社”何时与中国青年党发生关系，现有史料说法尚不一致，一说其 1925 年春即已成为中国青年党外围组织，并与李璜取得联系，另一说则认为 1925 年 9 月李璜赴北大任教后“国魂社”才与中国青年党中央建立联系。1925 年 8 月，救国团内部的国民党派和国家主义派因对女师大风潮态度不同而分裂，身为国家主义者的谭慕愚被迫退出救国团文书股，《救国特刊》次月停刊，顾颉刚直到最后仍支持谭的立场和主张。参见余英时：《未尽的才情——从〈日记〉看顾颉刚的内心世界》，《顾颉刚日记》第一卷，台北：联经出版事业股份有限公司，2007 年，第 81 页；陈正茂：《顾颉刚的永恒恋人——谭慕愚》，《逝去的虹影——现代人物述评》，台北：秀威咨询科技股份有限公司，2011 年，第 91—92 页；张光华：《北大救国团与〈救国特刊〉》，《出版科学》2013 年第 21 期，第 22 页。

或学术工作当中做出选择的精神困境。但值得注意的是，顾颉刚在1925年7月4日也曾试图写作一篇《妙峰山专号与救国运动》，最终未能完稿[1]。这个小插曲显示出，至少对于顾颉刚本人而言，妙峰山调查与社会运动的关联是真实的；他也希望能够在五卅这样一个现实、具体的社会运动脉络中，整理清楚自己学术工作与政治活动之间的关系。这次尝试以失败告终，原因应该是多重的：顾颉刚本不以抽象思辨能力见长[2]，另一方面，他对五卅的政论态度观点又多来自国家主义者和中国青年党的外来影响，因而在逻辑上，他难于将十分具体的调查方法、资料搜集工作与中国青年党的政论观点疏通融合，也容易想见。此次调和的努力失败后，虽然从顾颉刚的部分政论文字中，仍可看出他运用学术方法来介入政治议题的努力[3]，但基本上直到《救国特刊》结束刊行，顾颉刚的政治宣传与学术研究呈现的仍是平行进行、互不干涉的关系。

1925年10月，《救国特刊》终刊，在事实上终结了顾颉刚的政治宣传工作，但此前谭慕愚与救国团的龃龉，已经使顾颉刚在心理上对实际的政治活动产生了厌倦情绪。1925年8月，谭慕愚

---

[1] 参见《顾颉刚全集·顾颉刚日记》卷一，第638页。

[2] 在思辨能力上，顾颉刚一直感喟自身之不足，服膺乃师胡适的头脑清晰："胡先生的学问，我勤勉些追上去，也是赶到得的。他一件不可及的地方，只是头脑清楚。我看一件事物，不是再四推索，总是模糊的多；他只要一看，就能立刻抓出纲领，刊去枝叶，极糊涂的地方，就变成了极明白。"（1919年1月14日日记）"我看着适之先生，对他真羡慕，对我真惭愧：他的思想既清楚，又很深锐……很杂乱的一堆材料，却能给他找出纲领来……"（1921年1月3日与殷履安书）参见《顾颉刚全集·顾颉刚日记》卷一，第65页；《顾颉刚全集·顾颉刚书信集》卷四，第329页。

[3] 顾颉刚在《在中国的外国人与其势力》《在外国的中国人与其势力》中，请读者调查中国各地外国人势力状况及在外华人生活情况，这一征求调查的方式和调查项目的编排，明显与顾颉刚在民俗学研究中经历过的材料征集活动有承继关系。参见顾颉刚：《在中国的外国人与其势力》《在外国的中国人与其势力》，《顾颉刚全集·宝树园文存》卷六，第167—171页。

因对女师大风潮的态度问题与救国团内部部分成员发生冲突，这最终演变为谭慕愚的国家主义者身份与救国团的国民党派之间的“党争”，并以谭慕愚退出文书股为结果。顾颉刚将此事理解为一腔热忱的谭慕愚因国民党派的派系之见遭受排挤：“救国团以爱国始，而以闹党派意见终，此予之所以不愿参加政党也。热肠如慕愚，终遭罢斥，推之其他事亦可知矣。”[1]

在次年初写作的《〈古史辨〉第一册自序》中，顾颉刚将包括救国团在内的社会团体的活动认作自身从事学术研究的阻碍，并表示自己缺乏“政治的兴趣”和“社会活动的才能”，只愿从历史研究的角度解答“中国民族是否确为衰老，抑尚在少壮？”的问题，以作为他本人“唯一的救国事业”[2]。在顾颉刚的设想中，不文的民众、未接受汉文化的少数民族构成了可能救中国民族于衰老的关键，对民众、地方、风俗等的调查关注因而也成为研究的重点。顾颉刚的研究设计虽然并没有完全脱离他救国、社会改造的理想，但总体而言，此处的民众调查已经不再像他为妙峰山调查所写引言中所述，是一项同时有助于社会运动和学术研究的事业，而完全成了学术研究的分内之事，只是这一研究的成果可能“供给政治家，教育家，社会改造家的参考”[3]。这一变化某种程度上也可视作五卅对顾颉刚产生的后续影响之一。

顾颉刚在五卅前后的个人经历，以及他主导的妙峰山调查在面对真实的社会运动时的尴尬，部分地折射出诞生于“五四”的、作为一种模式的文化运动，在1920年代中期时所遭遇的困境。这一困境产生的原因，一方面是文化运动和社会运动在“五四”后

---

[1] 顾颉刚：《顾颉刚全集·顾颉刚日记》卷一，第660页。

[2] 参见顾颉刚：《〈古史辨〉第一册自序》，顾颉刚编著：《古史辨》第一册，第89—90页。

[3] 同上书，第90页。

的进一步深化。五卅事件发生前，北京的新文化群体已经需要面临文化活动的专业化、学院化倾向与作为活生生的“运动”的文化活动、思想革命之间的冲突。在这个意义上，“语丝派”与“现代评论派”之间的争论虽以对女师大风潮的态度差异为表，但其根柢上的不同，则在于如何理解和继续“五四”以来的“文化运动”[1]。此外，“五四”高潮期的社会运动以青年学生为主要推动者、以“新文化”为社会改造的取径，但随着中国共产党、中国青年党等新型政党的成立以及国民党的改组，政党力量的介入不仅分化了作为一个整体的“新青年”群体，而且日益使得社会运动从文化运动中独立出来。

另一方面，五卅运动作为一个真实的社会运动，其极为现实、紧迫的发动民众、组织民众的需求，又非谋求以思想革命带动社会实际变化的文化运动在短时间内所能满足的。因而五卅的发生进一步加剧了文化运动模式的危机。顾颉刚 1925 年前后的经历，从多个层面反映出了文化运动在此时面临的危机和状况：虽然顾颉刚并未介入“语丝派”与“现代评论派”之间的论争，其主导的妙峰山调查的设想，无论在方式上还是边界上，都遵循着“五四”创造的文化运动的范式，力图保持文化运动与社会运动契合无间的关联性。但在现实的社会运动面前，这一调查只能在接受者那里被理解为一种学院的、专业的、与现实无涉的文化活动。甚至对顾颉刚本人而言，虽然妙峰山调查在他的初始设想中与社会运动有紧密联系，但当他面临关联这一调查与五卅运动的反帝爱国、

---

[1] 关于“语丝派”与“现代评论派”这场争论背后的立场差异和冲突，还可参见程凯：《革命的张力——“大革命”前后新文学知识分子的历史处境与思想探求（1924—1930）》，北京：北京大学出版社，2014 年，第 103—126 页；薛寅寅：《1920 年代中期语丝派与现代评论派论争话语研究》，北京大学硕士论文，2013 年。

运动群众的具体诉求之时，也只收获了失败。至于救国团的分裂、“党争”与顾颉刚在1926年宣布退守至纯粹学术领域之间的隐秘关联，则更为清楚地呈现了政党政治对社会和文化运动的介入，以及“文化”自身在种种因素作用下朝向专业化、学院化的转型。

如果说顾颉刚的妙峰山调查在1925年的经历，可构成一个从较为外部的角度来观察1920年代中期社会运动和文化运动关系变化的案例，那么这一案例的缺憾仍在于，它并未涉及一个根本性的问题，也即以文化方式来把握的“民众”，到底在多大程度上与社会运动所面临和需求的“民众”存在差异？《妙峰山进香专号》的连载虽因五卅运动的爆发而一度中断，但其在1925年7—8月的后续实际上也并未处理这一问题。文化运动与社会运动指向了不同的“民众”的问题，实际上是由《京报》的一个名不见经传的副刊《民众文艺周刊》及其主持者和参与者提出的。在下一部分中，我将着重探讨《民众文艺周刊》在1925年前后办刊宗旨的变化，以及从其对五卅运动的反应中折射出来的如何把握“民众”的难题。

2. 如何把握“民众”？

《民众文艺周刊》为《京报》副刊之一种，属邵飘萍1924年底开始为《京报》设计的“每日增发一种周刊，越七日而周而复始”之第二种[1]，创刊于1924年12月9日，逢周二出版。其前身为仅出过五期的《劳动文艺》，创办时的主编者有荆有麟、项拙、胡也频、陆士钰、江善鸣五人。1925年5月底，《民众文艺周刊》

---

[1] 这七种周刊为：星期一《戏剧周刊》，星期二《民众文艺周刊》，星期三《妇女周刊》，星期四《儿童周刊》，星期五《美术周刊》，星期六《文学周刊》，星期日《电影周刊》。参见高道一：《鲁迅与〈民众文艺周刊〉的资料剪辑》，《鲁迅研究月刊》2003年第6期，第55页。

同人无形中解散，仅余荆有麟一人主持，6 月 23 日出至第 25 期时更名为《民众周刊》，同年 8 月 4 日出至第 31 期时又更改为《民众》。1925 年 11 月 20 日出至第 47 期时终刊。

在现有的学术讨论中，《民众文艺周刊》一般因几个原因受到关注：其一是该刊一度邀请鲁迅担任刊物稿件的校阅者，鲁迅后来虽辞去了这一职务，但他前后有相当一部分文字发表于该刊[1]。其二是《民众文艺周刊》在五卅后转向以民间文学 / 民俗学为主要内容，民俗学 / 民间文学史因而对其也有所提及[2]。此外，沈从文最早的一些作品，亦经过胡也频、项拙，在此刊发表。将《民众文艺周刊》本身作为一个整体来开展的学术考察则一直阙如。造成这一结果的原因，当然与《民众文艺周刊》本身刊物的影响力不够，以及作者、文章的整体水平有限相关，但本书讨论《民众文艺周刊》的目的，倒也并不在稽古钩沉。纵观《民众文艺周刊》的短暂历史，"民众"构成了其贯穿始终的重要坐标，在刊物方向发生转折和变化的时刻，如何把握、理解"民众"都构成了关键性的问题。而这一对"民众"的把握、理解方式及其发展变化之所以值得探究，首先是因为《民众文艺周刊》的存在时间（1924 年底至 1925 年底）正好覆盖了五卅前后，通过对该刊的考察，有可能透视作为历史事件的五卅如何重新形塑了处于文化运动与社会运动交叉处的"民众"观念；其次，也正是因为参与《民众文艺周刊》的主要编辑者、作者大多并非著名人物，而是热心文化运动的普通青年，《民众文艺周刊》的编刊方向和相关论争也更能

---

[1] 具体情况可参见高道一：《鲁迅与〈民众文艺周刊〉的资料剪辑》，《鲁迅研究月刊》2003 年第 6 期。

[2] 参见刘锡诚：《20 世纪中国民间文学学术史》，第 233 页；王文宝：《解放前北京一些报刊宣传民俗学的情况》，《西北民族研究》2005 年第 1 期，第 146—147 页。

代表“新青年”群体在面临五卅以及文化运动和社会运动转型时的反应及相应变化。

1924 年 12 月 9 日，《民众文艺周刊》作为《京报》附设周刊之第二种创刊。在《发刊辞》中，主编者提及，该刊实乃曾出版过五期的《劳动文艺》之延续[1]。根据高道一的考证，《民众文艺周刊》的创刊，起因是五位主编者“因不得已之苦衷”退出劳动文艺研究会，另行组织周刊社。劳动文艺研究会为何种组织，现难考证，但荆有麟、胡也频等人的退出，可能与胡也频等人反对《劳动文艺》出版欢迎孙中山专号、坚持刊物的“文艺”取向一事有关[2]。在《发刊辞》中，主编者强调刊物最初的主张是“在文艺园里恢复我们旧有的地方，恢复我们前辈所开辟的而现在曾经荒芜着的那一块地方”[3]，其意图大约也在于申明自身坚持承接“五四”而来的“文艺”立场，与 1920 年代中期许多青年人离开文学一途、转向实际政治的轨迹做出区分。这一宗旨虽在鲁迅看来仍不免“太重视文艺二字”“上了‘为艺术而艺术’的当”[4]，但就

---

[1] 《发刊辞》，《民众文艺周刊》第一号，1924 年 12 月 9 日。

[2] 1924 年秋，第二次直奉战争结束后，冯玉祥控制了北京的中央政权，为了缓解张作霖的奉军入关危机及各方压力，冯玉祥积极联络段祺瑞、孙中山等各派人物入京共同主持局面。孙中山希望借机在北方宣传主义、扩展力量，因而于 11 月北上，提出召开国民会议、废除不平等条约两项政治主张。受冯玉祥邀请入京主持军政的段祺瑞后来则在国民会议问题的名目、组织形式上与孙中山产生不同意见。孙、段之间的分歧一时成为北京政治局势的焦点，北京追求进步的青年和部分大学教授大多支持孙中山。这也是《劳动文艺》意欲出版欢迎孙中山专号的背景。参见高道一：《鲁迅与〈民众文艺周刊〉的资料剪辑》，《鲁迅研究月刊》2003 年第 6 期，第 53、55 页；王奇生：《中国近代通史（第七卷）：国共合作与国民革命（1924—1927）》，南京：江苏人民出版社，2006 年，第 93—108 页。

[3] 《发刊辞》，《民众文艺周刊》第一号，1924 年 12 月 9 日

[4] 荆有麟：《鲁迅回忆断片》，王世家编：《鲁迅回忆录》（专著）上册，北京：北京出版社，1999 年，第 172 页。

主编者而言，其所追求的倒并非与社会人生完全脱离的纯“文艺”，而是始终与“劳动”“民众”的社会议题连接在一起的“文艺”。

在刊登于创刊号上的《“民众文艺”我见》一文中，项拙特意澄清了《民众文艺周刊》所欲“经营”的“民众文艺”之意指。在项拙看来，“艺术本是人生的表现”，追求“纯粹的艺术”并不等同于切割“对于贫富阶级不平等的愤懑”“对于劳动者热烈的同情”“为人道大声疾呼”。项拙为“民众文艺”做出了三种解释，首先是“民众者自己所创作的文艺”，但他认为在中国当下状况下，民众自己的创作尚达不到文艺的水准。其次是“民众所赏鉴的文艺”，但中国民众的智识水平、鉴赏水平太低，如果“降低”去适应他们的口味，“不但不合进化原理，亦且损失了艺术的价值”，只能待普及教育后再行谋之。最后是“关于民众者的文艺”，指的是“以民众为主要材料的文艺”，也正是《民众文艺周刊》的经营方向。项拙认为，民众文艺同人“虽挂名在第三阶级”，但“实际境遇也与第四阶级没有多少差异的”，“我们以兼有民众者的资格，来经营关于民众者的文艺，总不至像‘坐在他人肩上，大谈劳工神圣’那样隔膜而无关的”。在现有条件下，“以民众为主要材料的文艺”实为发展民众文艺的唯一道路[1]。

项拙的该篇文字实际构成了《民众文艺周刊》的纲领性宣言[2]。对项拙而言，第四阶级的“民众”与第三阶级的“我们”之间虽存在智识和文艺鉴赏层次上的巨大差别，但现实境遇是类似的，这正是“我们”“经营关于民众者的文艺”的可能性和合法性所在。此外，是“文艺”而非“民众”，构成了刊物的着重点。文

[1] 项拙：《“民众文艺”我见》，《民众文艺周刊》第一号，1924年12月9日。

[2] “至于有人疑心民众文艺是什么，后边有项拙君的解释，用不着这里多说……”参见《创刊辞》，《民众文艺周刊》第一号，1924年12月9日。

艺所天然包含的同理心、人道主义同情固然是沟通不同阶层的桥梁，但与此同时，文艺的相当水准也必须维持。正是在这样宗旨的主导下，《民众文艺周刊》早期大体呈现为一个文学刊物，刊登的主要是文艺理论、小说、翻译、诗歌、评论等体裁，在具体内容上，则力求体现“民众”，如创刊初期曾连载厨川白村原作、鲁迅翻译的《描写劳动问题的文学》，并刊发了陆士钰从俄语翻译的一些表现底层生活或贵族知识分子自我忏悔心理的文学作品。《民众文艺周刊》早期刊登的一些中国青年作者的创作，如胡崇轩（胡也频）的小说《卖晚报的小朋友》（第三号，1924 年 12 月 13 日）、李汉民的诗《战后底农民》（第一号，1924 年 12 月 9 日）等，也有模仿欧洲 19 世纪人道主义文学的影子。

《民众文艺周刊》这一以文学创作和翻译为主、兼有时评的面貌，基本维持到了 1925 年 6 月。在此期间，对办刊宗旨明确提出批评和异议的则是孙伏园。与项拙类似，孙伏园也提出了民众文艺的三条路，但在叙述方式上稍有不同。孙伏园提出的第一条道路是“民众呀！你们看看，这是你们的文艺”，指的是“民谣，鼓词，民间传说等等”，其缺点在于内中不可避免的思想落后、智识不足，此外还应注意此种文艺形式的口头性：“如果你真要走着第一条路，那么，凡能避去文字的地方，总以避去为宜，而避去以后应该替代进去的则是图画，照相，乃至简体字，破体字等等，至少也应该少用生字，多用单句，使他们看了不觉有艰深之苦。”第二条路是“知识阶级呀！你们看看，这是民众的文艺”，指的是将民众的文艺记载下来，给知识分子看，其弊病大抵在“记载的人到底不是民众”，难以十分忠实。第三条路是“知识阶级呀！你们看看，这是我们用文艺的手腕，记载出来的民众生活”，这实际上也正是《民众文艺周刊》所采取的方式，但孙伏园认为这种办法“不过把民众完全看作记载的对象，做的人和看的人全是智识阶级”[1]。

如果说项拙的重点在于如何在维持“文艺”相当水准的前提下包囊“民众”，寻求“民众”与“文艺”的结合，那么孙伏园的前提则是智识阶级与民众的二分，智识阶级与民众间存在着难以逾越的鸿沟。在项拙看来，文艺本是一种普世的表现，而在中国当前条件下，知识分子的景况又与民众的境遇有类似之处，这一情况保证了智识阶级书写民众文艺的可能。此种认知对于孙伏园而言则是不成立的。孙伏园不仅意识到，知识阶级书写的民众文艺在事实上于作者和读者两方面将民众排除在外，他甚至不相信知识阶级对民众自身文艺的记录能够做到完全真实。在此，孙伏园实际上指出了知识阶级和民众中存在不同的文艺形式，属于民众的文艺形式是“民谣，鼓词，民间传说等等”，而《民众文艺周刊》所从事的则是属于知识阶级的文艺形式。此种文艺形式的差别在项拙那里仅仅被理解为表现能力、鉴赏水平的差异所造成的结果，可以也应当在教育普及后消弭；但对孙伏园而言，这一差异存在本身，正是知识分子和民众之间阶级和身份差异的表征。在文章末尾，孙伏园提出，民众文艺的“第一要义”应是“不离民众”[2]，他最为焦虑和关注的问题因而已不再是“文艺”，而是如何跨越知识分子和民众的身份鸿沟，捕捉和理解民众的真相。

孙伏园对于民众文艺的这一理解进路，一方面源于他自身的关注点更聚焦于“民众”而非“文艺”，另一方面，应该也与他对民俗学 / 民间文学工作的参与有关。1921 年，孙伏园出任《晨报》副

---

[1] 伏园：《民众文艺的三条路》，《民众文艺周刊》第十六号，1925 年 4 月 7 日。

[2] 同上。

刊编辑，经他之手，《晨报副镌》刊登了周作人、赵景深、郑振铎、郭绍虞等人关于民俗学/民间文学的多篇文章和讨论，《晨报副镌》也成为在北大的歌谣研究会和《歌谣周刊》之外，开讨论民俗学/民间文学风气之先的公共舆论平台。就在发表《民众文艺的三条路》的同月末，孙伏园还同顾颉刚、容肇祖等人亲赴京郊妙峰山，实地考察民众的进香习俗。这样的背景大概也是孙伏园能够将民谣、鼓词、民间传说与知识分子的文艺形式区分开来的一个原因。

不过，孙伏园的意见却并未立即得到《民众文艺周刊》同人的积极响应。在附于孙文文末的“记者案”中，作者默认了孙伏园对于《民众文艺周刊》“做的人和看的人全是智识阶级”的批评，但认为考虑到中国现下复古、麻木的空气日甚，“本刊专在民众身上打算，似乎还有点大早而且迂远”，因而此后的刊物方向“拟除选登些描写真正的民众生活作品外，还想多登些关于‘思想革命’的文字”[1]。约一个月后，鲁迅也提出了与孙伏园类似的批评：“《民众文艺》虽说是民众文艺，但到现在印行的为止，却没有真的民众的作品，执笔的都还是所谓‘读书人’。”[2]鲁迅因而介绍了一篇由被拘的抢劫犯所作的自述，刊登在第二十号的《民众文艺周刊》上。大约是鲁迅的批评起了作用，两期后的《民众文艺周刊》第二十二号刊发了一篇刘经菴的《民歌中新婚夫妇的爱的表现》。

此时也恰逢《民众文艺周刊》开始转型。1925年5月26日，《民众文艺周刊》第二十二号卷末刊登启事，谓“本刊编辑，发行及其他一切的事情，自本期以后，均由荆有麟，负责办理”[3]。次期的《荆有麟启事》则称“‘民众文艺周刊社’无形解散。从现在

---

[1] 伏园：《民众文艺的三条路》，《民众文艺周刊》第十六号，1925年4月7日。
[2] 鲁迅：《一个“罪犯”的自述》，《民众文艺周刊》第二十号，1925年5月5日。
[3]《本刊启事》，《民众文艺周刊》第二十二号，1925年5月26日。

起，本刊由我个人负责办理，与他人概无关系”[1]。关于《民众文艺周刊》社解散的具体原因，荆有麟在5月29日的《莽原》第六期上有一个解释，大体是其他同人因个人原因逐渐脱离社务，仅余下荆有麟一人[2]。由于荆有麟同时也在参与《莽原》的事务，因而他此时设想的今后《民众文艺周刊》的编辑方法是：“把在莽原上所余下的稿件——关于民众方面的——和经费——卖掉莽原的收入——来贴赔到民众文艺上面”[3]。这显示出荆有麟此时仍将《民众文艺周刊》定位为与《莽原》类似的文学、思想批评刊物，甚至对两者的稿源也不做区分，仅在内容上各有偏重。然而，两天后，五卅惨案在上海发生，这一事件再次改变了《民众文艺周刊》的面貌。

五卅运动初起之时，北京新文化群体对于该事件的反应并不一致。与《现代评论》上王世杰、陈西滢等人的热心追踪、对上海民众运动体现的“民气”大加赞颂相较，以周氏兄弟为核心的《语丝》《莽原》同人，则以一贯对于群众、国民性的思想批判立场，与五卅运动保持着一定的距离。如《莽原》直到6月12日的第八期，才刊登了一篇涉及五卅的《演讲之后》，其主要观点仍是批判民众思想落后、麻木、“非人”[4]，与嗣后钱玄同在《语丝》上发表的《关于反抗帝国主义》中主张当前时局下仍应坚持以思想革命唤醒国人同调[5]。其后《语丝》《莽原》上虽断续也有关于五卅的文字，但并不集中。荆有麟当然隶属于鲁迅和《语丝》的阵营，但在对待五卅的态度上，则明显要投入得多。6月5日，荆

---

[1] 《荆有麟启事》，《民众文艺周刊》第二十三号，1925年6月9日。

[2] 参见荆有麟：《关于〈民众文艺〉的话》，《莽原》第六期，1925年5月29日，第8页。

[3] 荆有麟：《关于〈民众文艺〉的话》，《莽原》第六期，1925年5月29日，第8页。

[4] 李遇安：《演讲之后》，《莽原》第八期，1925年6月12日，第4页。

[5] 钱玄同：《关于反抗帝国主义》，《语丝》第三十一期，1925年6月15日，第1页。

有麟就五卅后的时局写作了《反帝国主义之后》，刊登于6月7日的《京报副刊》之上。在北京的言论界中，荆有麟的文章算是针对五卅较早的一个反应。从该文观点来看，其重点也更多地放在讨论如何在实践层面推进五卅运动，而非单纯批评民众的事不关己、麻木。在两天后出版的《民众文艺周刊》第二十三号卷首，荆有麟又登出启事，为刊物征求有关五卅的各种记录、讨论文字和照片[1]，显然试图将《民众文艺周刊》打造为一个讨论、推进五卅运动的公共平台，这就与《莽原》继续维持文学创作和思想批评面貌的路径有了差异。荆有麟甚至还将投递至《莽原》的针对五卅事件的文字挪至《民众文艺周刊》发表[2]，这也显示，他心目中两个刊物的定位已经开始发生变化。6月23日，荆有麟将《民众文艺周刊》改名为《民众周刊》，删去了创刊时极为注重的“文艺”二字，虽然他并未具体阐释这一更名的意味，但从刊物的内容来看，很明显与五卅的民众运动形势高涨有呼应关系。

有趣的是，在更名为《民众周刊》后的首期（第二十五号），开篇刊登的竟是一篇讨论广西民间故事“望夫归”的文章。此前，《民众文艺周刊》仅在孙伏园、鲁迅批评刊物“离了民众”之后，刊发过一次刘经菴的《民歌中新婚夫妇的爱的表现》。那么，在更名后的首期开篇上刊登这样一篇素无渊源，又与五卅无直接关系的民俗学文字用意何在呢？

荆有麟虽没有直接给出解释，但从刊物前后的言论上，可以

---

[1] 《本刊之二大征求》，《民众文艺周刊》第二十三号，1925年6月9日。

[2] 发表在《民众文艺周刊》第二十四号上韵笙所作的《中国民众的特征——塞鼻入厕》，原本投稿给《莽原》，荆有麟认为更适合《民众文艺周刊》，因而挪至《民众文艺》发表。参见韵笙：《中国民众的特征——塞鼻入厕》“编者案”，《民众文艺周刊》第二十四号，1925年6月16日。

窥见大概。在6月底至7月初的几期《民众周刊》上，出现了多篇围绕“到民间去”展开的文字，这一话题的热议，实际上反映出参与五卅运动的青年学生此时遭遇到的困境。五卅运动中，上海工人罢工、商人罢市，对远在北京的学生而言，鼓动宣传，并在此基础上组织商家抵制英日货物、筹集捐款，成了表达对运动的支持最重要的工作。而随着运动的持续，无论是宣传、经济抵制还是捐款活动，都提出了从城市居民扩大到农村，进一步“到民间去”的要求，因为城市居民在长期的宣传攻势下很快疲劳，而经济抵制和反复的捐款又有损于他们的实际利益。此外，各大院校到6月中下旬陆续进入暑假，大批学生离京返乡，因而许多有志于继续推动运动形势的人顺势提出，学生以“到民间去”的目标返乡，将宣传鼓动、募捐筹款等活动带到内地和乡村。然而事实上，“到民间去”、到农村去从事工作，面临的困难较城市大得多：农村一般交通闭塞，农民不通消息，不要说对中英、中日关系毫无了解，有些农民甚至不知道上海在何处，当然也就谈不上接受反对帝国主义的口号、对沪上惨案感同身受。农民的经济状况也较城市平民更差，缺乏有效募集捐款的客观条件。

如何面对和解决“到民间去”的困难，由是构成了《民众周刊》上“到民间去”讨论的中心问题。从欠缺社会经验又一直服膺于新文化运动开展的国民性批判的青年学生的角度来说，他们在“到民间去”之前，对可能遇到的困难常常缺乏估计和应对方案，当遭遇民众的冷淡时，很容易将之理解为民众麻木、无知和自私造成的结果。如一位署名桂生的作者，就在文章中绘声绘色地描述了学生们在募款中遭遇的种种冷遇乃至谩骂[1]。另一位作者

[1] 桂生：《从民间来？》，《民众周刊》第二十六号，1925年6月30日。

蒋鸿纲的经历更加典型：他同友人到乡间后，一位商铺伙计颇为热心地上来询问“听说北京最近有事”，蒋鸿纲便赶紧同他讲述五卅运动的种种情况，岂料伙计问的乃是最近冯、张是否开战的消息。蒋鸿纲在乡间演讲，有人直接质疑：“上海杀人，碍着咱什么？”蒋鸿纲只能在文章中表达“痛心”、“可恨”和“失望”[1]。

与青年们毫无头绪的满腔热情相比，鲁迅倒是从一开始就看到了学生所采用的运动方式可能遭遇的困境。在6月23日发表于《民众周刊》第二十五号上的《忽然想到（十一）》中，鲁迅指出，学生虽在演讲中以“同胞同胞！”相召，但“这些‘同胞’是怎样的心”，却是“不知道的”[2]。鲁迅本是国民性批判的代表人物，但他这篇时评所呈现的态度，远比青年学生“痛心”“失望”于“民间”来得复杂。他在指出“同胞”中“仇视那真诚的青年的眼光”可能“比英国或日本人还凶险”的同时，也提出“到民间去”的口号可能仅是青年归乡逃避的借口，更辛辣地嘲讽了运动中存在的以“一致对外”的名义浑水摸鱼、损人利己的行为[3]。在这个意义上，鲁迅的批判是同时面向学生/运动参与者和民众展开的，在批判所谓“同胞”的“自家相杀”之外，鲁迅同样注意到运动本身的鱼龙混杂，及部分参与者的虚伪投机。鲁迅当然并不反对学生们“到民间去”，但他希望“到民间去”不要沦为青年逃避和自欺的口号，而能成为检视“自己是在说真还是撒诳”，之后再“许有若干人要沉默，沉默而苦痛，然而新的生命就会在这苦痛的

[1] 蒋鸿纲：《“到民间后”》，《民众周刊》第三十二号，1925年8月11日。

[2] 鲁迅：《忽然想到（十一）》，《民众周刊》第二十五号，1925年6月23日；《鲁迅全集》第三卷，第98页。

[3] 鲁迅：《忽然想到（十一）》，《民众周刊》第二十五号，1925年6月23日；《鲁迅全集》第三卷，第98—101页。

沉默里萌芽”的契机[1]。与此同时，他也希望青年利用群众运动的机会，观察民众，与民众接触：

> 这回在北京的演讲和募捐之后，学生们和社会上各色人物接触的机会已经很不少了，我希望有若干留心各方面的人，将所见，所受，所感都写出来，无论是好的，坏的，像样的，丢脸的，可耻的，可悲的，全给它发表，给大家看看我们究竟有着怎样的“同胞”。
>
> 明白以后，这才可以计画别样的工作。
>
> 而且也无须掩饰。即是所发见的并无所谓同胞，也可以从头创造的；即是所发见的不过完全黑暗，也可以和黑暗战斗的。[2]

对鲁迅而言，参与运动的青年的自我反省，与对民众的观察了解，应该构成“到民间去”所包含的一体两面的内容：它既构成避免青年的“灵魂”被“暑假”这一“灵魂的断头台”[3]斩首的方法，也是酝酿“和黑暗战斗”、“从头创造”“同胞”的“别样的工作”的出发点。这两方面最终指向的都是新的“精神文明”再造之前的彻底清理和剥除：“人必须从此有记性，观四向而听八方，将先前一切自欺欺人的希望之谈全都扫除，将无论是谁的自欺欺人的假面全都撕掉，将无论是谁的自欺欺人的手段全都排斥……这才可望有新的希望的萌芽。”[4]鲁迅所设想的“到民间去”，因而应当成为既对人亦对己的、一种新的思想革命重新出发的前提。

---

[1] 鲁迅：《忽然想到（十一）》，《民众周刊》第二十五号，1925年6月23日；《鲁迅全集》第三卷，第101页。

[2] 同上书，第99页。

[3] 同上书，第101页。

[4] 同上书，第102页。

《忽然想到》之十和十一是五卅后鲁迅直接针对事件和后续运动写下的两篇最早的时论。两篇文字均发表在《民众文艺周刊》(《民众周刊》)上，可见鲁迅对刊物的支持及读者的期待。对于主办者荆有麟而言，鲁迅的这一发言当然也是必须借重的。在7月7日出版的《民众周刊》第二十七号上，荆有麟大幅引用了《忽然想到(十一)》中的文字，来为刊物提倡的“征求这次我们青年学生为了爱国运动在社会上所接触和感得的一切情形，据实描写出来”进行背书[1]。但值得注意的是，荆有麟的文章旨在肯定和推动学生的“到民间去”实践，希望他们在暑期返乡的同时，在乡间从事五卅运动的相关宣传和经济抵制、募捐活动，因而文中仅引用了鲁迅希望青年“将所见，所受，所感都写出来”“给大家看看我们究竟有着怎样的‘同胞’”这一部分，而并未提及鲁迅对青年们“到民间去”真诚性的质疑。

除开鲁迅，荆有麟还引用了桂生发表在第二十六号上的《从民间来？》一文的“附言”：“希望全国的学生，把民国十四年所接触的民间情形，据实描写出来，以示改造社会的目标。”[2]这一表述表面上看与鲁迅相差无几，但桂生吁求的出发点，乃在自身“到民间去”实践的失败，由此希望解答：“要用什么好方法，去挽救他们和我们联络起来，互相呼唤亲爱的同胞呢？”[3]这实际上显示出，在荆有麟的理解中，“到民间去”更多是一场由知识分子/青年主导、朝向对民众的指导动员的实际活动，对民间情形的记录、发表，也意在暴露民众缺陷，“以示改造社会的目标”，最终达到“去挽救他们和我们联络起来”，共同推动运动的目的。这

---

[1] 有麟：《到民间后》，《民众周刊》第二十七号，1925年7月7日。
[2] 有麟：《到民间后》，《民众周刊》第二十七号，1925年7月7日。
[3] 桂生：《从民间来？》，《民众周刊》第二十六号，1925年6月30日。

一理解不仅忽略了鲁迅所看重的青年在“到民间去”过程中反躬自省的层面，而且将鲁迅设想中为思想革命再造前提的观察了解民众，与推动实际政治运动的欲望交织在了一起。

正是在荆有麟对于“到民间去”的如此理解下，民间文学/民俗学的相关文字成了《民众周刊》上除开描述民众生活的小说、散文，以及关于民众运动现状和出路的讨论之外，另一种重要的内容。在荆有麟看来，“故事、歌谣等等”才是“民众自己的作品”，因而民间文学的征求发表构成了“把民间的真实情形完全暴露出来，使改革者有所借鉴”，并“把民众的生活和景况宣传到大众面前，使大众都要注意到民众”的重要手段[1]。此种对民间文学的认知，大概就是荆有麟在《民众文艺周刊》改名为《民众周刊》的第二十五号卷首，放置莲心那篇记录广西民间故事“望夫归”的文字的原因。而通过集中地征集和刊登民间歌谣、故事，荆有麟也回应了孙伏园、鲁迅对《民众文艺周刊》前期欠缺“真的民众的作品”[2]的批评。

在荆有麟的视野中，民间歌谣、故事的收集以及相应而来的对“民间”的思想批评，应该是与群众运动的进一步推进发展互相配合的。然而，如果说在五卅运动的高潮期，《民众周刊》上这两部分内容之间的平衡还能一定程度上得到维持，那么随着时间推移，两个部分之间的矛盾和不协调感就日益明显。民间文学的收集整理和地方风俗的考察并不一定能够与正在进行的社会运动直接关联，尽管荆有麟赋予了前者“思想批评”的任务，但在实际操作上，尤其是五卅运动在8月至9月随着上海工人罢工陆续

[1] 参见凤田：《忘了民众了吗？》文末荆有麟的回应。《民众周刊》第四十二号，1925年10月20日。

[2] 鲁迅：《一个“罪犯”的自述》，《民众文艺周刊》第二十号，1925年5月5日。

结束而走向尾声，《民众周刊》上“指导民众或调查民众的论文”日减，而民间文学 / 民俗学的相关内容则越来越多。甚至在某种程度上，收集歌谣和民间故事成了在群众运动中遭遇挫折的青年们逃避的出口。如一位作者程坤一就坦言：

> 暑假放了，我自己抱着很自负的态度，很坚决的志愿，要到民间尽量的，努力的将沪上惨案的真象广注在民众的脑海里，激起他们的爱国心来。不料真实的民众，与我们理想的民众相差太远了……所以所得的结果，与我所预期的结果也相差得太远了。到了后来，我就抛却了原来的计画（不免五分钟热度之讥）终日里闭口不言，垂着头向他们队里乱混……结果就得了下面两篇恋爱的故事。[1]

对此，荆有麟自己也很快有所觉察。在第三十二号的《杂话》上，荆有麟说：“本刊近来收到稿件虽多，但大都是述说下来的故事或歌谣，我极希望投稿者能将个人的观察和意见写出来，以便给改造社会者的方法和暗示。”[2] 但荆有麟的此番表示后来仅收获了一篇署名为贾伸的《中国歌谣上的家庭问题》（第三十六号）。

对《民众周刊》日益成为一个“一部分发表指导民众或调查民众的论文，其大部分则全为登载民间的歌谣，故事，谚语，歇后语，以及剧曲唱辞者”[3] 的刊物这一趋势表达了不满和批评的，则是谷凤田。谷凤田，山东济宁人，字心农，毕业于山东优级师范。谷凤田在1920年代可算是一位积极投身新文化运动的青年，尤为

---

[1] 程坤一：《民间恋爱故事二则》，《民众周刊》第四十一号，1925年10月13日。

[2] 有麟：《杂话》，《民众周刊》第三十二号，1925年8月11日。

[3] 谷凤田：《介绍几种民间文艺周刊及其他》，《鉴赏周刊》第18号，1925年。

有趣的是，从他1920年代散见于各种报刊的文字来看，他最为关心的话题有两个，其一是民俗学，其二是学生运动。他从1924年即开始大声疾呼青年学生应利用暑期“到民间去”从事农工调查和农工讲演，还自编了十二篇农工演讲的材料，供给有志于“到民间去”的学生取用[1]。谷凤田也是早期民俗学活动的积极参与者，在《北京大学研究所国学门周刊》《北京大学研究所国学门月刊》《国语周刊》上发表过多篇关于歌谣、民间故事的文章，顾颉刚征集各地的孟姜女故事时，谷凤田亦有投稿参与。据谷凤田自称，他甚至还编有一本《山东歌谣集》，收录了山东各地歌谣五百余首，这在中国民俗学和民间文学初起之时，可算是相当惊人的成绩[2]。事实上，谷凤田发表在《民众周刊》上的第一篇文章，就是关于崔莺莺的故事。由此看来，谷凤田本人的思想倾向和兴趣倒是与荆有麟为《民众周刊》所设计的两大内容十分契合；在这个意义上，谷凤田对《民众周刊》走向所提出的质疑也就特别耐人寻味。

谷凤田对《民众周刊》的批评，首先是从对学生参与五卅运动和反对章士钊[3]两事的热情逐渐低迷的不满开始的。谷凤田认为，这种现象反映的是中国人随声附和、盲目冲动的劣根性，《民众周刊》不幸“竟也陷于这种状态里去”了：

> 我记得从前的《民众》上竟也有一个时期大唱其“到民间

---

[1] 谷凤田：《山东学生之暑期作业》，《学生杂志》第11卷第9号，1925年。

[2] 参见谷凤田：《介绍几种民间文艺周刊及其他》，《鉴赏周刊》第18号，1925年。可惜的是，谷凤田所编的这本歌谣集似乎不见流传，可能当时并未付印。

[3] 1924—1925年，北京爆发女师大风潮，因办学理念和治校方针上的不同意见，女师大一些学生与校长杨荫榆发生冲突，发起驱杨运动。时任教育总长的章士钊支持杨荫榆，1925年中，章士钊通过行政手段停办并改组女师大，激起学界抗议反弹，8月26日，鲁迅与四十余名北大教员联名发表《反对章士钊的宣言》。

> 去”，“从民间来”，“演讲之后”等等高调；但无论他是高调也好，无论他是实行也好，总之他还喊了几声，如今呢？呵！可怜！我们的《民众》也“幽默”了——我们的民众只有会替死人造趣谈了！[1]

所谓“替死人造趣谈”，指的是《民众周刊》第三十五号和三十九号两期《李调元故事专号》。谷凤田当然并非无条件地反对民间文艺的搜集整理，实际上，两期的《李调元故事专号》上均有他自己的稿件刊登。他反对的毋宁说是一种“太不注意于民众，而只一味的来凑热闹”[2]的态度，而在《民众周刊》征集刊发歌谣、故事、谚语的过程中，这种“凑热闹”的态度似乎尤为容易显露出来。更让谷凤田担心的是，凑热闹的文字将挤占真正为民众说话的空间：

> 只凑热闹还不要紧，可是苦了我们的民众了！我们的《民众》是为民众说话，为民众造幸福的惟一机关，若长是这样的凑下热闹去，那谁还再想到我们的民众呢？谁还再为民众说话呢？谁还再为民众造幸福呢？那岂不是我们都已忘了民众了吗？[3]

对此，荆有麟的回应则认为，《民众周刊》欠缺“民众自己的作品”已经说明了“中国的情形危险到万分”，如要再谈到其他方面，“这种没法子办的事，又不是我们呐喊几声可以济事的。所以在积极道上，我们只有把民间的真实情形完全暴露出来。使改革者有所借鉴。而在别一面，我们又可以借此，把民众的生活和景

---

[1] 凤田：《忘了民众了吗？》，《民众周刊》第四十二号，1925年10月20日。
[2] 同上。
[3] 同上。

况宣传到大众面前，使大众都要注意到民众才好，这是本刊所以时常征求故事，歌谣等等的原因”[1]。

谷凤田和荆有麟之间存在的观点分歧，实际上提出了这样一个问题，即到底应当如何来看待民间文学/民俗学与社会改造之间的关系？荆有麟的理解是一种“调和论”，他强调歌谣、故事在暴露民间缺陷、引起读者关心方面的社会效用，同时也重视内在于民间文艺中的“文学的兴趣”[2]。然而，对谷凤田而言，民间文学所能产生的实际社会效用如果不是完全不存在，那么至少也是容易被“凑热闹式”的风气和行为冲淡乃至遮盖的。谷凤田本人虽然也是一个热心的民间文学搜集者，但他所设想和从事的群众运动却从来不是以收集民间文艺的“文化”形式展开的，而指向直接的行动参与和实践。尽管正如荆有麟含蓄指出的那样，谷凤田所呼吁的行动和实践很大程度上并没有超越“呐喊几声”，实际上并不“济事”[3]，反倒是以民间文学/民俗学来暴露民间真相的方式更有可能构成一种积极的实践；但荆有麟也同样无法否认，征集歌谣、故事所产生的现实效果，即便在支持者和欢迎者那里，

---

[1] 凤田：《忘了民众了吗？》，《民众周刊》第四十二号，1925年10月20日。

[2] 同上。

[3] 纵观谷凤田在《民众周刊》上发表的几篇关于群众运动的文章，除开不断地提出一些口号或原则式的向民众表同情、为民众说话的呼吁，以及号召青年们克服阻力、勇往直前外，实际上并没有为群众运动的开展提供过任何真正有效的分析或问题解决方案。与谷凤田的学生气恰成对照，已经加入中国共产党、当时为中法大学学生的陈毅在《民众周刊》第三十号上发表的《谁是救国的主力军》，则对参与运动的各方、其利益关系及优缺点进行了中肯的分析，最终提出工农才是救国运动的主力军。参见谷凤田：《敬告到民间后的朋友》，《民众周刊》第三十四号，1925年8月25日；凤田：《民众的友和敌》，《民众周刊》第三十八号，1925年9月22日；谷凤田：《占在民众前面》，《民众周刊》第四十七号，1925年11月24日；陈毅：《谁是救国的主力军》，《民众周刊》第三十号，1925年7月28日。

常常也仅止于“非常有趣”[1]，至于能够“给改造社会者的方法和暗示”的“观察和意见”，则并非歌谣、故事征集行为本身就能直接带来的，很大程度上还要倚赖搜集者自身的态度和意愿。在这个意义上，谷凤田所批评的并不以关心民众为根本目的的“凑热闹”，是单纯的歌谣、故事征集行为所无法避免的。

一个颇有意味的案例是，1925年9月，京兆尹薛笃弼以乡村歌谣“有关教育及风化甚巨”的理由，通令各县“采集新旧儿童歌谣。及白话格言等项”[2]。薛笃弼这一行为当然是对中国官方采征歌谣传统的延续，但明显也受到新文化运动中民俗学活动开展的影响。荆有麟对此则大加嘲讽，认为京兆尹所倚赖征集歌谣的“一般绅士和小教育家”，不可能完全忠实于民间歌曲的真相，最终所得“一定都是些不关痛痒而与政治，风俗，习惯，教育，人情等等无关的儿歌或闲曲”[3]。但反讽的是，荆有麟批评京兆尹薛笃弼主导下的歌谣采集活动的两个要点——难以真正忠于民间，以及不关痛痒——实际上也都可以从对《民众文艺周刊》(《民众周刊》)自身的批评上找到：孙伏园曾指出，知识分子对民间文艺采集记录最大的困难在于难以做到完全忠实[4]；谷凤田不满的“凑热闹”所指向的，某种程度上也可说正是采集到的民间文学作品的“不关痛痒”。在这个意义上，荆有麟虽然刻意将自身与京兆尹官方主导的歌谣、故事征集行为做了区分，但这一区分在多大程度上真正成立，却是值得讨论的。

值得注意的是，荆有麟对民间文学/民俗学征集的兴趣和期

---

[1] 凤田：《忘了民众了吗？》，《民众周刊》第四十二号，1925年10月20日。
[2] 有麟：《京兆尹采歌谣》，《民众周刊》第三十八号，1925年9月22日。
[3] 同上。
[4] 伏园：《民众文艺的三条路》，《民众文艺周刊》第十六号，1925年4月7日。

待，并不是凭空产生的。如果我们回忆一下《民众文艺周刊》从创刊伊始到转型的过程，就可以发现，民间文学 / 民俗学之所以成为刊物的主要内容，是孙伏园、鲁迅的批评，以及五卅运动在青年当中造成的思想和行动变化，这几个因素共同推动而形成的。如果说五卅运动带来的青年“到民间去”风潮，以及青年们在此过程中直接遭遇的困境，在实践的层面提出了了解民众以推动民众运动的具体要求，那么作为“五四”文化运动之直接产物的中国现代民间文学 / 民俗学在 1920 年代前半期的发生和发展，就使得荆有麟相信，对民间歌谣、故事的采集、研究，是相较于“文艺”更能接近“民众”、了解民间的途径。在这个意义上，始终热心于社会运动开展的谷凤田对于《民众周刊》后期民间文学 / 民俗学内容比重日益增加趋势的批评，实质上正是对作为一种了解、接近民间“文化”方式的民间文学 / 民俗学，能否真正适应现实的社会运动要求的质疑。如此一来就引出了另一个问题：作为文化形式的民间文学 / 民俗学所把握、理解的“民间”与“民众”，具有什么样的内部结构？现实的社会运动所希图动员、引导的“民间”或“民众”，又与之存在怎样的区别？

在孙伏园对早期《民众文艺周刊》的批评中，一个要点在于，孙伏园认为知识分子创作的、以“民众”为内容的“文艺”最终是脱离民众的，因而他提出，民众具有属于自己的文艺形式，即歌谣、故事、谚语之类。孙伏园这一论断的前提，是知识分子与民众的截然二分，在此基础上，小说、新诗、翻译等文学形式成为知识分子的文艺，歌谣、故事、谚语等则成为民众的文艺。某种程度上，这一区分也构成民间文学 / 民俗学的成立基础：通过区分知识分子和不文的民众、城市居民和乡村居民，隶属于后者的文化状态、生活习惯、语言风俗才有可能成为前者所不了解的、值得观察和研究的对象。在这个意义上，民间文学 / 民俗学从一开始就是一种关于“他者”的知识生产方式，尽管它始终以接近、理解、描述、表达这一“他者”为目标。

作为 1920 年代中国规模最大的一场社会运动，五卅运动的发生和发展当然也极大地倚赖一般民众的力量和参与，但是，社会运动所需要的民众不可能是静止的、被孤立出来的观察对象，而是要通过不断地宣传、动员，使得原本分散的、置身于外的民众投身到具有某一共同目标的群体当中来。纵观五卅时期的报刊，“团结”“合作”“联合”等词语继“五四”之后再度在媒体言论中集中出现，反映的也正是社会运动的这一要求。在如此要求面前，如果知识分子或运动领导者与民众之间存在的差异和鸿沟是一个客观事实，那么这一差异或鸿沟就必须得到克服和跨越，而非仅仅在差异的基础上观察和勾勒民众的形象。王造时就说：

> 凡是中华民国的人民，无论他是男的女的，无论他是大的小的，无论他是工人农人，无论他是学界商界，无论他是官僚政客，无论他是军阀土匪，无论他是什么个人，无论他是什么团体，都应联结起来，同心协力，援助沪案，反抗英日。不管以前有什么意见，有什么嫌隙，有什么私仇，有什么偏见，有什么误会，若真是救国，毫无私心，便应完全抛开，完全打消，暂不去问。[1]

张荫麟则意识到“其他四分之三的国民”“未曾受过教育，不识字，不看报”，因而必须由知识分子参与宣传工作，否则“他

---

[1] 王造时：《援助沪案反抗英日的根本条件》，《京报副刊 · 上海惨剧特刊（六）》，第一七八号，1925 年 6 月 12 日。

们不知所谓国家，怎会去救国？他们不知所谓国耻，怎会去雪耻。他们对于自鸦片战争以至这次上海惨剧以来一切中国被外族欺凌压迫的惨事还未曾听过；教他们怎能生同情、兴敌忾？”[1]对“国家”、“国耻”以及“被外族欺凌压迫的惨事”的知识宣传，最终的目的正是要使“他们”跟我们一起生出“同情”和“敌忾”，去从事“救国”“雪耻”的工作。

“联合”“团结”民众的要求促动了“到民间去”的风潮，而青年们在“民间”经历的失败则使得他们转向民间文学 / 民俗学，以图寻找失败的原因和解决方案。但是，民间文学 / 民俗学虽有可能提供一种观察和理解民众的途径，这一观察和理解的前提恰恰又在于将民众与知识分子切割开来。因此，单纯就这一知识方式自身的生产过程而言，在不引进任何其他目的和手段的前提下，其内部逻辑追求的乃是捕捉、确定一个迥异于知识群体的“民间”，而非给出跨越二者间距离和鸿沟的实践方案。在现实的五卅运动脉络中，当青年们试图以此找寻“到民间去”的宣传或动员运动的失败原因时，这种建立在知识分子与民众二分基础上的知识方式，甚至还有可能进一步强化青年对于民间迷信、麻木的认知，从而使之陷于失望。在五卅运动的高潮期，《民众文艺周刊》（《民众周刊》）上的风俗、歌谣讨论常常落脚于批判恶劣风俗，到后期，运动形势走弱，歌谣和故事的征集行为又变得似乎“无关痛痒”，某种程度上正体现出民间文学 / 民俗学的内部逻辑与现实社会运动要求之间的落差。

民间文学 / 民俗学与五卅运动之间存在的此种落差，当然并

---

[1] 张荫麟：《智识阶级应当怎么样救国？》，《京报副刊·上海惨剧特刊（三）》，第一七五号，1925 年 6 月 10 日。

不意味着前者是一种象牙塔式的、毫无介入现实能力的超越性知识。毋宁说，《民间文艺周刊》的案例清晰地呈现出，到1920年代中期，随着文化运动和社会运动的各自发展，“五四”时代发展出来的那种二者之间互相推动、互相激发的模式已经不能再以原有的方式继续维持，而必须在重新界定目标和原则的前提下，做出调整和转变。对此，一部分人走上了专业化的学术道路，希图凭借教育和研究机构的独立性来确保自身发言的中立和客观，但后续的历史显示出，国家和政党对于教育研究机构独立性的影响仍是难以摆脱的。一部分人走向了新生的政党，试图以政党自身的目标重新界定文化运动的功能和范围，这在保证了文化运动介入现实的能力的同时，也必然遭到“文化为政治所控制”的质疑。在两者之间还有一群游荡者，最为典型的例子是周氏兄弟，在急剧变动的文化和政治图景中，他们仍希望坚持“五四”以来个人式的、非专业化的“思想战”，与前面两种路径选择均保持着一定的距离。由于对群体性的发言和行动的原则性拒斥，周作人逐渐转入书斋和“文抄”。鲁迅则“走异路、逃异地”，在生活和思想的双重动荡中，以持续论战的方式找寻“思想战”的新方向和可能。在这一过程中，他同样需要不断地调整和摸索自身与政党、与国家，以及与新的文化力量之间的关系。或许也可以说，无论做出何种选择，如何处理与政党、革命，以及此后的民族国家建制之间的关系，成了此后文化实践维持其“运动”性的一个关键问题。

第三节　余音与转型

1926年7月，顾颉刚接到了厦门大学的聘书。同年8月，顾颉刚携全家离京。在此之前，北京发生“三一八”惨案，“四十多个青年的血”❶彻底改变了北京的政治和文化空气。此后，段祺瑞的临时政府垮台，4月，张作霖统下的奉军入京，他以“讨赤”名义，镇压言论和教育机构，通缉进步人士。在这“恐怖的空气之中”❷，顾颉刚则专心于《古史辨》第一册的自序写作，通过这篇著名的自传式序文，他将所涉庞杂的古史考辨、歌谣研究、孟姜女故事研究、妙峰山调查都细致地编入了自己的学术脉络自叙之中，并表达了从今往后希望卸掉社会“责望”、专心努力于学问一途的志愿❸。但是，学术工作的进行同样需要现实条件。由于时局动荡，北京各大院校欠薪严重，加之奉军入关后，大肆抓捕媒体人和知识分子，在知识人群体中造成普遍的恐慌情绪❹。在此情况下，适逢林语堂替新成立的厦门大学招兵买马，顾颉刚在林语堂提议同去厦门办研究所之时，就基本打定了主意南下❺。

查考顾颉刚日记可以发现，顾颉刚南下厦门的一大期望，在

---

❶ 鲁迅：《记念刘和珍君》，《鲁迅全集》第三卷，第289页。

❷ 顾颉刚：《〈古史辨〉第一册自序》，顾颉刚编著：《古史辨》第一册，第101页。

❸ 参见顾颉刚：《〈古史辨〉第一册自序》，顾颉刚编著：《古史辨》第一册，第86—89页。另据顾颉刚1926年6月22日与王伯祥书曰：“这篇自序，想是你们都想不到的。我所以要这样做，一来固是要使人知道这一个主张的根源，二来也是要使人知道我的为人除了研究历史之外竟一无所长，从此不要随便来拉拢我，使得我可以用毕生的经历走在一条道上。”参见《顾颉刚全集·顾颉刚日记》卷一，第760页。

❹ 顾颉刚日记中，于《京报》主编邵飘萍被枪杀当日，记载了一条关于军阀抓捕知识分子的传闻：“彭女士来，谓准备通缉之二百零八人，内北大有一百六十人。仲川嘱予暂避……”《现代评论》所载时评则谓：“近数日来，北京社会忽然表现一种恐慌的景象。尤其知识阶级的人士，无论是在教育界或不在教育界的，无论是教员或学生，更无论是所谓赤化或非赤化的，大家都像有大祸临头似的，表示十分不安的状态。”参见《顾颉刚全集·顾颉刚日记》卷一，第740页；文：《北京的恐慌》，《现代评论》第三卷第七十三期，1926年。

❺ “语堂先生以北京站不住，将往就厦门大学文科学长，邀我同去办研究所。我在京穷困至此，实亦不能不去。”参见《顾颉刚全集·顾颉刚日记》卷一，第744页。

于得到一个适合的读书环境[1]。1926年11月9日，在致叶圣陶的信中，顾颉刚说："斩除荆棘不必全走在政治的路上，研究学问只要目的在于求真，也是斩除思想上的荆棘。……我自己知道，我是对于二三千年来中国人的荒谬思想与学术的一个有力的革命者。"[2]也即是说，顾颉刚所追寻的"读书环境"，某种程度上是与政治、社会相区隔的。从这个角度来看，尽管厦门大学对于同来的鲁迅而言，是"孤立海滨，和社会隔离，一点刺激也没有"的无聊之地，使得鲁迅"竟什么也做不出"[3]，对于顾颉刚倒恰成为"数年来渴望之读书境界"[4]——虽然甫到厦门之时，顾颉刚也曾因生活和个人情感的波动，深悔自己对于此地环境之辜负，但随着生活的安定，顾颉刚也逐渐开始进入读书和研究的状态。从11月开始，顾颉刚以通信的方式与傅斯年、程憬继续讨论古史，又与林幽、孙伏园、容肇祖发起成立风俗调查会[5]，在古史和民俗学两个方向上，都接上了自己此前的研究轨迹。

但事实上，1926年下半年的中国南方却远非一个单纯的静修之地。在1926年前后南下的知识群体中，固然不乏如顾颉刚一般，想在南边找寻一个经济上更为充裕、生活上更为安定、能够专心从事学问的场所的人，但同样有许多人，南下的一大动机，在于接近和观察由南方而起的"大革命"[6]。如鲁迅，到厦门后不

---

[1] 参见《顾颉刚全集·顾颉刚日记》卷一，第795—796页。

[2] 顾颉刚：《致叶圣陶》五二，《顾颉刚全集·顾颉刚书信集》卷一，第85—86页。

[3] 参见鲁迅1925年10月4日致韦丛芜、韦素园、李霁野信，《鲁迅全集》第十一卷，第562页。

[4] 《顾颉刚全集·顾颉刚日记》卷一，第795页。

[5] 参见顾潮编：《顾颉刚年谱》（增订本），第148—149页。

[6] 参见王建伟：《逃离北京：1926年前后知识群体的南下潮流》，《广东社会科学》2013年第3期，第124—126页。

仅一直与赴粤的许广平等人保持联系，以获知广州国民政府的种种情况，而且也在关注厦门本地的情形。厦门庆贺双十节的盛况，对比北京的“沉沉如死”，尤为使他“欢喜非常”，因为这显示出“此地人民的思想，我看其实是‘国民党’的，并不老旧”[1]。1926年下半年的中国南方也是北伐战争的发生场所。从鲁迅的通信来看，他一直追踪着北伐的战况。北伐军进入福建后，鲁迅还曾与厦门大学倾向国民党的学生联络，叹息后者“不经训练，不深沉，甚至于连暗暗取得学生会以供我用的事情都不知道”[2]。

与鲁迅相比，顾颉刚厦门时期的日记、书信、文字则缺乏类似的关注和敏感[3]，甚至相较北京时期更淡漠。除开厦门大学本身地处偏僻、信息不便的原因外，这也显示出顾颉刚此时不问外事、闭门读书的态度。不过，顾颉刚虽然自觉地拒绝了政治，厦门却也并非彻底的化外之地。早在北伐军全面占领福建之前，鲁迅就观察到，“此地报纸大概是民党色采，消息或倾于宣传”[4]；而随着1926年12月国民军占领福州，不久福建全境纳入广州国民政府治下，已经经历了列宁主义政党改组的国民党不可能如同北洋军阀一般只注重军事占领，势必要就三民主义和国民革命大肆展开思想宣传。据顾颉刚1927年2月2日在与胡适信中自陈：

> 自从北伐军到了福建，使我认识了几位军官，看见了许多印刷品，加入了几次宴会，我深感到国民党是一个有主义、

---

[1] 参见鲁迅1926年10月10日致许广平信，《鲁迅全集》第十一卷，第570—571页。

[2] 参见鲁迅1926年11月26日致许广平信，《鲁迅全集》第十一卷，第632页。

[3] 据笔者所见，顾颉刚日记中甚至连福建本地的战局都未曾提及，仅在11月22日记有一条“今日学生以欢迎国民军到厦，全体请假，到厦门市开会”。参见《顾颉刚全集·顾颉刚日记》卷一，第819页。

[4] 参见鲁迅1926年11月26日致许广平信，《鲁迅全集》第十一卷，第632页。

有组织的政党，而国民党的主义是切中于救中国的。……如果学问的嗜好不使我却绝他种事务，我真要加入国民党了。[1]

国民政府治下的亲身经历已经自然地改变了顾颉刚的政治态度。

1926 年 12 月底至 1927 年 1 月初，顾颉刚为《厦门大学国学研究院周刊》写作了两篇讨论福建地方神祇崇拜的民俗学文章——《泉州的土地神》和《天后》。从学术脉络来看，这两篇论文明显与顾颉刚此前的民俗学研究有承继关系：《泉州的土地神》基于顾颉刚 1916 年 12 月 15—24 日与陈万里游泉州时的亲身考察见闻，类似妙峰山调查后写作的《妙峰山的香会》；《天后》则主要依据历史史料中对于天后来历的记述铺排而成，这一写法很容易让人想到顾颉刚对孟姜女故事演变的追索。但在学术方式的延续性之外，值得注意的是顾颉刚本人的观点和态度在全新的历史条件下所发生的微妙变化。

1927 年 1 月 5 日，就在顾颉刚写作《泉州的土地神》和《天后》两篇文章之间，攻入江西的北伐军封闭了当地天师府。由于担忧天师府的道教法物将从此失散，顾颉刚以厦门大学国学研究院的名义向武昌国民政府致电，请其将天师府改组为博物院[2]。此事看似为一个无关紧要的小插曲，但实际上反映出顾颉刚所欲从事的民俗学学术在国民政府治下即将面临的挑战。

诞生于“五四”文化运动的民俗学一直以传统的士大夫文化、贵族视角为基本对立面，而在崇尚读经、复古的北洋武人政府治

---

[1] 顾颉刚：《致胡适》一〇六，《顾颉刚全集·顾颉刚书信集》卷一，第 440 页。

[2] 参见顾潮编：《顾颉刚年谱》（增订本），第 151—152 页；顾颉刚：《致武昌国民政府转江西省政府（代厦门大学国学研究院）》，《顾颉刚全集·顾颉刚书信集》卷二，第 276—277 页。

下，对传统士大夫、贵族文化的攻击，实际上也构成了对北洋政府统治的挑战。这是“五四”所谓“文化政治”之政治性的真正意涵，与此同时，这一发生条件也恰成为其边界。在“五四”的语境中，“民间”以及居住于民间之中的“民众”，是可以通过对立于贵族士大夫的方式而成立并自足的。可是，新的政党政治、作为一场真实的群众运动的五卅，以及随后“大革命”的发生，都在不断地提出和迫使人追问一个新的问题：社会运动和革命需要怎样的“民众”来参与？更进一步，社会运动和革命意图推动建立怎样的社会和国家，“民众”将在其中占据什么位置、呈现为何种形象？本质上，五卅期间顾颉刚的妙峰山考察所遭遇的尴尬，正是顾颉刚以民俗学方法所挖掘注视的、作为贵族士大夫对立面的“民众”形象，与社会运动所吁求呼唤的“民众”之间的错位造成的。然而，如果说五卅仅仅是一场既有高潮亦有落潮的运动，在运动的高峰过去后，顾颉刚仍然能够持续《妙峰山进香专号》的出版和讨论，那么随着北伐的推进、国民政府逐渐在南方扩大和巩固政权，民俗学学术就还需要面对如何调整自身，来与一个对“民众”远较北洋政府更为敏感的国家政权相适配的问题。通过与国民党人的交往，顾颉刚认识到，“这一次的革命”的确“是民众的革命”[1]，但“民众的革命”同时也以激进地扫除迷信风俗、改造民众旧貌为己任，北伐军入赣封天师府，即是出于这样的目的。在这样的情况下，民俗学应当如何自立，又当如何处理其与国家意志和行为之间的关系？

1926—1927 年之交，顾颉刚已经多少意识到了民俗学的这一处境。在为首期《厦门大学国学研究院周刊》撰写的《缘起》中，

---

[1] 顾颉刚：《致胡适》一〇六，《顾颉刚全集·顾颉刚书信集》卷一，第 440 页。

顾颉刚坦承，“在现在新旧绝续之交”，民俗学“最容易引起人们的误会：少年人笑为敝精神于无益之地，老年人又斥为擅出主张，标新立异”。面对如此两难的局面，顾颉刚做出的自我辩护是“学问”的“求真”：

> 我们知道学问应以实物为对象，书本不过是实物的记录。我们知道如果不能了解现代的社会，那么所讲的古代社会便完全是梦呓。所以我们要掘地看古人的生活，要旅行看现代一般人的生活。任何肮脏和丑恶的东西，我们都要搜集，因为我们的目的不是求美善，乃是求真。[1]

求真固然是一切研究的基本原则，但值得注意的是，1924 年，顾颉刚恰恰通过孟姜女故事的研究，在起源之“真”以外，将民众对历史的接受、理解、变化同样视作历史之“真”。在这个意义上，“真”并非一个可以诉诸绝对理性的固定标准，它自身也不断在文化政治的场域内发生着内部结构和外部边界的转变。也是在这个意义上，如果我们将《天后》和此前的《孟姜女故事的转变》做一个对读，就可以发现，同样的“求真”原则和类似的学术方法却导致了不尽相同的“真实”结构；而导致这一差异的原因，除开两个研究对象本身的区别之外，不同的现实情境与历史条件及其对顾颉刚所产生的影响，应当说也在其中扮演了重要角色。

1925 年 1 月，远在巴黎留学的刘半农读到顾颉刚在《歌谣周刊》上初次发表的《孟姜女故事的转变》，寄信回国盛赞道：“你

---

[1] 《缘起》，《厦门大学国学研究院周刊》第一卷第一期，1927 年 1 月 5 日。转引自顾潮编：《顾颉刚年谱》(增订本)，第 150 页。

用第一等史学家的眼光与手段来研究这故事；这故事是二千五百年来一个有价值的故事，你那文章也是二千五百年来一篇有价值的文章。”❶使得刘半农如此欣喜又佩服的，乃是顾颉刚以“史学家的眼光与手段”研究了一个向来不为人所道的“故事”，并由此将“二千五百年来”为儒家士人所忽视的民众带入了学术研究的视野。在《孟姜女故事的转变》中，顾颉刚最迥异于前人的方法，乃在于跳出追究孟姜女是否是《左传》所载之杞梁妻的窠臼，将孟姜女故事的形成视作民众在时势变迁中自发创作、修改、成形的一个作品，作为独立“故事”的孟姜女从而也就具有了与经典所载之杞梁妻进行分庭抗礼的地位和能力。在 1926 年以前顾颉刚所做的民俗学研究中，这种与儒家士人传统对抗的“民间”和“民众”被赋予了某种不言自明的正面意义，如妙峰山调查，虽然东岳庙进香普遍被视为迷信活动，但顾颉刚则试图从中挖掘出“他们意欲的要求，互助的同情，严密的组织，神奇的想像；可以知道这是他们实现理想生活的一条大路”❷。

而到了 1927 年初写作《天后》时，尤其是经历了北伐军封江西天师府事件后，顾颉刚在文中呈现的对待民众的态度就明显暧昧得多。与孟姜女研究类似，在《天后》中，顾颉刚使用的方法也是透过对不同时代天后故事历史记录的对比和排列，来描绘天后信仰成形的过程。但是，顾颉刚并未如在孟姜女研究和妙峰山调查中所做的一样，强调并抬高天后崇拜的民间源起，而仅以较为中立的态度将其处理为一个“偶像”被“辛苦造成”的过程——在这一过程中，历代朝廷的赐封与滨海民众的求生需求同

---

❶ 刘复：《通讯》，《歌谣周刊》第八十三号，1925 年 3 月 22 日，第 2 页。

❷ 顾颉刚：《〈妙峰山进香专号〉引言》，《顾颉刚全集·顾颉刚民俗论文集》卷二，第 326 页。

时构成了天后信仰不断加强的重要因素。尤为值得注意的，是在《天后》文末，顾颉刚通过一则明代史料，证明天后信仰的势力扩张与明代郑和下西洋时的海外交通有直接关系。顾颉刚由此议论道："可惜现在有了轮船，度越重洋无甚危险，使得她失掉了受人膜拜的神力……时势变迁，物质文明进步，古来辛苦造成的偶像不打而自倒，有心人闻之得无一叹乎？"[1]

这一喟叹的意涵是复杂的。一方面，"偶像"在"时势变迁"和"物质文明进步"面前"不打而自倒"，似乎含蓄地指向了国民政府对于天师府等民间崇拜的激进举措，意在指出这些"迷信"行为随着物质文明进步可以自动消失，并不需要国家力量的刻意介入；另一方面，强调"时势变迁"和"物质文明进步"这样的客观因素对于民众信仰存否的决定性影响，顾颉刚似乎隐约流露出了一种在行动上更为退缩、克制的心境，这正与其在孟姜女研究和妙峰山调查时期，对于新学术方式能够揭露民间真相并进而改造现实的自信形成对比。某种程度上，这种退缩和克制，正是顾颉刚自五卅以来面对现实的社会运动和革命时的犹豫和自我调整的结果。

1927 年初，因厦门大学风潮，顾颉刚决定赴广州的中山大学，联手北大旧友傅斯年，共同推进中山大学的国学和历史研究。在大革命的策源地，顾颉刚逐渐找到了民俗学学术与国民政府意识形态相适配的方式。在到达广州后所作的一系列文字中，顾颉刚摒弃了"五四"以来从知识分子立场出发的民间注视，以及在此基础上由知识分子主导的启蒙和改造方式，转而高呼："我们要站在民众的立场上来认识民众！……我们自己就是民众，应该各

[1] 顾颉刚：《天后》，《顾颉刚全集 · 顾颉刚民俗论文集》卷二，第 514 页。

各体验自己的生活！”[1]在1928年3月20日于岭南大学所做的演讲中，顾颉刚明确批评了五四运动“只有几个教员学生（就是以前的士大夫阶级）作工作，这运动是浮面的”，当下的任务则在“继续呼声，在圣贤文化之外解放出民众文化；从民众文化的解放，使得民众觉悟到自身的地位，发生享受文化的要求，把以前不自觉的创造的文化更经一番自觉的修改与进展，向着新生活的目标而猛进”，也即是说，民俗学的任务在于推动一个“由全民众自己起来运动”的“新文化运动”[2]。但在实际的操作中，民俗学一方面仍然需要面对国民政府移风易俗、破除迷信的国家行为对自身合法性的冲击，另一方面，也要服从民族国家建构过程中对边疆少数民族的控制意愿，并充当实现这一目的的学术工具。

顾颉刚面临的双重压力，意味着尝试退回到“学术”阵地的民俗学，仍然需要在新的时代条件中，搭设自身与“政治”的关系，只是在1927年的广州，政治的形态也发生了重大的变化。事实上，变化的征兆早在五卅就已经出现了。使得顾颉刚对“政治”心灰意懒的“党争”，预示着新的政党政治登上舞台，新型政党的竞争和对青年的争夺，重新塑造了“文化”与“运动”的样态，大革命之后，现代民族国家建设的议程也加入进来。在这大变局的浪潮中，如果说顾颉刚代表了一种退缩和克制的态度，那么在政党政治的实践内部，也并不缺乏“到民间去”的声音，在激进、迅猛的社会运动中，“到民间去”发展出了自己另一条湍急汹涌的脉络。而这就是我们下一章将要讲述的故事。

---

[1] 顾颉刚：《〈民俗周刊〉发刊辞》，《顾颉刚全集·顾颉刚民俗论文集》卷二，第571页。

[2] 顾颉刚：《圣贤文化与民众文化》，《顾颉刚全集·顾颉刚民俗论文集》卷二，第575—576页。

第 4 章

“民间”与政党政治

1926 年，在回顾总结五卅运动时，亲历者恽代英曾指出，“五卅运动的一个最大的原动力”乃在于“革命党的发展”[1]。就此，王奇生做过一个颇为有趣的对比，他将 1915 年的反“二十一条”、1919 年的反对巴黎和会将山东权益转让日本和 1925 年的反日本人枪杀中国工人顾正红所引发的三次“政治抗争行动”放到一起来考察，认为“三次‘危机’的程度其实一次比一次减弱，然而‘动员’的规模却一次比一次增大”[2]。在王奇生看来，造成这一现象的一个关键原因是“新型革命党的参与”[3]。

恽代英和王奇生所谓的“革命党”，当然指的是 1921 年新成立的中国共产党，以及 1924 年甫经改组的中国国民党。不过，还可稍作补充的是，1923 年成立的中国青年党及其辐射下的国家主义者同样在五卅运动中有活跃表现。以北京地区的《京报副刊》为例，五卅期间，《京报副刊》最主要的两个五卅特刊——清华学生会负责编纂《上海惨剧特刊》（共出十二期）和北大救国团主办

[1] 恽代英：《中国民族革命运动史》第七讲《五卅运动》，《恽代英全集》第八卷，北京：人民出版社，2014 年，第 459 页。

[2] 王奇生：《前言》，《革命与反革命：社会文化视野下的民国政治》，第 4 页。

[3] 王奇生：《亡国、亡省、亡人：1915—1925 年中国的三次危机与动员》，《北京论坛（2009）论文选集　文明的和谐与共同繁荣——危机的挑战、反思与和谐发展：“危机与转机——对现实问题的历史反思”历史分论坛论文或摘要集（下）》，第 504 页。

的《救国特刊》(共出十六期)——都呈现出了鲜明的国家主义特色，五卅后，由清华学生在北美成立的国家主义团体“大江会”的归国成员闻一多还主动与中国青年党合作，以团体名义加入了醒狮派发起的国家主义各团体联合会[1]。这样看来，五卅运动不仅“是中共正式登上政治舞台的标志”[2]，而且在一个更广泛的意义上，构成了“五四”之后形成的新型政党共同亮相和竞争的平台。

在此需要稍加说明的是，所谓“新型革命党”，“新”在何处？对王奇生而言，共产党、国民党、青年党“竞相揭橥‘革命’大旗”形成的“多党竞革”局面，就是1920年代初的政党政治与民初之区别所在[3]。也即是说，“新”处乃在于各党派对于“革命”的共同认同。王奇生描述了“革命”话语在这一时期被构建为一神圣化和正义化的主流政治文化的过程，但并未触及另一个关键问题，即促使这些新兴政党认可革命的原因和动力何在。在一本出版于1925年的《民国政党史》中，作者如此描述了民初以来的政党政治乱象：

> 自民国初元迄今，政党之产生，举其著者，亦以十数。其真能以国家为前提，不藐视法令若弁髦，不汲汲图广私人权力者，能有几何？而聚徒党，广声气，恃党援，行倾轧排挤之惯技，以国家为孤注者，所在多有，且争之不胜。……盖吾国人对于政党政治之观念，极为薄弱，当政党之结合，初不以政见也，

---

[1] 参见闻黎明：《闻一多与“大江会”——试析20年代留美学生的“国家主义观”》，《近代史研究》1996年第4期，第190—191页。

[2] 王奇生：《前言》，《革命与反革命：社会文化视野下的民国政治》，第5页。

[3] 参见王奇生：《革命与反革命：社会文化视野下的民国政治》，第67—72页。

或臭味相投，或意气相孚，质言之，感情的结合而已。然此犹其上焉者也。其下焉者权势的结合而已，金钱的结合而已。[1]

民初由政党而至宪政的全面危机，一方面构成了五四新文化运动发生的契机，另一方面，以“五四”为开端的对民初国家宪政框架内的政党政治、议会政治的全面拒绝，也促成了“五四”后诞生的新型政党朝向革命的集体转向。由于放弃了国家政治的整体框架，新兴的政党必然以作为一个整体的社会为基本诉求，正是在这个意义上，无论是国民党、共产党还是青年党，都要设置某种社会性的民众观念作为自身所选择革命道路的基础和旨归。这也意味着提出一个新的问题：政党应当如何把握和处理自身与民众的关系？如何证明自己的领导权和代表性？如果说，对于民初的政党，这一问题是无须回答和论证的，领导权是由参与议会这一事实，以及自身的经济、文化地位自然决定的，那么对1920年代出现的新政党来说，阐明自身与民众的关系、证明自身代表性，就成了论证革命合法性的一个必要过程。某种程度上，正是对这一问题的不同解答，决定了他们日后不同的命运。而“到民间去”运动可能与新的政党政治相结合，其根源亦在于此。

本章尝试以《中国青年》上的“民间”论述为中心展开考察，并旁及其周边的对话和实践，来切入这一问题。1920年代前期和中期，《中国青年》上对“到民间去”的持续号召和讨论，构成了后“五四”时代青年介入现实的重要推动力，《中国青年》也成为这一时期“到民间去”口号在思想舆论界甚嚣尘上的一大发源。“到民间去”包含着一个显然的二层结构：执行“去”这一行动的

---

[1] 谢彬：《民国政党史》，上海：上海学术研究会总会，1925年，第1—2页。

主体和“民间”。这也正是《中国青年》上相关讨论最关心的两个部分：其一，去到民间的主体，究竟是五四新文化运动造就的青年，还是政党？这两者间又存在怎样的差异和关联？其二,一个边界和指向模糊的“民间”经由何种程序，在这一时期的论述中逐渐清晰？它的面貌如何？在主客体的两层结构之间，作为行动的“去”则充当了沟通的桥梁，它不仅将青年 / 政党与民间联系在一起，而且也构成“到民间去”的话语论述和具体的政党实践之间互相作用影响的途径。本章因而也将考察“民间”话语与实践之间的关系，并尝试借此透视政党如何通过话语和实践两个层面及二者间的互动，来定位自身与民众的关系。

一般对于1920年代的理解，常常将新型政党政治的兴起看作一个标志，以“文化”为中心的“五四”时代由此宣告结束。“到民间去”成为此时初兴的政党政治讨论的重要话题则显示出，尽管“五四”前后的被寄予期待的“青年”正在逐步代之以坚强、守纪律、有主义的党团成员，含混多元的民众论、庶民论也渐渐转而为清晰的阶级话语、民族话语，但“到民间去”运动当中一些基本的认知框架，仍然在政党政治的结构中被保留了下来。从这个角度来看，文化运动并未于焉终结，毋宁说，它追寻的问题以新的方式在历史中展开。地泉涌出地面，开始具有了清晰的河道和流向，但塑造其性质的，仍然是那滚涌的时刻。

第一节　再造“青年”

1923年10月20日，作为中国社会主义青年团的机关刊物，《中国青年》创刊。在《发刊辞》中，恽代英如此说道：

政治太黑暗了，教育太腐败了，衰老沉寂的中国像是不可救药了。

但是我们常听见青年界的呼喊，常看见青年界的活动。

许多人都相信中国的唯一希望，便要靠这些还勃勃有生气的青年。

……

我们必须为青年的这种需要，供给他们一种忠实的友谊的刊物。这便是我们刊行《中国青年》的意思。[1]

这里道明了《中国青年》为自己所设定的对象，并非某一选定的阶级成员，而是一般的“青年”。这份具有清晰的意识形态指向性的党团刊物似乎并未从一开始就摆出鲜明的阶级立场，而是主动选取了一个较为中立和模糊的、与“五四”及《新青年》传统有明显承继关系的言论位置。实际上，如果不强调《中国青年》的党团背景，光就其刊物本身面貌而言，尤其在1925年以前，它更像是一份面向青年学生的、具有左倾色彩的普通读物，与《向导》《新青年》大幅刊登苏共和共产国际文件、讲义的政党喉舌形象恰成对比。《中国青年》花费了很多篇幅讨论青年自身的求学问题、生活问题、恋爱婚姻问题，以及青年们十分关心的新文学、泰戈尔来华等话题，这一宽泛的定位也很快为《中国青年》在中小知识青年中赢得了广大的读者群[2]。但值得指出的是，《中国青年》面向一般“青年”的定位，并非从一开始就是中国社会主义青年团内部的共识，而是经过了一段时间的党团工作实践，

[1] 《发刊辞》，《中国青年》第一期，1923年10月20日，第1页。

[2] 关于《中国青年》在“新青年”当中的流行程度，参见王奇生：《党员、党权与党争：1924—1949年中国国民党的组织形态》，北京：华文出版社，2010年，第69—70页。

以及在此基础上的内部调整，才最终达至此结果。在此，对这一过程稍加回顾，有助于我们进一步理解《中国青年》定位选择的意义。

1. “青年”定位的形成

大体而言，《中国青年》的刊物定位受到两个方面因素的影响，其一是其倚靠的中国社会主义青年团自身的定位，其二是中国社会主义青年团与中国共产党之间的关系。

最初的社会主义青年团，可算是中国共产党成立的一个伴生产物，其设想最初由陈独秀提出，效仿苏俄的少年共产党，作为中国共产党的后备军和预备学校。为了吸收更多青年，社会主义青年团的加入条件相较共产党也更为宽松。1920—1921 年，与各地共产党组织的出现同时，最初的社会主义青年团也在各地成立。青年团甫组建时，在组织、成员和思想倾向上都较为混杂，中国共产党成立后，加强了对青年团的指导，明确了其为“信奉马克思主义的团体”[1]，1922 年 5 月召开的中国社会主义青年团第一次全国代表大会进一步规定团的性质是“中国青年无产阶级的组织”[2]。然而，除开“青年”这一年龄修饰语外，这一性质规定和共产党并无本质区别，早期青年团成员又与共产党多有重叠。由于共产党早期的秘密性质，很多工作还以青年团名义进行，党、团在组织和工作分配上亦不明确，团组织有相当大的独立性，如

---

[1] 李玉琦主编:《中国共青团史稿：精编》，北京：中国青年出版社，2012 年，第 29—39 页。

[2] 《中国社会主义青年团第一次全国代表大会文件》“中国社会主义青年团纲领”，《中国青年运动历史资料（1915 年—1924 年）》第一册，北京：中国新民主主义青年团中央委员会办公厅，1957 年，第 129 页。

1922年9月6日发布的青年团中央执行委员会通告第十七号就宣布："除了政治上的主张须与中国共产党协定以外，社会主义青年团有完全自主之权。"[1]

这种党团不分的特殊状态，一方面为青年团留下了后来再未出现过的巨大工作空间，另一方面，则在1924年前成了从中央到地方党团工作的一大困扰。1924年5月的《中国共产党扩大执行委员会文件》就坦承，青年团容纳了许多"倾向本党或办事有能力而意志尚未坚定者"，致使"有些地方只有S.Y.[2]组织而无C.P.[3]组织，S.Y.之中又有许多成年团员，遂不得不令S.Y.担任党的工作"，"使S.Y.日渐党化"[4]。文件因而决议青年团年龄上限为25岁，超过该年龄的团员应于一定时间内尽量加入共产党、退出青年团，青年团"应专任以青年为本位的青年运动""以青年本身运动为中心工作"[5]。这一决议颁布后，中央的党团关系逐渐理顺，但在地方和基层，C.P.和S.Y./C.Y.[6]之间隐隐的竞争态势却一直持续到了国共分裂前夕[7]。

---

[1]《中央执行委员会通告》"第十七号通告（九月六日）"，《先驱》第十六号，1923年2月1日，第3页。

[2] 即Socialist Youth，社会主义青年团。

[3] 即Communist Party，共产党。

[4]《中国共产党扩大执行委员会文件》"S.Y.工作与C.P.关系决议案"，中央档案馆编：《中共中央文件选集（一九二一——一九二五）》第一册，北京：中共中央党校出版社，1982年，第193—194页。

[5] 同上书，第194—195页。

[6] C. Y.即Communist Youth，共产主义青年团。社会主义青年团于1925年更名为共产主义青年团。

[7] 如一直身为局外人的鲁迅1927年到广州后，就曾感慨："我在厦门，还只知道一个共产党的总名，到此以后，才知道其中有CP和CY之分。"鲁迅：《通信》，《鲁迅全集》第三卷，第469页；亦可参见黄金凤、王奇生关于1920年代党团关系的相关论述，黄金凤：《从"第二党"到后备军：共产党与共青团早期关系的演变》，《近代史研究》2011年第3期；王奇生：《革命与反革命：社会文化视野下的民国政治》，第149—152页。

《中国青年》即创刊于这一党团关系较为复杂、特殊的时期。值得一提的是，在《中国青年》之前，青年团还曾有过一个机关刊物《先驱》，为一种半月刊，从1922年1月15日持续至1923年8月15日，共出过25期。《先驱》最初由北方的青年团组织创办，从第四号开始成为青年团机关刊物，编辑部也转到上海的青年团临时中央局[1]，施存统随之成为该刊的实际负责人。《先驱》早期以登载各种苏俄消息介绍、翻译为主，很少涉及中国自己的青年团。1922年底，中国社会主义青年团中央执行委员会决定提前召开第二次全国代表大会，以“急速解决本团种种困难问题”[2]。这一决议于1923年2月1日在《先驱》第十六期发布，时任团中央书记的施存统也主动发难，在同期上开始连载自己写作的长文《本团的问题》，以配合“本团种种困难问题”的讨论。《本团的问题》前后共连载五期，时间长达四个半月[3]，很快便在团内掀起了一场大讨论。

施存统的文章从性质、政策、组织、训练、工作、宣传、经费、中央地方及团员八个方面分析了青年团现阶段面临的具体困境，其中，尤为引起其他团员共鸣的是如何界定青年团的性质、今后朝哪个方向开展工作的问题。施存统指出：

> 各国少年共产团，都以青年无产阶级为基础；而本团却不然，大部分都是小资产阶级的青年学生，只有一小部分是青年

---

❶ 李玉琦主编：《中国共青团史稿：精编》，第36页。

❷《中央执行委员会通告》“第二十八号（十二月二十四日）”，《先驱》第十六期，1923年2月1日，第3页。《先驱》的期号是混用的，后期基本作“号”，本书引用依原刊为准。

❸ 施存统的《本团的问题》从《先驱》第十六期连载至第二十一期，跨越时间为1923年2月1日—6月20日。其中，《先驱》第十八期因为《少年国际大会号》而未登载该文。

工人，这小部分青年工人中还有好多是半无产阶级，属于近代意义的无产阶级简直非常之少。这实是本团的极大危机，亦是本团微弱的重要原因。[1]

施存统的观察当然并非孤例，1922年4月出版的《先驱》第六号上，就已经有人指出青年团"差不多可说完全是'学生团'"，学生因自身有求学压力，又与工农隔膜，不能立刻投入改革社会的工作[2]。但施存统论述的特异之处毋宁说在于一种阶级视角的彻底贯穿，这一阶级视野实际上是政党所选择的"主义"在知识上的产物。在施存统看来，青年团多学生而缺工人的现状造成的最大问题，是使得团的阶级属性背离了"中国青年无产阶级的组织"这一规定，学生的小资产阶级特性在团的组织上、工作上、宣传上造成了一系列的问题，使青年团难以承担无产阶级革命的任务。施存统当然也认识到造成这种现象的重要原因在于"经济落后工业幼稚"，但他坚持青年团必须"建筑在青年无产阶级上面"，是因为"没有经济上一定的地位和切身利害的人，他的思想和行动要时时起变化，很难永久保持革命的精神"。施存统因而一方面要求"各地做劳动运动的同志或工人同志须赶快物色稍为有点觉悟的青年工人介绍加入本团"，另一方面，在面对占团内大多数的学生时，则表示：

我们不要以为本团是一个青年学生的团体，尤其不是一个讲求学问的团体。加入我们的团体，不以有无学问为标准，而

---

[1] 存统：《本团的问题》，《先驱》第十六期，1923年2月1日，第1页。

[2] 樵子：《对于青年团的意见》，《先驱》第六号，1922年4月15日，第2页。

以有无觉悟为权衡。我们所需要的觉悟，不是空空洞洞的什么“正义”“人道”的觉悟，乃是现实的“阶级觉悟”。❶

实际上，施存统的批评观点背后，也有少年国际意见的影响。少年国际致中国社会主义青年团的信中就提道：

> 你们的革命工作之成功大部分在学生界之中，团员也以学生为多，这是团体中种种不好现象的原因——譬如，组织的薄弱、纪律（旧译训练）的不振“学院主义”（acaeje' misme）等等……少年共产国际第三次大会详尽审查此等现象之后，决定请中国青年团根本改变其工作之基础即以为当自学生界中移向农工青年间。❷

与此同调，刘仁静、卜士奇在随后的讨论中进一步提出，“学生由小资产阶级出身，无做无产阶级共产主义者的可能”❸，“学生运动并不能代表中国的青年运动”❹，“我们的活动，偏于学生当中的发展，只是病的现象”❺，甚至提出，“为挽救本团的危机，在组织上应暂时禁止介绍学生为团员而努力于青年工人间的势力的扩充”❻，将阶级论推到极端，完全否定了青年团接纳学生成员和从事学生运动的合法性。值得一提的是，刘仁静于1922年9月赴莫

❶ 存统：《本团的问题》，《先驱》第十六期，1923年2月1日，第1—2页。
❷《少年国际给中国社会主义青年团书》，《先驱》第十八号，1923年5月10日，第4页。
❸ 敬云：《我们与学生运动》，《先驱》第二十号，1923年6月10日，第3页。
❹ 士畸：《什么是青年运动？》，《先驱》第十七号，1923年5月10日，第2页。
❺ 敬云：《青年共产主义运动在中国的意义》，《先驱》第十九号，1923年6月1日，第1页。
❻ 敬云：《我们与学生运动》，《先驱》第二十号，1923年6月10日，第4页。

斯科参加共产国际第四次代表大会，并在会上做了关于中国形势的报告，随后又出席了少年国际第三次代表大会，是中国共产党和青年团内为数不多的亲自去往世界革命总司令部接受过直接指示的人物，卜士奇则是俄共（布）和共产国际帮助中国共产党在上海筹办的留俄培训机构外国语学社选送到俄国的留学生[1]。两人在观点上，也多援引苏俄及西欧社会运动的先例以为典范，认为中国的青年团工作者在学生中工作是“不懂‘青年运动是什么东西？’”[2]，结果使运动“输入中国”后“被误解而且变色了”[3]。

应当说，刘、卜二人走向机械的阶级论和居高临下的态度，某种程度上引发了“本土派”的不满，施存统就此回答道：

> 本团应该注重青年工人运动，谁也不应有异议。目下所成为问题的，乃是由什么人来做，在什么地方做，用什么方法来做……这三个问题的解决，是目下最急迫的问题。不然，即使把本团所有学生团员统开除完，而我们的青年工人运动也仍不得发展的。[4]

但分歧点实际上存在于如何看待学生团员和学生运动之上。施存统认为，“中国产业的幼稚和无产阶级的微弱”，造成了“中国共产主义的青年运动，不起于无产阶级的青年而起于非阶级化

---

[1] 参见郝淑霞：《中共创办的第一所外语学校——上海外国语学社》，《党史研究与教学》2012 年第 5 期（总第 229 期），第 60 页。

[2] 士畸：《什么是青年运动？》，《先驱》第十七号，1923 年 5 月 10 日，第 2 页。

[3] 敬云：《青年共产主义运动在中国的意义》，《先驱》第十九号，1923 年 6 月 1 日，第 1 页。

[4] 参见敬云：《我们与学生运动》文末“存统附志”，《先驱》第二十号，1923 年 6 月 10 日，第 4 页。

的青年学生”，这是必须接受的事实；而“目前的问题，实在不是无产阶级的青年运动的问题，乃是运动无产阶级的青年做无产阶级的青年运动及运动非无产阶级的青年投身无产阶级的青年运动的问题”[1]。在施存统的设想中，学生虽然“不能做社会革命的主体”[2]，但“在社会革命上有两层重要的意义”：

> 第一，在中国这产业幼稚、无产阶级微弱的国家，在破坏以前，很要学生投身无产阶级的运动中去组织及训练无产阶级，并对一般民众宣传共产主义。第二，未来为无产阶级专政的国家服务的人才，须从现在的学生中养成。[3]

因此施存统提出，青年团以后的工作应并重“向青年工人中发展和向青年学生中活动”[4]这两个方面，“学生运动是手段，工人运动是目的”[5]。对此，刘仁静并不买账，他坚持认为“学生运动完全是小资产阶级的运动，他的性质是不可随便变更的”，不可能发展到加入无产阶级革命的程度，并遍举俄国、德国、意大利、英、法、美的例子，以说明学生、知识分子不会参与无产阶级革命，青年团从事学生运动是完全错误的[6]。

---

[1] 存统:《中国的青年运动究竟应该怎样？》,《先驱》第二十二号，1923年7月1日，第2页。

[2] 参见敬云:《我们与学生运动》文末“存统附志”,《先驱》第二十号，1923年6月10日，第4页。

[3] 存统:《中国的青年运动究竟应该怎样？》,《先驱》第二十二号，1923年7月1日，第3页。

[4] 同上。

[5] 参见敬云:《我们与学生运动》文末“存统附志”,《先驱》第二十号，1923年6月10日，第4页。

[6] 敬云:《再论学生运动与工人运动答存统》,《先驱》第二十五号，1923年8月15日，第1—2页。

施存统和刘仁静均以阶级分析为自己立论的基础，但二者产生差异的原因，不仅在于一方在理论上更为彻底，而且还在于，在面对应当如何在阶级理论的框架中放置和处理中国自身的实际情况时，两人做出了不同的选择。颇有意味的是，最终终结了施存统和刘仁静这场争论的，并非理论辩难的深化，而是现实情况的改变。1923年6月，中国共产党第三次全国代表大会召开，大会决定接受共产国际关于国共合作的建议，全体共产党员以个人身份加入国民党，以参加和促进国民革命为当前目标，并随之对社会主义青年团提出了极力参加国民运动、引导青年学生参与国民运动的要求[1]。所谓国民革命，根据蔡和森和陈独秀的定义，乃指“殖民地半殖民地各阶级联合革命”，通过不同阶级结成联合战线的共同力量，“一面打倒国内的封建势力，一面反抗外国帝国主义”[2]。而在中共三大的决议案中，不仅无产阶级和资产阶级要组成联合战线，还同时提出了“有结合小农佃户及雇工……以保护农民之利益而促进国民革命运动之必要”[3]。两个月后召开的中国社会主义青年团第二次全国代表大会对此表示“完全承认”，认可国民革命“是中国目前革命的唯一道路”，“本团应努力协助中国共产党‘扩大国民党的组织于全中国’，‘在劳动群众中须有大规模的国民革命宣传，扩充国民革命的国民党’”，“本团尤须注重强烈的国民运动宣传，以促进国民革命的实际行动（如示威及政治

[1] 《中国共产党第三次全国代表大会文件》，中央档案馆编：《中共中央文件选集（一九二一—一九二五）》第一册，第107—119页。

[2] 参见和森：《中国革命运动与国际之关系》，《向导》第二十三期，1923年5月2日；独秀：《造国论》，《向导》第二期，1922年9月20日。

[3] 《中国共产党第三次全国代表大会文件》“农民问题决议案”，中央档案馆编：《中共中央文件选集（一九二一—一九二五）》第一册，第118页。

罢工等)”[1]。

以国民革命，尤其是襄助国民革命的国民运动宣传为青年团最重要的工作，青年团不仅承认了在工人运动之外从事学生运动的必要性，而且还将为施存统、刘仁静等人忽略的农民运动问题提上了议程，确认后两者在国民革命和国民运动中也占有重要位置[2]。国民革命的现实需要，将此前走向过度抽象化的阶级论述推后，而把一个充满包容性、总括性的“青年”概念再度拉回青年团工作的视野当中。青年团关于教育和宣传的决议案于是提出，“以共产主义的原则和国民革命的理论教育青年工人、农民、学生群众是本团最重大的责任”，“教育青年应以向他们宣传改良目前利益为起点(如青年工人、学徒之工作苦况；学生在学校的生活，他们所受的古典、机械和非政治的教育等等)，以次引导他们到改造社会的思想，以致国民革命和共产主义的理论”[3]。这一决议实际上也成了其后创刊的《中国青年》的基本办刊宗旨。

2. “青年们应该怎样做”

1923年6月，正当施存统与刘仁静来回辩论之时，偏居四川一隅、之前从未在《先驱》发表过意见的恽代英给施存统写信，

---

[1] 《中国社会主义青年团第二次全国代表大会文件》“关于中国共产党第三次大会报告决议案”，《中国青年运动历史资料(1915年—1924年)》第一册，第361页。另据施存统回忆，当时青年团二大讨论是否应当加入国民党问题时，刘仁静持反对意见。参见施复亮：《中国社会主义青年团成立前后的一些情况》，中国社会科学院现代史研究室、中国革命博物馆党史研究室选编：《“一大”前后：中国共产党第一次代表大会前后资料选编(二)》，北京：人民出版社，1985年，第73页。

[2] 《中国社会主义青年团第二次全国代表大会文件》“青年工人运动决议案”“学生运动决议案”“农民运动决议案”，《中国青年运动历史资料(1915年—1924年)》第一册，第362—368页。

[3] 《中国社会主义青年团第二次全国代表大会文件》“教育及宣传决议案”，《中国青年运动历史资料(1915年—1924年)》第一册，第368页。

表达了他对青年团工作的看法。恽代英的观点不仅迥异于刘仁静，甚至对施存统多吸收工人入团的主张也持不同意见：

> 你说青年团要求工人入团，只要他有阶级觉悟，比经济上没有地位的学生好。学生与其他智识界人，除极少数永远保持革命精神者以外，其余确不可恃。工人如在产业进步的地方，或有一部分确能有阶级觉悟。故我以为你此种见地，应用于沪汉等处甚有价值。但若推之全国则殊未合。例如四川今日虽亦有工人，然求所谓“近代意义的无产阶级”，求所谓“产业劳动者”，可谓少极少极。——我相信工人的阶级觉悟，不仅由于受压迫，不仅由于感压迫之苦，乃在于其自决有抵抗、革命的力量。以国中如四川等地经济情形，不过在小生产时期（即自流井工人数万，仍系分别服役于小工厂），工人分散而不易团结，不感共同的经济利害，自非异人必难有阶级觉悟，必彼仍充满了小资产阶级的心理与感情。若以彼等为遂可待，亦未必可信也。❶

恽代英关于中国工人整体上欠缺阶级觉悟的判断，明显是基于他此前两年在四川泸州与成都地方生活、工作的经历和观察。在这个意义上，他提供的乃是一个相较施存统更加“地方”和“基层”的视角。从这一判断出发，恽代英认为，在中国现有条件下，“欲求社会革命之完成诚不易言”，他因而对刚刚召开的中共三大联合国民党进行国民革命的决议表示赞同，但他同时也指出，

---

❶ 代英、存统：《讨论中国社会革命及我们目前的任务》，《先驱》第二十三号，1923年7月15日，第3页。

此次国民革命“仍必假军队与群众之力以成功”，“非谓吾等今日能领率若干无产者军队，以助成民主革命”[1]。恽代英坦承他的观点在友人间“不有笑我仍不出资产阶级思想范围的”，但他坚持自己“地方性”的立场，并指出“中央命令，恒有不顾全国经济状况大不相同的情形，于是每有要求是实际无法遵守的”，希望今后“中央命令务须审虑各地经济状况”，也主张“无论何处，除工人外，必须注重军队，群众”[2]。

恽代英在《先驱》上的这一番表态，某种程度上是他日后主持《中国青年》时主张的预先剖白。1923年夏，恽代英从成都赴上海参加青年团第二次全国代表大会，由于施存统因病辞职，恽代英被增补为团中央委员，负责编辑工作。1923年10月，《中国青年》在恽代英主持下创刊，刊物一改《先驱》生硬的政党和意识形态气息，《发刊辞》主动表示，《中国青年》是求向上的青年人的“一种忠实的友谊的刊物”[3]，紧随其后的陈独秀的《青年们应该怎样做！》则在开篇如此说：

> 死的中国社会，自戊戌变法以来，除了少数知识阶级的青年外，都是一班只知道吃饭穿衣生儿子的行尸走肉。现在这班行尸走肉，比较戊戌变法，辛亥革命，五四运动时，更要沉睡过去，在社会上奔走呼号的，不过是少数青年学生，这班青年学生愈为一班行尸走肉所厌恶，他们的责任愈加重大呵！[4]

---

[1] 代英、存统：《讨论中国社会革命及我们目前的任务》，《先驱》第二十三号，1923年7月15日，第3页。

[2] 同上。

[3] 《发刊辞》，《中国青年》第一期，1923年10月20日，第1页。

[4] 实庵：《青年们应该怎样做！》，《中国青年》第一期，1923年10月20日，第2页。

陈独秀原为新文化运动的领军人物，彼时已任中国共产党总书记，但他此文的论调，读来却与新文化运动时期对青年的期待一脉相承。这种主动朝向普通青年敞开，助力、提携青年向上的姿态，实际上已经构成对《先驱》僵硬阶级论的否定。

如前所述，《中国青年》的这一刊物基调的确立，与共产党三大和青年团二大关于推进国民革命、加强联合战线宣传的决议有直接关系。但另一个不可忽略的因素，则是恽代英本人的思想倾向和交往经历。恽代英早前热心文化运动，从1914年开始，就在《东方杂志》《新青年》《妇女杂志》《光华学报》等刊物上发表各种文章[1]，颇有文名。他也是一个“践行者”，从少年时起，即热衷在同学友人间组织各种互相砥砺的小团体，先后发起组织过互助社、仁社、利群书社等团体。需要说明的是，恽代英虽然很早即倾心于无政府主义，也一度被目为“过激派”[2]，但他发起的小团体却往往并非完全依凭主义或主张而成，而且具有浓厚的道德自修、互助互戒的色彩。如1917年创立的互助社，其要求社员每天背诵的《互励文》中就说：

> 今日我们的国家，是在极危险的时候，我们是世界上最羞辱的国民。我们立一个决心，当尽我们所能尽的力量，做我们应做的事情。我们不应该懒惰，不应该虚假，不应该不培养自己的人格，不应该不帮助我们的朋友，不应该忘记伺候国家、伺候社会。[3]

---

[1] 李良明、钟德涛主编：《恽代英年谱》，武汉：华中师范大学出版社，2006年，第10页。

[2] 同上书，第151页。

[3] 参见《互助社的第一年》，张允侯、殷叙彝、洪清祥等编：《五四时期的社团（一）》，第123页。

不仅将国家的前途命运安放在“我们”一小群青年肩上，而且直接与“我们”的道德行为轨范联系在一起。互助社拟定的八条自助诫约，也颇有基督教十诫一般的道德训律感[1]。在1919年写给王光祈的信中，恽代英表示，中国现状不能再妄想凭借任何已成势力，“唯一可靠的希望，只有清白纯洁懂得劳动互助的少年，用委曲合宜的法子，斩钉截铁的手段，向前面做去。我从前就是本这个见地，同好些朋友结好些小团体，互相监督，互相策励”[2]。恽代英还在信中剖白，“我信安那其主义已经七年了”，但他不仅不同不了解安那其的人讨论，而且“亦不同主张安那其的人说安那其”。恽代英认为这种“似是而非的”“空谈”没有意义，而应该从身体力行的“修养”处着手：“只要自己将自由、平等、博爱、劳动、互助的真理，一一实践起来，勉强自己莫勉强人家，自然人家要感动的，自然社会要改变的。”[3]正是出于此种践行修养的观念，恽代英对少年中国学会“奋斗、实践、坚忍、简朴”的信条大感为同道，因而主动写信给王光祈，要求加入少年中国学会[4]。据包惠僧的回忆，中共一大前他接触到的恽代英及利群书社同人，也是一幅“注意个人进修”的“清教徒”模样[5]。

事实上，恽代英1919年加入少年中国学会，是受友人刘仁静

[1] 参见《互助社的第一年》，张允侯、殷叙彝、洪清祥等编：《五四时期的社团（一）》，第123页。

[2] 恽代英：《致王光祈》，《恽代英全集》第三卷，第99页。

[3] 恽代英：《致王光祈》，《恽代英全集》第三卷，第101页。

[4] 同上书，第98页。

[5] 包惠僧：《共产党第一次全国代表会议前后的回忆》，中国社会科学院现代史研究室、中国革命博物馆党史研究室选编：《“一大”前后：中国共产党第一次代表大会前后资料选编（二）》，第315页。

的影响[1]。但刘仁静很快转向马克思主义，在1921年于南京召开的少年中国学会第二次年会上，刘仁静与邓中夏、高君宇等人主张少年中国学会应确定所信仰的“主义”，引发少年中国学会的分裂危机[2]。随后，刘仁静赴上海参加了中共一大。恽代英则不仅在会上主张“调和”，而且在加入中国共产党之后，仍于一段时间内积极介入少年中国学会会务，反倒是1923年给施存统的信，才首次就党团事务公开发言。恽代英的此种表现，不能仅从其思想上接受马克思主义的程度深浅这一层来解释，而需要注意，在主义和学理之外，恽代英始终重视一个品行高尚、互相信任的同人群体之养成，并将这样的群体视作挽救中国之根本。

1919年，恽代英就在日记中说：“我们若将中国的前途倚赖别人，中国便可说无望了。……中国的惟一希望是在我们——我们便是说恽子毅同恽子毅的朋友。……只有我自己知道自己，亦知道自己的朋友。”[3]恽代英加入少年中国学会，明显对其有这样的同人期待，相信少年中国学会倡导的品行与实践的互相砥砺能够造成这样的群体，他因而一方面对少年中国学会寄予厚望，表示“中国若盼望他有救，一定是要盼望一班有能力的青年，一班有能力的青年的团体。这个任务，我们同志应该肩负起来，我们学会应该肩负起来”[4]，另一方面，对于少年中国学会新会员的接受则非常严格慎重，认为少年中国学会不须倚仗人多，而要“人

---

[1] “接着我的朋友刘养初（即刘仁静——作者注）的信，同他寄来少年中国学会会务报告四册，又学会规约一纸。他告诉我，他已经入了会，并劝我亦入会。”参见恽代英：《致王光祈》，《恽代英全集》第三卷，第98页。

[2] 参见《南京大会纪略（节录）》，张允侯、殷叙彝等编：《五四时期的社团（一）》，第352—365页。

[3] 恽代英：《我们与中国的前途》，《恽代英全集》第三卷，第103页。

[4] 《会员通讯》，《少年中国》第一卷第十一期，1920年5月15日，第70页。

有真心实力”[1]。因此，恽代英虽然在1920年前后逐渐在思想上放弃了无政府主义，日益走向马克思主义，但他并未很快放弃少年中国学会这样一个他信任的同人群体，而希望在表面的意见分歧之下，继续维持朝向“救中国”“创造少年中国”的“协力互助”[2]。甚至直到1922年，恽代英在认知上已经完全接受了唯物史观，认为少年中国学会破裂“宁是好事”，但仍可惜“每人要失了几多好的朋友”，他因而试图沟通由唯物史观而来的革命论与少年中国学会“不利用旧势力以建设事业”的信念，以说服会中“纯洁向上的同志”[3]。

恽代英对于志同道合、自修自省、互相砥砺的青年同人群体的重视，应该说对他主持下的《中国青年》产生了至少两方面的影响。首先，这一立场使得《中国青年》得以顺利地与新文化运动和五四运动中的“青年”传统对接，进而在新文化运动和五四运动日益经典化、神圣化的1920年代前期，为《中国青年》赢得了广泛的读者群体。其次，在接受马克思主义、列宁主义的过程中，恽代英逐渐地将他设想中志行高洁的青年小团体与革命党相适配，一方面用一个更贴近中国历史传统与现实条件的“青年”范畴替代了生硬的阶级分析，从而解决了此前施存统和刘仁静争执不下的青年团主体问题，另一方面，以一个更自然的方式将广大的知识青年群体引导到了改造社会、参与国民革命的道路上来。在这个意义上，《中国青年》所诉诸的“青年”固然是新文化运动和“五四”的产物，但这并不等同于《中国青年》对这样的“青年”现状无条件地接纳；毋宁说，它尝试在国民革命的总目标下

[1] 《会员通讯》，《少年中国》第一卷第十一期，1920年5月15日，第67页。

[2] 参见恽代英：《怎样创造少年中国？》，《恽代英全集》第四卷，第127页。

[3] 参见恽代英：《为少年中国学会同人进一解》，《恽代英全集》第五卷，第25—33页。

将“青年”这一群体重塑为革命的主体，再度激发“青年”所具有的先锋性和行动性。

在1922年写作的《为少年中国学会同人进一解》中，恽代英认为，经济进化必然使得“群众的联合以反抗掠夺阶级”，但群众的联合“发源于本能的冲动”，有“盲目”之弊，“须受理性智慧的指导”。而“指导那已经联合的群众”，就是“我们”“有知识而清白纯洁向上的青年”的责任[1]。这里已经可以看出他将“革命党”与“青年”融合的基本轨迹。而到恽代英主持《中国青年》时，整个刊物则采取了一种更为迂回、细致的言说策略。一方面，《中国青年》通过《发刊辞》和各种刊首语，反复强调“中国的青年，已经显然可见其必须担负指导群众的责任”[2]、“救中国是一般青年的使命”[3]，另一方面，则通过对青年关心、困惑的种种问题的具体讨论，引导青年得出中国当下最大的症结在于列强压迫和军阀混战，必须将这二者根除的结论，由此将青年导向国民运动和国民革命。仅以第三期为例，在共15页的短短篇幅之内，《中国青年》以“中国还是一个独立国家么”的讨论开场，既涉及了多起当下正在发生的国内和国际事件[4]，也讨论了与青年学生切身相关的生活问题[5]。

如果说，在对国际和国内事件进行解读、评论的过程中，将话题引至全球性的资本主义、帝国主义压迫和国内的军阀战争尚不算难，那么从青年的实际生活问题出发，而欲与国民革命的大

---

[1] 恽代英：《为少年中国学会同人进一解》，《恽代英全集》第五卷，第30—31页。

[2] 《发刊辞》，《中国青年》第一期，1923年10月20日，第2页。

[3] 《我们的希望》，《中国青年》第四期，1923年11月10日，第1页。

[4] 参见敬云：《中国还是一个独立国家么？》，代英：《基督教与人格救国》，中夏：《努力周报的功罪》，秀湖：《友邦》，代英：《道德的生活与经济的生活》，《中国青年》第三期，1923年11月3日。

[5] 参见但一：《怎样做不良教育下的学生？》，比难：《婚姻问题的烦闷》，《中国青年》第三期，1923年11月3日。

目标接榫，就需要更为绵密自然的说理推进，才有可能摆脱说教和宣传的气息。在这一点上，恽代英的确显露出了过人的才能[1]。在《怎样做不良教育下的学生？》一文中，恽代英先历数学界黑幕、教师失职失德的现状，接着分析近来流行的学生风潮所可能招致的成果与困境，再进一步指出，“黑幕”发生的根本原因，在于中国“百业不兴”，使得教育界成为“招纳游民的地方”，而要教育界完全清明，只有“推倒军阀，改良政治，发达实业”，“使各种人都有他相当的生活”[2]。行文至此，恽代英的大目标实际已经达到，但他并没有就此罢笔，反而继续为学生设想，“在政治革命实现以前”，如何在不良教育下以可操作的手段谋求自存[3]。整篇文字并不长，但情真意切，是从学生的真实感受出发，最终也落到可以操作的现实手段，在不知不觉之间，已经完成了反帝反军阀、国民革命的宣传目的。与恽代英相比，紧随恽文之后比难的《婚姻问题的烦闷》，虽然也遵循着类似的“小处着手、大处着眼”的基本原则，甚至观点也与恽代英在《学生杂志》上发表的另一篇《青年的恋爱问题》无大异，但在具体文字叙述上，就直截生硬得多——尽管大体而言，这篇文字也并未逸出《中国青年》从青年切身问题进入、逐步引导至反帝反军阀的国民革命的整体言说策略轨道。

如果说，强调青年的重大责任以及作为现实目标的国民革命，

---

[1] 很多对恽代英的回忆都提到，恽代英颇有辩才、循循善诱，在青年人中威望很高，极受拥护和爱戴。周恩来誉之为“我们党的非常卓越的青年领袖，又是我们党的非常出色的宣传鼓动家”，说“恽代英作为青年领袖，最大的长处是言传身教，以身作则；他作为出色的宣传鼓动家，最大的特色是不搞教条”。参见阳翰笙：《照耀我革命征途的第一盏明灯》，原武汉军校部分女战士：《恽代英和女生队》，茅盾：《萧楚女与恽代英》，《回忆恽代英》，北京：人民出版社，1982年，第12、22—23、29、64—65、217页。

[2] 但一：《怎样做不良教育下的学生？》，《中国青年》第三期，1923年11月3日，第12—14页。

[3] 同上文，第14页。

构成了《中国青年》对青年们之期待的两极，那么这两极之间仍须有一个青年自我充实、改造的实践过程作为沟通连接。某种程度上，这一过程也可视作“青年”被重新打造为国民革命主体的过程。姜涛曾从文学青年朝向革命青年的转变入手，分析了《中国青年》如何用社会科学之“实际”来取代和抨击文学及其他无用之学的言论策略，以及恽代英、萧楚女如何通过在刊物上宣传推广一系列自我规训、自我约束的现代管理“技术”，来构筑符合革命和政党纪律需要的青年主体。在姜涛看来，《中国青年》对新文学及其他无用学问的攻击，体现的是政党与新文化争夺青年群体的过程，而当青年被吸引到政党和革命一途之后，这些放浪形骸的“新诗人”就亟须经由一系列现代规训技术，转变为守时、有计划、服从纪律的党员[1]。

关于恽代英如何将中国士人的修身自省传统，与基督教以及现代时间管理技术相结合，形成一整套指导青年的自我约束和修养的方法，姜涛该文已有较为充分的讨论，本书不再赘述。但同时值得指出的是，姜涛在涉及投身革命的青年主体的形成时，更多强调通过修身技术而展开的日常生活管理和规训，而将《中国青年》对于社会科学的推崇，理解为“20年代激变的社会氛围中”“重建‘知’的有效性”的结果，以及一种推动青年转向国民革命的“动员话语”与“修辞”[2]。此种处理方法并未涉及社会科学的另一层重要功能，即对恽代英等人而言，社会科学不仅是一套促使青年对自身和社会整体状况发生“觉悟”的动员性修辞，而且是支撑一个“革命者”得以成立的最为重要的知识结构。如

---

[1] 姜涛：《革命动员中的文学和青年——从1920年代〈中国青年〉的文学批判谈起》，《中国现代文学研究丛刊》2009年第4期，第1—19页。

[2] 同上文，第7、9页。

果说，在一个青年对自身和整个社会的境遇产生了革命和阶级的“觉悟”之后，修身和自我约束的方法能够生产出一个恪守纪律的革命干部，那么在严守来自政党内部指导和纪律之外，革命党人还自然地拥有另一重身份，即面对民众时的“领导者”。事实上，恽代英对于作为一种实用知识的社会科学的强调，以及对文学和他种学问的贬斥，不仅意味着革命救国前提下的知识价值序列的颠倒转换，更直接来源于革命者与民众直接面对的时刻：正是因为“要群众能受合理的指导，要知道怎样才能指导合理”，才“不可不研究社会问题与社会进化论”；“要知道怎样群众才肯承受指导”，“便不可不研究群众心理，与实务材干养成方法”；要“群众能作合理的监督，要群众知道他有监督领袖的必要”和“力量”，才“不可不求公民知识的普及”“不可不注意他们团体的组织，与反抗强权品性的训练”[1]。

姜涛注意到，《中国青年》上对新文学“无用”的批判，正与对社会科学之“实际”的推崇同属一个“知识框架”[2]，但这仍只是问题的一个方面。另一方面，与推崇社会科学研究相匹配，《中国青年》也在强力地推动青年们“到民间去”，到工人、农民、兵士中去，通过具体的宣传和实践，将民众引导到认可和赞助国民革命的道路上来。所谓的“社会科学”，因而并不是学院意义上的任何一种学术理论或方法，而是有可能赋予这种联系民众、组织民众、鼓动民众实践有效性的一套驳杂知识。在《对于有志者的三个要求》中，恽代英详细列出了他认为值得研究的内容条目：“（一）记述时事或社会状况的杂志报章”，“（二）记载各国革命或

---

[1] 恽代英：《民治运动》，《恽代英全集》第五卷，第43页。

[2] 姜涛：《革命动员中的文学和青年——从1920年代〈中国青年〉的文学批判谈起》，《中国现代文学研究丛刊》2009年第4期，第5页。

阶级斗争的历史或书报”，“（三）经济原理与经济史观的书籍”，“（四）心理与群众心理的书籍”，“（五）国内与国际重要的立法与行政”，“（六）各国社会主义家的理论与进行计划”[1]。这一在学术研究上看来杂乱无章的编排，只有从一个要马上“到民间去”组织民众、发动民众的革命者的角度出发，才能理解其条贯性和完整性。而恽代英、林育南在提倡日常生活的精确管理技术的同时，常常将社会科学研究的必要与之并置[2]，更凸显了这一知识结构在“革命者”主体形成过程中，本具有与日常生活管理和规训同样重要的作用。但与此同时，对社会科学的强调和信任又引出了另一个问题，即“民间”是什么？在多大的程度上，“民间”是可能经由这套知识被代表和领导的？

下一节中，我将处理《中国青年》上的“民间”论述，讨论如下问题：“民间”被呈现为何种结构？青年如何面对和解决到民间去实践中遭遇的实际困难？“民间”如何与“阶级”的生成相关联？

第二节　争夺“民间”

1923年底，与对青年学生的号召、引导同步，邓中夏开始在《中国青年》上刊发一系列围绕民众运动话题展开的文章。在起首的一篇《革命主力的三个群众》中，邓中夏发问道，在当下中国内外交攻、登峰造极的反动政治势力面前，为何连作为推动进步和革命之排头兵的“青年”，都“陷于束手无策一筹莫展的境

[1] 代英：《对于有志者的三个要求》，《中国青年》第一期，1923年10月20日。

[2] 参见恽代英：《假期中做的事》，《中国青年》第十三期，1924年1月5日；林根：《青年的革命修养问题》，《中国青年》第四十五期，1924年9月20日。

地”呢[1]？邓中夏给出的答案是：

> 据我看，中国革命所以软弱和不能完成的重要原因，是为革命主力的工人农民兵士这三个群众尚未醒觉和组织起来。换句话说，就是我们青年只在文章和电报上空嚷，并未到这三个群众中去做宣传和组织的工夫。[2]

邓中夏在此点明了三个对国民革命来说至关重要的“群众”类型：工人、农民和兵士。他不仅在文中以俄国1905年的“二月革命”为例来佐证这三种群体在国民革命中的作用，还用俄国民粹派“到民间去”运动鼓励中国的青年：

> 青年们：俄国这三个群众所以能够革命，实因革命前俄国的青年学生一批一批的到群众间去；实因青年学生以其革命思想和知识一套一套送予这工人农民兵士的群众，所以俄国革命便成功了。……我们如不甘为曹家狗，亡国奴，我们便该迅速的从事这三个革命主力的群众运动。我们便应该大家转相告语着，成群结队的，到民众间去，完成我们重要的光荣的使命。青年们！去罢！[3]

在随后的数期《中国青年》上，邓中夏就工人、农民、兵士的现状和可能采取的运动方针逐一进行了阐发。邓中夏的这一系列文章，也可说为《中国青年》接下来持续的“到民间去”讨论

---

[1] 中夏：《革命主力的三个群众》，《中国青年》第八期，第1页。

[2] 同上文，第1页。

[3] 同上文，第3页。

确立了起点和基本的讨论方向。此后直到1927年前，“到民间去”应从事何种工作、开展何种活动，亲自践行的青年在“民间”会遭遇何种困境、如何维持自己的生活，地方、民间的实况与调查，这些话题都一一在《中国青年》上得到交流与讨论，并且常常以具体的读者来信和编者回应的方式展开，讨论的内容甚至细微到了青年们应当如何着装、如何说话、与何种人物相结交等的程度。总的来看，以1925年的五卅运动为界，《中国青年》上的“到民间去”讨论大略可分为两个阶段。1925年之前，相关讨论呈现出较为丰富和集中的态势，邓中夏所划定的工人、农民、兵士三个群体也都有所涉及，但从讨论热度来看，更引发青年读者兴趣的还是如何在乡村中活动的问题。五卅之后，讨论逐渐减少，与此同时，与此前《中国青年》着力推动的在民间从事教育、宣传国民革命的工作重点不同，其逐渐转向更进一步地将农民组织起来进行经济抗争。这一阶段性的差别，当然并不仅仅是《中国青年》上讨论进一步深化的结果。五卅运动后，伴随着北伐战争进一步推进的国民革命形势，整体性的社会氛围也发生了巨大的变化。剧变的历史条件给中国共产党、共青团提出了全新的挑战和问题，而如何对此加以应对，也深刻地影响了《中国青年》上的“到民间去”讨论。

1. “民间”与“平民”

实际上，邓中夏在《革命主力的三个群众》中援引俄国民粹派的前例，号召青年们“到民众间去”，并将民粹派的“到民间去”运动视作俄国革命成功的准备，这一观点正与乃师李大钊1919年的《青年与农村》同声相应。但与1919年不同，到1923年底，俄国革命已不再是一个被种种理想和情绪充塞的高蹈符号，随着中国共产党的成立、共产国际与国民党联络的建立，苏俄开始逐渐成为中国政治角力中一个重要的因素。无论是国共合作，还是中国应首先完成国民革命的任务，都与苏俄、共产国际对世界与中国革命形势和可能性的判断有着直接关系。

1920 年，列宁和罗易向共产国际第二次代表大会提交了关于民族和殖民地问题的提纲和补充提纲，两份文件判定，第一次世界大战已经表明世界资本主义集中化，进入了帝国主义阶段，“非欧洲的从属国的人民群众与欧洲的无产阶级运动不可分割地互相联系着”[1]，因而共产国际应当支持殖民地人民的民族革命运动，应该要“使各民族和各国的无产者和劳动群众为共同进行革命斗争、打倒地主和资产阶级而彼此接近起来”[2]。1922 年共产国际第四次代表大会上的《关于东方问题的总提纲》则进一步提出，“殖民地革命运动的社会基础发生了变化，这种变化加强了反对帝国主义的斗争，而这个斗争的领导权，现在也并不完全掌握在准备同帝国主义妥协的封建分子和民族资产阶级手里”。中国这样的殖民地和半殖民地国家的共产党因而肩负着“双重的任务”：一方面要“力争最彻底地解决资产阶级民主革命的任务，以求得国家政治上的独立”，这也就意味着要“彻底的、吸收最广大群众积极参与斗争”；另一方面，“又要利用民族主义的资产阶级民主阵营内的种种矛盾，把工人和农民组织起来，为实现他们的特殊阶级利益而斗争”[3]。

邓中夏将“民间”锚定为工人、农民、兵士三个群体，明显

---

[1] 罗易：《关于民族和殖民地问题的补充提纲》，中共中央党史研究室第一研究部编：《共产国际、联共（布）与中国革命文献资料选辑（1917—1925）》，北京：北京图书馆出版社，1997 年，第 119 页。

[2] 列宁：《民族和殖民地问题提纲初稿》，中共中央党史研究室第一研究部编：《共产国际、联共（布）与中国革命文献资料选辑（1917—1925）》，第 114 页。

[3] 《关于东方问题的总提纲》，中共中央党史研究室第一研究部编：《共产国际、联共（布）与中国革命文献资料选辑（1917—1925）》，第 358、362 页。

地与共产国际对于中国共产党双重任务的判断，以及中国共产党和社会主义青年团由此制定的一系列方针政策有关[1]，也与不久后召开的国民党一大对农工权益的呼吁保障有着呼应关系。三者之中，邓中夏认为工人“在民主革命或社会革命中都占主力的地位”[2]；农民因为“占人口绝大多数”，在革命运动中也“是一个不可轻侮的伟大势力”[3]；兵士中的运动则是为了防止国民革命所必需的军事行动继续落入军阀的控制[4]。邓中夏对这三个群体的定位和理解，可以说是阶级分析手段与中国国民革命具体需求之间的混合产物，在他心目中，三个群体的重要性呈逐级递减之势。

如果说邓中夏的系列文章反映了来自党团以及共产国际的纲领性意见，那么随后更为具体的讨论倒并非完全是在如此条理清晰的阶级框架下展开的。某种程度上，这也说明，“阶级”在1920年代初期的中国，不仅面临着如何与中国社会现实情况相匹配的挑战，与此同时，作为一种话语模式，它也同样需要与流行的其他模式展开话语权的争夺。

1924年初，与邓中夏系列文章的刊载同时，刘仁静揭开了

---

[1] 如1923年6月召开的中共三大的文件中，首先提出了“大规模的国民运动的宣传”的必要性，此后，又专门通过了工人和农民运动的决议案。其中尤为引人注目的是农民运动决议案的首次提出。参见《中国共产党第三次全国代表大会文件》“关于国民运动即国民党问题的决议案”“劳动运动决议案”“农民问题决议案”，中央档案馆编:《中共中央文件选集（一九二一——一九二五）》第一册，第115—118页；张国焘:《我的回忆》第一册，第293—294页。同年8月召开的中国社会主义青年团第二次全国代表大会，也提出了在工人、学生、农民中扩大运动的决议案。参见《中国社会主义青年团第二次全国代表大会文件》“青年工人运动决议案”“学生运动决议案”“农民运动决议案”，《中国青年运动历史资料（1915年—1924年）》第一册，第362—368页。

[2] 中夏:《论工人运动》,《中国青年》第九期，1923年12月15日，第6页。

[3] 中夏:《论农民运动》,《中国青年》第十一期，1923年12月29日，第2页。

[4] 中夏:《论兵士运动》,《中国青年》第十四期，1924年1月19日，第4—5页。

《中国青年》上批判平民教育的序幕。平民教育本是清末以来开启民智、塑造国民诉求的产物，自晚清以迄“五四”，由地方绅士、学校、官方教育机构主导的各种通俗教育、社会教育尝试不绝于缕[1]。1923年，晏阳初与陶行知、朱其慧等人在北京清华学校召开了第一次全国平民教育大会，组织成立了中华平民教育促进会。1923年中，晏阳初也在全国各地组织平教运动，除开办识字处、平民夜校外，还在武汉、长沙、烟台、嘉兴多地组织平教游行，声势浩大。这一时期的平民教育运动以识字教育为主要内容，为此，晏阳初、陶行知等人专门择取一千多个最为常用的汉字，编成教材四册《平民千字课》，在各地推广[2]。

需要说明的是，陶行知、晏阳初二人均为有留学欧美经历的基督徒，其主导下的平教运动也颇倚赖基督教青年会在中国的力量，但《中国青年》上对平民教育的批判倒并没有与此前青年团汲汲于的反基督教大同盟活动联系在一起，而是将攻击的火力对准了平教运动和《平民千字课》中所反映出来的平教从事者的“平民”指向。如平教运动一度以学会千字课可更好地当听差仆佣，增加在就业市场上的竞争力，避免因不识字而遭主人雇主呵斥辞退为宣传手段相召，这一点就被《中国青年》大加嘲讽，曹典琦直指《平民千字课》“精神上太坏了一些，直率一点说，简直是违反了平民教育的精神和民主政治的原则”[3]，萧楚女则更为极端地表示：

[1] 关于晚清以迄辛亥的下层启蒙教育活动，参见李孝悌：《清末的下层社会启蒙运动：1901—1911》；关于民初至“五四”的通俗教育情况，参见陈尔杰：《民国北京“平民教育”的渊源与兴起》，北京大学博士论文，2012年。

[2] 参见汤茂如：《平民教育运动的经过》，《教育杂志》第十九卷第九号，1927年，第3—5页。

[3] 典琦：《评平民千字课》，《中国青年》第十五期，1924年1月26日，第1页。

真的平民教育，他不叫做平民教育！他叫做“人的教育”。平民是对待于贵族的名词。世界上本来没有“平民”，只有“人”。因为有了你们这些绅士阀，才在“人”中开始分裂出平民来，平民并不稀罕你们这些制造顺民的教育，他们将要自己给自己一种真的教育。他们自己底教育，第一步即是消灭你们，恢复“人”底含义。他们底教育，跟随在革命之后！革命之后的人的教育，那才是真正的平民教育！[1]

应当说，《中国青年》对平民教育展开批判的真正目的，乃在于1920年代纷繁多歧的各种“平民”观念以及由此而来的实践中，为政党所主张的这一种“平民”理念确立自身的合法性。萧楚女的言论正是一个典型：在指出平民教育的“平民”仍是相对于绅士贵族的低一等级概念之后，他立即跳到了革命以立人的结论上，意在指出唯有革命才是造成真正人人平等之平民的出路。但值得指出的是，《中国青年》对平民教育的批判并不仅止于话语权争夺的层面，它同样与青年团摸索和调整自身“到民间去”实践方法的过程结合在一起。

在邓中夏“到民间去”的号召之后，《中国青年》一度沿着邓中夏所设计的工人、农民、兵士这三大群体的框架展开讨论，但编者和读者都很快认识到，“到民间去”最广大的空间在农村，而农村也构成运动最大的困难所在。中国工人阶级规模太小，1923年初的京汉铁路工人大罢工遭吴佩孚血腥镇压，从此工运陷入低潮；军队则自有一套严格的编制管理，欲从外部入内来做运动，殊为不易。此外，兵士又多出身于乡村，由农民转变而来，与乡

[1] 楚女：《陶朱公底“平民教育”》，《中国青年》第十八期，1924年2月16日，第6页。

村保持着紧密的联系，现实情况因而使得农民成了国民革命所需要联络争取的“群众”中最庞大也最具可能性的一个群体[1]。但因为居处分散、教育程度低下，且田土所有情况不同，农民之间的经济生活水平也存在极大差异，林育南就说：“农民的种类极其复杂，大别之有地主，佃农，自耕农，和雇工。他们的利害极不一致，居住也很散漫，所以很难一时教他们组织团体；就是改良他们经济地位的合作运动，在他们未明了其利益时，也难做到。”因此，“农民运动第一步”还是应从“乡村的教育运动”着手[2]。在这个意义上，青年团所意欲推动的农民运动就大有可借鉴平教运动之处。事实上，正是随着农民运动的逐步开展，早期萧楚女对平教运动那样极端的反对意见才慢慢消隐，更多的人试图将平民教育收纳到国民革命大目标之下的民众运动内部。如恽代英在鼓吹学生于暑假返乡之际从事乡村运动时就说：“我以为最好的农村运动，仍是平民教育。”[3]其他人则将平民教育看作提供青年学生与平民接触、了解民间疾苦和需求的一个绝好途径，认为平民教育应该成为国民革命的工具[4]。

当然，对平民教育的吸纳，并不等同于《中国青年》或中国社会主义青年团完全接纳了陶行知、晏阳初等人于平教运动中所使用的一套办法。在刘仁静等人对平民教育的批判中，一个重要的方面在于，刘仁静等人认为，平民教育提倡的识字教育没有考

[1] 如林育南和卓恺泽讨论军事运动时，林育南就认为，直接去军队中宣传是不现实的，但如果促成农工群众的革命化，也就自然可以影响到军队的倾向。参见林育南：《军事运动问题》，《中国青年》第五十四期，1924 年 11 月 22 日，第 72—75 页。

[2] 林根：《黄冈的乡村教育运动》，《中国青年》第二十期，1924 年 3 月 1 日，第 6—7 页。

[3] 代英：《预备暑假的乡村运动》，《中国青年》第三十二期，1924 年 5 月 24 日，第 7 页。

[4] YC：《平民教育运动的几个意见》，《中国青年》第二十四期，1924 年 3 月 29 日，第 11 页；秋心：《平民教育与革命》，《中国青年》第三十八期，1924 年 7 月 5 日，第 7 页。

虑到下层民众尚无“起码的生活”，在谋生之外难有闲暇求学认字；《平民千字课》的课文内容也不顾及民众改善经济和生活状况的现实要求，掺入许多如牛顿、耶稣生平行迹的内容，只能反映出智识阶级的狭窄趣味[1]。而对于民众经济生活状况的重视、由经济困境入手来宣传反帝反封建的国民革命，正是《中国青年》所力推之“到民间去”运动的一个基本方法。因此，虽然《中国青年》所刊载的乡村运动也偶见使用《平民千字课》的记录，但更受《中国青年》推崇的教育内容，还是“切合青年农工学徒负贩等日用所要求的知识技能”，如珠算、写信、利率和厘金的知识等，“能引起兴趣”的“中国及世界的知识”，以及在此基础上普及阶级斗争的概念、资本主义与帝国主义的罪恶[2]。这实际上也就要求从事教育和运动的青年对农村、农民的生活经济状况有一个较为深入的了解，否则不可能提供切合农民需要、引起农民兴趣的知识和技能，就更谈不到引导他们走上支持国民革命之路了。

在第四十期的《中国青年》上，有一位署名孝承的青年来信，表示他在乡间“时常与农民接谈，不说‘革命’；也不说‘流血’。只说些北洋军阀怎样坏；孙中山先生怎么好；三民主义怎样适宜于中国；外国资本帝国主义怎样侵略压迫中国”[3]。恽代英的复信则表示，在空洞的宣传之前，更重要的仍是了解调查农民自身困苦：

---

[1] 参见敬云：《平民教育的真意义》，《中国青年》第十四期，1924年1月19日，第2—3页；楚女：《陶朱公底“平民教育”》，《中国青年》第十八期，1924年2月16日，第6页；YC：《平民教育运动的几个意见》，《中国青年》第二十四期，1924年3月29日，第12页。

[2] YC：《平民教育运动的几个意见》，《中国青年》第二十四期，1924年3月29日，第11—12页。

[3] 《乡村运动问题》，《中国青年》第四十期，1924年7月19日，第13页。

个人谈话，我的意思最要是带一种研究农民疾苦与心理的性质，还不是对他们鼓吹国民党。要农民赞助革命，须先确实了解他们的疾苦，决定怎样改善他们生活的革命方略，然后他们能为他们的利益加入革命军，然后他们能望革命的成功像望真命天子一样。若只笼统的鼓吹南怎好，北怎坏，在他们看来，亦不过像北洋军队恭维他们的大帅一样。……鼓吹国民党的主义，还是应当从农民自身的利益说起。[1]

与《中国青年》号召“到民间去”、到乡村开展运动同时，刊物也开始持续刊登各地农村现状的调查报告，这一内容的出现明显与农村运动的开展有呼应关系。

在内容的侧重之外，《中国青年》所推动的农民运动、平民教育与晏阳初、陶行知的平教运动的另一重差异还在于，如果说平民教育仍以开启民智为基本出发点和最终归结，尚未逸出晚清以来知识分子启蒙下层、知识人/民众两分的基本态度，那么青年团主导下的“农民运动”，其目的并不只在于灌输一套知识修辞，而是要用这套外在的“知识”来启发农民自身的“意识”，从而使得农民自己“运动”、组织起来，赞助国民革命。这一目的不仅对农民的参与程度提出了更高的要求，同时也要求执行的青年步出自己已有的身份框架，更彻底地“到民间去”：不仅“知识”应当呈现为农民自己所需要的，而且所有亲身“到民间去”的青年们，从言谈举止到服装外形，都要与农民打成一片，消弭“学生”与“农民”之间天然的阶层差异。知识上的、举止上的、言谈趣味上的种种讲求，最终是要使得民众感受到，这一运动不是外来

[1] 《乡村运动问题》，《中国青年》第四十期，1924年7月19日，第14—15页。

强加的，而是“为我们”的。用恽代英的话来说，“我们要教育农民，先让农民来教育我们”[1]。正是在这一要求的驱使下，这一时期，《中国青年》上出现了大量如何与农民谈话、农民感兴趣的是什么话题、喜欢的是何种讲述方式的讨论，恽代英就不止一次提出，“演讲、演剧、办学校”等学生习用的办法不如与个别农民做亲密的谈话，“打菩萨”“放小脚”等“不顾农民心理”的“逆耳之言”应暂且搁置，农民不懂的名词、大词、成语要避开[2]。另一位作者新予，更事无巨细地提出了“到民间去要穿民间的衣服，说民间的话，吃民间的饭”“清晨比他们先起床，作事比他们还下劲”“与他们谈话时，先问后答，不直告”等十一条“民间行为守则”[3]。这些几近琐碎的讨论并不是无意义的，相反，乃是青年们“到民间去”的第一步基础。

如果做一个粗略的概括，在1925年五卅运动之前，《中国青年》上“到民间去”讨论有如下几个特征：其一，《中国青年》及其周边的“到民间去”讨论和实践，虽说从源头而言脱胎于政党政治对中国革命前途和方法的一套叙述，但在实际展开的具体操作中，却深深地嵌刻在后“五四”中国的现实脉络之中。这不仅体现在邓中夏按阶级分析所预设的工人、农民、兵士三个“民间”群体最终将汇集于农民，而且体现在《中国青年》所推动的

[1] 代英：《预备暑假的乡村运动》，《中国青年》第三十二期，1924年5月24日，第8页。

[2] 代英：《预备暑假的乡村运动》，《中国青年》第三十二期，1924年5月24日，第7—9页；代英：《农村运动》，《中国青年》第三十六期，1924年6月21日，第9—10页；《乡村运动问题》，《中国青年》第四十期，1924年7月19日，第13页；恽代英：《我们现在应该如何努力？》，《民国日报·觉悟》，1924年5月7日；曹谷芸：《怎样和农民谈话》，《中国青年》第五十四期，1924年11月22日，第68—69页。

[3] 新予：《由经验得来的“农村运动的方法”》，《中国青年》第四十九期，1924年10月18日，第13—14页。

“到民间去”运动与晏阳初、陶行知主导的平民教育之间的互动上。《中国青年》一方面需要通过对平民教育的批评，来介入后“五四”舆论环境对“平民”“民间”的话语争夺，为自己推动的话题和实践开辟空间，另一方面，当青年们怀抱着宣传国民革命、发动民众的理想奔赴乡村后，由于欠缺真正开展运动的经验，他们又需要去借用平民教育的方式方法——尽管是在对其加以改造的基础之上。

其二，尽管国民革命对农民运动提出的最终要求，是将农民组织起来成为襄助国民革命的一股强大力量，但在1925年以前，由《中国青年》、恽代英、林育南等人推动和宣传的农民运动，基本上仍停留在接近农民、了解农民、教育农民的阶段，很少有运动进到组织农民的程度。造成这一情况的原因，一部分大概在于确实存在直接发动和组织农民的巨大现实困难，另一方面，恽代英等人判断国民革命之成功并不在旦夕之间，因而认为应当先“耐耐烦烦的做几年功夫”，慢慢接近农民、了解中国乡村现状，再徐图组织农民走上革命道路[1]。虽然恽代英等人也花费大量功夫讨论了“到民间去”时的注意细节，但这些话题仍然是较为表面和浮泛的，归根到底，其试图回答的仅仅是一个刚刚进入乡村的青年如何自处的问题，既没有更深一层的对乡村、农民的体察，也没有对青年提出接近农民、联络感情以外的更高要求。在这个意义上，《中国青年》在这一时期所推动的“到民间去”运动，如果排除掉意识形态的因素，倒似乎是平民教育运动的一个升级版。尽管在政党政治设定的路线和方针指导下，它试图超越“五四”形成的知识分子/青年启蒙下层民众的旧框架，但它自身同时也

---

[1] 代英：《预备暑假的乡村运动》，《中国青年》第三十二期，1924年5月24日，第9页。

深深地与这一传统纠缠在一起——在讨论“到民间去”的方式方法问题时，《中国青年》虽然做出了许多与青年们身上的学生气、教训气相缠斗的努力，但归根结底，它试图发动和吸引来作为参与“到民间去”行动的主体的，仍是“五四”和新文化运动所创造的那个“青年”。这也意味着，1925年以前，青年团及《中国青年》主导下的“到民间去”运动，某种程度上，仍可视作五四新文化运动为青年参与社会运动开辟出的空间的一个内在组成部分。

后“五四”文化政治图景的根本性改变，则有待五卅之后。这一时期，五四新文化运动所创造的“青年”群体持续走向分化，政党政治的介入不仅加速了这一趋势，而且以国民革命、北伐战争、广州革命政权的具体实践，在“文化”和“社会运动”的领域之外，创造着新的政治形态和方式。五卅既是新政党走向前台的节点，亦是凸显转变的症候。与这一转变相对应，“青年”走向“民间”的具体形态也将发生变化。

2. “国民”、“全民”与“农民”

1924年，少年中国学会发起人之一的曾琦于留学五载后从法国归国，此时他还拥有着另一重身份：前此一年，曾琦在法国发起成立中国青年党，成为该党党魁。1924年10月，曾琦在上海创办了《醒狮》周报，作为尚未公开的中国青年党的机关报，开始大力宣传国家主义。醒狮派将共产主义和共产党认作竞争对手，在李璜于1925年初开始连载的系列文章《国家主义答客难》中，排名第二的预设对手就是共产主义者。对于国家主义者的活动，共产党人的嗅觉也相当敏锐。《醒狮》创办次月，恽代英就针对李璜、曾琦1923年编纂的《国家主义的教育》发表了批判文章《国家主义者的误解》，刊登于《中国青年》第五十一号上。1925 年 3 月，郑超麟也对《醒狮》上的一系列言论做出反应，在第七十二号的《中国青年》上刊登了评论文章《醒狮派的国家主义》。其后，两派的往来争论攻击持续发酵，《中国青年》则成为共产党人回应反击的一个主要阵地。据吕芳上统计，1925—1926 年出版的共 33 期《中国青年》上，批判国家主义派的文章竟达 45 篇之多❶。醒狮派的国家主义者对共产党人的主要攻击点在于联俄和阶级斗争两方面，认为苏联是“红色帝国主义”，阶级斗争则会分化国家内部对抗外敌的力量。因而他们自身的理论是“外抗强权、内除国贼”的八字原则，针对国共两党的国民革命、国民党的一党专政，提出“全民革命”“全民政治”。

由于鲜明的反共、反联俄、反国民革命的立场，中国青年党 / 醒狮派尽管在 1920 年代收获过大量支持，一度在国共两党之外有第三大党之势，但在后续的历史研究中则未能得到足够重视，长期以标签化的形象出现。直到近年，中国青年党 / 醒狮派的历史、思想和实践才逐步得到研究界的重新挖掘。关于国家主义派与中共之间来回争论的观点细节，现有的研究已有较为完整的总结❷，本文在此不再一一赘述。但值得指出的是，对国家主义派与中共之间的这场论战的理解，不能仅仅停留在对政见或观点不一致的把握之上，它毋宁说更是一个充满象征意义的事件：首先，论战双方的主要成员，都出自“五四”时期最为重要的青年团体少年

---

❶ 吕芳上：《从学生运动到运动学生（民国八年至十八年）》，台北：“中央研究院”近代史研究所，1994 年，第 299 页。

❷ 参见孙承希：《醒狮派的国家主义思想之演变》第三章，复旦大学博士论文，2002 年，第 53—82 页；张少鹏：《民初的国家主义派研究》第四章第二小节，华中师范大学博士论文，2005 年，第 176—200 页；周淑真：《中国青年党在大陆和台湾》第二章第四节，北京：中国人民大学出版社，1993 年，第 77—85 页。

中国学会，论战因而以一种公开的方式，呈现了“五四”所创造的“青年”群体的内部分化、分裂，以至于对立。其次，论战双方均以政党或准政党的形态出现，与报纸、期刊上的理论辩难、主义宣传、舆论阵地战同时，双方亦介入了对现实的社会运动领导权的争夺[1]，这显示出，新的政党政治正在逐步取代“五四”以“青年”为主导的文化和社会运动的基本模式。再次，争论双方都以“革命”为标的，以“国民”或“全民”为诉求，但两者间却发生了极其激烈的冲突，以至于互目为“假革命”，这里面当然存在着国家主义派对共产党所依凭的、帝国主义阶段论下的世界革命论的否定与反驳，但更根本的还在于，这场争论暴露出了支撑 1920 年代的新政党政治得以成立的一系列核心问题：政党到底应如何解释、论证、处理“革命”与“国民”或“全民”之间的关系？在这一关系中，政党自身又处于什么样的位置？政党—革命—民众的关系，与此前青年与底层、与平民关系的论述和行动模式，存在何种差异和联系？

事实上，不仅是与醒狮派之间的争论争夺，1925 年前后发生的各种事件都显示出转折时期的暗流涌动和波诡云谲。1925 年 3 月 12 日，孙中山在北京逝世，孙中山不仅是国民党内唯一一个能以自身人格之力支撑统合全党的首脑，而且也是联俄联共方针最为坚定的支持者。孙中山死后，国民党内针对共产党的排斥再起，孙中山的秘书、国民党理论家戴季陶于 1925 年 6、7 月间发表了《孙文主义之哲学的基础》《国民革命与中国国民党》两本小册子，是为国民党反容共的戴季陶主义之滥觞。戴季陶试图从理论的层

[1] 如吕芳上的研究就涉及了此时期青年党和共产党在学生运动中对于“学权”的争夺。参见吕芳上：《从学生运动到运动学生（民国八年至十八年）》，第 296—305 页。

面上将共产党人的阶级斗争放逐出去，强调国民革命的民族革命特性一面，并在传统儒学的基础上，重建国民党三民主义的理论条贯。这正与国民党内部在组织上排斥共产党人的实际倾向相表里。1925 年 8 月，国民党左派领导人廖仲恺在广州被刺，同年底，林森、邹鲁、谢持等人在北京召开西山会议，决议清党。西山会议派后虽被国民党第二次代表大会弹劾，但联合阵线的破裂之象已日益显明，其后终衍为 1926 年的“中山舰事件”、“整理党务案”和 1927 年的暴力清共。造成国共分裂的原因当然是复杂多重的，也包含许多偶然因素，但戴季陶的理论尝试显示，国共之间分歧的一个关键也正在于如何理解国民革命的内涵、目标和方针。在这个意义上，国民党、青年党在思想理论上对共产党人的挑战，不仅表明“五四”时期以多样又含混的“平民”“民间”概念来共同对抗军阀统治、攻击民初宪政之弊的历史条件和环境已经彻底改变，而且也将国民 / 全民意味着什么、革命意味着什么的问题，推到了思想和实践的十字路口：如果不对这一问题加以解决，不仅革命无以为继，新政党自身成立的根基也将受到质疑。

“国民”与“全民”，这两个语词看似类同，但其背后却存在差异极大的话语脉络，甚至在同一个语词内部，也有迥异的阐释方向。由此就带来了对不同的革命模式和政党任务的理解。共产党、国民党和青年党都认同，使得中国摆脱列强附加的种种不平等条约、实现民族国家的真正独立，是“革命”的首要任务，在这个意义上，“国民革命”和“全民革命”分享着共同的根基。但共产党人认为，在中国半殖民地半封建社会的前提下，中国的民族资产阶级既缺乏领导国民革命的实力，又因经济利益与帝国主义的勾连，欠缺推动国民革命的意愿。这也就使得中国的国民革命不可能像法国和美国革命一样，完全由资产阶级领导，而必须有工农的从旁赞助，一方面壮大其实力，另一方面监督资产阶级，防止其退缩，并保证国民革命的大方向最终是为广大工农的利益，而不被大资产阶级或绅商劫持[1]。

共产党人的分析方式是将整个中国社会划分为具有不同利益的社会群体（阶级），认为阶级之间存在互相冲突的利益关系。国民革命的目标虽然在宏观上而言有益于民族和国家的全体，但不同的阶级在这一过程中获益的程度是不同的，某些阶级（如与帝国主义力量关系紧密的大资产阶级）甚至可能会出现损失大过收益的情况。因此，才必须由占据“国民”最大成分，同时也是能从民族独立革命中获益最大的工人和农民两个阶级来确保国民革命的基本方向[2]。从共产党人的立场而言，阶级斗争归根结底不是为了撕裂社会，而是为了激发工农的阶级意识，使得他们最大限度地投身到国民革命中来，与此同时，也限制其他参与国民革命联合战线的阶级群体因自身利益而背叛革命。从政党角色而言，共产党人认为自己是工农无产阶级的代表，因此一方面，按照理论和共产国际的指示，中共接受国民革命应该由国民党来充当领导者，但另一方面，共产党人又认为应当通过工人运动、农民运动、青年运动等群众运动的方式，不断增强自身力量和影响力，以确保国民革命的方向。

与共产党人相较，国民党内部的思想倾向则混杂得多。孙中山逝世前，采取联俄容共政策，因而在改组后的《中国国民党第一次全国代表大会宣言》中，引入了一些阶级概念和反帝内容，

---

[1] 参见陈独秀：《中国国民革命与社会各阶级》，《陈独秀文集》第二卷，第493—501页。

[2] 参见瞿秋白：《中国国民革命与戴季陶主义》，《瞿秋白文集·政治理论编》第三卷，北京：人民出版社，2013年，第329—331页。

对三民主义有新的阐发[1]。但孙中山及其领导下的国民党毕竟是从晚清同盟会演变过来的老大之党，在相当长的历史时期内，他们的革命是颠覆清朝的种族革命，是追求主权独立的民族革命，其建国理想也是实现真正的宪政共和。孙中山死后，熟谙马克思主义、一度左倾的戴季陶刻意重写孙文哲学，排除阶级论在孙中山晚期三民主义中的影响，某种程度上这也反映了国民党内部一大部分人的倾向。张国焘就回忆说，“戴季陶那本题为《国民革命与中国国民党》的小册子，在黄埔与一般国民党人士中，流行甚广，影响亦大”[2]。

根据戴季陶的阐释，“国民革命”是因中国民族生存权受到威胁而起的革命，这威胁一方面来自时间维度上“中国民族力的消失”，另一方面来自空间维度上欧洲民族在世界范围内的发展扩张[3]。戴季陶认为，共产党人对帝国主义是资本主义的最高阶段的论述，忽略了帝国主义产生的另一重根源在于欧洲人口繁殖过多过快，必须向别国移民争利[4]。通过这样的抗辩，他弱化了共产党论述中“国民革命”与世界反资本主义革命的一致性，强化其民族主权独立的一面。在此基础之上，戴季陶虽然一力标榜三民主义是“种族革命”、“政治革命”和“社会革命”的三位一体，并批判国民党内的右倾病背离了孙中山所说的“革命军的目的，是要把不平等的世界打成平等的世界”，认为国民革命成功必有工农觉醒后参与方可期[5]，但他同时又说，“我们今天在国民革命进

---

[1] 参见王奇生：《革命与反革命：社会文化视野下的民国政治》，第76—77页。

[2] 张国焘：《我的回忆》第二册，第64页。

[3] 戴季陶：《国民革命与中国国民党》，出版信息不详，第3—7、36—37页。

[4] 同上书，第43—46页。

[5] 同上书，第23—24页。

程中为农民工人而奋斗，绝不须用唯物史观做最高原则”[1]，认为无产阶级专政太过高蹈，超越了“中国经济的条件和文化的条件”[2]，民生主义才是现实可行的方案[3]。

戴季陶认为，“民生主义，在目的上，与共产主义完全相同”，二者“所要解决的问题，是相同的”，但在实行方法上，民生主义反对以无产阶级革命、无产阶级专政“打破阶级”的方法，主张通过国民革命构建“国家的权力，达实行的目的”，“主张革命专政，以各阶级的革命势力，阻止阶级势力的扩大，以国家的权力，建设社会的共同经济组织，而渐进的消灭阶级”[4]。也即是说，戴季陶设想了一个超越个别阶级利益的、由各阶级革命分子联合而成的中立“国家”，在戴季陶的理论框架中，三民主义构成了国民革命的理论基础，信奉三民主义的国民党因而既成为国民革命当仁不让的领导者，亦成为国民革命胜利后“革命专政”国家的建筑者，各阶级的利益通过国民党的代表中介，最终在超越性的、统合性的国家机器中反映出来，其互相冲突的部分可在国家的层面得到调和。

从言论上来看，中国青年党 / 醒狮派与共产党人的交锋较为激烈，对国民党则在早期屡有示好，甚至希图在学理上打通国家主义与三民主义[5]，但国家主义者所提出的“全民革命”，指向的却是国共两党同张的“国民革命”，其反对的乃是国共联俄的手

[1] 戴季陶：《国民革命与中国国民党》，出版信息不详，第 32 页。

[2] 同上书，第 40 页。

[3] 同上书，第 47 页。

[4] 戴季陶：《孙文主义之哲学的基础》，上海：民智书局，1927 年，第 18—19 页。

[5] 如孙中山逝世时，曾琦就在《醒狮》上撰文悼念，并表示：“中山先生所揭橥之‘三民主义’，与吾人所主张之‘国家主义’，其果有冲突乎？抑并无二致乎？依吾人之解释，则‘三民主义’实包括于‘国家主义’之中，而毫无冲突……”参见曾琦：《悼孙中山先生并勖海内外革命同志》，《醒狮》第二十四号，1925 年 3 月 21 日。

段，并不否认“独立建国”的目标。如果说，国共两党均接受了不同程度的阶级概念和分析方法，青年党/国家主义派对此则是彻底拒绝，认为中国当下状况，阶级分化并不分明，应该进行的是“全民革命”，共产党所推动的“国民革命”实际已为“阶级革命”所挟持。所谓“全民革命”，指的是“合全国士农工商各界国民于一体，而对于治者之属于国贼者，实行革命”[1]，因而“全民”是排除了“国贼”、相对于“国贼”而成的国民全体。

根据曾琦的定义，“国贼”包括“倒卖国权，摧残民命之军阀”、“营私舞弊、祸国殃民之官僚”、“假借外力，争夺政权之政党”、“朝三暮四，寡廉鲜耻之政客”、“把持地方，鱼肉乡民之滥绅”、“勾结外人，掠夺国富之财阀”、“破坏公益，专谋私利之奸商”、“欺世盗名，不负责任之乡愿”、“倚仗外人，压制同胞之教徒”和“扰乱社会，妨害国家之流氓”十个类别[2]，从这一分类描述来看，青年党/醒狮派在将中国之乱象锚定于军阀、政客乃至恶劣乡绅、买办资本家等项上时，与国共两党差异并不大，但由于拒绝了阶级分析的工具以及依凭政权和军队以开展革命的方式，青年党/醒狮派对全民革命、祛除国贼的具体设想，就只能是“先为普遍之宣传，继为热烈之运动”[3]，并且尤为相信“养成国人共同之信仰，规定国人共同之目标，陶铸国人共同之理想，抉择国人共同之手段”[4]的“革心的功夫”[5]，可收“庶几万众一心，即知即

[1] 卢琰：《全民革命释义》，《醒狮》第八十二号，1926年5月9日。

[2] 曾琦：《“内除国贼外抗强权”释义》，《醒狮》第二号，1924年10月18日。

[3] 曾琦：《全民政治与全民革命》，《曾慕韩先生遗著》，“近代中国史料丛刊”正编第68辑第674册，台湾文海出版社，出版年度不详。转引自孙承希：《醒狮派的国家主义思想之演变》，复旦大学博士论文，2002年，第62页。

[4] 同上。

[5] 李璜：《国家主义的建国方针（续前期）》，《醒狮》第四十九号，1925年9月12日。

行，安内攘外，克竟全功”[1]的效果。纵观1927年以前的中国青年党/醒狮派，他们的工作也主要集中在宣传和教育的方面，除此以外并无真正的行动，以至于很快被恽代英嘲讽为“秀才造反”[2]。

醒狮派、戴季陶对于共产党人的质疑，实际上最终集中于一个问题，即如何理解革命与阶级之间的关系？对于醒狮派而言，阶级问题在中国是一个伪问题，他们如此断言的根据则是对彼时中国经济社会状况的观察：主导中国的经济形式仍是小农耕作，工业极其弱小，产业工人所占人口比例极少，等等。因而醒狮派试图用“全民”这样一个概念来作为革命的主体和建国的根基，“全民”潜在地等同于全体国民，但“全民”的成立有两个限定，其一是要将“国贼”排除在外，其二是“全民”要接受吸纳醒狮派关于国家主义的一整套理论，以其为信仰，从而结合为一个整体，再在此基础之上，实现“全民政治”的国家建制。醒狮派的中心人物多出自少年中国学会，其“外抗强权、内惩国贼”的口号，明显有承继“五四”之意，在这一联合民众全体作为新的国家和社会基础、强调思想意识对人之转化作用的思路中，也能看到对“五四”文化运动逻辑的延续。但醒狮派的这一设想，不仅在“全民”定义上有模糊之处[3]，而且因为欠缺具体的、切实可行的策略计划，甚至引起了追随者的空洞之感[4]。

与醒狮派相对应，戴季陶虽然并不彻底排斥阶级式的论述和

---

[1] 曾琦：《全民政治与全民革命》，《曾慕韩先生遗著》，“近代中国史料丛刊”正编第68辑第674册。转引自孙承希：《醒狮派的国家主义思想之演变》，复旦大学博士论文，2002年，第62页。

[2] 恽代英：《秀才造反论》，《中国青年》第一百零九号，1926年1月9日，第249页。

[3] 如陈独秀就曾指出国家主义者的“全民”概念内部隐含的悖论性。参见寸铁：《全民政治与全民革命》，《向导》第一百四十九期，1926年4月13日，第1401页。

[4] 参见孙承希：《醒狮派的国家主义思想之演变》，复旦大学博士论文，2002年，第63页。

分析，也将对农工利益的保障视作三民主义的题中应有之义，但戴季陶对三民主义最终完满实现的理想，是建立一个独立的、各阶层利益能够和谐共处的、在社会公平上优于欧美资本主义国家的民族国家，在其中，国民党成为一切社会阶层和国家的总代表。在这个意义上，戴季陶不认可阶级斗争的手段和无产阶级专政的目标，这一反对意见在学理上的支撑，则与醒狮派类同，诉诸的也是中国工业资本主义尚未发达的现实，认为阶级斗争和工业无产阶级专政为时过早、不适合中国国情。

1925 年底，刘仁静在一篇《告国家主义的青年》中表示，国家主义者与国共“两派争论的重心，是一革命的策略问题”，而“这种争论的中心”则是“谁领导国民革命的问题”[1]。刘仁静的这一判断不仅适用于醒狮派与共产党人，而且同样适用于其后国共之间的分歧。一场正在进行的革命中所发生的理论的质疑和挑战，从来都不是一个单纯的学理问题——尽管学理上的澄清和辩难同样是必需的。事实上，如果我们将目光稍微从具体的来回争论细节上挪开一些，对共产党人在此前后的行动做一点观察，就会发现，几乎与醒狮派及戴季陶对阶级的质疑同时，共产党在群众运动的政策和行动上也出现了巨大的变化。概而言之，即是通过运动和宣传两方面，开始有意识地加强工农无产阶级在国民革命中所占据的位置。这一时期，不仅随着五卅运动的发生，工人运动在经历了京汉铁路大罢工以来的低潮后蓬勃开展起来，而且更令人瞩目的是，共产党人以更加清晰的意识介入农民运动，共产党主导下的农民运动开始摆脱此前零散的、个别的发生状况，以及以接近农民、向农民宣传为主要方式的运动手段，进入到广泛的发动和组织农会阶段，

[1] 仁静:《告国家主义的青年》,《中国青年》第一百零四号，1925 年 12 月 6 日，第 99 页。

甚至很快将土地问题的解决纳入了农民运动的纲领。

如果我们将《中国青年》和《向导》做一个粗略的对比，就可以发现，1925年前，共产党内关于农民运动的大量论述实际上是出现在《中国青年》而非《向导》上的；这一时期，陈独秀在《向导》和《前锋》上发表过的为数不多的几篇涉及农民运动的经典文章，如《中国国民革命与社会各阶级》和《中国农民问题》，都认为中国的农民主要以自耕农为主，属于中小资产阶级，具有较强的保守性，虽是国民革命需要借重的力量，却并不看好农民进行社会革命的可能性。此种差异显示出，1925年前共产党主导下的农民运动实际上是被包囊在青年运动之中的；并且这种“青年农民运动”，此时还仅“是一种调查和宣传的工作”[1]。而到1925年后，农民运动的主要方向就开始为党所主导把握，《中国青年》上的相关言论则密度逐渐降低。与此同时，如果说此前《中国青年》所推动的农民运动还与平民教育、民众启蒙的运动方式有着复杂的纠缠关系，1925年后，农民运动的方向就呈现出一种更为明确和彻底的阶级性，组织农民协会、组建农民自卫军、反抗土豪劣绅、打击贪官污吏、反抗苛捐、减租减息等一系列活动，较宣传和教育更为切实，使得农民意识到了自己的政治和经济利益所在，自在的农民逐步转化为自为的农民。对农村田土分配、租佃关系、雇佣关系的调查，则对农民内部进行了进一步的阶级细分，更使得农民脱离了边际模糊的整体性“平民”或“民间”，呈现为一整套具有内部结构和动力机制的阶级关系。

当然，通盘来考量，中国共产党对农民问题认识的转变本是

[1]《中国共产党第四次全国代表大会文件》“对于青年运动之决议案”，中央档案馆编：《中共中央文件选集（一九二一——一九二五）》第一册，第300页。

一个渐进的过程，有着复杂的历史背景和多重诱因。受俄国革命经验影响，共产国际一向在农民问题和土地问题上的意见较中国共产党人更为激进，早在1923年，共产国际就曾指示中共，中国革命“全部政策的中心问题乃是农民问题”，共产党应该促使“土地革命”，采取没收地主和寺庙土地无偿分给农民、建立农民自治机构等措施[1]。在国共合作的国民革命中，农民的支持成为革命成功的核心，亦是受到国共双方承认的。1924年1月，国民党改组后，农民运动首先在广东国民政府辖下系统开展起来，这一时期，国民党农民运动的大部分具体工作实际上是由共产党人承担的[2]，广东国民政府推动下的农民运动也对共产党人产生了刺激。

但自1925年始，中国共产党对农民问题开始日益重视，在具体方针政策的拟定上也快速激进化，这是容易观察到的事实。1925年1月召开的中共四大关于农民运动的决议案，不仅指“农民问题在中国尤其在民族革命时代的中国，是特别的重要”，而且首次提出在农民运动中要“注意启发农民的阶级觉悟”[3]。同年5月的第二次全国劳动大会上，提出《工农联合的决议案》；10月的《中共中央扩大执行委员会文件》，提出党应当制定“一种农民问题政纲，其最终的目标，应当没收大地主军阀官僚庙宇的田地交给农民”[4]，并发表了《告农民书》，要求“耕地农有”，号召组

[1]《共产国际执行委员会给中国共产党第三次代表大会的指示》，《共产国际、联共（布）与中国革命文献资料选辑（1917—1925）》，第456页。

[2] 王奇生：《中国近代通史　第七卷　国共合作与国民革命（1924—1927）》，第483—484页。

[3]《中国共产党第四次全国代表大会文件》“对于农民运动之决议案”，中央档案馆编：《中共中央文件选集（一九二一——一九二五）》第一册，第292、295页。

[4]《中共中央扩大执行委员会文件》“中国现时的政局与共产党的职任议决案”，中央档案馆编：《中共中央文件选集（一九二一——一九二五）》第一册，第398页。

织农民协会和农民自卫军[1]。

共产党在农民问题上的态度转变，与这一时期醒狮派与戴季陶就阶级问题、国民革命领导权问题究诘共产党的历史语境有内在关联。农民本一直是共产党设想的国民革命成功所必须倚赖的一股大力量，此前，共产党也并非不注重通过宣传来团结农民、引导农民赞助国民革命，但为什么到了1925年，这样的工作就被认为是不足的，而需要在一个更为清晰的阶级框架内展开和推动农民运动了呢？值得注意的是中国共产党早期对中国农民状况的描述，即认为农民中大多数为拥有小块土地的自耕农，农村中土地集中情况并不明显，甚至有分散之趋势，地主与农民的对立关系也不到十分紧张之程度，因此中国的农村中并不存在在阶级分化基础上进行社会革命的可能性，只有进行群众运动的可能性[2]。这一论断不仅在观点上从属于一种经典的阶级论述，即资本主义制度下的产业工人才是真正的无产阶级和社会革命的主体，因而将农民排除在这一过程之外；而且在论证的内在逻辑上，实际上与醒狮派和戴季陶质疑中共的依据一致，即从一种经济实证的角度出发，认为中国或中国农村并未出现明显的阶级分化，从而推出社会革命、阶级斗争言之过早的结论。那么仅仅在两三年之间，中国经济结构和农村状况并未发生实质性的变化，共产党在农民问题上态度的转变是否就意味着对此前阶级论述的背离？

1925年初召开的中共四大农民运动决议案中说："中国共产党与工人阶级要领导中国革命至于成功，必须尽可能的、系统地鼓动并组织各地农民逐渐从事经济的和政治的争斗。没有这种努

---

[1] 《中共中央扩大执行委员会文件》"告农民书"，中央档案馆编：《中共中央文件选集（一九二一—一九二五）》第一册，第435—437页。

[2] 陈独秀：《中国农民问题》，《前锋》第一期，第51—54页。

力，我们希望中国革命成功以及在民族运动中取得领导地位，都是不可能的。”[1]也即是说，农民问题成为共产党重视的工作内容，其动力来自要在国民革命中取得领导权；而阶级斗争正是促使工农团结起来、产生阶级觉悟，从而确保代表工农利益的共产党在国民革命中之领导地位的必要手段。在给戴季陶的公开信中，陈独秀说：“殖民地半殖民地的国民革命之成功，当以工农群众的力量之发展与集中为正比例；而工农群众的力量，又只有由其切身利害而从事阶级的组织与争斗，才能够发展与集中。”[2]瞿秋白也说：“中国工人农民的觉悟必然要实行阶级斗争，必然要现在就争自己生活的改善……假使中国的农人农民没有阶级觉悟和斗争，他们的团结如何可能？”[3]这也就意味着，不可把阶级斗争“和社会革命劳农专政实行共产并为一谈”[4]。阶级因而不再是一个实证意义上的、通过客观观察被捕捉的现实范畴，并可以在此基础上被“代表”或“唤醒”，而成为一个通过“斗争”过程被打造的主体生成机制：如果不通过一种与地主、绅士阶层的对抗和斗争的关系，居住散漫、内部混杂的农民不可能形成具有共同利益和自我意识的整体；而只有在国民革命真正地召唤出了作为主体的农民的前提下，这场革命才的确成其为“国民”的。这既是共产党人对国民革命之理解所必然要求的实践，也是确保其革命领导地位的根本方式。

农民运动、阶级斗争，以一种现实实践的方式将共产党人与农民联系起来。在这个意义上，恽代英指称醒狮派“空话多而实际行

---

[1] 《中国共产党第四次全国代表大会文件》“对于农民运动之决议案”，中央档案馆编：《中共中央文件选集（一九二一—一九二五）》第一册，第292—293页。

[2] 陈独秀：《给戴季陶的一封信》，《陈独秀文集》第三卷，第287页。

[3] 瞿秋白：《中国国民革命与戴季陶主义》，《瞿秋白文集·政治理论编》第三卷，北京：人民出版社，2013年，第326—327页

[4] 陈独秀：《给戴季陶的一封信》，《陈独秀文集》第三卷，第287页。

动少”，只做口头上的宣传，不“与反动势力直接搏斗”[1]，倒并非言语上的攻击，而有自身从事行动的底气作为支撑。但另一方面，作为联系共产党人与农民之实践方式的阶级斗争，在创造着农民的主体位置的同时，也悖论式地成了国民革命联合战线破裂的一个导火索。

从农民运动的现实历史来看，国民革命中有系统、有规模的农民运动，实起于改组后的国民党。共产党人彭湃在广东海陆丰所组织的运动，很大程度上还是一种个人自发行为[2]；1923 年湖南衡阳的岳北农公会则持续了仅两个月即被镇压[3]。国民党方面，孙中山本对农村和农民问题有持续的关心，1924 年国民党改组后，受共产国际影响，对作为国民之绝大多数的农民、工人的强调，对农工权益的保护，成为国民党一大宣言的重要内容，国民党中央设置农民部，作为进行农民运动的机构支撑。1924 年 3 月，国民党中央执行委员会讨论通过了农民部制定的《农民运动计划案》，该计划案以团体组织为农民运动之前提，奠定了国民革命时期先组织农民协会，再于此基础上争取政治和经济权益的基本运动模式。广东的农民运动，以农民自己组织的，排除广有田土的大地主、食利者的农会[4]，取代了传统由乡绅地主控制的农会，因而激发了农民的极大热情，广州国民政府也借此在对陈炯明、邓本殷的讨伐战争中获得了农民的直接行动支持。尽管在国民党旗号下从事具体农运工作的绝大多数为共产党人，但来自国民党的政党、政权支持无疑也对农民运动的开展起到了关键作用。

---

[1] 恽代英：《秀才造反论》，《中国青年》第一百零九期，1926 年 1 月 9 日，第 249 页。

[2] 王奇生：《中国近代通史　第七卷　国共合作与国民革命（1924—1927）》，第 476 页。

[3] 参见金冲及：《从迅猛兴起到跌入低谷——大革命时期湖南农民运动的前前后后》，《近代史研究》2004 年第 6 期，第 22—23 页。

[4] 参见高熙：《中国农民运动纪事（1921—1927）》，北京：求实出版社，1988 年，第 30 页。

不过，在共产党人看来，国民党领袖对农民的政策仍存在问题。这些问题表现在：其一，“只想利用农民，并不实际保障农民的政治上经济上的利益”；其二，组织农民协会成为国民党在军事区域获取农民赞助的方式，但在“军人或土豪鱼肉农民危害他们的生活的时候，国民党领袖都不能帮助农民”[1]。因而共产党提出，在依靠农民协会进一步团结农民的基础上，要利用具体的斗争机会维护农民的利益，启发其阶级觉悟[2]。然而，以阶级斗争形式介入农村的现实具体斗争，不仅意味着对阶级的结构性划分、阶级力量关系的分析，要与依托于地缘、血缘以及乡村特殊文化系统的农村社会内部极其复杂的社会组织、权力关系相适配，而且涉及在此基础上对已有的农村权力体系的打破乃至重建。农村权力体系的动摇首先影响了经济基础仍建立在旧乡村组织之上的广州国民政府，到北伐期间，由于战争原因，财政上的吃紧进一步加强了对地方基层控制的要求，这一现实问题与共产党和国民党左派通过农民运动来发起农民、构筑国民革命之基础之间的矛盾就越来越深刻。最终，这一矛盾与其他种种组织、策略、目标上的分歧一起，以国民党的暴力清共的方式爆发出来。

在共产党人的语境中，农民与阶级的关系问题转化为这样一个问题：农民何以成为一个阶级？如果国共双方都承认，农民是“国民”最为广大的基础，农民的趋向决定了国民革命的胜败与否，那么，在国民革命中强调农民的阶级性，到底意味着什么呢？值得注意的是，在国民革命前后共产党人（甚至一部分国民党左派）那里，关于作为阶级的农民的叙述具有两种不同模式，

---

[1] 《中国共产党第四次全国代表大会文件》“对于农民运动之决议案”，中央档案馆编：《中共中央文件选集（一九二一——一九二五）》第一册，第294页。

[2] 同上书，第295页。

其一，是将中国放置在全球资本主义发展至帝国主义阶段的脉络当中，全球资本主义依靠帝国主义战争、商业倾销、资本输出等方式，使得中国沦为半殖民地，在这个意义上，中国虽然是一个农业经济为主导的国家，但在世界性的资本主义体系内，又构成了被剥削的无产阶级。中国的农民之所以能够与工人一样，在一个广义的范围上被认作无产阶级，是因为他们在全球资本主义体系的视野当中，处于最受压迫和剥削的地位。

但是，这个意义上的“农民阶级”仍然只是一个抽象、理想的概念图景。在涉及具体的农村状况时，另一种更为常见的描述方式，是按照田土所有情况、雇佣和租佃关系，在农村中划分出地主、自耕农、佃农等不同的层级，他们在农村社会组织、经济和文化系统中所处的不同位置，决定了他们各自不同的利益关系。具体的农民运动因而涉及的是这些嵌刻在复杂的社会和文化脉络中的、利益关系不同乃至互相冲突的群体，如何将这些产生自具体关系的冲突收拢纳入前一种阶级论述中来，并最终形成一个具有阶级性和民族性的自觉的“农民”。在 1926 年 7 月中共中央第二次扩大会议对于广东农民运动决议案中，对广东农民运动的开展情况有一个耐人寻味的批评：“我们同志以前的工作，是农民协会运动，不是农民运动，更不是带有阶级性和民族性的中国农民运动。”该批评意见区分了简单的“打倒地主、土豪、劣绅”与“阶级斗争”，区分了“农民协会运动”与“农民运动”、“民族运动”[1]，这一区分恰好说明，简单地组织农民协会，甚至在此基础上介入、引导农民对地主豪绅斗争的运动方式，并不就等同于

[1]《中央第二次扩大会议对于广东农民运动决议案》，广州农民运动讲习所旧址纪念馆编：《广东农民运动资料选编》，北京：人民出版社，1986 年，第 120 页。

阶级斗争和阶级意识的锻造，在自在的农民运动到自为的阶级意识之间，存在一个转换的过程。只有在这一转换过程完成的前提下，农民才会意识到自身利益与追求民族独立的国民革命之间的一致性，才会真正成为国民革命的基础。国民革命中的农村运动实践，一方面显示出这一转化过程本身的复杂性（细分的结构性阶级分析在多大程度上能够与乡村社会的政治、经济、文化结构相适配？具体的斗争如何转化为阶级意识的生成？），另一方面也呈现了这一转化所必需的外部条件（政党、政权、军事力量的支持）。在嗣后的斗争和实践中，这些经验成了中国共产党人创造全新的革命和政治形式的出发点与基础。

第三节　余　论

《中国青年》上最后一轮关于“到民间去”的讨论，出现在1926年夏天。1926年6—7月，适值北伐军从广东起兵，挥师向北，与国民革命的军事斗争相配合，群众运动也进一步扩展开，农民运动随着国民军北进扩散到北伐沿途各省份。与这一革命形势相呼应，李求实再度在《中国青年》上提起了“到民间去”的话题。在第一百二十四期和第一百二十八期上，李求实连续撰文《怎样利用今年的暑假》和《怎样才能“到民间去”？》，呼吁青年学生们利用暑假返乡的机会，与志同道合的朋友结成团体，共同从事民间和乡村的群众运动[1]。具体的活动方式上，李求实建

[1] 求实：《怎样利用今年的暑假》，《中国青年》第一百二十四期，1926年6月20日，第662—665页。

议，在开展乡村调查研究、进行本地和平改良事业之外，也应当积极介入本地的地方斗争——尤其在北伐战争不断推进、全国范围内出现普遍的农村骚动的局势下[1]。

1926年的这一轮“到民间去”讨论，有何特异之处？事实上，如果我们对《中国青年》做一个纵向的观察，就可以发现，每年寒暑假期，《中国青年》都会推出假期如何安排的讨论，其中一个颇具延续性的话题，就是号召青年学生利用假期，回到家乡农村去从事调查、联络、运动的工作。这几乎成了一个惯例。但1926年这次讨论的特殊之处在于，李求实主动将这一讨论，与此前一度颇具规模的“到民间去”话题勾连在了一起。在文章中，李求实一方面坦承，“这个问题对于我们的读者已经不是新的一个，我们前次亦时常提到这问题”[2]；另一方面，以往仅仅停留在口头口号的“到民间去”也构成了李求实此次发动讨论的一个动机：“‘到民间去！’几乎年年这样叫，人人这样叫，只可惜多半是空空叫过了！”[3]“实在，这个口号究竟还嫌空洞了，又加以我们青年作工多流于不切实与避难就易，于是使得我们过去的努力没有获得预期的结果。”[4]然而，从李求实给出的具体工作建议来看，他也并没有提出多少真正的新东西。乡村调查、开展平民教育等改良事业，都是1925年前的“到民间去”讨论中反复谈到过的实践方案；介入并寻求领导本地的地方斗争，从而赢得农民的

[1] 求实：《怎样才能“到民间去”？》，《中国青年》第一百二十八期，1926年7月24日，第67—69页。

[2] 同上文，第65页。

[3] 求实：《怎样利用今年的暑假》，《中国青年》第一百二十四期，1926年6月20日，第662页。

[4] 求实：《怎样才能“到民间去”？》，《中国青年》第一百二十八期，1926年7月24日，第65页。

信仰，将他们的斗争融汇到国民革命的大目标下，该条建议倒是体现了1925年后共产党内对于农民运动的态度变化，但问题在于，李求实这一轮讨论主要的诉诸对象是暑期放假回乡的青年学生，学生不仅在阶级上与农民有距离，而且因出外读书，在空间上亦与本乡生活事务有隔膜，并且在两三个月的短暂假期结束后就要离开。以如此浮泛游离于乡土社会之外的人群，而要谋介入本地斗争，并获取领导地位，毫无疑问是不现实的。从嗣后响应号召的读者来信反馈来看，活动也的确不成功。一位署名红刃的九江读者[1]就致信《中国青年》，总结描述了他周围的“许多暑期回家做农村运动的同志”遇到的实际困难，并请教如何解决：

> 1. 怎样使食古不化的农民走向革命之道？
>
> ……我们设尽了方法向他们宣传：什么公开讲演，个人谈话，开办平校，排演新剧，任我们说得天花乱坠，而他们总是耳过风等于没有这么一回事的样子，并且有许多青年农民说我们是发了疯。现在我们已花了卅多天的工夫，计也穷了，力也尽了，终不能便（使）这班食古不化的农民走向革命之道，奈何！还是请你们指教罢！
>
> 2. 怎样防止劣绅和国家主义者的反动联合阵线？
>
> 当着我们正做得起劲和稍微有点成绩的时候，地方上几个有名有钱有势的劣绅和萧（小）地主的大少爷——暑假自武昌大学回来的国家主义者的小喽啰，眼见得这班佃农和半自耕农

[1] 经清华大学中文系博士生邵同琨提醒，“红刃”真名冯任，为江西早期党团领导人和革命家，1926年7月，冯任从南昌省立一师毕业，被派往九江，指导当地工农运动。1930年被捕牺牲。冯任生平参见殷育文主编：《冯任纪念文集》，北京：中央文献出版社，1997年。感谢邵同琨为我提供宝贵的资料。

为着本身利益而团结起来，与自己的利益发生冲突。所以就来造谣中伤，挑发（拨）离间……这一来，许多半信半疑我们的农民都被他们吓得伸头缩颈，不敢来上平民学校的课了，不敢来开农民协会了。……

3．怎样遏止“早熟”的农民暴动？

都昌农民，素来是富有反抗性的。……今年六月间为着城内绅痞邵某假借全县人民的名义，恭送卸任贪官陈祖光的匾额，他们得知这种噩耗，居然趁着欢送的那天，召集了县农民协会的五六百会员，把那歌功颂德的匾额，打得个落花流水，当时军警出而干涉，但因众寡不敌，卒至一个农民也没有促（捉）着，现在他们乘着战胜之余威，为了钱粮柜中饱户税，劣绅受贿袒护的事件，又在那里日夜商量，大有蠢蠢欲动之势！但以客观情形及主观力量看来，暴动的条件，实未具备，而且有早熟以至流产之危机！再进一步说，这次暴动如果实现，适足以激成知事，劣绅警备队——等的反动联合战线的重大压迫与摧残，藉以复前次之仇也！结果，我们基础巩固的农民新组织，必定根本动摇矣！因此，我们屡次向他们解释革命工作的步骤，暴动的意义和应具有的两种条件，这次不能暴动的种种理由，但是言者谆谆，听者藐藐，他们并且骂我们只能站在他屁股后说话，不能站在他眼前领导。咳！这种将爆发的“早熟”的农民暴动，到底有什么好的方法解决呢？[1]

如果说，前两条困难反映的是未经运动的农民之“难动”“不

---

[1] 《农民运动中的问题（通信）》，《中国青年》第一百三十期，1926年8月20日，第142—143页。

动”，第三个事件就呈现出暑假回乡从事运动的学生与已经组织起来的农民之间在诉求、意识方面的种种冲突。从事件细节来看，都昌地方已有县级的农民协会，农民甚至用“只能站在他屁股后说话，不能站在他眼前领导”来质询学生，显示当地农民已经接受过一定程度的政治教育。根据相关史料，江西农民运动的开展始自 1925 年 2 月，从截至 1926 年 10 月的统计数字来看，都昌的农民协会组织规模和成员人数，在江西省内仅略次于永修[1]。北伐战争中，为配合战事，“当江西战云一起”，省农民部就“派特派员三十余人到二十县中去，开始活泼的运动，准备革命军攻入时的农民底援助与攻入后的农民运动底进展”[2]，这一时间段也在 1926 年夏秋。在已有持续的政党力量组织和领导农民运动的基础上，暑期返乡的学生难于介入并领导地方斗争、从中获取农民信仰，可说是相当自然的。在这个意义上，如果说，1925 年以前，“到民间去”的不理想还主要呈现为青年学生与农村的隔绝，那么在国共携手积极发动农民运动的条件下，青年学生“到民间去”时，他们就已不再是那个联络农民、教育农民、发动农民自然而然的主要力量，而在运动中逐渐边缘化了。

与青年学生在“到民间去”运动中逐渐边缘恰成对照的，是政党主导下农民运动的蓬勃展开。1926 年初，国民党第二次全国代表大会召开，这次大会较国民党一大具有更浓的左翼色彩，其关于农民运动的决议案，除开在政治、经济、教育三方面制定了更为详尽的纲领外，还在组织上规定：（1）在国民党的各省级党部设立农民部，实行中央党部统一的运动计划；（2）计划于中国

[1] 《江西农民运动状况》，《第一次国内革命战争时期的农民运动资料》，北京：人民出版社，1983 年，第 522—523 页。

[2] 同上书，第 522 页。

中北两部合适地点各设农民运动讲习所，培养农运人才；（3）扩大农民运动经费；（4）各级党部宣传部与农民部密切配合，共同推进农民运动[1]。二大结束后，国民党中央党部设立了农民运动委员会，中共中央也于1926年1月设立农委。1926年3月，毛泽东被任命为第六届农民运动讲习所所长。农民运动讲习所本是1924年在彭湃建议下设立的培养农民运动干部的短期培训学校，前五届共培训毕业生454人，其中大部分来自广东，毕业后，也主要在广东本地从事农运工作。毛泽东主持下的第六届农民运动讲习所则在规模、学制上都有很大扩张，为国民党"第一次大规模之农所"，共招生327人，毕业318人，学生分别来自全国19个不同省份，培训时间四个多月，成了全国农运后备力量的培养处[2]。1926年9月，毛泽东为广州农民运动讲习所编印的《农民问题丛刊》撰写了题为《国民革命与农民运动》的序言，在文中，毛泽东如此号召：

> 我们的同志于组织工人组织学生组织中小商人许多工作以外，要有大批的同志，立刻下了决心，去做那组织农民的浩大的工作。要立刻下了决心，把农民问题开始研究起来。要立刻下了决心，向党里要到命令，跑到你那熟悉的或不熟悉的乡村中间去，夏天晒着酷热的太阳，冬天冒着严寒的风雪，搀着农民的手，问他们痛苦些甚么，问他们要些甚么。从他们的痛苦与需要中，引导他们组织起来；引导他们向土豪劣绅争斗；引导他们与城市的工人学生中小商人合作，建立起联合战线；引

[1]《中国国民党第二次全国代表大会农民运动决议案》，《第一次国内革命战争时期的农民运动资料》，第34页。

[2]《第六届农民运动讲习所办理经过》，《第一次国内革命战争时期的农民运动资料》，第67页。

导他们参与反帝国主义反军阀的国民革命运动。[1]

这一段文字与《中国青年》上盛行一时的"到民间去"叙述语调之相似是显而易见的；但关键的差异在于，号召的对象、"跑到""乡村中间去"的主体，从"青年"变为了"党"中的"我们的同志"。相较恽代英等人在《中国青年》上大力推崇青年从事实地调查、研究社会科学以为自身"到民间去"的准备，农民运动讲习所的成立则为政党联结自身与民众提供了一套更为精密的机制。从第六届农讲所的培训内容来看，学员要从知识和实践两方面接受成为农民运动领导者的一整套训练，在知识上，需要掌握的内容从具体而微的农业、法律、经济学、统计常识，到农民运动的具体方法、已发生的农民运动状况，到中国政治状况、财政经济状况、中国史概要，再到三民主义、帝国主义、社会主义的宏观框架，形成了一个完整的线索。在实践上，一方面为学员进行正规的军事训练共计 10 周，上操 128 小时，以期可为农民武装自卫之领导，另一方面，安排学员毕业前亲赴农村实习至少两周[2]。尽管从具体内容上来看，恽代英等人为"到民间去"的青年所设计的"社会科学"与农讲所的教授科目之间具有明显的延续关系，但从知识到实践上的系统训练，都是青年单凭兴趣和自修难以做到的。

此外，农讲所学员所承担的功能也并非单方面地接受政党的意识形态和行为方式训练，并将其执行至基层农村；毛泽东也利

[1] 毛泽东:《国民革命与农民运动》，竹内实监修、毛泽东文献资料研究会编辑:《毛泽东集》第一卷，东京：苍苍社，1983 年，第 177 页。

[2]《第六届农民运动讲习所办理经过》，《第一次国内革命战争时期的农民运动资料》，第 68—69 页。

用第六届农讲所学员来自全国各地这一机会，在学员中以省为单位组织农民问题研究会，引导学员就租佃田赋、地方组织、思想观念、物价经济等方面的36个不同项目做了全国调查，甚至民歌、成语这样的民间文学内容，也在调查征集的范围之内[1]。从嗣后毛泽东主持编印的《农民问题丛刊》所列计划书目五十二种来看，丛刊第二十八至第五十一种的内容，应该就来源于这些调查[2]，其比重占整个丛刊将近一半。尽管毛泽东承认，这批调查“所述只属大略”[3]，但将其作为丛刊内容刊印，正在于其对于开展农民运动、研究农民问题提供了宝贵的来自各地、民间的一手材料。在这个意义上，农讲所的学员不仅是政党意志向下伸入乡村的执行者，而且也为政党提供了来自广大乡村最为鲜活的现实情况，其承担的职能更像一个政党与乡村之间的中介，通过他们，政党与乡村的联系得以以双向的方式建立起来。广州农民运动讲习所之后，为了配合北伐过程中广东以外的农民运动，在毛泽东等人的建议下，又相继成立了湘鄂赣三省农民运动讲习所和武汉的中央农民运动讲习所，这也说明，作为制度的农民运动讲习所在政党推动的农民运动中所发挥的巨大作用。

从鼓动青年自主、自发地“到民间去”，到形成农民运动讲习所的建制，这一转变不仅显示政党在建立自身与民众关系的问题上获取了更为系统有效的方法，而且在这一过程中，政党本身、政党对于“民间”的理解、把握，都随之发生了根本性的变化。

---

[1] 《第六届农民运动讲习所办理经过》，《第一次国内革命战争时期的农民运动资料》，第71页。

[2] 同上书，第71—74页。

[3] 毛泽东：《国民革命与农民运动》，竹内实监修、毛泽东文献资料研究会编辑：《毛泽东集》第一卷，第178页。

自此而后，一个得到普遍认可、面目模糊的“民间”就逐渐退隐，而政党之间对民众、国民的不同结构性描述，同时形塑了此后中国的思想和现实。在这个意义上，1920年代“到民间去”运动最激越的部分，也预示着运动本身的转折。在下一章中，我将讨论1920年代“到民间去”运动的最后一个组成部分，也即“民间”与“民族”的离合关系。当高昂的大革命潮水褪去，“到民间去”运动又将采取新的表现形式。

第 5 章

从“民间”到“民族”

大革命的结束意味着一个激烈的“运动”时代落幕。紧随其后，1928 年，国民政府建政，现代国家建设提上日程。当顾颉刚由北京而南来厦门、广州时，他所目睹的，正是时代气氛以及时代主题的剧烈变化。南京国民政府建基于改组后的国民党和“北伐”成果，在其基本的意识形态框架中，必然包含着“五四”以至大革命的遗产，但现代民族国家的建制又意味着平稳、常规的制度和日常建设。突转的氛围中也影响到“到民间去”的呈现形式。颇有意味的是，1928 年之后，“到民间去”口号出现在了对边疆少数民族的调查研究之中。1928 年，年轻的杨成志深入川滇边界的凉山地区，探访调查当地彝人状况，他将自己的行动视作一次伟大的“到民间去”践行。杨成志的故事体现了“到民间去”运动的重要一面，即“民间”与民族边疆的关系，而在 1928 年这个时间节点，它也意味着“到民间去”运动的诸多线索的转变。本章将以杨成志的云南调查个案为出发点，既由此透视“民间”与“民族”范畴的离合，也勾勒在 1920 年代末期“到民间去”运动的终章。

1928 年 7 月，受中山大学语言历史学研究所和中央研究院历史语言研究所指派，史禄国[1]、杨成志和容肇祖前往云南从事当地

---

[1] 史禄国，原名 S. M. Shirokogorov，其著作多署名为 S. M. Shirokogoroff。1887 年（转下页）

“猓猡之各种调查”[1]。三人中，史禄国是已在学界有所成就的俄国人类学家，专擅通古斯和西伯利亚远东地区的人种、民族和社会组织研究，拥有三人中最为深厚的人类学学养及丰富的田野调查经验。容肇祖从北京大学《歌谣周刊》时代开始即是中国现代民俗学/民间文学的积极参与者。1926年，容肇祖从北大毕业，应顾颉刚之邀，同往厦门大学国学研究院就职，不久后又先顾氏一步往中山大学[2]，其间，容肇祖不仅是顾颉刚的好友，也是民俗学的积极倡导者和推动者，为《民间文艺》和《民俗》周刊的重要作者。但在具体的民俗学研究方法和理论上，容肇祖实欠缺心得。杨成志资历最浅，一年前甫由岭南大学历史系毕业至中山大学语言历史学研究所工作，在此次调查中承担的也是助理员

（接上页）或1889年生于俄罗斯，1939年卒于中国北平。史禄国1910年毕业于法国巴黎大学人类学院，其后回国，在圣彼得堡大学和帝国科学院从事研究。1912年到俄国十月革命前，史禄国多次到贝加尔湖流域、蒙古及西伯利亚毗邻地区、中国北部进行考察。俄国革命后，史禄国流亡境外，1922年到过上海，1926年接受厦门大学聘请，1928年被中山大学延聘。1930年以后他在北平辅仁大学、清华大学任教，为费孝通1933—1935年在清华大学的研究生导师。史禄国一生著述甚丰，主要著作有：*General Theory of Shamanism Among the Tungus* (1919，俄文)；*Ethnos, General Principles of Ethical and Ethnographical Variations* (1923，俄文)；*Anthropology of Northern China* (1923，英文)；*Social Organization of the Manchus* (1924，英文)；*Anthropology of Eastern China and Kwangtung Province* (1925，英文)；*Social Organization of the Northern Tungus* (1933，英文)；*Psychomental Complex of the Tungus* (1935，英文)。参见费孝通：《人不知而不愠》，《读书》1994年第4期，第42—44页；梅方权：《史禄国与中山大学人类学》，《中山大学研究生学刊（社会科学版）》2001年第4期，第73—74页。

[1] 猓猡又被称为倮猡、罗罗、猓猓等，彝族旧称。中华人民共和国成立前对于南方少数民族的称谓多带歧视，如猺、獞、犭中、狼、倮猡等，本论文在引用当时文献时，维持原文原貌，在行文论述中则使用现所通行之民族称谓。参见《学术消息：本所派员出发“云南调查”》，《国立中山大学语言历史学研究所周刊》第四集第三十七期，1928年7月11日，第36页。

[2] 参见容肇祖：《我的家世和幼年》、《容肇祖自传》，东莞市政协编：《容庚容肇祖学记》，广州：广东人民出版社，2004年，第249—253、264—266页。

角色[1]。

出行之前，中山大学语史所和中研院史语所最寄予厚望的，毫无疑问是史禄国。有论者认为，甚至中山大学语史所人类学调查计划的确定，也与史禄国来穗有着直接关系[2]。但抵达云南后，史禄国认为云南盗匪横行，少数民族地区不能保证安全，拒绝继续前行，仅在昆明及周边地区进行了一些语言调查和体质测量工作，于10月返回广州。对此，容肇祖和杨成志表示极其失望。由于容肇祖该年秋季尚有讲课任务，因此也未在云南淹留，在搜求了一批民俗学书籍和物品后先期返穗。此时，年仅26岁的杨成志决心孤身前往当时被外国人称为“独立罗罗”（Independent Lolo）的滇东北巴布凉山地区开展调查。他从史禄国处分得600余元经费，跟随国民革命军三十八军第九十七师师长孟友闻的军队，于1928年8月底从昆明出发，经十数日跋涉，抵达巧家县[3]，由此渡过金沙江，进入凉山地区。杨成志在凉山和巧家地区共盘桓约7个月，除开探访地方村落外，杨成志还延请彝族“白毛”[4]，学习彝族语言文字。在杨成志最初的计划中，云南调查告一段落后，他本还打算东行由黔入川，顺长江一路调查，但因滇黔开战，道路受阻，他只好于1929年5月折返回昆明[5]。杨成志在昆明也从事了一段时间针对散民、子君、摆夷、民家、花苗等少

---

[1] 参见《本所大事记》“十七年七月七日”条目，《国立中山大学语言历史学研究所年报》（《国立中山大学语言历史学研究所周刊》第六集第六十二、六十三、六十四期合刊），1929年1月16日，第27页。

[2] 施爱东：《倡立一门新学科：中国现代民俗学的鼓吹、经营与中落》，第153页。

[3] 参见《学术通讯：杨成志——顾颉刚》，《国立中山大学语言历史学研究所周刊》第五集第五十六期，1928年11月21日，第30—32页。

[4] 即彝族祭司，今多写作“毕摩”。

[5] 杨成志：《云南民族调查报告》，《国立中山大学语言历史学研究所周刊》第十一集第一二九至一三二期合刊，1930年5月21日，第15页。

数民族的考察工作。1930 年 3 月，因中研院史语所与中山大学语史所分家在即，最初支持杨成志进行调查的傅斯年、顾颉刚均已离开中山大学，经费无以为继，杨成志遂在此情况下返回广州中山大学，结束了长达一年零十个月的云南调查。

中山大学和中研院史语所组织的此次云南调查，从多个方面来看，都构成了一个举足轻重的事件。虽说该次云南调查并非中国现代学者首次就西南少数民族开展的实地田野调查[1]，但其时间持续长度、调查内容深广度均远超此前的调查活动，因而在中国人类学、民族学发展历史上占据着极为重要的位置。就杨成志个人而言，他孤身而入当时汉人谈之色变的凉山地区从事调查研究，这一带有传奇色彩的冒险不仅使得杨成志从此声名鹊起，而且奠定了他一生的学术基础。1932 年，中山大学派杨成志赴法留学，师从人类学宗师马塞尔·莫斯（Marcel Mauss），杨成志凭借在凉山地区所学彝文和搜集到的彝族典籍，以论文《罗罗文字与经典》获得巴黎大学民族学博士。回国后，杨成志也始终保持着对少数民族问题的兴趣。他在 1930 年代多次带学生在广东、海南等地从事少数民族调查，其对西南民族的关心、对实地考察方法的强调，直接影响了门生江应樑。江应樑本人的硕士论文即是步杨成志后尘，在滇西大理至腾冲、龙陵一代调查当地的摆夷。抗战时期，江应樑凭借对云南边疆少数民族的深入了解，成为云南省政府成立的边疆行政设计委员会的关键人物，为云南省政府编写了多个

[1] 仅就凉山彝族地区而言，丁文江 1914 年在四川进行地质调查时就做过相关的少数民族调查，并在 1930 年代主编了《爨文丛刻》。在史禄国、杨成志、容肇祖赴滇之前，中山大学生物系教授辛树帜也率领考察队奔赴广西瑶山，在采集动植物标本的同时，对当地瑶族的历史、语言、风俗做过调查收集。《国立中山大学语言历史学研究所周刊》为此专门出版了《猺山调查专号》。

边疆概况介绍、边区开发方案的小册子。此外，史禄国在此次云南调查中的表现，也成为中国现代学术史上的一段著名公案。由于史禄国未按原定计划完成调查即返回，中山大学内部在此事处理上产生分歧。汪敬熙力主史禄国玩忽职守，应当由学校辞退，傅斯年则对史禄国有所袒护。顾颉刚居中调停，但其内心深处实对史禄国亦有不满[1]。此事后来由傅斯年提议，将中山大学与中研院共同承担的史禄国聘约改为中研院专聘，史禄国在中大的课则照旧[2]，但史禄国从此受到中大主流学术圈排斥[3]。此外值得注意的是，顾颉刚、傅斯年自 1928 年 4 月间互生嫌隙，至 11 月双方友情最终破裂，也与史禄国事件在时间上有所重叠。对待史禄国的不同处理意见，大约也成了顾、傅二人交恶过程中的催化剂。

关于杨成志此次云南调查前后所涉史实细节，现有研究已经做了较为充分的整理和还原[4]，在此不再赘述。但与此同时，尽管学界普遍认可作为事件的杨成志云南调查所体现出的开创之功和卓绝勇气，誉之为“中国最早的民族学田野考察”[5]，“中国人

---

[1] 顾颉刚 1928 年 10 月 30 日日记谓：“孟真极袒史禄国，此感情用事也，缉斋必欲去之，亦成见。予极畏事，而今乃不得不为调人。”按缉斋即汪敬熙。同年 9 月 17 日日记中则表示，“史禄国在云南，不调查而打扑克”，此事“羞人”。参见《顾颉刚全集·顾颉刚日记》卷二，第 205、218 页。

[2] 参见刘小云：《学术风气与现代转型：中山大学人文学科述论（1926—1949）》，北京：生活·读书·新知三联书店，2013 年，第 115—116 页。

[3] 施爱东：《倡立一门新学科：中国现代民俗学的鼓吹、经营与中落》，第 157 页。

[4] 参见施爱东：《倡立一门新学科：中国现代民俗学的鼓吹、经营与中落》，第 153—169 页；刘小云：《学术风气与现代转型：中山大学人文学科述论（1926—1949）》，第 108—123 页；王传：《史禄国与中国学术界关系考实——以“云南调查事件”为中心》，《云南边疆民族研究》2015 年第 3 期。

[5] 王建民：《中国民族学史（1903—1949）》上卷，昆明：云南教育出版社，1997 年，第 405 页。

类学史”上的“成年礼仪”[1]，对其成果的讨论则相对有限。其中施爱东和林东分别从田野调查方法的角度对此展开过分析。施爱东认为，杨成志孤身深入凉山，“歪打正着”地构成了一种参与、体验式的田野调查方法，其调查的成功盖源自于此。但施爱东同时也指出，杨成志的调查称不上计划周密，最后写出的《云南民族调查报告》也“反映不出田野作业的目的性和系统性”[2]，这大约就是学界虽普遍承认此次调查地位重大，却并不着意于讨论其成果的原因。与施爱东相较，林东的分析则是在一个更广阔的视野中展开的，他将社会调查视作一种生产客观的知识、数据的方法，而对客观数据的大量需求，则源自现代民族国家建构过程中国家权力的下沉和更为广泛深入的统治需要：社会调查、统计并不仅是想象国族的方法，而且是国家建构的关键工具[3]。在这个意义上，林东着重讨论了杨成志调查过程中的情感因素，指出调查者忍受苦痛、克服困难，并将之叙述出来，乃是生产客观可靠数据过程中一个常被忽视的前提条件，也是调查者将自身转化为一个可信赖的、称职的观察者和真相提供者的关键步骤[4]。林东认为，现代中国的科学调查绝非旧的知识形态向一种更为理性化的知识形态转化时的自然产物，而是一场“文化和政治的动员”，建基于调查之上的科学知识本身就呈现为知识精英对新的政治及

---

[1] 曾穷石：《书评：杨成志人类学民族学文集》，王铭铭编：《中国人类学评论》（第2辑），北京：世界图书出版公司，2007年，第267页。

[2] 施爱东：《倡立一门新学科：中国现代民俗学的鼓吹、经营与中落》，第167—168、251页。

[3] Tong Lam, *A Passion for Facts: Social Surveys and the Construction of the Chinese Nation-State, 1900–1949*, Berkeley, Los Angeles & London: University of California Press, 2011, pp. 140–141.

[4] Ibid, pp. 107–114.

认识论秩序热情不懈地找寻[1]。作为客观知识生产过程的科学调查所内含的情感因素，证明了科学知识秩序与民族国家政治秩序的同构性。

施爱东和林东的共性，在于他们都聚焦于作为方法的实地调查——前者从学术操作的立场对杨成志的实践提出批评意见，后者以杨成志的调查经历为例，将科学调查与中国现代民族国家建构勾连起来。这固然捕捉到了杨成志云南考察中最为重要的一个特征，但同时值得注意的是，实践中的实地调查，仍与具体的知识脉络、社会历史环境深深缠绕在一起。如果没有民俗学 / 民间文学自“五四”以来对“到民间去”的大声呼吁，没有西方传教士在云南少数民族地区的长期传教、经营、观察、记录，没有1928年南京政府成立后对于边疆和基层的进一步控制欲望，以及其他种种因素，杨成志的云南调查不会呈现为我们今天所看到的面貌。在这个意义上，如果我们不将实地调查抽象为一套固定的方法模型，而把杨成志的云南调查看作各种知识脉络、历史条件、政治环境等因素的汇集点，由此出发，也有可能以另一种方式来切入学科生长与民族国家建构的问题：从杨成志的云南调查个案来看，“到民间去”的方法对于民俗学、人类学、民族学等学科而言，究竟意味着什么？民俗学 / 民间文学内部为何生长出对于少数民族的关心？民间与民族之间是什么关系？民族的概念如何在这一历史过程中形成？对云南少数民族的调查与国族建设是什么关系？

因而本章希望从杨成志云南调查这一个案出发，探究以上问题。简要而言，本章的讨论将主要从两个方向上展开：首先，杨

---

[1] Tong Lam, *A Passion for Facts: Social Surveys and the Construction of the Chinese Nation-State, 1900–1949*, p. 116.

成志云南调查是在什么样的知识背景和框架下做出的？他的调查最终对此做出了何种回应？其次，对于民族问题的知识认知变化，如何与1928年南京政府成立后的国族建设联结在一起？其与民族主义的官方意识形态有何关系？需要加以说明的是，对这两个方向的区分并不意味着二者之间毫无关联，恰恰相反，这两方面实际上深深地互相缠绕在一起；这里对两个方向的划定，仅仅是出于论述方便的考虑。

第一节 “民间”、“风俗”与“民族”

在后来的学术分科中，杨成志的云南调查常被归入民族学、人类学范畴；但此次调查最初实现的背景，却与民俗学在中山大学的开展有着紧密的关联。因此，在进入对杨成志的《云南民族调查报告》的具体分析之前，对中国现代民俗学/民间文学发展过程中如何处理少数族群这一话题稍作一回顾，是有其必要的。

从中国现代民俗学/民间文学的早期代表性刊物《歌谣周刊》（1922—1925）和《北京大学研究所国学门周刊》（1925—1926）来看，整体而言，中国现代民俗学/民间文学在诞生之初，少数族群的语言、歌谣、惯俗并不是关注的焦点，尽管许多出身于云南、贵州、广西的作者在投稿中也经常有意无意提到当地的少数民族极擅歌唱，应该受到采集歌谣之人的重视。造成这一现象的原因，大概与初创期投稿群体自身的局限有关，《歌谣周刊》和《北京大学研究所国学门周刊》的作者大多是受过较高等教育的汉人学生及学者，他们对歌谣的采集整理，也往往取自家庭周边或儿时记忆，缺乏真正的田野采集方法，遑论大多来自道听途说的少数民族歌谣、语言和风俗。从笔者的统计来看,《歌谣周刊》至1925年止共96期上,真正对少数民族有所讨论的文章仅有7篇,其中,广西象县的刘策奇一人就投了5篇,分别是:《獞[1]话的我见》(第五十四号)、《獞人情歌二则》(第五十四号)、《猺人的婚姻》(第五十七号)、《獞人情歌》(第六十号)及《广西语言概论》(第八十一号)。实际上,刘策奇所讨论的壮语壮歌等内容,也都限于他的家乡象县范围内,广西多民族杂处的地方特征为他提供了撰写这批文字的可能。此外,毛坤在第八十九号的《方言研究号》上,从马伦笃夫[2]所著的《中国传教使团年鉴》(*The China Mission Year Book*)中翻译出了一篇关于中国语言的文章,涉及少数民族语言的问题[3]。紧随该文之后,林语堂也根据马伦笃夫和高本汉(Bernhard Karlgren)的著作,整理了一份包括少数民族语言在内的中国方言研究的外文著述目录[4]。

整体上来看,《歌谣周刊》上这批论述多集中于语言及歌谣,对生活习惯的部分涉及较少。但值得注意的是,在这些文字中,除开毛坤的翻译文章区分了“异族语言”和“方言”外,刘策奇和林语堂都将苗、瑶、壮等少数民族语言作为中国方言的一个内

---

[1] 根据刘策奇自己标注的注音符号,“獞人”即壮人。参见刘策奇:《獞话的我见》,《歌谣周刊》第五十四号,1924年5月11日,第1页。

[2] 马伦笃夫(P. G. von Möllendorff,1847—1901),现多译作穆麟德,德国外交家、汉学家。穆麟德最为人所知的活动,是1882年朝鲜壬午兵变后,他被李鸿章派遣入朝指导办理洋务,托管朝鲜海关和外交,由此穆麟德极深地介入了甲午战争前的朝鲜政局,并成为鼓动朝鲜王室“引俄拒清”、发动朝俄密约事件的关键人物。朝俄密约暴露后,在中国干涉下,穆麟德失势,于1885年回到中国,此后重新在中国海关任职,并倾心学术,出任皇家亚洲学会中国分会副会长。1901年死于中国。

[3] 参见《现行中国之异族语及中国方言之分类》,《歌谣周刊》第八十九号,1925年5月3日,第2—6页。

[4] 林语堂:《关于中国方言的洋文论著目录》,《歌谣周刊》第八十九号,1925年5月3日,第6—8页。

在部分来处理。尤为有趣的是刘策奇的文章。在《獞话的我见》中，刘策奇分别了三种不同的“象县獞话”，其中最为纯粹的“大乐獞”“实比拉丁文难学”，但较为不纯的两种“西乡獞”和“南乡獞”则受到当地汉族方言的影响，如“南乡獞”的“声调”就“与官话很相近，盖系一种与官话混合的獞话”[1]。据刘策奇所说，当地壮族民歌实际上也分为“山歌”与“欢”两种，由于当地“獞人大多数已与汉族混合，彼辈多数能说普通官话。故彼等用官话唱的歌，叫作山歌，若是用獞语唱的，则名之曰欢”[2]。刘策奇在《獞话的我见》及同期的《獞人情歌二则》中，记录了四首最为纯粹的“大乐獞”情歌及谜语二则，均以拉丁字母、注音符号标注发音，并附上汉语译文[3]。而到第六十号上发表《獞人情歌》，其中所录60首歌谣，就全为汉文官话“山歌”，采用的七言四句格式，也呈现出汉语民歌的典型特征[4]。

刘策奇的一手记录一方面捕捉到了广西各民族之间语言、歌谣互相混合的状态，另一方面，这种混合也恰恰显示出，依赖语言等因素建立起来的泾渭分明的种族性民族界限，乃是一种后起的意识形态。而无论是扎根乡土的刘策奇，还是接受过西方语言学教育的林语堂，在1925年前后面对中国特殊而复杂的语言分布与族群状况时，显然都还未建立起这样的意识。林语堂所整理的方言研究目录，虽然在材料上极大地倚赖马伦笃夫的著作，却并未沿用马伦笃夫将少数民族语言作为异族语言与中国方言整

---

[1] 刘策奇:《獞话的我见》,《歌谣周刊》第五十四号，1924年5月11日，第1页。

[2] 刘策奇:《獞人情歌二则》,《歌谣周刊》第五十四号，1924年5月11日，第2页。

[3] 刘策奇:《獞话的我见》《獞人情歌二则》,《歌谣周刊》第五十四号，1924年5月11日，第1—2页。

[4] 刘策奇:《獞人情歌》,《歌谣周刊》第六十号，1924年6月22日，第5—7页。

体区分开来的分类方式，而将其一概统摄到“土语”“土腔”“土话”之下[1]。这实际上表明，苗、瑶、壮等少数民族群体在此时的民俗学/民间文学操作者眼中，并不是以种族特征的“民族”形式存在的，而与其他汉族民众、汉地地方一样，从属于一个广阔的“民间”。

1925年6月，《歌谣周刊》停刊，其后，民俗学/民间文学的主要阵地转移到了《北京大学研究所国学门周刊》上。《北京大学研究所国学门周刊》并不以民俗学/民间文学为唯一内容，因而其刊登的歌谣、民俗等内容相较《歌谣周刊》时代，在篇幅上有一定压缩，但值得一提的是，其对少数族群的兴趣则有了明显的增长趋势。在《北京大学研究所国学门周刊》不到一年的维持时间内，在共24期刊物上，除开从语言、歌谣、族群名称角度切入少数族群的文章[2]外，还出现了4篇专门的调查报告[3]。虽然这些文字大多也有撮抄旧籍、道听途说的毛病，但无论从篇幅上，还是从详细、完整度上来看，皆远超此前的只言片语。与此同时，“调查报告”这一形式的出现也表明，被调查的群体已经作为一个值得观察的对象和整体开始浮现。

那么，何以在此时集中出现了以调查报告的形式来讨论少数族群的倾向呢？刘松青说：

---

[1] 林语堂：《关于中国方言的洋文论著目录》，《歌谣周刊》第八十九号，1925年5月3日，第6页。

[2] 据我总结，除开下文所提及的4篇调查报告外，《北京大学研究所国学门周刊》上涉及少数族群的文章有以下4篇：钟敬文：《福佬民族的孟姜女传说及其他》（第一卷第七期）；董作宾：《说“畲”》（第二卷第十四期）；董作宾：《畲语十八名》（第二卷第二十期）；钟敬文：《特重音调之客歌》（第二卷第二十四期）。

[3] 分别是沈作乾：《括苍畲民调查记》（第一卷第四、五期），张景良：《八排猺猺记谈》（第二卷第十七期），刘松青：《福州蜑户调查记》（第二卷第十八期），敬文：《汕尾新港蛋民调查》（第二卷第二十二期）。

疍民……无论如何卑下，他们也是社会的一份子，对于社会的进步不可说没有影响，当此五族共和，高唱“阶级破除”的时代，他们就是我们的兄，弟，姊，妹，岂可任他退化，任他卑贱，任他不道德呢！改良社会须由小百姓做起，不可守着旁观态度以为不屑过问才行。[1]

沈作乾则说：“愚以为括苍畲民，为数虽少，亦组织中华民族之一分子，而不可不加以研究者也。”[2]这样的表述呈现了1920年代中期认知少数族群的一套整体意识形态框架：作为理想的“中华民族”、“五族共和”及“阶级破除”均指向一个实现了国民普遍平等的现代国家。在这一视野之下，畲民和疍民因为历史、族群、地理、生产方式等复杂原因所造成的特殊社会地位和处境，就以“特种民族”的形式，被转化为广义的社会不平等叙述的一部分，“特种民族”因而也从属于一个需要从被压抑状态下解放出来，从而构成新的民族国家根基的“民间”。不过，如果说国族主义为以“民族”范畴替代帝国遗产内部的少数族群提供了基本动力，那么，具体描述这些“民族”的知识结构和话语模式则还处于更为丰富和复杂的历史脉络之中。在《北京大学研究所国学门周刊》的几篇调查报告中，一个值得关注的线索，是“风俗”与少数族群叙述方式的关系。

沈作乾的《括苍畲民调查记》是首篇发表在《北京大学研究所国学门周刊》上的少数族群调查报告，据其篇首注明，该篇文

[1] 刘松青：《福州疍户调查记》，《北京大学研究所国学门周刊》第二卷第十八期，1926年，第122页。

[2] 沈作乾：《括苍畲民调查记》，《北京大学研究所国学门周刊》第一卷第四期，1925年，第11页。

字为“一九二四年风俗调查会征文之一”[1]。据容肇祖回忆，北京大学研究所国学门风俗调查会，可算是歌谣研究会的衍生物之一，其发起的原因是歌谣研究会的主事者常惠逐渐不满于狭窄地征集歌谣，提议成立民俗学会，后在张竞生提议下，于1923年5月筹备成立了风俗调查会。成立会上，当场决议了三项调查方法，分别是：书籍上之调查、实地调查，以及征集器物。其中以实地调查最受重视，调查会专门为此拟定了详细的旨趣说明和风俗调查表，印刷三千张，以为有兴趣从事之人凭依[2]。应当说，在风俗调查会最初的设想中，中国南方的少数族群并不在考虑范围内。按照调查者回到本乡本土从事调查、填写表格的方式[3]，以及风俗裁定以“一地方上的多数人为标准”[4]的调查原则，风俗调查会所主导的调查起初是以地方性、区域性为基本框架的。尽管风俗调查表旨趣第四条中说，“对于满，蒙，回，藏，朝鲜，日本，及南洋诸民族的风俗，如有确知真相愿意供给材料者，尤为特别欢迎”[5]，但其中也并未涉及中国南方的少数族群。而据1924年6月12日的《北京大学日刊》所载《研究所国学门风俗调查会开会纪事》，在5月15日下午的风俗调查会例会上，沈兼士提到，“本会收到之材料，除原定表格之外，尚有多人自动的调查一种民族（如浙江之畲民）的生活情形，汇编成册”，沈兼士认为“此类材料，非常之

---

[1] 沈作乾：《括苍畲民调查记》，《北京大学研究所国学门周刊》第一卷第四期，1925年，第11页。

[2] 容肇祖：《北大歌谣研究会及风俗调查会的经过》，苑利主编：《二十世纪中国民俗学经典·学术史卷》，第280—286页。

[3] 参见《国立北京大学研究所国学门风俗调查会之进行计划》，《北京大学研究所国学门周刊》第一卷第四期，1925年，封二页。

[4]《风俗调查表底旨趣》，《民国日报·觉悟》，1923年8月10日。

[5] 同上。

好。应将其赶速发表”，以鼓励投稿者，并引起更广泛的兴趣。张竞生亦对此表示赞同[1]。这一方面显示出，南方少数族群一开始并非风俗调查的预设对象，是在经投稿者提醒后方才进入主事者视野的；另一方面，投稿者对于这一话题的极大兴趣[2]，也表明在一般读者心目中，对少数族群的关注本就应当是风俗调查题中应有之义。

《北京大学研究所国学门周刊》上少数族群调查报告的出现，与风俗调查会的活动有着明显的相关性。沈作乾、刘松青、钟敬文的三篇报告，基本都倚赖风俗调查会制定的风俗调查表上所列项目，以之为调查和描述的主要框架；张景良的《八排探猺记谈》因取材自前人笔记，在体例上有违于其他三篇调查报告，但其发表时，也在标题后以括号注明了“风俗”二字。如此就引出了另一个问题，即南方少数族群在什么意义上能够被囊括到“风俗”之下？

在此可以稍作一点延伸的，是“风俗”这一概念本身的历史变迁。“风俗”是一个长期存在于中国思想传统之中的范畴，班固在《汉书·地理志》中最早对其做出了界定：“凡民函五常之性，而其刚柔缓急，音声不同，系水土之风气，故谓之风；好恶取舍，动静亡常，随君上之情欲，故谓之俗。”[3]应劭的《风俗通义》则如此解释：“风者，天气有寒暖，地形有险易，水泉有美恶，草木有刚柔也。俗者，含血之类，像之而生，故言语歌讴异声，鼓舞

---

❶《研究所国学门风俗调查会开会纪事》，《北京大学日刊》1924年6月12日，第三版。

❷ 据容肇祖称，风俗调查会因无确定经费，发展较慢。其发出的三千张风俗调查表，最终只回收了数十张。与此相较，收到的“自动”进行的少数族群调查已“成册”的材料，可算是相当之成绩。参见容肇祖：《北大歌谣研究会及风俗调查会的经过》，苑利主编：《二十世纪中国民俗学经典·学术史卷》，第287—290页。

❸《汉书·地理志》第八下，卷二十八下，（汉）班固撰、（唐）颜师古注：《汉书》，北京：中华书局，1962年，第1640页。

动作殊形，或直或邪，或善或淫也。圣人作而均齐之，咸归于正，圣人废，则还其本俗。”[1]根据岸本美绪的分析，“风俗”概念内部内含了“对多样性的认识和对普遍性的指向”的“双重侧面”。风俗一方面意味着“具体的地方性习惯”，另一方面，其概念的核心又在于“通过这些行为方式表现出来的人民精神的品质”，“‘风俗’就是从‘人民精神的性质’这种观点来评价的某个地方或某个时代的整个行动方式”[2]。换言之，“风俗”可被看作一套在空间或时间上的特殊性与儒家普遍性的礼乐政教伦理之间建立的关系，一地或一时代“风俗”的美厚或恶薄，直接意味着该地域或时代政教的成败。

一般而言，空间上的特殊性（地方性、区域性）是长期存在的，在近代以前笼罩性的天下观和儒家意识形态框架内部，其可能通过长期的协调，达成与普遍礼乐政教伦理之间较为稳定的关系，因而实际上一般并不构成对普遍性原则的真正挑战；时间上的特殊性则往往意味着整体性的历史变迁，有可能对政教秩序造成全面性的损害。如在易代这样历史发生急剧转变的时期，历时性的风俗转移、盛衰就容易成为士人关注的焦点。岸本美绪所着重讨论的顾炎武的历史风俗论，即是在明清易代，政治、社会、伦理秩序全面崩溃的条件下产生出的一个典型例子[3]。晚清张亮采所作《中国风俗史》，“先述古俗”以“镜今俗”[4]，亦发生在

---

[1] （汉）应劭：《风俗通义序》，（汉）应劭撰、王利器校注：《风俗通义校注》，北京：中华书局，2010 年，第 8 页。

[2] 参见岸本美绪：《“风俗”与历史观》，《新史学》十三卷三期，2002 年 9 月，第 5、7 页。

[3] 关于顾炎武的历史风俗论与明清之际的时代之间的关系，参见岸本美绪：《“风俗”与历史观》，《新史学》十三卷三期，2002 年 9 月，第 10—13 页；岸本美緒、『風俗と時代観——明清史論集 1』、東京、研文出版、2012 年、第 65—74 頁。

[4] 张亮采：《中国风俗史》“序例”，北京：中国人民大学出版社，2013 年，第 1 页。

“三千年未有之大变局”的历史转折点上。但值得注意的是，晚清变局较明清易代更为急激之处，在于对政教普遍秩序的挑战不仅来自特殊的历史时刻，更来自以空间形式存在的“西洋”“海外”，或者说，正是“西洋”“海外”以战争、贸易、修约等形式，不断进逼中国传统的天下世界观，并最终将其击溃，使得中国必须开始从独一无二的“天朝上国”朝向主权国家体系之一员的转换，构成了“三千年未有之大变局”的真正内涵。

天下观的崩溃意味着普遍性的儒家礼乐政教伦理也逐渐沦为了地方性的。在撰写《日本国志》的《礼俗志》时，黄遵宪就面临着这样的问题：在一个普遍的天下和儒家礼乐政教秩序不复存在的世界里，各国对彼此礼俗“彼此易观则彼此相笑，而问其是非美恶，各袒其国，虽聚天下万国之圣贤于一堂，恐亦不能断斯狱矣”[1]，判断风俗美恶的伦理标准不复存在了。尽管黄遵宪以“天之生人也，耳目口鼻同，即心同理同”来论证各国“礼之本”皆同[2]，但也不得不承认：

> 虽然，天下万国之人、之心、之理，既已无不同，而稽其节文，乃南辕北辙，乖隔歧异，不可合并至于如此，盖各因其所习以为之故也。……光岳分区，风气间阻，此因其所习，彼亦因其所习，日增月益，各行其道，习惯之久至于一成而不可易，而礼与俗皆出于其中。[3]

---

[1] 黄遵宪：《日本国志》下卷，“卷三十四 礼俗志一”，天津：天津人民出版社，2005年，第819页。

[2] 同上。

[3] 同上。

承认“礼”与“俗”皆源自“光岳分区，风气间阻”的地方性和区域性，一方面等于否定了“礼”的普遍性，另一方面，“风俗”概念中内含的特殊、具体的地方性习惯这一面向开始被凸显出来。自晚清始，“风俗”一词开始被频繁地运用于域外，高丽风俗、印度风俗、美邦风俗、巴黎风俗等标题文字频见报端，但在这种种海外风俗谈中，传统“风俗”背后所指向的普遍性儒家礼乐政教伦理已消失了踪影，海外风俗提供的是有别于中国的特殊性，在较低层面上满足了中国读者对于异域的猎奇心理，在较高层面上，则被征用为转变中国风俗的外在资源[1]。这一过程进一步使“风俗”概念中自然的、地域性的、特殊性的意指方向得到强调。

北京大学风俗调查会成立之初，关于会名问题，常惠提出应称民俗调查会，张竞生则主张称“风俗”。会中诸人认为“风俗二字甚现成，即用作 Folklore 的解释亦无悖”，遂为定名[2]。但事实上，直到 1924 年中决议风俗调查会章程时，会名问题似乎仍是一个有争议的话题[3]。从风俗调查会筹备启事来看，会中同人明显以西方 folklore 团体为调查会榜样，同时批评“我国学者，记述民众事故，大抵偏重礼制。间论风俗，琐碎不全，能为有系统之研

---

[1] 如《东方杂志》1907 年一篇社说《风俗篇》就如此说道：“茫茫宇宙，混混古今。夏之俗敝，而汤变之。殷之俗敝，而周变之。古昔所谓改变风俗，皆发之自内，无有发之自外者。吾谓风俗不变，皆由于无对镜之时耳。今亚欧大通，见欧洲之俗尚武，则中国文弱之俗当变也。欧洲之俗尚公，则中国自私自利之俗当变也。欧洲之俗尚改革，则中国好静不好动之俗当变也。风俗既变，无功不可就，无事不可成。”在此，风俗转移动力从时间转向空间的逻辑已清晰可辨。参见《风俗篇》，《东方杂志》第四卷第三期，1907 年，第 52 页。

[2] 容肇祖：《北大歌谣研究会及风俗调查会的经过》，苑利主编：《二十世纪中国民俗学经典·学术史卷》，第 281 页。

[3] 参见《研究所国学门风俗调查会开会纪事》，《北京大学日刊》1924 年 6 月 12 日，第三版。

究者盖少”[1]。将“礼制”从“风俗”中排除出去，实际上已经颠覆了依附于普遍礼乐政教制度的传统“风俗”概念。从这个角度来看，风俗调查会虽然有意识地将自身与中国源远流长的风俗考论传统相对接，但其理解的“风俗”，已经在晚清以降割裂其诉诸的礼乐政教普遍性、强调“风俗”反映地域和空间特殊性的脉络影响之下。与此同时，在一个礼乐政教制度失去了普遍性的世界里，新的普遍性是以民族为统合单位的主权国家体系，通过不同国家将自身特殊的地理、种族、文化、语言建构为民族性，民族国家这一“普遍”形式获得了具体的内涵。在这个意义上，从地方性出发的异域风俗叙述，实际上成为民族国家时代各国建立自身族性民族话语的一部分；而“风俗”概念的这一层意义转换，也提供了与民俗 /folklore 对接的可能。北大风俗调查会从事讨论、调查的空间，因而是同时在民俗 /folklore 和“风俗”两个既相类似又互相区分的概念之间展开的。

从以方志写作为代表的中国采风问俗传统来看，少数民族和少数族群倒一直处于其视野之内。在各地的地方志中，不乏以苗、猺、蛮、夷等名称出现的少数族群相关叙述。这或许也正是风俗调查会发起各地风俗调查后，兴趣者极其自然地开始“自动”在“原定表格”之外从事少数族群调查的原因。不过，如果说传统对于少数族群的叙述是在文与野、教化与蛮夷的关系框架下展开的，那么，在儒家礼乐政教秩序逐渐丧失其普遍性的晚清到民国时代，少数族群在风俗叙述中的位置也必然随之发生变化。

仅以《北京大学研究所国学门周刊》所刊调查报告为例，如

---

[1] 《研究所国学门启事 为筹备风俗调查会事》，《北京大学日刊》1923 年 5 月 19 日，第二版。

前所述，风俗调查会所制作的风俗调查表构成了这些少数族群调查的重要参考框架，而风俗调查表的一个重要特征，是以地方为基本单位，寻求其内部相对同质的风俗、习惯。如果我们观察一下风俗调查表所列项目和内容，可以发现，它很大程度上忽略了风俗可能因经济状况、职业、性别、年龄等因素导致的差异。这意味着，一方面，描述地方性和区域性构成了风俗调查的基本取向，另一方面，这也相当于预设了处于同一地方或被调查地内部的居民构成了一个相对同质的群体，分享着共同的语言、思想、惯习。而当这一调查形式被应用于描述少数族群时，作为包括同质群体框架的区域就转化为了某一人群，在这个意义上，支撑这些少数族群作为一个特殊群体出现的核心，既非其多大程度上接受了儒家的教化与礼仪，亦非其与汉人、中央政府之间的关系，而是一系列其作为同质人群能够得到描述的共同特征，如语言、服饰、居处、性情等。正如风俗调查表将各地风俗的特殊性与儒家政教伦理的普遍性割裂开并一力突出前者一样，以类似描述方式进行的少数族群调查，很大程度上也是通过将观察对象从与周边汉人的经济、政治、文化关系中孤立出来，而使得群体所具有的种种特征呈现出内生性。这一处理方式也为这些群体向现代种族和民族学视野中的“民族”范畴转化提供了途径。

第二节　作为学术方法的“到民间去”

1. 中山大学与西南民族调查

1925年，董作宾离京赴福建协和大学任教。次年，顾颉刚和容肇祖接受厦门大学聘请，不久又先后离厦至穗。到 1927 年，此前北大民俗学 / 民间文学的一批重要推动者重新汇聚于广州中山大学，中国现代民俗学 / 民间文学的中心也随之由北京移向广州。顾颉刚和傅斯年蓄意在广州接续北京大学研究所国学门衣钵，于 1927 年 8 月在中山大学成立了语言历史学研究所（以下简称“中大语史所”），不久后，中大语史所之成员机构又被傅斯年借用，他在蔡元培主导的中央研究院下成立了另一个研究所，是为中央研究院历史语言研究所（以下简称“中研院史语所”）之源起[1]。《国立中山大学语言历史学研究所周刊》的《发刊词》中如此写道：

> 我们要打破以前学术界上的一切偶像，屏除以前学术界上的一切成见！我们要实地搜罗材料，到群众中寻方言，到古文化的遗址去发掘，到各种的人间社会去采风问俗，建设许多的新学问！[2]

尽管该篇《发刊词》的作者归属问题学界仍未有定论[3]，但就

---

[1] 参见杜正胜：《无中生有的志业——傅斯年与史语所的创立》，杜正胜、王汎森主编：《新学术之路："中央研究院"历史语言研究所七十周年纪念文集》上册，台北："中央研究院"历史语言研究所，1998 年，第 11—16 页。

[2]《发刊词》，《国立中山大学语言历史学研究所周刊》第一集第一期，1927 年 11 月 1 日，第 1 页。

[3] 据《顾颉刚日记》1927 年 10 月 21 日项下所载："作《研究所周刊》发刊词"。顾潮由此认定《发刊词》出自顾颉刚之手。杜正胜则从文句观点出发，并援引董作宾观点，认为不可完全取信于《顾颉刚日记》，判断《发刊词》的作者是傅斯年。参见《顾颉刚全集 · 顾颉刚日记》卷二，第 97 页；顾潮：《顾颉刚先生与史语所》，杜正胜、王汎森主编：《新学术之路："中央研究院"历史语言研究所七十周年纪念文集》上册，第 87 页；杜正胜：《无中生有的志业——傅斯年与史语所的创立》，杜正胜、王汎森主编：《新学术之路："中央研究院"历史语言研究所七十周年纪念文集》上册，第 12—13 页。

打破传统史学边界，眼光向下援引民众生活、语言、风俗来丰富新学术的层面，顾颉刚和傅斯年分享着类似的态度和立场，这是无可置疑的事实。在顾、傅二人主持下，与《中大语史所周刊》出版同时，中大语史所又出版了一种专门的民间文学刊物《民间文艺》，其后在扩充刊物内容的基础上更名为《民俗》，并在语史所下成立了民俗学会。

中山大学时期，中国现代民俗学 / 民间文学经历了北大时期之后的另一个高峰。当今学界普遍承认，中山大学时期的民俗学 / 民间文学研究的一个重大特色，在于对少数民族和族群问题的进一步关注与探索。这一学术特色出现的原因，可从以下三个方面来总结：首先，中山大学地处族群关系较北京复杂得多的华南地区，毗邻少数民族大量聚居的广西、贵州、云南等西南几省区，有考察研究的地利之便。

其次，北大时期，民俗学 / 民间文学基本是由出身文史学的本土学者推动的，研究方法、视野、工具多脱胎自传统学术；而到中山大学时期，参与者的学术背景、方向和整体学术氛围都有异于从前。1926 年，蔡元培在《一般》杂志上发表《说民族学》，首次将民族学概念引入中国。在中山大学内部，语史所主事者傅斯年有留德经历，对德国的民族学、民俗学、人类学皆有较深了解；史禄国已在民族学领域有所成就；杨成志在教会学校岭南大学接受教育，有英、法文功底，由此成为欧美民俗学、人类学方法的引进者；罗香林在深受英美学术传统影响的清华大学兼修社会人类学；何思敬由社会学背景而来推动民俗学。这些新加入的参与者从而将西方民族学、人类学的方法和视野带入进来。

再次，中山大学语史所、民俗学会、中研院史语所的成立和活动时间与国民政府南京建政有所重叠。南京政府成立后，现代国家建设提上日程，对边疆和基层社会的控制欲望增强，这也从国家层面上促进了对少数族群的关注需求。1928 年 4 月，南京国民政府民政部甫一成立，就下发咨文至云贵湘黔甘粤六省政府，咨文中说：

> 查立国要素，首重人民，分官设治，教化乃施。我国边省尚有苗猺及番民土民众居之所，历年设治与否，既各有不同之沿革，而设治情形，亦各异其规制。为实行促进开化起见，自应釐定办法，分别设治。惟本部成立伊始，关于各省开化此类民族办法，及最近办理实况，无从查考，相应咨请贵政府详为查明见覆，以备参考。[1]

随后，各省县市先后向内政部提交本地区少数族群状况的调查表格。事实上，《民俗》上首篇关于少数族群的调查报告《连阳猺民状况的概要》（见《民俗》第六期）的作者莫辉熊，就身任广东省连阳县化猺局局长；莫辉熊在《民俗》上发表该篇文字的同时，还填写了一份更为详尽的调查表，寄送给南京政府内政部[2]。这一事例从一个侧面呈现了中山大学以学术名义开展的少数族群调查活动与国族建设之间的内在联系。

研究的地缘优势，民族学、人类学方法和视野的介入，国民政府的政治需求推动，使得“民族”开始逐渐从“风俗”中脱

---

[1] 《国民政府内政部咨第九〇号》（1928 年 4 月 19 日），国民政府内政部编印：《内政公报》第一卷第一期，1928 年 5 月 1 日，国家图书馆出版社辑：《民国时期内政公报三种》第一册，北京：国家图书馆出版社，2012 年，第 155—156 页。

[2] 参见《国民政府内政部公函》（1928 年 11 月 6 日）、《番民及苗猺各种民族调查表》，国民政府内政部编印：《内政公报》第一卷第八期，1928 年 12 月，国家图书馆出版社辑：《民国时期内政公报三种》第四册，第 181—186 页。

离，成为注视和理解少数族群的关键范畴。1929年初，顾颉刚和余永梁为中山大学语言历史学研究所撰写了一份《本所计划书》，其中“民俗”项下，“两粤各地系统的风俗调查”和“他省风俗，宗教，医药，歌谣，故事等材料”的征集活动，已经与“西南各小民族材料的征集”明确区分开来[1]。另一个深具意味的案例是，《中大语史所周刊》最初的两个专号，一为《风俗研究专号》（第一集第十一、十二期合刊），一为《西南民族研究专号》（第三集第三十五、三十六期合刊），其中，《风俗研究专号》上已不再刊登少数族群的风俗习惯记述，这方面的内容尽归于《西南民族研究专号》。而从两个专号的编者自陈中，我们可以窥见“风俗”和“民族”为自己划定的研究取向存在何种差异。何思敬将风俗调查的必要与社会革命的现实氛围联系起来：

> 中国虽在变革，但转变决不是顷刻容易的事。……急进主义者……想一举打破历来的约束而给人民以从未想到的理想，从未经验过的生活方法和生活样式。
>
> 但我们应不应该问一问这种办法人民方面究竟以为替他们谋了幸福没有呢？……一个地方的风俗习惯大概是该地方的生活条件的表现，虽然其中有愚鲁不合理的，有邪恶的，但有些能长久和地方人民不脱离关系的许多风俗习惯恐有满足这地方人民的生活程度之处——对于这种风俗习惯我们应取何种态度？……农村有农村的风俗，渔村有渔村的，山间的风俗又和别处的不同，这种相异我们竟不必留意么？要消灭这些东西的时候我们

---

[1] 参见顾颉刚、余永梁草拟：《本所计划书》，《国立中山大学语言历史学研究所年报》（《国立中山大学语言历史学研究所周刊》第六集第六十二、六十三、六十四期合刊），1929年1月16日，第18—19页。

不必问一下这些风俗和他们的生活有没有深切的关系么？有些时候，除丢了一些风俗习惯之后，地方的生活不会失去刺棘么，不会觉到寂寞无聊以及不幸么？我们替一地方谋幸福谋自治，倘不能顾虑到该地方的风俗习惯信仰思想，那末我们的地方行政不能说是周到绵密的。……这样看来，风俗习惯之研究是对于现代的内政外交问题上虽不是惟一的但也是很重要的秘钥。❶

而在余永梁的表述中，民族研究试图追问的问题则是：

我们要解决西南各种人是否一个种族？纸上所给与我们的似乎可以说是一个种族，然而是朦胧的。蛋民究竟是不是粤原有的土著民族？黎民是否与南洋人有种族的关系？这要作人体测量，与实地调查或可望解决。各民族的文化，语言，风俗，宗教，与分布情形，除了调查，没有更好的办法。❷

如果说，何思敬对“风俗”的理解仍是在政府与民众、中央与地方间的关系之中展开的，“风俗”是经由地方性、历史性规定的一套生活样式，因而在社会变革的过程中仍须得到尊重和处理，那么余永梁理解中的“民族”已基本被种族的逻辑主导，这也就意味着，少数族群的“文化，语言，风俗，宗教”不再与其他汉人民众一样分享历史、地方的相关性和规定性，而取决于血缘、体质等人群内生的自然因素。“民族”逐渐成了一个具有独立

❶ 何思敬：《卷头语》，《国立中山大学语言历史学研究所周刊》第一集第十一、十二期合刊，1928年1月16日，第246—247页。

❷ 绍孟：《编后》，《国立中山大学语言历史学研究所周刊·西南民族研究专号》，第三集第三十五、三十六期合刊，1928年7月4日，第114页。

逻辑和内涵的范畴。正是在这个意义上，余永梁表达了对“纸上”资料也即中国传统历史和方志叙述的不满，因为在传统史学和方志中，少数族群是在文与野、夷与夏的政教文化关系中被定义的。在这个基础上，余永梁提出了实地调查的必要性：“除了调查，没有更好的方法。”

1928 年前后，中大语史所和中研院史语所组织了数次针对西南少数族群地区的实地考察活动，其背后的动力与“民族”范畴的转化有着密不可分的联系。除杨成志与史禄国、容肇祖 1928 年 7 月赴云南的考察外，中山大学生物系主任辛树帜于 1927 年 11 月和 1928 年 5—7 月两次带助手、学生赴广西瑶山，其调查时间早于杨成志、史禄国、容肇祖的云南调查。辛树帜一行的调查任务本为采集动植物标本，但他本人对民俗学和民族调查颇为热心[1]，因此指导学生利用闲暇时间观察瑶民风俗、采集方音，共采得瑶人民歌约 200 首，风俗物品 53 件。辛树帜的助手任国荣返校后写成长篇报告《猺山两月观察记》，这批成果后来发表在 1929 年 9 月的《中大语史所周刊》第四十六、四十七期合刊的《猺山调查专号》上。此外，中研院史语所于 1928 年夏派遣助理员黎光明前往川边进行“民物学调查”，黎光明在川停留约 9 个月，调查“西番及猼猓子人等之民情风俗”，后写成约二十万言的川边民俗调查报告[2]。

对余永梁等人而言，相较于书籍资料整理，实地调查亲临其境获取信息，构成了一种更具可信度的知识生产方式。正是在这

---

[1] 关于辛树帜在其他民俗学活动中的参与情况，及其与顾颉刚、傅斯年两人的交往，参见施爱东：《倡立一门新学科：中国现代民俗学的鼓吹、经营与中落》，第 145—146 页。

[2] 参见傅斯年：《国立中央研究院历史语言研究所十七年度报告》、《国立中央研究院历史语言研究所十八年度报告》，《傅斯年全集》第六卷，长沙：湖南教育出版社，2003 年，第 12、62 页。

个意义上，辛树帜、杨成志的调查实践收获了巨大的赞誉。如丁文江在阅过《西南民族研究专号》后，表示对“大抵出于编译”的专号内容“颇为失望”，仅对“系实地观察”的辛树帜及其助手的通信与报告做出认可[1]。然而，实地调查固然可能纠正书本记载的某些偏差讹误，但这并不意味着观察者在进入田野开展观察时，对于知识结构和视角方法毫无预设；如果不存在任何先验的知识架构，也就不可能观察和生产出任何形态的“知识”。或者可以说，作为一种知识生产方式的实地调查，实际上与书籍资料一样，受到某一特殊的知识结构限定，而对实地调查相较书本资料研究更为可信的信仰，则将此事实加以掩盖，从而成了一种意识形态。

在此，一个颇为有趣的案例是黎光明“失败”的川边调查。黎光明入川后，被地方政治事务和局势吸引，而未遵傅斯年所嘱，以学习少数族群语言文字、观察社会生活、拍摄照片、购买风俗物品的方式开展调查，引发傅斯年的强烈不满，乃至去信申斥[2]。黎光明后来写成的川边民俗调查报告，也不被傅斯年重视，在中研院史语所尘封七十四载，直到2004年方由人整理出版[3]。黎光明的事例从反面印证出，得到认可的实地调查需要倚赖一套什么样的方法模式，而这套规定了少数族群应当如何被观察、被呈现的方法模式，既受惠于19世纪以来西方现代学术分科下人类学、民族学的发展，亦无法摆脱其背后以全球殖民扩张历史为基础的知识权力关系。

---

[1] 参见顾颉刚《跋语》中所引丁文江信，《国立中山大学语言历史学研究所周刊·猺山调查专号》，第四集第四十六、四十七期合刊，1928年9月19日，第129页。

[2] 参见《傅斯年致黎光明的信》，黎光明、王元辉：《川西民俗调查记录1929》，台北：“中央研究院”历史语言研究所，2004年，第183—185页；Tong Lam, *A Passion for Facts: Social Surveys and the Construction of the Chinese Nation-State, 1900–1949*, pp. 103–107。

[3] 参见王明珂：《〈川西民俗调查记录1929〉导读》，黎光明、王元辉：《川西民俗调查记录1929》，第11、25页。

杨成志的调查当然也处于这样复杂交错的知识关系之中。在下面的章节中，我将试图拆解杨成志的知识脉络，从而探索以下几个问题：在实地调查前，杨成志如何选择和搭建自身的知识结构？这些脉络如何影响了他视野和田野操作中的“民族”？杨成志通过云南调查所呈现的“民族”面貌，其后产生了何种影响？

2. 杨成志的知识系谱

杨成志，1902 年 5 月出生于广东海丰县汕尾，19 岁时考入海丰中学，1920 年入英国教会创办的佛山华英中学学习，1923 年春，直升入美国教会创办的私立岭南大学历史系[1]。在海丰中学就读期间，杨成志结识了钟敬文，当时钟敬文就读的陆安师范学校与海丰中学同址。1927 年，顾颉刚推荐钟敬文至中山大学就职，钟敬文随后将杨成志引荐入中山大学的民俗学圈子，杨成志至迟于 1928 年进入中山大学语言历史学研究所就职[2]。

由于有教会学校的教育背景，杨成志西文功底颇好，甚至有英文强过中文之说[3]。语言的优势给杨成志的学术道路创造了不同于钟敬文、容肇祖、顾颉刚等本土派的条件。在进入中山大学之前，杨成志就应钟敬文之邀，翻译过《关于相同神话解释的学说》和《印欧民间故事型式表》。《民俗》创刊后，杨成志又将英国女民俗学者班恩（Charlotte Sophia Burne）的《民俗学手册》（*The Handbook of Folklore*）一书附录的“问卷”（Questionary）和“术语”（Terminology）部分译为《民俗学问题格》，该文无论在当时

---

[1] 参见《杨成志自述（代前言）》，刘昭瑞编：《杨成志文集》，广州：中山大学出版社，2004 年，第 1—2 页。

[2] 施爱东：《倡立一门新学科：中国现代民俗学的鼓吹、经营与中落》，第 247—248 页。

[3] 同上书，第 248 页。

还是在后世，都被视作民俗学重要的方法指导手册，在《民俗》上从创刊号起开始，连载了12期，并很快于1928年6月（也即杨成志赴滇考察前夕）作为“中山大学民俗学会丛书”之一出版。施爱东观察到杨成志的学术轨迹从一开始即有别于钟敬文的路数，推测他从岭南大学时期起即对西方人类学有所了解，阅读过一些西方人类学原著，并很早将人类学确定为终身志向。这一观察捕捉到了杨成志与钟敬文的差异处，但在阐释上似乎太过拘泥于民俗学与人类学的学科分野[1]。

---

[1] 施爱东在文中举出的一个例证是，杨成志在帮助钟敬文编辑《民俗》期间，从英文书中找到了不少人类学图片，给《民俗》作为扉页图案。施爱东由此推断，“这一时期，杨成志阅读了一些西方人类学原著”，图片和相关说明即是来自这些原著中。但实际上，这批图片后来也被杨成志用作《民俗学问题格》的插图，他在《译者赘言》中承认，图片均来源自《世界风俗》（*Customs of the World*）。经查，《世界风俗》一书为英国人沃尔特·哈钦森（Walter Hutchinson，1887—1950）于1913年编写出版的一部四卷本世界风俗谈，丰富的图片是该书一大特色，书中不仅涉及世界各地的奇风异俗，而且也有关于英国本土乡民习俗的部分，更像一本当时的流行民俗读物，绝非人类学专著。据英国《旁观者》（*The Spectator*）1914年1月31日所载书评，该书主要面向的是普通读者，其编者哈钦森为英国出版商，亦非民俗学或人类学专业人士，该书的编辑出版，应是顺应当时英国社会对异国风俗的猎奇口味而推出的。19世纪的英国民俗学与人类学本有深刻的同源关系，也都与英国的全球殖民历史联系在一起，《世界风俗》一书即是一个反映。杨成志从对英国民俗学的关注而入人类学之门径，亦非怪事。另外值得一提的是，刘禾在《一场难断的“山歌”案：民俗学与现代通俗文艺》中，以杨成志搜罗的这批《民俗》扉页图片为证据，试图论证中国现代民俗学的基本逻辑与英国民俗学一致，是建立在殖民关系之上对少数民族的注视，这一判断当然忽视了杨成志以外的其他大批本土背景的民俗学参与者的学术倾向，有以偏概全之嫌，但也从另一个侧面提示我们西方民俗学与欧洲殖民历史的深刻关系。这一关系如何影响了中国民俗学的内部开展、民族范畴的生成，仍是一个值得深入的话题。参见施爱东：《倡立一门新学科：中国现代民俗学的鼓吹、经营与中落》，第249页；杨成志：《译者赘言》，杨成志译：《民俗学问题格》，国立中山大学语言历史研究所，1928年，第11页；“Some Books of the Week: *Customs of the World*. Edited by Walter Hutchinson. (Hutchinson and Co.),” *The Spectator*, 31st January 1914, p. 41, http://archive.spectator.co.uk/article/31st-january-1914/41/customs-of-the-world-edited-by-walter-hutchinson-h; 刘禾：《一场难断的“山歌”案：民俗学与现代通俗文艺》，王晓明编：《批评空间的开创——二十世纪中国文学研究》，上海：东方出版中心，1998年，第369页。

事实上，19 世纪的英国民俗学与人类学分享着类似的传统和进化论理论预设，它们都起源于英国工业革命和殖民扩张时期绅士阶层对于古物（antiquaries）的兴趣，欧洲下层农民迥异于工业城市的生活方式、仪式、信仰，被认为与亚洲、非洲、拉丁美洲土著居民一样，还处于文明进化链条上“原始”的一环[1]。如班恩在《民俗学手册》一书的序言中就表示：“本书是为如下人群写作的：官员、传教士、旅行者、移民和殖民者，以及其他被抛到国外不文明或半文明的人群中的人；医生、慈善工作者，以及所有受过教育、但生活和工作使得他们需与未受教育的人接触的人。”[2]在她看来，异域不文明或半文明的人群与国内未受过教育的农民、群氓一样，都是民俗学的研究对象。与人类学关联紧密的英国民俗学可能培育了杨成志对民族问题的特殊兴趣。此外，也因为杨成志良好的英文水平，中山大学聘请史禄国后，中大语史所即安排杨成志与其接洽，充当助手，希望杨成志向史禄国学习人类学方法，以充实中山大学在人类学、民族学方面的不足。不过，考虑到史禄国本人英文表达并不特出[3]，二人共同工作的时间又仅有半年，杨成志从史禄国处接受的学术影响应该是比较有限的。

欧洲民俗学、人类学毫无疑问是杨成志知识结构的重要部分，对他的学术兴趣和方向有极大影响，但这绝非其云南调查的唯一思想资源。在顾颉刚为《民俗学问题格》所撰写的序言中，顾颉

---

[1] 王铭铭：《人类学是什么？》，北京：北京大学出版社，2002 年，第 23—33 页；George W. Stocking, Jr., *Victorian Anthropology*, New York: The Free Press, 1987, pp. 53–56。

[2] Charlotte Sophia Burne, “Preface”, *The Handbook of Folklore*, London: Senate, 1995, p. v.

[3] 根据史禄国的亲炙弟子费孝通的说法，史禄国自认英语“驾驭尚欠自如”。参见费孝通：《人不知而不愠》，《读书》1994 年第 4 期，第 46 页。

刚将《民俗学问题格》所提出的一整套田野调查提问框架视作一种“到民间去”的实地调查方法，而学术上的“到民间去”实地调查，又构成了孙中山在政治上“唤起民众”之遗训的前提：

> 我们倘使果真要“到民间去”，“唤起民众”，也应当有两部分人分工做：其一是专门做研究调查的工作的，其一是把研究调查的结果拿去设施的。前一种人是社会学家，经济学家，宗教学家，语言学家，民俗学家，后一种人是政治家，教育家，社会运动家。[1]

顾颉刚的这套论述对杨成志产生了极大的影响。由于《民俗学问题格》的出版和《顾序》的写作正逢杨成志随史禄国赴滇考察前夕，顾颉刚提出“到民间去”，本来就指向了杨成志的云南调查[2]。序文中，顾颉刚以瑶民为例，说：

> 如果一个政治家……看见了他们，便要想：我们如何增进他们的文化？如何在猺山里造马路？如何定了官制去废掉他们的酋长制度？如果一个教育家……看见了他们，也应该想：我们将如何在他们那边立学校？如何养成一班师资去教育他们？如何编成许多通俗的读物给他们读？但是这种问题在现在都是没法解决的，因为中国从来不曾养好一般人去研究他们，也从来没有人自告奋勇去研究他们，所以他们的种族如何，经济如何，习惯如何，思想如何，言语如何，地理如何，一切不知

[1] 《顾序》，杨成志译：《民俗学问题格》，第5—6页。

[2] 文章末尾说：“临了，希望杨成志先生本翻译这书的精神，就用了这书从事于实地的调查，做一个榜样给大家看！”参见《顾序》，杨成志译：《民俗学问题格》，第9页。

道，正如没有斧斤而入山林，只好空手而归。[1]

《云南民族调查报告》中，杨成志也说："西南民族的地位，凡一切的一切都处在汉族水平线以下的。我们虽不能马上把他们弄到和我们站在平等地位，然着手的第一步骤，必先明了其言语，心理，惯俗和文化，然后才能渐渐做到亲善，扶持的工作。"[2]在这个意义上，杨成志大声呼吁："我们以后还是要振刷精神，实行到民间去！"[3]从凉山返回昆明后，杨成志应邀在昆明各团体和学校演讲自己的调查经过，其中在昆明县立第二中学的演讲题目就是"到民间去！"[4]。直到晚年的自述中，杨成志仍然把自己前往云南从事调查一事，视作"傅斯年、顾颉刚等领导主持下提倡'到民间去'，开展民俗学与民族调查研究活动"的一部分[5]。

在顾颉刚那里，"到民间去"的民俗学研究与孙中山遗训中的"唤起民众"发生了勾连。这一动作实际关联了两个不同的思想和实践脉络：中国民间文学／民俗学研究脱胎于五四新文化运动，其"到民间去"的指向中，原本内含着文化运动与社会运动亲密无间、互相生成的特殊关系，但随着"五四"之后社会运动和文化运动的发展、分化，民俗学逐渐与社会运动脱节，其单纯的知识生产色彩日益明显；"唤起民众"的遗训则源自孙中山国共合作时期对国民党角色和革命目标的重新定义，大革命时期，"唤起民众"本与国共两党共同推动的民众运动紧密联系在一起，但在

---

[1]《顾序》，杨成志译：《民俗学问题格》，第6页。

[2] 杨成志：《云南民族调查报告》，《国立中山大学语言历史学研究所周刊》第十一集第一二九至一三二期合刊，1930年5月21日，第4页。

[3] 同上文，第5页。

[4] 同上文，第17页。

[5]《杨成志自述（代前言）》，刘昭瑞编：《杨成志文集》，第2页。

1927 年国共分裂、1928 年南京建政的新历史条件下，自上而下的国家治理逻辑逐渐替代了由下而上的民众运动逻辑。

顾颉刚将“到民间去”处理为“唤起民众”的前提条件，这一方式体现出，顾颉刚似乎试图延续和保持以民俗学学术来介入社会实际的可能和张力，但在新的历史条件下，这一关联又必须服从于现代民族国家的内部逻辑，因而很大程度上转化为了以学术研究为国家治理服务。杨成志接受了将实地调查作为“到民间去”具体实践的观点，同时也继承了顾颉刚论述中与民国意识形态相协调的一面。不过，如果说对顾颉刚而言，“民间”仍是一个较为模糊的存在，汉人底层民众与苗、瑶等少数族群平等地处于“民间”内部，杨成志建立在调查基础上的、对云南族群状况的描述，在以更为清晰的西南民族图谱深化“民间”范畴内部结构的同时，客观上加速了“民族”从“民间”中分离出去的趋势。

3. 被呈现的云南

很明显，当杨成志亲身来到云南，面临无论在现状、历史还是研究脉络上都极其复杂的少数族群状况时，原则性的“实地调查”四字是不够的。已有的种种关于云南少数族群的具体描述及更大层面上的观察调查方式，不仅必然要构成杨成志调查前和调查中的知识前景与对话对象，而且也一定程度上决定了他在云南将“看到”什么和“不看到”什么。

云南地悬西南边陲，以元江河谷、云岭山脉东侧的宽谷盆地一线为界，东部为云贵高原，西部为横断山脉的高山大谷。在以山地为主的地理空间中，错综分布着众多人群。1949 年后识别的 56 个民族中，有 25 个在云南聚居。自汉迄宋，云南为中央王朝的羁縻之地，元代始设行省，到清初，已是所谓“内地十八行省”

之一，与仍主要由宗藩关系维系的蒙古、新疆和西藏相较，可算“旧疆”[1]。但复杂的少数族群分布和族群间关系始终是云南政治、社会、经济、文化生活中的重要特征，这一分布和关系状况又是在长期的历史过程中形成的。

以杨成志重点调查的滇东北巧家县为例，巧家位于金沙江畔，与四川凉山地区的布拖、金阳对望。巧家为彝族发源地之一，其所处滇东北与黔西北、四川凉山地区，历史上曾为连接成片的彝族聚居地，有东川、乌蒙、乌撒、水西诸多彝人土司[2]建制。清雍正年间，云南巡抚、云贵总督鄂尔泰在西南地区改土归流，裁撤滇东北的东川、乌蒙、镇雄诸土府，遭遇彝人土司反抗，鄂尔泰乃以武力镇压，彻底打垮彝人土司势力，当地彝人大量逃往凉

---

[1] “旧疆”一语，出自温春来《从“异域”到“旧疆”：宋至清贵州西北部地区的制度、开发与认同》。温春来该书以黔西北为例，探讨了少数民族地区逐渐进入中央王朝版图的历史过程。温春来该书所讨论的黔西北地区，在族群分布、历史阶段变化上，与本章所涉的滇东北地区有较高的相似性和关联性。不过，温春来所定义的进入王朝之“疆”，必须经过改土归流、将户口和土地登记于官府册籍的过程。就云南整体而言，直到清末，其边境地区依然保留着大片土司控制的区域，并未全部成为王朝认可之“疆”。我在此援引该词，主要针对新疆、西藏、蒙古，与之相较，中央王朝对云南的控制权力更大，云南进入郡县制的历史更长，由此而成“旧疆”。温春来关于王朝新旧疆划定标准的讨论，参见温春来：《从“异域”到“旧疆”：宋至清贵州西北部地区的制度、开发与认同》，北京：生活·读书·新知三联书店，2008 年，第 170—171、310—314 页。

[2] 土司制度，是一种通过笼络边疆少数民族上层以达到对该地区控制目的的统治方式，创制于元，成熟于明，其基本内容是中央政府按照少数民族酋领管地大小与人口多少，设置不同级别的土司政权，中央王朝向土司颁发印信、号纸等信物，土司随之成为朝廷“命官”，除向中央王朝缴纳土贡外，接受政府征收赋役。与中央政府派遣的、具有一定任期的流官不同，土司为世袭制、终身制，且有豢养土兵之权，土司兵须执行保境、轮戍、征讨之职。相较于羁縻制，中央王朝对土司的诰敕、承继有更强的控制；相较于内地的郡县制，土司制又有“从俗从宜”之便。土司制度明代主要行于西南，清代扩展到甘肃、青海、西藏的西北地区。参见龚荫：《中国土司制度》，昆明：云南民族出版社，1992 年，第 22—96 页；李世愉：《清代土司制度论考》，北京：中国社会科学出版社，1998 年。

山腹地。改流后，一方面，汉、苗、回等其他族群持续迁入，“与当地土著混同居处”，到民国，巧家已“种族极其复杂”[1]。另一方面，由于紧靠大凉山，巧家成为云南改土归流后仍保留土目“以夷制夷”的少数地区之一[2]，乾隆年间甚至增设木期古土千户，统辖江外凉山二十一寨[3]。如此就大略形成了两种不同的彝人群体[4]。居于金沙江以西凉山的彝人因改土归流并不彻底，还多保留着传统的由土目、领主、酋长统治的方式，甚至有劫掠汉地、抢夺汉苗等群众入山充当“娃子”（即奴隶）之习。居于滇东北交通孔道附近的彝人则在改土归流后，其黑彝贵族阶层多数转变为地主，一般仍广有田土，在地方有一定影响力。由于失去政治地位，不少彝人家族尝试科举入仕，从而在思想、生活上逐步接受了儒家礼教和习俗。清末民初，基层社会动荡，地方武装扩张，不少滇东北彝人又找到了从军这一途径，后来官至云南省主席、人称“云南王”的龙云即为行伍出身的黑彝，其家所在的昭通炎山，与巧家相去不远。这些彝人虽与金沙江畔乃至凉山的彝部还保持着一定的交往联系[5]，但与之已有很大差别。

---

[1] 陆崇仁修、汤祚纂：《巧家县志》卷八之一“氏族”，民国三十一年铅印本，台北：成文出版社有限公司，1974 年影印版，第 581 页。

[2] 陆崇仁修、汤祚纂：《巧家县志》卷三“职官”，第 269 页；云南省巧家县志编纂委员会编纂：《巧家县志》，昆明：云南人民出版社，1997 年，第 406 页。

[3] 龚荫：《明清云南土司通纂》，昆明：云南民族出版社，1985 年，第 265 页。

[4] 如民国时期所编的《巧家县志》就分别称其为“夷族”和“蛮族”。参见陆崇仁修、汤祚纂：《巧家县志》卷八之一“氏族”，民国三十一年铅印本，第 581—582 页。

[5] 据巧家县民委 1987 年的调查：“今四川省凉山州布拖、普格、昭觉、金阳、宁南、会东、会理等地的彝族，不少是明、清时从巧家、会泽、东川、鲁甸、昭通迁徙入川的；而从云南宣威、会泽、东川、昭通、鲁甸，彝良、寻甸和四川省凉山地区迁入巧家的 594 户中，清末从四川省凉山地区迁入的有 218 户。”参见云南省巧家县志编纂委员会编纂：《巧家县志》，第 590 页。另一个例子是龙云家族的家世。龙云原籍四川金阳，隶属小凉山地区，彝姓纳吉。其母家为昭通黑彝海家，汉姓龙，因与人（转下页）

巧家的案例向我们揭示出，云南在自元代初设行省以来近千年的时间跨度内，不仅经历了制度上与中央政府关系的不断调整，而且与之相伴随，有长期的移民迁徙、经济交往与开发、族群间文化影响的过程，种种因素一方面造成了云南各族群“你中有我、我中有你”的错综局面，另一方面，在同一个族群内部，也可能存在极大的差异性。问题在于，这一族群混杂的社会图景是否是杨成志试图呈现的内容呢？

从杨成志赴滇前后的发表文字、通信以及最终报告的征引来看，对他的云南调查产生了影响的知识脉络可以粗略地划分为两个传统：其一是历代关于云南及西南少数族群的各种史籍、志书和文人记录，其二是19世纪中叶以来来自西方（以及日本）的旅行家、传教士、学者对云南少数族群所做的研究和游记[1]。如果说，史籍、志书多以文野之别、接受儒家礼教的程度深浅来界定和描述不同人群，那么，18世纪以来西方发展繁荣的历史比较语言学、人种学、民族学、人类学知识，则为东来的传教士、旅行

（接上页）“打冤家”不过，向周边地区的彝人世家求援，龙云之父纳吉瓦蒂于是从金阳渡金沙江来滇，助其打赢。海家为报答纳吉瓦蒂，以女相嫁。纳吉瓦蒂从而入赘，在昭通定居，随女家姓龙，汉名龙清泉。杨成志在巧家木期古土目所领二十一寨地调查“独立罗罗”时，就多依靠“龙主席（即龙云）派我来拜亲戚”的名义，取得当地彝人首领信任，为之引领、保护。此外，杨成志调查花苗的“巧家县五甲地方罗罗土司禄廷英统辖”地，即为巧家拖车阿朵土千户禄氏领地。1931年，龙云第三子龙绳曾入赘阿朵土目家，娶禄廷英养女，于禄廷英死后继承其土地财产，“势力范围深入西康省属大凉山地区”。参见吴喜编著：《民国时期云南彝族上层家族口述史》，北京：社会科学文献出版社，2014年，第2—3页；谢本书：《龙云传》，昆明：云南人民出版社，2011年，第14—18页；杨维真：《从合作到决裂：论龙云与中央的关系（1927—1949）》，台北：“国史馆”，2000年，第15—17页；《学术通讯：杨成志——钟敬文，余永梁》，《国立中山大学语言历史学研究所周刊》第六十六期，1929年1月30日，第33页；云南省巧家县志编纂委员会编纂：《巧家县志》，第426、628页。

[1] 关于杨成志云南调查前后征引使用的中外文献目录，参见本书“附录”。

家、学者提供了一整套通过语言、宗教、家庭与经济制度、身高、外貌、骨骼、血缘等因素来分类判定不同种群的方式，不同种族的边界如何确定，如何将经过分类的种族安放在人类起源、流布、进化、迁徙的整体性图谱上，构成了这一套知识试图追寻的核心问题。郝瑞（Stevan Harrell）在调查了19世纪中叶以来西方关于彝族的种种记录、研究后指出，早期欧洲传教士多偏向于运用族群语言、传说、歌谣，来追溯族群的历史和起源；后起的社会科学家和自然科学家在描绘族群时，则诉诸一种明确的种族主义范式（racialist paradigm），该范式建基于如下一系列未经检验的假设之上：第一，一个群体具有某些内生性的、遗传性的特殊个性、文化甚至经济生活印记，这些印记已在群体中持续数代人；第二，这些内生性的、承继性的文化特征或多或少与群体遗传的生理特征相关；第三，存在一个纯粹的种族群体，这一种族是文化和生理的结合体，有其自身的起源，并始终保持着血统纯正；第四，混血群体与纯种群体不同，与外族通婚不仅会使得遗传的生理特征模糊、混乱、难以分辨，而且也会使文化传统变得如此[1]。

杨成志对此又是如何接受的呢？在《云南民族调查报告》的首章中，杨成志说："'西南民族'的历史和地理，在我国的……古籍多多少少已有相当的记载，并不是一件新发明的东西。不过从前的记述，因时过境迁，只可拿来做一个历史上的参考，有许多方面已不适合现在的环境和科学研究的方法了。"[2]以"科学"名

---

[1] Stevan Harrell, "The History of the History of the Yi," in Stevan Harrell ed., *Cultural Encounters on China's Ethnic Frontiers*, Seattle & London: University of Washington Press, 1995, pp. 70–71.

[2] 杨成志：《云南民族调查报告》，《国立中山大学语言历史学研究所周刊》第十一集第一二九至一三二期合刊，1930年5月21日，第1页。

义，杨成志一方面将传统史籍中的西南少数族群相关叙述降格为数据意义上的参考材料，另一方面，转向了西方人类学、民族学所提供的“民族”范畴，以此搭建起了观察和叙述的基本框架。这不仅反映在《云南民族调查报告》的标题之中，而且从整篇报告来看，可以发现，暗藏其中的一系列贯穿性问题是：西南民族到底包括哪些不同的民族种群？如何对其进行分类、甄别？这些民族各自有何种内生的语言、外形再到制度风俗上的特征？报告全篇隐然以族群分界为篇章结构的基本划分，按调查的深浅程度，依次论述了在罗罗、花苗、青苗、瑶几个族群中的调查所得，其中，对不同族群的叙述重点，又落在对其语言系统和风俗习惯的描述与分析上。

大约由于在教会学校受过教育，杨成志的语言分析不仅包括对语汇的搜集，而且能够以西方语言学的范畴描述少数族群语言的语法结构，这一点构成了杨成志调查报告的重要特征。而以语言为界定民族存否的标准，正是自赫尔德以来西方民族主义的重要内涵。由于以“民族”及其特征为基本描述框架，历史、经济、文化等对族群面貌和关系产生重大影响的因素就需要被重新调整、组织到以“族性”为核心的叙述当中来，因而这一叙述方式在建立起条目清晰、界限分明的不同族群分类的同时，也将在长期历史交往和文化互渗中产生的族群内部差异和边界模糊性过滤掉了。在《云南民族调查报告》中，杨成志多次指出，中国传统的史籍志书对少数族群的名称记载混乱，如他从语言比较研究出发，发现散民、罗罗、子君三个族群语言互通，文字大同小异，因而认定三者实为同一个“罗罗族”，指斥这种“殊名异称”是完全错误的[1]。但从今

[1] 杨成志：《云南民族调查报告》，《国立中山大学语言历史学研究所周刊》第十一集第一二九至一三二期合刊，1930年5月21日，第55—56页。

天学术研究的视角来看，散民即为彝族支系撒尼他称，子君为撒摩都他称，“殊名异称”并非仅仅是出于汉人无知的胡乱命名，其背后也隐含着族群在历史过程中分化、流变的线索。杨成志将三者合并为“罗罗族”，则用崭新的“民族”范畴，取代了在长期历史交往过程中形成的对不同人群的认知方式。这样的方式不仅相较传统在文野关系中展开的史志叙述是非自然的，而且对未接受西方人类学、民族学等知识范畴的同时代调查者而言，同样是非自然的。几乎与杨成志同时进行的黎光明川边调查，其“失败”，与黎光明未能熟练掌握一套通过语言文字、惯俗制度描述来构建民族内核、确定族群边界的方法，有很大关系[1]。

杨成志将中国传统史籍志书中所载散乱纷繁的少数族群名称，视作传统士人闭门造车、忽视“到民间去”的结果[2]；但他所践行的“到民间去”实地调查，实际上已被 19 世纪以来的西方语言学、人种学、民俗学方法贯穿。对比一下郝瑞所总结的两种族群描述方式（语言学的与种族主义的），可发现二者均在杨成志那里留下了痕迹。玛格丽特·B. 斯温（Margaret B. Swain）将 19 世纪中叶以来西方传教士、旅行家、学者关于云南少数族群所作的种种言说，视作东方主义学术的一部分。当然，这一判断并不新鲜，但该案例的特殊之处在于，如果说一般的东方主义话语是在“东方”与“西方”的二元关系之间展开的，那么西方传教士、学者对于云南少数族群的观察、注视，则在复制“主动的西方人”与

[1] 王明珂的导读分析了黎光明的一些观察记录如何逸出我们今日的民族常识之外，从而被认作科学性、学术性不够。参见《傅斯年致黎光明的信》、王明珂：《〈川西民俗调查记录 1929〉导读》，黎光明、王元辉：《川西民俗调查记录 1929》，第 20—24、183—184 页。

[2] 杨成志：《云南民族调查报告》，《国立中山大学语言历史学研究所周刊》第十一集第一二九至一三二期合刊，1930 年 5 月 21 日，第 4、56 页。

"被动的云南少数族群"这一权力关系的同时，无法摆脱一个第三者——以汉人为主体的"中国"——的介入和在场。斯温指出，东方主义者对中国西南不同少数族群所做出的分类和解释，其结论的方向，常常是认为这些人群在东方与西方的光谱上，处于更靠近"西方"、接近欧美人的一端（尽管还是比欧美人要低一等），而与"东方"及汉人的距离较远[1]。事实上，认为彝人具有雅利安和高加索人种的血统、体貌乃至文化特征，是一个反复被西方人申述过的观点[2]。杨成志在《云南民族调查报告》中征引过的英国军官亨利·鲁道夫·戴维斯（Henry Rodolph Davies）的《云南：联络印度和扬子江的锁链》（*Yunnan: The Link between India and the Yangtze*）一书，亦持此说。这一观点，与西方人在藏人中找寻和追溯纯粹雅利安种群的本质类似，由同样的浪漫主义冲动驱使[3]；与此同时，汉人的、东方的（Oriental）"中国"幽灵般的在场，又显示出东方主义学术与英法从印度、缅甸延伸至中国云南的殖民活动之间，具有内在的呼应关系。它因而构成了一套逐级递减的三重等级关系：西方→中国西南少数族群→汉人的中国。其中，西方是观察和行动的主体，汉人的中国是使得这一主体成立的关键他者，中国西南的少数族群则是作为主体的西方在自我建构和言说过程中的一个模糊投射。

对此，杨成志并非毫无觉察。在讨论"独立罗罗"之种群由来时，杨成志回到了"中国书籍的记载"，认为从传统典籍中可

---

[1] Margaret Byrne Swain, "Père Vial and the Gni-p'a: Orientalist Scholarship and the Christian Project," in Stevan Harrell ed., *Cultural Encounters on China's Ethnic Frontiers*, pp. 142–146.

[2] 《彝族简史》编写组、《彝族简史》修订本编写组编：《彝族简史》，北京，民族出版社，2009年，第34—35页。

[3] 汪晖：《东西之间的"西藏问题"（外二篇）》，北京：生活·读书·新知三联书店，2011年，第21—28页。

以得出结论，“罗罗是我国土著的民族已可概见”，“我们考察罗罗的体态，血统，文化，语言，文字和习俗……终不能逃出蒙古种（Monglolian Type）的范围。换句话说，可称为亚洲的‘原有的中国族系’（Original Sinitic Stock）罢”。以此来反驳阿尔弗雷德·C. 哈登（Alferd. C. Haddon）等人从人种学角度论证彝族并非亚洲种群的结论[1]。他也指出，戴维斯基于语言比较所做出的云南民族分类和分布“虽比汉人所述的可靠些，但就我个人观察，还要加上一个‘？’……其实有许多地方和许多民族弄错了去。那末，他的分析当然要经一番校勘和证误的”[2]。但更关键的问题还在于，杨成志如何处理这一套分类方法在其原初语境中所从属的文化与种群的等级论？也正是在这里，杨成志的“民族”范畴呈现出了自身的局限性和矛盾性。

从杨成志个人的理解出发，以“民族”框架来处理云南少数族群，与其说是建构了一套将少数族群放置在被动位置上的知识权力关系，不如说是将后者从汉人和儒家思想对其长期的歧视、欺压中解放了出来。杨成志对“我国人素来对‘西南民族’的态度”多有批判：

> 我以为我们老大帝国的人，个个脑海中都印着“尊夏攘夷”的成见，表现的方式虽有许多，然括言之不外言词上和动作上两方面。一由于太过自尊，故视他族尽如兽类一般，如称他们为“猡猡”，“倮倮”，“倮猡”，“猺人”，“狼人”……等名号，简直叫他们做狗类吧。一由于太过霸道，历史相沿，所谓

---

[1] 杨成志：《云南民族调查报告》，《国立中山大学语言历史学研究所周刊》第十一集第一二九至一三二期合刊，1930年5月21日，第27—29页。

[2] 同上文，第9页。

“征蛮”，“平苗”，“平猺”，“讨回”，“平黎”……毋不以战功为烈，非使他们慑服不止。换言之，前者系尊己抑人的表示，后者系帝国主义的侵略。[1]

而在“民族独立运动”“对外求中华民族在民族上平等，对内求中国境内各民族一律平等”的时代氛围下，这些族群成为“中华民族的一份子”的第一步，便是摆脱“兽类”式的命名以及与之相伴随的知识框架，重新在“民族”范畴内得到理解和认知[2]。但是，“民族”的框架虽然给少数族群提供了一个政治上平等的地位，却无法由此推导出文化上同样平等的结论。在谈及凉山彝部时，杨成志以不加掩饰的态度，陈说其生活之“野蛮”：

我住在“六畜同堂”的茅屋里；我吃过号称上品的肝生（生猪肝，肺，心，血加以辣子）；我使用过木匀和木萨来代替碗筷；他们的拇指般大的生鸦片味加上一辈子不洗的衣服味曾令我闻而晕倒；那般裸体不怕冷的小孩争挖吃生牛皮的牛肉，曾令我见而结舌；我曾测量他们的房子而被忌；我更曾被使与死尸对面而睡。[3]

这种“野蛮生活”必须得到“开化”，对此杨成志毫不犹豫。考察期间，他就曾试图组织凉山的汉人先生，“在诸路磨开

---

[1] 杨成志：《云南民族调查报告》，《国立中山大学语言历史学研究所周刊》第十一集第一二九至一三二期合刊，1930年5月21日，第3页。

[2] 同上文，第3—4页。

[3] 同上文，第14页。

和斯古开办了两间小学”，此外又“设法引带许多个比较汉化的‘蛮子？’渡江来巧开开眼界，使他们明白汉蛮进化和野蛮的分别”❶。值得注意的是，杨成志虽然以添加“？”的方式，表明了自己与传统歧视性命名的差异，但他设想的进化、现代，又仍是以汉人的生活方式为标杆的：“我们既看他们是中华民族的一份子，就应该扶植他们，施以各种开化的善良办法，使他们一天一天的长进起来，将如汉族一般。”❷在这个意义上，不仅文野汉蛮的传统等级关系在杨成志的“民族”观中得到了延续，而且西方建基在进化论基础上，以资本主义为最终目标的一套文化、经济、生活等级论的内容，也被纳入了进来。

在文化多元主义成为一种主流思考方式的今天，质疑民族识别和民族建构中内涵的不平等，并不是困难的。但在简单的批判之外，更重大的问题还应该在于，如何来思考“民族”范畴本身的历史条件？毋庸置疑，杨成志的“民族”范畴同时作为一种知识与政治形式，包含着平等的天然诉求。可是，赋予这一“形式”以“内容”的，又是何种机制？在这个意义上，它不仅涉及分析杨成志所极大倚赖的西方民族学、人种学、语言学工具，而且要求我们思考，“民族”或“族群”如何成了现代社会认知人群差异性的一个基本范畴？它如何与中国从帝国走向主权民族国家的历史纠缠在一起？在下一节中，我将暂时跳出杨成志的具体论述，通过聚焦于他的调查结果的被接受状况，来勾勒这一时期弥漫性的民族主义意识形态的内部组成要素，从而切入上述问题。

---

❶ 杨成志：《云南民族调查报告》，《国立中山大学语言历史学研究所周刊》第十一集第一二九至一三二期合刊，1930年5月21日，第15页。

❷ 同上文，第4页。

第三节　1930年代民族主义的成立条件

1. 民俗学与民族学的相反命运

在真正进入讨论杨成志调查的被接受史之前，对与杨成志的云南民族调查有密切关联的另一个学术脉络——中山大学民俗学——在国民政府治下的命运做一点回顾，可以提供颇为有趣同时亦很关键的比较视角。

如前文所述，中山大学的民俗学发展，本来就是杨成志得以在云南开展调查的一个重要背景。由于与钟敬文的私人交往，杨成志与民俗学会的关联显得尤为深厚。杨成志赴滇之前所做的较为重要的学术工作，基本都是通过《民俗》周刊发表的。尽管杨成志赴滇是以中大语史所和中研院史语所派遣的身份，但他在调查期间写给广州师友的报告信函，也同时寄送给了《中大语史所周刊》和《民俗》。

1928年7月，杨成志与史禄国、容肇祖赴滇考察。几乎与之同时，中山大学的民俗学活动却日益陷入危机。首先是钟敬文被辞退事件。1928年6月，承顾颉刚《吴歌甲集》之余绪，中山大学民俗学会在自己编辑的丛书中，出版了顾颉刚同乡王翼之搜集整理的《吴歌乙集》。由于其中包含“秽亵歌谣”，“为戴季陶大不满意”，钟敬文乃于7月获咎被辞[1]。

钟敬文被中山大学辞退后，民俗学会主要由容肇祖来支撑。此时，民俗学运动高峰已逐渐过去，民俗学传习班于6月结业，

---

[1]《顾颉刚全集·顾颉刚日记》卷二，第182页；安德明：《飞鸿遗影：钟敬文传》，济南：山东教育出版社，2003年，第41—42页。

结果“未能尽如人意”[1]。中大语史所寄予厚望的史禄国、杨成志、容肇祖云南调查，又因史禄国裹足不前，提前返校，在校内引发争议。容肇祖本人身兼繁重的教学任务和《民俗》的编刊工作，日感难以为继。随着 1929 年 2 月顾颉刚请假北归，容肇祖的处境益发艰难。

1929—1930 年，广州市社会局发起改良风俗运动，为破除偶像，没收市中各种陋像 500 余座。容肇祖认为这批物品可陈列于风俗物品陈列室，以备研究展览，于是向社会局接洽，予以挑选接收。岂料中山大学校内其他教授向戴季陶进言，谓其为保存迷信，戴季陶遂下令即日将这批物品从校中迁出。此事给容肇祖颇大刺激，加之工作艰苦、待遇不佳，因而他下决心离开中山大学[2]。容肇祖走后，中山大学校方即停止了民俗学会的经费，民俗学会工作遂告中断[3]。

从具体事件来看，民俗学会活动的走低，固然与中山大学校内复杂的人事纠葛、其他教授和学校主事者对民俗学活动的不理解、不支持有关，但如从更大的社会氛围观之，这一结果似乎又是必然的。如钟敬文因“秽亵歌谣”被辞退一事，钟敬文直到晚年仍耿耿于怀，斥戴季陶为“假道学”[4]，顾颉刚则认为此事针对的是他，晚年在日记补记中说，“此是戴季陶对我直接开炮的第一声”[5]。但事实上，1928 年上半年，国民政府内政部便有维持风化、禁止生徒购阅淫猥书报的训令发往了各大学，内中提到的“诲淫书

---

[1] 参见施爱东：《倡立一门新学科：中国现代民俗学的鼓吹、经营与中落》，第 129 页。

[2] 容肇祖：《我最近对于“民俗学”要说的话》，《民俗》第 111 期，1933 年 3 月 21 日，第 18 页。

[3] 施爱东：《倡立一门新学科：中国现代民俗学的鼓吹、经营与中落》，第 244 页。

[4] 同上书，第 107 页。

[5]《顾颉刚全集·顾颉刚日记》卷二，第 182 页。

册歌曲等小本”[1]，在1920年代的中国，很大程度上正是民俗学/民间文学作为材料的民歌、弹词、唱本等物。1929年4月，内政部又颁布一条训令，要求地方政府“详细考查，凡田间歌曲有词涉淫靡者，应酌予取缔”[2]，管制范围甚至从印刷品延伸到田间地头自发的口头歌谣。

除开以“风化”名义对民歌俗曲的查禁、管制外，国民政府在南京建政后不久即着手开展在全国范围内推行风俗改革，迷信和宗教活动成为其主要目标。1928年9月，内政部颁布了《废除卜筮星相巫觋堪舆办法》和《寺庙登记条例》；1929年7月，饬令各地调查本地宗教情况，填写《宗教调查表》；1929年10月，饬令各地废除淫祠邪祀，并下发《淫祠邪祀调查表》；同月，饬令各地调查风俗，填写《风俗调查表》；1930年3月，通令各省民政厅查禁迷信物品，颁布《取缔经营迷信物品业办法》[3]。前文所提到的广州市改良风俗运动，毫无疑问也是在这样的整体氛围中

[1] 《大学院训令禁止生徒购阅淫猥书报》，《国立中山大学日报》1928年6月21日，第2版；转引自施爱东：《倡立一门新学科：中国现代民俗学的鼓吹、经营与中落》，第106页。

[2] 《内政部训令》（1929年4月6日），内政部编印：《内政公报》第二卷第四期，1929年5月，国家图书馆出版社辑：《民国时期内政公报三种》第五册，第453页。

[3] 《国民政府内政部训令》（1928年9月22日）、《废除卜筮星相巫觋堪舆办法》、《寺庙登记条例》，国民政府内政部编印：《内政公报》第一卷第六期，1928年10月，国家图书馆出版社辑：《民国时期内政公报三种》第三册，第311、384—387页；《内政部训令》（1929年7月31日），内政部编印：《内政公报》第二卷第七期，1929年8月，国家图书馆出版社辑：《民国时期内政公报三种》第七册，第87—90页；《内政部训令》（1929年10月2日）、《内政部训令》（1929年10月31日），内政部编印：《内政公报》第二卷第十期，1929年11月，国家图书馆出版社辑：《民国时期内政公报三种》第八册，第43—46、61—64页；《内政部训令》（1930年3月19日）、《取缔经营迷信物品业办法》，内政部编印：《内政公报》第三卷第三期，1930年4月，国家图书馆出版社辑：《民国时期内政公报三种》第九册，第408—409、464—465页。

出场的[1]。

正如本书第 4 章论及的，国民政府激烈的移风易俗行动和民俗学学术研究之间的冲突，顾颉刚早在厦门大学时期就已经有所觉察。顾颉刚后来虽然力图通过对民俗学学术目的的重新定义，来与国民政府的倾向相适配，但这一紧张关系仍是隐然存在于中山大学时期的民俗学活动之中的。国民政府开始大规模取缔各种迷信、宗教活动时，致力于神祇、迷信研究的容肇祖就已经显示出了相当程度的敏感，在《民俗》上几次转载政府的相关公文[2]。在 1929 年出版的《迷信与传说》自序中，容肇祖如此陈述风俗改革与民俗学的关系：

> 说到迷信的一个问题，当我们认为不应存在的时候，便要高呼着打倒它。然而我们拼命高呼打倒某种迷信的时候，往往自己却背上了一种其他的迷信。在知识未到了某种程度时，迷信是不容易打倒的。要打破迷信，只好是追寻迷信的来原及其真相。来原及真相明白了，所迷信的神秘，自然是没有了。……
>
> 要政治革命的成功，要将政治的智识灌输于一般的民众，要思想革命的成功，更要将正确的思想普及于一般的民众，我

---

[1] 关于南京国民政府成立之初的破除迷信活动及其激起的社会反应，亦可参看杜赞奇：《从民族国家拯救历史》第二编第一章“反宗教运动与被压迫者之复归”中的相关论述，以及三谷孝的论文「南京政権と迷信打破運動（1928—1929）」。杜赞奇：《从民族国家拯救历史》，王宪明等译，北京：社会科学文献出版社，2003 年，第 90—102 页；三谷孝、「南京政権と迷信打破運動（1928—1929）」、『歴史学研究』第 455 号、1978 年 4 月、第 1—14 頁。

[2] 参见《内政部的神祠存废标准令（录广东省政府令）》，《民俗》第四十一、四十二期合刊，1929 年 1 月 9 日，第 127—130 页；《内政部查禁蒋庙刍议等的咨文（内政部警字第一六六号）》，《民俗》第六十一、六十二期合刊，1929 年 5 月 29 日，第 149 页。

们此际只有抛弃了向民众作对方的狂呼，而脚踏实地的把民众的迷信及不良好的风俗作我们研究的对象。讨寻他的来源和经过，老实不客气的把他的真形描画出来。……我们的力量，我们的范围，不怕渺小，而我们所摧折的，是从根荄拔去。❶

在此，容肇祖试图证明，对于推动移风易俗，民俗学研究相较简单的“高呼着打倒”，具有更深刻的实际效能。但很显然，这一观点并未被政府主事者接受。1929—1930年在广州市进行的风俗改良运动，主要的手段还是倚赖行政力量，对不合国民政府“良风美俗”标准的风俗习惯加以强行禁止，其中，旧式婚丧仪仗、“七夕拜仙”与“烧衣”、卜筮星相堪舆巫觋、谶纬传单、旧历新年等习俗均在被禁改之列。到1930年，“拆毁全市偶像，没收神方谶语，限令卜筮星相堪舆巫觋改业，登记迷信物品商店等，已见诸事实”❷。面对强大的行政力量，容肇祖似乎也感到了为民俗学术辩护的必要。1930年，在广州特别市党部宣传部部长蒲良柱主持下，广州的风俗改革会编辑了一本总结性出版物《风俗改革丛刊》，其中所收录的容肇祖文字显示，他的态度已经悄然发生了改变：

风俗改革，目的是在废除恶劣的习俗；民俗研究，目的是在探讨习俗的起源及其关系。两者所站的立场是不同的。最明显的分别，可以说：风俗改革，是根据平衡的眼光，以求废除

❶ 容肇祖：《〈迷信与传说〉自序》，容肇祖：《迷信与传说》，广州：国立中山大学民俗学会，1929年，第1—2页。

❷ 参见《风俗改革会工作概况》，风俗改革委员会编：《风俗改革丛刊》，广州：广州特别市党部宣传部，1930年，第263—270页。

或建设某种的风俗；而民俗研究，则根据客观的事实，以求得到民俗的因果的关系；至于共同所必采的手段，则彼此俱以确实的调查为第一步功夫。在风俗改革家，以确实的调查为其评价的基础时，民俗学者亦以确实的调查为发见因果关系的根据。风俗改革家，可以用其科学的智识，比较风俗之善良恶劣以求实际上的兴废；民俗学者则要求把所研究的成为一种科学，而不问其实际上的效果为何。[1]

《风俗改革丛刊》的文字来源，乃是为了配合风俗改革运动而在《广州民国日报》增设的副刊《风俗改革周刊》上所载的内容[2]。在运动初期，风俗改革会专门“在报章登载启事征求”“关于改革风俗之意见”，“及向对于风俗素有研究之人士咨询”[3]。容肇祖的文字大约就是应邀之作。从其观点和后续的参与程度来看，容肇祖采取的立场也更像是防御而非投入。在这篇文章中，容肇祖放弃了民俗学学术可以“理智”更好地救治“迷信”的观点，承认了风俗改革与民俗研究的目的与立场差异，只坚持民俗学也凭借“确实的调查”，可做风俗改革的依据。但是，这些退让也并未为民俗学争取到更良好的环境。在“偶像入校”事件刺激下，容肇祖终于黯然离开了中山大学。

与民俗学日益窘迫的处境相比，杨成志自返回昆明始，就一路被鲜花和掌声围绕。他在“昆明中等以上十余校”轮流演讲[4]，

---

[1] 容肇祖:《风俗改革与民俗研究》，风俗改革委员会编:《风俗改革丛刊》，第36页。

[2] 蒲良柱:《绍介几句》，风俗改革委员会编:《风俗改革丛刊》，第1页。

[3] 《风俗改革会工作概况》，风俗改革委员会编:《风俗改革丛刊》，第262页。

[4] 杨成志:《云南民族调查报告》，《国立中山大学语言历史学研究所周刊》第十一集第一二九至一三二期合刊，1930年5月21日，第15页。

引起轰动。尤其值得注意的是，杨成志的调查还吸引了学界以外政界的关注。在《云南民族调查报告》的附录部分，杨成志收集了调查前后的一些信函和他人赠语，其中很大部分来自政界。这其中当然有杨成志本人四处积极活动的因素，但政界人士也基本对之抱欢迎态度。如杨成志在昆明各校及建设人员训练所的演讲，实际就是他主动去云南教育厅联系要求的[1]，他还借此通过云南教育厅往各县散发了《西南民族调查略表》和《云南民间文艺征求表》。在昆明滞留时，杨成志还一度计划考察滇西南边境，因而也与时任云南普洱道尹（后任云南第二殖边督办）的禄国藩[2]取得了通信联系，禄国藩对杨成志的计划颇有兴趣，回信极表欢迎[3]。回到广州后，杨成志接连发表了《云南民族调查报告》《罗罗说略》《云南罗罗族的巫师及其经典》等论文，开始以凉山探险家和西南民族专家的形象广为人知。

一条不常为人注意的线索是，杨成志于1930年自云南回到广

---

[1] 杨成志:《云南民族调查报告》,《国立中山大学语言历史学研究所周刊》第十一集第一二九至一三二期合刊，1930年5月21日，第16页。

[2] 禄国藩（1883—1972），字介卿，云南省彝良县人，黑彝。1904年赴日本留学，次年在日加入同盟会。1910年回滇，在清军中出任军官，其时与朱德有同袍之谊。1911年参加重九起义。之后一直在滇军内任职，1920年被免职，直到龙云主政云南，才重返军政界。1928年任普洱道尹，次年改任云南省第二殖边督办。1930年任云南省第二绥靖区主任，1931年兼任云南省公路总局代理督办，1933年免兼第二殖边督办，1936年任云南省公路总局督办兼官商合办汽车公司董事长。抗战期间，受龙云委托，主持修建滇缅公路。1949年后，历任云南省政府委员，省人民政府参事室主任，云南省政协第一、二届常委。1972年在昆明逝世。禄国藩在担任云南省第二殖边督办期间，撰写了《普思殖边之先决问题》，收入陈玉科主持的《云南边地问题研究》下卷，1933年由云南省立昆华民众教育馆印行，是现在了解民国时期云南边地问题的重要文献资料。参见云南省立昆华民众教育馆编:《云南边地问题研究》上（中国边疆研究文库・初编，马玉华主编“云南边疆卷二”），哈尔滨：黑龙江教育出版社，2013年，第14—15页。

[3] 杨成志:《云南民族调查报告》,《国立中山大学语言历史学研究所周刊》第十一集第一二九至一三二期合刊，1930年5月21日，“附录”第7—8页。

州，1932年赴法留学，其间，他参与了《新亚细亚》月刊和新亚细亚学会的部分事务。《新亚细亚》月刊和新亚细亚学会均由戴季陶倡导发起，分别创刊和成立于1930年10月与1931年5月，主要"探讨中国的边疆问题和亚细亚民族，及东方民族的解放问题"[1]，新亚细亚学会的成员更囊括了戴季陶、胡汉民、张继、格桑泽仁等国民党大佬和国民政府要员，因而《新亚细亚》月刊可被视作1930年代南京国民政府在边疆民族问题上官方立场的一个重要表达渠道。尽管放到《新亚细亚》整个刊物的层面，杨成志并未进入发表"长篇大论"的主要作者之列，但就他个人的发表履历来看，这一时期在《新亚细亚》上的发表已堪称集中[2]。

新亚细亚学会无疑也对杨成志本人颇有兴趣。1931年初，新亚细亚学会正式成立前，戴季陶的秘书、《新亚细亚》月刊和学会负责人之一的张振之主动赴广州联络过杨成志[3]，并给他寄送了会章，意图招他充当学会骨干。由于杨成志已定下于下半年赴法留学[4]，于是去信婉拒，但他还是颇为热情地回复了给会务工作的六

[1] 参见王桧林、朱汉国主编：《中国报刊词典（1815—1949）》"新亚细亚"词条下，太原：书海出版社，1992年，第192页。

[2] 据笔者统计，杨成志发表在《新亚细亚》上的文字共有如下五篇：《广州中山大学语言历史学研究所出版物提要》（第一卷第六期，1931年3月1日）、《云南的秘密区——车里》（第二卷第四期，1931年7月1日）、《新亚细亚学会今后之工作纲要》（第二卷第五期，1931年8月1日）、《云南昆明散民族竹枝词》（第三卷第四期，1932年1月1日）、《从西南民族说到独立罗罗》（第四卷第三期，1932年7月1日），此外还有照片若干。

[3] 参见张振之遗稿：《天南鸿雪记》，《新亚细亚》第三卷第五期，1932年2月1日，第148—150页；关于张振之的生平和赴广州之行的目的，参见蒋用宏：《张振之行述》，《新亚细亚》第四卷第六期，1932年10月1日，第170页。

[4] 据刘小云的研究，杨成志1931年6月已获得中大校长朱家骅为其开具的赴法留学证明书，但朱家骅不久离任，新代理校长许崇清以校中经费不足为由拒绝，杨成志遂未能成行。直到1932年邹鲁上任校长，杨成志才得偿所愿。参见刘小云：《20世纪前半期杨成志西南民族研究述论》，《学术探索》2008年第5期，第105页。

条建议，并提议在广州组织一个分会，拟出一份约三十人的准分会成员名单。这封信后来以《新亚细亚学会今后之工作纲要》的标题发表在刊物上[1]。新亚细亚学会筹备期间由杨成志荐入的辛树帜[2]，后在1932年底的新亚细亚学会第三次会员大会上与黄慕松、马鹤天、格桑泽仁等人共同当选为学会董事[3]。可以设想一下，假如杨成志没有出国留学，大约也会在新亚细亚学会中承担一定职务。

钩沉杨成志与新亚细亚学会这一段历史关联，意义何在呢？这里涉及一个此前在中山大学民俗学式微过程中的幕后人物——戴季陶。戴季陶自辛亥革命后不久开始担任孙中山的秘书，常年追随孙中山左右，始终处于国民党政治核心的圈子之内。孙中山死后，戴季陶在排斥联俄容共政策的基础上重新阐释三民主义，遂成为蒋介石上台后国民党内的正统意识形态理论家。自1926年始，戴季陶先后在国民政府和国民党内担任一系列要职，其中中山大学校长、国民党中央党务学校教务主任、国民党宣传部部长、国民政府军事委员会政治训练部主任等职，均承担的是关键部门的意识形态工作[4]。1926年9月，戴季陶到广州上任中山大学校长，在与实际事务负责人朱家骅的配合下，中山大学成为1920年代后期国民党以三民主义推行党化教育的典型。在叶文心看来，

---

[1] 杨成志：《新亚细亚学会今后之工作纲要》，《新亚细亚》第二卷第五期（康藏专号），1931年8月1日，第159—161页。

[2] 参见张振之遗稿：《天南鸿雪记》，《新亚细亚》第三卷第五期，1932年2月1日，第150页；蒋用宏：《张振之行述》，《新亚细亚》第四卷第六期，1932年10月1日，第170页；杨成志：《新亚细亚学会今后之工作纲要》，《新亚细亚》第二卷第五期（康藏专号），1931年8月1日，第160页。

[3] 第一、二次会员大会暂未见相关资料。参见《会报》"新亚细亚学会第三次会员大会记事"，《新亚细亚》第五卷第一、二期合刊，1933年1月1日，第255页。

[4] 参见《导言》、《戴季陶年谱简编》，桑兵、朱凤林编：《戴季陶卷》，北京：中国人民大学出版社，2014年，第1—4、590—595页。

戴、朱治下的中山大学，政党与国家意识形态的影响不仅见于政治训育，而且渗透到了中山大学具体的学科发展方向与特征之上[1]。这正是戴季陶办学理念的结果。在《青年之路》中，戴季陶坦承：

> 一个综合大学的生命在文科。一个民族的文化动力在文学哲学宗教美术的思想。一代革命的创造力，造端和完成，也在于此。……我想说一句奇怪话，就是"只要真能把文科办好，革命的前途，便有了八分的把握"。[2]

在这个意义上，钟敬文、容肇祖所代表的民俗学和杨成志所代表的民族学的不同遭遇，也应当从其与国民政府官方意识形态关系的层面来理解。如果我们回想一下戴季陶在中山大学民俗学逐渐走向萧条的过程中所扮演的角色，再将新亚细亚学会对杨成志的态度做一对比，这一差异就颇耐人寻味了。尤其考虑到戴季陶本人与1928年后的国民政府和国民党官方意识形态之间的紧密关系，民俗学与民族学的不同命运（隐喻性地集中于戴季陶对两方的差别态度），就可以转化为这样一系列问题：民俗学和民族学的相反命运，是偶然的吗？它们与国民政府官方意识形态是何关系？在什么意义上，民俗学和民族学构成了后者成立的条件？

2. 民族主义的悖论

关于民俗学在中山大学所遭遇的困境，程美宝曾援引德国社会学家艾伯华（Wolfram Eberhard）的观点做过一个解释。艾伯

---

[1] 叶文心：《民国时期大学校园文化（1919—1937）》，冯夏根、胡少诚等译，北京：中国人民大学出版社，2012年，第117—118页。

[2] 戴季陶：《青年之路》，上海：民智书局，1928年，第175—176页。

华认为，民俗学与政府和大学主事者之间的龃龉，是由于追求统一和标准化的官方民族主义意识形态，难以容忍民俗学研究地方风俗、突出地域特征的学术倾向[1]。程美宝虽接受了这一观点，但她同时也提出了自己的疑问：顾颉刚、容肇祖等人的民俗学研究明显从属于一个创造新民族文化的民族主义议程，在这个意义上，并不与国民政府统一国家的诉求相冲突[2]。

程美宝和艾伯华的论述首先提示我们，民族主义可能构成了理解民俗学、民族学与国民政府官方意识形态之间关系的一个关键切入口；但与此同时，程美宝的疑问又引出了另一个问题：应当如何来理解 1928 年以后成为官方意识形态的民族主义？从本节所讨论的问题出发，如果民族主义意识形态的基本诉求仅仅是统一性和标准化，那么就无法解释，何以它在对研究地方风俗的民俗学尚且不能容忍的同时，却对突出族群差异的民族学赞赏有加。瑞贝卡·卡尔（Rebecca Karl）曾指出，晚近的历史研究中存在一种混合民族（nation）和国家（state），甚至是用国家来穷尽和替代民族的倾向[3]，某种程度上，艾伯华对民族主义的理解正处在这样一种模式之下：只有当“民族”只能被想象成一个具有同质公民的、强大控制力的现代“国家”时，统一性和标准化才会成为民族主义意识形态的唯一向度。而此处我们处理的案例恰好显示出，对 1928 年以后的民族主义的探讨，需要进入和展开更为丰富的历史层次。

我们首先从《新亚细亚》月刊的民族论谈起。在一般的学术讨论中，戴季陶的民族主义立场往往被理解为是高度传统主义和

[1] Wolfram Eberhard, *Folktales of China*, Chicago University Press, 1965, p. xxxiv.

[2] 程美宝：《地域文化与国家认同：晚清以来“广东文化”观的形成》，第 237—241 页。

[3] 瑞贝卡·卡尔：《世界大舞台：十九、二十世纪之交中国的民族主义》，高瑾等译，北京：生活·读书·新知三联书店，2008 年，第 23—28 页。

汉族中心主义的。1929年，顾颉刚为商务印书馆编写的《现代本国史》初中历史教科书被禁，戴季陶在此事中起到了关键性的推动作用，据称，戴季陶对教科书否定三皇五帝的真实性极为不满，表示："学者的讨论是可以的，但不能在教科书上这样说，否则动摇了民族的自信力，必于国家不利。""中国所以能团结为一体，全由于人民共信自己为出于一个祖先。"[1]这件"中华民国的""文字狱"[2]后来广为流传，进一步固化了戴季陶复古的汉族中心论者形象[3]。但实际上，戴季陶的民族立场有更为复杂的内外背景。

戴季陶的民族论首先脱胎于孙中山。由于一向以孙中山思想的正统传承人和阐释者自居，戴季陶常常在自己的言论中大量引用孙氏，以为倚重。以《新亚细亚》月刊和新亚细亚学会为例，刊名和学会名都明显来自孙中山1924年途经神户时的著名演讲《大亚细亚主义》[4]。《新亚细亚》创刊号上，孙中山的这篇文字甚至被放置在创刊宣言之前，以凸显其举足轻重的地位。在这个意义上，讨论《新亚细亚》月刊和学会所反映出的戴季陶的民族论观点，不能脱离孙中山的这篇演讲。

---

[1] 顾颉刚：《我是怎样编写〈古史辨〉的？》，顾颉刚编著：《古史辨》第一册，第18—19页；顾颉刚：《〈三皇考〉自序》，吕思勉、童书业编著：《古史辨》第七册中编，第45页；顾潮编：《顾颉刚年谱》（增订本），第193页。

[2] 顾颉刚：《我是怎样编写〈古史辨〉的？》，顾颉刚编著：《古史辨》第一册，第19页。

[3] 根据张京华对顾颉刚叙述此事历程的爬梳，以及顾颉刚与戴季陶在1920—1930年代交往经历的考辨，他认为，顾颉刚深受教科书被禁案打击是事实，但将此事归咎于戴季陶，"应当是事后追述的结果，应当与后来的政治气氛和顾颉刚的政治立场有关"。参见张京华：《古史辨派与中国现代学术走向》，厦门：厦门大学出版社，2009年，第41—47页。

[4] "《新亚细亚》创刊，宗旨是本着总理所常说的'大亚细亚主义'。"参见马鹤天：《关于"大亚细亚"与"新亚细亚"题名的回忆》，《新亚细亚》创刊号，1930年10月1日，第139页。

《大亚细亚主义》是孙中山晚年的一篇重要文献。1924年秋，第二次直奉战争结束后，冯玉祥联络孙中山、段祺瑞等不同派别的人物入京，共同主持局面。孙中山在经过一番思考后，于11月决定北上，提出召开国民会议以解决时局的方案，主张以真正的国民会议对抗军阀和军阀背后的帝国主义势力[1]。在当时的语境下，军阀背后的帝国主义，很大程度上指向了日本。为听取日方意见、争取日本官民同情和支持，孙中山在北上途中绕道日本，11月28日，孙中山在出席神户商业会议所等五团体举行的欢迎会时，发表了《大亚细亚主义》这一演说。孙中山刻意以“亚细亚主义”为主题，明显是试图对日本近代以来的亚细亚主义脉络做一回应。

根据王屏的总结，日本近代的亚细亚主义可析为“思想”、“行动”和“外交策略”三个不同的表现层次，其历史演化过程，经历了甲午前的“亚细亚连带论”，到“支那保全论”，再到以具体行动襄助日本“大陆政策”和殖民扩张的“大亚细亚主义”，最终被“大东亚共荣”彻底收编。王屏将诞生于1870年代末自由民权运动中的“亚细亚连带论”称作“古典亚细亚主义”，其要点在于主张亚洲民族是一个“命运共同体”，“其连带关系建立在亚洲各民族平等合作的基础之上”，其后的“支那保全论”“大亚细亚主义”，则日益与日本的国家主义运动缠绕在一起，成为日本在东亚地区建立帝国主义和殖民秩序的意识形态帮凶[2]。

与日本的亚细亚主义者宫崎滔天、犬养毅、头山满等人有长

---

[1] 参见陈锡祺主编：《孙中山年谱长编》下册，北京：中华书局，1991年，第2068—2069页；王奇生：《中国近代通史　第七卷　国共合作与国民革命（1924—1927）》，第93—108页。

[2] 王屏：《近代日本的亚细亚主义》，北京：商务印书馆，2004年，第10—14、335—337页。

期交往的孙中山对这一历史变化当然并不陌生[1]。在演讲中，孙中山也诉诸一些亚细亚主义的典型范畴和思考方式，如黄种与白种、东方与西方、亚洲与欧洲的对立，但孙中山并不试图从中总结出一套文化本质主义的结论，相反，他把亚洲与欧洲、东方与西方放置在全球资本主义和殖民主义所塑造的不平等关系中来看待。在这个意义上，孙中山用东方/亚洲的“王道”来批判西方/欧洲的“霸道”，就不能仅仅理解为一种平面上的文化差异性，它同时构成了价值的等级：前者包含着对弱小民族的尊重，追求民族的解放和平等，是“感化人”的“正义公理”，后者是“注重功利”，“专用武力压迫人”[2]。孙中山对“王道”的界定虽然高度依赖于儒家传统语汇（“仁义道德”），但其最终的指向，是普世性的、超越了种族（黄种 vs 白种）和地域（东方 vs 西方，亚洲 vs 欧洲）限定的正义与人道。也是在这个意义上，孙中山在演讲的末尾提及了革命后的俄国：

> 现在欧洲有一个新国家，这个国家是欧洲全部白人所排斥的，欧洲人都视他为毒蛇猛兽，不是人类，不敢和他相接近，我们亚洲也有许多人都是这一样的眼光。这个国家是谁呢？就是俄国。俄国现在要和欧洲的白人分家，他为甚么要这样做呢？就是因为他主张王道，不主张霸道；他要讲仁义道德，不愿讲功利强权；他极力主持公道，不赞成用少数压迫多数。像这个情形，俄国最近的新文化便极合我们东方的旧文化，所以

[1] 关于孙中山对日本亚细亚主义的认识变化过程，参见吴剑杰：《从大亚洲主义走向世界大同主义——略论孙中山的国际主义思想》，《近代史研究》1997年第3期，第185—200页。

[2] 《大亚细亚主义》，《新亚细亚》创刊号，1930年10月1日，第4页。

他便要来和东方携手，要和西方分家。[1]

在此，“俄国最近的新文化”，毫无疑问指向的是俄国革命所带来的一系列价值与行动。俄国的“新文化”与“东方的旧文化”的一致性则表明，孙中山试图在一个从文化论、文明论出发的亚细亚主义中，同时包含社会革命和民族自决的内容。孙文理想中的亚细亚主义不仅体现为“不做欧洲的殖民地”“要做亚洲的主人翁”的“种种独立运动”[2]，而且这些独立运动不能是孤立发生的单个国家和民族的运动，一定要在整体的全球视野内转化为“要为被压迫的民族来打不平的问题”：“受压迫的民族，不但是在亚洲专有的，就是在欧洲境内，也是有的。行霸道的国家，不只是压迫外洲同外国的民族，就是在本洲本国之内，也是一样压迫的。”[3]“我们讲大亚洲主义，以王道为基础，是为打不平。……我们现在所提出来打不平的文化，是反叛霸道的文化，是求一切民众和平等解放的文化。”[4]这一表述一方面肯定了欧洲的、白种的俄国以社会革命的“新文化”反叛霸道；另一方面，包含着对曾提出过“亚细亚连带论”的日本日益沦为“西方霸道的鹰犬”的批评[5]。

很明显，戴季陶试图在《新亚细亚》中继承孙中山晚年这一世界主义的视野。《新亚细亚》的创刊宣言将孙中山的大亚细亚主义演讲称作孙中山“对于东方民族的遗嘱”[6]，高喊道：

---

[1] 《大亚细亚主义》，《新亚细亚》创刊号，1930年10月1日，第7页。
[2] 同上文，第2页。
[3] 同上文，第7页。
[4] 同上。
[5] 同上。
[6] 同上文，第13页。

我们要把亚细亚民族以内的一切不和平不道德一切恃强凌弱的态度根本扫除，凡是亚细亚各民族必须完全合于三民主义的精神……我们亚细亚民族要和欧美民族争平等，青天和太阳光不是白人所专有的，有色人应该平等享受的。任何哪一个民族在这个世界上都有生存权，任何人不能把这种生存权剥夺了去的。欧美帝国主义者要占有亚细亚民族的地盘，榨取亚细亚人民的膏血，这是最残酷最不人道不合三民主义的。三民主义就是要求民族的地位的平等，民族的国权的平等，民族的生计的均享。三民主义是专门打不平的，尤其要打破民族间的不平等。所以亚细亚民族必须团结亚细亚的民族基础取得世界民族间的均等地位。从第一点说，亚细亚民族要铲除亚细亚范围以内为害于亚细亚民族内贼；从第二点说，亚细亚民族要一致团结反抗加害于亚细亚民族的外盗。[1]

至少从文字上来看，这段表述有承接孙中山大亚细亚主义之余绪的意图。1931 年 5 月，新亚细亚学会在南京考试院召开成立大会，出席者中有一位引人注目的日本人宫崎龙介[2]。宫崎龙介正是孙中山的挚友、日本著名大陆浪人、亚细亚主义者宫崎滔天之子，他的出席和发言因而也具有强烈的象征意义。但实际上，《新亚细亚》整个刊物的针对方向、基本诉求，以及寻求民族独立的方式方法，已经与孙中山的设想具有了结构上的差异。此种差异呈现在以下两个方面：

---

[1] 《大亚细亚主义》，《新亚细亚》创刊号，1930 年 10 月 1 日，第 12 页。

[2] 《新亚细亚学会成立会汇记》，《新亚细亚》第二卷第三期，1931 年 6 月 1 日，第 165 页；宫崎龙介的发言参见《新亚细亚学会成立会汇记（续）》“日本帝国主义的前路”，《新亚细亚》第二卷第四期，1931 年 7 月 1 日，第 137—140 页。

首先，《新亚细亚》刻意将孙中山认可的俄国道路——也即通过社会革命实现民族自决的方式——排除在谋求民族平等的可能途径之外。中国与俄国因而也不再是共享“王道”价值的盟友，而成为对立的民族和种族。《新亚细亚》的创刊号上，紧接着《创刊宣言》之后的，便是一篇胡汉民口述、张振之笔录的《民族国际与第三国际》。在这篇文章中，胡汉民将谋求民族独立的目标从世界共产主义运动中抽离出去，提出了一个有别于共产国际的、以单纯的民族独立为目标的国际联合之必要：

> 帝国主义者之间常常有临时缔结攻守同盟，和维持帝国主义优越地位处分平均分配掠夺利益的国际联盟的组织，共产党也有谋全世界共产党联合的国际运动，从第一国际第二国际乃至现在为苏俄所操纵的第三国际；那么被压迫的弱小民族，在图谋独立解放的共同利害的立场上也应该有国际的联合。这一种谋民族解放的国际运动就叫做“民族国际”。[1]

胡汉民还以回忆总理言行的方式，来证明不同于第三国际的“民族国际”实为孙中山本人之“遗志”[2]。刊登于次期卷首的戴季陶手书之《中日俄三民族之关系》，则更做了如下的清晰表述：

> 中国邻邦两强国，曰俄曰日，中国弱，则日本为中国之仇，中国强，则日本为中国之友，而俄国则将永为中国之敌。自今而后，二三百年内，中俄两民族之斗争，必无已时，中

[1] 胡汉民述、张振之记：《民族国际与第三国际》，《新亚细亚》创刊号，1930年10月1日，第15页。

[2] 同上文，第15—16、19页。

国愈强，则斗争亦愈烈，彼以俄国尚可为中国之友者，是大误也。[1]

戴季陶关于中日俄关系的这一判断表面上依据的是“血浓于水”的种族逻辑[2]，但实际上，俄国仅仅被理解为“民族”的前提，正是对超越民族边界的社会革命的全面否定。

其次，与社会革命所带来的超越种族和地缘边界的政治能动性相关，《新亚细亚》在将俄国所代表的社会革命道路排除之后，这一能动的政治性必然消失，其对民族的理解方向就只能回到种族的、文化本质主义的逻辑之内。在这个意义上，所谓民族主义的世界主义，最终只能是各个独立的民族国家的叠加集合，而孙中山所梦想过的“一切民众和平等解放的文化”[3]，“一切民众”的“平等解放”首先必须从属于以“民族”为框架的“国家”；孙中山在黄种对抗白种问题上所具有的灵活性和互相转化的可能，在新亚细亚同人这里也陷入了僵化对立。范西田的《亚细亚民族复兴运动之前途》，不仅以一种社会达尔文主义式的态度，论证了民族作为现代时代最为进步的范畴[4]，而且从孙中山的《大亚细亚主义》演讲中，借用了日本取得日俄战争的胜利之后孙中山所见证的欧洲人之沮丧与亚洲人之欢欣一例。但有趣的是，孙中山演讲中用来显示不同殖民地人民之间连带感的“血浓于水”一语，被范西田

[1] 戴季陶：《中日俄三民族之关系》，《新亚细亚》第一卷第二期，1930年11月1日；另可参见陈天锡编：《戴季陶先生文存》第一册，台北：中国国民党中央委员会，1959年，第372页。

[2] 同上。

[3] 《大亚细亚主义》，《新亚细亚》创刊号，1930年10月1日，第7页。

[4] 范西田：《亚细亚民族复兴运动之前途》，《新亚细亚》第二卷第四期，1931年7月1日，第66—67页。

用来论证种族相较于阶级更具自然性，从而否认了孙中山所承认的社会革命与民族独立运动之间的关联[1]。张振之的《亚细亚文化的变迁及其生机》，则从种族构成、特殊地缘造成不同文化的角度，定义了“亚细亚”。在他看来，欧洲对亚洲的征服和压迫，归根结底是亚洲文化的内生问题，而“要求中国民族复兴”，“只有这两条大路：一，恢复中国固有之智能道德，二，迎头赶上世界文化”[2]。

一方面，社会革命的视野被排除，另一方面，是民族论回到了种族性的、文化本质主义的理解模式。正是在这样的前提下，东北满洲、蒙古、新疆、西藏、云南的问题，构成了《新亚细亚》最为关心、用力最深的“边疆”问题，而非“民族”问题。成为“边疆”的意思是，相对于一个具有内生的种族和文化统一特征的“中华民族”，满、蒙、回、藏、苗等少数族群不被认为处在一个可与之抗衡的文化和种群独立性层级之上，只能在空间的意义上成为“边疆”的一部分。

当然，这里存在着历史条件自身的复杂性。正如于治中所说：“中国从一个帝国转化为民族国家体系中的主权国家的历史过程表明，与西方资本主义体系利用自身的民族为单位建立现代国家的方式正好相反，中国是依赖外来的现代国家形式重新凝聚民族主体。而以民族国家作为存在的必要前提，并不是由自身内部的需要所决定，是西方殖民主义体系压迫下的结果。”[3]在中国近

---

[1] 范西田：《亚细亚民族复兴运动之前途》，《新亚细亚》第二卷第四期，1931年7月1日，第66—67页。

[2] 张振之：《亚细亚文化的变迁及其生机》，《新亚细亚》创刊号，1930年10月1日，第81—87页。

[3] 于治中：《意识形态的幽灵》，台北：行人文化实验室，2013年，第308页。

现代历史上，面对殖民主义的步步紧逼，清帝国所留下的具有高度文化和地理异质性的“中国”，只有在被统合到“中华民族”的前提下，才可能完成向现代国家的转化，这是几代政治家和知识分子的共识。但问题在于，在缺乏现代国家框架的前提下，如何思考和处理“中华民族”的凝聚性？这一凝聚性应当由哪种逻辑贯穿，由何种人群主导？在多大程度上，这一概念的凝聚性要求民族内部的同质性，又在多大程度上可能维持和尊重其内部文化及族群的多样性？这些困境构成了“中华民族”概念真正的难题所在。即便在孙中山那里，对这一问题的处理也存在着相当暧昧之处。一方面，1924 年国民党改组后的国民党第一次代表大会宣言承认，“国民党之民族主义有两方面之意义，一则中国民族自求解放，二则中国境内各民族一律平等”，“承认中国以内各民族之自决权”[1]；另一方面，在同月孙中山对广州高等师范学校所作的三民主义系列讲座中，其“民族”的定义仍为血统、生活、语言、宗教、风俗习惯五项自然条件，而四万万中国人之所以“完全是一个民族”，乃因为其绝大多数为汉人，“当中掺杂的不过是几百万蒙古人，百多万满洲人，几百万西藏人，百几十万回教之突厥人”，汉人的血统、言语文字、宗教、风俗习惯构成了中华民族之一体性的主要凭依[2]。

戴季陶及《新亚细亚》对于边疆问题的关注，当然也与 1930 年代日益深重的民族分裂危机有关。《新亚细亚》创刊号上，华企云刊发了一篇《中国边疆问题之概观》，文章历数了满洲、外蒙、

---

[1]《中国国民党第一次全国代表大会宣言》，黄彦编注：《论改组国民党与召开“一大”》，广州：广州人民出版社，2008 年，第 123—124 页。

[2] 徐文珊编：《国父遗教三民主义总辑》，台北：中华丛书编审委员会，1969 年，第 110—112 页。

新疆、西藏、云南五个地区面临的事态：满洲有中东路问题，外蒙有脱离中国独立问题，新疆有俄国移民筑路问题，西藏为自治问题，云南有片马江心坡问题[1]，均为1930年代初期极其现实和紧迫的问题。但华企云在文末附表中所总结的分裂危机涉及之“冲突国别”，在满、蒙、疆三个地区都指向了俄国，日本则仅出现在满洲问题中[2]，这也显示出，《新亚细亚》对边疆问题的认知，很大程度上是现实危机与意识形态考量双重作用下的产物[3]。

更值得注意的是戴季陶对“边疆”的处理方式。引人注目的是，戴季陶在《新亚细亚》上发表的首篇文字，既不是关于中国及中国以外亚细亚民族的独立解放事业，也不是直接讨论边疆危机及其解决方案，而是一篇《民生的物质建设之初步》，其主要内容，是阐发戴季陶关于现阶段三民主义之民生主义的实际工作应该如何开展的观点。这一安排当然不是无关宏旨的。戴季陶在该文中，将民族主义锚定为革命“唯一的”“永久的”“无止境的”目的，从而将实际工作的重心转移到了民生上来[4]。“民生建设”所欲解决的，是这样三个问题：一，兵匪互生；二，民众运动；三，地少人多[5]。其中，地少人多造成的困境尤其为戴季陶所重

---

[1] 华企云：《中国边疆问题之概观》，《新亚细亚》创刊号，1930年10月1日，第44—52页。

[2] 同上文，第53页。

[3] 不仅华企云如此，戴季陶早期发表在《新亚细亚》上的多篇文章也显示出类似的倾向，即将中国面临的边疆危机主要理解为俄国对中国的侵略扩张。这一倾向在1931年“九一八”事变之后，也即日本侵略东北乃至整个中国的意图完全暴露之后，有所减弱。参见戴季陶：《建设东北是中国强盛的起点》，《新亚细亚》第一卷第三期，1930年12月1日；戴季陶：《国际形势下之中国的边疆开发》，《新亚细亚》第二卷第三期，1931年6月1日；戴季陶述：《开发西北的重要与其下手》，《新亚细亚》第二卷第四期，1931年7月1日。

[4] 戴季陶：《民生的物质建设之初步》，《新亚细亚》创刊号，1930年10月1日，第25页。

[5] 同上文，第26—27页。

视。正是在这个意义上，“边疆”构成了一个绝佳的解决方案：移民实边不仅可以纾缓中原地区的人口和经济压力，而且汉族人口大量进入边疆地区，在戴季陶看来，也是维护边疆稳定的一个根本办法，它一方面可以实现汉族文化对少数民族文化的“同化”，另一方面，通过降低边疆地区的族群、宗教单一性，区域的离心力量得以减轻。与移民实边相配合，戴季陶进一步提出发展交通连接内地和边疆地区[1]，并在边疆地区发展水利、林业、教育等事业[2]。这一套以移民为主的边疆开发方案也很大程度上构成了《新亚细亚》同人的共识。

戴季陶视野中的“边疆”因而纠合了几个不同层面上的考量。它首先是内地问题的延展。尽管并未言明，但戴季陶所描述的地少人多、兵匪互生逼迫民众铤而走险等状况，分明是从另一个角度叙述并承认了共产党人和左翼对中国农村破产、土地分配不均的症候诊断。不过，因为拒绝承认民众运动的有效性，这一问题的解决，就只能走向向边疆地区转嫁人口压力、开发边疆地区的新耕地以缓解内地土地不足。边疆作为内地问题的出口和解决方案，实际上构成了戴季陶对边疆问题思考的一个基本层面。其次，由于彻底排除了社会革命、民众运动的视野，一个由外敌环峙现实的局面所造成的“中华民族”整体，在戴季陶那里，就不得不以血统、种族、文化等自然因素来实现从上至下的维系。如果说，在孙中山那并不清晰的民族论中，仍保留着为“一切民众”求

---

[1] 戴季陶：《民生的物质建设之初步》，《新亚细亚》创刊号，1930年10月1日，第28—31页；戴传贤：《中国边疆之实况序言》，《新亚细亚》第一卷第五期，1931年2月1日，第13—14页。

[2] 戴季陶：《国际形势下之中国的边疆开发》，《新亚细亚》第二卷第三期，1931年6月1日，第6—9页。

"和平解放"的空间，戴季陶对边疆和少数族群的处理，则已经无法逾越种族的限定性了。在为马鹤天的《内外蒙古考察日记》所作的序言中，戴季陶如此论及了汉族与蒙、藏、回、满的关系：

> 东方民族，以蒙古为始基。东方文化，以汉族为代表。汉族之于蒙古民族，系出一宗，族同一祖，但视其面貌骨骼，便已足自信不疑。则两族之当亲睦协和，共图其存在发展，不待更述而自明矣。惟民族之生存力，厥为文化。汉民族之文化优于蒙古民族，而中国建国之基本为汉民族之文化，故今后汉民族应努力以其文化化蒙古民族，而蒙古民族应努力接受汉民族之文化，以复于上古同族同宗之本源，而造成真正统一至中华民国，千载万世，发展无穷，为人类文化之光。藏回诸族，其理亦同。[1]

以种族同宗、文化开化来谋求中华民国之疆域统一的叙述，当然有抗衡俄国利用民族自决原则谋求外蒙脱离的考量，但它已经排除了汉人与这些边疆民族在长期的政治共同体之下互相交往、共同生活的历史，以及同样面对殖民侵略的现实情境，而只能将统一的基础寄托在复古的同族同宗叙述和强加的文化同化之上。

在这个意义上，我们可以重新来理解，民俗学和民族学何以在以戴季陶为代表的国民政府民族主义意识形态那里遭到了截然相反的待遇。很明显，杨成志在观察和描述西南少数族群时所使用的"民族"概念，一方面服从于种族的逻辑，另一方面，又以

---

[1] 参见戴季陶：《东方民族与东方文化》，《新亚细亚》第二卷第一期，1931 年 4 月 1 日。原文为戴季陶毛笔手书文稿，标点为作者所添加。

社会达尔文主义的立场断言了少数族群的野蛮、不开化状态，从而需要汉人的提携帮助。这与戴季陶等人所设想的“民族”范畴的内涵是一致的。因此，尽管《新亚细亚》月刊在边疆问题上的办刊宗旨是边疆建设与开发，而非族群认定和少数民族文化研究[1]，但在一致的“民族”理解前提下，杨成志关于西南少数族群的文化风俗描述，能够与《新亚细亚》月刊上的边疆治理讨论并行不悖——前者甚至为后者提供了具体操作的依据。

民俗学与这一民族主义意识形态的冲突，则存在于更深的层面。中国现代民俗学/民间文学诞生于五四新文化运动的大潮之中，描摹民间、为不文民众的生活思想赋形，既是这一学术形式的目的，也是“五四”以来以“民众”为基础建立新的文化和政治形式之尝试的内在部分。尽管在1925年之后，民俗学经历了自身的再度学院化和精英化，但其基本的诉求，仍在于捕捉“民众”或“民间”，这一取向本来就是1920年代社会运动和民众政治的结果。而1928年之后的国民政府，其民族主义意识形态恰恰以排除社会革命和民众运动为前提，试图以一套从上至下的“固有文明”，在国家框架内重新打造符合政府管理要求的“国民”。在这个意义上，眼光“由下而上”的民俗学无法匹配国民政府“由上而下”的意识形态，大概就是历史的必然。

一个颇具意味的对比是，在中山大学因编辑民俗学丛书而颇遭非议的顾颉刚，1930年代在日益深重的边疆危机面前，也以办《禹贡》的方式，介入了边疆和民族问题。顾颉刚同样将移民实边作为解决边疆问题的重要途径，并且出于汉族知识分子的自傲，顾颉刚也未能完全摆脱面对蒙古人时居高临下的态度，但他以民

---

[1] 参见《新亚细亚之使命》,《新亚细亚》创刊号，1930年10月1日，扉页。

俗学家的敏锐感觉，捕捉到了王同春这样一个以一己之力开发河套、死后在当地享有祠堂和庙会的“民间”人物。在综合了口传与书本的种种记录后，顾颉刚将他的事迹写成《王同春开发河套记》。顾颉刚所注目和处理的这个“民族的伟人”[1]王同春，与戴季陶所执着的民族固有文化之间的差异，正是是否存在“民众”视野的问题。1936年，在回顾当年的教科书被禁事件时，顾颉刚做了如下评论：

> 三皇五帝，固然大家承认他们是最古的帝王，固然很少数的士大夫还在做好梦，可是同一班民众有什么关联呢？有哪一个地方影响于他们的生活呢？……以前学者对于三皇五帝，竭尽能力去铺张，装了许多金身，画了许多极乐世界，似乎可以吸收多少位信徒，但结果只落得貌合神离，反不如几个民族英雄的慷慨悲歌使人感动。如果我们要团结这民族，那么我们民族经过多少次的磨难，这磨难中的牺牲人物正可唤起全民众的爱国精神。试看学校里，戏馆中，书场上，每一次讲到演到杨继业，岳飞，文天祥，史可法，林则徐等，便洋洋有生气，使观众为之泣下。谁曾听说演讲三皇五帝有同样的感动呢？[2]

某种程度上，国民政府治下民俗学与民族学的相反命运，实际与这样一个历史进程互为表里：在排除社会革命和民众运动的前提下，内地的土地问题、农民问题被转化为边疆开发问题、少数民族同化问题。这正是1930年代日益深重的分裂危机现实之

---

[1] 顾颉刚：《王同春开发河套记（改稿）》，《禹贡》第二卷第十二期，1935年2月16日，第3页。

[2] 顾颉刚：《〈三皇考〉自序》，吕思勉、童书业编著：《古史辨》第七册中编，第46页。

外，构成国民政府的官方民族主义意识形态的另一个关键历史条件。那么，是否还存在着一种不排除社会革命和民众运动的民族论述呢？在这样的民族论述中，少数族群又处于何种位置，被如何看待和处理？在本章的最后，我想稍微涉及此一时期国民政府的另一对立面——中国共产党人——的少数民族政策，在提供比照对象的同时，试图打开这样的思考空间："民族"到底意味着什么？阶级斗争、社会革命的视野，必然与民族的种族、血缘、文化等自然因素相排斥吗？在多大程度上，两者可能共存，并保留对后者多样性的尊重？

根据松本真澄的总结，从中国共产党的成立直到国共分裂期间，中国共产党人对于民族问题的主要关注点落在民族自决权问题上，即除开汉的满、蒙、回、藏四族，是否具有民族自决、民族独立的权利。讨论尤其集中在外蒙主权和自决权问题上[1]。这一议题的形成，是由第三国际、苏俄的民族自决原则如何与中国的帝国遗产相适配的现实困境所引发的，同时也涉及苏俄与中国、日本的地缘政治关系。不过，随着国民革命旗帜下社会运动和民众运动的展开，"民族"的范围也在逐渐拓展。1926年，在轰轰烈烈的湖南农民运动中，湖南第一次农民代表大会首次将满、蒙、回、藏以外的南方少数民族问题纳入了运动的视野，提出：

> 苗瑶……民族，可以说全体都是爱和平的农民，历朝外受汉族封建君主的大屠杀，内受土司酋长的严重剥削。……解放弱小民族为革命农民的志旨，农民协会尚有不问国别均得为

---

[1] 松本ますみ、『中国民族政策の研究——清末から1945年までの「民族論」を中心に』、東京、多賀出版、1999年、第174—180頁。

会员的规定，我们对于同国异族的农民同胞，实有竭力提携的必要……[1]

湖南第一次农民代表大会还做出了“使苗瑶等民族加入当地农民协会，或助其组织单独的苗瑶农民协会”“严禁汉族侵占苗瑶土地”“开办苗瑶简易学校”等决议[2]。国共分裂后，共产党人转入赣、湘、闽等省山区地带建立根据地，开展游击战争，能否争取周边少数族群的支持也成了维持根据地斗争的一个重要因素。尤其在长征时期，由于红军途经地区大部为少数民族混杂或聚居区域，赢得其拥护更是紧迫的现实要求。以 1928 年召开的第六次中国共产党代表大会所做决议为标志，南方少数民族开始获得了与满、蒙、回、藏四族同样的重视和地位[3]。

大体而言，这一时期，中国共产党人对南方少数民族的政策，宏观上是支持其享有民族自决权[4]。具体的工作方面，则包括土地改革（没收地主土地，或承认少数民族土地权）、反对土司或酋长制度、抗捐抗税、保障和发展少数民族的宗教与文化权利、吸收少数民族参加红军和共产党等。当然，由于始终处于动荡艰苦的战争条件下，对于南方复杂交混的族群状况，共产党人一直没有进行过像杨成志那样细致的调查研究，党内也缺乏足够的少数民族干部。“民族”的定义也未得到清晰的界定与廓清。如此造成的

[1] 《湖南省第一次农民代表大会解放苗瑶决议案》，中共中央统战部编：《民族问题文献汇编》，北京：中共中央党校出版社，1991 年，第 52 页。

[2] 同上。

[3] 参见《中国共产党第六次全国代表大会关于民族问题的决议案》，中共中央统战部编：《民族问题文献汇编》，第 87 页。

[4] 《中华苏维埃共和国国家根本法（宪法）大纲草案》，中共中央统战部编：《民族问题文献汇编》，第 123 页。

结果是，政策和指示往往只能是纲领性、原则性的，甚至存在机械套用阶级分析的情况，对宗教、文化、不同族群间关系、少数民族精英分子等因素的作用，未有充分的预计和评估[1]。

与国民政府相较，从国共分裂到长征结束前，中国共产党民族政策的一大特点，应该就在于对满、蒙、藏、回以外的南方少数民族的关注。这当然是根据地斗争和长征的现实环境所催生出的具体要求，但不可忽略的是，它同时也是激进的社会革命和民众运动内在逻辑的产物，是国民革命时期农民运动的扩充和延续。在这个意义上，共产党人视野中的少数民族，始终与“到民间去”的社会运动、农民运动具有内在的、有机的关联，“民族”并不从“民间”中单独分裂出来，而始终包含在后者内部。正是在同为“无产阶级劳苦大众”的基础上，少数民族获得了与汉人平等的位置，这也构成了共产党人对国民政府“藩属政策”批判的起点。当然，单一的阶级论也包含着风险。比如说，如何理解和放置不同人群对自己宗教和世俗领袖的感情？如何处理不同人群内部的差别？如何理解阶级关系和民族关系的重叠？由于根据地斗争和长征本身的严酷性与移动性，这些问题尚未来得及真正展开，共产党人较为成熟和系统的民族政策思路，要待延安时期。不过，对这些政策进行细致的评价，已经逸出了本书讨论的范围。国共双方对“民族”的不同处理方式，毋宁昭示着1920年代统合性的“民间”范畴的崩解，其内部因素随历史情境的变化进入了新的话语脉络，被整合到新的概念范畴之中。地泉涌出，分散为不同的水流。但它携带的信息，在一定的条件下仍将重新汇集，显现自身。

---

[1] 松本ますみ、『中国民族政策の研究——清末から1945年までの「民族論」を中心に』、第190頁。

尾声

“深翻”

1876年，震动于俄国民粹党人行迹的屠格涅夫以“到民间去”运动为题材，写下了他最后一部长篇小说《处女地》。同情但并不赞同民粹派的屠格涅夫在小说开头添附了如下题记：

> 要翻处女地，不应当用仅仅在地面擦过的木犁，必须使用挖得很深的铁犁。
>
> ——摘录一个农场主的笔记[1]

屠格涅夫在此隐晦地提出了对“到民间去”运动的批评：幻想着改变世界的青年们并不知晓俄国民众的真实需求，他们的行动好似地面浅浅擦过的木犁，无法翻动沉睡的处女地。屠格涅夫的批评宛如历史的预言，它绵长的回响一直延荡到东方。1924年，郭沫若从德文本第一次将这部小说译为中文，但并未将题记

[1] 屠格涅夫：《处女地》，巴金译，《巴金译文全集》第三卷，第3页。

译出[1]。按照郭沫若自陈，在风起云涌的大革命浪潮中，他的思想发生了变化："'匿名的俄罗斯'成为了列宁的俄罗斯了。屠格涅夫的预言显然是受了欺骗！"[2]然而，大革命的失败毋宁说明了屠格涅夫的论断仍包含着深刻的内容。1933年，国民党CC系刊物《求实月刊》[3]在创刊号上刊登了另一版《处女地》译本，译者不仅将小说标题直接改为"向民间去"，而且保留了屠格涅夫的题记，"'要垦一块荒地，必须要深深地耕种，不可轻轻地滑过表面。'——节自某农人底笔记本"[4]。按照刊物主持者的说法，该刊意欲"脚踏实地的研究中国革命失败的原因，并在可能范围内指示今后革命的途径"[5]，在1930年代的社会氛围下，国民党对"到民间去"话语的介入[6]，不仅显示出1920年代"民间"空间生长演变的遗痕，而且也反映出，民间或农村危机及其解决方案，正在成为决定中国命运的核心问题。

1948年，美国人韩丁（William Hinton）将参加山西潞城县张庄土地改革的见闻，写成《翻身》一书，1966年在美国出版。书名直接使用了中文"翻身"二字的拼音，在书前，韩丁对这个被中国革命赋予了新意义的词语作了热情洋溢的解

---

[1] 参郭沫若译：《新时代》上册，上海：商务印书馆，1925年，第1页。按屠格涅夫该小说俄文原题为Новь，可解作"新生事物"或"处女地"，郭沫若依照德译书名Die Neue Generation译为"新时代"。

[2] 郭沫若：《孤鸿》，《创造月刊》第一卷第二期，1926年。

[3] 王奇生在《党员、党权与党争》中将该刊统计为CC系旗下刊物，参王奇生：《党员、党权与党争：1924—1949年中国国民党的组织形态》，第288页。

[4] 参屠格涅夫著，德辉、谷荪译：《向民间去》，《求实月刊》第一卷第一期，1933年。

[5] 董霖：《关于本刊的几句话》，《求实月刊》第一卷第一期，1933年。

[6] 冯淼的著作对国民党CC系"走向大众"的理论表述和具体实践，有详细介绍。参冯淼：《近代中国大众教育的兴起（1927—1937）》第五、六章，北京：社会科学文献出版社，2023年，第205—257页。

说[1]。1970年代，韩丁再回张庄，将张庄1950—1960年代的变迁写成了另一部著作《深翻》。韩丁又一次解释了自己对书名的选择：

> “深翻”在中国农村是一个很普通的词。字面意思是深耕、深犁。把深处的土翻上来，秋收以后，冬天到来之前，农民们都要翻地，用锄头或铁锹把土地深深地翻一遍，为来年的播种作准备。
>
> 在1958年“大跃进”期间，“深翻”成了一场遍及山区和平原的大规模的发展生产的基层运动。人们认为，地翻得越深，打的粮食就越多，他们还相信，在没有机械化的情况下，必须依靠自己的双手深翻土地，这样，才能为来年的大丰收打下基础。
>
> 从象征意义上讲，“深翻”意味着广大农民对自己获得的土地寄予希望，不惜努力；意味着合作化的精神，这就是依靠人民共同的劳动，在古老的土地上打造出新的生活。
>
> 总的来说，“深翻”是1949年以来中国社会发生的激烈变化的一个象征。为中国的未来奋力寻找一条广阔的前途而对中国的社会基础进行不断的连续的深翻，带来了中国社会不断的激烈变化。很清楚，“翻身”之后不可避免的就是“深翻”。[2]

---

[1] “中国革命创造了一套新的词汇，其中一个重要的词就是‘翻身’。它的字面意思是‘躺着翻过身来’。对于中国几亿无地和少地的农民来说，这意味着站起来，打碎地主的枷锁，获得土地、牲畜、农具和房屋。但它的意义远不止于此。它还意味着破除迷信，学习科学；意味着扫除文盲，读书识字；意味着不再把妇女视为男人的财产，而建立男女平等关系；意味着废除委派村吏，代之以选举产生的乡村政权机构。总之，它意味着进入一个新世界。”参见《关于“翻身”一词的说明》，韩丁：《翻身——中国一个村庄的革命纪实》，韩倞等译，北京：北京出版社，1980年。

[2] 参见 William Hinton, *Shenfan: The Continuing Revolution in A Chinese Village*, New York: Vintage Books, 1984, p. xi。中译参见韩丁：《深翻》，香港：中国国际文化出版社，2008年，“封三”。

很难确知韩丁是否阅读过屠格涅夫的《处女地》[1]。韩丁为中国革命所做的概括——从“翻身”到“深翻”——与一个世纪前屠格涅夫的论断遥相呼应，又具有完全不同的意义。在此，不是铁犁的深翻掘出了地底的怒吼，而是经由“翻身”咆哮起来的土地，对自身进行一轮又一轮的“深翻”，以期更好的未来。“深翻”本身作为一个隐喻，也包含了极为丰富的内容。首先，“深翻”作为（阶段性）终点而非起点，毋宁提示了革命这个艰难、痛苦又伟大的进程业已发生，并仍在进行中。其次，它也以形象的方式集中了诸多关系及其变形：如果在屠格涅夫那里，“处女地”意味着沉睡的民众，精英知识分子需要根据对土地的观察和深入把握，来选择最适合耕犁操作的器具，那么在20世纪革命的暴风骤雨之中，土地与农夫的关系更进一步复杂化了。从土地中升起的人民与经过革命锻炼改造的精英/知识分子，共同熔铸为作为历史主体的“农夫”，而深翻土地，则构成了重新创造世界的行动。

在现代中国的历史中，1920年代是发现和走向“民间”的时代，这个事件的意义也绝不止于对“土壤”的科学分析和“耕具”的理性选择。在“到民间去”的多重试验和设想中，催生了从地方、乡村、非汉族群边疆的角度充实和具体化对“民间”的理解，更精细、丰富的有关民众的知识从而被生产出来；另一方面，走向“民间”的初步尝试的挫折，也提示着知识分子和青年，要真正完成“走向”和“领导”的动作，新的知识和认知也必须反过来重新塑造他们自己。因此，尽管伴随着1920年代的结束，一度活跃且多样的、呈现为政治生成空间的“民间”也逐步走向自身

[1] 韩丁自称书名的灵感是北京大学哲学系学生、后留学哈佛的吴宏所提供的。参见韩丁：《深翻》，第5页。

的终结，但如果“深翻”的实现也意味着“人民”作为现实在历史中的现身，那么1920年代围绕着“民间”涌现出的诸多要素，也在后续的历史中，沉淀和组织为“人民”的内在部分。

仅以1940年代“人民文艺”的创制和实践为例，即可看得很清楚。从以文字、印刷、阅读为载体的“新文学”，到包括了美术、音乐、戏曲等不同样态类型的“文艺”的生成，这一转变不仅表征着文学艺术的对象从有教养的精英群体扩散至更广泛的一般群众，而且“文艺”本身的综合性，也提示了将知识分子、精英群体与广大民众共同熔铸为“人民”的趋向。贺桂梅曾指，1939—1942年由民族形式论争提出的地方形式与方言土语、民间形式与旧形式等基本范畴，重新塑造了“人民文艺”或“新中国文学（文艺）”[1]。而所谓地方形式、方言，以及以乡村文艺形态为核心的民间形式和旧形式的范畴，无疑都处在“民间”历史线索的延长线上。

纵览以延安文艺为起点的新中国文艺的实践，对地方形式和地方性要素的大量调用吸取，无疑构成了一个重要的方向性特征。抗战初期，柯仲平、马健翎已经在他们领导的民众剧团中尝试用方言演剧，或改编道情、秦腔等地方音乐戏曲为现代戏[2]。延安的民间音乐研究会对秧歌、郿鄠、道情、民歌、梆子等地方音乐形式做了持续的搜集采录[3]，这些采录工作为后来的新秧歌运动、创作民族新歌剧《白毛女》打下了基础。《白毛女》大量将河北、山

[1] 贺桂梅：《书写“中国气派”——当代文学与民族形式建构》，第26—27页。

[2] 刘润为等编：《延安文艺大系·文艺史料卷》上，长沙：湖南文艺出版社，2015年，第554—556页。

[3] 萧梅：《从“民歌研究会”到“中国民间音乐研究会”——延安民间音乐的采集、整理和研究》，《音乐研究》（季刊）2004年第3期。

西一带民歌曲调吸纳改造为新的戏剧音乐，已经成为今天中国现代文艺史上的一段佳话。对地方民歌、戏曲的重视也影响到文学创作，民歌体成为艾青、何其芳等左翼诗人大胆试验的场所。李季的叙事长诗《王贵与李香香》采用了陕北民歌信天游的体裁，阮章竞的诗歌创作以极具山西地方特色的歌唱入诗，山西出身的学者李零评价说："我很佩服阮章竞。他，一个广东人，到山西抗战，居然能用最土最土的山西话创作，语言十分地道。"[1] 延安时期的美术实践也吸收融汇了地方性的要素，古元等艺术家在进行版画创作时，学习和吸收北方年画的造型和设色，并尝试用传统的剪纸来反映生产、识字、参军等革命主题。中华人民共和国成立后，地方戏成为戏曲改革的重要内容之一，1952 年，文化部举行第一届全国戏曲观摩演出大会，共有 23 个地方剧种参加演出[2]。1949 年前遭到压抑或在市场上难以与主要戏种匹敌的各地小戏种，如花鼓、采茶、滩簧、秧歌等，也于此时受到认可，获得了相当的发展空间[3]。

汪晖关于"民族形式"论争的经典研究曾提出，地方形式和方言土语问题在这场讨论乃至其后的实践中，始终居于附属地位，未能"获得建立自主性的理论根据"[4]。与这一观察相呼应，李松睿在分析赵树理作品时也注意到，赵树理同时代的评论者大多并不使用"地方性"这一范畴，尽管他们直观地感受到了赵树理笔

---

[1] 李零：《大山中的妇女解放》，《我的天地国亲师》，北京：生活·读书·新知三联书店，2023 年，第 14 页。

[2] 傅谨：《新中国戏剧史（1949—2000）》，长沙：湖南美术出版社，2002 年，第 32—34 页。

[3] 傅谨：《二十世纪中国戏剧导论》，北京：中国社会科学出版社，2004 年，第 229 页。

[4] 汪晖：《地方形式、方言土语与抗战时期"民族形式"的论争》，《世纪的诞生：中国革命与政治的逻辑》，第 466 页。

下浓厚的地方风情[1]。这里体现出的问题恰恰是，延安文艺或新中国文艺当中的“地方”要素并非通过与国家或中央的对立关系来确认自身，而毋宁说其构成了通向民众的途径——正如晚清以来对“民间”认知的逐步推进所显示的，作为承载民众和民众生活的具体空间构造，“地方”的语言和文化形式一定程度上成了民众的形式的代名词。也是在这个意义上，延安文艺乃至新中国文艺中的地方性问题，和“民间”空间当中另一个要素“乡村”发生了高度的重叠。

以肯认民众的文化为鹄的，将传统的雅俗分界打破并重塑，始于“五四”时期。不过此时，城市市民的俗文化与乡村的俗文化之间是否应区分开来，犹存在争议[2]。中国现代进程在不同区域间的高度不均衡性，不仅制造出城乡对立和分流的格局，还促成了东部沿海地区的市民通俗文化与内地、乡村的民众文化形态之间越来越深刻的分野。前者有机会大量吸纳外来文化形式，并内化于逐步成形的现代消费市场和生产流通机制，后者则很大程度上仍然停留于传统的农村社群内部，其演进还延续着旧有的传播和欣赏模式。近人曾以雅俗之辨来观照新文学与面向现代市民阶层的通俗文学之关系[3]，然而这一模式同时也忽略了，延安时期和共和国文艺中，恰恰调用了大量以乡村文艺样态和审美取向

---

[1] 李松睿：《书写“我乡我土”——地方性与20世纪40年代中国小说》，第170—173页。

[2] 在北大歌谣采集初期，沈兼士、朱自清等人曾否认市民的俗文化类型具有充分的民众性，认为纯粹的民间歌诗只存于荒乡僻野或不文的妇女儿童之中。参沈兼士、顾颉刚：《歌谣讨论》，《歌谣周刊》第七号，1923年10月12日；朱自清、俞平伯：《民众文学的讨论》，贾植芳、苏兴良等编：《文学研究会资料》（上），北京：知识产权出版社，2010，第223页。

[3] 范伯群：《新文学与通俗文学的各自源流与运行轨迹》，范伯群：《填平雅俗鸿沟——范伯群学术论著自选集》，南京：江苏教育出版社，2013年，第618—629页。

为基础的俗文化，并重塑了新文学乃至新文艺的面貌。秧歌、道情、秦腔等民间歌舞戏剧当然可以被认为是地方性的，但与东南沿海地区的粤剧、评弹等地方戏曲相比，又呈现出浓厚的乡村属性。大量的文艺作品，不论是文学的、音乐的，还是美术的，也都尝试走出城市，将乡村生活的方方面面作为重点表现和刻画的对象。延安文艺对乡村文艺形式、风格的重视，固然与抗战以来大规模的文化人内迁、文化生态和读者群体的结构性变化相关，但将民众的文化形态自然地等同于乡村这样一种思路，同样需要从“民间”演变的历史逻辑之中去寻找根源。乡村而非城市被赋予民众的、中国的强烈意涵，也肇因于现代中国不同区域间不平衡的现代进程，正如前面章节所分析的，“民间”的意涵在这样的前提下，发生了从“地方”朝向“乡村”或“农村”的转移。在 1920 年代以来围绕着“到民间去”所产生的大量文化运动、实践之中，这样一种思考模式也得到了广泛传播并影响到后续历史。当何其芳断言说“产生在旧社会的民歌的确主要是农民的诗歌”[1]，支撑他论断的，不仅是延安时期的采风，而且也包含着从“五四”歌谣运动以来，以“到民间去”为号召长期所积累下来的种种成果。

延安文艺与共和国文艺另一个重要但常被忽视的面相，是其将少数民族地区也囊括包容到“人民”之中，而这一特征当然同样与“民间”的历史有密不可分的关系。1938 年，曾在绥远进行抗日宣传的吕骥将自己采集的当地蒙古民歌带到延安，大大震撼了同样对民间音乐颇有兴趣的安波。抗战胜利后，安波以冀

[1] 何其芳：《论民歌》，《中国民间文学论文选（1949—1979）》（中），上海：上海文艺出版社，1980 年，第 20 页。

察热辽鲁艺为基地，组织搜集整理了大量蒙古民歌，其成果后来结集为《东蒙民歌选》，许多后来为国人熟知的蒙古歌曲和故事如《嘎达梅林》，就源自这批采风[1]。尽管在延安之外，抗战时期也有许多知识分子出于民族动员的目的，关注少数民族文艺并加以采集[2]，但延安更大的特征毋宁是将少数民族与汉人的文艺形态融洽无间地共同纳入“民间文艺”的范畴，并积极地化其为新文艺作品的创作源泉。吕骥在他为研究民间音乐所拟著名提纲中就提出，不能“孤立的，切取片面的只研究某一时期某一地区的民间音乐”，“还必须研究中国境内各少数民族的民间音乐”[3]。1940年，由陕北公学文工团、鲁艺、西北文工团、蒙古文化促进会等单位人员组成的“蒙古文化考察团”赴内蒙古伊克昭盟（鄂尔多斯）采访调查，沿途搜集了许多民间美术品和音乐。1941年，考察团成员王亚凡、刘炽创作了歌剧《塞北黄昏》，其中大量音乐是根据采集到的蒙古民歌和宗教音乐发展编创的[4]。这正与后来的秧歌剧、《白毛女》等作品调用民歌乐曲来进行新音乐创造一脉相承。1944年，陕甘宁边区定边民族学院的蒙古学生创作编演了四个蒙古新歌剧，据时人报道，这些作品“在形式方面：运用蒙古语言、歌曲、服装、动作、风尚……采取了正在边区广泛流行着

---

[1] 徐天祥：《“东蒙民歌采集活动”研究》，《音乐研究》2015年第4期。

[2] 如在《甘肃民国日报》工作的张亚雄搜集出版了《花儿集（甘青宁山歌）》（重庆青年书店，1940年），《新西北》1941年第3卷第5—6期合刊上集中刊发了西北地区的蒙古、维吾尔、哈萨克等民族的民歌。参毛巧晖：《时代话语与知识建构：以1918—1966年“花儿”的搜集整理为中心》，《广西民族大学学报（哲学社会科学版）》2021年第4期。

[3] 吕骥：《如何研究民间音乐（研究提纲）》，《新音乐》第1卷第3期，1946年。

[4] 中国歌剧史编委会：《中国歌剧史（1920—2000）》（上），北京：文化艺术出版社，2012年，第70—72页。

的各种新兴广场剧或秧歌剧的形式”[1]。民族新歌剧的形式也影响到了少数民族。

延安时期，由于根据地条件和战争等原因限制，虽然已有所意识，文艺工作者广泛大量搜集整理少数民族文艺的机会还并不充分。随着抗战结束和中华人民共和国的成立，面向更广大少数民族地区的采风大规模铺开，少数民族文艺得以登上共和国的中心舞台。1950 年，蒙古族叙事长诗《嘎达梅林》经过内蒙古文工团汉、蒙不同民族的八位工作人员翻译整理，发表于《人民文学》当年的新年号上，在全国引发了反响[2]。《嘎达梅林》的文学版本与音乐作品互相成就，成为新中国代表性的少数民族文艺和人民文艺的内在部分。中国民间文艺研究会的官方刊物《民间文艺集刊》，也用了相当篇幅介绍讨论蒙古族、藏族、苗族等少数民族的歌曲、舞蹈，说明了此时民间文艺视野并不着意区分民族性，而将其囊括在共同的“民间”之内[3]。内蒙古、甘肃、新疆等地的民歌采集的初步成果也在这一时期先后涌现出来，除影响较大的《蒙古民歌集》《东蒙民歌选》外，还有唐剑虹、青索等主编的《西北回族民歌选》（1951 年），西北文工团采集编选的《新疆民歌》（1950 年）等。中华人民共和国成立后，全国性的民族识别和调查工作随之进行，此前共产党人所难及的西南少数民族开始引起人们的关注和重视。1953 年，云南省文工团圭山工作组在彝族支系撒尼人中收集了叙事诗《阿诗玛》，汉文整理本 1954 年

[1] 陈叔亮：《蒙古新歌剧的演出》，《解放日报》1944 年 10 月 16 日，转引自任葆琦主编：《戏剧改革发展史》（上），北京：中央文献出版社，2016 年，第 361 页。

[2] 陈清漳：《关于〈嘎达梅林〉及其整理》，《中国民间文学论文选（1949—1979）》（中），第 561 页。按陈清漳文中说《嘎达梅林》发表于 1949 年的《人民文学》，经查应为 1950 年。

[3] 毛巧晖：《延安文艺与少数民族文学的兴起》，《民族文学研究》2022 年第 4 期。

初首先在《云南日报》发表，之后迅速得到《人民文学》《新华月报》等报刊转载介绍，并在多个出版社正式出版[1]。1956年，中国科学院文学所和中国民间文艺研究会联合组成“云南民间文学调查组”，由毛星带队[2]，历时三个月，不仅完成《白族民间故事传说集》《白族民歌集》《纳西族的歌》三部成果，还推动了后来中国科学院文学研究所的多民族中国文学史的撰写工作[3]。

在1949年7月召开的第一次全国文代会上，周扬将延安文艺座谈会以来的解放区文艺概括为“新的人民的文艺”，并把对民间形式的吸收改造视作其重要的特征之一[4]。历史地看，文学与某种集体性的人民、民众、全民概念的榫合，并非此时的新发明，1930年代，为了应对左翼提出的大众文艺，国民党政权也炮制了民族主义文艺、民众文学等概念，并试图将民谣、传说、曲艺等民间文艺也纳入其中[5]。与之相较，人民文艺真正的特出之处，不是将某个至大至高的集体性人民概念放置于合法性话语的顶端，而毋宁是一方面经由“民间”的中介，为“人民”范畴纳入了真正有机的、与中国历史传统和现实相适配的构成要素；另一方面，在革命斗争、社会改造、文艺运动等多重互动之下，在现实而非

---

[1] 杨知勇：《〈阿诗玛〉的诞生——搜集整理〈阿诗玛〉50年来的回顾》，《阿诗玛国际学术研讨会论文集》，2006年，第13页。

[2] 毛星时任文学所党的领导小组副组长、《文学研究》（后改为《文学评论》）副主编，地位仅次于何其芳。

[3] 参吕微：《毛星，请记住我们！——纪念毛星一百周年诞辰》，《让我们谈说文学这件纯洁的事情》，石家庄：花山文艺出版社，2020年，第185—186页。

[4] 周扬：《新的人民的文艺》，《周扬文集》第一卷，第513、519—520页。

[5] 参齐晓红：《文学、语言与大众政治——1930年代的文艺大众化运动考论》，北京：社会科学文献出版社，2023年，第270页；倪伟：《“民族”想象与国家统制：1929—1949年南京政府的文艺政策及文学运动》，上海：上海教育出版社，2003年，第198—218页。

话语中召唤出了作为历史主体的人民。从这个角度看，1920 年代“民间新生”的历史进程遗留下了丰富而多重的遗产，但简单地调用和复制其某些形式特征，仍然可能意味着背离与变形；在社会主义革命所带来的一系列范畴和实践中，前者的精神内涵才真正得以继承和完成。

“民间”的回声

1908 年，年轻的鲁迅曾叹言：“而不幸进化如飞矢，非堕落不止，非著物不止，祈逆飞而归弦，为理势所无有。”[1] 如果说从“民间”到“人民”的历史进程，意味着 1920 年代“民间”所内含逻辑的进一步生长乃至完成，那么这个“顶点”也绝非终点。20 世纪后半叶，“人民”及其所依托的革命经历了昂扬、激烈，再到低缓的过程，与之相对应，“民间”的主题也持续产生着新的变奏，余音不绝。

如前文所述，1950—1960 年代，少数民族的文学文艺是作为民间文艺的一个有机内在部分得到关注和重视的。1955 年，中国作家协会召开兄弟民族文学工作情况座谈会，以此为基础，1956 年，老舍在中国作家协会第二次理事会上做了《关于兄弟民族文学工作的报告》，这被当代研究者们视为少数民族文学发展历史上一个重要的标志性事件。老舍在报告中提出，应重视对史诗、民歌等兄弟民族文学遗产的搜集、整理、研究工作，同时要求积极培养新生力量，这里的新生力量既指向以汉文和其他民族语言

[1] 鲁迅：《摩罗诗力说》，《鲁迅全集》第一卷，第 70 页。

进行书面写作的作家，也包括“帮助民间的歌手，创作口头文学”[1]。而在之前的民间文学搜集整理和研究工作中，少数民族的民间文学或口头创作已经受到了相当程度的关注。1958年，中宣部借全国民间文学工作者大会召开的机会，邀请各民族自治区和有少数民族聚居省份的代表座谈关于编写少数民族文学史的问题，此为共和国少数民族文学史编纂的开端。根据贾芝的回忆，这次会议的先声，则是包括他在内的中国科学院文学研究所民间文学相关研究者一直积极推动，希望重编一部多民族的中国文学史[2]。文学所的贾芝、毛星在会上被指定为此次少数民文学史和文学概况编写工作的联络人[3]，当然也与这一背景相关。

诚如当代论者的断言，“从现代学术分科而言，少数民族文学研究最初是从民间文学学科中分离出来的”。[4]少数民族文学与民间文学的这种亲缘关系，当然与共和国初期的一些特殊情况相关，如当时具备书面写作能力的少数民族作家数量偏少，势必使得关注重心朝向民间文学和口头文学倾斜；但与此同时，此种关系也反映出1950—1960年代共和国意识形态构造中某种更深刻的逻辑。一方面，少数民族被纳入“民间”，也就意味着一个经由阶级分析和社会主义革命建设而凝聚起来的、更高的“人民”的存在，不同的族群身份、语言、习俗等方面的差异在“人民”面前，只构成第二层级的要素，过多强调甚至有落入“大汉族主义和地

[1] 老舍：《关于兄弟民族文学工作的报告——在中国作家协会第二次理事会会议（扩大）上的报告摘要》，《老舍全集》第十八卷，北京：人民文学出版社，2008年，第438—440页。

[2] 贾芝：《我与〈中国少数民族文学史〉》，《拓荒半壁江山——贾芝民族文学论集》，北京：文化艺术出版社，2012年，第84—86页。

[3]《中共中央宣传部关于少数民族文学史编写工作座谈会纪要》，中国社科院少数民族文学研究所编印：《中国少数民族文学史编写参考资料》，1984年，第4页。

[4] 刘大先：《中国少数民族文学研究七十年》，《东吴学术》2019年第5期。

方民族主义"的危险[1]。另一方面，文学、文艺或文化在此也扮演了一个重要角色。1944 年，毛泽东在给周扬的信中提出，文艺的意义在于"使那些被经济的、政治的、地域的、民族的原因而分散了的……'群众的感情、思想、意志'，能借文艺的传播而'联合起来'"[2]。在共和国对文艺的设想中，文艺和文化并非某一群体社会生活状况和心理情感的单方面投射，同时还具备强大的能动力量，一定程度上，"人民大众"也有赖于文艺之力来铸成。1958 年，贾芝如此描述了民间文学从事者的任务："发掘民间文学的珍宝，配合文化革命，大力促进群众文艺创作的发展，促使新文艺进一步成为富于民族风格的劳动人民自己的文艺。"[3]"富于民族风格的劳动人民自己的文艺"之重要，正在于它也反向创造出"劳动人民"自己。少数民族文学在诞生之初与民间文学紧密的亲缘关系，毋宁说明的是少数民族文学此时身上深刻的人民文学属性。

事实上，"文革"结束后，少数民族文学的恢复和发展很大程度上仍然借助了民间文学相关从事者的力量。1979 年，中国少数民族文学学会、中国社会科学院少数民族文学研究所（少文所）相继成立，1983 年，《民族文学研究》创刊，标志着作为国家知识、学科和学术的"中国少数民族文学"的成熟[4]。现有关于少文所成立经过的史料有不同说法，但钟敬文、贾芝、毛星

[1] 贾芝：《采风掘宝，繁荣社会主义民族新文化——一九五八年七月九日在全国民间文学工作者大会上的报告》，贾芝：《民间文学论集》，北京：作家出版社，1963 年，第 94—95 页。刘大先也对少数民族文学与社会主义人民范畴的关系有过讨论，参见刘大先：《文学共和：作为社会主义文学的少数民族文学》，《民族文学研究》2014 年第 1 期。

[2] 毛泽东：《致周扬》，《延安文艺丛书·文艺理论卷》，长沙：湖南人民出版社，1984 年，第 72 页。

[3] 贾芝：《采风掘宝，繁荣社会主义民族新文化——一九五八年七月九日在全国民间文学工作者大会上的报告》，贾芝：《民间文学论集》，第 85 页。

[4] 李晓峰：《"少数民族文学"构造史》，《当代作家评论》2017 年第 5 期。

等人在其中发挥了重要的作用，是毋庸置疑的[1]。据郎樱为少文所撰写的概况，少文所初创时期担任过所长、副所长之职的有贾芝、马学良、王平凡、刘魁立、仁钦道尔吉等人[2]，其中除马学良之前主要在中央民族学院从事民族语言学研究外，贾芝、王平凡、刘魁立、仁钦道尔吉均是从中国社会科学院文学所调入的，贾芝、刘魁立、仁钦道尔吉还都曾担任过文学所民间文学研究室主任。

不过，少数民族文学和民间文学这种亲密关系也很快在新时期遭遇质疑。它表现为对民族文学研究和界定中偏重民间文学，甚至以民间文学来等同于少数民族文学的不满[3]。关纪新、朝戈金则为此提供了一个更充分的学理性论证。在关、朝二人看来，民间文学背负着"审美不纯净"的重担，难以接近文学的本体价值，只有"突破这种混合型文化的胶着状态"，"蜕变羽化为作家文学"，才是各少数民族文学的正途[4]。如果说，对少数民族文学与民间文学关系的审视目光最初源自一个基本事实，即 1949 年之后成长起一大批少数民族作家，打破了此前少数民族文学以民间文学为主导的局面，那么在关、朝二人的表述背后，则还隐藏着更深的时代无意识。它首先意味着，民族和民族属性成了新时期

---

[1] 关于少数民族文学所成立的经过，参刘大先：《民族文学研究所成立始末》，黄浩涛主编：《卅载回眸社科院》，北京：方志出版社，2007 年，第 168—170 页；贾芝：《少数民族文学研究所成立的前前后后（日记摘抄）》，《拓荒半壁江山——贾芝民族文学论集》，第 89—124 页；王平凡口述：《民研会：辉煌 70 年》，《民间文化论坛》2020 年第 1 期。

[2] 郎樱：《中国社会科学院少数民族文学研究所概况》，《中国民族研究年鉴 1994》，北京：民族出版社，1997 年，第 38 页。

[3] 魏泉鸣：《论中国少数民族文学学科建设中的几个问题》，《民族文学》1984 年第 3 期。

[4] 关纪新、朝戈金：《多重选择的世界——当代少数民族作家文学的理论描述》，北京：中央民族大学出版社，1995 年，第 10—13 页。

以来界定少数民族文学最基本的标尺[1]，少数民族文学成立的合法性来源，在于它与汉族文学以及世界其他国家民族文学的区别。按照姚新勇的说法，这里实际包含了一个从“社会主义的民族文学”到“民族的民族文学”的转换[2]，或者说，“人民”退隐，“民族”登场。其次，关、朝的表述表面上是分疏作家的书面文学和民间的口头文学，但他们同时也调用了新时期流行的文学理解，即文学应当把关乎审美的纯粹和不断精进个人的创造力来作为论据。根据贺桂梅的分析，1980年代以来，文学范畴本身也经历了切断与社会政治的关联、要求获得“独立性”的过程，其在观念上，对应的是“文学性”“文学审美”“纯文学”等诉求的逐步高扬，在文学史书写上，则是对此前的阶级斗争为主线的文学史叙事的反拨，由此引发“重写文学史”的思潮[3]。在如此的理论构架下，民间文学自然被摆放在了价值链条上更低的位置，而少数民族文学要谋求自身的发展，就必须实现从民间文学到作家文学的飞跃。

在民族属性、纯粹文学属性主导下，少数民族文学与民间文学的关系被重构了。民间文学首先必须被组织在不同的族性框架内，成为民族民间文学。在此基础之上，民间口头文学和作家书面文学构成了民族文学内部的两种形态，民间口头文学是更原始、更低层次的文学，但它又是“民族文化百科全书”，承载了“民族

[1] 关纪新、朝戈金：《多重选择的世界——当代少数民族作家文学的理论描述》，第17页。

[2] 姚新勇：《少数民族文学：身份话语与主体性生产》，《暨南学报（哲学社会科学版）》2014年第2期。

[3] 参贺桂梅：《“新启蒙”知识档案：80年代中国文化研究》，北京：北京大学出版社，2010年，第274—358页。

文化的几乎全部信息”，滋养了和支撑着后者的发展[1]。但根据姚新勇的观察，在现实中，“被分离开来的少数民族当代创作和少数民族民间文学，彼此又互成了‘他者’，而不是什么完整的少数民族文学”，他将这一分离归结为国家意志在民间文学历史中的深层浸透[2]，也就是说当下的民间文学形态，并非那种民族内部自发生长出来的民间文学。如果说，姚氏的这一论断言中了问题的一面，即民族民间文学从基因上的确有别于以族群认同为旨归的民族文学，那么产生这一分离的，与其说是国家强力意志的历史包袱，不如说是未能彻底退场的“人民文学”与当代意识所发生的错位式结合。

少数民族文学与民间文学关系的分离、重构，只是新时期“民间”话语演进的一个侧影。在民间文学内部，一场更大的变动也在发生，这就是民间文学与民俗学的关系问题。历史地看，民间文学和民俗学最初都是作为西来的 folklore 或 volkskunde 这一词语的对译物，在“五四”前后进入中国现代思想文化的语境之中。按照北大《歌谣周刊》发刊词所做的经典表述，诞生之初的中国现代民间文学 / 民俗学携带着“学术的”和“文艺的”双重目的[3]，由此看来，两个术语在初期的混用和互通也是容易理解的。

1949 年之前，中国的民间文学 / 民俗学相关工作可以大致分为两个脉络。其一是发源自“五四”，以北京大学、中山大学等高校和研究机构为中心的群体和相关活动，其中重要人物有周作人、

---

[1] 关纪新、朝戈金：《多重选择的世界——当代少数民族作家文学的理论描述》，第 63—64 页。

[2] 姚新勇：《追求的轨迹与困惑——“少数民族文学性”建构的反思》，《民族文学研究》2004 年第 1 期。

[3] 《刊词》，《歌谣周刊》第一号，1922 年 12 月 17 日，第一版。

顾颉刚、钟敬文等，尤以钟敬文用力最多、坚持时间最长。其二则是毛泽东的延安文艺座谈会讲话之后，在延安和各根据地进行的采集和学习民间文艺的运动，其参与者主要是延安的左翼文艺工作者们。如果说，“五四”脉络体现出学院性、学术性的特点和追求，以科学、理性地描摹民众面相和民间世界为己任，那么延安脉络则更重视文艺和文学实践，其对民歌、地方戏曲、曲艺、民间美术等的关注，是为了创造出新的革命文艺，而这又与战争动员、土地改革、政权建设、生产运动、文化运动等互相配合，成为内在于广阔革命进程的有机部分。颇有意味的是，根据施爱东对“五四”脉络相关历史的梳理，我们可以看到，随着“五四”的落潮和学术研究诉求的增强，“民俗学”的概念逐步压过了早期与之平行和混用的民间文学，成为学者自我描述和界定的主要范畴[1]。而在延安，相关工作者则更习惯用“民间文艺”来指称自己的关注对象。

1950 年 3 月成立的中国民间文艺研究会象征着两个脉络的汇流[2]，也标志了新中国民间文学的起点。由于延安的相关实践与讲话、“人民文艺”等概念天然的亲缘性，延安所开创的对待民间文艺的传统和方式在 1949 年之后理所当然地成为主流。也是从这里开始，“民间文艺”或“民间文学”取代了“民俗学”，成为这一领域和学科的固定名称。1949 年之后，钟敬文和赵景深等“五四”脉络中成长起来的老一辈研究者都放弃了此前的研究思路和方法，

[1] 施爱东：《中国现代民俗学检讨》，第 38—53 页。

[2] 中国民间文艺研究会（民研会）的理事名单中，既有属“五四”脉络的郑振铎、江绍原、容肇祖、魏建功、俞平伯等人，也有曾在延安工作过的柯仲平、林山、安波、吕骥、马可等人。民研会的领导安排上，钟敬文担任了副会长，而延安脉络的贾芝任秘书组组长，负责主持日常工作。参《本会理事会及各组负责人名单》，中国民间文艺研究会编：《民间文艺集刊》第一册，北京：新华书店，1951 年，第 103 页。

而在“民间文艺”和“民间文学”的框架下，以马克思主义的观点和人民立场重新阐释和建立理论体系[1]。民间文艺或民间文学被确定为正式名称，显示出一种新的对于人民和文艺理解的崛起，其所追求的不是外在而客观地追逐民众“整体像”，而希望经由革命、文艺和文学、社会实践等多重动态关系，生成新的人民大众。这种新的理解正是“人民文艺”这一范畴的核心。民间文学与人民文艺的密切关系因此也极大地抬升了这一领域和相关活动的重要性。1950年代的几次重大的文学事件，如北京大学、复旦大学和北京师范大学55级集体编写的三部《中国文学史》和《中国民间文学史》，连同由此引发的民间文学是否构成中国文学史“主流”和“正统”的讨论[2]，以及1958年的新民歌运动[3]，无疑都彰显了民间文学在这一时期文学话语和实践当中的核心位置。

1976年，经历了十年停滞的民间文学学科率先恢复，1978年暑假，教育部在武汉召开高等院校文科教材会议，“民间文学”重新进入中文系课程[4]。在当年8月北京师范大学的暑期民间文学讲习班上，钟敬文做了《民俗学与民间文学》的讲话，提出：“民间文学作品及民间文学理论，是民俗志和民俗学的重要构成部分。前者（民间文学作品等）是后者（民俗志）这个学术‘国家’里的一部分‘公民’，在这学术‘国家’里占据着一定的疆

---

[1] 毛巧晖：《20世纪下半叶中国民间文艺学思想史论》，北京：学苑出版社，2018年，第32—35页。

[2] 参刘锡诚：《双重的文学：民间文学＋作家文学》，天津：百花洲文艺出版社，2016年，第152—158页；戴燕：《文学史的权力》，北京：北京大学出版社，2002年，第118—121页。

[3] 参谢保杰：《1958年新民歌运动的历史描述》，《中国现代文学研究丛刊》2005年第1期，第24—45页。

[4] 毛巧晖：《20世纪下半叶中国民间文艺学思想史论》，第132页。

土。”[1]1949年之后，民俗学本身被视为资产阶级学科取消，其相关的研究被纳入民间文学领域，因此钟敬文的这一表述相当于将新中国成立之后民俗学从属于民间文学的关系逆转了过来，民俗学在他的构想中，成为容纳民间文学的更广大的学问门类。同年秋，钟敬文与顾颉刚、容肇祖、杨成志等七名教授联名起草恢复民俗学的倡议书，提交给中国社会科学院领导[2]。1983年，中国民俗学会成立。

钟敬文的表述或许只是为了推进尚未获得合法地位的民俗学，并不希望影响到民间文学的位置，但1980年代以降所发生的实际情况是，某种程度上，正如他的理论蓝图所描绘的，较之1950年代，民俗学和民间文学的关系发生了调转。在钟敬文、顾颉刚等老辈学者的呼吁提倡下，借1980年代的“文化热”潮流，以及大规模地吸收域外民俗学、人类学、社会学等相关学科理论和方法，民俗学在这一时期迅速崛起。相较而言，更早具备了合法地位的民间文学，虽然在这一时期也进行了规模庞大的工作，如1984年起编纂“中国民间文学三套集成”，共动员全国近200万人次直接参加对各地区、民族的歌谣、谚语、民间故事调查采录，最终出版省卷本计90卷，地、县卷本4000多卷[3]，但在民俗学强势的理论和方法推进下，仍然被诟病为欠缺完善的田野作业，未得到研究者的充分重视和运用[4]。按照毛巧晖的叙述，1980年代中期开

---

[1] 钟敬文：《民俗学与民间文学——在北京师范大学暑期民间文学讲习班上的讲话》，《钟敬文文集》，广州：广东人民出版社，2018年，第375页。

[2] 参《建立民俗学及有关研究机构的倡议书》，王文宝：《中国民俗研究史》，哈尔滨：黑龙江人民出版社，2003年，第248—251页。

[3] 刘洋：《纪念“中国民间文学三套集成”启动30周年座谈会在京召开》，《民间文化论坛》2014年第3期。

[4] 施爱东：《中国现代民俗学检讨》，第87—89页。

始，民间文学逐步呈现出归属于民俗学的趋势，成为后者的资料体系[1]。这一趋势在制度上的表现，是1997年教育部和国务院学位委员会调整实施的《授予博士、硕士学位和研究生培养的学科、专业目录》，其中首次将民俗学纳入，认可其为社会学一级学科之下的二级学科；与此同时，将一直归属中国语言文学一级学科的民间文学二级学科取消，后经钟敬文等人呼吁，调整为“民俗学（含民间文学）”[2]。

在论及民间文学的危机时，潜明兹、毛巧晖等学者不约而同地将症结指向了民间文学的“文学本体”的丧失[3]，换言之，民间文学学者们未能守住作为根本阵地的文学，依附于民俗学的潮流和范式方法，造成了当下的困境。但正如此前少数民族文学的案例已经显示的，1980年代以来崛起的，崇尚个体经验书写、精致的审美和文学趣味的“文学本体”观，恐怕恰恰是将复数声音的、趣味和技巧上迥然有别于作家文学的民间文学排除出“文学”的机制之一。如果说，民间文学在延安和1950年代初期的强势有赖于一种独特的文学或文艺观念，那么随着这一观念以及作为其支撑的社会革命进程的消退，民间文学的边缘化就是可以推想的结果。与之一同走向衰微的，还有与前述文学和文艺观相适配的民众观或人民观。正是在这一前提下，当“人民”不再可见，文学也不再承担召唤“人民”的功能之时，观察和解释何谓“民”的民俗学再度登场了。1990年代以来，民俗学对“民”

[1] 毛巧晖：《20世纪下半叶中国民间文艺学思想史论》，第154—155页。

[2] 王泉根：《学科级别：左右学术命运的指挥棒？》，《中华读书报》2007年7月4日。

[3] 参潜明兹：《献给我的上帝（代序）》，潜明兹：《民间文化的魅力》，合肥：安徽教育出版社，2006年，第1—3页；毛巧晖：《20世纪下半叶中国民间文艺学思想史论》，第185—188页。

之演进的问题进行了大量探讨[1]，一定程度上，这些讨论不仅是为了澄清学科本体和对象，而且也承担了“人民”隐退条件下重新想象民众的功能。当当代的民俗学研究者逐步将民俗学之“民”与“公民”画等号之时[2]，它所内在于的时代意识也更清晰可辨了。

如果说民间文学在20世纪后半叶的起落命运，明确地呈现出了其所代表的民间—人民构想连同与之相关的文艺文学观念逐步走向消散，那么不多时，随着这一震荡的传导，一种新的“民间”观念开始登上了历史舞台。1994年初，现代文学研究者陈思和几乎同时发表了两篇论文《民间的浮沉——从抗战到“文革”文学史的一个尝试性解释》（《上海文学》1994年第1期）和《民间的还原——“文革”后文学史某种走向的解释》（《文艺争鸣》1994年第1期），自此，“民间”作为一个批评视角，进入现当代文学领域。按照陈思和的定义，“民间”是国家权力控制的薄弱地带所产生的一种文化和审美形态，具有自由自在和瑕瑜互现的特点[3]。很明显，这里所倚仗的理论资源，并非民间文学，而是在1980年代以来的民俗学那里影响颇大的雷得菲尔德（Robert Redfield）“大小传统”论，以及1990年代流行的市民社会论。陈思和由此将抗战以来的中国文学史叙述为国家权力不

---

[1] 参户晓辉：《现代性与民间文学》第二至五章；高丙中：《民俗文化与民俗生活》第一章；吕微：《现代性论争中的民间文学》，《文学评论》2000年第2期；户晓辉：《赫尔德与“（人）民”概念的再认识》，《中国民俗学》第一辑，桂林：广西师范大学出版社，2012年。

[2] 参户晓辉：《从民到公民：中国民俗学研究“对象”的结构转换》，《民俗研究》2013年第3期；高丙中：《日常生活的文化与政治——见证公民性的成长》，北京：社会科学文献出版社，2012年，第64页。

[3] 陈思和：《民间的浮沉——从抗战到“文革”文学史的一个尝试性解放》，《上海文学》1994年第1期。

断收编民间，但最终被其逃逸的历史[1]。有趣的是，如果抛开民间抗拒和对抗国家这一基本设定，陈思和的叙述相当于承认了从“民间”到“人民”的历史轨辙，只是方向相反。

此种理解“民间”方式的形成，当然并不仅仅出于某一个或几个理论概念的启发，而是建基于深厚的时代共识。在《民间的还原》中，陈思和提出了几组颇有意味的对照来作为说明，如小说《苦菜花》（1959年）与《红高粱》（1986年），以及电影《舞台姐妹》（1964年）与《霸王别姬》（1993年）[2]。这一对比暴露出了后革命时代“民间”理解的基本逻辑，即后者那里体现出来的“民间”性，正是以反写和放逐前者当中的革命叙事及要素为前提的。与此同时，这种比较还提示出新时期文学和电影的某种共性：当不再以革命来确立自身的“人民”化而为“民间”，它就要开始在文学和影像的世界中，重新寻找并确立自身的审美秩序。

陈思和着重论及了1980年代以来作为“一种创作的元因素”的“民间”在当代文学创作中的浮现：“这种迹象在寻根文学中已经初露端倪，1989年以后的新写实小说里逐渐形成。”[3]按照贺桂梅的观察，“‘寻根’作为一种文化诉求乃至口号”不仅存在于文学界，而且辐射到电影、美术和音乐中[4]。许多论者都注意到“寻根”思潮对“穷乡僻壤、深山老林”的偏好，但如果说此前这一

---

[1] 陈思和：《民间的浮沉——从抗战到“文革”文学史的一个尝试性解放》，《上海文学》1994年第1期。

[2] 陈思和：《民间的还原——“文革”后文学史某种走向的解释》，《文艺争鸣》1994年第1期。

[3] 同上文，第58页。

[4] 贺桂梅：《新启蒙知识档案：80年代中国文化研究》，北京：北京大学出版社，2021年，第207页。

倾向往往被解读为某种特殊的文化民族主义，那么从后革命时代“民间”的角度看，这种倾向也表露了此时“民间”所指向的内容：以地域、空间等自然因素来作为规定自身的基本标尺。在此，陈凯歌的电影《黄土地》（1984年）也许提供了一个具象征意义的文本。电影故事的开头，是1939年一个年轻的共产党文艺兵顾青从延安到陕北的一个村庄采集民歌，这一设定无疑使人想到延安将“民间”提炼重制进入“人民”的真实历史，但电影中，顾青所代表的革命、进步力量，遭遇的是农民们黄土高原一般的沉默和拒绝。《黄土地》为人称道的影像风格，刻意使西北地区巨大而空旷的山体、土地占满几乎整个画面，人物在自然的衬托下变得极为渺小，且往往被放置在画面的边缘，甚至在一些镜头中，人物身体的一些部分直接被挤到了画面之外。山坡与土地是无言和拒绝改变的农民们的视觉象征物。在黄土地的包覆下，农民们的活动如耕穑、婚嫁、宴饮、祷祈，都好似自然内部的循环，无法也不应被外来力量打破。

山歌是电影中另一个耐人寻味的象征要素。在顾青眼中，民歌可以“让人们都知道，咱受苦人为啥受饥荒，婆姨女子为啥挨打，做工人种田人为啥闹革命，咱八路军队伍听了歌，就过河东去打鬼子剁狼豺，流血掉脑袋都不怕”。但对翠巧的父亲而言，没有民歌，只有酸曲儿；不喜不愁的时节，不应当唱，而日子艰难了，自然就记下了成千上万的酸曲儿。顾青的民歌采集并不顺利，翠巧一家三口虽然都擅唱歌，但都不愿意当着顾青的面唱。当顾青离开时，向往延安的翠巧想要同走，被顾青拒绝，孤身留在山坡上的翠巧放声唱起了歌：“青草牛粪救不了火，山歌也救不了翠巧我”。不久后，翠巧孤身划着小船，唱着顾青教的革命山歌，消失在黑夜的黄河上。电影中由是出现了两种不同的民歌，相较于顾青的革命山歌，电影花更多笔墨刻画的是只与民众的日常生活相关、拒绝被调用和改造的酸曲儿，翠巧最终认识到，与土地融为一体的酸曲儿无法打破黄土地的循环，但顾青所教的革命山歌，也未能交付其所承诺的救赎。

在这个意义上，《黄土地》反写了从“民间”到“人民”的历史时刻，民歌作为延安文艺当中连接政党、知识分子和民众的中间物，在《黄土地》中退回到了民众内部，它的关联的魔法就此失效，人民也重新变回了沉默、神秘、亘古不变的巨大群体，正是在这里，所谓“原生态”的民间习俗、仪式成了电影着力表现的重点[1]。周蕾将以《黄土地》为代表的一大批1980—1990年代中国电影对荒僻原野和乡村的迷恋指认为某种“原始的激情”，并敏锐地点出了其中的人类学民族志性质[2]。不过，与其说这里暴露出中国现代性和后现代性一以贯之的“神经性病症”[3]，不如说它正是民间—人民消散后所遗留下的图景，影像对民俗事象的陈列，以及浸透在镜头语言之中的人类学式眼光，对应了（与人类学关系亲密的）民俗学取代民间文学，成为描述和叙说“民”的知识来源。

这些习俗、仪式在影像上是“动”的，在历史观上，却是停滞、静止和抽象的。《黄土地》在电影中设置了极为具体的历史时间和背景（1939年，离延安数百里的陕北高原农村），但故事情

---

[1] 李陀的影评较早地注意到电影对“民俗民风的描写”，并指出：“按照通常的观点来看，这些视觉描写尽管十分生动，甚至动人心魄，但由于和情节的发展‘扣’得不紧，似乎是太多了，占了过多的篇幅。”参李陀：《〈黄土地〉给我们带来了什么？》，《当代电影》1985年第2期。

[2] 周蕾：《原初的激情：视觉、性欲、民族志与中国当代电影》，孙绍谊译，台北：远流出版事业股份有限公司，2001年，第57—66页。

[3] 周蕾：《原初的激情：视觉、性欲、民族志与中国当代电影》，第76页。

节和人物的表现很大程度上是去历史化的。《黄土地》电影的故事，来源于柯蓝的散文《深谷回声》。柯蓝自述故事发生在边区政府管辖下、离延安六七十里的宜川县[1]，电影则对此进行了有意改写，根据电影片头字幕的提示，翠巧生活的村庄距离延安十分遥远，可能还处在国民党的统治之下。这一处理当然是电影创作者的叙事策略，由此，电影暗示革命尚未抵达这一地区，当地盛行的落后的童婚制度即是其表征。但与此同时，作为生活在不同政权夹缝中的当地村民丝毫没有表现出对不同政权的敏感，简单地称呼顾青为“公家人”。如果说，在柯蓝的原作中，延安来的“公家人”是一个自然的称谓，那么在电影当中，“公家人”则抹去了真实历史中不同政权及其背后的革命理想的差别，以及民众在面对它们时可能引发的复杂反应，而成为抽象的、现代或启蒙的象征。很大程度上，陈凯歌在此是将自己知青一代的插队经验投射到了电影之中，因此时间和地点与其说提示着真实的含义，不如说只构成一个抽象的背景。

将民众置于具有鲜明地域和空间特征的自然环境中，着力刻画民众与自然环境的一致性，在行为上，则倾向于表现顺应自然的民间习俗、信仰、仪式，而非张扬人的主体性的改造行动，从而，历史隐退为背景，甚或直接变为非现实……《黄土地》集中展演了后革命时代呈现“民间”的一系列审美要素，这些要素也弥漫在同时代的电影和文学创作当中。陈思和将莫言的小说《红高粱》视为体现了他眼中“民间”元素的代表性作品，而从莫言的小说到张艺谋的同名电影，可以说，文学和影像以接续的方式，

[1] 参柯蓝：《深谷回声》，古耜选：《千秋伟业 百年风华》卷二“峥嵘岁月”，北京：中国言实出版社，2021年，第145页。

共同参与了对后革命时代“民间”的赋形。在此我们或许可以再次回到少数民族文学的话题。尽管新时期以来少数民族文学创作的丰富性绝非一言可以概括，但无论是在寻根文学中，还是在陈思和对“民间”的指认中，少数民族作家的作品都占据了重要的位置（前者如乌热尔图的一系列作品，后者如张承志的《心灵史》)，这恐怕不是一个偶然。

从少数民族文学内部的角度，伴随着新时期主导性观念从“人民”转向“民族”，表现自身的民族文化传统、生活方式和精神气质，自然就构成了一个理所当然的方向。但从更大的层面来看，这一转向未始不内在于一个更广泛的重写“民间”潮流之中。贺桂梅认为，1980年代“寻根”思潮中，对少数民族地区和文化的关注，实际与写作中东部的乡村、地方处在同一个逻辑之中，即通过对“非规范性”的土地、地方、区域的写作和审美重构，来完成新时期的“中国”认同[1]；而1949年之后历次政治运动所造成的国家内部人口流动，使得大量城市知识分子和知识青年具备了在边远少数民族地区生活的经验，书写少数民族地区从而成为此际的一个自然选择[2]。乌热尔图、扎西达娃等作家的作品既被指认为少数民族写作，又和贾平凹、李杭育等地方性书写一起被读解为“寻根”；扎西达娃笔下的西藏与马原等汉人作家，共同参与了对一个神秘、异域、精神性西藏形象的打造；张承志、李陀等作家虽然具备少数民族身份，其早期写作却并不刻意凸出族性……这些现象毋宁表明，新时期的少数民族文学在重构自身与民间文学关系的同时，也构成了塑造后革命时代“民间”的一股重要力量，甚至在

[1] 贺桂梅：《新启蒙知识档案：80年代中国文化研究》，第236—242页。

[2] 刘大先：《新启蒙时代的少数民族文学：多元性与现代性》，《青海社会科学》2013年第1期。

此，乡村和边疆再度浮现为理解和看待“民间”的两个主要向度。

乡村和边疆携手在“寻根”思潮中的登场，或许是民间—人民的整全性所遗留下的最后一点痕迹。此后，伴随着“寻根”的退场，对地域性文化与风俗的书写不再构成主流文学的弄潮儿，而在少数民族作家当中，对乡土、族群、血缘的执着，辅以对神话、史诗等民间文学口头传统的调用，则形成一个一直延续的强大写作模式，这或许正说明了当代的“民间”认知，本身是旧的知识框架破碎之后的产物。当当代的少数民族文学研究者愤怒地质问前沿批评家，何以在大谈边缘、民间的同时却对少数族裔作家和作品视而不见时[1]，如果不站在回护后者的角度，这里恐怕也暴露了当代“民间”认知框架的一个隐秘内容：在“人民”消退之后，对少数民族的表述只能由“民族”来承担，“民间”已无力涵盖之了。

以文学和艺术表现为先导，不久后，经由新的学术研究范式和理论，“民间”获得了更精密和更富学理的表达。正如陈思和在构建其“民间”范畴时所尝试援引的，1990年代风行一时的“市民社会”或“民间社会”（civil society）论，成了学术讨论中新的“民间”理解成形的一个核心关节。从理论自身的脉络而言，“市民社会”在西方思想中有着漫长和复杂的历史，黑格尔、马克思、葛兰西等都就此有过重要讨论，但它自1980年代以来在全球的流行，很大程度上与苏东社会主义国家转型的历史和实践有关[2]。在中国，1980年代末、1990年代初有关“市民社会”或“民间社会”的讨论集中在两个点上，其一是这一理论是否适用于中国现实，有无可能以此为蓝

---

[1] 姚新勇：《寻找：共同的宿命与碰撞——“转型期中国文学与边缘区域及少数民族文化关系研究”导论》，《南方文坛》2010年第3期。

[2] 郦菁、张昕：《从“转型推手”到“政治疏离”——苏东地区市民社会的理论与实践批判》，《俄罗斯研究》2020年第6期。

本推动相关的政治和社会改革，其二则是这一理论对研究中国近现代历史的适用性和限度。如果说前一个讨论由于切近现实而引发了更多的关注，后者则实际在学术和知识上留下了更深刻的痕迹。

在中国近现代史中应用“市民社会”论始自北美的研究者们。这一取向既构成对1980年代全球政治和文化氛围的呼应，又内在于北美中国研究自身的范式转型之中。为了对抗第一代北美中国研究者们宏大的整体论调，人类学、社会学、经济史等领域中对更微观的地区和社群的观察方式与研究取向被引入此时的北美中国历史研究之中[1]，对国家—社会关系的关注，以及“市民社会”论的应用，不如说是这一广泛转向下的诸多结果之一[2]。萧邦奇（Robert Keith Schoppa）、冉枚烁（Mary Backus Rankin）对地方精英的研究，罗威廉（William T. Rowe）对汉口城市和社区的研究在其中最具代表性[3]，他们尝试在近现代中国历史中勾画出一

---

[1] 柯文通过对“中国中心观”的回顾，对相关的研究趋势做了简要概括。参柯文：《走过两遍的路：我研究中国历史的旅程》，刘楠楠译，北京：社会科学文献出版社，2022年，第59—64页。

[2] 参 William T. Rowe, “Approaches to Modern Chinese Social History”, in Oliver Zunz ed., *Reliving the Past: The Worlds of Social History*, Chapel Hill and London: The University of North Carolina Press, 1985, pp. 260–270；罗威廉：《近代中国的公共领域》，伍国译，张聪、姚平编：《当代西方汉学研究集萃（思想文化史卷）》，上海：上海古籍出版社，2012年，第385—393页。

[3] Robert Keith Schoppa, *Chinese Elites and Political Change: Zhejiang Province in the Early Twentieth Century*, Cambridge and London Harvard University Press, 1982（中译本《中国精英与政治变迁》，南京：江苏人民出版社，2021年）；Mary Backus Rankin, *Elite Activism and Political Transformation: Zhejiang Province, 1865–1911*, California: Stanford University Press, 1986; William T. Rowe, *Hankow: Commerce and Society in a Chinese City, 1796–1889*, California: Stanford University Press, 1992（中译本《汉口：一个中国城市的商业和社会［1796—1889］》，北京：中国人民大学出版社，2005、2016年）；William T. Rowe, *Hankow: Conflict and Community in a Chinese City, 1796–1895,* California: Stanford University Press, 1992（中译本《汉口：一个中国城市的冲突和社区［1796—1895］》，北京：中国人民大学出版社，2008、2016年）。

个有别于国家领域、具有一定程度自主性的民众自我管理和运作的空间。由于"市民社会"论强烈的西欧背景，这一理论是否适用于中国历史的争议一直伴随着相关研究的进行，但根据杨念群的看法，与其说在中国历史研究中应用"市民社会"论已然发展成长为成熟的研究传统，不如说它真正重要的后续影响，是将国家—社会这一认识框架引入中国社会史和文化史的研究："西方中国学界应用国家—社会框架开辟的地方史分析路径，仍为中国历史的研究带来了焕然一新的感受……近几年国内社会史选题倾向于风俗史、城市史及宗教社会史，可以说多少与此架构的传入有关。"[1] 更进一步，它为1990年代社会文化史的"区域转向"和地方史兴起做了知识上的准备[2]。

对接受"市民社会"论的中国大陆学者而言，在经历了多年的压抑后，社会史和文化史凭借1980年代中期的"文化热"而得到复兴，域外研究的思路和取径也理所当然地被视作摆脱旧有历史叙事的重要工具。不过，敏锐的观察者们已经注意到，1980年代中国的社会史和文化史与北美中国学的核心问题意识实则有别：前者在支持现代化的主题之下，逐步削弱原有革命史的叙述模式，后者则是在反思外力冲击论的基础上，强调中国传统和社会因素具有某种自我逻辑和绵长活力[3]。但不论对中国大陆还是北

[1] 杨念群：《中层理论——东西方思想会通下的中国史研究》，南昌：江西教育出版社，2001年，第103页。

[2] 参行龙、胡英泽：《三十而立——社会史研究在中国的实践》，《社会史研究》2011年。

[3] 参杨念群：《中层理论——东西方思想会通下的中国史研究》，第18—19页；另一个颇耐人寻味的案例是罗威廉的评论。在罗威廉看来，中国大陆学者对资本主义萌芽问题所做的研究已经积累起相当有分量的成果，但1980年代中国大陆学者对专制和停滞论的热衷，似乎较此前建构在"资本主义"和"封建"范畴上的研究更是一个倒退。参 William T. Rowe, "Approaches to Modern Chinese Social History", in Oliver Zunz ed., *Reliving the Past: The Worlds of Social History*, pp.279–281, 283–284。

美，1980年代都意味着一个稍瞬即逝的转折时代。1980—1990年代之交，随着社会主义阵营瓦解、苏联崩塌以及冷战终结，将有关革命进步性的叙事指认为过时成为一种全球现象[1]。这也带来了多重的后续影响。在中国大陆，是喧腾的“告别革命”浪潮，1980年代已然出现的以现代化替代革命的历史叙事模式进一步发展壮大。在北美，情况则更为复杂。尽管在中国史领域，社会史方法的引入还是一个相对新的现象，但对英文历史学界整体而言，1980—1990年代之交一个更重要的事件恐怕是新文化史取代社会史，成为主导性的范式[2]。在这个意义上，如果说对英语世界的一般历史研究而言，存在着从社会史朝向新文化史的转折（其背后包含了定量的社会科学转向人类学、马克思主义转向后结构主义等取向），那么在北美的中国研究当中，两个方法则发生了汇流，国家与社会的主题同时回荡在两种方式的研究当中[3]。不过，如果说对1980年代的社会史研究者来说，国家与社会的主题仍然是为了反驳东方专制主义的陈旧论断，那么随着1990年代全球性的背离革命，后结构主义、微观政治、后殖民主义的兴起，国家—社会的分析框架或“市民社会”论此时往往导向了对集权、专断的国家的批判，稍晚，现代民族—国家更进一步被指认为此种国家形式的载体[4]。

杜赞奇的《从民族国家拯救历史》或许是这一倾向的最佳例

---

[1] 裴宜理：《找回中国革命》，董玥编：《走出区域研究：西方中国近代史论集粹》，北京：社会科学文献出版社，2013年，第211页。

[2] 小威廉·H. 休厄尔：《历史的逻辑：社会理论与社会转型》，朱联璧、费滢译，上海：上海人民出版社，2012年，第44—45页。

[3] 文化史方面参见James Hevia, Judith Faquar, “Culture and Postwar American Historiography of China”, *Positions* 1.2 (1993), pp. 486-525。

[4] 瑞贝卡·卡尔认为这是混淆了国家和民族的结果。参瑞贝卡·卡尔：《世界大舞台：十九、二十世纪之交中国的民族主义》，第23—25页。

子。杜赞奇批判民族—国家对历史编纂的垄断和对他者声音的压抑，他所尝试恢复的复线历史，包括了民间宗教/信仰、秘密会社、地方意识和自治传统等不同脉络[1]。杜赞奇选取的脉络既包括了“市民社会”论讨论过的议题如地方自治，同时有别于“市民社会”讨论中对城市公共空间的强调，而更多地注意到基层民众及广大农村社会的社会组织、文化形态，而在杜赞奇的叙述中，它们蕴含的可能性最终都被现代民族—国家压抑或收编。因此，如果说“市民社会”论的参与者还在设想着通过某种中国内生模式来导向“现代”，杜赞奇则以国家为名宣称了现代性暴力的极端和无所不在，其论述框架和模式相当于将尝试居于中间位置的“市民社会”或“民间社会”也推到国家和现代性的另一边，从而“民间”与国家处在一种紧张的二元关系之中。

杜赞奇的论述框架也提示了在后革命的时代，地域、血缘、帮会、民间信仰与结社等更“自然”的要素而非阶级，开始成为理解民众或“民间”的更核心范畴。这些范畴的回潮当然也与社会史与新文化史的推进有着不可分割的影响。在诸多领域，这都导致了历史叙述模式和方向的重大变化。在城市劳工领域，裴宜理（Elizabeth J. Perry）和韩起澜（Emily Honig）讨论了地域认同、性别、帮会、职业等传统要素对形塑工人群体的重大作用，因而，这些要素比阶级感觉更深层、更持久[2]。在农村方面，杜赞奇本人的第一部著作《文化、权力与国家》已经涉及了他后面论述的诸多主题，他既讨论了国家权力在进入乡村社会时，必须依

---

[1] 杜赞奇：《从民族国家拯救历史》，第4页。

[2] 裴宜理：《上海罢工》，刘平译，南京：江苏人民出版社，2012年，第5—10、279—282、291—297页；艾米莉·洪尼格：《姐妹们与陌生人：上海棉纱厂女工 1919—1949》，韩慈译，南京：江苏人民出版社，2011年，第4—5页。

赖和借助乡村已有的文化和权力网络，也论及了民国时期不断膨胀和下探的国家权力如何催生出弊害乡村的“赢利型经纪”[1]。弗里曼（Edward Friedman）、毕克伟（Paul G. Pickowicz）、塞尔登（Mark Selden）合著的《中国乡村，社会主义国家》叙述了山西饶阳县五公村自晚清以迄社会主义时期的历史，在他们看来，即便在社会主义时期，国家对于乡村的控制仍是零散、薄弱的，农民仍然更多地依赖于宗族、宗教、村庄习俗[2]。这些著作虽然在研究对象和处理问题上有很大差异，它们同时也都不约而同地采取了某种模式：将地缘、宗族、信仰等要素视为真正属于民众的，从而，社会不能从阶级的意义上，而必须从这些范畴的基础之上被重新解释。这样一种解释同时又指向了社会与国家的分离，国家想控制社会，却始终不能彻底做到。在这个意义上，革命也因与国家的深度绑定，而在真实的、长久的社会面前，显出自身的脆弱和建构性。

一定程度上，1980—1990年代崛起的区域社会文化史研究，尤其是华南学派或华南研究，为建立上述新的“社会”叙述提供了更丰富的细节和工具。在学术传统上，华南学派综合了厦门大学的傅衣凌、梁方仲所开创的经济史研究，以及弗里德曼（Maurice Freedman）、华德英（Barbara E. Ward）从人类学视角对中国社会形态的观察[3]，发展出分析和解释区域性社会的一套独特研究方法，除常为人言及的将传世文献与田野观察相结合外，在

[1] 参杜赞奇：《文化、权力与国家》，王福明译，南京：江苏人民出版社，2008年，第27—63页。

[2] 参弗里曼、毕克伟、塞尔登：《中国乡村，社会主义国家》，陶鹤山译，北京：社会科学文献出版社，2002年，第372—376页。

[3] 刘志伟：《“华南研究”三十年》，《溪畔灯微：社会经济史研究杂谈》，北京：北京师范大学出版社，2020年，第82—85、88—91页；科大卫：《告别华南研究》，《学步与超越：华南研究会论文集》，香港：文化创造出版社，2004年，第9—10、17—18页。

分析框架上亦颇有特点，杨念群将其总结为“以‘村落’为单位，以‘宗族’‘庙宇’为核心论题展开论述”[1]，从而，村落、宗族、庙宇既构成“深描”有别于国家与权力中枢的民众生活的基本范畴，同时，它们又自觉不自觉地被收纳于某一地方/区域框架之内，国家—社会的主题在此被转换为国家—地方。尽管在华南研究从事者们的自我表述中，国家与地方只是他们诸多研究主题中的一个[2]，但在观察者们看来，这构成了华南学派的立论基础[3]。华南学派的研究方法在1990年代也被其他地区的研究者关注和借鉴，其分析框架在实际的操作中因此早已溢出了“华南”的边界，而成为研究中国乡村和基层社会一种颇有影响力的方法[4]。如果说，华南学派提供的是后革命时代从乡村展开的对“民间”的“深描”范式，那么罗威廉弟子王笛对成都茶馆的考察，则以微观史的方式，延续了乃师对城市公共空间的关注。茶馆在清末民国时期的繁荣和改革年代的重新兴盛，证实了“社会”的回归和其自身所具有的强大生命力，在此，茶馆作为公共领域或“社会”的表征，仍然被放置在国家/革命的对立面[5]。

---

[1] 杨念群：《“地方性知识”、“地方感”与“跨区域研究”的前景》，《天津社会科学》2004年第6期。

[2] 刘志伟：《“华南研究”三十年》，《溪畔灯微：社会经济史研究杂谈》，第93—94页。

[3] 邱源媛：《华南与内亚的对话——兼论明清区域社会史发展新动向》，《中国史研究动态》2018年第5期。

[4] 杨念群就指出，1990年代中国社会史研究中的华北模式、观众模式、江南模式等，也都围绕着村落、宗族、庙宇展开。参杨念群：《“地方性知识”、“地方感”与“跨区域研究”的前景》，《天津社会科学》2004年第6期；被称为“华北学派”代表人物的赵世瑜，则主动提出，华北学派并无与华南学派的根本区别。参赵世瑜：《如何深化中国北方的区域社会史研究——〈长城内外：社会史视野下的制度、族群与区域开发〉绪论》，《河北广播电视大学学报》2015年第4期。

[5] 王笛：《公共空间与公共领域：东西方比较视野下的中国城市公共生活》，《南国学术》2018年第3期。

“民间”的故事并没有完结，但对本书而言，恐怕也只能于此处收束。进入 21 世纪，伴随着中国经济的飞速成长，社会面貌发生了根本性的变化。2011 年，中国的城镇人口首次超过农村。经济成长滋育了文化上的自信，公众对传统的兴趣出现了新的高涨，这里的传统不仅包括儒学、诗词歌赋、琴棋书画等精英文化，而且也包括节庆、仪式、曲艺、传统手工艺等“民间”内容。2024 年初，取消二级学科地位快三十年的民间文学，重新在学科名录中被列入“汉语言文学”一级学科之下。根据相关说明，民间文学的理论与方法“在通俗文学、戏剧影视和数字时代的网络文学研究等方面已产生广泛影响”，恢复民间文学的二级学科位置，也寄望于它能有助于“基层文化管理、非物质文化遗产保护、乡土教育、文创产业、旅游开发、社区文化工作等”[1]。在飞速前行的现代化进程面前，民间文学的重获重视，有了一种与欧洲浪漫主义相近的气味：对“民间”的乡愁，似乎正印证了其在现实生活中无可挽回的逝去。在这样的对照下，“民间”在 20 世纪中国的历史，从而也更具有特别的深意。

---

[1] 《研究生教育学科专业简介及其学位基本要求》，参见中国学位与研究生教育学会官网：https://www.acge.org.cn/encyclopediaFront/enterEncyclopediaIndex。

附　录

杨成志云南调查参考书目

说明：本书目由两部分组成。“表一”为杨成志于1928—1932年留法前这段时间内正式发表的关于西南民族的报告、论文中出现和征引过的书目。“表二”为杨成志赴滇前夕、1928年7月4日《国立中山大学语言历史学研究所周刊·西南民族研究专号》（第三十五、三十六期合刊）上由余永梁和杨成志共同编纂的《关于苗族的书目》。由于这批书目涉及中、英、法、德多种语言，征引、编纂时又未遵守严格的规范，加之排印粗陋，年代久远，字迹漶漫，原文中错讹、难辨之处颇多。笔者在制作本目录时尽量对各条目加以核对，还原出版信息，其中因字迹印刷等问题无法核查的，则按原文照录，并在条目前以 * 号标记，或在脚注中说明。有多个版本、征引中又未标明年份的西文出版物，以初版为准收录。

表一

（西汉）司马迁:《史记·西南夷列传》

（东汉）班固:《汉书·地理志上》

（东汉）班固:《汉书·西南夷传》

（西晋）司马彪:《续汉书·郡国志上》

（南朝·宋）范晔:《后汉书·西南夷传》

（东晋）常璩:《华阳国志·南中志》

《山海经·海东经》

（北魏）郦道元:《水经注》

（清）毕沅辑:《晋太康三年地记》

《晋书·地理志上》

《唐书·南蛮列传》

（明）杨慎:《南诏野史》

（唐）樊绰:《蛮书》

《云南通志》

（清）阮元等修：《云南通志稿》
（清）董贯之：《古滇土人图志》
（清）檀萃辑：《滇海虞衡志·志蛮》
《大清一统志》（贵州省）
（清）常恩总纂：《安顺府志》
《贵州通志》
《贵州全省苗族图说》
（清）王崧纂：《云南省云南备征志》
（名）李贤、万安等纂修：《大明一统志》
（清）龚柴：《苗民考》
（清）魏源：《西南夷改流记》
（明）朱孟震：《西南夷风土记》
（清）陈鼎：《滇黔土司婚礼记》
（清）田雯：《苗俗记》
（清）贝青乔：《苗俗记》
（明）萧大享：《夷俗记》
（清）蓝鼎元：《论边省苗蛮事宜书》
夏光南编纂：《云南文化史》，昆明：昆明市立第五小学校，1923 年
童振藻：《木砚斋讲演稿》，滇垣，1923 年
谢彬：《云南游记》，上海：中华书局，1926 年
*《苗族图画》
*《云南民族的研究》
*《新订南国地舆教科书》
*《云南地理志》
*《云南苗族的风俗一般》，《亚东》第六卷第六号

Encyclopedia Britannica (9th Edition)

BALL, J. Dyer (1892). *Things Chinese: being Notes on Various Subjects Connected with China*, London: S. Low, Marston, and co.

BOURNE, F. S. A. (1888). *Report by Mr. F. S. A. Bourne of a Journey in South-Western China*, British Government Blue Book, London: Harrison and Sons for Her Majesty's Stationery Office

CLARKE, George W. (1894). *Kwiechow and Yün-nan Provinces*, Shanghai: Shanghai Mercury

CLARKE, Samuel R. (1911). *Among the Tribes in South-west China*, London & Philadelphia: China Inland Misson

CORDIER, Henri (1908). Les Mo-sos. Mo-sié. *T'oung Pao*, 9 (5)

DAVIES, Henry Rodolph (1909). *Yün-nan, the Link between India and the Yangtze*, Cambridge: The University Press

DEVÉRIA, G. (1891). Les lolos et les Miao-tse: À propos d'une brochure de M. P. Vial, Missionaire Apostolique au Yun-Nan. *Journal Asiatique*, 18

DODD, William Clifton (1923). *The Tai Race, Elder Brother of the Chinese: Results of Experience, Exploration and Research of William Clifton Dodd*, Cedar Rapids, Iowa: Torch

ESQUIROL, Joseph Henri & WILLIATTE, Gustave. (1908). *Essai de dictionnaire Dioi-Français reproduisant la langue parlée par les tribus Thai de la haute rivière de l'Ouest*, Hong Kong: Impr. de la Société des Missions Étrangères

FERGUSSON (1910). Mr. Fergusson's Map of the Lolo Country. *The Geographical Journal*, 36 (4)

GILL, William John (1880). *The River of Golden Sand: the Narrative of a Journey through China and Eastern Tibet to Burmah*, London: J. Murray

GUIGNARD, Théodore (1912). *Dictionnaire Laotien-Français*, Hong Kong: Impr. de Nazareth

HADDON, Alfred Cort (1909). *The Races of Man and Their Distribution*, London: Milner & Company Limited

HENRY, Augustine (1903). The Lolos and Other Tribes of Western China. *The Journal of the Anthropological Institute of Great Britain and Ireland*, 33 (Jan.-Jun.)

HOSIE, Alexander, Sir (1897). *Three Years in Western China: A Narrative of Three Journeys in Ssŭ-ch'uan, Kuei-chow, and Yün-nan*, London: G. Philip & son (first printed in 1890)

KROEBER, Alfred Louis (1923). *Anthropology*, New York: Harcourt, Brace and Co.

LIÉTARD, Alfred (1913). *Au Yun-nan les Lolo p'o: Une Tribu des Aborigenes de la Chine Meridionale*, Münster: Aschendorffsche Verlagsbuchhandlung

LIÉTARD, M. Alfred (1909). Note sure les dialectes Lo-Lo. *Bulletin de l'École Française d'Extreme-Orient*, 9 (3)

LIÉTARD, M. Alfred (1911). Essai de dictionnaire Lo-lo Français, dialecte "A-hi". *T'oung Pao*, 12 (1–4)

LIÉTARD, M. Alfred (1911). Notions de grammaire lo-lo dialecte "A-hi". *T'oung Pao*,

Vol. 12, No. 5

LIÉTARD, M. Alfred (1912). Vocabulaire Français Lo-lo dialecte "A-hi". *T'oung Pao*, 13 (1)

PITTARD, Eugène (1926). *Race and History: An Ethnological Introduction to History*, New York: A. A. Knopf

POLLARD, Walter (1928). *The Life of Sam Pollard of China*, London: Seeley, Service & co. ltd.

ROCKHILL, William Woodville (1891). *The Land of the Lamas: Notes of a Journey through China, Mongolia and Tibet*, New York: Century Co.

SAVINA, F. M. (1916). Dictionnaire miao-tseu-français, précédé d'un précis de grammaire miao-tseu et suivi d'un vocabulaire français-miao-tseu. *Bulletin de l'Ecole Française d'Extrême-Orient*, 16

VIAL, Paul (1909). *Dictionnaire françaises-lolo, dialecte gni...Tribu située dans les sous-préfectures de Lóu nân tcheōu...Lǒu leâng tcheōu...Koùang-sī techeōu...province du Yunnan*, Hong Kong: Impr. de la Société des missions-étrangères

WILSON, Ernest Henry (1913). *A Naturalist in Western China, with Vasculum, Camera, and Gun: being Some Account of Eleven Years' Travel, Exploration, and Observation in the More Remote Parts of the Flowery Kindom*, New York: Doubleday, Page & co. (v. 1); London: Methuen & co., ltd (v. 2)

*DEMIÉVILLE, Paul. 印度支那语言系别

鳥居龍蔵、『苗族調查報告』、東京帝国大学人類学教室編、東京帝国大学、1907年7月

表二

《蛮书》，唐樊绰，渐西村舍本，聚珍本

《桂海虞衡志》，宋范成大，说库，古今说海，知不足斋丛书本

《溪蛮丛谈》，宋朱辅，学海类编，说库本

《异域志》，元周致中，说库本

《西南夷风土记》，明朱孟震，学海类编本

《广志绎》，明王士性，嘉庆临海宋氏重刊本

《黔志》，明王士性，学海类编本

《滇略》，明谢肇淛，云南备征志本

《南诏野史》，明杨慎，函海本

《滇载记》，明杨慎，古今说海，艺海珠尘本
《滇考》，明冯甦，台州丛书本
《黔涂略》，明邢慈静，黔南丛书本
《黔游日记》，明徐宏祖，黔南丛书本
《徐霞客游记》，明徐宏祖，嘉庆校补本
《滇黔纪游》，清陈鼎，说铃本
《滇黔土司婚礼记》，清陈鼎，知不足斋丛书本
《蛮司合志》，清毛奇龄，毛西河全集本
《滇行纪程》，清许缵曾，说铃，龙威秘书本
《黔语》，清吴振棫，家刊本
《黔书》，清田雯，粤雅堂丛书，贵阳重刻本
《续黔书》，清张澍，家刻本，粤雅堂丛书本
《维西见闻记》，清余庆远，昭代丛书，艺海珠尘本
《滇南新语》，清张泓，艺海珠尘本
《滇南忆旧录》，清张泓，艺海珠尘本
《峒溪纤志》，清陆次云，说铃本
《黔南识略》，清爱必达，草行本
《苗俗记》，清贝青乔，昭代丛书本
《说蛮》，清檀萃，昭代丛书本
《苗防备览》，清严如煜，道光重刊本
《古滇土人图志》，董贯之，民国三年印本
《苗俗纪闻》，方亨咸
《大明一统志》
《大明会典》
《大清一统志》
《云南通志》
《续云南通志》
《贵州通志》
《广西通志》

Encyclopedia Britannica (9th Edition)

BABER, E. Colborne (1882). "Travels and researches in western China", *Royal Geographical Society Supplementary Papers*, 1 (Part. 1)

BEAUVAIS, M. J. (1907). Notes sur les coutumes de indigènes de la région de longtcheou. *Bulletin de l'Ecole française d'Extrême-Orient*, 7 (7)

BLAKISTON, Thomas Wright (1862). *Five Months on the Yang-Tsze: with a narrative of the exploration of its upper waters, and notices of the present rebellions in China*, London: J. Murray

BOELL, Paul (1899). *Contribution a l'étude de la langue lolo*, Paris: Ernest Leroux

BOURNE, F. S. A. (1888). *Report by Mr. F. S. A. Bourne of a Journey in South-Western China*, British Government Blue Book, London: Harrison and Sons for Her Majesty's Stationery Office

BRIDGEMAN, E. C. (1859). Sketches of the Miau-tsze. *Journal of the North China Branch of the Royal Asiatic Society*, 3

BROWN, J. Coggin (1913). The A Chang (Maingtha) Tribe of Hohsa-Lahsa, Yunnan. *Journal of the Asiatic Society of Bengal*, 9

CLARK, G.W. (1894). *Kweichow and Yunnan Provinces*, Shanghai

CLARKE, Hyde (1882). The Lolo character of Western China. In *Report of the British Association for the Advancement of Science*, 607–8. Southampton: British Association for the Advancement of Science

CLARKE, Samuel R. (1911). *Among the Tribes in South-west China*, London & Philadelphia: China Inland Misson

COLQUHOUN, Archibald Ross (1883). *Across Chrysê, being the narrative of a journey of exploration through the south China border lands from Canton to Mandalay*, New York: Scribner, Welford

CORDIER, Henri (1907). Les Lolos 猓猡 : État actuel de la question. *T'oung Pao*, 8 (5)

CORDIER, Henri (1911). Les mo-sos. *Journal des savants*, 9 (3)

DAVIES, Henry Rodolph (1909). *Yün-nan, the Link between India and the Yangtze*, Cambridge: The University Press

DE GUEBRIANT, M. (1908). A travers la Chine inconnue. Chez les Lolos. *Dans Les Missions catholiques*, avril (3, 10, 24)

DEVÉRIA, G. (1886). *La frontière sino-annamite: Description géographique et ethnographique d'aprèsdes documents officiels chinois traduits pour la première fois*, Paris: E. Leroux

DEVÉRIA, G. (1891). Les lolos et les Miao-tse: À propos d'une brochure de M. P. Vial, Missionaire Apostolique au Yun-Nan. *Journal Asiatique*, 18

D'OLLONE, Henri (1912). *Écritures des peuples non chinois de la Chine: quatre dictionnaires lolo et miao tseu dresses*, Paris: E. Leroux

D'ORLÉANS, Henri (1898). *From Tonkin to India*, H. Bent trans., New York: Dodd,

Mead & Co.

DU HALDE, Jean-Baptiste (1735). *Description géographique, historique, chronologique, politique, et physique de l'empire de la Chine et de la Tartarie chinoise, enrichie des cartes générales et particulières de ces pays, de la carte générale & des cartes particulières du Thibet, & de la Corée; & ornée d'un grand nombre de figures et de vignettes gravées en taille-douce*, Paris: P. G. Lemercier

EDGAR, James Huston (1908). *The Marches of the Mantze*, Lodon & Philadelphia: China Inland Misson

EDKINS, Joseph (1870). *The Miau-tsi Tribes*, Foochow

ESQUIROL, Joseph Henri & WILLIATTE, Gustave. (1908). *Essai de dictionnaire Dioi-Français reproduisant la langue parlée par les tribus Thai de la haute rivière de l'Ouest*, Hong Kong: Impr. de la Société des Missions Étrangères

FARJENEL, Fernand (1910). Les serment des 37 tribus Lolos. *Extrait du journal Asiatique*, (mai-juin)

FERGUSSON (1910). Mr. Fergusson's Map of the Lolo Country. *The Geographical Journal*, 36 (4)

FORREST, George (1910). The Land of the Crossbow. *National Geographic*, 21

GAIDE, L. (1903). Notice ethnographique sur les principales races indigènes de la Chine méridionale (Yun-nan en particulier) et du nord de l'Indo-Chine. *Annales d'Hygiene et de Medicine Coloniale*, 5

GAIDE, L. (1905). Notice enthographique sur les principals races indigènes du Yun-nan et du nord de l'Indo-Chine précèdé renseignements généraux sur la province du Yunnan et principalement sur la region des Sip-song Pan-Na, *Revue Indo-Chinoise, Nouvelle Série*

GARNIER, Francis (1873). *Voyage d'exploration en Indo-Chine*, Paris: Librairie Hachette et Cie

HAMY, E.T. (1905). Les Tchouang, esquisse anthropologique. *Extrait du Bullletin du Muséum d'histoire naturelle*

HEGER, Franz (1902). *Alte metalltrommeln aus Südost-Asien*, Leipzig: K. W. Heirsemann

HENRI, Augustine (1903). The Lolos and Other Tribes of Western China. *The Journal of the Anthropological Institute of Great Britain and Ireland*, 33 (Jan.-Jun.)

HOSIE, Alexander, Sir (1897). *Three Years in Western China: A Narrative of Three Journeys in Ssŭ-ch'uan, Kuei-chow, and Yün-nan*, London: G. Philip & son (first printed in 1890)

JAEGER, Fritz. (1916–1917). Über chinesische Miaotse-Albums. *Ostasiatische Zeitschrift*

JOHNSTON, Reginald Fleming (1908). *From Peking to Mandalay: A Journey from North China to Burma through Tibetan Ssuch'uan and Yunnan*, London: J. Murray

LAUFER, Berthold (1916). The Nichols Mo-So Manuscript. *Geographical Review*, 1 (4)

LEGENDRE, A. F. (1909). Far west chinois. Races Abrigènes. Les lolos. Etude Ethnologique et Anthropologique. *T'oung Pao*, 10 (3–5)

LEGENDRE, Aimé François (1910). *Kientchang et Lolotie: Chinois-Lolos-Sifans: impressions de voyage, étude géographique, sociale et économique*, Paris: Plon-Nourrit

LEGENDRE, Aimé François (1910). Les Lolos (étude anthropologique). *Bulletins et Mémoires de la Société d'anthropologie de Paris*, 1 (1)

LIÉTARD, M. Alfred (1909). Note sure les dialectes Lo-Lo. *Bulletin de l'École Française d'Extrême-Orient*, 9 (3)

LIÉTARD, M. Alfred (1911). Essai de dictionnaire Lo-lo Français, dialecte "A-hi". *T'oung Pao*, 12 (1–4)

LIÉTARD, M. Alfred (1911). Notions de grammaire lo-lo dialecte "A-hi". *T'oung Pao*, 12 (5)

LIÉTARD, M. Alfred (1912). Au Yun-nan, Min-kia et La-ma jen. *Anthopos*, 7

LIÉTARD, M. Alfred (1912). Vocabulaire Français-Lo-lo dialecte "A-hi". *T'oung Pao*, 13 (1)

LIÉTARD, M. Alfred (1913). *Au Yun-nan les Lo-lo p'o: Une Tribu des Aborigenes de la Chine Meridionale*, Münster: Aschendorffsche Verlagsbuchhandlung

LITTLE, Archibald John (1888). *Through the Yang-tse Gorges, or, Trade and Travel in Western China*, London: S. Low, Larston, Searle, & Rivington

LOCKHART, William (1863). On the Miau-tze or aborigines of China. *L'Année géographique*, 1

LUNET DE LA JONQUIÈRE, Emile (1904). *Ethnographie des Territoires Militaires*, Hanoi: H. Schneider

MEYER, Adolf Bernhard (1899). *The Distribution of the Negritos in the Philippine Islands and Eelsewhere*, Dresden: Stengel & co.

PARKER, Edward Harper (1899). *Up the Yang-tse*, Shanghai: Kelly & Walsh

PLATH, Johann Heinrich (1874). *Die fremden barbarischen Stämme im alten China*, Müchen: F. Straub

PLAYFAIR, G. M. H. (1876) The Miaotzu of Kweichou and Yunnan from Chinese Descriptions. *China Review*, 5: 92–108

POLO, Marco (1903). *The Travels of Marco Polo*, Henry Yule trans., New York: Scribner (3rd edition revised by Henri Cordier)

QUATREFAGES, Armand de (1887–1889). *Histoire générale des races humaines: introduction à l'étude des races humaines*, Paris: A. Hennuyer

RECLUS, Élisée & Onésime (1902). *L'empire du milieu. Le climat, le sol, les races, les richesses de la Chine*, Paris: Librairie Hachette

ROCHER, Emile (1879). *La province chinoise du Yun-nan*, Paris: Leroux

ROSE, Archibald & BROWN, J. Coggin (1910). *Lisu (Yawyin) Tribes of the Burma-China Frontier*, Calcutta: The Asiatic Society of Bengal

SAVINA, F. M. (1916). Dictionnaire miao-tseu-français, précédé d'un précis de grammaire miao-tseu et suivi d'un vocabulaire français-miao-tseu. *Bulletin de l'Ecole Française d'Extrême-Orient*, 16

SCHOTTER Aloys (1908). Notes enthnographiques sur les tribus du Kuoy-tcheou (Chine) [Introduction]. *Anthropos*, 3

STRZODA, W. (1911). Die Li auf Hainan und ihre Beziehungen zum asiatishchen Kontinent. *Zeitschrift für Ethnologie*, 43

TERRIEN DE LACOUPERIE, Albert Etienne Jean-Baptiste (1877). *The Language of China before the Chinese*, London: D. Nutt

TERRIEN DE LACOUPERIE, Albert Etienne Jean-Baptiste (1894). *Beginnings of Writing in Central and Eastern Asia*, London: Nutt

TERRIEN DE LACOUPERIE, Albert Etienne Jean-Baptiste (1885). *The Cradle of the Shan Race*, London: Field & Tuer

VERNEAU, René (1890–1891). *Les races humaines*, Paris: J. B. Baillière et fils

VIAL, Paul (1898). *Les Lolos. Histoire. Religion. Mœurs. Langue. Écriture*. Chang-hai: Imprimerie de la Mission catholique

VIAL, Paul (1905). Yun-nan-Nadokouseu. *Annales de la Société des Missions-Étrangères*, 61 (January-February)

VIAL, Paul (1909). *Dictionnaire française-lolo, dialecte gni...Tribu située dans les sous-préfectures de Lóu nân tcheōu...Lǒu leâng tcheōu...Koùang-sī techeōu...province du Yunnan*, Hong Kong: Impr. de la Société des missions-étrangères

VISSIÈRE, A. (1915). Les designations ethniques: Houei-houei et Lolo. *Journal Asiatique*, 11 (3)

WHYTE, G. Duncan (1911). Notes on the Height and Weight of the Hoklo People of the Kwangtung Province, South China. *The Journal of the Royal Anthropological*

Institute of Great Britain and Ireland, 41

WILLIAMS, S. Wells (1904). *The Middle Kindom: A Survey of the Geography, Government, Literature, Social Life, Arts, and History of the Chinese Empire and its Inhabitants*, New York: Sribner (revised edition)

YANG, Shin (1904). *Nan-tchao ye-che...Histoire particulière du Nantchao*, Camille Sainson trans., Paris: Imprimerie nationale, E. Leroux[1]

ZABOROWSKI, M (1900). Mensurations de Tonkinois. Les dolichocephales chinois de l'Indo-Chine. Crânes tonkinois et annamites. *Bulletins de la Société d'anthropologie de Paris*, 1 (1)

*AxxM, R. (1914). The Tribes People of Kweichow. *China Millions*, 40[2]

*AxxM, R. (1914). Another Tour among the Tribes People. *China Millions*, 40

*LAVEST, M. Gr. (1905). Race indigène ou Tou-jen du Kouangsi. *Revue Indo-Chinoise*

*MADROLL, Cl. (190x). Quelques peuplades Lolo. *Extrait du T'oung Pao Serie* 2, 9 (4)

*NAIRN, A. L. (1910). The Yu or Yan Lo Tribe of South China. *Geographical Journal*

*RANKE, Fr. (1895). *Volkerkunde*, vol. Ⅱ

*VIAL, Paul (1909). *Catechism en text lolo*, Hong Kong

*VALTAT, M. (1915). *Dans les dernniere recoins de la Chine inconnue-Chez lolos noirs-de Yueshi a Tchoakia*, Des Missions Etrangeres de Paris, Missionnaire au Kien-tchang

鳥居龍蔵、「玀猓種族の体質」、『東京人類学会誌』、『鳥居龍蔵全集』第 10 巻、東京、朝日新聞社、1976 年、第 580—586 頁

鳥居龍蔵、『苗族調查報告』、東京帝国大学人類学教室編、東京帝国大学、1907 年 7 月

❶ 即明杨慎《南诏野史》之法译本。

❷ 作者姓氏中间两字母无法辨认，以 x 替代。下同。

参考文献

中　文

一　报刊杂志

《北京大学研究所国学门周刊》
《北京大学研究所国学门月刊》
《北京大学日刊》
《晨报》
《晨报副镌》
《创造月刊》
《东方杂志》
《独立评论》
《妇女杂志》
《歌谣周刊》
《国立北京大学季刊》
《国立中山大学语言历史学研究所周刊》
《国民》
《国民日日报汇编》
《国闻周报》
《国语月刊》
《国语周刊》
《河南》
《鉴赏周刊》

《江苏》
《京报副刊》
《莽原》
《每周评论》
《民报》
《民铎》
《民国日报》
《民国日报·觉悟》
《民国日报·平民》
《民间》
《民间文艺》
《民间文艺集刊》
《民间月刊》
《民俗》
《民众文艺周刊》(《民众周刊》)
《努力周报》
《前锋》
《求实月刊》
《热血日报》
《少年中国》
《苏报》
《文学旬刊》
《文学周报》
《西南研究》
《现代评论》
《先驱》
《向导》
《小说月报》
《新潮》
《新教育》
《新青年》
《新亚细亚》
《醒狮》
《学灯》

《学生文艺丛刊》
《学生杂志》
《一般》
《艺风》
《禹贡》
《语丝》
《浙江潮》
《中国农民》
《中国青年》
《中学生》
『東方時論』
『平民新聞』
『ナロオド』
万仕国、刘禾校注:《天义・衡报》上下，北京：中国人民大学出版社，2016年

二　古籍

《清实录》，北京：中华书局，1986年
《清会典》，北京：中华书局，1991年
昆明市官渡区地方志编纂委员会编:《官渡区志》，昆明：云南人民出版社，1999年
陆崇仁修、汤祚:《巧家县志》，台北：成文出版社有限公司据民国三十一年铅印本影印，1974年
国家图书馆出版社辑:《民国时期内政公报三种》，北京：国家图书馆出版社，2012年
云南省巧家县志编纂委员会编纂:《巧家县志》，昆明：云南人民出版社，1997年
郭嵩焘等:《郭嵩焘等使西日记六种》，北京：生活・读书・新知三联书店，1998年

三　专著

阿里夫・德里克（Arif Dirlik）:《革命与历史：中国马克思主义历史学的起源，1919—1937》，翁贺凯译，南京：江苏人民出版社，2005年
阿里夫・德里克（Arif Dirlik）:《中国革命中的无政府主义》，孙宜学译，桂林：广西师范大学出版社，2006年
埃德加・斯诺（Edgar Snow）:《西行漫记》，董乐山译，北京：生活・读书・新知三联书店，1979年
埃德加・斯诺（Edgar Snow）笔录:《毛泽东自传》，汪衡译，丁晓平编校，北京:

中国青年出版社，2009年
埃里克·霍布斯鲍姆（Eric Hobsbawm）:《民族与民族主义》，李金梅译，上海：上海世纪出版集团，2006年
艾米莉·洪尼格（Emily Honig）:《姐妹们与陌生人：上海棉纱厂女工 1919—1949》，韩慈译，南京：江苏人民出版社，2011年
巴赫金（M. M. Bakhtin）:《巴赫金全集》，石家庄：河北教育出版社，2009年
巴金:《巴金选集》，北京：人民文学出版社，1980年
巴金:《巴金译文全集》，北京：人民文学出版社，1997年
保罗·塔格特（Paul Taggart）:《民粹主义》，袁明旭译，长春：吉林人民出版社，2005年
本尼迪克特·安德森（Benedict Anderson）:《想象的共同体：民族主义的起源与散布》，吴叡人译，上海：上海人民出版社，2003年
柄谷行人:《日本现代文学的起源》，赵京华译，北京：生活·读书·新知三联书店，2003年
曹聚仁:《平民文学概论》，上海：梁溪图书馆，1926年
曹维安:《俄国史新论：影响俄国历史发展的基本问题》，北京：中国社会科学出版社，2002年
陈岸峰:《疑古思潮与白话文学史的建构——胡适与顾颉刚》，济南：齐鲁书社，2011年
陈独秀:《陈独秀文集》，北京：人民出版社，2013年
陈平原编:《现代学术史上的俗文学》，武汉：湖北教育出版社，2004年
陈天锡编:《戴季陶先生文存》，台北：中国国民党中央委员会，1959年
陈锡祺主编:《孙中山年谱长编》，北京：中华书局，1991年
陈泳超:《中国民间文学研究的现代轫辙》，北京：北京大学出版社，2005年
程凯:《革命的张力——“大革命”前后新文学知识分子的历史处境与思想探求（1924—1930）》，北京：北京大学出版社，2014年
程美宝:《地域文化与国家认同：晚清以来“广东文化”观的形成》，北京：生活·读书·新知三联书店，2006年
戴季陶:《国民革命与中国国民党》，出版信息不详
戴季陶:《孙文主义之哲学的基础》，上海：民智书局，1927年
戴季陶:《青年之路》，上海：民智书局，1928年
戴燕:《文学史的权力》，北京：北京大学出版社，2002年
丁守和编:《辛亥革命时期期刊介绍》，北京：人民出版社，1982—1987年
丁耘:《儒家与启蒙：哲学会通视野下的当前中国思想》，北京：生活·读书·新

知三联书店，2020年
东莞市政协编：《容庚容肇祖学记》，广州：广东人民出版社，2004年
董玥编：《走出区域研究：西方中国近代史论集粹》，北京：社会科学文献出版社，2013年
杜赞奇（Prasenjit Duara）：《文化、权力与国家：1900—1942年的华北农村》，王福明译，南京：江苏人民出版社，2003年
杜赞奇（Prasenjit Duara）：《从民族国家拯救历史：民族主义话语与中国现代史研究》，王宪明译，北京：社会科学文献出版社，2003年
杜正胜、王汎森主编：《新学术之路："中央研究院"历史语言研究所七十周年纪念文集》，台北："中央研究院"历史语言研究所，1998年
厄内斯特·盖尔纳（Ernest Gellner）：《民族与民族主义》，韩红译，北京：中央编译出版社，2002年
范伯群：《填平雅俗鸿沟——范伯群学术论著自选集》，南京：江苏教育出版社，2013年
方庆秋主编：《中国青年党》，北京：档案出版社，1988年
费约翰（John Fitzgerald）：《唤醒中国：国民革命中的政治、文化与阶级》，李恭忠、李里峰等译，北京：生活·读书·新知三联书店，2004年
冯淼：《近代中国大众教育的兴起（1927—1937）》，北京：社会科学文献出版社，2023年
风俗改革委员会编：《风俗改革丛刊》，广州：广州特别市党部宣传部，1930年
傅谨：《新中国戏剧史（1949—2000）》，长沙：湖南美术出版社，2002年
弗里曼（Edward Friedman）、毕克伟（Paul G. Pickowicz）、塞尔登（Mark Selden）：《中国乡村，社会主义国家》，陶鹤山译，北京：社会科学文献出版社，2002年
傅斯年：《傅斯年全集》，长沙：湖南教育出版社，2003年
高丙中：《民俗文化与民俗生活》，北京：中国社会科学出版社，1994年
高丙中：《民间文化与公民社会：中国现代历程的文化研究》，北京：北京大学出版社，2008年
高熙：《中国农民运动纪事（1921—1927）》，北京：求实出版社，1988年
龚荫：《明清云南土司通纂》，昆明：云南民族出版社，1985年
龚荫：《中国土司制度》，昆明：云南民族出版社，1992年
沟口雄三：《中国的公与私·公私》，郑静译，孙歌校，北京：生活·读书·新知三联书店，2011年
沟口雄三：《中国的冲击》，王瑞根译，北京：生活·读书·新知三联书店，2011年
沟口雄三：《作为方法的中国》，孙军悦译，北京：生活·读书·新知三联书店，

2011 年
沟口雄三:《中国的历史脉动》,乔志航等译,北京:生活·读书·新知三联书店,2014 年
顾潮:《顾颉刚年谱》(增订本),北京:中华书局,2011 年
顾颉刚:《顾颉刚自传》,北京:北京大学出版社,2012 年
顾颉刚:《顾颉刚全集》,北京:中华书局,2011 年
顾颉刚:《顾颉刚日记》,台北:联经出版事业股份有限公司,2007 年
顾颉刚编:《古史辨》,上海:上海古籍出版社,1982 年
关纪新、朝戈金:《多重选择的世界——当代少数民族作家文学的理论描述》,北京:中央民族大学出版社,1995 年
广州农民运动讲习所旧址纪念馆编:《广东农民运动资料选编》,北京:人民出版社,1986 年
郭沫若译:《新时代》,上海:商务印书馆,1925 年
韩丁(William Hinton):《翻身——中国一个村庄的革命纪实》,韩倞等译,北京:北京出版社,1980 年
韩丁(William Hinton):《深翻》,香港:中国国际文化出版社,2008 年
贺桂梅:《“新启蒙”知识档案:80 年代中国文化研究》,北京:北京大学出版社,2010 年
贺桂梅:《书写“中国气派”——当代文学与民族形式建构》,北京:北京大学出版社,2020 年
洪长泰:《到民间去:中国知识分子与民间文学,1918—1937》(新译本),董晓萍译,北京:中国人民大学出版社,2015 年
户晓辉:《现代性与民间文学》,北京:社会科学文献出版社,2004 年
胡春惠:《民初的地方主义与联省自治》,北京:中国社会科学出版社,2011 年
胡恒:《边缘地带的行政管理——清代厅制再研究》,北京:社会科学文献出版社,2022 年
胡颂平编著:《胡适之先生年谱长编初稿》,台北:联经出版事业公司,1990 年
胡愈之:《胡愈之文集》,北京:生活·读书·新知三联书店,1996 年
华南研究会编:《学步与超越:华南研究会论文集》,香港:文化创造出版社,2004 年
黄美真等编:《上海大学史料》,上海:复旦大学出版社,1984 年
黄遵宪:《日本国志》,天津:天津人民出版社,2005 年
贾芝:《民间文学论集》,北京:作家出版社,1963 年
贾芝:《拓荒半壁江山——贾芝民族文学论集》,北京:文化艺术出版社,2012 年

姜建、吴为公编：《朱自清年谱》，北京：光明日报出版社，2010年
蒋俊、李兴芝：《中国近代的无政府主义思潮》，济南：山东人民出版社，1991年
姜涛：《公寓里的塔：1920年代中国的文学与青年》，北京：北京大学出版社，2015年
江绍原编译：《现代英吉利谣俗及谣俗学》，上海：中华书局，1932年
柯文（Paul A. Cohen）：《走过两遍的路：我研究中国历史的旅程》，刘楠楠译，北京：社会科学文献出版社，2022年
孔飞力（Philip A. Kuhn）：《中华帝国晚期的叛乱及其敌人》，谢亮生等译，北京：中国社会科学出版社，1990年
孔飞力（Philip A. Kuhn）：《中国现代国家的起源》，陈兼、陈之宏译，北京：生活·读书·新知三联书店，2013年
老舍：《老舍全集》，北京：人民文学出版社，2008年
莱泽克·科拉科夫斯基（Leszek Kolakowski）：《马克思主义的主要流派》（三卷本），唐少杰等译，哈尔滨：黑龙江大学出版社，2015年
雷蒙·威廉斯（Raymond Williams）：《文化与社会：1780—1950》，高晓玲译，长春：吉林出版集团有限责任公司，2011年
雷蒙·威廉斯（Raymond Williams）：《漫长的革命》，倪伟译，上海：上海人民出版社，2013年
雷蒙·威廉斯（Raymond Williams）：《乡村与城市》，韩子满等译，北京：商务印书馆，2013年
李大钊：《李大钊全集》，北京：人民出版社，2006年
黎光明、王元辉：《川西民俗调查记录1929》，台北："中央研究院"历史语言研究所，2004年
李继华：《新版〈李大钊全集〉疏证》，北京：社会科学文献出版社，2011年
黎锦熙：《国语运动史纲》，上海：商务印书馆，1934年
李景汉、张世文编：《定县秧歌选》，中华平民教育促进会，1933年
李良明、钟德涛编：《恽代英年谱》，武汉：华中师范大学出版社，2006年
李世愉：《清代土司制度论考》，北京：中国社会科学出版社，1998年
李松睿：《书写"我乡我土"——地方性与20世纪40年代中国小说》，上海：上海人民出版社，2016年
李文海主编：《民国时期社会调查丛编·底边社会卷》，福州：福建教育出版社，2005年
李文海主编：《民国时期社会调查丛编·少数民族卷》，福州：福建教育出版社，2005年

李文海主编:《民国时期社会调查丛编・文教事业卷》，福州：福建教育出版社，2005年
李细珠:《地方督抚与清末新政——晚清权力格局再研究》，北京：社会科学文献出版社，2012年
李孝悌:《清末的下层社会启蒙运动：1901—1911》，石家庄：河北教育出版社，2001年
李扬编:《作家文学与民间文学》，青岛：中国海洋大学出版社，2004年
李永春编:《湖南新文化运动史料》，长沙：湖南人民出版社，2011年
李玉琦主编:《中国共青团史稿：精编》，北京：中国青年出版社，2012年
梁启超:《饮冰室合集》，北京：中华书局，1989年
梁启超:《梁启超全集》，北京：中国人民大学出版社，2018年
林红:《民粹主义：概念、理论与实证》，北京：中央编译出版社，2007年
林惠祥:《民俗学》，上海：商务印书馆，1931年
林耀华:《林耀华学述》，杭州：浙江人民出版社，1999年
凌纯声、林耀华等:《20世纪中国人类学民族学研究方法与方法论》，北京：民族出版社，2004年
铃木贞美:《日本的文化民族主义》，魏大海译，武汉：武汉大学出版社，2008年
刘凤云、刘文鹏编:《清朝的国家认同："新清史"研究与争鸣》，北京：中国人民大学出版社，2010年
刘半农:《刘半农书话》，陈子善编，杭州：浙江人民出版社，1998年
刘半农译:《国外民歌译》(第一集)，北京：北新书局，1927年
刘禾:《跨语际实践——文学，民族文化与被译介的现代性(中国，1900—1937)》，宋伟杰等译，北京：生活・读书・新知三联书店，2002年
刘起釪:《顾颉刚先生学述》，北京：中华书局，1986年
刘润为等编:《延安文艺大系・文艺史料卷》，长沙：湖南文艺出版社，2015年
刘小云:《学术风气与现代转型：中山大学人文学科述论(1926—1949)》，北京：生活・读书・新知三联书店，2013年
刘昭瑞编:《杨成志文集》，广州：中山大学出版社，2004年
刘锡诚:《20世纪中国民间文学学术史》，开封：河南大学出版社，2006年
刘小中、丁言模:《瞿秋白年谱详编》，北京：中央文献出版社，2008年
刘志伟:《溪畔灯微：社会经济史研究杂谈》，北京：北京师范大学出版社，2020年
路新生:《中国近三百年疑古思潮研究》，上海：上海人民出版社，2001年
鲁迅:《鲁迅全集》，北京：人民文学出版社，2005年
鲁迅博物馆藏:《周作人日记》(影印本)，郑州：大象出版社，1996年

鲁迅博物馆、鲁迅研究室编:《鲁迅年谱》，北京：人民文学出版社，1981 年
罗友枝（Evelyn S. Rawski）等编:《中华帝国晚期的大众文化》，北京：北京师范大学出版社，2022 年
罗志田:《权势转移：近代中国的思想与社会》（修订版），北京：北京师范大学出版社，2014 年
吕芳上:《从学生运动到运动学生（民国八年至十八年）》，台北：“中央研究院”近代史研究所，1994 年
吕芳上:《革命之再起：中国国民党改组前对新思潮的回应（1914—1924）》，台北：“中央研究院”近代史研究所，1989 年
马昌仪编:《中国神话学文论选萃》，北京：中国广播电视出版社，1994 年
马龙闪、刘建国:《俄国民粹主义及其跨世纪影响》，桂林：广西师范大学出版社，2013 年
马敏:《官商之间：社会剧变中的近代绅商》，北京：社会科学文献出版社，2022 年
茅盾:《茅盾全集》，北京：人民文学出版社，1984—2006 年
毛巧晖:《20 世纪下半叶中国民间文艺学思想史论》，北京：学苑出版社，2018 年
毛泽东:《毛泽东农村调查文集》，北京：人民出版社，1982 年
毛泽东:《毛泽东选集》，北京：人民出版社，1991 年
孟庆澍:《无政府主义与五四新文化：围绕〈新青年〉同人所作的考察》，开封：河南大学出版社，2006 年
莫里斯·迈斯纳（Maurice Meisner）:《李大钊与中国马克思主义的起源》，中共北京市委党史研究室编译组译，北京：中共党史资料出版社，1989 年
莫里斯·迈斯纳（Maurice Meisner）:《马克思主义、毛泽东主义与乌托邦主义》，张宁、陈铭康等译，北京：中国人民大学出版社，2005 年
木山英雄:《文学复古与文学革命：木山英雄中国现代文学思想论集》，赵京华编译，北京：北京大学出版社，2004 年
倪伟:《“民族”想象与国家统制：1929—1949 年南京政府的文艺政策及文学运动》，上海：上海教育出版社，2003 年
欧达伟（R. David Arkush）:《中国民众思想史论——20 世纪初期—1949 年华北地区的民间文献及其思想观念研究》，董晓萍译，北京：中央民族大学出版社，1995 年
欧阳哲生编:《胡适文集》，北京：北京大学出版社，1998 年
裴宜理（Elizabeth J. Perry）:《上海罢工》，刘平译，南京：江苏人民出版社，2012 年
齐晓红:《文学、语言与大众政治——1930 年代的文艺大众化运动考论》，北京：

社会科学文献出版社，2023 年
钱理群：《周作人传》，北京：华文出版社，2013 年
瞿秋白：《瞿秋白文集·政治理论编》，北京：人民出版社，2013 年
任葆琦主编：《戏剧改革发展史》，北京：中央文献出版社，2016 年
人民出版社编辑：《第一次国内革命战争时期的农民运动资料》，北京：人民出版社，1983 年
人民出版社编：《回忆恽代英》，北京：人民出版社，1982 年
容肇祖：《迷信与传说》，广州：广州国立中山大学民俗学会，1929 年
瑞贝卡·卡尔（Rebecca Karl）：《世界大舞台：十九、二十世纪之交中国的民族主义》，高瑾等译，北京：生活·读书·新知三联书店，2008 年
桑兵、朱凤林编：《戴季陶卷》，北京：中国人民大学出版社，2014 年
森正夫编：《明清时代史的基本问题》，周绍泉等译，北京：商务印书馆，2013 年
上海社会科学院历史研究所编：《五卅运动史料》，上海：上海人民出版社，2005 年
施爱东：《倡立一门新学科：中国现代民俗学的鼓吹、经营与中落》，北京：中国社会科学出版社，2011 年
施爱东：《中国现代民俗学检讨》，北京：社会科学文献出版社，2010 年
舒衡哲（Vera Schwarcz）：《中国启蒙运动：知识分子与五四遗产》，刘京建译，北京：新星出版社，2007 年
苏德毕力格：《晚清政府对新疆蒙古和西藏政策研究》，呼和浩特：内蒙古人民出版社，2005 年
苏同炳：《手植桢楠已成荫：傅斯年与中研院史语所》，台北：台湾学生书局有限公司，2012 年
苏文瑜（Susan Daruvala）：《周作人：中国现代性的另类选择》，康凌译，上海：复旦大学出版社，2013 年
孙郁、黄乔生主编：《回望周作人 2·周氏兄弟》，开封：河南大学出版社，2004 年
孙玉蓉编：《周作人俞平伯往来通信集》，上海：上海译文出版社，2013 年
孙中山：《孙中山全集》，北京：中华书局，2011 年
唐宝林、林茂生编：《陈独秀年谱》，上海：上海人民出版社，1988 年
唐金海、张晓云：《巴金年谱》，成都：四川文艺出版社，1989 年
瓦尔特·本雅明（Walter Benjamin）：《启迪：本雅明文选》，汉娜·阿伦特编，张旭东、王斑译，北京：生活·读书·新知三联书店，2012 年
万明主编：《晚明社会变迁：问题与研究》，北京：商务印书馆，2005 年
王川等著：《中华民国专题史（第十三卷）：边疆与少数民族》，南京：南京大学出版社，2015 年

王笛主编：《时间·空间·书写》，杭州：浙江人民出版社，2006年
王汎森：《傅斯年：中国近代历史与政治中的个体生命》，王晓冰译，北京：生活·读书·新知三联书店，2012年
王汎森：《思想是生活的一种方式：中国近代思想史的再思考》，北京：北京大学出版社，2018年
王光东：《新文学的民间传统》，济南：山东教育出版社，2010年
王光东：《民间：作为中国现当代文学研究的视野与方法》，上海：东方出版中心，2014年
汪晖：《汪晖自选集》，桂林：广西师范大学出版社，1997年
汪晖：《去政治化的政治》，北京：生活·读书·新知三联书店，2008年
汪晖：《东西之间的“西藏问题”（外二篇）》，北京：生活·读书·新知三联书店，2011年
汪晖：《声之善恶》，北京：生活·读书·新知三联书店，2013年
汪晖：《文化与政治的变奏——一战和中国的“思想战”》，上海：上海人民出版社，2014年
汪晖：《现代中国思想的兴起》，北京：生活·读书·新知三联书店，2015年
汪晖：《世纪的诞生：中国革命与政治的逻辑》，北京：生活·读书·新知三联书店，2020年
王柯：《从“天下”国家到民族国家》，上海：上海人民出版社，2020年
王明珂：《英雄祖先与弟兄民族》，北京：中华书局，2009年
王铭铭：《社会人类学与中国研究》，北京：生活·读书·新知三联书店，1997年
王铭铭：《人类学是什么？》，北京：北京大学出版社，2002年
王屏：《近代日本的亚细亚主义》，北京：商务印书馆，2004年
王奇生：《党员、党权与党争：1924—1949年中国国民党的组织形态》，北京：华文出版社，2010年
王奇生：《革命与反革命：社会文化视野下的民国政治》，北京：社会科学文献出版社，2010年
王奇生：《中国近代通史（第七卷）：国共合作与国民革命（1924—1927）》，南京：江苏人民出版社，2006年
王栻主编：《严复集》，北京：中华书局，1986年
王文宝：《中国民俗学发展史》，沈阳：辽宁大学出版社，1987年
王文宝：《中国民俗学史》，成都：巴蜀书社，1995年
王文参：《五四新文学的民族民间文学资源》，北京：民族出版社，2006年
王先明：《变动时代的乡绅——乡绅与乡村社会结构变迁（1901—1945）》，北京：

人民出版社，2009 年
王晓明编：《批评空间的开创——二十世纪中国文学研究》，上海：东方出版中心，1998 年
温春来：《从“异域”到“旧疆”：宋至清贵州西北部地区的制度、开发与认同》，北京：生活·读书·新知三联书店，2008 年
文史哲编辑部编：《“疑古”与“走出疑古”》，北京：商务印书馆，2010 年
闻一多：《闻一多全集》，北京：生活·读书·新知三联书店，1982 年
文振庭编：《文艺大众化问题讨论资料》，上海：上海文艺出版社，1987 年
沃尔特·翁（Walter Ong）：《口语文化与书面文化》，何道宽译，北京：北京大学出版社，2008 年
吴喜编著：《民国时期云南彝族上层家族口述史》，北京：社会科学文献出版社，2014 年
狭间直树编：《梁启超·明治日本·西方——日本京都大学人文科学研究所共同研究报告》，北京：社会科学文献出版社，2001 年
夏银平：《俄国民粹主义再认识》，广州：中山大学出版社，2005 年
小威廉·H. 休厄尔（William Sewell, Jr.）：《历史的逻辑：社会理论与社会转型》，朱联璧、费滢译，上海：上海人民出版社，2012 年
谢本书：《龙云传》，昆明：云南人民出版社，2011 年
谢彬：《民国政党史》，上海：上海学术研究会总会，1925 年
徐开垒：《巴金传》，上海：上海文艺出版社，1996 年
徐文珊编：《国父遗教三民主义总辑》，台北：中华丛书编审委员会，1969 年再版
徐新建：《民歌与国学：民国早期“歌谣运动”的回顾与思考》，成都：巴蜀书社，2006 年
《延安文艺丛书》编委会编：《延安文艺丛书·文艺理论卷》，长沙：湖南人民出版社，1984 年
阎明：《中国社会学史：一门学科与一个时代》，北京：清华大学出版社，2010 年
杨成志：《杨成志民俗学译述与研究》，北京：高等教育出版社，1989 年
杨成志：《杨成志人类学民族学文集》，北京：民族出版社，2003 年
杨成志译：《民俗学问题格》，广州：国立中山大学语言历史研究所，1928 年
杨念群：《中层理论：东西方思想会通下的中国史研究》，南昌：江西教育出版社，2001 年
杨念群：《“五四”九十周年祭：一个“问题史”的回溯与反思》，北京：世界图书出版公司，2009 年
杨念群：《五四的另一面：“社会”观念的形成与新型组织的诞生》，上海：上海人

民出版社，2019 年
杨维真：《从合作到决裂：论龙云与中央的关系（1927—1949）》，台北："国史馆"，2000 年
杨荫深：《中国俗文学概论》，上海：世界书局，1935 年
杨荫深：《中国民间文学概说》，上海：华通书局，1930 年
叶文心：《民国时期大学校园文化（1919—1937）》，冯夏根、胡少诚等译，北京：中国人民大学出版社，2012 年
以赛亚・伯林（Isaiah Berlin）：《俄国思想家》，彭淮栋译，南京：译林出版社，2001 年
伊藤虎丸：《鲁迅、创造社与日本文学——中日近现代比较文学初探》，孙猛、徐江、李东木译，北京：北京大学出版社，2005 年
《彝族简史》编写组、《彝族简史》修订本编写组编：《彝族简史》，北京，民族出版社，2009 年
于治中：《意识形态的幽灵》，台北：行人文化实验室，2013 年
苑利主编：《二十世纪中国民俗学经典・学术史卷》，北京：社会科学文献出版社，2002 年
岳凯华：《五四激进主义的缘起与中国新文学的发生》，长沙：岳麓书社，2006 年
恽代英：《恽代英全集》，北京：人民出版社，2014 年
查国华：《茅盾年谱》，武汉：长江文艺出版社，1985 年
张国焘：《我的回忆》，北京：东方出版社，1998 年
张京华：《古史辨派与中国现代学术走向》，厦门：厦门大学出版社，2009 年
张菊香、张铁荣编：《周作人年谱（1885—1967）》，天津：天津人民出版社，2000 年
张亮采：《中国风俗史》，北京：中国人民大学出版社，2013 年
章清：《清季民国时期的"思想界"》，北京：社会科学文献出版社，2021 年
章太炎：《章太炎全集》，上海：上海人民出版社，1982—1994 年
章太炎：《章太炎政论选集》，北京：中华书局，1977 年
章永乐：《旧邦新造：1911—1917》，北京：北京大学出版社，2011 年
章永乐：《此疆尔界："门罗主义"与近代空间政治》，北京：生活・读书・新知三联书店，2021 年
张聪、姚平编：《当代西方汉学研究集萃（思想文化史卷）》，上海：上海古籍出版社，2012 年
张允侯、殷叙彝、洪清祥等编：《五四时期的社团》，北京：生活・读书・新知三联书店，1979 年
张枬、王忍之编：《辛亥革命前十年间时论选集》，北京：生活・读书・新知三联

书店，1960—1977年
赵云田：《清末新政研究》，哈尔滨：黑龙江教育出版社，2012年
赵京华：《周氏兄弟与日本》，北京：人民文学出版社，2011年
赵世瑜：《眼光向下的革命——中国现代民俗学思想史论：1918—1937》，北京：北京师范大学出版社，1999年
赵世瑜：《狂欢与日常：明清以来的庙会与民间社会》，北京：北京大学出版社，2017年
周慧梅：《近代民众教育馆研究》，北京：北京师范大学出版社，2012年
止庵编：《周作人译文全集》，上海：上海人民出版社，2012年
郑大华：《民国乡村建设运动》，北京：社会科学文献出版社，2000年
郑振铎：《郑振铎集》，北京：中国社会科学出版社，2004年
郑振铎：《中国俗文学史》，北京：商务印书馆，2005年
郑振满：《乡族与国家：多元视野中的闽台传统社会》，北京：生活·读书·新知三联书店，2009年
中共中央党史研究室第一研究部编：《共产国际、联共（布）与中国革命文献资料选辑（1917—1925）》，北京：北京图书馆出版社，1997年
中共中央马克思恩格斯列宁斯大林著作编译局编译：《马克思恩格斯选集》，北京：人民出版社，1995年第2版
中共中央统战部编：《民族问题文献汇编》，北京：中共中央党校出版社，1991年
中共中央文献研究室编：《毛泽东年谱（1893—1949）》（修订本），北京：中央文献出版社，2013年
中共中央文献研究室、中共湖南省委《毛泽东早期文稿》编辑组编：《毛泽东早期文稿》，长沙：湖南出版社，1990年
中国第二历史档案馆编：《中国国民党第一、二次全国代表大会会议史料》，江苏：江苏古籍出版社，1986年
中国歌剧史编委会：《中国歌剧史（1920—2000）》上，北京：文化艺术出版社，2012年
中国革命博物馆、湖南省博物馆编：《湖南农民运动资料选编》，北京：人民出版社，1988年
中国革命博物馆、湖南省博物馆编：《新民学会资料》，北京：人民出版社，1980年
中国民间文艺研究会上海分会、上海文艺出版社编：《中国民间文学论文选（1949—1979）》，上海：上海文艺出版社，1980年
中国社会科学院近代史研究所翻译室编译：《共产国际有关中国革命的文献资料第一辑（1919—1928）》，北京：中国社会科学出版社，1981年

中国社会科学院近代史研究所民国史研究室与四川师范大学历史文化学院编：《一九二〇年代的中国》，北京：社会科学文献出版社，2005年
中国社会科学院现代史研究室、中国革命博物馆党史研究室选编：《"一大"前后：中国共产党第一次代表大会前后资料选编（二）》，北京：人民出版社，1985年第2版
中国社科院少数民族文学研究所编印：《中国少数民族文学史编写参考资料》，1984年
中国新民主主义青年团中央委员会办公厅：《中国青年运动历史资料》，北京：中国新民主主义青年团中央委员会办公厅，1957年
中央档案馆编：《中共中央文件选集》，北京：中共中央党校出版社，1982年
钟敬文：《钟敬文民间文学论集》，上海：上海文艺出版社，1985年
钟敬文：《民间文艺新论集》，北京：中外出版社，1950年
钟敬文：《钟敬文文集》，广州：广东人民出版社，2018年
钟叔河编：《周作人散文全集》，桂林：广西师范大学出版社，2009年
周策纵：《五四运动：现代中国的思想革命》，周子平等译，南京：江苏人民出版社，1999年
周蕾：《原初的激情：视觉、性欲、民族志与中国当代电影》，孙绍谊译，台北：远流出版事业股份有限公司，2001年
周淑真：《中国青年党在大陆和台湾》，北京：中国人民大学出版社，1993年
周扬：《周扬文集》，北京：人民文学出版社，1984年
周作人：《知堂回忆录》，北京：北京十月文艺出版社，2011年
周作人：《周作人自编文集》，石家庄：河北教育出版社，2002年
竹内实编：《毛泽东集补卷》，东京：苍苍社，1984年
竹内实监修，毛泽东文献资料研究会编辑：《毛泽东集》，东京：苍苍社，1983年
朱文通编：《李大钊年谱长编》，北京：中国社会科学出版社，2009年
佐藤仁史：《近代中国的乡土意识：清末民初江南的地方精英与地域社会》，北京：北京师范大学出版社，2017年

四　论文

（一）期刊论文

岸本美绪：《"风俗"与历史观》，《新史学》十三卷三期，2002年9月
陈桂香：《关于李大钊与民粹主义关系的辨析——重读〈青年与农村〉》，《中共党史研究》2012年第1期
陈建华：《"虚无党小说"：清末特殊的译介现象》，《华东师范大学学报（哲学社会

科学版)》1996年4期
陈思和:《民间的还原——“文革”后文学史某种走向的解释》,《文艺争鸣》1994年第1期
陈思和:《民间的浮沉——从抗战到“文革”文学史的一个尝试性解释》,《上海文学》1994年第1期
成庆:《有关“市民社会”与“公共领域”的论争》,《二十一世纪》2005年4月号,总第八十八期
董炳月:《周作人与〈新村〉杂志》,《中国现代文学研究丛刊》1998年第2期
冯淼:《右翼革命及其文化政治:评〈革命的本土主义——1925—1937年中国的法西斯主义与文化〉》,《开放时代》2018年第4期
高道一:《鲁迅与〈民众文艺周刊〉的资料剪辑》,《鲁迅研究月刊》2003年第6期
郭忠华:《清季民初的国民语义与国家想象——以citizen、citizenship汉译为中心的论述》,《南京大学学报(哲学·人文科学·社会科学版)》2012年第6期
哈利·何路途尼安:《一切以历史的名义》,任致均等译,载王中忱、林少阳编:《重审现代主义——东亚视角或汉字圈的提问》,北京:清华大学出版社,2013年
侯建新:《二十世纪二三十年代中国农村经济调查与研究评述》,《史学月刊》2000年第4期
户晓辉:《赫尔德与“(人)民”概念的再认识》,《中国民俗学》第一辑,桂林:广西师范大学出版社,2012年
江棘:《多义性的甄别:启蒙视野与乡土戏剧——以民众教育戏剧运动中的定县大秧歌为例》,《戏曲研究》2011年第2期
姜涛:《革命动员中的文学和青年——从1920年代〈中国青年〉的文学批判谈起》,《中国现代文学研究丛刊》2009年第4期
金冲及:《从迅猛兴起到跌入低谷——大革命时期湖南农民运动的前前后后》,《近代史研究》2004年第6期
今村与志雄:《鲁迅、周作人与柳田国男》,赵京华译,《中国现代文学研究丛刊》1992年第1期
金观涛、刘青峰:《从“群”到“社会”、到“社会主义”——中国近代公共领域变迁的思想史研究》,《“中央研究院”近代史研究所集刊》第35期,2001年6月
郦菁、张昕:《从“转型推手”到“政治疏离”——苏东地区市民社会的理论与实践批判》,《俄罗斯研究》2020年第6期
李文良:《清嘉庆年间湖南苗疆的“均田屯勇”》,《“中央研究院”近代史研究所集

刊》第102期，2018年12月
李晓峰：《“少数民族文学”构造史》，《当代作家评论》2017年第5期
李雪：《19世纪俄国“人民性”的概念史考察》，《俄罗斯文艺》2022年第4期
李永春：《少年中国学会与1920年“改造联合”》，《北京社会科学》2007年第6期
梁治平：《“民间”、“民间社会”和Civil Society——Civil Society概念再检讨》，《云南大学学报（社会科学版）》2003年第1期
刘北成：《俄国民粹派和民粹主义的再评价》，《战略与管理》1994年5期
刘大先：《民族文学研究所成立始末》，载黄浩涛主编：《卅载回眸社科院》，北京：方志出版社，2007年
刘大先：《新启蒙时代的少数民族文学：多元性与现代性》，《青海社会科学》2013年第1期
刘大先：《文学共和：作为社会主义文学的少数民族文学》，《民族文学研究》2014年第1期
刘大先：《中国少数民族文学研究七十年》，《东吴学术》2019年第5期
刘小云：《20世纪前半期杨成志西南民族研究述论》，《学术探索》2008年第5期
刘宗迪、施爱东、吕微、陈建宪：《两种文化：田野是“实验场”还是“我们的生活本身”》，《民间文化论坛》2005年第6期
刘锡诚：《抗日战争和解放战争时期的民间文学运动》，《新文学史料》1992年第3期
吕微：《民间文学—民俗学研究中的“性质世界”、“意义世界”与“生活世界”——重新解读〈歌谣〉周刊的“两个目的”》，《民间文化论坛》2006年第3期
吕微：《反思民俗学、民间文学的学术伦理》，《民间文化论坛》2004年第5期
吕微：《现代性论争中的民间文学》，《文学评论》2000年第2期
毛巧晖：《延安文艺与少数民族文学的兴起》，《民族文学研究》2022年第4期
毛巧晖：《时代话语与知识建构：以1918—1966年“花儿”的搜集整理为中心》，《广西民族大学学报（哲学社会科学版）》2021年第4期
毛巧晖、刘颖、陈勤建：《20世纪民俗学视野下“民间”的流变》，《华东师范大学学报（哲学社会科学版）》2004年第6期
孟庆澍：《从女子革命到克鲁泡特金——〈天义〉时期的周作人与无政府主义》，《汕头大学学报（人文社会科学版）》2005年第1期
聂露：《人民主权理论述评》，《开放时代》2002年第6期
彭春凌：《分道扬镳的方言调查——周作人与〈歌谣〉上的一场论争》，《中国现代文学研究丛刊》2008年第1期

邱焕星:《鲁迅与顾颉刚关系重探》,《文学评论》2012 年第 3 期
桑兵:《据俄运动与中等社会的自觉》,《近代史研究》2004 年第 4 期
沈洁:《礼俗改造的学术实践——20 世纪二三十年代中国民俗学家的礼俗调查》,《史林》2008 年第 1 期
沈松侨:《我以我血荐轩辕——黄帝神话与晚清的国族建构》,《台湾社会研究季刊》第二十八期,1997 年 12 月
沈松侨:《国权与民权:晚清的“国民”论述,1895—1911》,《“中央研究院”历史语言研究所集刊》第七十三本,第四分,2002 年 12 月
沈渭滨:《“平均地权”本义的由来与演变——孙中山“民生主义”再研究之二》,《安徽史学》2007 年第 5 期
台静农:《忆常维钧与北大歌谣研究会》,《新文学史料》1991 年第 2 期
王笛:《公共空间与公共领域:东西方比较视野下的中国城市公共生活》,《南国学术》2018 年第 3 期
王汎森:《清末民初的社会观与傅斯年》,《清华学报》新二十五卷第四期,1995 年 12 月
王建伟:《逃离北京:1926 年前后知识群体的南下潮流》,《广东社会科学》2013 年第 3 期
王璞:《青春的旅程与时代的变奏——读宋明炜〈少年中国〉》,《读书》2017 年第 10 期
王绍光:《关于“市民社会”的几点思考》,《二十一世纪》1991 年 12 月号,总第八期
王文宝:《解放前北京一些报刊宣传民俗学的情况》,《西北民族研究》2005 年第 1 期
王悦之:《人民政治的兴起与演化》,《开放时代》2021 年第 4 期
闻黎明:《闻一多与“大江会”——试析 20 年代留美学生的“国家主义观”》,《近代史研究》1996 年第 4 期
萧梅:《从“民歌研究会”到“中国民间音乐研究会”——延安民间音乐的采集、整理和研究》,《音乐研究》(季刊)2004 年第 3 期
谢保杰:《1958 年新民歌运动的历史描述》,《中国现代文学研究丛刊》2005 年第 1 期
谢晓辉:《傅鼐练兵成法与镇筸兵勇的兴起:清代地方军事制度变革之肇始》,《近代史研究》2020 年第 1 期
许纪霖:《国本、个人与公意——五四时期关于政治正当性的讨论》,《史林》2008 年第 1 期

徐俊忠:《关于“人民政治”的概念》,《开放时代》2023年第1期
杨念群:《“地方性知识”、“地方感”与“跨区域研究”的前景》,《天津社会科学》2004年第6期
杨念群:《清帝逊位与民国初年统治合法性的阙失——兼谈清末民初改制言论中传统因素的作用》,《近代史研究》2012年第5期
杨永福、段金生:《杨增新与科布多事件及阿尔泰并新》,《中国边疆史地研究》2007年第2期
姚新勇:《追求的轨迹与困惑——“少数民族文学性”建构的反思》,《民族文学研究》2004年第1期
姚新勇:《少数民族文学:身份话语与主体性生产》,《暨南学报(哲学社会科学版)》2014年第2期
伊藤德也、裴亮:《周作人“人间”用语的使用及其多义性——与日语词汇的关联性考论》,《现代中文学刊》2017年第2期
袁一丹:《“另起”的“新文化运动”》,《中国现代文学研究丛刊》2009年第3期
张丽华:《从“君子安雅”到“越人安越”——周作人的风物追忆与民俗关怀(1930—1945)》,《鲁迅研究月刊》2006年第3期
赵京华:《周作人与柳田国男》,《鲁迅研究月刊》2002年第9期
赵世瑜:《如何深化中国北方的区域社会史研究——〈长城内外:社会史视野下的制度、族群与区域开发〉绪论》,《河北广播电视大学学报》2015年第4期
郑大华、朱蕾:《国民观:从臣民观到国民观的桥梁——论中国近代的国民观》,《晋阳学刊》2011年第5期
中野重治:《关于啄木的片断》,申非译,《译文》1958年第5期

(二)学位论文

陈尔杰:《民国北京“平民教育”的渊源与兴起》,北京大学博士学位论文,2012年
崔琦:《感伤抒情与社会批判的变奏——石川啄木诗歌的再解读》,清华大学硕士学位论文,2006年
李雪:《俄国平民知识分子对人民性问题的探索:以十九世纪俄国文艺创作中的“知识分子与人民”问题为例》,复旦大学博士学位论文,2020年
宋玉:《重识内地:1930年代中前期知识界的内地考察与文化实践》,清华大学博士学位论文,2019年
孙承希:《醒狮派的国家主义思想之演变》,复旦大学博士学位论文,2002年
薛寅寅:《1920年代中期语丝派与现代评论派论争话语研究》,北京大学硕士学位论文,2013年
张丽华,《流动的“民间”想像——周作人与民俗》,北京大学硕士学位论文,

2004年
张少鹏:《民初的国家主义派研究》，华中师范大学博士学位论文，2005年
张帅:《二十世纪初“到民间去”口号研究》，辽宁大学硕士学位论文，2013年

外 文

一 专著

Bayly, C. A., *The Birth of the Modern World, 1780–1914: Global Connections and Comparisons*, Oxford: Blackwell Publishing, 2004

Bendix, Regina, *In Search of Authenticity: The Formation of Folklore Studies*, Wisconsin: The University of Wisconsin Press, 1997

Bourke, Richard & Skinner, Quentin eds., *Popular Sovereignty in Historical Perspective*, Cambridge: Cambridge University Press, 2016

Burne, Charlotte Sophia, *The Handbook of Folklore*, London: Senate, 1995

Chatterjee, Partha, *Nationalist Thought and the Colonial World: A Derivative Discourse*, London: Zed Books, 1986

Chiang, Yung-chen, *Social Engineering and the Social Science in China, 1919–1949*, Cambridge: Cambridge University Press, 2001

Clinton, Maggie, *Revolutionary Nativism: Fascism and Culture in China, 1925–1937*, Durham Duke University Press, 2017

Crossley, Pamela K., *A Translucent Mirror: History and Identity in Qing Imperial Ideology*, Berkeley, Los Angeles & London: University of California Press, 1999

Culp, Robert, *Articulating Citizenship: Civic Education and Student Politics in Southeastern China, 1912–1940*, Cambridge & London: Harvard University Asia Center, 2007

Dirlik, Arif, *The Origins of Chinese Communism*, New York & Oxford: Oxford University Press, 1989

Duara, Presenjit, *Sovereignty and Authenticity: Manchukuo and the East Asian Modern*, Lanham: Rowman & Littlefield Publishers, Inc., 2003

Eberhard, Wolfram, *Folktales of China*, Chicago University Press, 1965

Faure, David & Liu, Tao Tao eds., *Town and Country in China: Identity and Perception*, New York: Palgrave, 2002

Fogel, Joshua & Zarraow, Peter eds., *Imagining the People: Chinese Intellectuals and the*

Concept of Citizenship, 1890–1920, London & New York: M. E. Sharpe, Inc., 1997

Foucault, Michel, *The Order of Things: An Archaeology of the Human Sciences*, New York: Vintage Books, 1994

Gramsci, Antonio, *Selections from Prison Notebooks*, New York: International Publishers, 1971

Harrell, Stevan ed., *Cultural Encounters on China's Ethnic Frontiers*, Seattle & London: University of Washington Press, 1995

Harootunian, Harry, *Overcome by Modernity: History, Culture, and Community in Interwar Japan*, Princeton: Princeton University Press, 2000

Henrietta, Harrison, *The Making of the Republican Citizen: Political Ceremonies and Symbols in China, 1911–1929*, New York: Oxford University Press, 2000

Jameson, R. D., *Three Lectures on Chinese Folklore*, Peiping: North China Union Languages School & California College in China, 1932

Johnson, Chalmers, *Peasant Nationalism and Communist Power: The Emergence of Revolutionary China, 1937–1945*, California: Stanford University Press, 1962

Laclau, Ernesto, *On Populist Reason*, London & New York: Verso, 2005

Lam, Tong, *A Passion for Facts: Social Surveys and the Construction of the Chinese Nation-State, 1900–1949*, London: University of California Press, 2011

Lanza, Fabio, *Behind the Gate: Inventing Students in Beijing*, New York: Columbia University Press, 2010

Lukács, Georg, *Lenin: A Study on the Unity of His Thought*, Nicolas Jacobs trans., London New Left Books 1970, 1st ed., Verso, 2009

Mcdonald, Angus W., Jr, *The Urban Origins of Rural Revolution: Elites and the Masses in Hunan Province, China, 1911–1927*, Berkeley & Los Angeles: University of California Press, 1978

Merkel-Hess, Kate, *The Rural Modern: Reconstructing the Self and State in Republican China*, Chicago & London: The University of Chicago Press, 2016

Mitter, Rana, *A Bitter Revolution: China's Struggle with the Modern World*, New York: Oxford University Press, 2004

Morgan, Edmund S., *Inventing the People: The Rise of Popular Sovereignty in England and America*, New York & London: W. W. Norton & Company,1989

Ong, Walter J., *Orality and Literacy: The Technologizing of the Word*, London & New York: Routledge, 1982

Price, Don C., *Russia and the Roots of the Chinese Revolution, 1896–1911*, Cambridge: Harvard University Press, 1974

Rankin, Mary B., *Elite Activism and Political Transformation: Zhejiang Province, 1865–1911*, California: Stanford University Press, 1986

Rowe, William T., *Hankow: Commerce and Society in a Chinese City, 1796–1889*, California: Stanford University Press, 1992

Rowe, William T., *Hankow: Conflict and Community in a Chinese City, 1796–1895*, California: Stanford University Press, 1992

Schoppa, R. Keith, *Chinese Elites and Political Change: Zhejiang Province in the Early Twentieth Century*, Cambridge & London: Harvard University Press, 1982

Song, Mingwei, *Young China: National Rejuvenation and the Bildungsroman, 1900–1959*, Cambridge & London: Harvard University Asia Center, 2016

Stocking, George W., Jr., *Victorian Anthropology*, New York: The Free Press, 1987

Taylor, Charles, *The Ethics of Authenticity*. 11 ed., Cambridge & London: Harvard University Press, 2003

Tsui, Brain, *China's Conservative Revolution: The Quest for a New Order, 1927–1949*, Cambridge & London: Cambridge University Press, 2018

Tuck, Richard, *The Sleeping Sovereign: The Invention of Modern Democracy*, Cambridge & London: Cambridge University Press, 2016

Venturi, Franco, *Roots of Revolution: A History of the Populist and Socialist Movements in Nineteenth Century Russia*, Francis Haskell trans., New York: Alfred A. Knopf, 1960

Wakeman, Frederic, Jr. & Grant, Carolyn eds., *Conflict and Control in Late Imperial China*, Berkeley, Los Angeles & London: University of California Press, 1975

Yeh, Wen-Hsin, *Provincial Passages: Culture, Space and the Origins of Chinese Communism*, Berkeley, Los Angeles & London: University of California Press, 1996

Zunz, Oliver, ed., *Reliving the Past: The Worlds of Social History*, Chapel Hill & London: The University of North Carolina Press, 1985

森時彦編、『中国近代の都市と農村』、京都、京都大学人文科学研究所、2001年

狭間直樹編、『中国国民革命の研究』、京都、京都大学人文科学研究所、1992年

国際啄木学会編、『石川啄木事典』、東京、おうふう、2001年

国際啄木学会編、『論集石川啄木』、東京、おうふう、1997年

近藤典彦、『国家を撃つもの——石川啄木』、東京、同時代社、1989年

石川啄木、『石川啄木全集』、東京、筑摩書房、1979年

于耀明、『周作人と日本文学』、東京、翰林書房、2001年
子安加余子、『近代中国における民俗学の系譜——国民・民衆・知識人』、東京、御茶の水書房、2008年
宮崎龍介、『地底の露西亜』、東京、大鐙閣、1920年
岸本美緒、『風俗と時代観——明清史論集1』、東京、研文出版、2012年
松本ますみ、『中国民族政策の研究——清末から1945年までの「民族論」を中心に』、東京、多賀出版、1999年
溝口雄三、池田知久、小島毅、『中国思想史』、東京、東京大学出版会、2007年
田中比呂志、『近代中国の政治統合と地域社会：立憲・地方自治・地域エリート』、東京、研文出版、2010年
黄東蘭：『近代中国の地方自治と明治日本』、東京、汲古書院、2005年

二 论文

（一）期刊论文

Hevia, James L. & Farquhar, Judith B., "Culture and Postwar American Historiography of China", *Positions* 1.2 (1993), pp. 486–525.

Hon, Tze-ki, "Ethnic and Cultural Pluralism: Gu Jiegang's Vision of a New China in His Studies of Ancient History", *Modern China*, 1996. Vol. 22(No. 3): pp. 315–339.

Huang, Philip C.C., "Mao Tse-Tung and the Middle Peasants, 1925–1928", *Modern China*, 1975. 1(3): pp. 271–296.

Huang, Philip C.C., "Analyzing the Twentieth-Century Chinese Countryside Revolutionaries versus Western Scholarship", *Modern China*, 1975. 1(2): pp. 132–160.

Hung, Chang-tai, "The Politics of Songs: Myths and Symbols in the Chinese Communist War Music, 1937–1949", *Modern Asian Studies*, 1996. Vol. 30(No. 4): pp. 901–929.

Lee, Haiyan, "Tears That Crumbled the Great Wall: The Archaeology of Feeling in the May Fourth Folklore Movement", *The Journal of Asian Studies*, 2005. Vo. 64(No. 1): pp. 35–65.

Tuohy, Sue, "The Social Life of Genre: The Dynamics of Folksong in China", *Asian Music*, 1999. Vol. 30(No. 2): pp. 39–86.

Tuohy, Sue, "Cultural Metaphors and Reasoning: Folklore Scholarship and Ideology in Contemporary China", *Asian Folklore Studies*, 1991. Vol. 50(No. 1): pp. 189–220.

Wang, Q. Edward, "Beyond East and West: Antiquarianism, Evidential Learning and Global Trends in Historical Study", *Journal of World History*, 2004. Vol. 19(No. 4): pp. 489–519.

太田雅夫、「大正デモクラシー運動と大学評論社グルプ」、『同志社法学』、第19巻第1号、1967年

尾崎文昭、「周作人新村提唱とその波紋（上）——五四退潮期の文学状況（一）」、『明治大学教養論集』、第207号、1988年

尾崎文昭、「周作人新村提唱とその波紋（下）——五四退潮期の文学状況（一）」、『明治大学教養論集』、第237号、1991年

三谷孝、「南京政権と迷信打破運動（1928—1929）」、『歴史学研究』、第455号、1978年4月

（二）学位论文

Gao, Jie, *Saving the Nation through Culture: The Folklore Movement in Republican China (1918–1949)*, Ph.D. thesis, The University of Western Ontario, 2009

后　记

一

学术生活是一场马拉松长跑，本书的写作过程则有点像一场不知道终点在哪儿的长跑。博士毕业后的若干年，我很多次下决心将它终结，却一次又一次落败而归，继续无奈地跑着。不过，在当真要画上句号时，我又好像变成了越过某个界限点的跑者，被多巴胺控制，想一直跑下去。

本书写作的主线，是 1920 年代发生于中国的“到民间去”运动。现在回过头来看，我尝试以此为线索，讨论如下几个问题：首先，什么是 20 世纪中国的文化运动？尽管“五四”（在此我将狭义的五四运动与新文化运动视为一个整体）为现代中国提供了一个激动人心的“文化运动”范本，但大家似乎也习惯性地认为，进入 1920 年代，“五四”已经完结。如果在一部分人眼中，这意味着思想和学术讨论拥有无限价值和影响力的黄金时代不可挽回地逝去，在另一部分人眼中，“五四”则被后续更“先锋”的实践和尝试一次又一次超越，由此也反复提示出“五四”知识精英身上软弱的、幻想的一面。在我看来，这两种理解“五四”的模式看似截然对立，但或许恰恰有一个共同的源头，即一定程度上，他们关注的都是“五四”的上层，而没有真正追问“运动”到底意味着什么。五四新文化运动固然有其狭窄的、精英化的一面，但它也构成了现代中国第一场真正具有社会性意义的事件，它因而开创了一个重要的传统，即思想和文化要超越自身的限度，去影响社会生活的这么一种动力和趋势。这个传统包含着两个方面的内容，它既可能呈现为思想、文化的实践主动地与改造和变革社会的行动相结合，将“文化”本身转化为一种及物的“运动”，也可能表现为思想和文化对自身既有规范和边界的冲破、重造，思想和文化经由内部的更新，锻造出理解现实的新视野和新知识工具，同时它也谋求自身的民众化、大众化。我在本书中所研究的事件和人物，从“五四”的时代一直延伸至三十年代中期。尽管文化和政治的地形在这一时期经历了巨变，但很明显能看到的是，“五四”所创造的这个文化运动的传统，以不同的方式持续且强有力地在场。在这个意义上，“五四”和1920年代，为贯穿整个20世纪中国的一种作为“运动”的“文化”，奠定了基础。

作为“运动”的“文化”必然与之发生关联的，是我们可能以“民众”“大众”“群众”等不同称谓名之的群体。如果不尝试与民众接近，不将民众的生活和思想世界纳入视野，不期待着经由一种未来想象来改变他们的现状，当然也就不存在所谓作为“运动”的“文化”，而仍只是精英的、孤芳自赏的、静态的“文化”。在这个意义上，作为“运动”的“文化”也必然内在于现代中国历史中的另一个重大进程，也即解放人民和创造人民的进程。在书中，我将这一历史视为一个从晚清延续到20世纪中期的长程演进，并将之称为“人民政治”；就本书的具体研究对象而言，我则更愿意称之为“民众政治”，因为在1920年代，“人民”的范畴尚未真正登上历史舞台，尽管围绕着“民众”展开的社会运动、政党政治、文化政治，均与其有着这样或那样的关联。文化运动深度地参与了这个时期的民众政治。正是在文化运动的态势当中，民众的内涵、指向（从国民、庶民、平民到农民、民族的一系列讨论，文学、历史学、民俗学、民族学等将民众纳入自身的考察范围……），政治本身的基本形式和条件（从国家的政治到去国家的政治，从广泛的文化和社会运动到政党的政治），都发生了重组。

“到民间去”运动正站在这两个潮流的交叉口之上。也是在文化运动与民众政治互相催动和生成的视野当中，我希望超越往常一般的、仅仅将这一运动视作中国现代民俗学 / 民间文学发轫的叙述，而将其放置在一个更广泛的、互相联动的网络之中。在这个网络之中，走向个体的文学尝试可能源于社会介入的挫败，而许多被后世当作学术经典来分析的研究，在诞生之初也曾立于社会运动的潮头。而在行动的组织、新的主体诞生的历史过程之中，如何在思想和认知上把握民众，当然也构成了关键的一环。“到民间去”提示了一个行动。但这个行动并不是简单地抬起脚去“走向”就可以完成，其中包含了一系列复杂的“文化”过程，需要去重新认知谁是“我”，谁是“民间”，“民间”位于何处，如何“走”才可能抵达……在这些复杂的过程之中，“民间”成了一个汇聚各种要素、力量和方向的开放空间。它既是文化和思想的空间，也是行动和实践的空间。在思想和认知上，我们看到，整个1920年代，围绕着“民间”的各种理解尽管产生了许多不同的阐释，但两个关键概念从逐渐浮现并清晰起来，那就是“乡村”和“民族边疆”，这里既包含着对空间构造的认定，也包含着对人群的进一步锚定。而与行动和主体相关的，则是“五四”的学生运动、小团体联合运动逐步走向政党政治，“五四”时代模糊的社会想象、庶民想象支撑了践行者们勇敢地走向“民间”，严峻的现实又催逼着他们改造自身的心灵和头脑，摸索着更有力、更具体的与民众关联的方式。如果我们承认，一直到 1940 年代，现代中国的“人民政治”最终拥有了其成熟的形态，那么它的许多关键要素，也正是在 1920 年代首次涌现的。在这个意义上，我不想否认这本书所涉及的话题，某种程度上是一部“前史”，但“前史”无损于它的意义，因为正是在这里，“人民政治”真正的特殊之处，可能以更鲜明的方式凸显出来。

二

在书稿的修改阶段，曾有好心的朋友建议我更多地突出“民间”与 1920 年代本身的意义，而不要将它处理为某种“前史”。但我最终保留了“前史”的写法，除开这确实是我的观点之外，也有一点点私人的原因。在进入“民间”这个课题的最初几年，我一直非常困惑和迷茫。博士论文选择这个题目，有一些误打误撞的意思，我本人又并没有真正的乡村生活经验。很长时间，从个人的学理兴趣到感情倾向，我都不太找得到这个研究和自己的关系所在。在开题之前，我一边搜罗阅读着各种材料，准备写作的内容已经非常之多，但另一边，我又不断地问自己：这个题目和我的关系到底是什么呢？我是不是只是为了完成一个博士论文，而强行在做研究呢？

2013 年底，开题前一个月，我的祖父过世。2017 年夏，我受日本国际交流基金会资助，去东京短期访问并查找修改书稿的资料，在我即将回国时，我的外祖父和祖母先后于一周内离世。我的祖父母都是农民。我未曾像我的堂兄妹们一般，成长在祖父母膝下，他们的生活世界，对我来说既熟悉又陌生。但祖父母们的离开，使我无法不去回想他们的一生。我的祖父生于1927年。1937年，抗战全面爆发，1939年开始，长沙经历了三次大会战，我的老家长沙县捞刀河（现属长沙市开福区）地处汨罗至长沙城之间，是由北而南进入长沙的一道天然屏障，从而也成为战争争夺拉锯的前线。我的曾祖父被日军抓作苦力，染上肺结核，壮年早逝，十多岁的祖父此时尚在外地当学徒，被召回家中，挑起养家的重担。由此，祖父深恨侵略者和救国不力的国民党政府，新中国成立后，他成为共产党的忠实追随者，从当民兵到参加互助组、生产队、人民公社，他一直是积极分子。七八十年代，他担任大队书记，在村里搞集体经济，筚路蓝缕，从无到有建起村办工厂，那个仪表厂一度是长沙县的明星企业，工厂的营收，竟使得一个小村庄实现了公费医疗和公费教育。1990年代后，这个企业由于种种原因衰败下去，已经退休的祖父痛心不已，总想设法加以补救。当然，这些事，幼时的我并不曾得知，也很难懂得。记忆当中，每次回老家，祖父总是在忙，有时候在喂猪，有时候在做鞋，有时候在地里。他仍是农民本色，但也喜欢和子孙辈们讲政治，讲国家的大政方针，虽然他的语言和神态，有一种故意板起面孔的质朴。

和祖父相比，祖母的一生，看似和“大历史”的关系几近于无。她在娘家时没有名字。她只认得很少的几个字，终生是家庭妇女，当祖父一心扑在公事上、几天几夜不归家时，是靠祖母夜间做湘绣贴补家用，拉扯了五个儿子和两个小姑。但我的祖母也不是沉默驯顺的，她是我见过最能干、泼辣、刚强的女人。她抽烟，也会骂人，我的堂兄堂姐们，小时都怕她，都挨过她的打。她永远在忙，出门吃席也是早早就走了，因为“家里有事”。直到七十多了，她还要坐年轻人的摩托车去村上买腌菜坛子，她说，“死也要做完事再死”。我的祖母可能不会懂得女性主义理论，在她的世界里，为家庭将自己投掷出去，和不管多困难都要施舍上门的叫花子一把米，都是像呼吸一样自然的原则。但是，比起她读书识字、时时困惑挣扎的孙女们，或许她才是更“有己”的那一个。

为祖父守灵的中夜，我第一次听到了长沙俗谓的“夜歌子”。那是道士在庭院中烧起火盆，自唱自跳的一种阴郁又诙谐的鬼戏。这是民间，是地底的中国，也是我的祖父祖母们来自与归去之处。我想，我的祖父，是如何既内在于这样一个地底的中国，又同时心向社会主义的呢？祖父家中也有几本马克思列宁著作。当年，我父亲是靠着这几本书，从农村考上了大学的政治系。可是，以祖父短短几年的私塾教育，他改天换地的豪情，不太可能是激发自马克思精密而复杂的理论。支撑他甚至将小家抛在脑后，也要不惜命地去“做”的，是什么呢？而当我的祖父在外挨个跑村组做工作，在捞刀河甚至洞庭湖参加水利工程建设挑土方时，20世纪改天换地的重量，最终也由我祖母的肉身承担了起来。她佝偻的背脊、变形的手掌和指甲所交付的，超越了一个单纯的家庭。

当我开始写作这部书稿时，我真正想要追索的，是我的祖父祖母，以及像他们一样，经历了20世纪中国暴风骤雨的千万普通人，他们的精神和生活世界。我的理解和回答必然是隔膜的、迂远的，也缺乏叙述与故事的乐趣。这首先要归咎于我自己的愚钝。但我想解答的问题始终只有一个：地底的中国如何集聚起力量，要对自身实行一次又一次的翻动，由“翻身”进而“深翻”？当我将视野从1920年代一路向后，推延至四五十年代以至更晚，我也感受到了“民间”这一议题在整个20世纪中国历史中所激起的宏大交响。在我的祖父祖母们身上，我看到的“民间”，不是被知识精英放逐在外的、夸张造作的异世界，而是泥土缓慢而坚定地翻动，这是20世纪中国历史真正的脉搏，而我的祖父祖母们，是其中的筋骨和血肉。这部稚拙的小书，是献给他们的。

三

一个漫长的研究，总是得益于许多人的关爱和帮助，原谅我在此难以一一列举。首先感谢汪晖教授多年来的鼓励和鞭策。高中时，是汪晖老师主编的《读书》，最早让我窥见了学术的光华与灼热。当来到清华时，我没有想到会在这里遇到《读书》的主编，更没有想到会成为老师的学生，我实在比我想象的还要更幸运。感谢解志熙、王中忱、格非、罗钢诸位老师，各位老师鼎盛之年的清华中文系，永远地改变和塑造了我。感谢新竹清华大学的于治中老师，虽然从不曾忝列老师的门墙，但于老师给予的启发与关怀，已经远远超过了我所能报答的。

感谢何吉贤、林彦、陕庆、张翔、宋玉、王诗扬、张晴滟、齐晓红诸师友在本书写作过程中给我的支持和帮助。中国社会科学院民族文学研究所毛巧晖老师和山东大学刘宗迪老师慷慨地给了我这个民间文学和民俗学的行外人许多宝贵意见。戈雅（Gaia Perini）、崔琦、王喆、阮芸妍、王水涣等友人不惮劳烦，为我提供研究线索，协助我在日本、中国台湾等地区查找资料。胜因写作小组的几位朋友冯淼、张泠、康凌、何翔、Stephanie、倪湛舸在书稿修订过程中多次阅读并与我讨论相关章节内容。没有他们的激励，这本书恐怕还要迁延更久。

本书第1章第一节、第2章、第5章第三节的主要内容，以及第1章第二节、第3章第二节部分内容曾以不同的标题，发表在《文学评论》、《开放时代》、《中国现代文学研究丛刊》、《文艺理论与批评》、*Frontiers of Literary Studies in China*、《区域》等不同刊物之上，感谢编辑和审稿人的细致审读和精心编排。2023年9月，我紧急住院，《开放时代》编辑郑英老师与我素未谋面，她慨然接过了我当时仅修订到一半的稿子，代替我完成了烦琐的删改和格式修订并发表出来。一直到今天，我仍然没有找到机会向郑英老师当面致谢，只能在此先略表心意。

2017年夏，我得到日本国际交流基金会的短期资助，前往东京进行了为期一个半月的访学和资料搜集工作，东京大学综合文化研究科的林少阳教授和爱理思俊子教授热心接待了我。这次访问极大地增进和改变了我对俄国民粹主义在东亚地区所引发历史回响的理解，所得材料，已经部分补充进修改后的书稿中。还有许多材料，虽然仍在这一话题的延长线上，但已不宜放置在本书的框架内，希望未来能有机会继续讨论和发展。该书同时还得到了教育部2017年度人文社科基金项目（“到民间去”：中国现代文学民间话语生成研究［1902—1925］，项目号17YJC51047）和“清华大学基础文科发展项目”资助的支持。

本书能够忝列“三联·哈佛燕京学术丛书”，是对我极大的肯定和鼓励。在正式走上学术道路之前，三联书店就已经是我最景仰的学术出版机构。感谢“三联·哈佛燕京学术丛书”学术委员会和书稿匿名评审人提出的宝贵意见，许多已经吸收到书稿的修改之中。其他未及之处和错漏，均由我本人负责。感谢三联书店编辑冯金红对我的重度拖延症的包容，她在百忙之中还抽出时间，仔细阅读我的草稿，并和我讨论书中许多细节。感谢钟韵编辑细心的编校与不厌其烦地一次次往返沟通。在学术发表和出版都多少“异化”的今天，三联的风格仍然是春风拂面、温暖人心的。

感谢我的家人。人文学术工作有很多伟大的愿景和修辞，但回到具体生活中，则往往是对家人支持不知餍足的要求。2017 年夏在日本访问期间，我遗憾地错过了与外祖父的最后一面。我的外祖父也许不会同意我书中的观点，但是，他教给我古琴、历史、诗词，教给我阅读的兴趣，对精神生活的严肃、尊重与好奇。一个人一意孤行地追寻自己想做的事情，很多时候是一种奢侈。感谢我的父母和丈夫赵亮，他们给了我这样的奢侈。

袁先欣

2024 年清明前夜

出版后记

当前，在海内外华人学者当中，一个呼声正在兴起——它在诉说中华文明的光辉历程，它在争辩中国学术文化的独立地位，它在呼喊中国优秀知识传统的复兴与鼎盛，它在日益清晰而明确地向人类表明：我们不但要自立于世界民族之林，把中国建设成为经济大国和科技大国，我们还要群策群力，力争使中国在21世纪变成真正的文明大国、思想大国和学术大国。

在这种令人鼓舞的气氛中，三联书店荣幸地得到海内外关心中国学术文化的朋友的帮助，编辑出版这套“三联·哈佛燕京学术丛书”，以为华人学者上述强劲吁求的一种记录、一个回应。

北京大学和中国社会科学院的一些著名专家、教授应本店之邀，组成学术委员会。学术委员会完全独立地运作，负责审定书稿，并指导本店编辑部进行必要的工作。每一本专著书尾，均刊印推荐此书的专家评语。此种学术质量责任制度，将尽可能保证本丛书的学术品格。对于以季羡林教授为首的本丛书学术委员会的辛勤工作和高度责任心，我们深为钦佩并表谢意。

推动中国学术进步，促进国内学术自由，鼓励学界进取探索，是为三联书店之一贯宗旨。希望在中国日益开放、进步、繁盛的氛围中，在海内外学术机构、热心人士、学界先进的支持帮助下，更多地出版学术和文化精品！

生活·读书·新知三联书店

一九九七年五月

三联·哈佛燕京学术丛书

[一至十九辑书目]

第一辑

中国小说源流论 / 石昌渝著

工业组织与经济增长的
理论研究 / 杨宏儒著

罗素与中国 / 冯崇义著
——西方思想在中国的一次经历

《因明正理门论》研究 / 巫寿康著

论可能生活 / 赵汀阳著

法律的文化解释 / 梁治平编

台湾的忧郁 / 黎湘萍著

再登巴比伦塔 / 董小英著
——巴赫金与对话理论

第二辑

现象学及其效应 / 倪梁康著
——胡塞尔与当代德国哲学

海德格尔哲学概论 / 陈嘉映著

清末新知识界的社团与活动 / 桑兵著

天朝的崩溃 / 茅海建著
——鸦片战争再研究

境生象外 / 韩林德著
——华夏审美与艺术特征考察

代价论 / 郑也夫著
——一个社会学的新视角

走出男权传统的樊篱 / 刘慧英著
——文学中男权意识的批判

金元全真道内丹心性学 / 张广保著

第三辑

古代宗教与伦理 / 陈　来著
——儒家思想的根源

世袭社会及其解体 / 何怀宏著
——中国历史上的春秋时代

语言与哲学 / 徐友渔　周国平　陈嘉映　尚　杰著
——当代英美与德法传统比较研究

爱默生和中国 / 钱满素著
——对个人主义的反思

门阀士族与永明文学 / 刘跃进著

明清徽商与淮扬社会变迁 / 王振忠著

海德格尔思想与中国天道 / 张祥龙著
——终极视域的开启与交融

第四辑

人文困惑与反思 / 盛　宁著
——西方后现代主义思潮批判

社会人类学与中国研究 / 王铭铭著

儒学地域化的近代形态 / 杨念群著
——三大知识群体互动的比较研究

中国史前考古学史研究 / 陈星灿著
(1895—1949)

心学之思 / 杨国荣著
——王阳明哲学的阐释

绵延之维 / 丁　宁著
——走向艺术史哲学

历史哲学的重建 / 张西平著
——卢卡奇与当代西方社会思潮

第五辑

京剧·跷和中国的性别关系 / 黄育馥著
(1902—1937)

奎因哲学研究 / 陈　波著
——从逻辑和语言的观点看

选举社会及其终结 / 何怀宏著
——秦汉至晚清历史的一种社会学阐释

稷下学研究 / 白　奚著
——中国古代的思想自由与百家争鸣

传统与变迁 / 周晓虹著
——江浙农民的社会心理及其近代以来的嬗变

神秘主义诗学 / 毛　峰著

第六辑

人类的四分之一：马尔萨斯的神话与中国的现实 / 李中清　王　丰著
(1700—2000)

古道西风 / 林梅村著
——考古新发现所见中西文化交流

汉帝国的建立与刘邦集团 / 李开元著
——军功受益阶层研究

走进分析哲学 / 王　路著

选择·接受与疏离 / 王攸欣著
——王国维接受叔本华 / 朱光潜接受克罗齐 美学比较研究

为了忘却的集体记忆 / 许子东著
——解读50篇“文革”小说

中国文论与西方诗学 / 余　虹著

第七辑

正义的两面 / 慈继伟著

无调式的辩证想象 / 张一兵著
——阿多诺《否定的辩证法》的文本学解读

20世纪上半期中国文学的现代意识 / 张新颖著

中古中国与外来文明 / 荣新江著

中国清真女寺史 / 水镜君　玛利亚·雅绍克著

法国戏剧百年 / 宫宝荣著
(1880—1980)

大河移民上访的故事 / 应　星著

第八辑

多视角看江南经济史 / 李伯重著
(1250—1850)

推敲“自我”：小说在18世纪的英国 / 黄梅著

小说香港 / 赵稀方著

政治儒学 / 蒋　庆著
——当代儒学的转向、特质与发展

在上帝与恺撒之间 / 丛日云著
——基督教二元政治观与近代自由主义

从自由主义到后自由主义 / 应奇著

第九辑

君子儒与诗教 / 俞志慧著
——先秦儒家文学思想考论

良知学的展开 / 彭国翔著
——王龙溪与中晚明的阳明学

国家与学术的地方互动 / 王东杰著
——四川大学国立化进程(1925—1939)

都市里的村庄 / 蓝宇蕴著
——一个"新村社共同体"的实地研究

"诺斯"与拯救 / 张新樟著
——古代诺斯替主义的神话、哲学与精神修炼

第十辑

祖宗之法 / 邓小南著
——北宋前期政治述略

草原与田园 / 韩茂莉著
——辽金时期西辽河流域农牧业与环境

社会变革与婚姻家庭变动 / 王跃生著
——20世纪30—90年代的冀南农村

禅史钩沉 / 龚 隽著
——以问题为中心的思想史论述

"国民作家"的立场 / 董炳月著
——中日现代文学关系研究

中产阶级的孩子们 / 程 巍著
——60年代与文化领导权

心智、知识与道德 / 马永翔著
——哈耶克的道德哲学及其基础研究

第十一辑

批判与实践 / 童世骏著
——论哈贝马斯的批判理论

语言·身体·他者 / 杨大春著
——当代法国哲学的三大主题

日本后现代与知识左翼 / 赵京华著

中庸的思想 / 陈 赟著

绝域与绝学 / 郭丽萍著
——清代中叶西北史地学研究

第十二辑

现代政治的正当性基础 / 周濂著

罗念庵的生命历程与思想世界 / 张卫红著

郊庙之外 / 雷 闻著
——隋唐国家祭祀与宗教

德礼之间 / 郑 开著
——前诸子时期的思想史

从"人文主义"到"保守主义" / 张 源著
——《学衡》中的白璧德

传统社会末期华北的生态与社会 / 王建革著

第十三辑

自由人的平等政治 / 周保松著

救赎与自救 / 杨天宏著
——中华基督教会边疆服务研究

中国晚明与欧洲文学 / 李奭学著
——明末耶稣会古典型证道故事考诠

茶叶与鸦片:19世纪经济全球化中的中国 / 仲伟民著

现代国家与民族建构 / 昝 涛著
——20世纪前期土耳其民族主义研究

第十四辑

自由与教育 / 渠敬东　王　楠著
——洛克与卢梭的教育哲学

列维纳斯与“书”的问题 / 刘文瑾著
——他人的面容与“歌中之歌”

治政与事君 / 解　扬著
——吕坤《实政录》及其经世思想研究

清代世家与文学传承 / 徐雁平著

隐秘的颠覆 / 唐文明著
——牟宗三、康德与原始儒家

第十五辑

中国“诗史”传统 / 张　晖著

民国北京城：历史与怀旧 / 董　玥著

柏拉图的本原学说 / 先　刚著
——基于未成文学说和对话录的研究

心理学与社会学之间的
诠释学进路 / 徐　冰著

公私辨：历史衍化与
现代诠释 / 陈乔见著

秦汉国家祭祀史稿 / 田　天著

第十六辑

辩护的政治 / 陈肖生著
——罗尔斯的公共辩护思想研究

慎独与诚意 / 高海波著

——刘蕺山哲学思想研究

汉藏之间的康定土司 / 郑少雄著

——清末民初末代明正土司人生史

中国近代外交官群体的
形成（1861—1911） / 李文杰著

中国国家治理的制度逻辑 / 周雪光著
——一个组织学研究

第十七辑

新儒学义理要诠 / 方旭东著

南望：辽前期政治史 / 林　鹄著

追寻新共和 / 高　波著
——张东荪早期思想与活动研究
（1886—1932）

迈克尔·赫茨菲尔德：学术
传记 / 刘　珩著

第十八辑

“山中”的六朝史 / 魏　斌著

长安未远：唐代京畿的
乡村社会 / 徐　畅著

从灵魂到心理：关于经典精神分析的
社会学研究 / 孙飞宇著

此疆尔界：“门罗主义”与
近代空间政治 / 章永乐著

第十九辑

何处是“中州”？ / 江　湄著
——十到十三世纪的历史与观念变局

波斯与东方：阿契美尼德帝国时期的
中亚 / 吴　欣著

观物：邵雍哲学研究 / 李　震著

魔化与除魔：皮柯的魔法思想与现代
世界的诞生 / 吴功青著

通向现代财政国家的路径：英国、日
本与中国 / 和文凯著

汉字革命：中国语文现代性的起源
（1916—1958） / 钟雨柔著